✳

«Este relato conmovedor de amor
humano y pérdida es al tiempo
desgarrador y finalmente redentor».

Waterstones

«Un libro impresionantemente
desgarrador sobre la adopción forzada».

The Independent

«Extraordinariamente conmovedor».

Irish Independent

«Un delicado equilibrio entre la ironía
y la compasión».

The Bookseller

«Un relato fascinante».

The Daily Mail

✳

PHILOMENA

MARTIN SIXSMITH

Título original: *The Lost Child of Philomena Lee*
© Martin Sixsmith, 2009
Reservados todos los derechos
© Del prólogo: Judy Dench, 2013
© De la traducción: Eva Carballeira Díaz, 2013
© De esta edición: 2014, Santillana USA Publishing Company
2023 N.W. 84th Ave.
Doral, FL, 33122
Teléfono: (305) 591-9522
Fax: (305) 591-7473
www.prisaediciones.com

Primera edición: marzo de 2014

ISBN: 978-1-62263-895-6

Printed in the United States of America by HCI Printing Co.
18 17 16 15 14   1 2 3 4 5 6 7 8 9

PRISA EDICIONES

Agradecimientos

Quiero dar las gracias al gran número de personas que accedieron a hablar conmigo, ya fuera en entrevistas grabadas o bebiendo una pinta de cerveza Guinness, y que me proporcionaron los recuerdos, la información y los documentos que han hecho posible este libro. Sus testimonios integran las páginas que vienen a continuación. Asimismo, me gustaría mostrar mi gratitud a Conor O'Clery, Don Murray, Betsy Vriend, Stephen Taylor, Mary Sixsmith, Brian Walsh, Tobias Hoheisel, Jane Libberton, John Cooney y Kit Grover, que tan generosamente me ayudaron con la investigación y que se prestaron a leer a conciencia el texto.

Índice

Prefacio

Philomena es la historia extraordinaria de una mujer extraordinaria. Philomena Lee era una adolescente inocente, cuyo único pecado fue quedarse embarazada fuera del matrimonio. «Desterrada» en un convento por una sociedad irlandesa dominada por la Iglesia católica, dio a luz a un hermoso niño. Durante tres años, cuidó del joven Anthony, trabajando a la vez en la lavandería del convento. Entonces, como otras miles de «mujeres de mala vida», Philomena fue obligada a renunciar a su hijo como condición para ser liberada de la semiesclavitud a la que estaba sometida.

Ese fue el destino de muchas madres jóvenes con hijos ilegítimos en Irlanda. Y solo hace poco tiempo que el Gobierno irlandés pidió perdón por el infierno en vida que les obligaron a vivir. Pero la historia de Philomena es especial. Tanto en este libro como en la película que se basa en él, se narra la historia de una búsqueda que se prolongó durante años, la búsqueda de su hijo perdido. En ambos se reflejan la incertidumbre, la esperanza y los momentos de desesperación. Y, sobre todo, se muestra a un extraordinario ser humano con una fortaleza asombrosa, llena de humildad y realmente dispuesta a perdonar. Me resulta increíble que Philomena continúe creyendo firmemente en la religión incluso después de lo que esta le ha hecho. Se cuestiona las cosas y es muy abierta al hablar sobre sus experiencias, pero sigue teniendo una fe inquebrantable, tan sólida como siempre.

Cuando me pidieron que hiciera el papel de Philomena en la maravillosa película de Stephen Frears, pensé en mi propia herencia irlandesa. Mi madre era de Irlanda, nacida en Dublín, y toda su familia es irlandesa. Mi padre nació en Dorset, pero se fue a Irlanda con sus padres cuando tenía tres años. Se crio en Dublín y estudió en el Trinity College, como todos mis primos.

Aunque mi madre creció en una familia metodista, fue a un colegio católico y sé que guarda muy buenos recuerdos de algunas de las monjas. Reconocían su fe y la eximían de las oraciones católicas y eran tan tiernas que, mientras tanto, le asignaban la tarea de desempolvar las estatuas. Mi madre decía que tenía el agradable cometido de mantener limpia a la Virgen María.

Así que me gustó que ni el libro de Martin Sixsmith ni la película basada en él simplificaran las cosas ni retrataran a la Iglesia católica bajo una implacable luz negra. El papel de la Iglesia se analiza de forma bastante apropiada, pero se ha tenido mucho cuidado de no caricaturizar lo sucedido. Eran otros tiempos. El sistema era terrible. Pero muchas de las monjas eran amables y no todas las chicas a las que cuidaban eran tratadas con crueldad.

Como sucedía con la mayoría de los irlandeses en las décadas de 1950 y 1960, mi familia no estaba al tanto de que ese tipo de cosas pasaran en Irlanda. Pero el de Philomena no es en absoluto un caso aislado. Innumerables madres e hijos fueron separados y muchos de ellos todavía siguen buscándose hoy en día. Es terrible y realmente impactante. Así que espero que la heroica búsqueda de Philomena y su valor al permitir que cuenten su historia proporcionen consuelo a todos aquellos que han sufrido un destino similar.

Al rodar la película sobre este libro, tenía la intensa sensación de estar habitando el personaje de Philomena. Fue un gran desafío. Fue fantástico poder hablar con ella, tenerla como referencia cuando la necesitaba. Eso me permitió captar la esencia del papel de una forma que fue imposible cuando hice de Isabel I o de Iris Murdoch, que habían fallecido hacía mucho tiempo.

Pero también tenía la gran responsabilidad de interpretar a una persona viva, algo que me influyó sustancialmente. Lo que quería, sobre todo, era que la película le hiciera justicia e hiciera justicia al libro de Martin Sixsmith. He trabajado con Stephen Frears como director en numerosas ocasiones y sabía que estábamos en buenas manos. Se ha preocupado mucho de ser fiel a la verdadera historia de Philomena y al libro de Martin.

Para mí, fue extraordinario ver algunas de las escenas que habíamos rodado con la mismísima Philomena sentada a mi lado, con la mano sobre mi hombro. Fue una experiencia de lo más gratificante. Yo estaba muy atenta a su reacción al ver la película y la observé muy de cerca cuando llegamos a la parte en que aparecía el actor infantil que hacía de su hijo perdido. Me alegro muchísimo de haber participado en este proyecto. Y espero que Philomena esté igual de satisfecha con nuestro trabajo sobre la historia de su vida.

Dame Judi Dench, 2013

Prólogo

El nuevo año 2004 había llegado. Se estaba haciendo tarde y pensaba irme ya —la fiesta estaba en las últimas y no podía más—, pero alguien me dio unos golpecitos en el hombro. La desconocida tendría unos cuarenta y cinco años y estaba un poco achispada. Se presentó como la mujer del hermano de una amiga común, pero dijo que no pensaba seguir siéndolo durante mucho más tiempo. Sonreí educadamente. Me puso la mano en el brazo y me dijo que tenía algo que podía interesarme.

—Eres periodista, ¿verdad?

—Lo era.

—Puedes investigar cosas, ¿no?

—Depende de qué.

—Tienes que conocer a mi amiga. Hay un rompecabezas que necesita que resuelvas.

Aquello me intrigó lo suficiente como para quedar con aquella amiga en la cafetería de la Biblioteca Británica: una directora financiera de treinta y muchos años, elegantemente vestida, con unos penetrantes ojos azules y el pelo negro azabache. Estaba preocupada por un misterio familiar. Su madre, Philomena, había bebido demasiado jerez en Navidad y se había

13

puesto a llorar. Tenía un secreto que contar a su familia, un secreto que había guardado durante cincuenta años…

¿Acaso no estamos todos deseando jugar a los detectives? La conversación de la Biblioteca Británica fue el comienzo de una búsqueda que duró cinco años y que me llevó de Londres a Irlanda y de ahí a Estados Unidos. Viejas fotografías, cartas y diarios están ahora esparcidos por mi escritorio: los apresurados y ansiosos garabatos de una impaciente ama de casa, unas lacrimosas firmas en tristes documentos y la imagen de un niño perdido con un jersey azul aferrándose a un avión de juguete hecho de lata.

Todo lo que viene a continuación es verídico, o ha sido reconstruido por mí como buenamente he sabido. Tenía que encontrar algunas pruebas, aunque disponía de no pocos indicios. Algunos de los personajes de la historia escribían diarios o habían dejado correspondencia detallada, otros siguen vivos y accedieron a hablar conmigo, y unos cuantos habían confiado su versión de los hechos a algún amigo. Se han rellenado huecos, extrapolado personajes y supuesto acontecimientos. Aunque en eso consiste el trabajo de un detective, ¿no?

PRIMERA PARTE

UNO

Sábado, 5 de julio de 1952
Abadía de Sean Ross de Roscrea, condado de
Tipperary, Irlanda

La hermana Annunciata maldijo la red eléctrica. Cuando caían rayos y truenos, parpadeaba con tal desesperación que era peor que las antiguas lámparas de parafina, y esa noche necesitaban toda la luz que pudieran conseguir.

Intentaba correr, pero los pies se le enredaban en el hábito y le temblaban las manos. El agua caliente se salía de la palangana esmaltada y se derramaba sobre las losas del oscuro pasillo. Las demás no estaban angustiadas, ya que lo único que debían hacer era rezar a la Virgen, pero se suponía que la hermana Annunciata tenía que actuar: la muchacha se estaba muriendo y nadie sabía cómo salvarla.

En el quirófano improvisado, encima de la capilla, se arrodilló al lado de la paciente y le susurró unas palabras de ánimo. La joven respondió con una tenue sonrisa y murmuró algo incomprensible. El resplandor de un relámpago iluminó la habitación. Annunciata subió los cobertores para evitar que la chica viera la sangre de las sábanas.

Annunciata era apenas mayor que su paciente. Ambas venían del campo, ambas del Limerick profundo. Pero ella era la hermana matrona y la gente esperaba que hiciera algo.

Abajo, en la capilla, oyó cómo la madre Barbara reunía a las chicas para que rezaran por la Magdalena de arriba: una pecadora como ellas que se estaba muriendo. Las incorpóreas voces sonaban distantes y ásperas. Annunciata le estrechó la mano a la muchacha y le dijo que no hiciera caso. Levantó el camisón blanco de lino de la paciente y le limpió las piernas con el agua tibia. El bebé ya se veía, pero, en lugar de la cabeza, le mostraba la espalda. Había oído hablar de los nacimientos de los bebés que venían de nalgas: sabía que, al cabo de una hora, tanto la madre como el niño estarían muertos. La fiebre se iba apoderando de ella.

La paciente estaba sofocada y solo lograba articular frases cortas e inconexas.

—No permita que lo pongan en la tierra... Allá abajo está oscuro... Allá abajo hace frío...

Tenía los ojos abiertos de par en par por el pánico y la cabellera negro azabache desparramada sobre la blanca almohada.

La hermana Annunciata se inclinó y enjugó la frente de la muchacha.

La joven no tenía ni idea de lo que le estaba sucediendo. No había recibido ninguna visita desde que había llegado, y de eso hacía ya casi dos meses. Su padre y su hermano la habían dejado al cuidado de las monjas y ahora las monjas iban a dejarla morir.

Annunciata dio gracias a Dios por no ser ella la que yacía allí, pero era una chica práctica, de una familia de granjeros. Tocó la piel del bebé. Era cálida y estaba llena de vida. La madre Barbara decía que las pecadoras no merecían analgésicos y la muchacha estaba gritando, gritando por su bebé.

—No permita que lo entierren... Lo enterrarán en el convento...

Con sus fuertes dedos —y luego con los rígidos fórceps de acero—, Annunciata empujó el diminuto cuerpo y le dio la vuelta. Este se movió de mala gana, resistiéndose a abandonar aquella sensual calidez. Un chorro de líquido de color rojo claro salpicó la sábana blanca. Annunciata había encontrado la cabeza del bebé y tiraba sin pausa hacia fuera, llevando una nueva vida a ese mundo de Dios.

La hermana Annunciata tenía veintitrés años. Llevaba seis siendo Annunciata. Antes había sido Mary Kelly, de los Kelly de Limerick, una de siete.

Una noche había aparecido el párroco, se había sentado a beber algo y se había compadecido del viejo señor Kelly y de la mala suerte, que le había negado hijos varones. Después del tercer whisky, se había inclinado hacia delante y había dicho en voz queda: «Bueno, Tom. Sé que adoras a las niñas. ¿Y qué mejor cosa podrías hacer por ellas que asegurar su futuro? No cabe duda, Tom, de que podrías entregar a una de las muchachas a Dios».

Y, cinco años después, allí estaba ella: la hermana Annunciata, entregada a Dios.

Al principio, durante los días siguientes, cuando Annunciata estaba con el pequeño, lo alimentaba como si fuera suyo. Era ella quien lo había traído al mundo, quien lo había salvado, quien lo había sacado a la luz. Lo habían bautizado con el nombre de Anthony por sugerencia suya y sentía que tenían un vínculo especial. Cuando lloraba, ella lo consolaba; cuando tenía hambre, ella se apresuraba a alimentarlo.

Las monjas llamaban a la madre del niño Marcella, ya que allí no se permitía que nadie usara su nombre real. Abandonada por su familia, se aferró a Annunciata. A cambio, Annunciata ofrecía consuelo a Marcella asegurándole que ella no la condenaba, como hacía el resto de las monjas. Desafiaban el voto de silencio y encontraban rincones tranquilos donde intercambiar los secretos de sus vidas pasadas. Annunciata ahuecó la mano sobre el oído de Marcella y le susurró:

—Háblame del hombre. Cuéntame cómo era…

Marcella se rio, pero Annunciata se acercó más, desesperada por entenderla.

—Continúa… ¿Cómo era? ¿Era guapo?

Marcella sonrió. Las pocas horas que había pasado con John McInerney le parecían ahora un destello de luz en una vida de ignorancia. Desde su llegada a la abadía, las había atesorado, había soñado con ellas y había revivido incesantemente el recuerdo de su abrazo.

—Era el hombre más guapo que he visto jamás. Era alto y moreno, y tenía una mirada realmente dulce y amable. Me dijo que trabajaba en la oficina de correos de Limerick.

Con un poco de aliento por parte de Annunciata, Marcella le habló de la noche que hicieron a su bebé, cuando ella todavía era libre y feliz, cuando todavía era Philomena Lee.

Era una noche cálida; las luces del carnaval de Limerick, la música de los bailes tradicionales y el olor del algodón de azúcar y las manzanas bañadas en caramelo hacían que una emocionante sensación de aventura se palpara en el ambiente. Philomena se había quedado mirando a los ojos al joven de elevada estatura de la oficina de correos que bromeaba con ella y que le había dado un trago de su vaso de cerveza. Se habían mirado con una mezcla de recelo y excitación. Y luego…, y luego…

DOS

7 de julio de 1952
Dublín (Irlanda)

Las tormentas de verano que habían importunado a la hermana Annunciata la noche en que había traído al mundo al pequeño Anthony no se habían limitado a Roscrea. La república de Irlanda estaba modernizando los sistemas de energía y, en el barrio periférico dublinés de Glasnevin, los cables caídos hicieron que Joe Coram se levantara el lunes por la mañana en una casa a oscuras. Media hora más tarde, su esposa Maire se echó a reír al encontrárselo en la penumbra, tomando un desayuno a base de pan sin tostar y té frío. Joe también se rio. Era joven y fuerte, y seguía enamorado de su trabajo, de su mujer, de su casa y del mundo en general. Le dio un abrazo a Maire mientras pensaba en lo hermosa que estaba.

—Esta noche volveré tarde a casa, Maire. Eso suponiendo que los tranvías funcionen. Tengo que asistir a ese condenado grupo de trabajo sobre las relaciones entre la Iglesia y el Estado —Maire puso los ojos en blanco, pero él lo ignoró—, y no es ningún secreto que la cosa está un poco peliaguda, ahora mismo.

Por suerte, no hubo problemas con los tranvías y Joe Coram llegó a la oficina sin contratiempos. Aunque a los diez minutos ya estaba deseando no haberlo hecho. Su secretaria estaba enferma y le había dejado una nota sobre la mesa que le informaba de que el ministro quería verlo «de inmediato».

Frank Aiken, el ministro de Asuntos Exteriores del Estado Libre, estaba cabreado y todo el Iveagh House* contenía la respiración. Aiken era un hombre terco y profundamente resentido que todavía no había perdonado a sus antiguos camaradas por apoyar el tratado de 1921.

Joe sabía a qué se debía la pataleta: él era quien se encargaba de la política del departamento sobre cuestiones de pasaportes y visados, por lo que había estado involucrado en el asunto Russell-Kavanagh desde el primer momento en que este había surgido, hacía seis meses. En la antecámara del despacho del ministro, una joven secretaria privada le hizo a Joe el más resumido de los resúmenes:

—El maldito tema de Jane Russell contraataca. Ahora los periódicos extranjeros le han hincado el diente. Te enseñaría el telegrama, pero lo tiene Frank dentro. Será mejor que te andes con ojo.

Frank Aiken iba por el quinto cigarrillo de la mañana cuando Joe llamó a la puerta y entró. En su mesa había el habitual batiburrillo de documentos departamentales, periódicos y sobres usados de papel manila. Aiken estaba casi cómicamente pálido, y Joe se imaginó por un instante que le salía humo de la coronilla calva. El ministro levantó sutilmente los ojos del ejemplar del *Irish Times* que estaba ojeando y le tendió el telegrama oficial.

—¿Qué se supone que significa esto, Coram? ¿De dónde han sacado todo esto? Qué vamos a hacer al respecto, ¿eh?

Joe lo leyó. Era un boletín urgente de los chicos de la embajada de Bonn y el primer asunto en la agenda era la traducción de un artículo de un popular periódico sensacionalista de

---

* Sede del Ministerio de Asuntos Exteriores y Comercio de Irlanda, ubicada en Dublín. *[N. de la T.]*

Alemania Occidental llamado *Acht Uhr Blatt*. Estaba bastante claro el motivo por el que la embajada había decidido que Frank Aiken tenía que verlo. El titular rezaba: «Mil niños desaparecidos en Irlanda».

El periódico había desenterrado la historia al completo del asunto de Jane Russell. Describía cómo la actriz de Hollywood, que no tenía hijos, había volado a Irlanda para intentar adoptar a un bebé irlandés. Daba todos los detalles del acuerdo al que había llegado con Michael y Florrie Kavanagh, de Galway, para llevarse a su hijo, Tommy. Sugería que el trato implicaba grandes sumas de dinero y, lo peor del caso, incluía una minuciosa y espeluznante descripción de cómo el consulado irlandés de Londres había expedido el pasaporte del niño para que este volara a Nueva York sin despertar sospechas. Según el artículo, aquello demostraba que el Gobierno de Irlanda consentía la exportación y venta de niños irlandeses: «Irlanda se ha convertido en una especie de coto de caza para los millonarios extranjeros que creen que pueden adquirir niños a su antojo como si fueran valiosos animales con pedigrí. En los últimos meses, cientos de niños han salido de Irlanda sin que ningún organismo oficial haya osado hacer preguntas sobre su futuro entorno».

Aiken se enjugó la frente.

—Muy bien —dijo—. Lo que necesito que hagas, Coram, es un informe minucioso: nada de detalles ocultos, por muy embarazosos que resulten. Quiero tener absolutamente toda la información, absolutamente todos los indicios de mala praxis y absolutamente todas las pruebas de las tonterías del arzobispo y de la Iglesia. ¿Queda claro? Y lo quiero para el viernes. ¡Fuera!

La reunión de esa tarde sobre las relaciones entre la Iglesia y el Estado fue tensa. Joe tuvo que quedarse levantando actas hasta bastante después de las ocho. Asistieron la mayoría de los miembros del consejo —incluso Eamon de Valera, el *Taoiseach**, estuvo presente durante una buena parte de la misma— y el debate fue subiendo de tono. Cuando Joe volvió a Glasnevin, Maire ya había hecho la cena, había visto cómo se enfriaba y había tirado la comida solidificada a la basura.

—Ahí tienes la cena, Joe Coram —dijo, riendo—. Échale la culpa a De Valera o a quien quieras, pero ya no tiene remedio. ¡Esta noche tendrás que conformarte con pan duro y pringue!

Joe también se echó a reír y rodeó a Maire por la cintura.

—Viviría a base de pan y me sentiría como un rey con tal de estar contigo, cariño. Siento que te hubieras molestado en preparar la cena. En cuanto Frank y Dev empezaron con lo de la Iglesia, las monjas y los pasaportes, ya no hubo forma de pararlos. Tengo veinticinco páginas de notas que he de descifrar para el miércoles y Frank quiere que haga para finales de esta semana un informe completo del escándalo, retomando el fiasco de la madre y el hijo. Te digo una cosa, Maire: llegaré tarde más noches antes de que acabe el mes y, sin duda, varias cenas más irán a parar a la basura, cielo.

Maire se dispuso a soltarle una colleja, pero se detuvo a medio camino y le dio un beso en la mejilla.

—¿Has visto el *Evening Mail* de esta noche? —preguntó, recordando la nota mental que se había hecho de mostrarle el artículo sobre Jane Russell y las alegaciones de la prensa alemana—. Ves a gente como ella en el cine y crees que deben de tener una vida fácil, ¿verdad? Y luego descubres que tienen sus propias penas, como el resto de nosotros.

Joe cogió el periódico que estaba encima de la mesa de la cocina.

—Ya lo tengo más que visto. Frank nos mandó a por un ejemplar al quiosco de la calle Merrion. Y Jane Russell no es la

---

* Jefe de Gobierno de Irlanda. *[N. de la T.]*

única: hemos estado expidiendo pasaportes a bebés a destajo. Parten hacia Estados Unidos y nunca más se sabe de ellos.

Maire miró a su marido y vio que estaba pensando lo mismo que ella: que llevaban tres años casados y su familia estaba empezando a hacer preguntas.

—Olvida a Jane Russell —dijo, mientras le daba un beso en el cogote—. Somos nosotros los que necesitamos un bebé, Joe Coram. ¡Así que acaba el festín que te estás dando y ven a echarme una mano para hacer algo al respecto!

TRES

11 de julio de 1952
Roscrea

Los asuntos de Estado no afectaban a las moradoras del convento de la abadía de Sean Ross, que estaba a kilómetro y medio del pueblo de Roscrea, en Tipperary. Ni las monjas ni las pecadoras habían llegado a ver los carteles de *Las fronteras del crimen,* protagonizada por Jane Russell y Robert Mitchum, en las paredes del cine de Roscrea. Las monjas y las pecadoras tampoco leían la prensa y la madre Barbara guardaba el solitario equipo inalámbrico cuidadosamente bajo llave. Los largos días en la lavandería y las largas noches en el dormitorio común se llenaban de pensamientos sobre Dios, o de recuerdos de una vida pasada.

La madre superiora no era una mujer a la que conviniera hacer esperar. Eran las nueve de la mañana y ya había ido a misa, tomado un frugal desayuno y pasado una complicada media hora descifrando unas anotaciones innecesarias y potencialmente comprometedoras en el libro de doble contabilidad de la abadía. Estaba mirando el reloj de pared de su despacho y chasqueando la lengua cuando llamaron a la puerta y la hermana Annunciata entró apresuradamente, sin aliento y disculpándose por presentarse tarde. Aborrecía aquellas reuniones semanales hasta tal punto que siempre llegaba con retraso.

—Lo siento, reverenda madre; hemos tenido un ajetreo terrible esta mañana. Se han puesto tres muchachas de parto durante la noche, a una de ellas le llevó más de siete horas, ha habido cinco nuevas admisiones y…

La madre Barbara le hizo señas para que se callara.

—Entra y siéntate, hermana. Ya me pondrás al corriente a su debido tiempo y en su debido momento. Primero, los nacimientos. ¿Cuál es el total de la semana?

—Pues contando los tres de la pasada noche —dijo Annunciata— hacen un total de siete. Eso incluye un nacimiento de nalgas que tuve el sábado pasado y…

—Gracias, hermana. No necesito detalles. ¿Algún bebé nacido muerto del que informar?

La madre Barbara tomaba notas mientras hablaba y levantaba la cabeza para comprobar que Annunciata atendía a sus preguntas adecuadamente.

—No, reverenda madre, gracias a Dios. Pero con relación al nacimiento de nalgas, la muchacha tiene mucho dolor, por todos los desgarros y eso, y me preguntaba si podría coger la llave del armario y darle algunos analgésicos o llamar al doctor para que la cosa… —sugirió, mientras su voz se iba apagando por la indecisión.

La madre Barbara la miró y sonrió.

—Annunciata, no me escuchas cuando hablo, ¿verdad? ¿Cuántas veces te he dicho que el dolor es el castigo del pecado? Estas jóvenes son pecadoras: deben pagar por lo que han hecho. Bien, no tengo toda la mañana. ¿Cuántas admisiones ha habido en total y cuántas altas?

Annunciata le dio las cifras y la madre Barbara las anotó en el libro de contabilidad. Tras unos instantes de cálculo, levantó la cabeza y dijo:

—Ciento cincuenta y dos, a menos que esté muy equivocada. Tenemos ciento cincuenta y dos almas perdidas para Dios. Y yo diría que bastante afortunadas son al tenernos a nosotras para cuidar de ellas.

Annunciata hizo además de responder, pero la madre Barbara ya no estaba escuchando.

—Muy bien, hermana. Envíame a las que han llegado nuevas esta mañana. Y veré a las nuevas madres esta tarde. ¿Crees que alguna de ellas puede pagar?

La hermana Annunciata lo dudaba. Cien libras era una cantidad de dinero excesiva.

La madre Barbara vio a doce chicas ese día. Mientras cada una de ellas le contaba su historia, ella permanecía sentada pacientemente con las manos entrelazadas delante. No se consideraba una mujer cruel —la Iglesia le exigía caridad y el trabajo que hacía cumplía con dicha obligación—, pero tenía sumamente claros los límites entre el bien y el mal y, para ella, el peor de los males, sin duda alguna, era el amor carnal.

Las muchachas que se presentaron ante ella tartamudeaban y se ruborizaban avergonzadas por sus pecados, mientras la madre Barbara las alentaba para que los refirieran lo más detalladamente posible. Una tras otra, fue escuchando sus historias: la dependienta de treinta años de Dublín que cayó presa de los encantos del hombre inglés que le había prometido riqueza y matrimonio, pero que había regresado con su esposa a Liverpool; la joven pelirroja de Cork que estaba prometida con un mecánico de coches que la había repudiado cuando se había quedado embarazada; y la adolescente retrasada de Kerry que lloraba sin cesar y que no tenía ni idea de lo que le había sucedido ni de por qué estaba allí. Escuchó a la hija del granjero con la que su padre había compartido siempre cama y a la estudiante que había sido violada por tres primos en una boda. Y les hizo de modo maquinal la misma pregunta que había planteado a generaciones de muchachas que acudían a ella en busca de ayuda: «Dime, niña, ¿merece la pena todo esto por cinco minutos de placer?».

A Philomena —o Marcella, como se llamaba entonces— la llamaron para que se presentara ante la madre Barbara a última hora de la tarde. Hacía seis días que había dado a luz y el alumbramiento de nalgas la había dejado desgarrada y dolorida, pero su período de convalecencia había llegado a su fin y las normas decían que tenía que volver a ponerse en pie. La hicieron esperar en el pasillo, fuera del despacho de la madre superiora, con el resto de las nuevas madres. El convento prohibía a las chicas hablar, pero ellas se daban ánimos las unas a las otras con sonrisillas y gestos de comprensión.

Philomena respondió a las preguntas de la madre superiora con una voz ahogada por el miedo. Cuando le preguntó cómo se llamaba, ella respondió «Marcella», pero la madre Barbara la miró con expresión burlona.

—No el nombre de la casa, niña. ¡Tu nombre real!

—Philomena, reverenda madre. Philomena Lee.

—¿Lugar y fecha de nacimiento?

—Oeste de Newcastle, reverenda madre, condado de Limerick. El 24 de marzo de 1933.

—Así que tenías dieciocho años cuando pecaste. Ya eras lo suficientemente mayorcita como para ser sensata.

Philomena apenas era consciente de que hubiera pecado, pero asintió.

—¿Y tus padres?

—Mamá murió, reverenda madre. De tuberculosis. Cuando yo tenía seis años. Y papá es carnicero.

—¿Y qué fue de los hijos? ¿Vuestro padre se quedó con vosotros?

—No, reverenda madre. Mamá le dejó seis y él no podía hacerse cargo de todos. Así que nos metió a mí, a Kaye y a Mary en el colegio de monjas y dejó a Ralph, a Jack y al pequeño Pat en casa, con él.

—¿Y a qué colegio ibas, niña?

—Al de las hermanas de la Caridad, reverenda madre. En Mount St. Vincent, en la ciudad de Limerick. Estábamos internas y solo íbamos a casa dos semanas en verano. Estudiamos allí doce años y nunca fuimos en Navidad ni en Semana Santa, y papá y Jack solo fueron a vernos un par de veces. Nos sentíamos muy solas, reverenda madre...

La madre Barbara le hizo un gesto malhumorado con la mano a la chica de cabello negro que tenía delante.

—Ya basta. ¿Qué pasó cuando dejaste a las hermanas?

—Me fui a vivir con mi tía, claro.

La voz de Philomena apenas era audible, y la muchacha bajó la mirada al suelo.

—¿Y cómo se llama?

—Kitty Madden, reverenda madre, es la hermana de mamá y vive en la ciudad de Limerick.

—¿Cuánto tiempo llevas viviendo con tu tía Madden?

Philomena frunció el ceño y levantó la vista hacia el techo, mientras intentaba recordar los acontecimientos de su corta vida.

—Pues vivo con ella más o menos desde... Dejé el colegio en mayo del año pasado. Los hijos de mi tía se habían ido todos y ella quiso que fuera a vivir con ella para ayudarla. Y a él lo conocí, a John, en el carnaval de octubre, así que...

Pero a la madre Barbara todavía no le interesaba aquello.

—Tu tía, niña. ¿En qué trabaja? ¿Es pudiente?

—Pues creo que no, reverenda madre. Trabaja para las monjas de St. Mary. Me consiguió un trabajo allí. Limpiando, fregando y esas cosas...

La madre Barbara, tras decidir que no servía de mucho continuar con el interrogatorio financiero, retomó su tema favorito.

—Y aun así, con todos los vínculos que le unían a la Iglesia, tu tía no logró evitar que cayeras en pecado. ¿Cómo es posible? ¿Eres una pecadora tan porfiada que te propones decepcionar a aquellos que velan por tu bienestar espiritual?

Philomena palideció y tragó saliva.

—¡Oh, no, reverenda madre! Yo nunca me propuse pecar...

—¿Por qué engañaste a tu tía, entonces?

—En realidad no lo hice. Mi tía me dejó ir al carnaval. Ella estaba con una amiga y me dijo que podía ir, así que fui y..., y entonces... pasó aquello.

—¿A qué te refieres con «aquello», niña? ¡No tuviste vergüenza cuando pecaste, así que no debes sentir vergüenza al hablarme a mí de eso ahora!

Philomena rememoró la noche de la feria e intentó encontrar una forma de hacer que la madre Barbara la entendiera, pero la voz se le atoró en la garganta.

—Él..., él era muy guapo, reverenda madre, y era amable conmigo...

—Quieres decir que lo incitaste a pecar. ¿Y dejaste que te pusiera las manos encima?

Philomena vaciló de nuevo y respondió con voz queda.

—Sí, reverenda madre, lo hice.

—¿Y disfrutaste de ello? ¿Disfrutaste de tu pecado?

Philomena tenía los ojos llenos de lágrimas y aquellas palabras le sonaron como si procedieran de un lugar lejano y solitario.

—Sí, reverenda madre.

—¿Y te quitaste las bragas, niña? Dime.

Philomena empezó a llorar.

—Reverenda madre, nadie me habló de todo esto. Nadie nos habló nunca de los bebés. Las hermanas nunca nos contaron nada…

La madre Barbara montó en cólera súbitamente.

—¡No te atrevas a culpar a las hermanas! —gritó—. *Tú* eres la causa de esta deshonra. ¡Tu propia indecencia y tu propia incontinencia carnal!

Philomena dejó escapar un sollozo.

—¡Pero no es justo! —gimió—. ¿Por qué tuvo que morir mamá? ¿Por qué nadie se preocupa por nosotras? Nadie nos rodea con el brazo. Nadie nos abraza…

La madre Barbara la observó con repugnancia.

—¡Silencio, niña! ¿Qué pasó cuando regresaste del carnaval?

Philomena se pasó el dorso de la mano por los ojos y se sorbió las lágrimas violentamente. Podía recordar aquella noche a la perfección.

Aunque había llegado a casa bastante después de medianoche, se había encontrado a su tía despierta y esperándola, rebosante de recelo y de reproches. Al principio se había reído y le había dicho a su tía que no se preocupara. Le había asegurado que no había ocurrido nada, que había pasado la noche con las otras chicas. Pero su tía olió la cerveza en su aliento y vio el rubor de sus mejillas. Preguntaba con insistencia y se ponía tensa con las respuestas si no decía la verdad.

Al final, se lo contó.

Sí, había conocido a un chico. Era encantador, alto, guapo… Pero su tía no quiso escucharla.

—¿Y qué habéis hecho? ¿Qué se os ha ocurrido hacer?

—Nada, tía. Me cogió de la mano. Es el mejor hombre del mundo. Me estará esperando el viernes en la esquina de…

Su tía le dio una bofetada.

—¡Puede esperar todo lo que quiera, pero tú no irás a ver a ningún chico, no mientras vivas bajo mi techo!

La muchacha sentía el dolor en la mejilla y las lágrimas en los ojos.

—¿Qué quieres decir, tía? Le he prometido que estaría allí. Lo amo...

Pero la tía no quería saber nada de amores. Habían pasado muchos años desde que el amor había iluminado su vida y, si de ella dependía, no iba a iluminar la de su sobrina.

Envió a Philomena a su habitación y le dijo que se quedara allí hasta que se le hubieran ido de la cabeza aquellas estúpidas ideas, hasta que el tonto de la oficina de correos hubiera acudido a la cita, hubiera esperado... y, después de haber esperado, se hubiera ido.

Fue angustioso verse encerrada en la habitación sabiendo que el chico la estaba esperando.

A los diez días, se dio por vencida.

Le dijo a su tía que nunca volvería a salir hasta tarde, que nunca volvería a hablar con nadie salvo con las chicas del colegio y, sobre todo, que nunca intentaría encontrar a aquel chico.

Durante las siguientes semanas, había estado tramando planes para huir y buscarlo, pero su tía estaba al acecho. Conocía las pasiones que bullían en el pecho de una muchacha joven y se aseguró de que su sobrina se quedara en casa.

Luego lo del bebé había empezado a hacerse evidente, y la sorpresa y el remordimiento de Philomena no habían servido de nada para aplacar la furia de su tía. La Iglesia le había dicho que besar a un hombre era pecado, pero nadie le había contado cómo se hacían los bebés.

—¿Y qué hizo tu tía? —preguntó la madre Barbara, interrumpiéndola.

Philomena se estremeció al recordar aquellas terribles semanas.

—Pues llamó a mi hermano Jack y a mi padre, reverenda madre. Y creo que además ella quería casarse con mi padre, ya que él estaba solo y ella también. Pero papá no quiso saber nada de eso. Luego me llevó al médico a Limerick y él dijo que tenía que venir a Roscrea. Así que me vine aquí hace dos meses. Dejé el colegio el año pasado, solo hacía un año que era libre.

La madre Barbara agitó la mano.

—¿Y qué dijo tu padre? He observado que no ha venido a visitarte aquí.

La pregunta era deliberadamente hiriente y Philomena se mordió el labio.

—Papá estaba triste por mí, reverenda madre, estoy segura de que lo estaba. Pero no podía contarle lo mío a nadie, ni siquiera a la familia. Kaye y Mary creen que me he ido a Inglaterra. Y ahora echo de menos a mamá y echo de menos estar en casa…

La absoluta soledad de los cientos de chicas que pasaban por aquel lugar y de otras como ellas en toda Irlanda estaba grabada en el rostro de Philomena. Las repudiaban por un pecado que ni siquiera sabían que habían cometido y, en muchos casos, no eran más que niñas sometidas a un castigo cruel por parte de los adultos.

La madre Barbara tomó nota de la historia de la chica en el libro de cuentas y dio por terminada la entrevista.

—Ahora, Marcella, deberías regresar al dormitorio. Esto no es una residencia de verano y esperamos que trabajes duro. Deberás permanecer aquí y pagar por tus pecados. La única salida son las cien libras. ¿Crees que tu familia pagará las cien libras?

Philomena miró inexpresivamente a la madre superiora.

—No lo sé, reverenda madre. Pero si papá no le ha dado el dinero, supongo que querrá decir que no lo tiene.

CUATRO

Roscrea

En las semanas posteriores al nacimiento de Anthony, Philomena empezó a ver la verdadera cara de la vida en la abadía de Sean Ross, que no era precisamente feliz.

Como la mayoría de los hogares irlandeses para madres solteras, estaba al lado de un convento mucho más antiguo. Cuando este fue adquirido por las hermanas de los Sagrados Corazones de Jesús y María en 1931, Sean Ross pasó a ocupar una imponente mansión georgiana con extensos campos y un jardín amurallado. En sus terrenos, todavía estaban en pie los restos de un monasterio medieval, y un pequeño y pulcro cementerio albergaba el último lugar de descanso de un puñado de monjas. Las madres y los bebés que morían allí eran enterrados en tumbas anónimas, en un camposanto contiguo del que nadie se ocupaba.

Al lado del convento —aunque, sin duda, parecía un universo aparte—, había otro edificio más oscuro, de líneas austeras y vulgar cemento gris. La visión de la Iglesia del lugar donde las mujeres pecadoras debían residir no atendía a razones de comodidad o belleza. En el corazón de la construcción, se encontraban los dormitorios: uno para las madres que estaban en capilla, otro para las que acababan de dar a luz, y varias habitaciones para aquellas cuyos hijos estaban siendo criados en la guardería contigua.

Como sus compañeras, Philomena estaba destinada a recorrer aquellos tres dormitorios, a ser una más entre las decenas de muchachas alojadas durante tres años en camas individuales de hierro, alineadas al pie de largas paredes pintadas de color crema, con sábanas blancas almidonadas en los colchones e imágenes de Nuestra Señora sobre sus cabezas. En cada extremo de la sala, había una ventana cuadrada, pero estaban tan altas que, incluso cuando el sol brillaba, el lugar permanecía en penumbra.

Las chicas abandonaban su propia ropa el día que llegaban a la abadía de Sean Ross. Durante el resto de su estancia allí, vestían toscos uniformes de mahón, una especie de amplios blusones que disimulaban sus barrigas hinchadas, vergonzosa evidencia de su pecado. Les daban pesados zuecos de madera que les herían los pies. Les rapaban el pelo para evitar las liendres y les cubrían la cabeza con casquetes de ganchillo. Philomena había llevado el cabello negro peinado con raya al lado y las puntas se le habían curvado bajo la barbilla de forma delicada, pero ahora lo tenía corto y erizado como las demás.

A las chicas se les prohibía hablar entre ellas y se les pedía que no revelaran su verdadera identidad, ni siquiera su lugar de procedencia. Sus vidas en aquel lugar estaban envueltas en secreto, soledad y vergüenza. Habían sido «internadas», como todos decían, para evitarles la vergüenza a su familia y a la sociedad. Muy pocas recibían visitas de sus parientes, prácticamente ninguna. Los padres de los bebés nunca pasaban por allí.

Los dormitorios cobraban vida cada mañana a las seis, cuando alguna empleada laica encendía las luces y les gritaba a las muchachas que salieran de la cama. A las que no respondían, unas manos duras les arrancaban las sábanas y las sacudían por los hombros. Se las llevaban a la guardería para que se ocuparan de sus bebés y luego a la misa de ocho: un centenar de chicas esqueléticas, embarazadas o recién paridas, arrastraban los pies por oscuros pasillos para llegar a la capilla del convento. Cada mañana, una o más se desmayaba durante la comunión, lo que se consideraba insubordinación deliberada merecedora de castigo.

Después de la misa, las ponían a trabajar. Se les asignaba una de las siguientes tareas: preparar la comida en la cocina del convento, cuidar a los bebés y a los niños en la guardería o trabajar en la lavandería de la abadía. La cocina era la más deseada: el trabajo era duro y las horas se hacían interminables, pero las muchachas podían complementar las exiguas raciones de comida que recibían hurtando algunos restos. El trabajo de las chicas de la guardería era supervisado por hermanas enfermeras con largas sotanas blancas y por personal laico contratado por las hermanas. Trabajaban día y noche, lavando y cambiando a los bebés y cerciorándose de que sus madres los alimentaran. Para ahorrar en papillas, las monjas insistían en que las madres les dieran el pecho al menos un año, y normalmente durante más tiempo.

La lavandería era el emplazamiento menos popular y el que le fue asignado a Philomena. Cada día, después de la misa, se dirigía con el resto de las chicas de la lavandería a aquellas sofocantes y oscuras salas donde tanques llenos de agua hervían sobre fuegos de coque y sudorosas mujeres llevaban montones de sábanas, los hábitos de las monjas y los uniformes de las internas, para que fueran lanzados al agua borboteante. Durante horas seguidas, removían los tanques humeantes con palos de madera y manejaban las sábanas mojadas con unas manos que acababan volviéndose ásperas y se llenaban de ampollas.

Las hermanas recibían ropa para lavar del pueblo de Roscrea y de otras villas aledañas, de hospitales e internados estatales. Pocos de los que enviaban la colada a Sean Ross podían haber imaginado las infernales condiciones de trabajo. Las monjas les decían a las niñas que frotar, remojar y planchar simbolizaba la limpieza de la mácula moral de sus almas, pero además era rentable para el convento: podía ser que la Iglesia estuviera salvando almas, pero no le hacía ascos a ganar dinero.

El turno matinal en la lavandería duraba hasta el breve descanso de la comida, momento en que a las madres les permitían ver a sus hijos. Luego venía otro turno y las tardes se pasaban limpiando y haciendo otras tareas rutinarias por el edificio. La hora de después de cenar se reservaba para hacer punto y coser. Las muchachas tenían que confeccionar la ropa que llevaban sus hijos y muchas se convertían en consumadas costureras. No había ni radio ni libros, pero a las chicas les dejaban sentarse en la guardería con sus bebés o en la sala común con aquellos que eran algo mayores. Aquella hora, la hora que la mayoría esperaban ansiosamente, era la que les permitía estar cerca de sus niños y establecer el vínculo que uniría a madre e hijo durante el resto de sus vidas. Permitir que dicho amor floreciera parecía aún más cruel que arrebatarles a los bebés al nacer.

CINCO

Dublín

Mientras Philomena Lee trabajaba duro en la lavandería de la abadía de Sean Ross, el Gobierno irlandés empezaba a abrir los ojos a un problema que hacía tiempo que intentaba ignorar.

Durante aquel interminable y caluroso verano de 1952, Anthony Lee era solo un bebé más entre la multitud que había en las instituciones para madres solteras de la República, que en su mayoría estaban a reventar. Cuando Joe Coram hizo un estudio de las cifras para dárselas al ministro, calculó que más de cuatro mil hijos ilegítimos de todos los rincones del país estaban a cargo de la Iglesia y que había pocas expectativas de que el número se redujera.

A Frank Aiken no le iba a gustar la batalla que se avecinaba. A la mañana siguiente del artículo sobre Jane Russell, él había actuado —con retraso— con el fin de proteger los intereses de su ministerio. Le había dicho a la Dáil* que la información del periódico «no era correcta cuando afirmaba que se le había concedido el pasaporte al niño para que pudiera ser adoptado en Estados Unidos». Sabía que aquello era engañoso, pero no podía hacer nada más. Dijo que la señora Russell había asegurado al consulado que solo pretendía llevarse tres meses de

---

* Cámara baja del Parlamento de Irlanda. *[N. de la T.]*.

vacaciones al pequeño Tommy. Pero, al mismo tiempo, había dictado un telegrama urgente dirigido a todos los consulados y las embajadas irlandeses en el que daba instrucciones para que, en el futuro, remitieran al ministerio todas las solicitudes de pasaportes para niños menores de dieciocho años. «El asunto de la reciente expedición de un pasaporte a un menor de edad que una actriz estadounidense se llevó a Estados Unidos ha recibido una enorme publicidad no deseada. La razón de esta orden es el deseo de asegurar que no vuelva a expedirse ningún pasaporte irlandés en tales circunstancias».

A la mañana siguiente, Joe Coram se sentó a redactar el informe político que Aiken le había exigido. Era consciente de lo que estaba en juego y de las susceptibilidades de los involucrados: el Gobierno había dado rienda suelta a la Iglesia para que llevara la gestión de los hijos ilegítimos en todo el país, en parte porque este estaba mal dotado para abordar por sí mismo el problema y en parte porque Eamon de Valera dependía en gran medida del apoyo del arzobispo de Dublín, John Charles McQuaid. Pero Joe todavía poseía parte del idealismo de su juventud y aquel informe era una oportunidad para conseguir que el ministro hiciera algo al respecto de un escándalo nacional. Joe escribió:

> Existe un mercado de niños en Estados Unidos. Y, entre ciertos estadounidenses, Irlanda disfruta de una reputación notable como lugar donde se pueden conseguir niños en adopción sin demasiada dificultad.
>
> Durante los últimos años, hemos visto emerger un verdadero mercado de bebés que cruzan el Atlántico en dirección oeste. No hay nada que impida a nadie venir a este país y llevarse a un niño en adopción.
>
> La situación, en gran medida, surge de la actitud de la jerarquía católica romana. Como sabe, el Gobierno ha estado in-

tentando promulgar un proyecto de ley de adopciones para introducir el control estatal en la política de adopción. Pero sus esfuerzos han topado con la oposición de la jerarquía eclesiástica, que considera que las instituciones para madres solteras son una forma apropiada de hacer que el problema —y las mujeres— desaparezca.

El interés financiero de la Iglesia es considerable. Las monjas reciben un pago por parte de los padres adoptivos, especialmente de aquellos procedentes de Estados Unidos, y no se verifica lo suficiente la idoneidad de los hogares a los que los niños son enviados. El caso de Jane Russell es la punta de un iceberg mucho mayor.

Una de las verificaciones que las autoridades eclesiásticas siempre llevan a cabo es la de la creencia religiosa de la familia adoptiva. Estos son los extractos más relevantes de la directiva del arzobispo McQuaid.

A continuación se exponen las condiciones requeridas por Su Ilustrísima el arzobispo antes de permitir la adopción de un niño católico por un estadounidense u otra familia extranjera:

1. Los potenciales padres adoptivos deben contar con una recomendación escrita del director del comité de beneficencia católica de la diócesis a la que pertenecen y del sacerdote de su parroquia.

2. Los potenciales padres adoptivos deben adjuntar los correspondientes certificados médicos que demuestren que no están eludiendo voluntariamente la paternidad natural.

3. Los potenciales padres adoptivos deben realizar una declaración jurada asegurando que criarán a su hijo en el catolicismo y de que educarán al niño adoptado durante toda su etapa escolar en colegios católicos.

Como podrá observar, no se lleva a cabo comprobación alguna sobre la idoneidad de los padres adoptivos para quedarse con el niño, el único criterio es el de la fidelidad religiosa. Aun así, el Ministerio de Asuntos Exteriores ha aceptado las reglas de McQuaid considerándolas «muy satisfactorias» y expedimos pasaportes a cualquier niño a petición del arzobispo. El Ministerio de Asuntos Exteriores no tiene ningún control sobre ello, carecemos de la información más básica y el Gobierno ha sido reacio a enfrentarse a la jerarquía eclesiástica en relación con este asunto.

Actualmente, nos encontramos ante un comercio incontrolado de compraventa de bebés irlandeses y, aunque hasta ahora lo hemos mantenido relativamente en secreto, sería difícil de defender en caso de que se hiciera público el verdadero alcance del mismo.

SEIS

Roscrea

El pequeño Anthony Lee no sufrió daños irreversibles a causa de la manipulación que había sufrido a manos de la hermana Annunciata. Los abultados cardenales de color púrpura que tenía en la cabeza eran los únicos recordatorios de su violento nacimiento. El médico que acudió tres días después se echó a reír y dijo que parecía un pan de bollo dulce. Anthony nació con la frente notablemente alta como legado de los fórceps, pero también como augurio de la aguda inteligencia que lo caracterizaría en la vida y que, finalmente, le ayudaría a decidir su destino.

Su primer contacto con el mundo no fue en absoluto triste. Mientras su madre sudaba debido a las cargas de la culpa y de la humeante lavandería, a Anthony lo rodeaba un universo de cuidados inusitadamente delicado.

Incluso en el convento de la abadía de Sean Ross, donde las hermanas estaban en contacto con una exigente deidad y las mujeres caídas en desgracia trabajaban para expiar sus pecados, donde la frustración, el remordimiento y la crueldad abundaban a partes iguales, Anthony disfrutaba de la ternura y el afecto femeninos. El sol de la guardería y el jardín del convento iluminaban su mundo, y los altísimos techos del dormitorio infantil le proporcionaban unas fronteras reconfortantes. Dos hileras de cunas —altas y estrechas para los recién nacidos, y más anchas y robustas para los mayores— recorrían su universo a lo largo. Las monjas de hábitos blancos se movían entre ellos, rozando el borde de su cuna con un suave susurro de tela impregnada en incienso.

Una de las paredes de la guardería estaba recubierta de ventanas del suelo al techo que daban a los campos del convento, de manera que la luz entraba desde primera hora de la mañana. En los días excepcionalmente radiantes de julio y agosto de 1952, abrían las puertas acristaladas y llevaban rodando las cunas de los bebés hasta las baldosas de cemento de la terraza, ya que la luz del sol y el aire fresco eran la mejor protección contra la tuberculosis y el raquitismo. Más tarde, cuando llegaba el invierno, sellaban las ventanas con cinta adhesiva y un olor a desinfectante suave impregnaba la sala. Desde las cocinas comunes, donde se preparaba la comida tanto para las monjas como para las pecadoras, llegaba un aroma a verduras muy cocidas.

A las chicas nunca les permitían salir de la abadía y solo podían estar en los terrenos del convento cuando les obligaban a realizar tareas en el jardín. Embarazadas o no, frotaban los suelos de la abadía, limpiaban las ventanas, quitaban el polvo y sacaban brillo a diario. A aquellas que trabajaban ensartando rosarios, les adjudicaban un mínimo de sesenta decenarios al día. El firme alambre de las cuentas les dejaba unas muescas en los dedos que las acompañarían de por vida.

Tras el período inicial de convalecencia, los bebés eran trasladados a la guardería. Pero la carne compartida y los nueve meses de intimidad hacían surgir una conexión madre-hijo y, cuando Anthony lloraba en la guardería nocturna, Philomena, que estaba al otro extremo del convento, se despertaba.

La hermana Annunciata era el consuelo de Philomena. Cantaban juntas en el coro. Vertían las emociones que les prohi-

bían expresar en la música sagrada. El placer del canto acercó
a ambas mujeres. Cuando conseguían birlar algunos instantes
de tranquilidad para estar juntas, Philomena susurraba sus esperanzas de un futuro con John McInerney, el hombre al que
anhelaba poner al corriente del milagro de su vástago. Le contaba a la hermana Annunciata lo mucho que amaba a su hijo
y Annunciata la abrazaba como a una hermana. Por las noches,
cuando a las muchachas les permitían estar con sus hijos, Annunciata se sentaba a su lado y jugaba con Anthony. Adoraba la
manera en que lograba hacerle reír —una risa alegre y gorjeante
de proporciones desmedidas para tan diminuta complexión—
hundiendo su nariz en la rosada suavidad de su tripita. Philomena lo levantaba en el aire y lo besaba en la mejilla hasta que
conseguía hacerle chillar de satisfacción. Cuando se quedaba dormido, se turnaban para meterlo en la cuna y remeter la manta
alrededor de sus hombros. Luego se sentaban y comentaban susurrando las anécdotas del día y de las otras chicas del convento.
Una noche, Philomena le dijo a Annunciata que tenía que preguntarle una cosa, algo que hacía tiempo que le preocupaba.

—Hermana, la chica de Sligo, la gordita pelirroja, ¿sabe lo
que me ha dicho? Pues me ha dicho que todas nos quedaremos
en el convento y que ninguna de nosotras podrá quedarse con
su bebé. Pero eso es un disparate, ¿verdad, hermana? ¿Cómo va
alguien a quitarle un bebé a su mamá? Con lo bonito que es
Anthony, ¿a que sí? —inquirió la muchacha. Annunciata bajó
la vista y guardó silencio: no sabía cómo podía ser tan ingenua
Philomena. La joven intentó quitarle hierro al asunto—. Es precioso, ¿verdad, hermana? Y usted también lo quiere, está claro
—añadió. Pero Annunciata seguía sin responder y Philomena
sintió una punzada de pánico en la boca del estómago—. Hermana, por favor, dígame que no es verdad…

SIETE

Drumcondra

Joe Coram y Frank Aiken todavía seguían discutiendo cuando el Humber Hawk negro salió del patio de Iveagh House hacia Stephen's Green. Joe tenía la sensación de que les habían concedido aquella audiencia en Drumcondra un poco a regañadientes, pero se alegraba de que Frank hubiera insistido. Sabía que su jefe se encontraba entre Escila y Caribdis en lo que a aquel asunto se refería, y él estaba intentando guiarlo sutilmente hacia sus rocas preferidas.

—Nuestro problema es que hemos dejado que la Iglesia hiciera lo que quisiera durante demasiado tiempo, Frank. Las monjas creen que esos bebés les pertenecen y a las pobres chicas les han sorbido el seso de tal forma convenciéndolas de que son unas pecadoras que hacen lo que dicen las monjas. La mitad de las veces la madre superiora despacha a los niños sin decírselo siquiera a las madres. Sin consultas, sin consentimientos y sin despedidas. Al menos la Ley de Adopción detendrá el envío de niños al extranjero sin el consentimiento escrito de la madre. No es mucho, pero por algo se empieza. —En su rincón del asiento trasero, Frank Aiken permaneció en silencio. El coche circulaba lentamente en dirección norte por la calle O'Connell, hacia Croke Park. Joe siguió espoleando la indignación de su

46

jefe—. El Estado es cómplice, Frank. Hemos dado por sentada la disponibilidad e idoneidad de las intituciones para madres solteras como medio para solucionar el problema. Pero esos hogares funcionan al margen de nuestras normas. Son los fondos públicos los que permiten que el sistema siga funcionando, pero solo la Iglesia tiene autoridad sobre ellos y acceso a sus ingresos. —Joe vio que Aiken estaba asintiendo y decidió arriesgarse con un argumento que anteriormente había considerado demasiado provocador—. Y, para ser francos, siempre nos ha convenido no hacer enfadar a la jerarquía eclasiástica. La raíz del problema es la cobardía. Si los políticos se enfrentaran a McQuaid, ¿quién sabe qué les diría a los sacerdotes que incluyeran en los sermones? Si todos y cada uno de los curas desde Cork hasta Donegal empezaran a rezar en contra del Gobierno, ¿cuáles serían sus opciones de ser reelegido? De Valera lo sabe perfectamente, por eso son como uña y carne. Le digas lo que le digas a McQuaid esta noche, este sistema le conviene a demasiada gente. Cada niño enviado a Estados Unidos es un donativo más para la Iglesia y un problema menos para el Estado. A todos les conviene dejar las cosas como están.

Habían llegado ya a Drumcondra y estaban recorriendo el camino rodeado de árboles que conducía al palacio del arzobispo cuando Aiken finalmente gruñó:

—Así que todos están encantados salvo nosotros, ¿no? ¿Todo el mundo sale ganando menos el pobre Ministerio de Asuntos Exteriores? ¿Y encima pretenden dejarnos en ridículo por expedir unos malditos pasaportes? Pues eso ya lo veremos.

A las siete menos cinco —ni más ni menos que veinticinco minutos después de la hora prevista para la reunión—, un sacerdote achaparrado con una sotana elegantemente planchada abrió la puerta de la antesala.

—El arzobispo los recibirá ahora mismo, caballeros. Síganme, por favor.

El padre Cecil Barrett, director de la Agencia Católica de Prestaciones Sociales y asesor de McQuaid en cuestiones de política familiar, los condujo al estudio del arzobispo y les hizo aproximarse a la figura recortada que se sentaba tras un gran escritorio de caoba en el extremo de una sala tenuemente iluminada. John Charles McQuaid levantó la vista del documento que estaba estudiando y les ofreció el anillo que llevaba en el dedo índice de la mano izquierda, que dejó caer lánguidamente. Frank Aiken dio un paso al frente y lo besó. Para su sorpresa, Joe Coram hizo lo propio.

McQuaid en persona era un ser menudo y considerablemente apocado. Cuando se levantó para unirse a ellos en la mesa redonda cubierta con un tapete, sus visitantes pudieron ver los hombros encorvados y la piel cetrina de sus macilentas mejillas. Parecía que los cincuenta y siete años que tenía le pesaban. Hacía doce años que era arzobispo y había consolidado su poder absoluto gracias a su habilidad para hacer la corte a los políticos del país. Eamon de Valera había caído bajo su hechizo hasta tal punto que McQuaid había sido invitado a revisar la Constitución irlandesa antes de que se hiciera pública: la «posición especial de la Iglesia católica en el Estado irlandés», nada de divorcio ni aborto, y la «responsabilidad especial» de la Iglesia sobre las escuelas y los hospitales eran disposiciones salidas de la pluma de McQuaid.

A cambio, la jerarquía eclasiástica había apoyado a De Valera en las duras y en las maduras. Frank Aiken sabía que no ganaba nada atacando al arzobispo.

—Le agradezco que nos haya recibido, Ilustrísima —dijo para empezar—. Sé que es un hombre ocupado, pero creo que podríamos tener un interés compartido en revisar la reciente y desafortunada publicidad otorgada a ciertos aspectos de la política de adopciones de este país, que podría resultar potencialmente perjudicial para el prestigio tanto de la Iglesia como del Gobierno…

McQuaid alzó una ceja.

—Entiendo, señor ministro, que dicho asunto sea perjudicial para su ministerio. Pero no tengo claro que el prestigio de la Santa Iglesia se vea mermado en modo alguno por el hecho de que el Ministerio de Asuntos Exteriores haya sido criticado por su falta de… *cautela.*

Frank Aiken se revolvió en el asiento y miró a Joe Coram.

—Ciertamente, Ilustrísima. Como bien sabe, hemos sido censurados. Y me complace informarle de que hemos tomado medidas. No obstante, el hecho de que la Iglesia sea responsable…

McQuaid le interrumpió.

—Señor ministro, si me permite, creo que las medidas que *yo* he tomado darán excelentes resultados a la hora de resolver el problema del que habla. En cuanto a esos desafortunados informes, me he entrevistado en privado con el *Taoiseach* y, tras nuestra conversación, tanto la dirección del aeropuerto de Shannon como el director de la compañía aérea Pan Am han recibido instrucciones para evitar cualquier tipo de publicidad referente al transporte de niños a Norteamérica. Me complace comunicarle que el padre Barrett ha recibido confirmación por escrito de que respetarán nuestra petición. Supongo que coincidirá en que se trata de un resultado satisfactorio.

Aiken gruñó y estuvo a punto de ceder, pero Joe Coram le dio una patadita en el tobillo.

—Ilustrísima —dijo Aiken—, esas noticias son bien recibidas. Evitar las especulaciones inútiles de la prensa es un objetivo importante. Pero mi ministerio tiene más preocupaciones que las meramente… comunicativas, por así decirlo. Como bien sabe, este Gobierno ha estado negociando con el fin de introducir la legislación necesaria para gestionar la manera en que funciona el sistema de adopción en sí mismo. Mi ministerio cree que el caso del niño Tommy Kavanagh pone de manifiesto un defecto de forma en el envío de los niños al extranjero, por parte de las autoridades eclesiásticas, para que se reúnan con sus padres adoptivos.

McQuaid lo miró fijamente.

—Supongo, señor ministro, que no estará proponiendo cambios en la autoridad de la Iglesia en lo que a políticas de adopción se refiere, ¿verdad? —inquirió el prelado en tono monótono y amigable—. A mí no me parece que el Estado, con su carencia de instalaciones para hacer frente al problema de los huérfanos, se encuentre en posición de hacerse responsable.

Parecía que Aiken no tenía muy claro cómo actuar. Joe Coram le pasó una nota escrita a mano. Frank le echó un vistazo y tosió.

—Ilustrísima. La envergadura del problema de los huérfanos en nuestro país es considerable y los esfuerzos de la Iglesia católica para lidiar con él son muy estimados. Sin embargo, y teniendo en cuenta que nos encontramos en la segunda mitad del siglo xx, creemos que cabría la posibilidad de abordarlo como una cuestión social, más que moral, por decirlo de alguna manera. Consideramos que es posible que haya dejado de existir la acuciante necesidad de que las mujeres que conciben fuera del matrimonio sean confinadas y que algún elemento de apoyo social, un programa de bienestar respaldado por el Estado, podría permitir a muchas de ellas conservar a sus bebés e integrarlos en la comunidad. En Inglaterra se ha introducido un esquema similar y…

El arzobispo sonrió a los visitantes como un padre sonreiría a un hijo descarriado.

—Señor ministro, está infravalorando tanto la magnitud como la naturaleza del problema. La ilegitimidad es fundamentalmente una cuestión moral y la Iglesia fallaría en su entrega a Dios si permitiera que esta fuera ignorada. Supongo que habrá leído el libro del padre Barrett publicado el mes pasado sobre este tema. Padre Barrett —solicitó el arzobispo mientras le hacía señas a su asesor para que diera un paso al frente—, por favor, ofrézcales a estos caballeros un ejemplar de su obra.

Cecil Barrett inclinó la cabeza ligeramente y le tendió a Frank Aiken un fino volumen en el que se leía en letras azules sobre una cubierta rosa: *Adopción: el padre, el hijo, el hogar.*

—Si me permiten indicarles los pasajes relevantes... —señaló Barrett. Luego se inclinó sobre el libro y lo abrió—. Como verán, hay pruebas claras de que las mujeres que se permiten engendrar dichos hijos son, en su gran mayoría, graves pecadoras con serios problemas morales. Existen datos científicos que demuestran que los retoños de las mujeres caídas en desgracia están predestinados a convertirse en rebeldes y a sufrir complejos análogos a los de ciertos inválidos. Eso está científicamente comprobado. Dichos vástagos están abocados al sufrimiento y, a menudo, al fracaso. Ningún tipo de ayuda material o social, como ustedes proponen, sería útil para esa gente si las cuentas de la fábrica espiritual de la madre no han sido saldadas. Las madres pecadoras no son aptas para tener la custodia de sus propios hijos. Por lo tanto, sería una crueldad para ambos permitir que permanecieran juntos.

Frank Aiken no era el tipo de hombre al que le gusta que le den sermones. Su respuesta fue brusca.

—Caballeros, les agradezco su explicación del posicionamiento de la Iglesia. Me gustaría aclarar por qué soy reacio a aceptarlo. Para empezar, está la parte económica del asunto. —Aiken rebuscó entre un montón de papeles y sacó el informe de Joe—. Ilustrísima. Esto es lo que hay. Nuestras cifras indican que actualmente existen más de cuatro mil niños en hogares católicos para madres y bebés. Cuando las mujeres acuden a las hermanas, renuncian a sus hijos y a tres años de su vida. ¿Estamos de acuerdo en eso? Una vez que ha nacido el bebé, se quedan allí y trabajan para las monjas en las lavanderías, en los campos, en los invernaderos comerciales, cocinando y sirviendo la comida, o elaborando rosarios de cuentas, mientras que la Iglesia se queda con los beneficios —manifestó Aiken. El ministro analizó las caras de los clérigos—. Eso además de lo que les paga el Estado por cada una de las internas. Una suma que hoy por hoy asciende, según tengo entendido, a una libra por madre y a dos chelines y seis peniques por niño a la semana. Una fuente de ingresos bastante ventajosa para la Iglesia. Ahora bien, la única manera que tiene una mujer de evitar los tres años de trabajo es que su familia pague cien libras directamente a la madre superiora, en cuyo caso creo que es libre de irse una semana después de que el bebé haya nacido. Pero, en cualquiera de los casos, la cuestión es que *no puede quedarse con su bebé*. ¿Correcto? —inquirió el ministro. McQuaid y Barrett hicieron ademán de interrumpir, pero Aiken estaba lanzado—. ¿Y qué hacen con los bebés una vez que la madre se ha ido? Entiendo que las hermanas han vendido miles de ellos a estadounidenses de los que no tenemos ninguna información y que, por lo que nosotros sabemos, bien podrían estar asesinando a esos pobrecillos. ¿Y los que se quedan atrás? Bueno, ustedes han bloqueado la legislación de adopciones, así que van a parar a nuestros maravillosos orfanatos, a nuestras preciosas y amorosas escuelas industriales. Todos ellos gestionados por la Iglesia, por supuesto, ¡así que continuamos pagándoles! El Estado no tiene ningún control sobre lo que los hermanos y hermanas les hacen, pero lo que es seguro es que no los tienen en palmitas. La mitad de ellos salen tan afectados que se pasan el resto de sus vidas intentando recuperarse… o acaban convertidos en rufianes y criminales.

Frank Aiken había metido la primera y apenas era consciente de que había llegado más lejos de lo deseado. El arzobis-

po no era un hombre al que conviniera enfadar y Aiken esperaba una reprimenda, pero, para su sorpresa, McQuaid respondió
con la voz temblorosa por la emoción.

—Señor ministro, le ruego disculpas. Me está acusando de
poner a nuestros niños en peligro. Eso no es justo. Yo adoro a
esos niños, señor ministro. Los *adoro*.

Dicho lo cual, se puso en pie, se recogió el hábito de seda
y salió apresuradamente de la habitación.

OCHO

Roscrea

Anthony Lee se estaba adaptando al mundo. Su madre le consentía y la hermana Annunciata le llevaba regalos a escondidas: pequeños juguetes y sonajeros, galletas de azúcar y biscotes. Los rostros de las mujeres que se inclinaban sobre su cama para arroparlo por la noche eran amables y Anthony aprendió pronto que podía ser un potente generador de afecto. Respondía a las sonrisas de los demás con las suyas propias y la vida le parecía un aprendizaje fácil. El sufrimiento y la crueldad que se arremolinaban en la abadía de Sean Ross, las apariencias, el anonimato, el silencio impuesto y la rabia contenida no significaban nada para él.

A Philomena Lee no le resultaba tan fácil hacer amigos. Como les sucedía a todas las chicas allí, para ella el sentimiento imperante en un mundo lleno de silencio y secretismo era el de la soledad. Ahora que sabía lo que le esperaba, ahora que la hermana Annunciata había confirmado la inevitable separación, se sentía todavía más unida a su hijo. Por las noches no le apetecía dejarlo, les imploraba a las hermanas enfermeras y al personal laico que le dieran más tiempo antes de llevárselo a la guardería nocturna. Cada separación se convertía en un ensayo para la separación final.

Una tarde de invierno, a principios de 1953, cuando Philomena volvió de la lavandería, se encontró a Anthony atenazado por los cólicos. Los espasmos de dolor hacían que su cuerpecito se retorciera a ambos lados. Se pasó la hora de hacer punto y el tiempo de la cena paseándolo arriba y abajo por el largo pasillo, intentando aliviar su sufrimiento, pero su bebé gritaba inconsolablemente. Ella era joven, no tenía experiencia en trastornos infantiles y le entró el pánico. Se convenció a sí misma de que Anthony estaba realmente enfermo. Cuando la hermana de la guardería nocturna fue a quitárselo, le contó lo preocupada que estaba y le preguntó si podía quedarse con él por la noche.

—Solo esta vez, hermana. Solo mientras esté enfermo. Necesita que lo acompañe. No se quedará dormido si yo no estoy y yo no me quedaré dormida si no estoy con él.

Pero la hermana le dijo que no fuera boba.

—No es cosa vuestra decir qué les pasa a los niños. No os pertenecen más de lo que les pertenecen al sol o a la luna. Vuestra tarea es alimentarlos y trabajar los tres años que os corresponden. Luego les buscaremos madres adecuadas que merezcan tener hijos.

Philomena la escuchó, cada vez más alarmada. A ella le parecía que Anthony —su mundo, su única alegría— estaba en peligro. Lo estrechó entre sus brazos y huyó. El ruido de los zuecos de madera al golpear las baldosas de piedra atrajo a monjas y muchachas, que llegaron corriendo mientras la hermana le daba alcance en la puerta cerrada que estaba al final del pasillo. Las dos mujeres resollaban y Philomena lloraba, pero la monja no tuvo piedad. Le arrebató a Anthony, lo dejó en el suelo y golpeó a Philomena con unos puños fuertes y expertos. Philomena cayó al suelo llorando, mientras la monja recogía al bebé.

—Vuelve a hacerlo y tu siguiente destino será el manicomio —le espetó la monja—. Aquello no te gustará, créeme. ¡Y puedes estar segura de que *nunca* saldrás!

La monja se alejó. Philomena se quedó allí tumbada hasta que una mano vacilante le frotó el hombro y una voz amable le susurró al oído. Apenas podía distinguir el rostro de la chica, pero notaba su brazo rodeándola. La muchacha la levantó del suelo y la ayudó a llegar al dormitorio de las madres, la tumbó en la cama y la tapó con la manta. Le dijo que su nombre allí era Nancy y que volvería por la mañana para ver cómo estaba.

Nancy era una chica callada y regordeta dos años más joven que Philomena. Tenía la cara redonda y los ojos oscuros. Sacó con cuidado a Philomena de la cama y la ayudó a bajar a misa; la sujetó del brazo mientras atravesaban el patio hasta la lavandería y la asistió durante un día de trabajo insoportable por los moretones que le cubrían el cuerpo. Por la tarde, hablaron. Ambas se sentían solas y asustadas, las dos necesitaban una amiga y su dramático encuentro las acercó. No hicieron caso de la prohibición de revelar sus verdaderos nombres, no hicieron caso de que no se podía hablar del pasado y se lo contaron todo. Nancy le dijo que, en realidad, se llamaba Margaret McDonald, que era de Dublín y que tenía una hija recién nacida llamada Mary. Había ocultado su embarazo a su familia, había dado a luz en el hospital Coombe e inmediatamente después la habían recluido en la abadía de Sean Ross.

—¿Y sabes qué, Phil? Nadie ha venido a verme. Ni una sola vez desde que llegué aquí. Sé que lo que hice es terrible y sé que papá se avergüenza de mí, pero de verdad creía que mamá vendría; creía que vendría a ver a su maravillosa y preciosa nietecita…

Ahora le tocó a Philomena consolarla.

—Venga, Margaret, no te pongas así —le dijo, estrechando la mano de su amiga entre las suyas—. Nuestros padres tienen sus propios problemas y no pueden estar pensando en nosotras todo el rato. Ahora ya somos mayores: hay dos bebés que lo demuestran, vaya si lo hacen —dijo Philomena, sonriendo con pesar—. Así que tenemos que seguir adelante y no quejarnos de las cosas. Ya sabes cuánto odia la hermana Barbara a las lloronas.

Margaret asintió. Ella también había sufrido a manos de la madre superiora.

—Tienes toda la razón del mundo. Ya lo sé. Pero echo de menos a mis amigos y también a mis hermanos y a mis hermanas. Y luego me da por pensar lo solos que estamos todos en el mundo y a veces soy tan infeliz que me gustaría morirme.

Margaret empezó a derramar las lágrimas que le anegaban los ojos. Philomena rodeó con el brazo a su amiga y la atrajo hacia ella. Le aseguró que no estaba sola, que todo el mundo en aquel lugar sentía la misma soledad y la misma desesperación, por mucho que le plantaran cara. Y le dijo que ambas debían de contar con la bendición de Dios, porque sus hijos se encontraban bien, estaban sanos y los dos eran los bebés más guapos que nadie hubiera visto jamás.

La pequeña Mary de Margaret, seis meses menor que Anthony, era un bebé impresionante de pelo cobrizo y rostro menudo y finamente cincelado. A Philomena la embelesaba y a Margaret le encandilaba el buen aspecto de Anthony, tan moreno. Se sentaban a hacer punto juntas la mayoría de las noches —jerséis para Anthony y delicadas chaquetas para Mary— y dejaban a sus hijos cerca para que, cuando se despertaran en sus cunas, se vieran el uno al otro. Cuando los pequeños crecieron y empezaron a gatear, jugaban en la misma alfombra y se tropezaban el uno con el otro, riendo encantados al sentir el tacto de otro pequeño ser. Anthony, un poco mayor y más adelantado, le enseñó a Mary a gatear y a jugar. Los bebés se querían y eso alegraba a las madres, pero la tristeza nunca andaba lejos.

A menudo, cuando las jóvenes mamás regresaban de hacer las tareas del día, encontraban las cunas de sus bebés vacías. Raramente avisaban con antelación de las salidas. En algunos casos, las chicas actuaban como si no pasara nada y esperaban con ansia que finalmente las dejaran irse del convento, pero lo más frecuente era que las abrumara la angustia de una pérdida prematura, irrevocable y que no atendía a súplicas.

Philomena y Margaret se estremecían cada vez que un bebé desaparecía. Pero también tenían una historia de esperanza, a la que se aferraban con la desesperación de los condenados. Una de las muchachas había conseguido «fugarse» de Roscrea y su historia formaba parte de la mitología del lugar. Con la ayuda de sus parientes, había encontrado trabajo como sirvienta de una adinerada dama de Dublín que había accedido a hospedar a la madre y al niño. Al parecer, habían presionado a las monjas para que dejaran que el niño se quedara con ella y había sido libre durante seis meses. Luego, para decepción de aquellas que continuaban aún en la abadía, había regresado. El experimento había fracasado: volvieron a enviar allí a la chica y, dos meses después, su bebé desapareció, como todos los demás. Aun sabiendo el final, la historia se citaba como prueba de que, a pesar de todo, existía la posibilidad de quedarse con los bebés. Y Philomena y Margaret estaban ardorosamente decididas a hacerlo.

NUEVE

Dublín

Una semana después de la audiencia en Drumcondra, Frank Aiken regresó de una reunión con el *Taoiseach* de mal humor. Cuando Joe le preguntó cómo había ido todo, se limitó a gruñir y a cerrar de un portazo la puerta de su despacho. Hasta una hora después, no hizo que llamaran a Coram.

—Hasta aquí hemos llegado, amigo mío. Estamos realmente jodidos. Dev dice que no piensa enfrentarse al arzobispo y que, si la Iglesia quiere enviar a nuestros bebés al desierto del Sáhara, que lo haga. McQuaid lo ha llamado por teléfono para decirle que no le gusta el Proyecto de Ley de Adopción y Dev dice que podemos intentar hacer lo que nos dé la gana, pero que él no piensa apoyarnos a menos que su Ilustrísima sufra una conversión a lo san Pablo de camino a Maynooth.

Aunque Joe Coram se esperaba algo así, incluso a él le sorprendió el vigor con que De Valera se lavaba las manos.

—¿Y qué opina el *Taoiseach* que debemos hacer? ¿Seguir expidiendo pasaportes a cualquier niño que McQuaid quiera enviar al extranjero?

Aiken se levantó y se puso a dar vueltas por la habitación.

—Así están las cosas. Lo he intentado por todos los medios, pero sigue recurriendo al maldito Proyecto Madre e Hijo y a lo que le hizo al último Gobierno.

Tres años antes, un breve Gobierno de la oposición había intentado introducir un proyecto de ley sobre madres e hijos para ofrecer tratamiento médico gratuito y consejo a todas las madres gestantes. Quien por entonces era ministro de Sanidad, Noel Browne, había promovido el proyecto aduciendo que pondría a Irlanda a la altura de otros países civilizados. Pero el arzobispo McQuaid se había opuesto a él, diciendo que haría que aumentara el número de madres solteras y de hijos ilegítimos, que permitiría que el Estado interfiriera en cuestiones de carácter moral (coto privado de la Iglesia) y que «daría paso al socialismo en Irlanda por la puerta de atrás». La retórica se había vuelto tan inflamada y las posturas opuestas se habían atrincherado hasta tal punto que el asunto se había convertido en una competición de fuerza entre la Iglesia y el Estado. McQuaid había tachado las propuestas de Browne de «totalitaristas» y había escrito al Vaticano asegurando que aquello era «un ataque a la Iglesia disfrazado de reforma social». Browne fue convocado ante un tribunal inquisitorial de obispos que le leyeron una declaración formal que decía que su proyecto iba en contra del adoctrinamiento social de la Iglesia. Le obligaron a dimitir en abril de 1951 y el fracaso de su proyecto hundió al Gobierno dos meses después.

En su discurso de dimisión, el *Taoiseach* John Costello se tragó su dignidad: «Como católico, obedezco a las autoridades eclesiásticas y continuaré haciéndolo. Todos los miembros del Gobierno estamos obligados a obedecer las normas de nuestra Iglesia y de nuestra jerarquía».

Joe Coram era un funcionario de rango medio del Ministerio de Asuntos Exteriores cuando se produjo el enfrentamiento. En diciembre de 1949, Browne había enviado una nota formal al ministerio para hacer una consulta sobre la falta de garantías para los niños que la Iglesia exportaba a América. «No hay manera de saber si las personas que adoptan son adecuadas o si puede tratarse de gente que ha sido rechazada como adoptante en su propio país». Además, pedía al Ministerio de Asuntos Exteriores que le asegurara que «se protegería el destino de los niños enviados a Estados Unidos».

Joe le respondió a Browne prometiéndole que investigaría aquello que le preocupaba, pero el asunto se vio bloqueado por los funcionarios de mayor rango del Ministerio de Asuntos Exteriores. Una circular ministerial aconsejaba no responder al ministro «hasta que el arzobispo hubiera decidido la política que seguiría». Además añadía: «Nuestra política debería ser mantenernos al margen en la medida de lo posible». Decepcionado por la pusilanimidad de sus superiores y alarmado por los peligros a los que estaban expuestos los niños irlandeses, Joe se había puesto en contacto en privado con Noel Browne para expresarle su apoyo personal y los dos hombres se habían hecho amigos.

—La jerarquía eclesiástica es el instrumento fáctico del Gobierno en las políticas sociales y económicas —le había dicho Browne a Joe—. La perspectiva de conservar un Gobierno eficaz por parte del Consejo de Ministros y de que se lleven a cabo las tan necesarias reformas ha desaparecido por completo.

En una serie de amargas conversaciones, Browne había expresado su aversión por McQuaid y había manifestado su recelo acerca de una faceta específica y «antinatural» de su carácter. Joe había escuchado y absorbido todo lo que el antiguo ministro le había contado. Y ahora pensaba usar aquella información para ayudar a su jefe actual a evitar que corriera la misma suerte que Noel Browne.

Maire se escandalizó cuando oyó lo que Joe se estaba planteando. Se lo contó una noche, después de un par de copas de jerez. La noticia la dejó con la boca abierta.

—¿Pero por qué ibas a hacer eso, Joe? ¿Para qué ibas a enzarzarte en una pelea con el hombre más poderoso de Dublín? ¿Te has planteado lo que significaría para nosotros que perdieras?

Joe le tendió una única hoja escrita a máquina que había comentado esa misma tarde con Frank Aiken.

Cada vez más alarmada, Maire leyó el testimonio de un niño anónimo que recordaba un encuentro que aseguraba haber tenido con «John, el obispo». El niño contaba que John Charles McQuaid le había invitado al reservado de un bar cercano al palacio del arzobispo, que le había hecho sentarse en el sofá, a su lado, y que le había preguntado si le gustaba ir al colegio.

«Poco a poco», continuaba la declaración, «al niño le quedó claro que las manos lascivas y los largos dedos de John, el obispo, tenían otras intenciones totalmente ajenas al hecho de si le gustaba o no ir al colegio».

Maire sintió pánico.

—¿De dónde has sacado *eso*, Joe? ¿Cómo sabes siquiera que es verdad?

—No sé si es verdad. Y fue Noel Browne quien me lo dio. Está convencido de que McQuaid es un pederasta —dijo Joe con tranquilidad.

Maire abrió los ojos de par en par.

—¿Noel Browne, el *Teachta Dála**? Si todo el mundo sabe que odia a McQuaid. ¿No crees que podría habérselo inventado todo, Joe? Es demasiado arriesgado.

Joe había estado dando vueltas a los mismos argumentos sin cesar durante los últimos días y sospechaba que Maire tenía razón.

---

* Miembro de la cámara baja del Parlamento de Irlanda. *[N. de la T.]*

—Lo único que puedo decirte es que Noel me aseguró que la historia era cierta. Y lo único que vamos a hacer es que el palacio sepa que lo sabemos…

Pero Maire estaba fuera de sí por el pánico.

—McQuaid lo negará. Y no tienes más que la palabra de Browne. No tienes la del chico, ¿no?

—Claro que no. Pero eso McQuaid no lo sabe. Si Browne se lo ha inventado todo, McQuaid lo tirará a la basura y fin de la historia. Pero, si es verdad, su ilustrísima podría empezar a mostrarse más colaborador.

Joe envió la nota y, al cabo de una semana, Frank Aiken recibió un comunicado de la secretaría del arzobispo McQuaid informándole de que lo visitaría el padre Cecil Barrett. A la mañana siguiente, Barrett fue a ver a Aiken y, cuando se fue, el ministro llamó a Joe para darle la noticia: McQuaid había accedido a empezar a negociar el borrador de un proyecto de ley de adopción.

Joe se fue corriendo a su despacho y cerró la puerta con llave. El alivio y el triunfo le inundaban. Cuando bajó la vista, vio que le temblaban las manos.

DIEZ

Noviembre de 1954
San Luis (Illinois)

Mientras esperaba la llegada de su hermana, Loras T. Lane pensaba en Irlanda.

Los Lane habían emigrado durante la hambruna de la patata a mediados del siglo XIX y, como a muchas otras familias estadounidenses de ascendencia irlandesa, les gustaba pensar que seguían ligados a su antiguo país. Loras había nacido en Cascade (Iowa) en octubre de 1910, había estudiado Derecho y Empresariales, y se había ordenado sacerdote en 1937. Había pasado un año en Roma, estudiando Derecho Canónico, y había sido nombrado obispo en 1951.

De eso hacía ya tres años, pero la archidiócesis no tenía plazas vacantes y se encontraba en lo que él llamaba jocosamente «la reserva clerical». Se había convertido en un obispo auxiliar a la espera de un puesto. Entretanto, hacía las veces de director del Loras College de Dubuque (Iowa), un colegio católico que había tomado el nombre de su fundador, el obispo Mathias Loras de Dubuque, aunque Loras Lane solía bromear diciendo que se llamaba así en honor a su presencia allí. Sin embargo, ahora el obispo Lane tenía una misión. Había organizado las cosas para pasar una semana en San Luis. Allí se hospedaría en la residencia del obispado en May Drive, tras atravesar el helado valle del Misisipi en una serie de autobuses Greyhound para ir a ver a su hermana.

Marjorie Hess, de soltera Lane, estaba casada con un estadounidense de origen alemán, un urólogo llamado Michael *Doc* Hess, y la pareja tenía tres hijos maravillosos y una casa de estilo colonial a las afueras de San Luis. Pero recientemente Marge le había escrito a Loras un par de cartas y este tenía la impresión de que algo la estaba haciendo extremadamente infeliz. Siempre habían estado muy unidos. Marjorie había nacido solo quince meses después que él y parecía natural que se pasara la vida adorándola y protegiéndola. Cuando recibió sus cartas, le escribió y le preguntó varias veces qué le pasaba, pero Marge no había soltado prenda. Los meses habían pasado y Marge seguía sin abrirse a él. Loras tenía la sensación de que aquello estaba levantando una barrera entre ellos, así que había decidido ir a San Luis.

Ahora, al verla entrar en la penumbra de la sala de visitas obispal con paneles de caoba, Marge le pareció pequeña, vulnerable y necesitada de ayuda, como hacía tantos años, cuando eran niños. El obispo Loras subió una pizca el regulador eléctrico de intensidad para poder verle los ojos. Ella le dijo que no quería hablar, pero él sabía que sí. Le dijo que estaba bien, pero él sabía que no.

—¿Algún problema con Doc?

Marge vaciló y su hermano le repitió la pregunta.

—No exactamente con Doc —dijo finalmente—. Doc es un buen hombre y nos adora. Lo que pasa es que quiere una niña y no va a poder tenerla —confesó Marge. El obispo Loras se acercó y se sentó en el brazo suave y gastado del sofá de piel, se inclinó hacia su hermana pequeña y le puso una mano sobre el hombro. Marge levantó la vista hacia él como solía hacer siempre y dejó escapar un pequeño sollozo—. El problema soy yo. Le he decepcionado. Intentamos durante tantos años tener una niñita, Loras. Pero nunca llegó. Luego, después de que el pobre Timmy muriera de meningitis y todo aquello… —continuó Marge, antes de vacilar un instante y sonarse la nariz. La cruel e inesperada muerte de su hijo de cinco años había sido un duro golpe para los Hess—. Después de aquello, fui a ver al ginecólogo. Y me dijo… que las cosas no iban bien. Ya sabes, ahí dentro.

Dubuque (Iowa)

Loras regresó a Dubuque. La reunión con su hermana lo había entristecido y le atormentaba el hecho de saber que no podía hacer nada para ayudarla. De vuelta en el colegio, le pidió a Dios guía y ayuda, pero no surgió ninguna solución.

A principios de 1955, Loras viajó a Chicago para asistir a una conferencia con los obispos de todas las diócesis de Estados Unidos. El último día antes de que los participantes se fueran a sus casas, se reunieron para desayunar en el restaurante del hotel Blackstone, en la avenida Michigan. El obispo Lane estaba sentado al lado de un monseñor de Washington D. C. que se presentó como John O'Grady, secretario del Comité Nacional de Beneficencia Católica. Loras conocía a O'Grady por su oposición hacía un par de años a la Ley McCarran-Walter, que pretendía restringir los cupos de inmigración. Se pusieron a charlar y, como suele suceder en esos casos, intercambiaron historias sobre la herencia irlandesa que tenían en común. Loras dijo que creía que su familia había llegado del condado de Cork a mediados del siglo XIX, una historia que monseñor O'Grady consiguió superar al revelar que él había nacido en Irlanda. Le contó que era del condado de Tipperary y que tenía una hermana que seguía allí y que era monja en un lugar llamado Roscrea.

ONCE

Dublín

Se especuló sobre el repentino cambio de idea del arzobispo McQuaid, pero Joe Coram se limitó a encogerse de hombros y a centrarse en la redacción del borrador del Proyecto de Ley de Adopción. Lo nombraron enlace principal del Ministerio de Asuntos Exteriores con el ministro Jim Ryan, del Ministerio de Sanidad y Bienestar Social, y con Gerry Boland, del Ministerio de Justicia. La certeza de Joe de que se habían embarcado en una misión para salvar a los niños irlandeses parecía contagiarse a aquellos que trabajaban con él.

Al principio, el proyecto fue bien y Cecil Barrett asistía con asiduidad a las sesiones de redacción del borrador. Pero, cuando el proyecto de ley fue tomando forma, aparecieron los desacuerdos no solo por los términos concretos de la ley, sino también por sus principios en general. Barrett y McQuaid se volvieron cada vez más agresivos a la hora de defender lo que consideraban los requisitos indispensables de la Iglesia, las cláusulas exigidas por Dios y, en su nombre, por la jerarquía eclesiástica. A medida que los meses pasaban y las negociaciones se volvían interminables, Joe sentía que las largas horas que pasaba en el despacho estaban causando estragos en su vida con Maire. Cuando ella se quejaba de su ausencia constante, él le decía:

—Pero piensa en lo que podemos conseguir con esto: la debida protección de nuestros hijos, el fin del comercio de bebés. Desde luego merece la pena, ¿no crees?

Maire asentía, pero su respuesta no iba acompañada de las antiguas risas.

—Siempre estás hablando de «nuestros hijos», Joe. Pero ¿qué hay de *nuestros* hijos? Tuyos y míos. ¿Nunca vamos a tenerlos?

Cuando supo que la Iglesia estaba cooperando, Eamon de Valera dio su apoyo al Proyecto de Ley de Adopción y fijó un plazo para presentarlo en la Dáil. El límite de tiempo hizo que la tarea de controlar al arzobispo fuera especialmente delicada. En una circular dirigida a Frank Aiken, Joe le advertía de que Barrett y McQuaid estaban presionando a funcionarios de los tres ministerios y que, al parecer, ahora el Ministerio de Justicia «trabajaba día y noche para adaptar su borrador del proyecto de ley a la nueva postura de los obispos».

Cuando el proyecto de ley se presentó en diciembre de 1952, la esperanza de que el tráfico transatlántico de bebés irlandeses llegara a su fin se había ido al traste. Los conflictos y los compromisos habían diluido las intenciones originales. Para gran decepción de Joe Coram, el texto final casi parecía consentir la continua exportación de niños procedentes de las instituciones para madres solteras: «Sección 40, subsección 1: Nadie sacará del Estado a niños menores de siete años que sean ciudadanos irlandeses ni causará o permitirá dicho desarraigo […]. Subsección 2: Lo anterior no será aplicable al desarraigo de un hijo ilegítimo por parte de la madre o con la aprobación de la misma». Por su parte, el arzobispo McQuaid ya no consideraba la legislación un problema. Cuando esta entró en vigor en 1953, les comunicó a los cabecillas de las agencias católicas de adopción, entre los que se encontraba la hermana Barbara de la abadía de Sean Ross de Roscrea, que no tenían por qué preocuparse por la Ley de Adopción, porque él mismo había «supervisado cada una de sus cláusulas». Una circular del Ministerio de Justicia reconocía que gran parte del texto había sido «añadido al proyecto de ley por sugerencia del Comité Episcopal en un memorándum entregado al ministro de Justicia por su ilustrísima, el arzobispo».

Los años fueron pasando de un modo imperceptible y, en enero de 1955, Joe Coram se encontraba sirviendo a su tercer Gobierno. De Valera no había sido reelegido a mediados de 1954 y se había llevado a Aiken con él, y John Costello estaba de nuevo al mando, aunque no le había otorgado ningún cargo ministerial al desacreditado Noel Browne. Joe estaba llegando al punto en la carrera de un funcionario público en el que ya había visto demasiadas cosas y, para ser sincero, la mayoría de ellas no le hacían ninguna gracia. La política empezaba a desilusionarle, al igual que la vida. Maire ya no salía corriendo a recibirlo a la puerta y las horas de las comidas ya no eran una ocasión para compartir bromas y puntos de vista.

Esa noche había vuelto a casa de mal humor. Maire le había dado el *Evening Mail* y Joe había leído la portada: «Cincuenta parejas estadounidenses compran niños irlandeses a través del circuito de adopción internacional». El artículo citaba «una fuente policial de alto rango» que aseguraba que «más de cien hijos ilegítimos han pasado últimamente por centros de acogida fraudulentos donde no se ha registrado su nacimiento. Estamos convencidos de que al menos la mitad de ellos se encuentran actualmente en Estados Unidos [...]. Los estadounidenses están pagando hasta dos mil dólares para conseguir niños ilegalmente en Dublín».

Joe miró a Maire y sonrió amargamente.

—Bueno, querida, no sé por qué demonios querrían tomarse tantas molestias cuando podrían escribir a cualquier madre superiora, darle cuatro perras y nosotros les proporcionaríamos pasaportes para todos los niñitos que quisieran. Hace dos años que existe la ley y no ha cambiado nada.

El Ministerio de Asuntos Exteriores todavía seguía inundado de solicitudes procedentes de instituciones para madres solteras de la Iglesia que querían pasaportes para enviar a niños irlandeses a Estados Unidos. Joe ordenó a sus funcionarios que investigaran cada una de ellas y que aplicaran rigurosamente las normas de la Ley de Adopción. Rita Kenny, jefa de la Oficina de Pasaportes, compartía su punto de vista y ambos esperaban que la cláusula que exigía que las madres dieran su consentimiento por escrito ralentizara el éxodo. Pero estaba claro por las cifras que las hermanas no tenían demasiados problemas a la hora de conseguir que las muchachas firmaran.

Maire miró a su marido y vio el cambio que habían obrado los años. Ya no era el hombre inocente y entusiasta del que se había enamorado, podía ver el desencanto en sus ojos. La ausencia de hijos había afectado mucho al matrimonio. Ella pensaba que Joe la culpaba por no darle el hijo que quería y creía que aquello era terriblemente injusto y triste. Pero hacía tanto tiempo que se abstenían de hablar de ello —al principio por miedo a herir al otro y luego por la sensación de culpabilidad y vergüenza— que se habían retirado a su propia y compleja red de pensamientos y sospechas. Ambos pensaban que el otro pensaba mal de él y los dos habían construido una torre de autorreproches que ninguno de ellos podía ya derribar.

DOCE

Junio de 1955
Roscrea

Para Philomena Lee, la controversia sobre las leyes de adopción y la lucha entre las dos sedes de poder de Irlanda pasaron desapercibidos. Ella y su joven hijo eran el premio de la batalla entre la Iglesia y el Estado, pero nadie se molestó en decirle que algo había cambiado. En 1955, llevaba ya tres años en la abadía de Sean Ross sola, sin amigos y sin visitas de su familia.

Anthony se había convertido en un niño fuerte con los ojos azules de su madre y el pelo negro azabache. Había aprendido a valerse por sí mismo en la melé de la vida comunitaria y a luchar por la comida en el refectorio de los niños. De hecho, pronto descubrió que su sonrisa era su mejor arma. Las hermanas enfermeras acercaban su mejilla a la de él y decían: «¿Qué me das, hombrecito?», y Anthony respondía con un rostro radiante y un beso cálido y húmedo que las hacía reír.

Tenía devoción por la pequeña Mary McDonald. Estaban siempre juntos y se querían tanto que todos los que los veían creían que eran hermanos. Cuando Mary se hacía daño, Anthony la consolaba; cuando algo le preocupaba, acudía a él en busca de ayuda. Él se sentaba a su lado a la hora de comer, compartía con ella la comida y la protegía de los bravucones que sembraban el terror en la guardería. Philomena y Margaret se reían al verlos juntos y lloraban cuando pensaban en lo que les esperaba.

A Anthony le faltaba una semana para su tercer cumpleaños cuando la madre Barbara decidió que había llegado el momento de hacer algo con él.

Era pleno verano y la temperatura en la lavandería resultaba casi insoportable. Philomena estaba acabando el turno y esperaba con ansia la hora de la cena y de hacer punto. Entre eso y el jaleo que había en la sala, apenas se enteró de que la supervisora de la lavandería estaba gritando.

—¡He dicho que la hermana Hildegarde quiere hablar contigo! ¿Estás sorda, niña?

Philomena palideció. Había visto a la hermana Hildegarde de lejos: austera, inaccesible, constantemente preocupada y siempre atareada con papeleos y archivos. En ocasiones, las chicas la veían llegar y partir en un gran automóvil negro. Todas sabían que era quien se ocupaba de las adopciones.

Philomena se secó las manos y corrió al dormitorio. Sabía que no debía hacer esperar a la hermana, pero necesitaba desesperadamente hablar con Margaret. La encontró trabajando en las cocinas y la agarró del brazo.

—Margaret, han venido a buscarme. ¿Qué hago? Dijimos que no les daríamos a los niños, ¿verdad? ¿Me apoyarás? ¡Dime qué hago!

Margaret McDonald dejó escapar un grito y lanzó los brazos alrededor de su amiga.

—¡Diles que no, Phil! Diles que no piensas entregárselo. Permanece firme y yo haré lo mismo. Seguro que no nos pueden obligar a dárselos, ¿verdad?

Ninguna de las muchachas conocía la respuesta a aquella pregunta —nadie les había contado nada sobre las leyes de

adopción o sus derechos— y percibían la vacuidad de su brava-
ta, pero al mismo tiempo sus palabras les daban fuerza.

—Entonces lo haré. Les diré que no pueden llevárselo.
Y luego tú harás lo mismo. Y, si no nos dejan quedarnos a nues-
tros bebés, los cogeremos y huiremos. Huiremos, ¿verdad,
Margaret?

Philomena no había estado en el estudio de la madre superiora
desde la semana después de haber dado a luz y el remolino de
recuerdos de aquel humillante encuentro la hizo ruborizarse
de vergüenza. La hermana Hildegarde le había dicho que se quedara de pie y que esperara a que fuera a buscar a la madre Barbara y, en el silencio del estudio, su corazón galopaba.

Cuando las dos monjas entraron, iban acompañadas por
un hombre al que Philomena no había visto nunca: era alto
y calvo, tenía un bigote oscuro y llevaba puesto un traje negro
de tres piezas. La hermana Hildegarde se lo presentó como el
señor Houlihan, de Birr, pero él no le ofreció la mano a Philomena para que se la estrechara. La habitación flotaba ante sus
ojos. Sintió que su coraje se esfumaba. Si no decía nada entonces, el juego habría terminado.

—Sé de qué se trata —se oyó decir—. Sé lo que quieren y
no estoy de acuerdo. Quiero quedarme con mi bebé. No permitiré que me lo quiten.

La madre Barbara la miró con cara de desagrado y la hermana Hildegarde le ordenó que se callara. El procedimiento
tenía un aire inexorable, de proceso ineludible que giraba hacia
su terrible consecución. Philomena se quedó callada: se había
pasado la vida haciendo lo que las monjas le decían que hiciera
y toda una vida de sumisión no es fácil de superar.

La hermana Hildegarde le dijo que se sentara, que el señor
Houlihan tenía algo importante que decirle. El hombre del tra-

je oscuro y la camisa blanca con manchas de tabaco en los puños empezó a leer una hoja de papel que sostenía a la luz de la
ventana. Philomena intentó concentrarse. La lectura se prolongó durante mucho tiempo, pero ella entendió poca cosa. La voz
del hombre era grave y monótona. Parecía que le aburría lo que
leía, como si ya lo hubiera leído antes un montón de veces. Philomena oyó las palabras «según lo dispuesto en la legislación»,
le oyó mencionar un juramento y una firma. Y también oyó
cómo decía muy claramente: «En consecuencia, nunca podrá
intentar saber lo que ha sido de su hijo [...] y, en ningún caso, intentar encontrarlo o contactar con él».

Philomena trató de oponerse, pero su voz era débil y temblorosa a causa del miedo.

—Por favor, hermana. Por favor, reverenda madre, no lo entienden. Adoro a mi niño. Soy su mamá y la única persona que
sabe cómo cuidar de él. No me lo quiten. Estaría *tan triste* sin mí...

La hermana Hildegarde se hizo con el control de la situación. Estaba acostumbrada a aquellas tonterías.

—No seas tonta, niña —dijo—. Hazlo de una vez. Tienes
que firmar al lado de esta cruz. No tienes elección, de todos
modos. Firma el papel y podrás irte.

Philomena era joven y estaba asustada, y sintió que su
determinación cedía bajo el peso de las viejas costumbres.

Yo, Philomena Lee, de Limerick (Irlanda), con veintidós años,
juro que:

Soy la madre de Anthony Lee, nacido fuera del matrimonio
en la abadía de Sean Ross de Roscrea, condado de Tipperary,
Irlanda, el 5 de julio de 1952.

Que por la presente renuncio absolutamente y para siempre
a dicho hijo, Anthony Lee, y lo entrego a la hermana Barbara,
madre superiora de la abadía de Sean Ross de Roscrea, condado de Tipperary (Irlanda).

La finalidad de dicha renuncia es permitir que la hermana Barbara ponga a mi hijo a disposición de cualquier persona que considere apropiada para su adopción, dentro o fuera del país.

Por otra parte, me comprometo a no intentar nunca ver, reclamar o interferir de forma alguna en la vida de mi hijo en el futuro.

Firmado: *Philomena Lee*
Philomena Lee

Suscrito y jurado por la referida Philomena Lee conforme a su plena voluntad y libre albedrío a 27 de junio de 1955.

Firmado: *Desmond A. Houlihan*
Notario público con el beneplácito del presidente del Tribunal Supremo de Irlanda. Birr, condado de Offaly (Irlanda).

5 de julio de 1955

No hubo juguetes ni regalos en el tercer cumpleaños de Anthony Lee. La hermana Annunciata había abandonado Roscrea a principios de año, ya que había sido transferida a la casa principal, que estaba en Homerton, en el East End londinense, donde ahora entregaba su amor y su energía a los vagabundos ingleses. Sin el apoyo de Annunciata y atormentada por el documento que había firmado, Philomena estaba desesperada. La mañana del cumpleaños de Anthony se quedó mirando la mesa vacía que había al lado de la cama del niño y una única tarjeta de cumpleaños que ella y Margaret habían hecho a mano entre las dos, y rompió a llorar. Lloró toda la mañana en la lavandería y lloró a la hora de comer en la guardería.

Anthony intentó consolarla. Salió corriendo al campo y volvió con un ramo de margaritas y diente de león.

—No llores, mami —le decía—. Todo va a ir bien. No llores, mami... Por favor, no llores...

Todos decían que Anthony era un niño muy bueno, pero había algo preocupante en su bondad. Parecía que siempre estaba alerta, buscando indicios de infelicidad en los demás para correr a consolarlos. Era como si creyera que, al hacerlo, mantendría a raya algún desastre inminente e implacable.

Aquella noche, la hermana Hildegarde apareció a la hora de hacer punto y le dijo a Margaret que ella también tenía que ir a ver a la madre Barbara. La muchacha lloró y protestó, pero también acabó firmando.

TRECE

Dubuque

El obispo Loras vaciló antes de marcar el número. Era consciente de lo delicado que resultaba aquello, pero había reflexionado sobre el tema y había decidido que era una oportunidad demasiado buena como para desperdiciarla.

—Ferguson 521-4135.

Loras sonrió al oír la voz de su hermana.

—Hola, Marge. Soy el obispo.

—Oh, hola, Loras. Precisamente estaba pensando en ti.

Mientras Loras leía la carta de monseñor O'Grady, se esforzaba por captar la reacción de Marge.

—«Junto a la abadía, hay una casa cuna —leyó— que en ocasiones pasadas ha sido un buen lugar para adoptar niños desde Estados Unidos». —Loras hizo una pausa pero, como al otro lado de la línea seguía sin oírse nada, siguió con la propuesta de O'Grady—: «Después de nuestra conversación, me tomé la libertad de escribir a mi hermana en Roscrea y me ha respondido lo siguiente: "Todos nuestros niños han nacido fuera del matrimonio, de padres respetables, y ninguno de ellos es entregado en adopción a menos que su historial sea excelente. Actualmente, tenemos varias niñas disponibles, entre ellas una criatura adorable con un historial especialmente bueno. Su ma-

77

dre era una muy buena chica de Dublín. Trabajaba como dependienta y vivía en casa con su familia. La familia es muy respetable: nos enviaron a la chica y a la niña después del alumbramiento. Dado que la niña posee tan excelente historial, estamos ansiosas por encontrarle un buen hogar. Es una niña muy buena y adorable, en perfecto estado de salud, con cabello cobrizo y ojos oscuros y refleja la dulzura y la cultura de su madre"».

Loras hizo otra pausa y esperó a que Marjorie dijera algo.

—Margaret, ¿estás ahí? —preguntó el obispo con suavidad, al ver que no abría la boca. La oyó tragar saliva.

—Sí, Loras, estoy aquí.

La carta de O'Grady explicaba con detalle las diligencias del asunto y decía que la hermana que tenía en Roscrea recomendaba que tomaran una decisión rápida dado que «aquella era una oportunidad que podía no volver a presentarse». También abordaba el tema del dinero: «Por supuesto, se incurrirá en ciertos gastos y, aunque no es estrictamente necesario, aconsejamos que los padres potenciales vayan a conocer a su futura hija a Irlanda antes de completar la transacción. Dado que ni el Centro Nacional de Protección de Menores ni la abadía de Sean Ross cobran por ello, es habitual que los adoptantes hagan una donación a las hermanas de los Sagrados Corazones de Jesús y María cuyo importe será acordado en conjunto con la superiora de la orden».

CATORCE

Noche del sábado 6 de agosto de 1955
Nueva York

Marjorie Hess estaba preocupada por el vuelo y por la llegada. Echaba de menos a Doc y a los niños y estaba ansiosa por la tarea que la aguardaba al llegar a su destino. Para empeorar las cosas, el tiempo había sido atroz y el corto vuelo desde San Luis se había retrasado dos horas. Cuando aterrizó en La Guardia, el último autobús había salido ya y Marge había tenido que coger un taxi para ir al hotel. Doc le había dicho que Nueva York era un sitio peligroso y que los taxistas eran unos ladrones. A Doc no le gustaba gastar dinero, por lo que la tarifa de 4,50 dólares la hizo sentirse culpable.

En la lóbrega habitación del hotel, Marge se preguntó por qué había aceptado aquella idea. Loras y su madre no llegarían hasta el día siguiente, así que pasaría la noche sola. Para animarse, llamó al servicio de habitaciones y pidió café y un trozo de tarta. Sacó de la maleta el camisón y se aseó. Un camarero italiano llamó a la puerta y le entregó lo que había pedido. Observó a través de la mugrienta ventana a la multitud de gente que había todavía en la calle, cuando todo el mundo en San Luis hacía tiempo que estaría ya en la cama. No podía dormir. Sacó el diario de viaje de piel marrón que había comprado especialmente para aquella ocasión. Aquel viaje era un hito en su vida y quería documentarlo, pero, como no se le ocurría nada que decir, escribió su nombre y dirección con letra impecable y rebuscada: «Sra. M. Hess, 810 Moundale, Ferguson 21, Mo.». A continuación, con su nuevo bolígrafo Parker Jotter, empezó a redactar.

> 6 de agosto de 1955: San Luis-Nueva York; Trans World Airlines, TWA.
> Avión: Constellation.
> Capitán: R. C. Pinel. Azafata: Fran McShane.
> Tiempo: Horrible. Relámpagos y tormenta.
> He llegado a Nueva York con dos horas de retraso, pero sana y salva, que es lo importante.

Las imágenes del desastre que había esquivado reavivaron su ansiedad. Pensó que tal vez debería escribir lo que sentía, sus esperanzas y miedos sobre la aventura en la que se estaba embarcando. ¿Le sobreviviría su diario? Pero Marge no era muy dada a hablar de sus emociones.

> En el vuelo de San Luis a Nueva York, me tocó sentarme al lado de un maquinista de Brooklyn. Hablaba sin parar de California. Tres horas contándome cosas que yo ya sabía. El avión llegó demasiado tarde y ya no había autobús para ir al hotel, así que cogí un taxi. Me costó 4,50 dólares. Como tenía hambre, al llegar pedí un café y un trozo de pastel. No debería haber accedido. Horas totales de sueño: tres y media. Sola, sola, sola. Ojalá papá y los niños estuvieran conmigo. Me siento muy sola.

Mañana del domingo 7 de agosto de 1955

Josephine Lane aterrizó en Nueva York escoltada por su hijo Loras. Tenía casi setenta años, pero el mundo no le daba miedo.

Había criado a una familia en la época en que los caballos y los carros llenaban las calles del condado de Dubuque. Ella y Tom Lane habían dado vida a cinco hijos sanos: James, Leanor, Loras, Marjorie y John. Cuando Tom murió, Josephine tuvo que sacarlos adelante sola.

Los Lane le habían puesto a Loras aquel nombre por el antiguo obispo de Dubuque, Mathias Loras, y siempre habían tenido intención de entregarlo a la Iglesia. Josephine sabía que Tom estaría muy orgulloso si lo viera y se le saltaron las lágrimas al pensar en ello.

Pero Marjorie los había decepcionado. Era hermosa, alta y esbelta, tenía el cabello fuerte y de color castaño, pero se había enamorado del hombre inadecuado, un estudiante de medicina de familia alemana con poco dinero y menos futuro. Cuando Josephine le prohibió casarse, Marjorie y su novio, Michael Hess, habían hecho una escapada a la ciudad de Iowa y se habían casado en una iglesia donde el cura ignoraba por completo los deseos de la familia. Durante los primeros años que pasaron juntos, vivieron en un piso alquilado encima de una ferretería y los granjeros le pagaban a Doc por sus servicios con huevos y conejos. La pareja no se reconcilió con Josephine hasta la muerte de Tom y, durante el resto de sus vidas, Marge y Doc Hess guardaron el secreto de su fuga y ocultaron las cartas y las fotografías relacionadas con el tema para que sus hijos solo las descubrieran cuando ambos hubieran muerto.

Marjorie Hess se miró en el espejo de cuerpo entero de la recepción del hotel. Eran las seis de la mañana y tenía que esperar un cuarto de hora para coger el autobús al aeropuerto. La intensa iluminación resaltaba el brillo de labios rojo de Maybelline que había comprado en un centro comercial antes de partir y hacía que su cabello liso y brillante resplandeciera. Alisó el crepé de

poliéster de su pálido vestido recto y ajustó el broche de cama-
feo que llevaba en el cuello. Marge tenía cuarenta y tres años,
pero se conservaba bien para su edad —el maquinista de
Brooklyn le había dicho que aparentaba treinta y cinco, pero
sabía que la estaba adulando— y comprobó con alivio que la
noche sin dormir no había borrado el brillo de su rostro.

Sin embargo, estaba cansada y deseaba encontrarse con
Loras y con su madre en Idlewild. Al menos los tres podrían
cuidar los unos de los otros en el largo viaje que se avecinaba.

Volaron con TWA a Europa. La finalidad del viaje, por
supuesto, era el negocio que tenían que hacer en Irlanda, pero
la siempre enérgica Josephine había ampliado el itinerario para
hacer turismo durante tres semanas en Francia, Alemania e Italia. Marge se propuso escribir todos los días en su diario.

7 de agosto de 1955
Calor y humedad. Loras y mamá llegaron a Idlewild a las
11 de la mañana. Me he alegrado muchísimo de verlos. Estoy
muy cansada. Me he tomado un té con tostadas y he escrito
algunas postales. Han dicho mi nombre por el altavoz y era
papá, fue maravilloso escuchar su voz y también al pequeño
Stevie.

Ya estamos a bordo. La azafata dice que nos llevará 9 horas
llegar a Irlanda. ¡Vaya!

Buen tiempo. Dios está con nosotros. Ahora voy a dormir.
Loras y mamá están bien.

Lunes, 8 de agosto de 1955. Shannon, 6.30 de la mañana
Tiempo: nublado y frío. No estoy acostumbrada.

Hemos sobrevolado Terranova y estaba realmente desolado. Llegamos a Shannon, pasamos por la aduana y fuimos al
comedor a desayunar: huevos, tostadas y beicon. Apareció un

chiquillo irlandés que llamaba a Loras «ilustrísima» y «señor». Tenía un coche para nosotros con el volante a la derecha.

Hay muchos castillos en ruinas y todas las casas son de piedra. Los campos están separados por muros de piedra y setos y todo es muy verde. La gasolina es cara: un dólar y medio el galón. Hay muy pocos coches: todos van en bicicleta.

Hemos llegado a Limerick a las 9 de la mañana y nos hemos registrado en el hotel. Loras está fuera para ponerse en contacto con el obispo y preguntar por los orfanatos. Aquí no hay ninguno. Hemos cambiado dinero. Mañana iremos en coche a Cork.

En un cuaderno aparte, con páginas arrancadas, otra mano —¿la de Loras?— ha escrito:

Madre Rosamund, convento del Sagrado Corazón, condado de Westmeath.
Hermana Elizabeth, abadía del Padre, Castle Pollard.
Hermana Monica, hogar para niños San Patricio.
Hijas de la Caridad de San Vicente de Paúl, calle Navan, Dublín.
Hermana Casimer, orfanato Santa Brígida, calle Eccles 46, Dublín.
<u>Hermana Hildegarde, abadía de Sean Ross, Roscrea, condado de Tipperary.</u>

Los nombres están escritos con tintas diferentes, algunos de ellos a lápiz. Es una lista de la compra compilada apresuradamente. La última entrada está doblemente subrayada.

Martes, 9 de agosto de 1955. Cork-Roscrea.
Hermoso país.
Hemos parado en numerosos orfanatos, pero en muchos de ellos solo hay bebés.

Hemos visitado un castillo y hemos besado la piedra Blarney. Ha sido una lata. Hemos tenido que subir 125 escalones y tumbarnos de espaldas. Todos llaman a Loras «su señoría». El café es pésimo y no hay agua caliente. Aquí todo el mundo se mueve en bici y no hay personas gruesas ni bajitas.

Ahora estamos en Roscrea.

QUINCE

9 de agosto de 1955
Roscrea

Philomena y Margaret vieron a la mujer del vestido de flores entrar en el convento por la puerta principal y se dieron un codazo la una a la otra, admiradas. Parecía tan afable y tan elegante... Llevaba un pequeño casquete en la cabeza, colocado con una inclinación increíblemente elegante, y los tacones de sus zapatos eran eternos.

—Desde luego, parece una estrella de cine —susurró Philomena.

—¡Sí, como Jayne Mansfield, diría yo! —exclamó Margaret, con una risita tonta.

Pero Philomena nunca había oído hablar de Jayne Mansfield, así que la conversación se desvió hacia el resto de la comitiva. Detrás de la estrella de cine iban una mujer mayor y un cura, o más bien una especie de obispo o cardenal. La hermana Hildegarde y la madre Barbara revoloteaban a su alrededor llamándole «excelencia» y atropellándose la una a la otra para intentar ser amables. El grupo se detuvo para admirar el recibidor y la gran escalera georgiana y luego desapareció de la vista de las chicas al entrar en las oficinas del convento.

Mientras caminaban de vuelta al trabajo —atravesando el patio y pasando por delante de las ruinas del monasterio para bajar al edificio de la lavandería— Philomena y Margaret aprovecharon la oportunidad para charlar. Habían hablado mucho en el último mes, desde que habían firmado los papeles. Planeaban colarse en la guardería, coger a sus hijos y saltar por la ventana trasera del dormitorio, o romper y abrir el candado de la puerta principal. Más de una vez habían fijado la noche en la que huirían, pero siempre había habido algún problema: un día santo que hacía que fueran legiones de monjas al convento y convertía los pasillos en un lugar peligroso, una tormenta eléctrica que transformaba los campos en un lodazal impracticable, o un dolor de cabeza fruto de los nervios que dejaba a una de ellas fuera de juego. Cada vez elegían un nuevo día para huir y empezaban a planearlo todo de nuevo, pero al final los obstáculos eran tan grandes y las postergaciones tan numerosas que su sueño había acabado desmoronándose.

Margaret fue la primera en expresar sus dudas.

—¿Adónde irías si saliéramos de aquí, Phil? —preguntó—. ¿Tienes algún sitio adonde ir? Porque yo lo tendría muy difícil. No puedo volver a Dublín, eso está claro…

Philomena asintió con tristeza.

—Lo sé. Papá le ha dicho a todo el mundo que me he ido a Inglaterra, así que no puedo aparecer en Newcastle West con Anthony. Nadie sabe que he tenido un bebé, la verdad.

Las muchachas guardaron silencio mientras rumiaban lo que hacía tiempo que sabían en el fondo: nadie escapaba de la abadía de Sean Ross y nadie podía con las monjas. Irlanda no era lugar para una madre sin marido ni para un niño sin padre.

—Pero tal vez el lance no se ha acabado —dijo finalmente Margaret—. Hace semanas que nos han hecho firmar esas cosas y no ha pasado nada. A lo mejor ya no hay nadie buscando niños. A lo mejor vuelven y nos dicen que, al final, nos los tenemos que quedar.

Esa noche, a la hora de hacer punto, la hermana Hildegarde fue a ver a las chicas, visiblemente excitada. Era una mujer vivaz de cuarenta y pocos años, bajita y enjuta, de mirada penetrante y un cerebro que siempre parecía estar un paso por delante del de los demás. Normalmente era fría y reservada, pero aquella noche se estaba permitiendo demostrar una emoción desacostumbrada.

—Nancy… Margaret, quiero decir. Margaret McDonald, haz el favor de venir aquí.

Margaret levantó la vista, perpleja por tan inesperada citación, y le entregó a la pequeña Mary a Philomena. Para sorpresa de Margaret, Hildegarde la besó en ambas mejillas.

—Margaret, hija mía, deberías sentirte orgullosa —dijo la hermana Hildegarde—. Hoy nos ha honrado con su presencia un obispo de Estados Unidos. Es un obispo importante, de un lugar llamado Illinois. ¡Imagina qué vida más maravillosa tendrá tu Mary en un lugar así!

Abrumada por la efusiva afabilidad de la hermana y la relevancia de sus palabras, la respuesta de Margaret se limitó a un confuso tartamudeo.

—¿A qué se refiere, hermana? ¿El obispo quiere ver a mi hija?

—¡No, no, no, niña! Por el amor de Dios, qué atolondrada eres. Hablo de su hermana, por supuesto. ¡La hermana del obispo se va a llevar a tu hija a Estados Unidos!

Philomena, que observaba desde el otro extremo de la habitación, vio que su amiga rompía a llorar y fue corriendo hacia ella para consolarla, mientras la hermana Hildegarde salía con arrogancia al pasillo.

Las semanas siguientes fueron duras para Margaret. No solo sabía que pronto le arrebatarían a su hija, sino que tenía la carga adicional de saber que Mary sería separada de Anthony y de que ella misma abandonaría a su mejor amiga.

Philomena hacía lo que podía para consolarla: le decía que Mary tendría una vida mucho mejor en Estados Unidos de la que pudiera jamás esperar en Irlanda y que nada podría garantizar mejor su futura felicidad que el hecho de que la hermana de un importante obispo cuidara de ella.

En sus mejores momentos, Margaret reconocía la verdad de los argumentos de Philomena, pero en otros nada podía consolarla. No dejaba de repetir: «¡Deberíamos habernos enfrentado a ellas, deberíamos habernos negado!». La mujer que en su momento había considerado una estrella de Hollywood, ahora le parecía poco más que una ladrona de niños.

Las dos muchachas pasaban las tardes viendo jugar juntos a sus hijos en la guardería, mientras les daban vueltas a sus propios y ahora divergentes pensamientos.

—Sé de un jovencito al que se le romperá el corazón cuando Mary se vaya —le decía Philomena a su amiga, mientras le apretaba la mano. Pero, en privado, suspiraba en silencio, aliviada porque al menos no le hubieran quitado a su Anthony.

10 de agosto de 1955

Aunque la carta iba dirigida personalmente a la hermana Barbara, pudo observar que habían enviado copias a las madres superioras de Castlepollard de Westmeath, del Hogar San Patricio de Dublín, de Santa Clara de Stamullen y de la Sociedad de Adopción del Sagrado Corazón de Cork.

La directora del Hogar de Adopción Ángel Guardián de Brooklyn (Nueva York) les escribía para advertirles de que el Comité Nacional de Beneficencia Católica (NCCC) de Estados Unidos estaba teniendo dificultades para cumplir con sus obligaciones en relación con la supervisión de las parejas estadounidenses que querían adoptar a niños irlandeses. Decía que el NCCC ya no podía garantizar la idoneidad de todos aquellos que solicitaban la adopción de niños de Irlanda; en concreto, advertía textualmente: «Tenemos razones para creer que los potenciales adoptantes estadounidenses que ya han sido rechazados por razones serias en Estados Unidos se están dirigiendo directamente a las sociedades de adopción irlandesas para conseguir niños».

La madre Barbara acudió en busca de consejo al palacio arzobispal, donde le dijeron que ignorara la carta.

DIECISÉIS

9 y 10 de agosto de 1955
Roscrea y Dublín

Si bien a la hermana Hildegarde le costó contener la emoción por lo sucedido aquella tarde de agosto, al parecer Marjorie Hess actuó de una manera algo más flemática. La entrada que escribió por la noche en su diario decía: «La madre Barbara y la hermana Hildegarde me trajeron a Mary y me enseñaron a muchos otros n[iños]».

Pero, a la mañana siguiente, Marge y Loras regresaron a la abadía de Sean Ross e hicieron otra visita a la guardería infantil. Fue durante la jornada laboral de las chicas, así que ninguna de las madres estaba presente. Mary reconoció a Marge del día anterior y no huyó, como solía hacer. Tenía dos años y medio y la hermana Hildegarde la había entrenado para que cantara una canción llamada *Over the Mountains, Over the Sea* y para que recitara el padrenuestro a las visitas. Mientras Mary cantaba, Anthony permanecía de pie a su lado, ayudándola cuando se olvidaba de la letra. Al final, le dio un abrazo y un beso.

Marge sonrió al ver cuánto se querían y le preguntó a la hermana Hildegarde cómo se llamaba aquel caballerete, pero Hildegarde dijo que no tenía ni idea. Cuando Marge se agachó para preguntarle a Anthony cuál era su nombre, este creyó que se aproximaba para pedirle un beso, así que le dio uno —con gran aplomo— en la mejilla.

Marge se rio.

—¡Qué monada! —exclamó.

A Mary le habían enseñado aquella canción a propósito. La letra decía: «Veo la luna y la luna me ve a mí; / Dios bendiga a la luna y Dios me bendiga a mí. / Más allá de las montañas, más allá del mar; / allí es donde mi corazón anhela estar».

Cualquier mamá estadounidense con corazón sería incapaz de resistirse a aquella apelación.

En el camino de vuelta de la abadía al hotel, Marge le dijo a Loras que le gustaba el aspecto de la pequeña Mary McDonald. Loras le dijo lo complacido que estaba de oírla decir aquello, ya que él mismo había sentido predisposición hacia Mary desde el momento en que monseñor O'Grady le había enviado la carta de la hermana que tenía en Roscrea.

—¿Y sabes qué, Marge? ¡Creo que esa encantadora irlandesita es tu vivo retrato cuando tenías su edad! ¡Si eso no es una señal, no sé qué podría serlo!

Marge sonrió: sabía que Loras quería que siguiera adelante y adoptara a Mary y sabía que quería lo mejor para ella de corazón.

—Vaya, Loras, eso sí que es un milagro, ¿no? ¿Cómo es posible que te acuerdes de cómo era cuando tenía la edad de Mary? ¡Si solo tenías tres años!

Los hermanos se echaron a reír y siguieron bromeando hasta casi llegar al hotel.

A última hora de la mañana siguiente, después de que su excelencia, el obispo Loras Lane, dijera la misa para las hermanas de los Sagrados Corazones en la capilla de la abadía de Sean Ross, Josephine Lane, Loras y Marjorie se apretujaron en el Ford Popular alquilado que tenía tan impresionadas a las monjas de Roscrea e hicieron sitio en el asiento de atrás para la hermana Barbara, que llevaba a una niñita en el regazo. La madre Barbara estaba emocionadísima. Se pasó la mayor parte del viaje que atravesaba los campos de labranza del centro de Irlanda, ciento doce kilómetros por carreteras secundarias que atravesaban prados increíblemente verdes, rezando el rosario y reprendiendo a Mary McDonald para que dejara de retorcerse sobre sus rodillas.

A las dos y media de la tarde, la pequeña comitiva tenía una cita con Rita Kenny, jefa del Servicio Irlandés de Expedición de Pasaportes, en el número 78 de St. Stephens Green, en Dublín.

La reunión empezó de manera cordial y «el obispo y sus amigos» fueron invitados a té y pastas. Rita Kenny le hizo algunas carantoñas a la pequeña Mary, pero también le preguntó a la madre Barbara unas cuantas cosas sobre el estado de salud de la niña, en particular sobre un antiestético sarpullido que tenía en la cara. La madre Barbara la tranquilizó y mencionó que muchos otros niños de Roscrea habían pasado ya por el Servicio Irlandés de Expedición de Pasaportes.

—Y desde luego todos estaban sanísimos, ¿no es así? —dijo, mientras sonreía desafiante—. ¿Por qué íbamos a entregarle a una niña enferma a la hermana de su excelencia?

Rita Kenny vaciló.

—Tendrá que pasar un reconocimiento médico exhaustivo antes de que las autoridades estadounidenses la dejen entrar —dijo, sin dejar de mirar a los ojos a la hermana Barbara.

—Por supuesto que lo hará —interrumpió Marge, con la esperanza de aplacar la tensión que había surgido—. Gracias, señora.

Loras apuntó los datos del médico acreditado por la embajada de Estados Unidos. Pero la madre Barbara era una mujer vehemente, acostumbrada a la autoridad y deseosa de demostrarle al obispo quién tenía la sartén por el mango.

—Estoy segura de que todo está en orden —dijo con firmeza—. Así que ¿sería tan amable, por favor, de darnos el pasaporte? Su excelencia es un hombre muy ocupado y tenemos que ir a la embajada de Estados Unidos antes de que cierre.

Rita Kenny era una buena católica y respetaba a los altos mandos de la Iglesia como la que más, pero también era una funcionaria del Estado, lo que la autorizaba a exigir un mínimo de respeto hacia ella.

La mujer se puso en pie.

—Está bien, si no les importa esperar un momento, tengo que consultarlo con una persona antes de poder tomar una decisión. Discúlpenme, por favor —se excusó, mientras salía de la habitación.

La pequeña comitiva la esperó en medio de un incómodo silencio.

Diez minutos después, la señorita Kenny regresó con un hombre de mediana edad vestido con una chaqueta marrón de *tweed* y una corbata de color verde oscuro. Era rechoncho, sin llegar a ser gordo, tenía un rostro rojizo y pecoso, y greñas de color pajizo en punta y enmarañadas.

—Ilustrísima, reverenda madre, señoras. Este es el señor Joe Coram: gestiona nuestra política de adopción.

El obispo Lane hizo ademán de levantarse, pero Joe le hizo un gesto para que no lo hiciera y se acercó para estrecharle la mano. Eso le dio tiempo para evaluarlo: Loras era un hombre de complexión fuerte, tenía unos hombros anchos bajo la sotana negra, el rostro regordete y una sonrisa distendida que dejaba ver el hueco que tenía entre los dos incisivos centrales. Joe no pudo evitar pensar lo irlandés que parecía y lo diferentes que eran sus rasgos de los de John Charles McQuaid, tan enjutos y ascéticos. Pero, aun así, si hubiera tenido que ser honesto consigo mismo, Joe habría tenido que reconocer que le había proporcionado cierto placer estrecharle la mano con demasiada fuerza a un obispo cuya Iglesia era responsable del revuelo que se había organizado debido a su inapelable derecho a deshacerse de los niños irlandeses. Tal vez fueran físicamente opuestos, pero, cuando Joe miraba al obispo Lane, veía al arzobispo McQuaid y lo invadía un deseo irracional e irrefrenable de hacer todo lo que estuviera en su mano para impedir aquella adopción.

En un discurso que encontró inusitadamente satisfactorio, Joe explicó que la Ley de Adopción hacía que la expedición de los pasaportes a los niños fuera mucho más compleja. Para empezar, ahora el Gobierno irlandés tenía que asegurarse de que la madre del niño hubiera dado realmente su consentimiento y de que los futuros adoptantes fueran buenos católicos. Estaba a punto de continuar enumerando los impedimentos, cuando la madre Barbara lo interrumpió.

—Muy bien, joven, pues no tiene por qué albergar duda alguna sobre el primero de dichos puntos. Yo misma he sido testigo de la renuncia de la madre a la custodia y tengo todos los papeles que pueda necesitar. Y, en cuanto al requerimiento de que los nuevos padres sean católicos, ¿no le parece que el obispo debe de conocer a su hermana y a su cuñado lo suficientemente bien?

Joe se mordió el labio y consiguió esbozar una tensa sonrisa.

—Todo eso suena de maravilla, ciertamente. Pero las reglas son las reglas y tenemos que cumplirlas a rajatabla. Lo que también necesitaremos, ahora que lo pienso, es un informe con los resultados del examen de su vivienda emitido por el Comité Nacional de Beneficencia Católica de Estados Unidos. Tendrán que visitarla en su casa, señora Hess. No podemos permitir que la pequeña Mary tenga pasaporte hasta que obtengamos el informe, me temo. Pero con sus contactos, señor obispo, estoy seguro de que eso no será un problema —insinuó Joe. Mientras este hablaba, Marge escribía lo que decía en una página extra de su diario. Nadie les había dicho nada sobre aquel informe del hogar, tendría que hacer que Doc se ocupara de ello mientras ella estaba aún en Europa—. Ah, y una cosa más. Por supuesto, tendrán que ir a la embajada de Estados Unidos, aquí en Dublín, y conseguir el permiso de su país para permitir la permanencia de la pequeña Mary en territorio estadounidense.

Loras tomó nota en su cuaderno. Tenía la clara impresión de que aquel tipo les estaba poniendo las cosas difíciles e ignoraba por qué lo estaba haciendo.

DIECISIETE

Dublín
Viaje por Europa

Al final de un día agotador, Loras, Marge y su madre se registraron en el hotel Clarence de Wellington Quay, donde, por respeto al obispo, les habían dado habitaciones de primera con vistas al río Liffey.

La madre Barbara había cogido a Mary y había ido a pasar la noche a casa de su hermana casada, que vivía a las afueras de Dublín, antes de regresar a Roscrea. Marge y Loras le dijeron que volverían después del viaje turístico por Europa, que tenían planeado que durase unas tres semanas. Todavía tenían la esperanza de poder llevarse a Mary con ellos al volver a Estados Unidos, aunque el calendario para completar todo el papeleo ahora parecía todo un desafío. Era casi medianoche cuando Marge se sentó a escribir el diario.

10 de agosto de 1955. Roscrea y Dublín.
Tiempo: bueno.

Loras ha dicho misa en Roscrea y luego hemos tomado un buen desayuno. La madre Barbara ha ido a Dublín con nosotros (rezando el rosario por el camino). Dublín es una ciudad muy ajetreada: está llena de gente. Hemos visitado el Servicio Irlandés de Expedición de Pasaportes y hemos descubierto lo del Examen del Hogar. He llamado a Doc y le he dado la noticia. Espero que podamos hacer algo.

Todo listo para irnos a París mañana por la noche. Volamos con Aer Lingus.

Aquí los huevos son malísimos. Me siento sola.

Esa noche, Joe Coram se quedó hasta tarde sentado a la mesa de su despacho, escribiendo un informe para el nuevo ministro, Liam Cosgrave, en el que explicaba por qué había rechazado la solicitud de expedición de pasaporte por parte de la comitiva del obispo estadounidense. Le preocupaba que el obispo Lane se pudiera quejar a McQuaid y que McQuaid se pudiera quejar al ministro. Además, sabía que el *Taoiseach* cedería ante una mínima presión por parte de la Iglesia, así que quería ser el primero en exponer su punto de vista.

Joe volvió a casa en tranvía, deseando contarle a Maire cómo se había impuesto al «gran obispo» que había ido a su oficina pensando que podía quebrantar las reglas y llevarse a una niñita irlandesa a Estados Unidos «así como así». Pero, cuando entró por la puerta principal, se encontró la casa a oscuras. Maire estaba en la cama y no respondió a su discreta tos ni al pequeño tirón de sábanas.

Marjorie Hess no lograba conciliar el sueño. Estaba tumbada dando vueltas y más vueltas, rumiando sin parar un plan que había maquinado en su corazón y que no la dejaba descansar. El plan de Marge tenía su origen en una imprevista y repentina promesa de amor y felicidad pero, por el momento, sabía que debía continuar siendo un secreto. Escribió una larga carta a Doc y le contó las novedades sobre Mary y sobre el problema con la visita que el Comité Nacional de Beneficencia Católica de Estados Unidos tenía que hacer a su casa, pero pasó por alto deliberadamente la idea que le daba vueltas en la cabeza.

HOTEL CLARENCE
DUBLÍN

Miércoles por la noche (10 de agosto de 1955)
(Aquí hace frío: me voy a la cama con un jersey puesto)

Mis queridísimos Doc, Jim, Tom y Stevie:

Anoche me habría gustado contaros muchísimas cosas pero, a siete dólares con cincuenta cada tres minutos, me ha parecido que sería mejor escribiros. Escuchar vuestra voz me ha hecho sentirme tan condenadamente sola que, si pudiera volver a casa, lo haría. Ahora entiendo por qué dicen que hay que viajar de joven, porque de mayor no se disfruta. Les he dicho a madre y a Loras que daría cualquier cosa por estar en casa con todos vosotros, leyendo el periódico y viendo un buen programa de televisión. No he parado desde que bajamos del avión. Nos fue a recoger un coche y, desde entonces, no hemos dejado de buscar niñas pequeñas. La de la foto que os envío tiene un corte de pelo y una ropa horribles, pero veréis que su cara es perfecta. Se llama Mary McDonald y tiene dos años y medio. Sabe cantar *Over the Mountains, Over the Sea* (no conoce a Davy Crockett) y es muy inteligente. También reza el avemaría y el padrenuestro; los niños no se sabían tantas oraciones. Loras cree que se parece a mí cuando tenía su edad. Tiene unas mejillas sonrosadísimas, de hecho parece que sufre algún tipo de dermatitis. Loras cree que es por el jabón y las toallas que usan aquí pero, si los papeles salen adelante, la llevaré a que le hagan un reconocimiento como es debido. Es perfecta física y mentalmente, según los informes médicos. La madre de Mary nació en Dublín, al igual que el padre. Lo único es que aquí no se casan. Las muchachas acuden a una abadía y tienen que quedarse en ella a trabajar hasta que sus hijos son adoptados. Tanto el padre como la madre son tenderos, como casi todo el mundo en Dublín, y tienen un historial muy bueno: no son gente rica, pero sí honrada. Las hermanas estaban reservando a Mary para la sobrina de un cura que se ha puesto enferma, pero ya no se pueden quedar más tiempo con ella: de hecho, tenemos la suerte de conseguir una niña mayor porque la familia les pagó para quedársela, pero luego decidieron renunciar a la adopción. Al parecer, la abadía de Sean Ross de Roscrea, en el condado de Tipperary (Irlanda), es la que más niños envía a Estados Unidos de todas. (¿Qué opináis?).

En cuanto a la visita de la Beneficencia Católica a nuestra casa, el obispo Helmsing puede arreglarlo por ti. Dile que Loras le ha dicho que lo haga. Y consigue el poder notarial. Envíanos también tu partida de nacimiento en cuanto la tengas. Aquí no hay nada que hacer, así que supongo que seguiré adelante con el plan de volver el 1 de septiembre.

Escríbeme.

Os echo de menos. Espero que vosotros a mí también.

P. D. Doc, por favor, envía los papeles. Cuando escribas, dales las gracias a la madre Barbara y al resto de las monjas por ser tan amables. La gente de los pasaportes no hará nada hasta que la Beneficencia Católica envíe el Informe del Hogar, así que aseguraos de que la casa esté limpia y de estar presentes...

Ahora voy a rezar y, si todo sale mal y no me llevo a Mary a casa, será que debemos conformarnos con nuestros tres maravillosos niños —piensa lo mismo tú también— y lo único que podré hacer será ahorrar en gastos. Quiero devolver el dinero de mi viaje. Estaré pensando en todos vosotros y enviándoos cariño.

Besos a todos. Mami.

El vuelo de Aer Lingus de Dublín a París fue complicado y Marge no tuvo fuerzas para escribir el diario. Loras había sido invitado a decir misa en Notre Dame a la mañana siguiente y, durante los dos días posteriores, la infatigable Josephine arrastró a sus hijos a los lugares de interés turístico de la ciudad. El sábado, Marge volvió a escribirle a Doc.

Hôtel Moderne Palace
8 bis Place de la République
Paris, 11e.

13 de agosto de 1955

Queridísimos Doc, Jim, Tom y Stevie:

A estas alturas supongo que habréis recibido la fotografía de Mary y me pregunto qué opinaréis de ella.

La madre Barbara la está llevando a los médicos para que la miren con rayos X, para que le revisen la vista, etcétera. En la embajada de Estados Unidos tienen su propia clínica y hacen unos chequeos muy exhaustivos.

Si tienes algún problema con la Visita al Hogar, llama al obispo Byrne o al arzobispo Ritter. Diles que Loras está conmigo y que te ha dicho que te pongas en contacto con ellos. Buena suerte. Estoy deseando tener noticias vuestras. Os echo de menos, ¿y vosotros a mí?

Rezo para que te salga todo bien con la Beneficencia Católica.

Vaya país, Irlanda. Los hombres no se casan nunca antes de los treinta y cinco: el taxista me dijo que les gustaba tener alguna aventura antes.

Ya me despido, os mando mi cariño y muchos besos para todos. ¿Has oído hablar de la nostalgia?

Espero que estéis bien,
Mamá.

Después de París, se fueron en coche a Alemania y luego hacia el sur, hasta Venecia. Marge se sintió fortalecida por el sol, el vino y la solícita presencia de su hermano. La muerte de su hijo se estaba retirando para pasar a formar parte del pasado y la promesa de un futuro tomaba forma. Ahora estaba segura de que debía seguir adelante con el plan que había concebido en la guardería de la abadía de Sean Ross.

Jueves, 1 de septiembre de 1955
Dublín

La primera mañana que pasó de vuelta en Irlanda hizo que Marge volviera a poner los pies en la tierra. El tiempo era frío y húmedo y, en el hotel Clarence, las mejores habitaciones con vistas al río estaban ocupadas. Loras sugirió que pasaran la mañana recuperando el sueño atrasado, pero Marge le rogó que la llevara de inmediato a la abadía de Sean Ross.

—Claro, ¿por qué no? —respondió él.

La hermana Hildegarde los recibió en la puerta del convento y les ofreció té, pero Marge dijo que quería ir directamente a la guardería infantil. Cuando llegaron a las puertas de cristal, les pidió que, en lugar de entrar, se quedaran con ella un momento viendo jugar a los niños. Agarró a Loras de la manga, señaló a Mary McDonald, que llevaba puesto su vestido blanco de algodón y unos calcetines también blancos, y apuntó al niño que estaba jugando con ella.

—Mira a esos dos, Loras. ¿Ves cuánto se quieren? ¿Y viste lo que pasó la última vez que estuvimos aquí? ¿Cómo actuó ese chiquillo cuando fui a coger a Mary de la mano? Mira…

Marge caminó hacia Mary —que la reconoció— y la levantó en brazos. En cuanto lo hizo, el pequeño Anthony Lee, vestido con un amplio peto y un jersey de punto, empezó a hacer gestos con las manos y a sonreírles a ambas.

Marge se agachó hacia él.

—Bueno, hombrecito, ¿qué me cuentas?

Y el niño le dio un beso enorme en la mejilla.

DIECIOCHO

Roscrea y San Luis

Philomena se echó a llorar cuando le dieron la noticia.

Esa vez, la hermana Hildegarde ni siquiera intentó convencerla de la buena suerte de su hijo.

—Bueno, joven, al parecer tu hijo se va también con el obispo. Hemos tenido algunos problemas con el papeleo, pero yo diría que pronto partirá —se limitó a decir.

En el fondo, Philomena sabía que algún día sucedería aquello, pero la forma despiadada en que se lo dijeron fue devastadora. Deshecha en lágrimas, corrió a la guardería y cayó de rodillas ante su niñito. Anthony sonrió al verla, como siempre, pero pronto se dio cuenta de que algo iba mal.

—Mami, ¿qué pasa? ¿Qué es? ¿Por qué lloras?

Philomena se secó la cara y lo estrechó entre sus brazos.

—Te quiero, Anthony. Te quiero y siempre te querré. Nunca te olvidaré, hombrecito…, nunca.

Al ver a su madre tan disgustada, él también rompió a llorar.

—Por favor, no llores, mami —dijo el pequeño, acariciándole el pelo—. Por favor, no llores…

Philomena intentó consolarlo, pero estaba demasiado angustiado. Pensó que era realmente injusto que el amor y el afecto que su hijo irradiaba y la ternura que inspiraba en la gente fueran la causa de que lo perdiera para siempre. Su corazón era tan grande que tenía besos para todo el mundo y el beso que le había dado a una extraña parecía contar más que el vínculo sagrado que compartía con su madre. Aquel pensamiento la atormentaba. ¿Por qué tenía que quedarse con su hijo otra mujer, con la carne de su carne, con el bebé que ella había parido, amado y mimado?

Cuando Philomena habló con Margaret, se disculpó por no haber sido consciente del dolor que había sentido y le dijo que ya lo entendía. Estaba paralizada y vacía y le tocó a Margaret consolarla.

—Al menos hay una cosa buena —dijo esta—. Al menos Mary y Anthony seguirán juntos.

Pero nada parecía ayudar. Philomena se torturaba con preguntas sin respuesta. ¿Cómo era posible que un cruce fortuito y azaroso en la vida de dos personas tuviera unas consecuencias tan terribles? ¡La americana había ido allí a por una *niña!* Aquello era lo que Philomena encontraba tan injusto. Había ido a por una niña y se iba con su niño. El mundo entero parecía regirse por arbitrarias casualidades. Si Anthony no le hubiera tirado de la manga a aquella mujer de Estados Unidos o si no le hubiera dado un beso en la mejilla aquel día, qué diferentes podían haber sido las cosas.

Marge Hess le escribió a su marido para explicarle lo que sentía desde la primera vez que había visitado Roscrea: le dijo que adoraba a la pequeña Mary, pero que no podía llevarse a Mary sin llevarse también a Anthony, y le explicó lo cruel que sería separar a dos niñitos con un vínculo tan fuerte y tierno:

Espero que lo entiendas. Tienen madres diferentes, pero están más unidos que cualquier hermano con su hermana. Se ado-

ran y yo los adoro a ellos. En cuanto los vi juntos, supe lo que
tenía que hacer. Cuando fui a coger a Mary, Anthony se quedó
allí agitando las manos, sonriendo y dándome besos. He estado pensando en ello durante todo el viaje. Por favor, di que te
parece bien que nos quedemos con los dos. Sé que podemos
arreglárnoslas. A los chicos les dolerá, pero podemos compen-
sárselo, ¿no es así?

Doc Hess dijo que lo entendía; dijo que sí, que le parecía
bien quedarse con Anthony además de con Mary. Pero era un
hombre práctico y sabía que aquello implicaría un montón de
papeleo más. No habría manera de que Marge pudiera llevarse
a los niños con ella a casa en aquel viaje.

Marjorie, Loras y su madre cogieron el vuelo de las dos menos
diez de la tarde de la TWA, de Shannon a Nueva York, el jueves
8 de septiembre. En cuanto Marge llegó a casa, a San Luis, se
propuso el objetivo de conseguir que sus dos nuevos hijos estuvieran en Estados Unidos lo más rápido que fuera humanamen-
te posible. Estaba constantemente al teléfono con la hermana
Hildegarde y con la madre Barbara, instándolas a que acelera-
ran las cosas, y las monjas enviaban frecuentemente explicaciones por escrito de todo lo que se esforzaban por ayudar. En sus
cartas hablaban de la cantidad de dificultades por las que estaban pasando en nombre de Marge y dejaban caer comentarios
sobre donaciones y regalos al convento.

A finales de 1955, la abadía de Sean Ross envió decenas de
niños a Estados Unidos y la hermana Hildegarde era la encar-
gada de todas las transacciones. En una circular del Ministerio
de Asuntos Exteriores la describían como «una de las tres personas más influyentes del entorno de las adopciones en Irlanda». Las otras dos eran el padre Cecil Barrett, del departamento

de Bienestar Social Católico del arzobispo McQuaid y Rita Kenny, del Servicio Irlandés de Expedición de Pasaportes.

El 7 de noviembre de 1955, la hermana Hildegarde se llevó de nuevo a Mary y a Anthony de viaje a Dublín, donde fueron examinados por el doctor acreditado por la embajada de Estados Unidos, John Malone, que concluyó lo siguiente: «Anthony es un niño bien desarrollado, de mente despierta, afable y cooperador. Su desarrollo mental es normal y considero que se encuentra por encima de la media de inteligencia». Sin embargo, Malone añadía una posdata: «En el examen neurológico, todos los reflejos profundos estaban mermados y no logré obtener respuesta en los reflejos rotulianos. Se trata de un hallazgo aislado y no considero que tenga importancia alguna».

Por alguna razón, la hermana Hildegarde y la madre Barbara no conseguían lidiar con el Servicio Irlandés de Expedición de Pasaportes: era casi como si estuvieran intentando deliberadamente impedir aquella adopción. La última misiva de Rita Kenny era categórica: «He recibido su carta en relación con la solicitud del señor y la señora Hess para la adopción de los niños Mary McDonald y Anthony Lee […]. No han adjuntado el Informe del Examen del Hogar. He dejado lo suficientemente claro que no se tendría en cuenta dicha solicitud hasta que nos remitieran un informe del Examen del Hogar llevado a cabo por la Beneficencia Católica de San Luis».

Las monjas estaban perplejas. Sospechaban que aquel hombre tan desagradable con el que la madre Barbara había hablado en la reunión de Dublín le estaba poniendo las cosas difíciles deliberadamente a la hermana del obispo. Aquella se estaba convirtiendo en la adopción más difícil de los cientos que habían llevado a cabo. Una hora después de recibir la carta de Rita Kenny, la hermana Hildegarde se puso de nuevo delante de la máquina de escribir, esa vez echando humo.

16 de noviembre de 1955

Estimada señora Hess:

Le envío de inmediato esta carta para que vea usted misma lo que el Servicio de Pasaportes tiene que decir. Estoy bastante harta de todo esto. ¿Están intentando poner trabas o es que no entienden nada? Hemos respondido a cada una de sus cartas sobre sus niños a vuelta de correo, no sin esfuerzo. Tengo más trabajo del que puedo abarcar hasta Navidad. Si usted puede hacer algo, por favor, intente hacerlo, porque esperaba haber solucionado el tema del traslado de los niños antes de final de mes.

Sinceramente, desde los Sagrados Corazones,
Hermana M. Hildegarde.

P. D. La reverenda madre está como una niña esperando el paquete que le ha enviado y que, hasta la fecha, no ha llegado.

Cuando recibió la carta de la hermana Hildegarde, Marjorie Hess hizo lo que siempre hacía en una situación de crisis: llamar a su hermano. Lo que supuestamente sucedió a continuación fue una demostración de la relación entre la Iglesia y el Estado en el ejercicio de la política de adopción irlandesa. Una llamada telefónica del obispo Loras Lane de Rockford al arzobispo Ritter de San Luis llevó, al parecer, a otra llamada telefónica al arzobispo McQuaid de Dublín; dicha llamada llevó a otra, esa vez al ministro irlandés de Asuntos Exteriores, Liam Cosgrave, que a su vez dio instrucciones al Servicio Irlandés de Expedición de Pasaportes de que expidieran de una vez por todas los pasaportes de Anthony Lee y Mary McDonald.

La persona que estaba al final de la cadena de llamadas era Joe Coram. Este colgó el teléfono con un suspiro y llamó a Rita

Kenny para refrendar las autorizaciones. No lamentaba la energía que había invertido en el caso —lo consideró un ensayo para los cientos, tal vez miles, que estaban por venir—, pero, mientras el tranvía de Glasnevin lo llevaba a casa pasando por delante del palacio arzobispal, se quitó el sombrero de fieltro y sonrió amargamente.

DIECINUEVE

Diciembre de 1955
Roscrea

En los tres años y medio que llevaba en la abadía de Sean Ross, Philomena no había tenido contacto con su familia. Ni sus padres ni sus hermanos la habían visitado y las monjas tampoco le habían hecho llegar ninguna carta. Pero después de que la hermana Hildegarde le dijera que se iban a llevar a Anthony a Estados Unidos, a Philomena le habían permitido escribir a casa. Su propio futuro, una vez que el niño se hubiera marchado, estaba por decidir y las monjas necesitaban hablar con su padre.

El 1 de diciembre de 1955, Patrick Lee y su hijo Jack salieron de Templemore en dirección a la carretera de Roscrea y tocaron la campana de la cancela de la abadía. Habían conducido desde Newcastle West en la furgoneta del pan de Latchford y estaban deseando tomar una taza de té. Patrick tenía cincuenta y tres años y todavía trabajaba como carnicero; Jack tenía veinticuatro, estaba soltero y repartía el pan del panadero de Newcastle. Las monjas que los hicieron entrar fueron amables, pero la implicación intrínseca de que los visitantes estaban marcados por la vergüenza colectiva de la familia se cernía poderosamente sobre ellos.

La hermana Hildegarde les hizo sentarse en la salita de espera georgiana de altos techos que estaba al lado del grandioso recibidor de la entrada (a los hombres no se les permitía ir más allá) y regresó diez minutos después con Philomena.

—Aquí estamos —dijo la hermana Hildegarde, sonriendo con dulzura—. Aquí tiene a su hija, señor Lee. Yo diría que faltan un par de semanas para que los niños se vayan, así que me iré y les dejaré hablar sobre su futuro. Estoy segura de que tienen mucho que decirse.

Pero, cuando la monja se fue, los tres se quedaron allí sentados guardando un incómodo silencio. Philomena estaba deseando abrazar a su padre, oírle decir que la quería y que la perdonaba, pero algo se lo impedía. Tenía la sensación de que su padre también quería abrazarla, pero que le resultaba difícil. Refrenado por la culpa que la Iglesia le había inculcado y consciente del sufrimiento de su hija, empezó a hablar de todo salvo de las cosas que realmente importaban: el tiempo, la carnicería nueva que habían abierto en el pueblo y que le hacía la competencia y los planes de Jack de conseguir un trabajo de operador de cámara en el cine de la calle Maiden. Jack asentía y parecía incómodo. Philomena estaba al borde de las lágrimas e intentaba desesperadamente no echarse a llorar delante de su padre.

Fue la llegada de Anthony lo que cambió las cosas.

La hermana Hildegarde había accedido a dejárselo media hora. En cuestión de minutos, los dos hombres lo habían puesto a cabalgar arriba y abajo sobre sus rodillas y le hicieron cosquillas hasta que se retorció de regocijo. Anthony había ido corriendo directamente hacia ellos en cuanto había entrado en la sala y les había tendido dos ramos de flores silvestres (que Margaret le había dado). Dejó que lo besaran en la mejilla y les demostró lo valiente que era al trepar por la escalera que estaba apoyada contra las altas estanterías llenas de libros. Rieron a carcajadas ante las gracias de aquel hombrecito y lo animaron a bailar y a cantar para ellos. Jack no lograba ocultar su admiración.

—Es una preciosidad, Phil, ya lo creo que lo es. Tiene el pelo negro de los Lee y todo.

Su padre sonrió y asintió en silencio, con los ojos llenos de lágrimas. Philomena se sentía abrumada por el orgullo de ver que su familia quería tanto a su hijo, dolida porque pensaba que su alegría no iba a durar y atormentada por la alocada e inverosímil idea de que tal vez pudieran encontrar la manera de quedárselo.

—Bueno, ¿qué te parece, papá? —preguntó vacilante—. Las monjas quieren mandarlo a Estados Unidos, ¿sabes?

Su padre no dijo nada, pero Jack murmuró algo sobre una mujer de la que había oído hablar, de algún rincón del país, que había tenido un hijo sin padre y aun así se había negado a entregarlo.

—¿A que sí, papá? Kitty McLaughlin se quedó con el bebé. Así que ¿por qué no cogemos a este hombrecito ahora mismo, nos lo llevamos y huimos con él? Nos escapamos con él y luego, Phil, puedes volver a casa y cuidarlo.

A Philomena le dio un vuelco el corazón —estrechó a Anthony contra ella como si estuviera lista para irse ya—, pero nadie cogió en brazos al niño y nadie huyó con él. Aquel minuto de euforia chocó contra la triste e irrefutable realidad de que Philomena no iba a volver a casa y de que Anthony no la iba a acompañar. Los tres sabían perfectamente que era imposible que una mujer en pecado regresara a su casa de Newcastle West o de cualquier otro pueblo de Irlanda sin causar un enorme escándalo. Además, de todos modos, la vivienda de protección oficial de Connolly's Terrace era pequeña y Patrick Lee no tenía espacio para que ella se quedara allí ni medios para alimentarla.

—No hay ninguna forma, Phil —dijo, mirándose las botas—. Lo siento, pero tendrás que irte.

Ese día, Jack Lee lloró mientras dejaba la abadía. El señor Latchford le acababa de pagar en la panadería y tenía el sueldo de un mes —tres libras— en el bolsillo. Mientras salía por la puerta, le dio un codazo a su hermana y le puso con fuerza los tres billetes enrollados en la mano. Luego se volvió para enjugarse las lágrimas y echó a correr por el camino para alcanzar a su padre.

VEINTE

Diciembre de 1955
San Luis, Dublín

Carece de reflejos rotulianos y tiene los reflejos profundos mermados. Eso no es bueno, Marge, no es bueno. Podría tener el sistema nervioso dañado o incluso alguna anomalía cerebral. El niño podría ser anormal y está claro que no queremos nada por el estilo en la familia.

Marge parecía angustiada.

—Pero, Doc, yo lo he visto y no es anormal. Es un niñito encantador y completamente normal. Déjame ver el informe del médico... Mira, aquí dice que seguramente será alguna interpretación rara.

Pero a Doc Hess no le gustaba que le llevaran la contraria. Marge se dio cuenta de que estaba empeñado a toda costa en que el niño irlandés era mercancía defectuosa, pero aquellos veinte años de matrimonio le habían enseñado a manejar a su marido.

—Vale, Doc. Tienes razón. No queremos que nada altere nuestra familia. Pero se me ocurre una cosa: ¿por qué no pedimos una segunda opinión antes de tomar una decisión? Estoy segura de que puedes conseguir a alguien que le eche un segundo vistazo a Anthony, ¿verdad?

Doc se lo pensó unos instantes.

—Bueno… Supongo que tiene lógica. Pero, concluya lo que concluya ese examen, actuaremos en consecuencia. Si dice que el niño es anormal, lo devolveremos, ¿de acuerdo?

A John Malone le sorprendió un poco el tono de la carta del doctor Hess. Desde luego, él no había querido sugerir que el paciente podía sufrir alguna anomalía seria, pero accedió a examinar de nuevo al niño. El 2 de diciembre de 1955, a Anthony Lee lo llevaron una vez más a Dublín, al hospital de St. Laurence, en la calle North Brunswick. Este siguió con interés el proceso mientras la enfermera le frotaba partes del cuero cabelludo y de la cara, y le pegaba pequeñas cosas pegajosas (eran electrodos, pero eso él no lo sabía) que conectaba a una especie de caja con unos cables. Durante veinte minutos, un hombre con una bata blanca se dedicó a iluminar los ojos de Anthony con luces, a hacer ruidos estridentes al lado de su cabeza y a pedirle que cerrara los ojos, que mirara hacia arriba, que mirara hacia abajo, que mirara alrededor. Anthony frunció un poco el ceño, pero no lloró. Era un niño confiado y no esperaba que el mundo le jugara malas pasadas. No entendía el juego al que estaban jugando aquellos mayores, pero, como no dolía, decidió jugar con ellos. Al final de todo, la enfermera se agachó y le dio una piruleta roja. Cuando esta le ofreció la mejilla para que le diera un beso, él se lo dio y la mujer soltó una carcajada.

El informe del electroencefalograma del joven Anthony Lee fue redactado por el neurólogo jefe del hospital, Andrew MacDermott. Este no mostraba «ningún signo focal o específicamente epiléptico» y se encontraba «probablemente dentro de los límites normales».

El hospital envió los resultados al doctor Malone, que sonrió al demostrarse que tenía razón.

Estimado doctor Hess:

Lamento que mi breve informe le ocasionara tantas preocupaciones. Personalmente, yo me sentía más que satisfecho con el estado mental del niño, con su estado general de salud y con el examen neurológico.

Su tono muscular, su fuerza, su coordinación, su marcha y su postura eran normales, al igual que sus nervios craneales.

El segundo examen, llevado a cabo con un colega neurólogo (2-12-1955), fue satisfactorio y, en esta ocasión, se obtuvieron los reflejos rotulianos. Adjunto el informe del neurólogo y lo refrendo al cien por cien.

Saludos cordiales.

Atentamente,

John P. Malone, doctor en Medicina

Doc Hess discutió las palabras del neurólogo —*probablemente* dentro de los límites normales no era lo mismo que *indudablemente* dentro de los límites normales—, pero Marge no dejaba de insistir.

—He visto a ese niñito —dijo— y te garantizo personalmente que es normal, Doc. Por favor, deja que venga. ¿Lo harás?

Doc aceptó a regañadientes. Pero si Marge se lo *garantizaba*, aceptaría al niño.

Marge Hess llamó a la madre Barbara y le rogó que le enviara a los niños lo más rápidamente posible. La madre Barbara se sintió aliviada: el tipo del Servicio de Expedición de Pasaportes había montado un alboroto en relación con aquel caso y estaba deseando despacharlos. Marge le dijo que había asientos libres en el vuelo de Pan Am que salía de Shannon el domingo siguiente, y la madre Barbara le dio el visto bueno para que hiciera la reserva.

Marge estaba tan emocionada que casi se olvidó de hablarle de las fotografías, pero se acordó justo a tiempo.

—¡Reverenda madre, una última cosa! Por favor, háganles algunas fotos a los niños para que podamos tener un recuerdo de ellos antes de dejar la abadía. Puede añadir el coste del carrete a la cuenta y lo sumaremos a la donación.

La madre Barbara colgó el teléfono y se puso a rebuscar de inmediato entre el montón de documentos que tenía en la bandeja. Encontró los que necesitaba y los preparó para enviarlos por correo, uno de Mary y otro de Anthony.

Yo, Margaret Feeney, conocida por mi nombre religioso de hermana Barbara, superiora de la abadía de Sean Ross de Roscrea, en el condado de Tipperary (Irlanda), juro:

Que la custodia de Anthony Lee, nacido fuera del matrimonio de Philomena Lee, me ha sido cedida en calidad de madre superiora de la abadía de Sean Ross de Roscrea, como demuestra la declaración jurada que aquí adjunto y en virtud de la cual la madre renuncia para siempre a cualquier reclamación del mencionado niño.

Que, como tutora legal del mismo, por la presente renuncio a reclamar en un futuro a Anthony Lee y se lo entrego al doctor Michael Hess y a la señora Marjorie Hess, con domicilio en Moundale Drive, n° 810, Ferguson, Misuri, Estados Unidos, para su adopción legal.

Firmado bajo juramento por la mencionada Margaret Feeney.

VEINTIUNO

Diciembre de 1955
Roscrea

Con la partida de la hermana Annunciata a Inglaterra, el suministro de regalos de Anthony había llegado repentinamente a su fin y, durante el último año, el niño no había tenido nada más para jugar que unos cuantos juguetes comunitarios desvencijados que yacían tristemente en una esquina de la sala de día. Pero, gracias a su hermano Jack, ahora Philomena tenía algún dinero propio y estaba desesperada por gastarlo en su hijo. Como a las chicas no se les permitía salir de la abadía, no podía ir a las tiendas de Roscrea pero, una noche, después de que los niños se hubieran ido a la cama, abordó a una de las empleadas del convento que estaba a punto de irse a casa hasta el día siguiente.

Philomena se ofreció a pagarle cinco chelines si iba a la tienda de la calle Castle y miraba qué juguetes tenía por allí la señora Frawley. La mujer le pidió diez y Philomena se los dio.

La mañana siguiente fue mejor que cualquier Navidad. Cuando la mujer volvió para el turno de la mañana, llevaba con ella un gran paquete envuelto en papel marrón. Cuando lo abrió, apareció un autobús de lata pintado con los colores de la empresa estatal de autobuses irlandesa y un avión rojo y amarillo con la inscripción «GE 270» en las alas. Los juguetes eran baratos y de mala calidad, pero Philomena apenas podía esperar hasta la noche para dárselos a su hijo. Cuando Anthony los vio, abrió los ojos como platos. Sin mediar palabra, cogió el autobús y lo hizo rodar por el suelo. Luego hizo lo mismo con el avión y estalló en carcajadas: el juguete tenía un mecanismo de fricción que lo hacía zumbar y coger velocidad cuando lo empujaba hacia atrás, y echaba chispas por el morro y las alas.

Philomena se sentó y observó cómo Anthony lanzaba aquella cosa de una esquina a otra de la sala de juegos, cómo la perseguía con chillidos de placer y cómo repetía la operación una y otra vez, cada vez más emocionado. Pero, de pronto, el niño pareció acordarse de algo. Dejó los dos juguetes al lado de la pared, corrió hacia su mamá y, sin mediar palabra, le dio un dulce abrazo y enterró la cara en su regazo.

18 de diciembre de 1955

En realidad, nadie les dijo a Philomena y a Margaret que sus hijos se iban ese fin de semana, simplemente lo oyeron desde el otro lado de la parra del convento. Unas cuantas personas habían visto a la hermana Hildegarde haciendo fotografías de Mary y Anthony en los escalones de la vieja casa —una de ellas preciosa, en la que estaban de la mano, y otra de Anthony solo, apretando su adorado avión contra el pecho— y las muchachas habían atado cabos.

El domingo por la tarde, después de comer, estaban limpiando la mesa del refectorio cuando una hermana ya mayor, que en el pasado las había tratado con amabilidad, se acercó corriendo.

—¡Niñas, rápido! Venid a la ventana, venga.

La hermana estaba jadeando por haber subido las escaleras a todo correr.

—Vuestros hijos, niñas. Rápido. La hermana Hildegarde se los está llevando…

Philomena y Margaret corrieron hacia la ventana batiente que daba al camino que había delante de la casa. Allá abajo se veía un gran coche negro con el motor en marcha y las puertas de atrás abiertas. En el asiento trasero se distinguían dos pequeñas figuras y, a cado lado de ellas, se apretaban la hermana Barbara y la hermana Hildegarde, sonriendo y charlando como solían hacer los días que salían.

—¡Anthony! ¡Mira hacia aquí! —gritó Philomena. Margaret golpeó la ventana pero, al parecer, el ruido del motor ahogaba sus voces y ninguno de los niños respondió.

—¡No, no, mi niño no! ¡No dejéis que se lleven a mi niño! —gimió Philomena mientras el coche se alejaba y, en ese preciso instante, Anthony se dio la vuelta en el asiento y se puso de pie para mirar por la ventanilla trasera. Llevaba puestos los pantalones cortos marrones y el jersey azul de punto que Philomena le había hecho, y, en la mano, sujetaba el avión de lata.

LONDRES

En la actualidad

La mesa que tengo delante está cubierta de fotografías y documentos: cartas y diarios, entrevistas, viejas facturas de hoteles, postales y notas garabateadas a mano medio borradas; todos ellos conmovedores fragmentos de un misterio en proceso de resolución que me ha acompañado desde aquel primer encuentro en el Año Nuevo de 2004.

La mayoría de los datos me los proporcionaron voluntariamente: el diario de Marge Hess y su copiosa correspondencia sobre la adopción de Anthony y Mary, las entrevistas con las partes implicadas en el drama que todavía vivían y con los amigos y los parientes de aquellos que ya habían fallecido, todo el material de partida sobre el que se ha basado la historia de las páginas precedentes y de las que están por venir. Pero conseguir otros documentos ha supuesto una batalla contra el encubrimiento, contra la reticencia de la gente y de las organizaciones que tenían algo que ocultar. Los profundos vínculos de la Iglesia con el secretismo, por ejemplo, y su convicción de la culpabilidad imperdonable de las Magdalenas hacían que los nombres que les daban en la casa despojaran a las chicas de su identidad y que sus verdaderas vidas estuvieran ocultas tras una máscara. Las muchachas raramente eran conscientes de quién compartía con ellas su calvario, solo sabían que Marcella no era Marcella, que Augustine no era Augustine y que Nancy no era Nancy.

Como anticipo de una separación predeterminada, la Iglesia prohibía a las madres de Roscrea guardar fotografías de sus hijos, pero la valiente hermana Annunciata había introducido de contrabando una cámara Box Brownie. Las instantáneas que Annunciata tomó para que Philomena las guardara están hoy sobre mi mesa, como crónicas de una época y de un lugar que podían haber permanecido en la sombra: un pequeño perdido en el jardín de un convento, un niño con aspecto desconcertado que nos mira a través de la ajada bruma de los años mientras intenta montar en un triciclo o trepar a un escalón, o mientras acuna un avión de juguete tan ancho como sus hombros, siempre mirando a la fotógrafa con confianza en los ojos. Esa última foto me llamó especialmente la atención. Es en blanco y negro, por supuesto, pero sé que el avión es una Nave Espacial de Propulsión GE 270 roja y amarilla con mecanismo de fricción, de veinticinco centímetros de envergadura, que fue construida en Alemania entre 1955 y 1965 por un fabricante de juguetes llamado Technofix.

Al pasar al lado de la mesa, mi hija echa un vistazo y me pregunta quién es ese chiquillo.

—Un niño que creció hace mucho tiempo muy lejos de aquí —le respondo.

Otra fotografía, esta vez en un recorte de periódico amarillento de algún lugar de Estados Unidos, muestra el mismo avión de juguete pegado al pecho de un niño pequeño vestido con una trenca y flanqueado por una niñita con aspecto asustado y una mujer alta y elegante.

Mi hija mira las fotos y se da cuenta de que es el mismo niño en las dos.

—Parece simpático —dice.

Qué extraño que un avión de hojalata de dos fotos de diferentes lados del océano proporcione una pista tan importante, un nexo de unión para acercarnos más a Anthony tras años de búsqueda y de ausencia.

Tengo sobre la mesa el primer pasaporte que le hicieron de pequeño. La minúscula foto que está bajo el sello del Estado de Irlanda muestra a un niño serio de tres años, que lleva puesto un jersey tejido a mano adornado con grandes tréboles y, en la página opuesta, la siguiente información en inglés y en gaélico:

Anthony Lee

Pasaporte expedido en: *Dublín, a 22 de noviembre de 1955*
Nacionalidad: *Ciudadano irlandés*
Profesión: *Ninguna*
Lugar de nacimiento: *Condado de Tipperary*
Fecha de nacimiento: *5-7-1952*
Lugar de residencia: *Irlanda*
Altura: *98 cm*
Color de ojos: *Azul*
Color de pelo: *Negro*
Rostro: *Ovalado*
Peculiaridades especiales: *Ninguna*
Firma: *El titular no sabe escribir*

Lo más triste de todo son los papeles de renuncia, los documentos en virtud de los cuales las madres eran obligadas a renunciar a sus hijos. «No intentar nunca ver ni reclamar» a la carne de su carne: qué traición les debía de parecer aquello durante los años que les quedaban por delante para lamentarse por el juramento que habían hecho. Los sellos decorativos y las escuetas fórmulas enmascaran una tragedia humana que se repitió en toda Irlanda cientos, miles de veces.

La tarea que me encomendó aquella desconocida en la Biblioteca Británica implicaría desafiar aquella promesa de aquiescencia. Significaría investigar qué había sido de Anthony Lee. Y daría lugar a asombrosos descubrimientos.

SEGUNDA PARTE

UNO

18 y 19 de diciembre de 1955

La expedición pronto perdió el encanto de lo insólito. Curiosos y excitados, Anthony y Mary habían empezado el viaje muy animados, pero su conversación rápidamente había dado paso a un incómodo silencio. La madre Barbara y la hermana Hildegarde estaban de buen humor. Cotilleaban, reían y, de vez en cuando, limpiaban las caras de los niños con un pañuelo húmedo o le decían a Anthony que se sentara derecho.

Encontraron a Niall O'Hanlon esperando donde le habían indicado, al lado de la parada de taxis del aeropuerto, con una raída maleta en el suelo, entre los pies. Era el sobrino de la hermana Teresa, tenía veinticuatro años y estaba encantado de que le pagaran el billete de avión. El bar de su padre, en el condado de Mayo, estaba perdiendo dinero y las pocas libras que ganaba repartiendo el correo no le daban para vivir. Niall nunca había visto antes un avión, y mucho menos había volado en uno, pero se decía a sí mismo que no pasaba nada: que el tío Patrick lo estaría esperando en Chicago y cuidar de un par de chavales no supondría problema alguno. Estaba claro que debía de estar haciendo una buena acción: si las monjas los mandaban a América, sería la voluntad de Dios.

—Usted debe de ser el señor O'Hanlon. —La hermana Barbara le ofreció a Niall su delgada mano. Había disfrutado del viaje en coche, pero ya estaba deseando marcharse—. Anthony, Mary, este es el señor O'Hanlon. Cuidará de vosotros durante las próximas horas, hasta que estéis con vuestra nueva familia. Qué bien, ¿verdad?

Sin esperar respuesta, le entregó a Niall una fotografía del hombre que recogería a los niños en Chicago: era un poco calvo, de estatura media, y lucía un afeitado perfecto. Tenía los brazos largos y un físico esbelto. La media sonrisa que esbozaba hizo que a Niall le pareciera un engreído.

—No puede quedarse con la foto —dijo la madre Barbara mientras la recuperaba—, pero el señor Hess será fácil de localizar: llevará una pajarita roja y estará al lado del panel de llegadas.

Niall asintió. Empezaba a asumir la realidad de que se hallaba a punto de embarcar. Miró a Mary y a Anthony, que estaban encogidos de miedo pegados a las piernas de las monjas, y contuvo la respiración. Él mismo se sentía como un niñito asustado.

—Bien —continuó la madre Barbara después de haber repasado los detalles del viaje; irguió la espalda y miró fugazmente a los niños—. Será mejor que nos vayamos. El taxi cuesta dinero y no queremos volver a Sean Ross demasiado tarde.

Las monjas le estrecharon la mano a Niall, le dieron las gracias y le desearon lo mejor. En un inesperado gesto de ternura, la madre Barbara se agachó para darle un beso en la mejilla a Anthony. Pero Anthony, con una expresión de desafío poco habitual en él, le apartó la cara.

—Bueno —dijo la monja con aspereza, mientras se incorporaba—, supongo que ese es todo el agradecimiento que me cabría esperar.

Fue un viaje duro de diez horas hasta Boston y a Niall le pareció mucho más largo. Los niños no respondían a sus intentos de consolarlos, pero se percató de que Anthony apretaba con fuerza la mano de Mary y le acariciaba el brazo con dulzura. Poco antes de aterrizar, la azafata llegó con el desayuno. Mary lo apartó, pero Anthony cortó el pan y se lo dio junto con un vaso de leche que le sujetó junto a los labios.

Boston estaba en lo más crudo del invierno. El aeropuerto de Logan estaba nevado y, mientras eran escoltados a la terminal, sintieron el gélido aire en las mejillas. Mary y Anthony, que nunca habían visto la nieve, la miraban boquiabiertos y maravillados. «Gracias a Dios», pensó Niall, intentando no reír aliviado mientras los rostros de los niños se iluminaban.

El funcionario de inmigración que examinó sus pasaportes y sus visados irlandeses le preguntó a Niall si era el padre de los niños. Niall se encogió de hombros y negó con la cabeza.

El vuelo de enlace con Chicago fue más tranquilo y los niños lograron dormir un par de horas. Las horas que pasaron juntos hicieron que Niall sintiera la incómoda sensación de que era responsable de ellos, que esperaban que él los protegiera. Cuando se los llevó al baño, al final del avión, Anthony levantó la vista hacia él.

—Gracias, señor —le dijo el niño con una voz aguda y extrañamente solemne—. Mi hermana tiene miedo, pero le he dicho que no debe tenerlo, porque usted cuida de nosotros.

Niall le dio unas palmaditas en la cabeza y sintió que su inquietud aumentaba.

En el aeropuerto Midway de Chicago, Niall comprobó que no se dejaban nada y cogió en brazos a Mary para bajarla por las escaleras del avión. A pesar de todas las capas de ropa que llevaba, notaba que temblaba como un pajarillo asustado. Anthony lo miró con ojos confiados y lo cogió de la mano mientras atravesaban la pista.

Después de recoger el equipaje —los niños no llevaban ninguno—, Niall buscó al hombre de la pajarita roja. Estaba de pie donde las monjas dijeron que estaría, fumando un grueso puro marrón más grande de lo que Niall había visto jamás. Por desgracia, Marge había ido corriendo al baño de señoras y Doc Hess estaba solo. Los dos hombres se estrecharon la mano con torpeza y Niall intentó pensar qué decir.

—Bueno, señor, aquí están los niños que me han dicho que le entregara —logró articular, mientras evaluaba al hombre que tenía delante—. Espero que cuide de ellos: están agotados y también hambrientos, porque apenas han comido ni dormido.

Doc chupó el puro y se agachó para sonreír a los niños pero, para su horror, Mary dio un grito y estalló en lágrimas. Aterrorizada por todo lo que había pasado, presa del pánico, se pegó a la pierna de Niall sin intención de soltarlo. Anthony también parecía a punto de echarse a llorar, pero estaba claro que intentaba por todos los medios contener las lágrimas. Solo cuando Marge llegó corriendo Mary empezó finalmente a calmarse y, para entonces, Anthony también estaba temblando y llorando.

Cuando el irlandés se hubo ido, Marge se agachó y limpió los rostros de los niños. Les había llevado unos abrigos calentitos y estaba impaciente por envolverlos en ellos para protegerlos del frío de diciembre. Doc dijo que quería una fotografía de grupo para inmortalizar el momento y, obviamente, se agachó para hacerla, porque la lente apuntaba a la cara preocupada de Mary: con su elegante abrigo nuevo con cuello de terciopelo y la boina de lana con pompón, sus mejillas todavía están manchadas de lágrimas, tiene la boca abierta y sus ojos perplejos miran con desconfianza hacia la cámara. Anthony tiene el ceño fruncido y mira por encima de la cabeza de Doc hacia un punto a media distancia, intentando percibir la naturaleza del lugar en el que han aterrizado. El niño lleva puesta una trenca nueva y en la mano tiene el avión de hojalata de Roscrea.

El viaje en coche de Chicago a San Luis les llevó casi siete horas. Era el lunes anterior a Navidad, por lo que las autopistas estaban a rebosar y la nieve, que había hecho su entrada triunfal desde el este, ralentizaba la marcha y les hacía ir a paso de tortuga. En la parte de atrás del Cadillac de Doc, Marge intentaba mantener una voz alegre y animada. Atiborró a los niños de caramelos y juguetes que había comprado para el viaje, pero ellos respondían con miradas desconcertadas. Arrojados a un mundo desconocido donde ardían luces brillantes, las multitudes se atropellaban, las voces retumbaban por los altavoces del aeropuerto y los coches y los aviones llenaban el universo de ruido y prisa, los niños querían volver al convento —porque daban por hecho que volverían—, aunque Anthony tenía la horrible sensación de que su nueva situación iba a ser permanente.

Marge entendía por lo que estaban pasando, pero aquel día tampoco estaba siendo fácil para ella. Mientras los observaba allí sentados, taciturnos y serios, de pronto todo pareció estar en peligro. La mente se le llenó de molestas y aterradoras dudas. «¿Sería aquello un grave error? ¿Qué diría Doc ahora?».

Echó un vistazo al retrovisor y vio los ojos de su marido centrados en la carretera. Parecía que se estaba tomando las cosas bien, al menos de momento: no se había quejado por tener que ir sentado solo delante, ni por la conducción, ni por el tiempo. Simplemente mantenía la mirada al frente mientras tarareaba al son de las melodías de los programas y de la música ligera que le gustaba escuchar en la radio. Anthony y Mary lo miraban con aprensiva curiosidad. En el mundo exclusivamente femenino del convento, los hombres eran un fenómeno exótico y ninguno de ellos sabía qué pensar de él. Los rasgos masculinos de Doc y su mirada dura como el pedernal parecían severos e imponentes, y aquella palabra que no paraban de escuchar, «padre», les resultaba extraña e incomprensible.

El labio inferior de Mary estaba empezando a temblar y Marge sintió pánico ante la perspectiva de que se pusiera a berrear. Doc odiaba el ruido y no quería molestarlo mientras conducía. Echó un poco de Fanta en un vaso y se lo ofreció a Mary, que se atragantó con aquella cosa dulce e inesperadamente efervescente. Con un chillido tiró el vaso sobre el asiento mientras Marge miraba horrorizada cómo el líquido empapaba la inmaculada tapicería beige del Cadillac y dibujaba una línea de un vivo color naranja. Al ver la cara de Marge, Anthony sacó un pañuelito del bolsillo e intentó febrilmente limpiar aquel desastre, pero era demasiado tarde.

—¿Qué demonios pasa ahí atrás? ¿Qué hacen esos niños? —rugió Doc, lo que hizo que Mary rompiera a llorar de forma incontrolable con unos gritos ensordecedores.

Después de que pasara lo peor, una calma tensa y muda se apoderó del coche. Los cuatro —incluida la pequeña Mary— sabían que algo malo había sucedido, algo peor que una simple mancha de Fanta, y lo cierto era que nadie sabía cómo arreglarlo.

DOS

Navidad de 1955

E l número 810 de Moundale Drive era una casa de una sola planta, parecida a un rancho, rodeada de una valla de madera y con un jardín trasero en pendiente que partía de un patio estrafalariamente pavimentado. Como todas las viviendas que la rodeaban, aquella casa había sido construida hacía siete años y el distrito todavía estaba urbanizándose. Ferguson (Misuri) estaba lleno de barriadas similares. A aquel lugar le faltaba el ambiente de buena vecindad de los barrios más antiguos de las afueras de San Luis, pero los Hess tenían amigos en las casas de alrededor y sus hijos contaban con buenos amigos con los que jugar. Aquella primera mañana en que llegaron del aeropuerto, a Anthony y a Mary les pareció que la casa estaba inusitadamente llena de barullo y actividad: después de la frialdad y la desnudez del convento, aquel sitio poseía una opulencia, un bullicio y un desorden abrumadores.

Antes de irse al aeropuerto, Marge había empezado a colocar la decoración navideña. Había comprado un enorme abeto noruego en Magruder's Garden Supplies, lo había puesto en la esquina del salón y les había pedido a los chicos que la ayudaran con el oropel, las bolas y las lucecitas eléctricas. Los dos primeros, James y Thomas, tenían catorce y trece años respectivamente y eran demasiado mayores para emocionarse con los árboles de Navidad, pero el pequeño Stevie solo tenía nueve años y siempre había sido su ayudante más diligente.

Mientras desenredaban el cordón de las luces del árbol, Marge había empezado a explicarles que aquella iba a ser una Navidad muy especial por la llegada de sus nuevos hermanos. Pero había algo en la cara de Stevie que sugería que no compartía su entusiasmo y Marge lo rodeó con un brazo.

—Cielo, no te preocupes. Los nuevos chicos no van a ocupar tu lugar. Seguimos queriéndote más que a nada en el mundo.

—Vale —había respondido Stevie, asintiendo dubitativo. Pero cuando Marge puso los regalos de Navidad debajo del árbol, se dio cuenta de que su hijo se había dado la vuelta a hurtadillas para contar en qué montón había más paquetes.

La intención de Marge era que el árbol, las luces, la decoración y los regalos hicieran que Mary y Anthony se sintieran queridos y deseados. Había estado imaginando la alegría de sus caras cuando descubrieran aquella escena festiva en el salón familiar. Pero cuando llegaron, treinta y seis horas después de dejar el convento de Roscrea, los niños no estaban en condiciones de disfrutar de nada. Mary lloraba sin parar y no decía qué le pasaba. No había hablado desde que había bajado del avión y no le complacían las sorpresas que Marge le había preparado. Anthony parecía desorientado y no tenía claro cómo reaccionar. Parecía interesado en las luces de colores y en el árbol y también en los tres niños: mientras Marge se los presentaba, logró esbozar una tímida sonrisa, pero no dejaba de mirar a Doc, que no paraba de hacer fotografías y de dar instrucciones a los niños para que posaran «con los niños nuevos». Aquel alboroto era demasiado para Anthony: entre un coro de ruidosas observaciones y preguntas burlonas («¿Te has criado en una iglesia?», «Eh, mamá, ¿qué le pasa en el pelo?», «¡Di algo en irlandés!»), se encontró a punto de echarse a llorar y enterró la cara en la falda de Marge.

En Sean Ross, la Navidad nunca había sido una ocasión que se celebrara públicamente —no había árbol ni, desde luego, ningún tipo de adornos ni lucecitas—, por lo que a Mary y a Anthony les desconcertó la mañana de Navidad. Los excitados gritos de alegría de los niños los despertaron pronto y, poco después, Marge entró en su cuarto con unas tazas de chocolate.

—¡Feliz Navidad! —exclamó sonriéndole a Anthony, mientras dejaba las tazas en la mesilla y le daba un beso en la frente—. ¡Y feliz Navidad también a *ti*, cielo! —le repitió a Mary, que miraba a Anthony nerviosa, pero que se dejó besar en la mejilla. Marge le había comprado a Mary un bonito vestido de marinera y a Anthony un jersey blanco y unos pulcros pantalones de pana y empezó a dar vueltas por la habitación para dejarles los conjuntos encima de las camas. Mary y Anthony la observaron en silencio.

Marge se pasó la mañana preparando la comida de Navidad, mientras los niños jugaban a bulliciosos juegos, gritando y corriendo alrededor de la casa. Anthony y Mary se quedaron sentados en la sala de estar, hablando el uno con el otro en voz baja con extrañas palabras que los demás apenas podían entender, y Doc iba de habitación en habitación haciendo fotografías. En la radio sonaban con estridencia los villancicos, Doc silbaba un acompañamiento disonante, Stevie aullaba de satisfacción al ver su montón de paquetes, y James y Thomas discutían afablemente sobre quién se llevaría los mejores regalos.

Anthony encontraba aquel alboroto intimidatorio. Pensó en las monjas y en los familiares pasillos del convento y le entraron ganas de llorar. Cogió a Mary de la mano y la arrastró con él al espacio que había entre el sofá y el enorme sillón de

Doc, mientras miraba con ojos grandes y melancólicos a sus nuevos hermanos altos y fuertes. Marge los encontró allí y se arrodilló a su lado con un paquete en cada mano.

—Sé que ahora las cosas dan un poco de miedo, cariño —le dijo a Anthony. Mary parecía sentirse más a gusto cuando no se dirigían a ella directamente—, pero pronto os acostumbraréis a nosotros. Toma, este es para ti y este para tu hermana.

La mujer puso los paquetes en manos del niño y entonó una silenciosa plegaria: «Por favor, Dios mío, haz que les gusten los regalos. Haz que algo vaya bien».

Sus plegarias fueron escuchadas. Después de desenvolver su regalo con una precaución casi cómica, Anthony se quedó extasiado al ver el paquete de soldaditos de plástico y se inclinó para animar a Mary a abrir el suyo. Con el pulgar en la boca, la niña rompió sin entusiasmo el brillante papel y Anthony salió arrastrándose de su escondite para tener más espacio para ayudarla. Cuando Mary vio un atisbo de satén de color rosa claro, se escurrió detrás de él y rompió del todo el paquete. Una bonita muñeca de pelo rubio la miraba con enormes ojos azules y Mary sonrió de oreja a oreja por primera vez desde su llegada. A Marge la invadieron la euforia y el alivio.

—Te gusta, ¿eh? ¿Cómo la quieres llamar? Ahora es tuya.

La niña sonrió. Pero su entusiasmo fue breve.

—¡Eh! —gritó Stevie, prestando atención de repente al grupito que estaba al lado del sillón—. ¿Son soldados del cuerpo de marines? ¡Le habéis regalado soldados del *cuerpo de marines!* ¿Cómo le regaláis a *él* soldados si ni siquiera es de aquí? ¿Cómo...?

Marge agarró a Stevie por los hombros y lo miró fijamente.

—Ahora es uno de nosotros, Stevie. Por favor, no le hables así.

Pero cuando lo soltó, Stevie salió corriendo de la habitación, gritando «¡No es *justo!*» y dando un portazo al salir.

Por la tarde, parecía que la cosa había mejorado un poco. Anthony y Mary se habían comido el almuerzo con sorprendente entusiasmo y estaban saciados, adormilados y contentos, sentados el uno al lado del otro en el sofá, rodeados de regalos. Stevie jugaba en el suelo, al lado del árbol, Thomas estaba leyendo un nuevo libro sobre motores de vapor y James se las había apañado para conseguir comer una tercera ración de pastel. Sintiendo que la calidez del jerez la invadía, Marge propuso un brindis.

—Bueno, Doc —dijo, con el vaso en alto—. Yo ya he recibido mi regalo de Navidad con estos dos preciosos niños y te lo agradezco. Jim, Tom y Stevie tienen los suyos y no cabe duda de que los pequeños también han recibido un montón de ellos. Pero creo que tú necesitas un regalo, Doc, uno muy especial. Me encantaría que le pusiéramos a nuestro nuevo hijo tu nombre, en tu honor. Tu nombre, Michael, es precioso, es el nombre de un ángel. Y creo que deberíamos ponérselo a nuestro nuevo hijo.

TRES

1955-1956

Durante los siguientes días, Anthony Lee se fue transformando poco a poco en Michael A. Hess. Marge y Doc decidieron que su segundo nombre seguiría siendo Anthony, pero acordaron que a partir de entonces todo el mundo le llamaría Michael o, en todo caso, Mike.

Los niños de la familia Hess no decían nada, pero los celos estaban ahí y se ponían de manifiesto en pequeños detalles. Cuando Michael había visto por primera vez la televisión encendida en la sala de estar, se había quedado a la vez fascinado y alarmado. Había reptado hacia la parte de atrás del aparato para ver de dónde salían los hombrecitos y las mujercitas de la pantalla e, incapaz de encontrar una explicación, se había enfadado y se había puesto a patalear.

—¡Sacad a ese hombre de la caja! —gritaba—. ¡Sacadlo de ahí ahora mismo!

Los niños se habían echado a reír a carcajadas. Luego les habían contado a todos sus amigos que el bobo de su «hermano» irlandés creía que había gente de verdad dentro de la televisión. Michael, desconcertado y avergonzado por las burlas de los chicos, empezó a alejarse de ellos todo lo posible. Estos también se habían percatado de lo unido que estaba el niño a su estúpido avión de hojalata irlandés. Cuando se despertó el día de Año Nuevo, lo buscó por todas partes —en la casa, en el jardín, en la basura—, pero, para su aflicción y desesperación, no volvió a aparecer por ningún lado.

El Año Nuevo de 1956 fue un momento difícil para el hogar de los Hess. Las nuevas llegadas habían alterado el equilibrio de la familia. Los patrones establecidos se trastocaron y empezaron a surgir emociones poco familiares.

Doc lo estaba pasando especialmente mal. Intentaba ser abierto y afable, pero los niños irlandeses estaban cambiando la manera que tenían de hacer las cosas: los turnos para el baño no tenían ni pies ni cabeza desde que habían llegado, el llanto de la niña lo despertaba por las noches y hacía que estuviera irritable por las mañanas, y Marge no paraba de correr detrás de ellos, con lo cual estaba dejando de ponerle el desayuno a tiempo.

Cuando Doc volvió al trabajo a principios de enero, estaba realmente preocupado por Mary. Después de haber estudiado Medicina en la ciudad de Iowa, Doc se había especializado en Urología, pero se enorgullecía de mantenerse al día en otras ramas de la medicina, incluidas las nuevas ciencias de la Psicología y la salud mental. Había observado el comportamiento de Mary con lo que él consideraba ojo experto y no le gustaba lo que veía. Desde que había llegado a Estados Unidos, la niña no había cruzado ni una sola palabra con nadie que no fuera su hermano, e incluso cuando hablaba con él lo hacía en aquella extraña jerigonza que nadie más era capaz de entender.

Doc le había hablado a Marge de su desazón en varias ocasiones, pero esta había insistido en que lo único que pasaba era que Mary era una muñequita intimidada por el repentino cambio que había dado su vida y que necesitaba tiempo para acostumbrarse. Pero Doc no se lo tragaba. Siempre había dicho que no quería que aquel experimento de Marge le endilgara a la familia una carga a largo plazo y sabía que era mejor cortar el problema de raíz. La primera mañana que volvió a su despacho, Doc le dictó una carta a su secretaria expresando su preocupación y se la envió a la hermana Hildegarde.

Un par de días después, Doc recibió una carta de Bill King, el abogado de la familia Hess, que aumentó su sensación de apremio. Las solicitudes de custodia estaban a punto de ser presentadas; los niños estarían oficialmente amparados por la Ley de Registro de Extranjeros y el registro se renovaría cada año hasta la adopción final y su naturalización como ciudadanos de Estados Unidos. Doc leyó la carta con creciente pánico. Bill hacía que todo sonara inexorable; si había algún problema con Mary, tendría que actuar con rapidez.

> Abadía de Sean Ross
> Roscrea
> Condado de Tipperary
>
> 27 de enero de 1956
>
> Estimados Sr. y Sra. Hess:
>
> Me ha sorprendido recibir su carta en relación con Mary.
> Como recordará, fue usted quien llevó a Mary al médico y la acompañó durante todo el día, por lo que es imposible que le hubieran ocultado nada.
> Si hubiéramos notado cualquier defecto en Mary, se lo habríamos dicho. Y no le habríamos permitido llevarla sola al médico si pretendiéramos ocultar algo.
> Si deciden no quedarse con Mary, no tendremos problema para reubicar a los niños. Hay miles de personas que se quedarían con Mary si se la ofreciéramos. Pero no solucionaremos el tema del transporte hasta que nos hayan informado

de algo, con el fin de no causar más molestias a ninguna de las dos partes.

Siento que haya sucedido esto. Desconocemos la existencia de casos similares en la familia de Mary.

Espero volver a tener noticias suyas. Dios les bendiga y les guarde.

Hermana M. Hildegarde.

P. D. En caso de que decidan quedarse con otra niña, será mejor que venga el doctor Hess y la examine él mismo. No me gustaría que se me hiciera responsable. S. M. H.

La respuesta ligeramente lacónica de la hermana Hildegarde a la carta de Doc llegó al buzón de los Hess el mismo día que el *St. Louis Post-Dispatch* publicó el artículo. Marge casi se había olvidado de que había hablado con un periodista que la había llamado hacía algunas semanas para pedirle que expresara su emoción por la nueva ampliación de su familia. Ahora todo aquello se resumía en un titular: «Un médico de San Luis y su esposa adoptan a dos niños irlandeses», al que le seguía alguna prosa de mala calidad: «Raudales de alegría procedente de Irlanda: los ojos irlandeses de San Luis sonreían mientras dos jovencitos irlandeses, Mary, de dos años, y Michael, de tres, mejoraban su estatus al entrar a formar parte de su nueva familia este mes». Acompañando al artículo, estaba la fotografía que Marge le había enviado a aquel tipo, la que Doc había hecho en el aeropuerto en la que salía el pequeño Mike aferrándose a su pequeño avión de hojalata de Roscrea.

La coincidencia de ambos acontecimientos, la carta y el artículo, hizo que Doc montara en cólera. Se acercó a Marge con el periódico en la mano mientras esta lavaba los platos en el fregadero.

—Mira esto, Marge. Ahora mismo resulta de lo más inconveniente —exclamó, mientras dejaba bruscamente el periódico sobre la encimera al lado de ella, antes de cruzar los brazos sobre el pecho. Marge lo miró y luego miró el periódico.

—Doc, no es…

—Marge, escucha. Sabes lo que siento por esos niños, especialmente por la niña. La pequeña no es normal y hemos asumido un gran número de problemas al traerla aquí. He estado pensando seriamente en volver a mandarla al convento, no discutas conmigo, Marge, pero este condenado artículo… ¿Por qué has hecho algo así? Maldita sea, Marge, ahora no la podemos mandar de vuelta, no después de *esto*.

Doc clavó el dedo en el periódico y dejó caer la carta a su lado. Marge se secó las manos tranquilamente y la cogió.

—De todos modos, no podemos mandarlos de vuelta, Doc. No hasta que lo hayan superado.

—¡A la mierda! Es terrible. Nunca deberíamos haber… Deberíamos haberlo pensado mejor antes de asumir una carga como esta. Soy demasiado mayor para algo así.

Marge sintió una punzada de dolor. En el fondo, ella pensaba lo mismo y se sentía culpable. Posó una mano sobre los brazos cruzados de Doc.

—No te preocupes, Doc. Sé que ahora todo parece malo, pero las cosas mejorarán. Llamaré a Loras y veré si puede conseguir que alguien venga a echarle un vistazo a Mary.

—Vale, llama a tu hermano —replicó Doc—. Pero que te quede clara una cosa: tenemos que solucionar esto antes de la vista por la custodia.

A la mañana siguiente, Marge estaba de pie al lado del fregadero, observando a Mike y a Mary por la ventana. El suelo estaba todavía cubierto de nieve y, en cuanto Doc se marchó a trabajar,

Mike embutió a su hermana en el abrigo de invierno y la empujó afuera. El sol era radiante y hacía que el pelo rojo de Mary brillara como brasas ardientes en contraste con el jardín nevado. La niña tenía las mejillas sonrosadas y los ojos brillantes de energía. Mientras veía cómo perseguía a Mike por el jardín, lanzando nubes de nieve que se alzaban esponjosas a su alrededor, a Marge le costaba creer que su nueva hija tuviera algún defecto, por mucho que Doc dijera. Parecía rebosante de salud, encantadora y con muchas aptitudes.

Lo que le preocupaba a Marge era que Mary se negaba en redondo a hablar con ellos. Abrió la ventana en silencio, escuchó desconcertada las palabras incomprensibles que Mary estaba farfullando y se preguntó, como muchas otras veces, cómo era capaz de entenderla su hermano. Marge estaba harta de hablar con su hija a través de Mike: este se había convertido en una especie de intérprete, hablaba con Mary en un lenguaje ininteligible y luego lo traducía al inglés para los Hess. Doc decía que aquello era inaceptable en un hogar civilizado.

Después de la llamada de Marge, Loras llamó al padre Bob Slattery, de la Beneficencia Católica de San Luis. Slattery también era irlandés y, cuando este apareció en casa una mañana a principios de marzo, Marge lo abordó al instante. Se lo presentó a los pequeños, pero Mary continuó tan taciturna como siempre. Curiosamente, Michael también parecía desconfiar de aquel sacerdote con sotana negra.

—¿Ve lo que quiero decir, padre? Yo estoy al borde de la desesperación y Doc está empezando a decir que Mary tiene algún problema.

El padre Slattery miró atentamente a los niños.

—Bien, señora Hess. ¿Le importaría dejarme a solas con ellos? Me gustaría comprobar una cosa.

Marge salió a hacer la compra y, cuando regresó al cabo de media hora, el padre Slattery estaba radiante.

Aquella noche, cuando Doc llegó del trabajo, su esposa estaba de mejor humor de lo que la había visto en mucho tiempo.

—Tengo algo que contarte, Doc Hess —le dijo a su marido, sonriendo—. Es muy importante para todos y tenemos que agradecérselo al padre Slattery. Mientras yo estaba fuera, haciendo la compra, él se quedó hablando con Mike y con Mary en gaélico ¡y los niños le respondieron al momento! La jerigonza que hablaban entre ellos es gaélico, Doc. ¡Lo hablan perfectamente! Bob dice que debieron de aprenderlo de las empleadas de la guardería del convento. ¿No es una noticia maravillosa?

Doc reflexionó unos instantes, pero no le devolvió la sonrisa a Marge.

—Bueno, supongo que sí. Pero lo que quiero saber es cómo es posible que hayan sido tan condenadamente astutos como para no dejar de hablarlo aquí. ¿No sabían que acabarían volviéndonos locos?

Marge intentó explicarle que, a dos niños asustados arrojados a un mundo que temían y del que desconfiaban, el secretismo de un lenguaje conocido solo por ellos les proporcionaba refugio y una forma de autoprotección, pero a Doc no le interesaban las explicaciones.

—Entonces, dime, ¿qué dice el padre Slattery que deberíamos hacer para lograr que la niña hable inglés?

Marge se echó a reír.

—Bueno, Bob dice que está bastante seguro de que entiende el inglés y que, probablemente, solo necesita un empujoncito para empezar a hablarlo. Dice que deberíamos hacerle saber con mucho tacto que no vamos a seguir usando a Michael como intérprete y que tiene que empezar a pedir las cosas ella misma.

Doc carraspeó.

—¡Por el amor de Dios, mujer! ¿No es eso lo que llevo diciéndote todo este tiempo? ¡Si la niña quiere un vaso de leche y ve que no lo va a conseguir a menos que lo pida como es debido, digo yo que empezará a hablar inglés a la velocidad del rayo!

Fue un buen consejo. En un par de semanas, Mary ya estaba empezando a hablar. Al principio vacilaba, pero luego fue ganando confianza. Cuando llegó el vigésimo aniversario de boda de Doc y Marge el 25 de marzo, la familia había recuperado parte de la serenidad perdida. Aquella noche Marge preparó chuletones, el plato favorito de Doc, e hizo un brindis: «¡Por los veinte años!».

Después se bebieron dos botellas de champán y, antes de irse a la cama, Doc le susurró al oído: «Bueno, Marge, supongo que será mejor que nos los quedemos».

CUATRO

1956

Durante los primeros meses que pasó en Estados Unidos, Mike fue un enigma: tan pronto era cariñoso y dulce como introvertido e impertinente, evitando la compañía de los que le rodeaban y encerrándose en su silencio. Su confianza innata en el mundo, su inocencia y su franqueza se habían llevado un duro golpe tras haber sido expulsado de la serenidad de Roscrea. La accidentada transición a una nueva vida en un país desconocido y la pérdida de todo aquello que se había ido para siempre —gente, objetos, rostros, lugares, sonidos, olores, ropa— lo habían convertido en una persona más insegura de las bondades del mundo, menos convencida de poder confiar en que la vida fuera segura y benévola. No había olvidado el mundo del que había sido arrancado, lo veía en sueños, hablaba de él con Mary y, a veces, anhelaba terriblemente estar allí.

Pasó un largo período de altibajos, de impredecible malhumor y dudas parentales, antes de que Mike empezara a asentarse, pero finalmente a todo el mundo que lo conocía le pareció que en aquel año de 1956 su dulce naturaleza finalmente había resurgido. Su buen comportamiento y su serio deseo de complacer llamaban la atención y eran admirados. Josephine, la madre de Marge —Grams para sus nietos—, sentía especial predilección hacia él e incluso Doc reconocía su servicial disposición, aunque las alabanzas que le hacía a Mike a menudo llevaban implícita alguna crítica hacia Mary.

Pero el carácter de Mike tenía un fondo que a Marge le costaba imaginar. No discutía con sus padres, cedía de inmediato y con docilidad ante los enfrentamientos con los chicos, y estaba constantemente esforzándose por complacer a todo el mundo, hasta el punto de que Marge a veces tenía la sensación de que casi era demasiado bueno. Se preguntaba por qué sería tan complaciente: ¿se debería a algún tipo de miedo? No sabía decir exactamente de qué, pero era como si tuviera pánico a perder la buena opinión de aquellos que le rodeaban, de aquellos de quienes dependía. Marge se preguntaba qué habría dado pie a una preocupación tan profundamente arraigada.

A principios de verano, Mike había hecho ya un puñado de amigos y los Hess los invitaron por su cuarto cumpleaños.

En general, la fiesta había sido un éxito. Marge había observado a Mike de cerca y se había sentido aliviada al verle disfrutar de los juegos, descubrir su habilidad para jugar al escondite y reírse de forma incontrolable con los choques fortuitos y los contactos corporales inesperados en la gallinita ciega. Le había encantado el juego de pasa el paquete, tendía dócilmente el misterioso fardo cada vez que la música volvía a empezar y sonreía cuando al desenvolver el paquete en los regazos de los otros niños caían caramelos.

El único momento de dificultad había surgido casi al final, cuando Mike estaba abriendo los regalos. El mayor de ellos y más atractivo era un tambor de juguete envuelto en un papel de regalo con motitas plateadas que Mike había roto en un frenesí de emoción antes de gritar de placer al ver aparecer el tambor. Ronald Casabue, de Risdon Drive, que estaba al otro lado de la calle, había cometido el error de intentar quitárselo y Mike había respondido con la beligerancia protectora que había aprendido al hacer fila a la hora de cenar en Roscrea, forcejeando y gritando.

—¡No, no, no, es mío! —se había puesto a vocear. Y, acto seguido, con un acento de la Irlanda profunda, había soltado—: ¿Buscas pelea, enano? ¡Arriba los *puños!*

James y Thomas, los hijos mayores de los Hess, habían estallado en carcajadas por la incongruencia del despliegue de resistencia irlandesa de Mike. Durante años seguirían burlándose de él —la mayoría de las veces sin mala intención— cada vez que su semblante se ensombrecía de rabia o enojo gritando: «¡Mike tiene la mirada de «¿buscas pelea?». ¡Arriba los *puños!* ¡Arriba los *puños!*». El joven Stevie, que entendía menos las excentricidades de su hermano, había empezado a referirse a él como «el chalado».

A finales de verano, Marge llevó de la tienda melocotones a casa y le ofreció uno a Mike. Este nunca había visto un melocotón y, sentado a la soleada mesa de la cocina, lo hizo girar sujetándolo entre las manos ahuecadas mientras pasaba los dedos sobre aquella piel curiosamente peluda. A Marge le encantaba aquel genuino asombro por cosas que a ella le parecían tan cotidianas. El niño aspiró el perfume dulce y fuerte, que no se parecía al de nada que hubiera visto jamás, apretó la carne cálida y tierna, la lamió y retiró la lengua, desconcertado por aquella sorprendente textura. Luego saltó de la silla, salió corriendo con él al sol del jardín y hundió los dientes en su agradable suavidad.

Marge se rio, acabó la taza de té y fue arriba a hacer las camas de los niños. En cuanto se hubo ido, Mike, vencido por la tentación, se coló dentro y devoró los otros once melocotones que Marge había comprado. Amaría los melocotones durante el resto de su vida: sobre todo cuando su madurez amarilla se fundía bajo su pulgar, cuando tras el primer y delicado mordisco la carne se desprendía del hueso por sí sola, sin necesidad de que los dientes lo perforaran, cuando una ligera succión era suficiente para atraerla al interior de la boca. Adoraba el jugo dulce y pegajoso que le perfumaba los labios y le dejaba cálidas manchas en los dedos. Era una persona sensual y, cuando sus sentidos se hacían con el mando de la situación, no podía parar. Más adelante, se bebería de un trago tazas de café para sentir el subidón de adrenalina, devoraría tabletas de chocolate para disfrutar del torrente de azúcar que proporcionaban y se rendiría a otros placeres más complejos.

Estaba en la mesa, chupándose los dedos, cuando Marge volvió y dio un respingo.

—Pero bueno, Mike. ¿Qué demonios has hecho? —La mesa estaba pegajosa del zumo y cubierta de huesos de melocotón que el niño había chupado hasta dejarlos limpios. La cara y las manos de Mike estaban salpicadas de trocitos de fruta. Pensando en el pastel de melocotón que quería hacer de postre, Marge lo agarró por los hombros y lo levantó de la silla con más fuerza de la que pretendía—. Esos melocotones no eran solo para ti, Mike, eran para todos. Acabas de hacer algo malo y seguramente te pondrás enfermo, además. Vete arriba a lavarte mientras yo limpio este caos. —El tono de voz de Marge hizo que Mike sintiera pánico. Cogió el trapo y se puso a limpiar la mesa frenéticamente, pero Marge se lo quitó—. No, Mike: vete arriba. Vete arriba y lávate. Y no vuelvas a hacerlo.

Más molesta por su propia reacción que por la glotonería de Mike, Marge evitó mirarlo y se puso a limpiar. Mike, al borde de las lágrimas, se estrujó el cerebro en busca de algo que decir que hiciera que lo volviera a querer, pero ella siguió dándole la espalda con determinación.

Aquella noche, ya en cama, Mike volvió la cara hacia Mary.

—¿Estás despierta? —susurró en gaélico. Mary se giró rápidamente, con la boca abierta de la sorpresa. Hacía semanas que Mike no le hablaba en gaélico, siguiendo instrucciones de Doc, y el hecho de volver a oírlo la hacía sentirse cómoda y clandestina.

—Sí —respondió—. ¿Qué pasa?

—¡Shhh! Nos van a oír.

La habitación estaba iluminada por una diminuta luz nocturna con forma de seta roja y, bajo el tenue resplandor, Mary vio los ojos de Mike clavados en ella.

—¿Qué pasa? —repitió en voz más baja. Mike permaneció en silencio un momento.

—¿Recuerdas a tu verdadera mamá? —preguntó finalmente—. Ella no es mamá. —Mary no dijo nada, pero se metió el pulgar en la boca y miró a su hermano con los ojos como platos—. Nuestras verdaderas mamás no nos querían, porque éramos malos —susurró Mike. Luego hizo una pausa para reflexionar sobre lo que había dicho—. Nos odiaban. Por eso nos echaron. Hoy he hecho algo malo y mamá se ha puesto furiosa conmigo. —Se levantó sobre el codo y se inclinó a través del hueco que había entre las camas para darle más énfasis—. Así que debemos recordar que hay que ser siempre buenos. Si mamá se da cuenta de lo malos que somos, ella también nos odiará. Y puede que también nos eche. —Mike volvió a tumbarse y se quedó mirando el techo—. Así que debemos ser siempre buenos —repitió en voz baja.

CINCO

1956-1957

En septiembre de 1956, Mary McDonald y Anthony Lee se convirtieron legalmente en Mary y Michael Hess. Marge estaba que no cabía en sí de gozo. Le enseñó los papeles a Doc, luego a Michael y a Mary, y luego a sus hijos mayores, mientras exclamaba que ya podían ser una familia feliz. Doc le dio unas palmaditas en el brazo a su esposa y fue a coger la cámara para hacer una foto de familia. James y Thomas le habían seguido la corriente a su madre asintiendo y sonriendo, pero la respuesta de Stevie había sido menos elegante. Mientras posaban ante la cámara fuera, en el camino de acceso a la casa, había puesto una larga mano enguantada sobre el cuello de Mike, le había dado un apretón de advertencia y le había susurrado entre dientes: «Cúbrete las espaldas, hermanito».

Al ver a Doc colocando a los niños para la foto, a Marge la invadieron antiguas dudas. Había pasado varios minutos acicalando a Stevie, poniéndole bien el nudo de la corbata, abrochándole el cuello de la camisa y atusándole el pelo, pero apenas había mirado a sus dos hijos mayores. Doc siempre había metido la pata como padre: decía lo que pensaba aunque resultara poco diplomático y ofensivo. Marge pronto se había dado cuenta de que Stevie era el preferido de Doc (no se esforzaba mucho en disimularlo) y, últimamente, ella pasaba cada vez más tiempo preocupada por el efecto que aquello estaba teniendo sobre James y Thomas.

Por si esa preocupación no fuera suficiente para Marge, mientras que Mike encajaba cada vez más en el papel de hijo modélico a medida que iba creciendo, parecía que Mary iba en la dirección opuesta. Ahora que el gato le había devuelto su lengua inglesa, no le daba miedo usarla y se estaba volviendo respondona y difícil. Criada entre cuatro hermanos, estaba pasando de ser una niña pasiva, casi catatónica, a un chicazo ruidoso y agresivo. Marge la emperifollaba con bonitos vestidos, pero ella había cambiado las muñecas por los camiones de juguete de Mike, había aprendido a correr y a gritar, a subirse a los árboles y a jugar a lo bruto. Doc seguía pensando que era una niña con problemas: ya no tenía el defecto de la mudez, pero era demasiado pendenciera y beligerante. A pesar de toda su fuerza y energía, a veces Mary rompía a llorar de forma inesperada, durante tanto tiempo y de forma tan violenta que todo su cuerpo se convulsionaba y el único capaz de calmarla era Mike.

Llegó el otoño y las bellotas empezaron a caer de los árboles. Lejos de Irlanda durante un cuarto de sus vidas, los recuerdos de los niños de la vida allí —fruto a medio formar de unos cerebros en desarrollo— eran cada vez más borrosos. Pero a Mary las bellotas le recordaban a las hadas. Una mañana temprano, Mike notó que unas manos pequeñas y fuertes lo sacudían.

—¿Qué pasa, Mary? —preguntó el niño con la voz ahogada por el sueño—. ¿Qué hora es?

—Las cinco y algo, están todos durmiendo —susurró su hermana—. ¡Tenemos que bajar al jardín antes de que se despierten!

Mary, impaciente y emocionada, le quitó las mantas de encima de un tirón y corrió al armario para cogerle la ropa.

—¡Mary, para ya! ¿Por qué quieres ir afuera a estas horas de la mañana?

Mary puso los ojos en blanco con impaciencia.

—*Porque* —anunció con la autoridad de una profesora— tenemos que encontrar una caperuza de bellota. Una caperuza de bellota llena de rocío: es donde las hadas se lavan la cara. ¡Entonces las hadas nos concederán un deseo y podremos volver a casa!

Las hadas no los enviaron de vuelta a Roscrea. Sin embargo, estaban predestinados a abandonar San Luis en un año.

El 27 de junio de 1956, Raymond Peter Hillinger había renunciado por razones de salud al puesto de cuarto obispo de Rockford (Illinois) y monseñor Donald Carroll había sido nombrado su sucesor. Pero el propio Carroll había caído enfermo cuando faltaba un mes para su nombramiento y, a finales de año, la Iglesia había decidido que Rockford no podía esperar más a su nuevo obispo.

El nombramiento de Loras Lane como sexto obispo de Rockford revolucionó el hogar de los Hess. Loras estaba a punto de convertirse en el obispo en ejercicio más joven de Estados Unidos. Lo consideraban un futuro caudillo de la Iglesia y aseguraban que estaba destinado a hacer grandes cosas. Por otra parte, estaba empezando a ganarse una reputación entre sus contemporáneos del clero por su gran ambición y su excesiva arrogancia.

El 20 de noviembre de 1956, Marge y Doc llevaron a los niños a la consagración de Loras.

De San Luis a Rockford había un viaje de seis horas, pero para Doc y Marge era como volver a casa. Ambos habían nacido y crecido en sendos pueblos justo al otro lado de la frontera de Iowa —Marge en Cascade y Doc en Worthington— y, cuando llegaron a Rockford, se miraron y se preguntaron por qué se habían ido de allí.

A Mike le fascinó la ceremonia de consagración de Loras. El olor del incienso actuó sobre él como una droga hipnótica; los rítmicos murmullos del ritual en latín, los mantras y los cantos litúrgicos y el lento avance de aquí para allá por los pasillos cautivaron su imaginación. Le encantaron el color y la elegancia de las vestimentas: la alta y rígida mitra del tío Loras, la casulla azul claro y la sotana larga y floja ribeteada en amarillo, el grandioso báculo de oro del arzobispo Binz y el largo palio blanco, su anillo de rubí y la cruz del pecho, las oscuras sotanas y los birretes rosas de los asistentes, las sobrepellices blancas de los monaguillos, el misterio del *Munire me digneris* y el atisbo de un mundo superior. Los hombres, reunidos en solemne y silenciosa comunión alrededor del altar tenuemente iluminado, le parecieron a Mike, a sus cuatro años, los seres más elegantes, misteriosos y románticos que había visto jamás.

La residencia del obispo en la calle North Court era sin lugar a dudas lo suficientemente grande como para alojar a todo el clan Hess y Loras insistió en que se quedaran todos para Acción de Gracias, que coincidía dos días después de la toma de posesión. Era una época ajetreada para el nuevo obispo y se alegró de tener allí a su hermana para ayudarle. Doc se llevó a los chicos a la bolera y Marge se quedó en casa con los más pequeños, ayudando a la señora Branningan, el ama de llaves, a preparar los ingredientes de la cena de Acción de Gracias.

Cuando Loras llegó de trabajar, parecía más feliz de lo que Marge lo había visto en mucho tiempo, rebosante de entusiasmo por su nuevo puesto y deleitándose en la tarea que tenía por delante. En un acceso de buen humor, se puso a Mike debajo de un brazo y a Mary bajo el otro y les dio vueltas hasta que gritaron de emoción. Cuando se detuvo, agotado, los dos niños gritaron: «¡Más, más, más!», y Loras accedió a darles una vuelta final antes de desplomarse en el sillón, donde inmediatamente se lanzaron a sus rodillas.

Marge sonrió al ver cuánto se estaban encariñando los niños con su hermano. Ella era una mujer intuitiva —sabía que Mike y Mary eran unos pequeños atormentados— y le encantaba ver una sonrisa en sus caras. Loras les hizo cosquillas hasta que lloraron de risa. Marge pensó que era la primera vez que los veía total y absolutamente felices.

—¿Te acuerdas de tu mamá, Mary? —le preguntó Mike por enésima vez a su hermana, en un susurro. Aunque estaban acurrucados bajo las mantas, oían a los adultos hablando en el piso de abajo acompañados de los restos de la comida de Acción de Gracias.

Mary negó con la cabeza.

—¿Y tú de la tuya, Mikey?

Mike frunció el ceño como si se estuviera concentrando en una huidiza imagen de su interior.

—No —dijo—, creo que no.

Cuando pensaba en el viejo mundo, ya no le venían a la cabeza más que imágenes borrosas de ventanas altas, conversaciones susurradas y femineidad. Los viejos tiempos, en su momento nítidos y definidos de forma individual, se estaban fundiendo en un único recuerdo genérico.

—¿Pero *por qué* nos regalaron nuestras mamás, Mikey? ¿Nunca jamás nos quisieron?

Mike reflexionó sobre aquel misterio vital, que recordaba a medias.

—No, Mary, creo que nunca nos quisieron. Porque, si lo hubieran hecho, no nos habrían regalado. Creo que solo nos tuvieron y luego nos dieron a las hermanas.

Los ojos de Mary se llenaron de lágrimas.

—Pero, Mikey, *¿por qué* nuestras mamás nunca nos quisieron? ¿Es que hicimos algo muy malo?

—Bueno, Mary, yo diría que no hicimos nada malo antes de que nos regalaran. Solo éramos unos bebés cuando nos regalaron, así que no habíamos hecho nada de nada, aunque está claro que hemos sido muy malos desde entonces… —Mary bajó la mirada con aire culpable mientras Mike continuaba—. Así que lo que creo es que nos regalaron porque vieron que, por dentro, éramos muy malos y por eso nunca nos quisieron. Y ahora nadie nos puede querer por cómo somos.

Mary asintió y se mordió el labio.

—Pero, Mikey, seguro que mamá nos quiere. Esta mamá. ¿Por qué se quedó con nosotros si somos tan malos?

Aquello era algo a lo que Mike le había dado vueltas y había encontrado una explicación.

—Se quedó con nosotros porque no sabía cómo éramos, porque nos las arreglamos para ocultar nuestra maldad. Por eso nunca debemos discutir ni portarnos mal. Debemos hacer siempre lo que dicen, lo que dice papá y lo que dicen los chicos, porque, si no lo hacemos, nos echarán otra vez, como hicieron nuestras madres.

En la oscuridad, Mike oyó llorar a Mary. La perspectiva de que pudieran echarla la aterrorizaba y odiaba cuando Mike hablaba de eso. ¿Cómo iban a superarlo, si su nueva madre los regalaba como las antiguas?

—¡Mikey, no digas eso! —suplicó—. Sabes que no siempre puedo ser buena como tú. Cuando soy una niña mala, cuando me peleo y lloro, ¿estoy haciendo que nos quieran echar? ¡No podré soportarlo si lo hacen, Mikey!

Mary se estaba angustiando y Mike sabía que era hora de cambiar de tema. Rodeó con su brazo los hombros de su hermana y tiró de ella hacia él.

—No pasa nada, Mary. Yo estaré aquí contigo. Siempre cuidaré de ti. No dejaré que nos echen.

Mary se sorbió la nariz y se hizo un ovillo al lado de su hermano.

—Tú me quieres, Mikey; tú me quieres, ¿verdad?

Mike asintió y apretó la mano de su hermana.

SEIS

1957-1960

El viaje que la familia Hess había hecho para la consagración había puesto en marcha los engranajes mentales de Doc, pero estos necesitaban urgentemente un engrasado y Marge, que llevaba años soñando con vivir más cerca de su hermano, intentaba persuadirlo constantemente. Hizo hincapié más de una vez en la ausencia de un urólogo profesional en la zona de Rockford y, de repente, una mañana, Doc hizo un anuncio triunfal y dictatorial: ¡los Hess se mudarían a Rockford!

Loras estaba encantado y pronto encontró una casa adecuada para alquilar en la calle North Church, a solo dos manzanas de su propia residencia. Se mudaron a finales de junio de 1957, pero a Doc Hess no le gustaba gastar dinero en un alquiler y casi en cuanto llegaron comenzó a buscar una vivienda para comprar. Eligió un terreno en una nueva circunscripción que estaban construyendo cerca del río Rock y contrató a una empresa de construcción para levantar una gran casa de tres pisos al fondo de una callecita sin salida llamada Maplewood Drive.

Mudarse a una nueva ciudad y a una nueva casa fue positivo para Mike y Mary, y vivir tan cerca del tío Loras les permitió crear estrechos lazos con un hombre adulto por primera vez en su vida, lazos que nunca tuvieron con el exigente y distante Doc. Cuando empezó el año escolar, Loras llevó a Mike y a Mary al jardín de infancia y se los presentó a los profesores, estableciendo una dinámica que los perseguiría a través de los años en Rockford: ser los sobrinos del obispo despertaba a la vez respeto y envidia, afecto y resentimiento. Convertirse de repente en alguien especial era una experiencia desconcertante y extraña.

A finales de la década de 1950, el Medio Oeste americano fue bendecido con una serie de largos y cálidos veranos. Las cosechas de cereales alcanzaron una altura récord y el presidente Eisenhower pudo respaldar su doctrina de apoyo a los países que se resistían al comunismo con exportaciones de toneladas de excedentes de grano.

El 9 de octubre de 1958 falleció el papa Pío XII y, tres meses después, su sucesor reformista, Juan XXIII, anunció que estaba planificando un gran concilio vaticano, el primero que se celebraba desde 1871, que modernizaría y liberalizaría la Iglesia católica.

«Quiero abrir las ventanas de la Iglesia para que podamos mirar hacia fuera y la gente pueda mirar hacia dentro», les había dicho a sus consejeros.

Como liberal que era, Loras Lane se sentía motivado por la promesa del papa y emocionado por la perspectiva de un inminente viaje a Roma.

Los Hess se mudaron finalmente a su nueva casa de Maplewood Drive, lo que implicó un cambio de colegio para Mike y Mary. Mike tenía ya siete años y era alto y delgado. Tenía el pelo de color negro brillante, la piel suave y unos ojos azules que refulgían con límpida serenidad. Doc insistía en que Mike llevara un corte de pelo de estilo militar (lo había intentado y había fracasado con Jim y Tom, que estaban a punto de entrar en la veintena y eran devotos empedernidos del tupé de Elvis) y, a pesar de las protestas de Marge —que decía que, con la frente tan alta que tenía, aquel corte de pelo le hacía la cara demasiado alargada—, Mike había accedido felizmente, como siempre, a hacer lo que Doc quería. A menudo, Doc le hacía ponerse pajaritas estampadas de vivos colores que le daban el aspecto cómico de una cacatúa engalanada (Doc y Stevie las llevaban siempre), pero Mike nunca se quejaba e incluso había aprendido a anudarlas como a Doc más le gustaba.

En el colegio, su fervorosa docilidad y su aguda inteligencia demostraron ser una combinación ganadora. Le encantaba leer, sus ansias de aprender eran insaciables, los profesores lo adoraban y obtenía las mejores notas. Era consciente de las necesidades de su hermana y la ayudaba con los deberes aunque, durante mucho tiempo, ella se sintió eclipsada por él. Era tan difícil seguirle el ritmo a Mike que, al cabo de un tiempo, Mary dejó de intentarlo.

A Mike le encantaba complacer a la gente y odiaba pensar siquiera en decepcionarla. Pronto se dio cuenta de que no estaba cumpliendo las expectativas de Doc y aquello lo atormentaba. Doc se jactaba de haber convertido a sus hijos en hombres hechos y derechos. Jim, Tom y Stevie jugaban a deportes masculinos —fútbol americano, atletismo, béisbol—, y Doc esperaba que Mike hiciera lo mismo. Mike no estaba hecho para los deportes, pero se obligó a hacer lo que Doc quería. Corría campo a través y participaba en carreras que le llenaban los pies de ampollas y las piernas de cardenales, pero se impuso a sí mismo seguir haciéndolo, porque no quería decepcionar a su padre. Luego se quedaba tumbado en la cama despierto con los pies palpitando y el cuerpo dolorido, mientras se reprochaba su debilidad.

«Tengo que hacerlo mejor», se decía a sí mismo mientras caía en un sueño intranquilo. «Tengo que hacerlo mejor».

Mary y Mike siempre estaban en la iglesia: Marge los llevaba a las parroquias donde Loras decía misa y asistían a los actos eclesiásticos con sus padres. La simbología del catolicismo formaba parte de sus vidas y aceptaban las enseñanzas de la Iglesia, porque nunca habían conocido otra cosa. Creían en el cielo y en el infierno, en el demonio y en la condenación eterna, y admiraban a los curas y a las monjas que gestionaban su colegio durante la semana y su iglesia los domingos.

Cuando Mike hizo la Primera Comunión en el verano de 1961, se dio por hecho que se convertiría en monaguillo de la catedral provisional de San Jaime. Le encantaba ser monaguillo y, a diferencia de otros, se tomaba sus responsabilidades muy en serio. Cuando los demás se burlaban del sacerdote o saboteaban el sacramento de la Comunión, él nunca participaba. Era el primero en presentarse voluntario para la misa del alba, se quedaba por la noche a arreglar la iglesia y nunca se retrasaba en sus tareas. Cuando cantaba, tenía una voz tan dulce que se convirtió en el favorito de los curas y en la estrella del coro de San Jaime.

Mike adoraba la teatralidad de la misa, las vestimentas y el incienso, los salmos y las plegarias, la sensación de que estaba asistiendo a un rito que abría las puertas a otra realidad. Aquellas ceremonias conjuraban un mundo que se extendía más allá de la aburrida fachada de la vida material, un mundo que Mike esperaba que estuviera por encima de las injusticias y las preocupaciones de su propia existencia. Cuanto más servía Mike, más se sentía bajo el hechizo del ritual. Los números, las repeticiones y las fórmulas se convirtieron en los baluartes de su fe; seguir las formas litúrgicas, murmurar las respuestas y las penitencias. Si lograba hacer todo sin equivocarse, si no se perdía, si nunca se equivocaba de palabras, tal vez pudiera mantener a raya a las fuerzas maléficas que sentía que saboteaban su camino en la vida.

La confesión era una parte importante del ceremonial, pero Mike acudía al misterioso encuentro en el confesionario aterrorizado. ¿Cómo confesarse? ¿Cómo contabilizar los pecados? Él sabía que era malo, que había hecho, dicho y pensado cosas malas, y la compulsiva obsesión que había en su interior exigía que formulara su maldad de la forma apropiada, de la *única* forma que obraría el milagro de la absolución. Así que, mientras el resto de los niños buscaban al joven padre O'Leary, el amable pastor que respondía de forma amable y reconfortante y se limitaba a imponer al pecador que «se fuera y se portara bien», Mike elegía al padre Sullivan. El niño entraba en la mohosa penumbra del confesionario con los ojos fijos en la celosía enrejada, más allá de la cual se encontraban sus esperanzas de redención, y notaba que su ansiedad aumentaba.

—En el nombre del Padre, del Hijo y del Espíritu Santo. Amén.

Mike se arrodilló.

—Perdóneme, padre, porque he pecado. Hace una semana que no me confieso.

Se oyó un gruñido al otro lado de la ventana mientras Mike empezaba a enumerar sus vergüenzas, una por una, a todo correr y tartamudeando. El padre Sullivan era minucioso, severo y censurador, y exigía que lo pusieran al corriente de cuántas veces se había repetido el pecado, de cuántas veces el pecador había desobedecido a sus padres y de cuántas veces había tenido malos pensamientos. Pero sin aquella severidad, Mike tenía la sensación de que el ritual era inadecuado, que la magia no se realizaba correctamente: cuanto más duro era el juez y mayor era la pena, más oportunidades de salvación tenía.

Como siempre, al final de la confesión le entró el pánico.

«¿Me habré olvidado de algo?», pensaba desesperado, al tiempo que el padre Sullivan murmuraba guturalmente que lo bendecía y lo perdonaba, mientras la silueta de sus manos nudosas se recortaba sobre la celosía al hacer la familiar señal de la cruz. «¿Me habré olvidado de algo? ¿Lo habré ocultado aposta?». Mientras se ponía penosamente en pie, tartamudeando con impotencia en latín, Mike sentía que la magia del confesionario se le escapaba de las manos, algo que lo atormentaba. La idea de que no se había ganado el perdón lo invadía, de que alguna pequeña imperfección en la confesión —se había olvidado de algo, *seguro* que se había olvidado de algo— había hecho que la absolución no sirviera de nada. Mientras se arrodillaba en un banco para empezar con los avemarías, un vacío se abría debajo de él y lo succionaba hacia la nada inferior.

SIETE

1961-1963

Para Mary, el colegio era un tormento. Desbordante de energía juvenil, le costaba aceptar la disciplina y sus notas estaban en la media con suerte. Era incapaz de estarse quieta delante de un libro y ansiaba salir afuera a trepar a los árboles o a jugar en los campos de los alrededores de Maplewood Drive.

Exasperada por su comportamiento, la señora Hummers, su profesora, convocó a Doc y a Marge a una reunión. Les explicó que Mary necesitaba aprender respeto y obediencia; necesitaba calmarse y sentarse tranquilamente a la mesa, escuchar a la profesora y concentrarse en la lección en lugar de moverse sin parar y mirar por la ventana.

—Me cuesta creer que sea la hermana del joven Michael —dijo la señora Hummers—. Él es un hombrecito tan dulce y tranquilo, siempre diligente con su trabajo y nunca causa ningún problema. ¡Pero ella es más rebelde que cualquier chico!

—Esos malditos niños —había refunfuñado Doc en el coche, de vuelta a casa—. Son al revés. —Marge lo miró, desconcertada—. La niña debería portarse mejor, como el niño —había continuado diciendo, con los ojos fijos en la carretera—, y él debería ser más como ella. ¡Resulta condenadamente afeminado!

Aunque Mike no había hecho muchos amigos entre los monaguillos —lo consideraban un estirado, porque se negaba a participar en sus bromas y les preocupaba que se pudiera chivar a su tío, el obispo—, tenía una relación muy estrecha con uno de ellos. Jake Horvath era de la misma edad que Mike y compartía algunas de sus serias preocupaciones. El tío de Jake era un prelado de la diócesis de Rockford y, cada mañana, mientras serpenteaban para meterse dentro de las sotanas blancas y las sobrepellices de encaje, intercambiaban chismorreos que habían oído a sus sacerdotales parientes. A Mike le encantaban aquellos cuchicheantes momentos secretos y, tal vez incluso más que aquello, le encantaba el ritual de vestirse, la transformación que llevaban a cabo —como Clark Kent— para pasar de ser personas del montón a suministradores de la verdad trascendental. Para él, el frufrú de los suaves hábitos blancos evocaba imágenes efímeras, nunca demasiado definidas sino sugerentes, del mundo que hacía tanto tiempo había habitado y que había perdido. Aquel ritual y las vestiduras le daban la oportunidad de ser *otra persona*, de dejar de ser quien era, el huérfano marginado al que odiaba.

Loras Lane debía volar a Roma para la presentación del Concilio Vaticano en octubre de 1962. Había renovado el pasaporte, reservado el billete de avión y organizado los asuntos diocesanos para su ausencia, pero una semana antes de la partida se desmayó en la salita de su residencia. El doctor West, que había ido volando a examinarlo, llegó a la conclusión de que lo único que necesitaba era reposo absoluto y una dieta proteica, pero le mandó hacer unos análisis de sangre en el hospital Rockford Memorial de todas maneras.

Cuando llegaron los resultados, el doctor West ya no fue tan tranquilizador.

—Excelencia —dijo vacilante—, ¿ha sufrido alguna dolencia o enfermedad grave en su vida de la que yo no esté al tanto?

Loras reflexionó unos instantes y mencionó los dos enigmáticos y dolorosos meses que había pasado en la adolescencia. Había tenido que dejar de ir al colegio, había perdido varios kilos de peso y le había aparecido sangre en la orina.

El doctor West frunció el ceño.

—¿Y los médicos nunca hicieron un diagnóstico específico? Porque a mí eso me suena a un caso clásico de nefritis.

El padre Hiller era director espiritual de vocaciones en la diócesis de Rockford y había visto a innumerables niños que creían que tenían vocación sacerdotal. Normalmente, podía distinguir entre los candidatos serios y los soñadores, pero Michael Hess era un enigma. Sus palabras eran las correctas —y era sobrino del obispo—, pero había algo extraño en las razones por las que quería unirse al sacerdocio. El propio Mike no tenía clara su motivación: estaba relacionada con su obsesión compulsiva por el poder del ritual, pero no conseguía verbalizarlo. Hiller le recomendó que participara en un retiro de dos semanas que organizaba la diócesis.

El lugar de retiro era un centro diocesano situado al sureste de Rockford, en los bosques que había a orillas del río Rock. Había hogueras y canciones a coro, barbacoas y rezos. Asistieron varios curas jóvenes para compartir sus experiencias y responder a las preguntas de los niños sobre las exigencias del celibato y el punto de vista de la Iglesia sobre la homosexualidad, la amenaza comunista y la presencia real en la eucaristía: «¿El pan de la comunión de verdad se ha transformado en el cuerpo de Cristo antes de que nos lo comamos?». Para algunos de los chicos, aquello no era más que un campamento de verano

—había juegos violentos y alcohol de contrabando—, pero Mike se lo tomó en serio. Respetaba las reglas de silencio y los períodos de contemplación, ignorando los cuchicheos, los guiños y las muecas que alteraban la solemnidad del retiro. Mike rezaba constantemente y le preocupaba la autenticidad de su vocación. Rezaba para recibir una señal y es posible que la obtuviera.

Cuando las dos semanas llegaron a su fin, a los niños les mandaron pasar la tarde meditando en privado antes de que el autobús los llevara de vuelta a casa. Mike encontró un rincón solitario al lado del arroyo y se arrodilló para rezar.

«Señor, muéstrame lo que quieres que sea; dame una señal y la seguiré; dame una vocación y la llevaré a cabo; haz de mí una buena persona, Señor. Por favor, Señor, haz que sea bueno…».

Cuando levantó la cabeza, el sol había desaparecido y las nubes se estaban amontonando. Al mirar el reloj, se dio cuenta horrorizado de que habían pasado dos horas. Regresó al centro de retiro a todo correr, con el corazón abrumado por un presentimiento, y le entró pánico al encontrárselo desierto.

«Se han olvidado de ti», susurró una voz, y todas las viejas inseguridades, el miedo al abandono y al rechazo lo invadieron. Empezó a correr por las habitaciones vacías, con la esperanza de que todo hubiera sido un error y que estuvieran todos apiñados debatiendo acaloradamente o que se hubieran escondido de él para gastarle una broma cruel. Cualquier cosa salvo la terrible realidad: que se habían olvidado de él, que era una persona a la que no merecía la pena recordar, que lo habían dejado completamente solo.

Cuando el padre Hiller volvió a buscarlo dos horas después, avergonzado por su error, encontró a Mike desplomado sobre las baldosas blancas y negras del baño, con la cara manchada por las lágrimas y mirando fijamente por la ventana.

Regresaron juntos en silencio y, aunque Mike continuó cumpliendo sus tareas como monaguillo, no volvió a hablar de la vocación sacerdotal que había sido su obsesión, ni siquiera a reconocerla.

OCHO

1963-1966

Los médicos le habían diagnosticado al obispo Lane un nuevo brote de nefritis aguda y sus síntomas estaban siendo cada vez más serios. En la primavera de 1963, ya sufría dolores de cabeza cegadores, vómitos y dolores de estómago y de articulaciones; a menudo le faltaba el aliento y cada vez pasaba más tiempo confinado en la cama. Los médicos habían llegado a la conclusión de que el violento ataque que había vivido en su infancia le había dañado los riñones y que, desde entonces, había vivido con las consecuencias. Le dijeron que era posible que la enfermedad tuviera un desenlace fatal, aunque con tratamiento y descanso su avance podría ralentizarse. A corto plazo, no cabía duda de que no podría viajar a Roma y de que su visita al Vaticano tendría que esperar.

Abrumada por un mal presagio, Marge había instalado una cama de campaña en la residencia del obispo para participar en sus cuidados, pero, a pesar del inquebrantable optimismo de Loras, su estado siguió empeorando. El hogar de los Hess se había visto afectado y perturbado, y el propio Mike había caído enfermo al somatizar su ansiedad en taquicardias y violentas náuseas. Pero después de dieciocho meses de tratamiento y reposo absoluto, Loras se recobró lo suficiente como para retomar sus obligaciones diocesanas y, a finales de 1965, finalmente cogió aquel avión a Roma, desde donde le envió a Marge una alegre postal: «Sano y salvo después de un buen viaje. Me encuentro bien, aunque todavía debo tomármelo con calma. Ayer asistí por primera vez al concilio. ¡Catorce discursos, nada más y nada menos!».

En septiembre del siguiente año, Michael Hess empezó en el instituto Rockford's Boylan en la promoción de 1966; Mary lo seguiría un año después. El tío Loras había puesto la primera piedra de la escuela y trabajaba duro para que fuera un éxito. Para él era uno de sus mayores logros. Desde que había vuelto de Roma, había sido un hombre enfermo y empezaba a preocuparle el tema de su legado. Mike estaba horrorizado por el personaje pálido y demacrado en que se había convertido su tío. La antigua sonrisa mellada en la cara redonda y regordeta se había extinguido por culpa de la insuficiencia renal y el susurro de la muerte.

La preocupación por su tío oscureció los primeros días de instituto de Mike y, cuando Marge cayó también enferma unas semanas después, sintió cómo el viejo pánico se apoderaba de él. La iban a operar de un dolor crónico en la columna y, aunque ella le aseguraba alegremente que no había de qué preocuparse, no conseguía calmar sus lágrimas. La noche que Marge entró en quirófano, Mike y Mary se sentaron en el porche de Maplewood Drive y se acurrucaron el uno contra el otro para protegerse del frío de octubre. Mary frotó una cerilla Red Cloud contra la caja y encendió un Chesterfield de Doc. Aunque a Mike no le hacía ninguna gracia, su hermana coqueteaba con el tabaco desde los trece años.

—Mike, si mamá se muere, no nos quedará nadie —dijo Mary en voz baja.

—Todavía tenemos al tío Loras —arguyó Mike, sin demasiado entusiasmo. Mary lo miró con las cejas arqueadas y él se revolvió, incómodo—. Bueno, podría *parecer* que nos quedaríamos solos. Pero todo irá bien —dijo con una sonrisa—. Yo siempre estaré aquí para ti, puedes contar conmigo. Además, estaba pensando en otra cosa. ¿Sabes cuando a veces hablamos de nuestras madres irlandesas?

Mary asintió, mirándolo con interés.

—Pues estaba pensando… que puede que estuviera bien que fuéramos a buscarlas. Si pudiéramos encontrarlas podríamos preguntarles cosas sobre nosotros. Así sabríamos la verdad. Sobre… cómo llegamos aquí y quiénes somos en realidad.

—¿Y de qué nos serviría, Mike? —preguntó Mary, con escepticismo—. No podemos cambiar las cosas. No podemos volver a ser lo que éramos.

Mike se quedó callado. Deseaba con todas sus fuerzas poder explicarle que él *quería* volver al mundo de antes, que quería hacer retroceder el reloj y deshacer la terrible ruptura que le había arruinado la vida. Pero no podía decirlo.

—Lo sé —respondió finalmente—. Pero ¿no quieres descubrir por qué renunciaron a ti? Si tan solo pudiéramos hacer eso, puede que lográramos empezar a arreglar las cosas.

Mary se fumó el cigarrillo en silencio, mientras Mike observaba el cielo nocturno. Como huérfano, tenía la abrumadora sensación de que su vida estaba incompleta, creía firmemente que le habían robado la identidad y que debía redescubrir quién era y por qué había sido rechazado. En el fondo, estaba convencido de que su verdadero yo estaba en otro sitio, atado al lugar del que ambos procedían, a aquel mundo femenino que ya apenas recordaba, lleno de calidez y blancura, del que habían sido expulsados.

Una semana más tarde, después de que a Marge le dieran el alta del Rockford Memorial, Mike fue a ver a su tío. Había dejado a su madre quejándose de que no podría volver a jugar al golf pero, por lo demás, estaba de buen humor: el dolor que tenía en la columna y en las caderas se había reducido mucho gracias a la operación y estaba a punto de empezar con la fisioterapia. Su tío, sin embargo, se estaba muriendo. Mike nunca antes había sido testigo del deterioro terminal de otro ser humano y le resultaba trágico y perturbador.

Loras siempre había tratado a Mike como a un adulto, como a un igual, y sus conversaciones eran serias y honestas. Mike le había preguntado muchas veces por su enfermedad y Loras siempre le había respondido que estaba luchando contra ella, pero que no podía estar seguro del resultado. Debatían con frecuencia sobre la Iglesia, pero ese día estaban hablando de política. Rockford era republicano y obrero —Doc y Marge eran simpatizantes del Partido Republicano de toda la vida— y las elecciones al Senado que se avecinaban estaban movilizando a las fuerzas del partido. Loras le había explicado la situación política del momento a Mike y el papel que la Iglesia jugaba en ella hablándole del veterano senador de Illinois, Everett Dirksen, líder republicano de toda la vida en el Senado y acérrimo aliado de Joe McCarthy durante su levantamiento y caída en la década de 1950. El otro escaño del estado estaba ocupado por un demócrata, el ya anciano Paul Douglas, pero el apoyo de Lyndon B. Johnson al conflicto de Vietnam había vuelto vulnerables a los demócratas y los republicanos habían identificado a Douglas como objetivo.

—Échale un vistazo a esto —dijo Loras, lanzando un puñado de sermones y cartas diocesanas en dirección de Mike—. Mis jefes de Chicago me los han dado. Están tan empeñados en quitarse a Douglas de en medio que pretenden que *yo* haga correr la voz con este tipo de estupideces. Me mandan cosas así prácticamente todas las semanas, pero no están cogiendo a ningún prisionero.

Mientras Mike echaba un vistazo a los borradores de los sermones, los ojos se le fueron hacia una serie de frases inquietantes: advertencias de que los demócratas «nos pondrían directamente en el camino del suicidio como pueblo», referencias «a los sacramentos de su cultura seglar, véase aborto, sodomía, anticoncepción y divorcio [...], que son las semillas de la destrucción de nuestra nación». «Es el deber de todo católico», concluía un sermón, «trabajar para extirpar de nuestra sociedad a todos aquellos que promuevan esas cosas de cualquier forma».

—Por Dios —susurró Mike—. ¡Es terrible!

Al ver el horror reflejado en su cara, Loras le dio unas palmaditas en el brazo.

—No te preocupes, hijo —dijo sonriendo—. No pienso usar nada de eso. Los jefes pueden decir lo que quieran, pero yo ahora solo tengo una autoridad ante la que responder.

NUEVE

1967

El Apolo I se incendió el 27 de enero de 1967. Mientras Estados Unidos lloraba a los astronautas que habían perdido la vida en la plataforma de lanzamiento de Cabo Kennedy, el instituto Boylan guardaba un minuto de silencio y los estudiantes escribían cartas de condolencia a las familias Grissom, White y Chaffee. En la clase de Física, el señor Strom dejó a un lado la lección que había preparado para hacer un repaso de la escasa información que se tenía sobre el incendio. El principio del movimiento browniano formaba parte del temario del siguiente otoño, pero había decidido adelantarlo. Según él, era tan buen momento como otro cualquiera para examinar la forma en que interactuaban los gases.

Por el momento, nadie conocía los pequeños incidentes arbitrarios que habían ocasionado la tragedia, la existencia de la chispa eléctrica que se había producido por azar debido a la fricción del traje de nailon de un astronauta y que había causado el incendio, pero el señor Strom les explicó que la mezcla de gases rica en oxígeno de la cabina presurizada podía avivar una llama diminuta hasta el punto en que un soporte de aluminio puede arder como un trozo de madera. Los estudiantes observaron cómo introducía una redoma de bromo en estado gaseoso en un tubo difusor. Les dijo que se fijaran en cómo las partículas de color marrón se movían de forma caótica, mientras las rápidas moléculas invisibles de los gases de alrededor chocaban contra ellas. Les pidió que imaginaran cómo los enmarañados movimientos en zigzag de una partícula de bromo eran en realidad el resultado de cientos de minúsculos impactos al azar que la alejaban de la trayectoria que tenía prevista: grandes cerebros, entre ellos Einstein, habían intentado describirlo por medio de modelos matemáticos.

Pero los pensamientos de Mike vagaban por su propio rumbo. Los turbulentos gases habían puesto de manifiesto el hecho —que hacía tiempo le rondaba por la cabeza— de que unas poderosas fuerzas invisibles estaban dando forma a su propia existencia: de que las colisiones azarosas y los impactos sobre los que no tenía control alguno estaban alterando su propia trayectoria y de que su efecto era, en gran medida, negativo.

Pensó en la clase de Geografía de la señora De Boer de la semana anterior, en la que esta les había dicho que había tres mil quinientos millones de personas en el mundo. En ese momento, mientras observaba las colisiones aleatorias y frenéticas dentro del tubo difusor, le obsesionaba la idea de que él mismo podía haber acabado en manos de cualquiera. Se dijo a sí mismo que no era que estuviera resentido con Marge y Doc. Lo que le molestaba era no tener ninguna razón para estar allí: no había nada que hiciera que para él y para Mary fuera más natural estar en Rockford (Illinois) que en Pekín (China). Miró a sus compañeros de clase, que tenían madres y padres reales, y los envidió, porque estaban donde debían estar, anclados en el lugar que la vida les había reservado. Él nunca podría estar en ese lugar a menos que encontrara a su madre. La imagen de su vida como una partícula de algún movimiento cósmico browniano era lo que le preocupaba ahora; la sensación de que tenía una existencia desarraigada que giraba fuera de control lo acompañaba siempre.

> Ahora me levantaré y me iré, me iré a Innisfree,
> y una pequeña cabaña construiré, hecha de arcilla y troncos;
> nueve surcos de judías tendré, una colmena para las abejas,
> y viviré solo en el claro del bosque con su zumbido.
> Y allí encontraré algo de paz, porque la paz llega gota a gota,
> goteando de los velos de la mañana…

La voz cascada y dulce de la hermana Brophy despertó a Mike de sus sombríos pensamientos. El chico levantó la cabeza, súbitamente en estado de alerta. La profesora de inglés suspiró satisfecha.

—Es uno de mis poemas preferidos de Yeats. Precioso —musitó—. William Butler Yeats era un poeta irlandés y su herencia irlandesa influyó considerablemente en su poesía.

Mike se quedó perplejo. Había reconocido algo de sí mismo en el poema que la hermana Brophy había leído en alto: una insignificancia, una humildad, un deseo de escapar de la vida que era su prisión y encontrar la paz en algún otro lugar.

Sonó la campana y la clase se vació. Solo quedó Mike. La hermana Brophy estaba sentada ante su mesa, releyendo el poema con una sonrisa en la cara.

—¿Sí, Mike? ¿Quieres algo?

Mike sonrió ilusionado.

—¿Tiene más poemas… de Yeats? —preguntó esperanzado, metiendo lentamente los libros en la mochila. La hermana Brophy parecía encantada.

—¡Vaya, Mike! Debí suponer que te interesaría…

Michael había estudiado un poco de poesía antes, pero no como aquella. Se pasó el fin de semana tumbado en la cama, leyendo y releyendo la *Antología poética* que la hermana Brophy le había dado. Sus hermanos se burlaron de él y Doc sacudió la cabeza con desaprobación —a él no le gustaba la poesía y recelaba de ella—, pero Mary y Marge se quedaron extasiadas al oírlo recitar con dramatismo aquellos evocadores y hermosos versos.

Durante las siguientes semanas, la hermana Brophy le presentó a John Donne, a Robert Frost, a Baudelaire y a otros muchos hasta que su mente empezó a nadar entre imágenes teñidas de oro y su corazón empezó a flotar en un mar de palabras.

Loras Lane cumplió cincuenta y siete años en octubre de 1967 y, como se sentía lo suficientemente bien, pudo disfrutar de una tranquila celebración con la familia en la residencia obispal. Al día siguiente, mandó el recado de que le gustaría hablar con Michael, que, al llegar, se encontró a su tío recostado sobre unas almohadas en la cama y con aspecto exhausto. Loras tuvo que esforzarse durante un buen rato para poder hablar. Cuando lo hizo, fue con una voz ronca que venía de algún lugar muy profundo de su interior.

—Gracias por venir, Michael. Te he llamado porque no me queda mucho en este mundo.

Mike hizo ademán de protestar, pero Loras lo silenció con una sonrisa.

—No te preocupes, hijo mío. Eres un chico bueno y cariñoso, siempre lo has sido. Pero hay algunos asuntos que me gustaría resolver antes de… —Loras vaciló—. Antes de que sea demasiado tarde. Tú y yo siempre hemos hablado con franqueza el uno con el otro y sé que muchas veces has seguido mi consejo. Lo que me gustaría entender, Michael, es por qué tengo la sensación de que tu vida es muy infeliz.

Mike miró con firmeza a su tío y asintió. La pregunta no le sorprendía y aquel no era un momento para negaciones o frivolidades. En un tono lo más comedido posible, Mike le contó al obispo moribundo los miedos que acechaban en lo más profundo de su vida, la impotencia que sentía en la faz de un mundo que lo abofeteaba una y otra vez, y la sensación de rechazo que provenía de la secreta certeza de su propia inutilidad. Le habló de la fugaz esperanza que había encontrado en la idea de unirse al sacerdocio y el consuelo que todavía encontraba en los ritos de la Iglesia, en los rituales talismánicos y las fórmulas mágicas que, repetidas con la intensidad suficiente y el número de veces adecuado, podrían mantener a raya la crueldad de la vida. Era un tipo extraño de religión y sabía que el tío Loras no lo aprobaría, pero era la única a la que un niño asustado podía aferrarse.

Cuando terminó, Loras le apretó la mano.

—Gracias, hijo mío. Gracias por entrar en mi vida —susurró con una voz rebosante de emoción—. Me encantaría decirte que Dios te dará las respuestas que buscas, que Él nos sostendrá hasta llegar al santuario de Su paraíso, pero ahora, mientras me preparo para conocerlo, no sé muy bien qué pensar. Si pudiera conocer la verdad del mundo que hay más allá, estiraría el brazo y te hablaría de ella; pero lo único que puedo decirte es que busques respuestas, que descubras quién eres y que no olvides el amor que hay en nuestro interior. Cuando me haya ido, sé bueno con mi hermana, por favor, Mike, sé bueno con tu propia hermana... y sé bueno contigo mismo.

Al cabo de un mes, Loras había muerto.

Marge, rota ella misma por el dolor, sugirió que Mike dejara un tiempo de ir al colegio para hacer frente a la muerte de su tío, pero él insistió en seguir yendo. Caminaba por los pasillos aturdido, sin comprender apenas lo que se hacía en clase, pero agradecía la distracción que le ofrecía el colegio: su casa era como una tumba. El segundo día después de la muerte de Loras, Mike se sentó en la clase de inglés y notó que las mejillas se le enrojecían de la emoción mientras la hermana Brophy leía en voz alta un poema que le pareció que resumía su vida en dos estrofas.

—Es la traducción de una obra del poeta ruso Michael Lermontov —dijo la profesora a modo de introducción—. El pecado de la humanidad hizo que Dios nos expulsara del Edén y nuestro destino es sufrir el recuerdo del Paraíso en el tormento del exilio.

Un ángel estaba volando por el cielo nocturno, y suavemente
[cantaba;
y la luna y las estrellas y las nubes prestaron atención a la
[sagrada canción.
Cantaba sobre el gozo de las almas inocentes en los jardines
[del paraíso;
cantaba sobre el grandioso Dios, y su plegaria era sincera.

En los brazos llevaba una joven alma, destinada a un mundo
[de pesar y lágrimas;
y el sonido de esa canción permaneció, silenciosa pero viva,
[en la mente de la joven alma.
Y durante mucho tiempo el alma languideció en el mundo,
[rebosante de un maravilloso anhelo,
y las tediosas canciones terrenales no pudieron reemplazar
[aquellos sonidos celestiales.

DIEZ

1968

El decimosexto cumpleaños de Mike coincidió con el verano de las protestas. Los sucesos de mayo de 1968 en Francia habían revolucionado los campus de Estados Unidos. En agosto, la Guardia Nacional de Chicago golpeó y gaseó a los soldados rasos de la revolución, lo que engendró muchas más legiones. Robert Kennedy y Martin Luther King fueron asesinados.

En septiembre, el estado de ánimo del instituto Boylan era febril. Mientras el mundo entero se alzaba para protestar, a Mike lo atormentaban pensamientos de insurrección y fuga. Las teorías de Erik Erikson circulaban por las páginas de las revistas de psicología y los estudiantes se sentían identificados con las versiones corrompidas que llegaban a lugares como Boylan por el boca a boca. Los compañeros de clase de Mike se reflejaban en el espejo de la crisis de identidad adolescente de Erikson, pero Mike sabía que solo los huérfanos carecían de identidad.

La nueva música que irrumpió junto con el espíritu revolucionario hizo que la señora Finucane, la profesora de música de Boylan, tuviera la sensación de que estaba librando una batalla perdida. Ella enseñaba la música de Mozart y Beethoven, pero eran John Lennon y Jimi Hendrix los que llenaban los corazones de los estudiantes. Cuando anunció las audiciones para el musical anual del colegio, *Mame*, lo hizo sin grandes esperanzas, pero le sorprendió la concurrencia.

Cuando Mike vio el folleto, se le llenó la cabeza de ideas musicales, de vestuario, de poesía y de maquillaje de teatro. Se imaginó a Doc y a Marge aplaudiendo. Ser admirado era ser aceptado, así que no lo dudó: fue el primero en llegar a la audición y, cuando la señora Finucane le pidió que cantara su canción favorita, su interpretación de *Danny Boy* hizo que se le llenaran los ojos de lágrimas. Al igual que a otros dos candidatos, le dieron una partitura para que practicara en casa antes de hacer otra audición para el papel principal masculino, Patrick.

Cuando llegó del colegio, Mike aprovechó la media hora diaria que Marge dedicaba a las petunias del jardín trasero para contárselo. Ella sonrió y le dio un beso en la mejilla.

—¡Mike, es maravilloso! Con la voz tan bonita que tienes, será coser y cantar. Además, me encanta ver que te interesa la buena música. Tener que escuchar rock and roll a todas horas resulta irritante, ¿no crees? Tienes que contárselo a Doc en cuanto llegue a casa. ¿Hay alguna chica guapa en el espectáculo?

Mike se sonrojó y se quedó cortado. Marge lo entendió: su hijo estaba descubriendo la atracción por el sexo opuesto. Todo iba como debía ir. Doc *estaría* encantado.

La señora Finucane no dudó en elegir a Mike para el papel de Patrick. Tenía una buena voz, no cabía la menor duda, pero su melancólica belleza era su mejor baza.

—Parece una estrella de cine —le dijo al jefe del departamento de Inglés en la sala de profesores después de la audición—. Todas las chicas se desmayarán al verlo en el escenario. Si yo tuviera veinte años menos…

Elegir a la actriz principal había sido difícil, porque en la audición había muchas más chicas que chicos, pero había una cuya belleza y encanto la habían hecho enormemente popular en el instituto Boylan y tampoco tenía mala voz. Se llamaba Charlotte Inhelder.

Como siempre que se cocía algo, Mary fue la primera confidente de Mike. Tenía quince años y le entusiasmaban sobremanera las proezas de su hermano.

—Supongo que tendrás que ponerte un montón de disfraces —susurró emocionada la muchacha. El resto de la casa se había ido a la cama y ellos dos estaban sentados en el cuarto de Mary, tenuemente iluminado por una lamparita de sobremesa—. Es realmente genial, Mikey. ¿Tienes que ponerte maquillaje llamativo y todas esas cosas?

—Supongo —respondió su hermano encogiéndose de hombros, mientras intentaba fingir indiferencia—. Mi personaje, el héroe, es un joven de Des Moines llamado Patrick que se va a correr una gran aventura a Nueva York, donde se queda con su tía Mame, que es rica y se mueve en la alta sociedad. Luego se enamora de dos chicas, y todo eso, así que seguro que tendré que ponerme ropa chula, maquillaje y tal.

Mary se le quedó mirando.

—¿Y quiénes hacen de las dos chicas, Mikey?

Él se echó a reír.

—Bah, un par de niñas de primero de bachillerato. El papel realmente importante es el de mi tía Mame, que lo va a hacer Charlotte Inhelder.

Mary dio un pequeño respingo.

—¡Oh, Mikey! ¡Charlotte Inhelder es taaaaaan guapa! —exclamó su hermana, y se le empañaron los ojos—. Ojalá *yo* me pareciera a ella. Es tan popular... ¡Y tú vas a conocerla!

De pronto Mary se sintió extrañamente asustada.

—Apuesto a que te enamorarás de ella al momento. —Mary se rio, pero su mirada era seria—. Y luego huiréis juntos y te olvidarás de tu estúpida hermana.

Emitió una extraña risilla, que sonó más como un sollozo. Mike la rodeó dulcemente con el brazo.

—Venga, hermanita, no seas tan tonta. Sabes que tú y yo estaremos juntos para siempre. No te abandonaría ni en sueños, ¡y menos por Charlotte Inhelder! Tú y yo somos uña y carne, y eso es lo que seguiremos siendo.

Los ensayos tenían lugar después de las clases cada tarde en el auditorio Obispo Boylan y duraban, como mínimo, una hora. La señora Finucane estaba maravillada por el entusiasmo y la dedicación de Mike, que no se había limitado a aprender su parte, sino que también se sabía la del resto, y era capaz de cantar todos los números principales del espectáculo con una teatralidad sorprendente y extravagante. Su dúo amoroso con la hermosa e ingenua Pegeen resultaba encantadoramente dulce y conmovedor, aunque la principal relación del musical era la que había entre Patrick y su tía Mame.

Charlotte Inhelder tenía una melena rubia que le llegaba a los hombros, los ojos azul claro y la figura ágil de una gimnasta. A pesar de su intimidante belleza, hablaba en el tono discreto y respetuoso que sus padres le habían enseñado como el apropiado. Pero, cuando se ponía a cantar, se transformaba y resultaba completamente creíble en su papel de pujante e iconoclasta heroína empeñada en revolucionar los buenos modales del encorsetado Estados Unidos. Mike se emocionaba cuando Charlotte cantaba con él. Le intrigaban la audacia de su mirada y el mensaje que parecía enviarle. A él le gustaba aquella música descarada, escandalosa, vulgar y, también, la teatral dama en que se convertía Charlotte cuando se metía en su papel.

La señora Finucane declaró que quería que la principal relación del espectáculo rezumara química y vitalidad, y les pidió a Mike y a Charlotte que acudieran a algunos ensayos privados.

—Lo primero que hay que tener en cuenta —les dijo— es que Mame es mayor y más experimentada que Patrick, aunque, definitivamente, hay una chispa de atracción sexual entre ellos.

Charlotte ahogó una risilla y Mike notó que le ardían las mejillas al oír la palabra que empezaba por ese. La señora Finucane fingió que no se daba cuenta.

—Mame es una gran belleza y un ser muy sexual; Patrick no es más que un inocente niño de pueblo con pantalones cortos y, cuando se ven por primera vez, la forma en que Mame le habla es en realidad bastante subida de tono. Durante el transcurso de la obra, sin embargo, Patrick se hace un hombre con… deseos propios.

La señora Finucane se quedó callada un momento para pensar y los ojos de Charlotte se clavaron en los de Mike con un brillo divertido. Al final del ensayo, la chica lo cogió de la mano.

—La vieja Finucane es una descarada, ¿a que sí? —dijo Charlotte, riendo—. ¡El obispo Boylan debe de estar revolviéndose en su tumba al oír todo eso en su colegio!

Mike se sonrojó, pero no apartó la mano.

—Me he enamorado de Michael A. Hess —reconoció Charlotte. Lucy, su mejor amiga, la miraba boquiabierta desde el otro lado de la mesa en la que compartían un refresco en el café de Don—. Lucy, es el chico más guapo y sensible del mundo —le aseguró la muchacha, con la mirada embelesada clavada el mantel—. Es perfecto: ¡alto, moreno y guapo! Y además es alemán, gracias a Dios, así que seguro que a mis padres les gusta. Este año me lo llevaré al baile de promoción, ya lo verás.

Lucy suspiró con envidia.

—Los chicos de la familia Hess son todos muy guapos —dijo, con aire soñador—. Pero, desde luego, Mike es el mejor. Y es tan misterioso… Nadie sabe cómo es en realidad.

—¿Pues sabes qué? —añadió Charlotte, radiante de orgullo y emoción—. Mañana por la noche tengo que rodearlo con el brazo y cogerlo de la mano. Y… *¡va a llevar pantalones cortos!*

Cuando Mike le contó a Mary lo del ensayo, estaba agitado y no sabía por qué. Daba vueltas por la habitación mientras hablaba de la belleza de Charlotte y de lo amable que había sido con él. Mary estaba sentada, observándolo.

—Mikey… —dijo su hermana, al cabo de un rato—. ¿Podría ir a verte ensayar con Charlotte algún día?

Mike estaba encantado.

—Claro, puedes venir mañana por la noche. Vamos a ensayar el principio del primer acto y nos vamos a probar el vestuario por primera vez. ¡Va a ser genial, y la música es tan bonita que te vas a morir!

El día siguiente por la noche, Mary se sentó al fondo del auditorio Boylan. Mike apareció en escena con una vieja chaqueta que le quedaba demasiado pequeña y con unos pantalones grises que no le llegaban a la rodilla. Llevaba una maleta y parecía turbado. Una mujer vestida con una harapienta falda de lino y una descolorida blusa azul lo llevaba agarrado de la mano y lo guiaba por las calles de Nueva York. Obviamente, era la niñera de Patrick y parecía que se habían perdido buscando la mansión de la tía Mame en Beekman Place. Para mantener el ánimo alto en el cruel nuevo mundo al que habían ido a parar, la niñera Gooch dedicó una temblorosa oración cantada a una letanía de santos católicos: «Santa Brígida, llévanos a Beekman Place, lejos de los malvados y los depravados [...]. Los queridos brazos de Mame están extendidos para abrazarnos».

Mientras observaba desde la penumbra, Mary sintió un escalofrío: no se había dado cuenta de que su hermano hacía el papel de huérfano y le había sorprendido que no se lo hubiera contado. Su llegada al Nueva York ficticio del decorado pintado parecía una imitación sarcástica del verdadero trauma por el que ellos habían pasado, y lo peor de todo era que Mikey estaba a punto de hallar la salvación en los brazos de una mujer guapa.

«¿Y si Mike se enamora de Charlotte Inhelder? ¿Y si me deja sola?», pensaba mientras veía cómo se encontraban en el escenario. «No puede quitarle los ojos de encima…». Mary apretó los ojos y se hizo un ovillo en el fondo del asiento. Quería escabullirse a hurtadillas en la oscuridad y no volver nunca más.

ONCE

1968

E n medio de las revueltas, en el sexto año de guerra de Estados Unidos con Vietnam, con decenas de miles de personas en las calles de las ciudades estadounidenses y el movimiento Black Power desafiando el orden establecido, Michael y Mary Hess se convirtieron en ciudadanos estadounidenses. Los doce años y medio en calidad de extranjeros, durante los cuales habían tenido que renovar y registrar anualmente los pasaportes irlandeses en el Servicio de Inmigración, llegaron a su fin el 3 de octubre de 1968.

Doc Hess lo arregló todo para que su nacionalización tuviera lugar en el tribunal de Rockford, bajo el auspicio del juez del distrito, Albert O'Sullivan. El juez Bert era habitual de la consulta de urología de Doc y ambos pertenecían a la flor y nata de Rockford, así que O'Sullivan había accedido a hacer una excepción y celebrar una ceremonia privada para Mike y Mary, mientras que los otros treinta y cinco solicitantes se apiñarían después en un juramento colectivo. Mike y Mary fueron elegidos para dar cobertura al acto en el *Rockford Register* del día siguiente bajo el titular: «Los Hess irlandeses se convierten en ciudadanos de Estados Unidos»:

Mike y Mary Hess, estudiantes de Boylan, se han convertido en ciudadanos de Estados Unidos en una ceremonia que ha tenido lugar en el juzgado el día 3 de octubre. Michael, nacido en Tipperary (Irlanda), llegó a Estados Unidos con tres años y medio. Apenas guarda recuerdos de su tierra natal y perdió el acento irlandés poco después de su llegada. Mary Hess nació en Dublín y llegó aquí con dos años. El juez del distrito, Albert S. O'Sullivan, ha presidido ambas ceremonias. Mary Hess ha declarado que ha sido un acto bonito y emotivo, y que nunca lo olvidará. Por su parte, Michael ha señalado que se siente estadounidense desde su llegada, hace doce años, y que por fin tiene derecho a reivindicarlo. Treinta italianos, dos ingleses, dos suizos y el niño de cuatro años Rickey McDowell, de Castlepollard (condado de Westmeath, Irlanda), fueron posteriormente nacionalizados.

Al leer el periódico a la mañana siguiente, Mike y Mary se indignaron.

—¿«Un acto bonito y emotivo»? ¡Puaj! ¿Quién *dice* ese tipo de sensiblerías? —gritó Mary—. ¿Cómo pueden poner cosas que no hemos dicho? ¡Si ni siquiera hablaron conmigo!

—¿Y quién ha dicho que no recuerdo mi país? —preguntó Mike, mientras leían el artículo en voz alta en la mesa del desayuno—. ¿Quién ha dicho eso? ¡Es mentira! —exclamó, y dio un puñetazo en la mesa que hizo repiquetear las tazas de café.

—¡Arriba los *puñios*! ¡Arriba los *puñios*! ¿Quieres pelea, enano? ¡Arriba los *puñios*!

Doc sonrió, ignorando el alboroto.

—Así es la prensa —dijo con ironía—. Nunca se puede creer lo que dicen los periódicos.

Pero Marge estaba encantada con el artículo y especialmente satisfecha con la foto que lo acompañaba. En ella, salía

Mike, de pie delante de una bandera de Estados Unidos, con su nueva chaqueta de *tweed* y una corbata marrón oscuro, con su densa cabellera brillantemente peinada con una pulcra raya al lado y unos dientes blancos y relucientes, haciendo que a todo el mundo le pareciera uno de los chicos Kennedy. Mary estaba a su lado con un lazo en el pelo y una Biblia en la mano, levantando la vista para mirar con admiración a su hermano. El pie de foto decía: «Mary y Mike Hess, que llegaron a Estados Unidos procedentes de Irlanda con dos y tres años respectivamente, se alegran de ser ciudadanos estadounidenses».

En otra foto, tomada por Marge después de la ceremonia, se veía a Mike estrechando la mano del severo juez O'Sullivan, vestido con su túnica negra, y a Mary de perfil observando con una media sonrisa en los labios. Mary estudiaría aquella foto con una atención enfermiza durante los días venideros, porque se había dado cuenta de algo que a los demás les había pasado desapercibido. Nunca antes lo había tenido tan claro, pero había una prueba fotográfica irrefutable de que tenía la nariz grande, larga y torcida. Con la autocrítica propia de una adolescente, decidió, allí y en aquel momento, que debía hacer algo al respecto: algo para mejorar su imagen, según le dijo a Marge.

—Cielo, no necesitas arreglarte la nariz. Muchas chicas jóvenes se sienten como tú. —Marge lo sabía todo sobre las inseguridades de la adolescencia—. ¡Recuerdo que cuando era adolescente odiaba todo mi cuerpo! Ya se te pasará. Tienes una nariz preciosa. Lo más importante es que salgas y te diviertas. ¡Si te quieres a ti misma, los demás también lo harán!

Pero Mary estaba furiosa. ¿Es que nadie la escuchaba? Su problema era que no *podía* quererse: se *odiaba*. Finalmente, desquiciada por la fiereza de la aparente aversión de su hija por sí misma, Marge le dijo que fuera a preguntarle a Doc.

Mary se quedó perpleja. Sabía que, de todas las personas del mundo, Doc sería el que menos entendería lo que sentía, pero también sabía que en el hogar de los Hess no se podía hacer nada sin su aprobación. Se acercó a él cuando estaba en su momento más receptivo: mientras fumaba un cigarro en el cuarto de estar, viendo *The Liberace Show*. Le dijo que su nariz la avergonzaba y la hacía sentir mal, que no podría ser feliz hasta que se la arreglara. Insinuó que, como él era médico, podría encontrar a alguien que se la enderezara. Pero Doc profirió una de sus desagradables carcajadas.

—Los médicos están para curar a la gente cuando está enferma, señorita. Y tener la nariz torcida no es ninguna enfermedad. Hay mucha gente que tiene que lidiar con cosas peores, así que deja de armar tanto escándalo por una nariz, ¿quieres?

Mary pateó el suelo con un pie y se fue hecha una furia, sintiéndose más sola que nunca.

Cuando Mike y Mary se convirtieron en ciudadanos de Estados Unidos, les hizo gracia el misterioso papeleo, lo de las huellas dactilares y la exagerada solemnidad de la pesada ceremonia. Habían sonreído complacientes mientras juraban «proteger y defender [...] a los Estados Unidos de América contra todo enemigo [...] y empuñar las armas en nombre de Estados Unidos cuando la ley lo requiera». Todo aquello les había parecido mera teoría —Mike era menor y todavía le faltaba mucho para ir a Vietnam—, pero no bien acababan de convertirse en estadounidenses cuando el reclutamiento militar se volvió la piedra angular de la americanidad. De repente, era el rasero por el que se medía a la gente: o estabas a favor, o estabas en contra, el resto era secundario.

El juramento que Mike había hecho ante el juez O'Sullivan se convirtió en algo mucho menos teórico cuando el congresista Alexander Pirnie sacó del bombo de la lotería el 30 de abril y James Hess, el mayor de los tres hijos varones de Doc, se vio enrolado en el ejército de Estados Unidos por algo tan fortuito como su fecha de cumpleaños. La quinta de Mike, los nacidos en 1952, entraría en la lotería del alistamiento tres años más tarde.

Mientras se desarrollaba la campaña electoral y Nixon incordiaba a Johnson con el tema de Vietnam y el alistamiento, la teatralidad estadounidense de *Mame* llenaba la sala de ensayo de energía y ruido. El espectáculo era una pomposa recreación de una época anterior, cuando el abismo entre lo que tenía y no tenía Estados Unidos podía salvarse con una fiesta bañada en champán y una canción estridente de alguna dama de la música camp. Sobre el escenario, Charlotte era abrumadora y descarada; el vestuario y el maquillaje la convertían en una espléndida cuarentona —su sexualidad adolescente se atenuaba y se acentuaban sus cualidades maternales—, algo que Mike encontraba reconfortante y atractivo. Las horas que pasaban analizándose los gestos mutuamente les enseñaron a interpretar las expresiones que parpadeaban vacilantes en sus rostros de manera que, si a uno se le trababa la lengua con el texto, el otro acudía en su ayuda de inmediato para recordárselo.

Después de los ensayos, iban juntos a tomar un refresco al salón del café de Don. Marge y Doc estaban entusiasmados. Se encogían de hombros con complicidad y se decían el uno al otro en silencio: «Adolescentes...». Pero Mary, que estaba acostumbrada a pasar las tardes con su hermano, no paraba de darle vueltas a la cabeza y se angustiaba en su cuarto.

Mike tenía un sentimiento ambiguo en relación con lo que le estaba sucediendo: le encantaban las impresionantes canciones del espectáculo, el maquillaje y la magia de convertirse en otra persona bajo el resplandor de las candilejas. Sobre el escenario se sentía a salvo, adoraba su papel y sabía que le haría avanzar suavemente sobre un mar de música hasta un final feliz preestablecido que nadie podía arrebatarle. Aparte de todo eso, era posible —solo posible— que estuviera enamorado de Charlotte Inhelder. Charlotte ya había protagonizado el anterior musical de Boylan: *Los piratas de Penzance.* Guiaba a Mike y se preocupaba por él, y él se sentía abrumado por su atención. Charlotte no ocultaba el hecho de que le gustaba y él se sentía en cierto modo obligado a corresponder su devoción. Así era como funcionaba en el escenario y Mike tenía la vaga sensación de que así era también como debía funcionar en la vida. Se acercaba la noche del estreno y ya habían intercambiado algunos besos en la frondosa privacidad de Oaks Park, sobre la carretera que iba al colegio en la calle North Main. Pero Mike empezaba a darse cuenta de que la quería más cuando encarnaba a su personaje que en los turbulentos e impredecibles mares de la vida real. Mike se había enamorado de Charlotte en su papel de Mame y no sabía si la quería como Charlotte.

DOCE

1968

Mike caminaba de aquí para allá, preocupado, entre bastidores, pero Charlotte le estrechó la mano y le dijo que estaría fantástico. Entre un público lleno de padres, profesores y estudiantes, Mary cerró los ojos mientras se abría el telón. Sabía lo que se avecinaba y le preocupaba que Marge y Doc pensaran que Mikey estaba haciendo el papel de huérfano delante de todo el mundo. Pero mientras Gooch, la niñera, se desgañitaba cantando algo sobre la «querida señora Bridget», miró de reojo a sus padres y vio que estaban extasiados. Mike era el centro de atención y estaban disfrutando de su actuación. Cuando al huérfano Patrick le tocó interpretar el primer tema importante, Mary ya estaba emocionada y entusiasmada por las caras sonrientes y las salvas de aplausos. Estaba disfrutando del éxito de su hermano.

En la segunda mitad del espectáculo, Mike se transformó en un deslumbrante miembro de la alta sociedad. Cambió los pantalones cortos por un elegante esmoquin entallado y se engominó a la perfección la negra cabellera, dejando un gracioso rizo estratégicamente colocado sobre la emblanquecida frente. El colorete de las mejillas y el toque rojo en los labios le proporcionaban el aire surrealista e increíblemente perfecto de un ídolo cinematográfico de los años treinta. Cuando cantaba, su voz brotaba de lo más hondo de su ser y llenaba el auditorio con una jovial armonía. Mary y las otras trescientas personas cayeron bajo el hechizo de aquella magnífica criatura, y, aunque sabían que era Michael Anthony Hess, se negaban a creerlo.

El recibimiento que tuvo en el salón de actos del colegio después del espectáculo hizo que Mike catara por primera vez la adulación. Los chicos le estrechaban la mano con brío y las chicas se esforzaban por llamar su atención. En el asiento trasero del Cadillac de Doc, de vuelta a casa, Mary rebosaba amor y orgullo.

—¡Ha sido genial, Mikey! ¡Has estado realmente fantástico! ¿Cómo se siente uno al tener a toda esa gente aplaudiendo como loca cada vez que abres la boca?

Mike le alborotó el pelo.

—Bueno… Es como un zumbido. Cuando suben las luces da un poco de miedo, pero cuando empieza la música es como si supieras exactamente qué hacer y cómo comportarte. Dejas de sentirte como un insignificante don nadie y te sientes como un superhéroe, o algo así, y sabes que todo en tu vida va a funcionar.

Mary asintió, cautivada al pensar en ello.

—Y cuando besas a Charlotte y le dices que la quieres, ¿estás actuando, como en el escenario? ¿O estás siendo tú mismo?

Mike miró a su hermana en la penumbra del asiento de atrás y no supo qué responder.

Cuando llegaron las fotografías de la nacionalización de Mike y Mary, Marge enmarcó una y la colgó en la pared, al lado de la puerta de la entrada. Mary llegó a casa entusiasmada por el éxito de Mike, pero al verla se le cayó el alma a los pies. En ella no veía más que su nariz y, mucho después de que los demás se hubieran quitado los abrigos y se hubieran ido a la sala para hablar emocionados sobre la glamurosa estrella en ciernes, Mary seguía delante de la foto, analizándola y atormentándose.

James no dejaba de mirar el calendario. Se avecinaba la fecha en que lo llamarían a filas y Marge, desesperada tan solo con pensar que se podría ir, le había rogado a Doc que hiciera algo. A la mañana siguiente del espectáculo, llegó con el correo la primera señal de que los esfuerzos de Doc podían tener resultados. Una carta del Ministerio de Defensa indicaba que James M. Hess tendría que presentarse para un programa de instrucción intensiva de seis meses en la Escuela de Candidatos a Oficiales del Ejército de Estados Unidos. Los contactos de Doc le habían asegurado que, si su hijo completaba la formación, se licenciaría con el grado de teniente en una unidad destinada en Panamá. Haría calor, pero no era Vietnam. Marge se llevó la carta a la habitación y la releyó una y otra vez. La besó y la estrechó contra el corazón. Rezó en silencio una oración de agradecimiento a Nuestra Señora y se le llenaron los ojos de lágrimas de gratitud.

Por la tarde, sonó el teléfono y Marge contestó a la llamada. Charlotte quería hablar con Michael, pero no puso objeción alguna cuando la señora Hess empezó a darle conversación. La chica se echó a reír cuando Marge le dijo que ella y Mike hacían muy buena pareja en el escenario, lo mucho que Mike hablaba de ella y que sería un placer que Charlotte y su familia fueran a tomar una limonada a casa el domingo. Cuando Marge le dio la buena noticia de que, al final, James no iba a ir a Vietnam, Charlotte se alegró de corazón por ella. La fecha de nacimiento de su hermano entraría en la lotería del año siguiente y sabía que, para sus padres, iba a ser una agonía. Para terminar, Marge le dijo que ya le había dado bastante la lata y que iría a llamar a Mikey. Charlotte se rio de nuevo y le dio las gracias. Llamaba para decirle que ella y su hermano habían conseguido que su padre les dejara el Buick por la tarde.

Media hora después, Marius y Charlotte Inhelder paraban delante de la casa de los Hess, en Maplewood Drive, y Mike saltaba al asiento de atrás. El coche vibraba de emoción: un mar de posibilidades se abría ante ellos y Mike se sentía adulto y poderoso. Charlotte le presentó a su hermano, que respondió con un guiño cómplice. Marius poseía la misma belleza sajona que su hermana: el mismo cabello rubio, la misma elegancia grácil... Sentado detrás de él, Mike miró fijamente la esbelta curva de su cuello sobre la blancura de la camiseta, los delicados omóplatos que subían y bajaban mientras manipulaba el pesado volante y le sorprendió la intensidad de la admiración que sintió. Lo invadió un abrumador deseo de estirar la mano y tocar la reluciente piel que brillaba a menos de medio metro de su propia cara.

Delante, en el asiento del copiloto, Charlotte no podía permanecer quieta por la emoción y se desembarazó del cinturón de seguridad con la fe de un adolescente en su propia inmortalidad. Parloteaba excitada en voz muy alta, mientras giraba el atlético cuerpo de un lado a otro para volverse hacia atrás y mirar a Mike y luego hacia su hermano, que iba a su lado. Iban al bar preferido de Marius, Mr. Henry, que estaba en la calle State, según dijo Charlotte, donde los esperaban sus amigos muertos de ganas de conocer a Mike y ver al chico que había atrapado el corazón de su hermana pequeña. Los ojos de Marius se toparon con los de Mike en el espejo retrovisor y el chico le dedicó una pequeña sonrisa, de hombre a hombre, divertido por el entusiasmo de su hermana.

Mike nunca había ido a Mr. Henry. Le gustó de inmediato. Estaba recubierto de paneles oscuros, como un club, atestado de gente y las mesas muy juntas unas de otras y cubiertas con manteles de cuadros de plástico. Un viejo piano vertical reposaba sobre una tarima, al fondo de la sala, y había una pared cubierta del tipo de cuadros de desnudos que en su momento habían sido controvertidos, antes de la despreocupación del destape de los años sesenta. Marius era el único con edad suficiente para beber de forma legal, así que se sentaron alrededor de una mesa que había en un rincón oscuro y pidieron una jarra de cerveza.

Mike estaba fascinado por el ruido, la penumbra, la sensual iluminación y los olores dulzones y mugrientos de la cerveza derramada y del perfume barato. Observaba excitado cómo hombres con chaquetas de motero y mujeres con el pelo rapado se reunían en grupitos en una barra que se extendía a lo largo de todo el local, mientras las camareras de pelo teñido con vivos colores navegaban entre la multitud como bailarinas de ballet.

Mike, Charlotte y Marius, jóvenes, inexpertos y guapos, eran el blanco de las miradas de admiración de los que los rodeaban. Los amigos de Marius solo eran un poco mayores que Mike y Charlotte, pero parecían salidos de un planeta diferente. Sus llamativas camisetas y bisutería, sus cabellos largos y sus pendientes hacían que Mike se sintiera demasiado formal y aburrido. Charlaban sin parar de arte, música, poesía y de un festival al que todos iban a ir, al norte del estado de Nueva York. Un joven de camisa negra y pantalones amarillos recitó un extraño poema de un tipo llamado Leonard Cohen y una muchacha bizca anunció que se había acostado con Andy Warhol, una declaración que fue recibida con jocoso escepticismo.

Marius les había hablado a sus amigos de la «fabulosa» actuación de Mike y Charlotte en el musical del instituto y alguien sugirió que se levantaran y cantaran algo. Esa tarde, algunos habían estado tocando el piano en alguna ocasión, pero nadie había conseguido que la gente dejara de hablar ni captar la atención de la sala. Tras cinco o seis rondas de cerveza, Joey, un amigo de Marius alto y esbelto, con el pelo largo y sonrisa pícara, cogió a Mike y a Charlotte de la mano y los llevó hasta la tarima. Cuando el chico levantó la mano y pidió silencio, casi se mueren de vergüenza.

—Señoras y señores —anunció—, ruego silencio, ya que nos encontramos en el momento de la noche en que damos la bienvenida al turno de estrellas. El señor Michael Hess y la señorita Charlotte Inhelder interpretarán, para su exclusivo beneficio, su galardonada actuación del más hermoso y legendario éxito de Broadway del señor Jerry Herman, eh… Ayúdame, Michael, ¿cómo se llamaba?

En la sala se oyeron varias risas ahogadas y Mike se ruborizó, pero Charlotte era más guerrera y tocó el primer acorde en el piano. Mike la siguió y unió su voz a la de ella. A pesar de su moderna sofisticación, la multitud que había en el bar adoraba el glamour de los musicales y, en el primer estribillo, los que sabían la letra se unieron a ellos. La actuación se ganó una salva de aplausos y un hombre mayor que llevaba un pendiente les preguntó si conocían algún número de Judy Garland.

—Claro —respondió Charlotte, encogiéndose de hombros y sonriendo—. Pero tendrá que tocar usted el piano.

Sin mediar palabra, el tipo saltó al escenario y los tres se arrancaron con una retahíla de canciones que dieron lugar a una gran ovación. Los invitaron a la fuerza a bebidas gratis y, cuando respondieron a la petición del público, que quería *El mago de Oz*, sus inhibiciones ya eran cosa del pasado. Mike se metió fácilmente en el papel de Dorothy (era una de las películas preferidas de Marge, así que la había visto cientos de veces) y cantó con todo su corazón *Somewhere Over the Rainbow*, porque él también quería ser el pájaro que se iba volando: «¿Por qué? ¿Por qué yo no puedo?». Cuando se bajaron del escenario, la mitad del bar quería invitarlos a beber algo e hizo falta el sentido común de Marius y su temor a un castigo paterno para arrastrarlos fuera del local y meterlos en el asiento trasero del Buick.

TRECE

1968

Mike y Charlotte eran la comidilla del instituto Boylan y los chicos de la clase de Mike no tardaron en empezar a provocarlo, poniendo de manifiesto su envidia por la buena suerte que este tenía con groseros comentarios que el chico intentaba ignorar. Como no tenía muy claro si se estaban burlando de él o si lo admiraban, Mike respondía con una sonrisa tímida que no hacía más que confirmar las sospechas de sus compañeros acerca de su proeza sexual. Solo Jake Horvath habló en serio con él. Quería saber si de verdad amaba a Charlotte y cómo era estar enamorado. Mike era consciente de la sinceridad de las preguntas de Jake, pero este no obtuvo respuesta alguna.

—No lo sé —le dijo—. No sé lo que siento.

Las amigas de Charlotte montaron el numerito fingiendo felicitarla y luego se dedicaron a cuchichear entre ellas sobre «el plastón de maquillaje» que llevaba y que hacía que pareciera «tan golfa que no era de extrañar que el chico no se pudiera resistir».

El domingo que la familia Inhelder iba a ir a visitarlos, Doc y Marge andaban a todo correr de aquí para allá, ordenando la casa. Los Inhelder tenían su reputación en Rockford: se la consideraba una familia de «artistas». Todo el mundo sabía que la madre de Charlotte tocaba a Brahms y Mendelssohn en el piano de cola *mignon* que sus antepasados habían traído con ellos de Alemania; sus hermanos pintaban los decorados y echaban una mano como tramoyistas en las obras anuales de Boylan, y su padre, Otto... Bueno, él se dedicaba a coleccionar envoltorios de puros.

Aquella tarde resultó ser una de esas embarazosas ocasiones en las que todo el mundo sabe que hay algo suspendido en el aire, pero nadie aborda el tema. Otto lo hizo lo mejor que pudo.

—*Bravo, junger Mann* —le gritó a Mike mientras le estrechaba la mano para animarlo—. *Sie haben ja eine schoene Stimme!*

Mike sonrió torpemente, pero Mary se echó a reír.

—No sirve de nada hablar en alemán con Mikey, señor Inhelder: ¡es irlandés hasta la médula!

Otto se volvió hacia Doc frunciendo el ceño, confuso.

—Pero, señor Hess, yo creía que su familia era alemana de la cabeza a los pies. ¿No es así?

Doc se encogió de hombros.

—Él y Mary son adoptados. Los adoptamos en Irlanda. Esa es la verdad.

Otto miró a Charlotte, que se hallaba enfrente de él, y vio que su hija estaba tan sorprendida como él, pero, antes de que pudiera decir nada, su mujer le dio un codazo y el hombre tosió con frialdad.

—Bueno —le dijo a Mike—, como iba diciendo, jovencito, tienes una voz preciosa para cantar.

Mike sonrió de nuevo y le dio las gracias, pero al mismo tiempo observó a Charlotte por el rabillo del ojo.

El lunes Charlotte estuvo distante en el instituto y Mike le pidió que le dejara explicarle las cosas —la necesidad de disculparse había planeado sobre él toda la vida, como un albatros omnipresente—, pero Charlotte estaba dolida y no quiso saber nada.

—Mira, Mike —lloriqueó—. De verdad que no te entiendo. Creía que estábamos siendo sinceros el uno con el otro. Creía que nos lo contábamos todo. ¿Cómo crees que me sentí ayer cuando descubrí la cosa más importante, con diferencia, sobre ti delante de todo el mundo?

Mike intentó poner alguna objeción, pero Charlotte había metido la primera.

—¿Sabes cuál es tu problema, Michael Hess? Que nunca dejas que nadie se acerque a ti. Eres como un libro cerrado y no quieres que nadie vea qué hay dentro, ni siquiera yo. ¿Por qué no quieres que la gente te conozca? ¿Por qué no quieres que la gente te quiera?

Mike estuvo a punto de responder que aquello era una tontería, pero algo le decía que tal vez tenía razón. Antes de que le diera tiempo a analizar aquella idea, Charlotte le salió con otro reproche, esta vez con la clara intención de proporcionarle una escapatoria.

—Supongo que vas a decir que ser irlandés no significa mucho para ti —continuó—. ¿Es eso lo que me vas a decir?

Mike bajó la vista.

—No —respondió en voz baja—. Sí que significa mucho para mí. Muchísimo, por desgracia.

Los ojos de Charlotte brillaron con triunfal amargura.

—Bueno, entonces es lo que creía. ¡Es lo más importante de tu vida y no te molestas en contármelo! ¿Sabes lo que eso significa, Michael? Significa que no me amas.

Mike movió los pies y levantó la vista. Los ojos de Charlotte brillaban y el chico sintió un súbito arrebato de compasión por su dolor al haber sido rechazada.

—No digas que significa eso, Charlotte. No sé por qué nunca te he hablado de Irlanda, ni de que era adoptado. Puede que creyera que me rechazarías.

Charlotte lo miró, pensativa.

—Lo cierto, Mike, es que a mi padre no le gusta la idea de que me vea con alguien que finge ser alemán pero que es algo que ni se le parece.

—Yo nunca he fingido ser alemán —replicó Mike, indignado—. ¡Yo nunca he *querido* ser alemán! Quería ser lo que me *correspondía*. No es culpa mía haber acabado aquí. De todos modos, no me gusta hablar del tema. Por eso nunca te lo he contado. Odio hablar de ello.

Charlotte lo miró, vacilante.

—Echas de menos a tu verdadera madre, ¿es eso?

—No lo sé. A veces creo que no recuerdo nada de ella y otras veces es como si…, como si pudiera recordar la sensación que me producía.

Mike intentó poner palabras a sus pensamientos.

—¿Sabes? Es como…, como cuando oyes una canción que te encanta y no te la puedes quitar de la cabeza, pero un día se te olvida y, aunque todavía puedes recordar la sensación que te producía, nunca más podrás recuperarla. Así es como me siento.

Charlotte posó la mano sobre el brazo de Mike, pensando en lo diferente que era de los otros chicos. Todo lo que había sentido por él regresó al instante. Era tan sensible y vulnerable… Mike hacía que se olvidara de la tensión que sentía con otros chicos, de la sensación de que siempre estaban mirando hacia su sostén, de que siempre estaban pensando en ponerle las manos encima. La hacía sentirse a gusto y lo quería por ello.

—Mikey, lo entiendo —le aseguró, reconfortante—. Todos nos sentimos tristes y solos. Todos necesitamos a alguien que cuide de nosotros y que piense en lo que sentimos en vez de en lo que *ellos* quieren. Eso es lo que tú eres para mí y creo que eso es lo que yo soy para ti, o eso espero…, ¿no?

Mike reflexionó unos instantes y decidió que, probablemente, eso *era* lo que Charlotte representaba para él. Lo que quería de ella no eran los besos y los turbadores toqueteos en Oak Park; lo que él quería era la compasión, la preocupación y —sí, tal vez— el amor que le ofrecía.

Posó las manos sobre las de ella.

—Sí, así es —dijo suavemente—. Siento que... A veces estoy un poco de bajón. No lo entiendo en absoluto, porque aquí tengo una buena vida y una madre y un padre que cuidan de mí, y todo eso. Pero, aun así, me siento como si siempre me faltara algo...

—Bueno, *yo* puedo ser ese algo para ti, Mikey. Puedo estar ahí cuando me necesites.

Charlotte lo había interrumpido y había perdido el hilo; no estaba del todo seguro de que fuera ahí adonde lo estaban llevando sus pensamientos, pero la certeza de la muchacha le hizo olvidar el resto de opciones.

—Sí, claro —respondió, un poco indeciso.

Mike le habló a Jake Horvath de Charlotte y de las dudas que no conseguía quitarse de encima.

—¿Sabes, Jake? Dice que nunca me abro a ella y supongo que es verdad. Es como si algo dentro de mí me dijera que no debo acercarme demasiado a las personas por si me decepcionan. Como si supiera que me van a rechazar, así que no tiene sentido intentarlo siquiera. ¿Entiendes?

Jack asintió. Él también era un poco tímido.

—Sé lo que quieres decir, Mike. Pero nunca sabrás cómo pueden acabar las cosas si no te arriesgas. Creo que, a veces, deberías bajar la guardia.

Cuando Mike le habló de ello a Mary, esta lo entendió a la primera. Todos los huérfanos habían sido rechazados y no por cualquiera: el rechazo había venido de la persona más importante del mundo para ellos.

Mike y Charlotte empezaron a verse menos en las siguientes semanas. Charlotte les decía a sus amigos y tal vez también a sí misma que era porque su padre había prohibido su amor —estaban estudiando *Romeo y Julieta* en clase de Lengua y Charlotte estaba extasiada por lo trágico y romántico que era todo aquello—, pero sabía que las quejas de Otto eran más una fachada que otra cosa. La verdadera razón por la que se estaban distanciando era que su relación había cruzado la línea y había llegado a un punto en el que Mike no se sentía en absoluto cómodo. Le había abierto su corazón a Charlotte y se estaba arrepintiendo de ello. Cuantas más excusas encontraba para no verla, más se desconcertaba y se ofendía la muchacha.

«Él es así», pensaba. «En cuanto te acercas a él, retrocede...».

Mike empezó a pasar cada vez más tiempo con Jake Horvath. Cuando lo invitaba a Maplewood Drive, Jake decía que adoraba a Marge por su abnegada devoción a su marido y sus hijos, pero cuando oyó a Doc maldecir al Gobierno, llamando gilipollas e idiota a Lyndon B. Johnson, y exigir «que alguien ponga una bomba debajo de esos puñeteros demócratas antes de que destrocen todo el país», Jake miró a Mike e hizo una mueca. Los chicos ya pasaban casi todas las tardes el uno en casa del otro y, aunque no habían roto oficialmente, Mike evitaba las miradas de Charlotte cuando se topaban en los pasillos del instituto.

La llamada telefónica lo cambió todo. Tuvo lugar mientras Doc se encontraba en el trabajo y los chicos en el instituto. Marge, que estaba regando las plantas en el jardín trasero, se quitó los guantes mientras entraba corriendo en casa para contestar. La voz del otro lado de la línea era áspera y quebrada, ya no era la voz de Otto, el flemático burgués, sino la de un pobre hombre destrozado que estaba marcando todos los números de su agenda con la esperanza de que al compartir su repentina y terrible carga pudiera aligerar su insoportable peso de alguna manera.

—¿Marge? Marge, ¿eres tú? Soy Otto.

Marge notó la urgencia de su voz.

—Sí, Otto, soy yo. ¿Qué sucede?

Por un segundo pareció que se había cortado la comunicación, pero luego volvió lastimeramente a la vida.

—Charlotte… Se trata de Charlotte. Anoche… iba a la tienda. Eso es lo más… Eso es lo que no entiendo. ¿Y tú, Marge, lo entiendes?

Marge tragó saliva y vaciló.

—Otto, vas a tener que contarme qué ha pasado. Cuéntamelo despacio. Te escucho. Solo dime qué ha pasado.

La línea supuraba la pena de Otto.

—Mi niña, Marge. Es mi niña. La han matado…

Marge escuchó veinte minutos de dolor y pesar.

Charlotte y su hermano habían cogido el Buick de los Inhelder para dar una vuelta por Rockford por la noche. Tenían pensado quedar con unos amigos para tomar un par de Coca-Cola en la tienda de la calle State, pero nunca llegaron allí. En la calle North Second, un borracho en una furgoneta azul cruzó la mediana, invadió el carril izquierdo y se empotró de frente contra ellos. Charlotte, que nunca llevaba puesto el cinturón de seguridad, salió disparada por el parabrisas y chocó contra un camión. Su hermano se había salvado porque el volante le había golpeado el pecho y lo había dejado encajado contra el asiento. Otto dijo que estaba en el hospital y que los médicos le habían prometido que se pondría bien.

—Pero, Marge —dijo con una voz ronca y débil, como si la pena se lo hubiera llevado a una tierra distante e inhóspita, estirando y golpeando la etérea levedad de la línea que había entre ellos—, tuve que identificar… su cuerpo… en la morgue... Dios mío, Marge, era tan hermosa... Ningún padre debería tener que hacer eso, ¿verdad? Ningún hombre debería tener que hacer eso...

Los rumores sobre la tragedia de los Inhelder circularon por el instituto Boylan durante la mayor parte de la mañana. Después del almuerzo, el director los reunió a todos para comunicarles que el Señor había llamado a su lado a una de sus estudiantes más prometedoras e inteligentes.

Mike escuchó en silencio, cogió la mochila y volvió andando a casa, a Maplewood Drive. Marge lo recibió en la puerta y su hijo se derrumbó en sus brazos. Durante un cuarto de hora, permanecieron allí de pie, juntos, abrazándose y llorando.

La muerte cambia las cosas. Cambia lo que pensamos de las personas, cambia a los vivos y cambia a los muertos. Aquella tarde, Mike estaba tumbado en la cama mirando al techo y sintió que, finalmente, estaba empezando a entender la relación que había existido entre él y Charlotte. Tal y como lo veía ahora, nunca había dudado a la hora de comprometerse con ella, de ponerse a su merced, nunca había dudado en absoluto. Eran amantes y lo habrían seguido siendo toda la vida. Había puesto su destino en sus manos y ella había aceptado su amor eterno.

En esa nueva versión de los hechos, no cabía el remordimiento por cómo se había comportado. En la mente de Mike, él y Charlotte estaban prácticamente prometidos. Era un pensamiento reconfortante, una relación que se podía ver con total serenidad: nunca tendría que temer el rechazo de una novia muerta y los sentimientos inmovilizados con gelatina del pasado eran un territorio mucho más seguro que las ansiedades del presente. Pero, cuando en el instituto se celebró una ceremonia en recuerdo de Charlotte una semana después, Mike se sorprendió al enterarse de que Greg Tucker iba a cantar una elegía en su memoria. Sabía que Charlotte había sido novia de Greg, pero siempre había creído que ya no estaban juntos cuando se habían visto por primera vez en las audiciones de la señora Finucane. Le impactó darse cuenta de que era Greg y no él quien había sido entronizado como novio de Charlotte.

CATORCE

1968-1969

No me digas lo que tengo que hacer... y *no* me digas cómo sentirme!

Marge observaba mientras la encendida pelea entre Mike y Doc llegaba a la tempestuosa etapa final. Era la última de una serie de furiosas discusiones que Mike había provocado en las semanas posteriores a la muerte de Charlotte y Marge podía ver, por el desconcierto y la ira del rostro de Doc, que estaba pensando lo mismo que ella. «¿Qué le ha pasado a nuestro niño perfecto? ¿Quién es este extraño taciturno y beligerante?».

Marge ni siquiera era capaz de recordar cómo había empezado aquella batalla. Mike parecía estar viviendo al filo del abismo emocional y saltaba a la mínima de cambio. Mary había ido a refugiarse en su cuarto, incluso ella percibía la rabia de Mike en los últimos días y, en cuanto parecía que iba a estallar, se escabullía, turbada y dolida, deseando alejarse de su radio de acción. Las muertes de Loras y Charlotte le habían pasado factura a Mike: se sentía abandonado y responsable, y había elegido pelearse para desviar el dolor. Todos aquellos años de resentimiento y frustración ahogados, de esfuerzo constante para ser «bueno», estaban siendo liberados a borbotones de forma concentrada y feroz.

—¡A tu cuarto, jovencito! —rugió Doc, abriendo la puerta de golpe para señalar las escaleras.

—Muy bien: líbrate del problema. ¡Echa al niñato irlandés para no tener que verlo delante! Estoy *harto* de vivir según tus normas y tus reglas. ¡Vete al infierno! —gritó Mike, antes de abandonar airado la habitación y dar un portazo. Marge y Doc se miraron, agotados.

—Doc, ¿qué hemos hecho mal? —susurró Marge.

—Ese niño —dijo Doc con desdén, todavía lleno de rabia e indignación—, ese niño necesita disciplina, Marge. *Disciplina*. ¡No le permitiré que se comporte así en *mi casa*!

Los hijos mayores se mantuvieron al margen. James, cuya relación con Doc siempre había sido complicada, intentó ofrecerle su apoyo a Mike, pero él y Thomas ya no vivían en casa y no conocían el alcance del problema. Y Stevie, aunque era testigo de todo, no movió un dedo.

Mary se sentía triste por el dolor de su hermano y descolocada por su ira, pero, cuando intentaba hablar con él, la echaba. Tenía un comportamiento tan aberrante, tan fuera de lugar, que acabó afectando también a Mary. El comportamiento combativo, la actitud desafiante y el temperamento difícil que la habían caracterizado hasta entonces desaparecieron de la noche a la mañana. De pronto se volvió tranquila, dócil y obediente, como si se estuviera replegando ante la crisis de Mike, dejándole espacio para expresar las emociones que tanto tiempo había reprimido. Marge encontraba el comportamiento de Mary casi tan desconcertante como el de Michael.

La contienda continuó durante el invierno. Marge estaba preocupada, Doc echaba chispas y Mary observaba con ansiedad cómo Mike se arrastraba cansinamente para ir al instituto. Stevie tuvo suerte en la lotería y evitó el alistamiento; Thomas, que también se había librado, empezó a estudiar para ser dentista; James, recientemente nombrado teniente del Ejército de Estados Unidos y destinado en Panamá, escribió a casa para anunciar que tenía intención de casarse con Shirley, su novia de toda la vida de Rockford. Doc leyó la carta con manos temblorosas y furiosa desaprobación. Nunca había estado claro qué era lo que no le gustaba de Shirley, pero siempre había sido firme y categórico: Shirley no era apropiada para su hijo. La respuesta que le envió a este fue concisa: no lo aprobaba, se negaba a consentir tal unión y no tenía intención de ofrecer el más mínimo apoyo financiero a Jim si insistía en ello. Esperaba que hubiera quedado claro.

Cuando Jim escribió de inmediato, declarando que se casaría con ella de todos modos y que no le importaba lo que *nadie* pensara, Doc se puso como loco.

—¡Maldito niño! —exclamó, mientras estrujaba la carta de James y la tiraba a la basura—. ¡*Nunca* puede hacer lo que su padre le dice!

Marge recordó cómo sus propios padres habían intentado impedir su matrimonio con Doc, cómo habían tenido que fugarse y la mala sangre que el asunto había causado durante tantos años después. Y pensó que Doc debía de tener muy poca memoria.

—Venga, Doc. No es tan grave —dijo para consolarlo—. Si la quiere de verdad…

—Marge, con todo lo que hemos hecho por ese chico a lo largo de los años, con el dinero que nos hemos gastado en él, los regalos, las vacaciones, los premios, ¡la carta que escribí al Ministerio de Defensa! Y ahora…, ahora pretende avergonzarme, avergonzar a toda la familia oponiéndose a mi voluntad… ¡Ni hablar, Marge! *¡Ni hablar!*

Doc salió apresuradamente de la habitación, cegado por la rabia que le causaba que *otro* de sus hijos, su hijo *mayor*, osara desafiar su autoridad.

—Pero, Doc, ahora es un hombre adulto y si quiere...
—intercedió Marge.

—¿Un hombre adulto? —preguntó, volviéndose hacia ella—. *¿Un hombre adulto?* ¿Sigue siendo mi hijo, Marge? ¿No lo he criado yo? ¿No tengo derecho, como padre suyo que soy, a...?

Mike, que había estado observando con el ceño fruncido desde un rincón, se puso en pie súbitamente.

—¡*Para* de gritarle y deja a Jimmy *en paz*! —aulló, con mayor odio del que jamás había sentido por el tirano obstinado y con aires de superioridad que tenía delante.

—¿Cómo *te atreves* a levantarme la voz? —respondió Doc y, antes de que pudiera contenerse, levantó la mano derecha y le dio un bofetón.

—¡Doc! —exclamó Marge, con un grito ahogado. Y Mary, que estaba temblando en el sofá, se echó a llorar. Mike se quedó quieto un momento y luego, para asombro de todos los que estaban en la habitación, se abalanzó sobre su padre. El puñetazo alcanzó a Doc en la sien, que cayó sobre la puerta abierta, haciéndola chocar contra la pared con un fuerte golpe. Marge gritó y Mary se levantó de un brinco, como un gato asustado, y pasó como un rayo por delante de Doc, que se estaba agarrando la cabeza, antes de cruzar la puerta para salir al pasillo. Al abrir de golpe la puerta principal, la fotografía que tanto odiaba se le enganchó en la manga. Ella se sacudió, frustrada y desesperada, y la tiró al suelo, donde se hizo añicos. Una hora después, regresó con la cara cubierta de sangre y la nariz rota por tres sitios.

La perturbación por las heridas de Mary dio lugar a una tregua temporal. Marge la llevó hasta la sala de estar, la hizo tumbarse en el sofá y Mike le mojó la cara con paños húmedos hasta que dejó de sangrar.

—Por Dios, Mary —susurró—, ¿qué has hecho?

Doc se arrodilló en el suelo y le examinó la nariz.

—¿Puedes respirar bien? —preguntó, con la cara pálida de preocupación.

—Por la nariz no —respondió su hija con voz ahogada—. Pero por la boca sí.

Doc presionó un poco en la zona donde estaba empezando a aparecer un bulto azulado. Le preocupaba la posibilidad de que tuviera un hematoma septal, pero al final llegó a la conclusión de que los daños se limitaban al hueso, que estaba hecho añicos.

—¿Cómo te has hecho esto? —inquirió, una vez tuvo la certeza de que no era más serio de lo que parecía.

—Fui a jugar al baloncesto —sollozó Mary— y había unos chicos un poco brutos… Me aplastaron la nariz con el balón.

Doc refunfuñó y Mary evitó su mirada.

—A mí eso no me parece una lesión de baloncesto —dijo, acercándose más y levantando las cejas.

—¡He dicho que me han aplastado la nariz con el *balón*! —gritó, echándose a llorar de nuevo de forma tan violenta que empezó a sangrarle la nariz de nuevo.

La firmeza de Doc flaqueó.

—Bueno —dijo, poniéndose en pie—. Está rota, de eso no cabe duda. Y no tiene buena pinta. Así que supongo que será mejor arreglarla.

Esa noche, en la cama, la nariz le dolía y la cabeza le estallaba, pero Mary esbozó una sonrisilla: el drama y el dolor habían sido intensos y había exigido cierto coraje por su parte, pero había logrado que funcionara y había conseguido lo que quería. Por la mañana, el doctor Habbakuk llevó a cabo una reducción cerrada de la fractura nasal, seguida de una septorrinoplastia que dejaría a la paciente con una nariz corta y recta, acabada en una atractiva punta redondeada.

Los días posteriores estuvieron acompañados de una tregua. Mientras Mary seguía convaleciente por la operación, Mike pareció recuperar parte de su compostura. Revoloteaba alrededor de su hermana, llevándole refrescos y tentempiés y recomendándole libros para leer mientras esperaba a que bajara la hinchazón. Las peleas con Doc eran cada vez menos frecuentes y parecía que Mike volvía más o menos a su antiguo ser.

Pero la ansiedad de Marge no desapareció. Estaba preocupada por Michael —se daba cuenta de que su infelicidad no había desaparecido, sino que había sido reprimida y que podría resurgir en cualquier momento— y le comentó a Doc que Mike necesitaba ayuda, al igual que Mary. ¿No podría él, con toda su experiencia y sus innumerables contactos que, sin duda, sentían el mayor de los respetos hacia él, encontrar a alguien a quien Mike fuera capaz de abrir su corazón?

QUINCE

Conciudadanos estadounidenses. Hemos llegado a un punto en que somos ricos en bienes, pero pobres de espíritu; hemos alcanzado con magnífica precisión la luna, pero hemos caído en estrepitosa discordia en la tierra. Estamos atrapados en una guerra, pero queremos la paz. Estamos destrozados por el desmembramiento, pero queremos la unidad. Vemos a nuestro alrededor vidas vacías, que quieren plenitud. Ante una crisis espiritual, necesitamos una respuesta del espíritu. Para encontrar dicha respuesta, debemos buscar en nuestro interior. Cuando escuchamos a los «mejores ángeles de nuestra naturaleza», nos encontramos con que celebran las cosas sencillas, las cosas básicas como la bondad, la decencia, el amor y la amabilidad.

Discurso de investidura de Richard Milhous Nixon,
20 de enero de 1969

El Año Nuevo de 1969 había llevado ventiscas al Medio Oeste y un nuevo hombre a la Casa Blanca. Doc había reunido a su familia alrededor del televisor para ver la toma de posesión de Richard Nixon y acompañar la emisión con sus propios comentarios. Aplaudió cuando el juez Warren dirigió el juramento del cargo y gritó: «¡Haz el favor de repetirlo!» cuando Nixon habló de la crisis espiritual que Estados Unidos estaba atravesando.

—¡Gracias a Dios que esos condenados demócratas han recibido finalmente una patada en el culo y tenemos a un hombre de verdad gobernando el país! Sabes, hijo —exclamó, volviéndose hacia Mike con expresión seria—, deberías prestar atención a lo que dice este tipo. Este hombre conoce a la perfección Estados Unidos. Vaya si lo conoce.

Doc se recostó en la silla con una sonrisa de satisfacción y Mike asintió, dubitativo. Le costaba comulgar con el punto de vista político de Doc —si tenía que posicionarse, se consideraría a sí mismo liberal en la mayoría de los temas— pero le gustaba el mensaje de tolerancia e inclusión que Nixon parecía estar ofreciendo: «No podremos aprender los unos de los otros hasta que paremos de gritarnos los unos a los otros, hasta que hablemos con tanta tranquilidad que se puedan oír nuestras palabras, además de nuestras voces. Nos esforzaremos en escuchar de diferente manera a las silenciosas voces angustiadas, a las voces que hablan sin palabras, a las voces ansiosas, a las voces que necesitan desesperadamente que las escuchen...».

—Saber de política es muy importante, hijo —dijo Doc, mientras volvía a inclinarse hacia delante en la silla para mirar a Mike a los ojos con expresión seria e interesada.

—Claro, papá, ya lo sé. —Mike notó el anhelo de la familia de que llegara a un entendimiento con su padre—. He seguido las elecciones y no estoy de acuerdo con todo lo que dice Nixon, pero creo que tiene... algunos buenos puntos de vista sobre la igualdad. —Mike dudó antes de tirar un acertado as—. De todos modos —continuó, encogiéndose de hombros de manera significativa—, he estado barajando la posibilidad de estudiar Política y Administración Pública en la universidad.

Al día siguiente, Doc abordó a Mike con lo que consideraba una propuesta más que generosa. Había puesto en marcha los engranajes para conseguirle unas prácticas con Everett Dirksen, que había sido un senador veterano en Washington durante casi veinte años. Dirksen era un antiguo paciente suyo y Doc estaba seguro de que podía conseguirlo. Mike, sin embargo, no tenía tan claro todo aquello: Dirksen era republicano y no le gustaban sus puntos de vista conservadores. Tampoco le gustaba que Doc le organizara la vida y se dijo a sí mismo que debía defender lo que *él* quería en realidad. Pero Doc estaba entusiasmado con la idea y no paraba de decir que era una forma inmejorable de entrar en el mundo de la política de altos vuelos y hablaba como si el acuerdo estuviera ya cerrado. Mike se lo pensó unos instantes, se planteó si debía objetar algo y se sorprendió al oírse decir a sí mismo: «Gracias, Doc. Sería genial».

Su viaje a Washington se fijó para el verano de ese mismo año.

Gustav Heinlein era un hombre ocupado, pero estaba dispuesto a meter con calzador al hijo de un compañero en su agenda. A Mike no le convencía en absoluto la idea de ver a un loquero —«¿De verdad creen que estoy loco?», se preguntaba, entre divertido y molesto— y había acudido a la primera sesión a regañadientes. Inevitablemente, había sido una situación rara. En el mejor de los casos, Mike era una persona reservada y no le gustaba que Heinlein fuera amigo de su padre pero, poco a poco, se había ido abriendo al médico de solemne rostro y traje gris.

En el primer mes hablaron de su reacción ante las muertes de Loras y Charlotte y de la tensa relación con su padre, y luego —tras una cautelosa petición por parte de Heinlein— cambiaron de tema.

—Bueno, Mike, me gustaría que me contaras cómo te sientes cuando piensas en tu verdadera madre, en la madre que te trajo al mundo.

Mike se miró fijamente los pies, delicadamente cruzados al final del sofá, y cerró los ojos.

—A veces la echo de menos… y a veces la odio —se oyó decir—. Pero sé, o mejor dicho, *siento*, que no puede haber sido una mala persona. A veces me da la sensación de que me acuerdo de ella… y recuerdo que era buena. Pero eso significa… —Mike se interrumpió y frunció el ceño.

—¿Qué crees que significa eso, Mike?

—Bueno, creo que significa… que *yo* debo de ser malo. Debía de odiarme por algo… Por algo que hice o… por el tipo de persona que era. Si no, ¿por qué se iba a deshacer de mí?

Dos lágrimas rodaron lentamente por el rostro de Mike.

—Vale —dijo Heinlein con suavidad—. Hablemos de eso. Dices que tu madre te odiaba, pero me pregunto por qué piensas eso. No hay manera de que puedas saber las razones que llevaron a tu madre a hacer eso, ¿verdad? Así que ¿en qué estás basando tus miedos, Mike? ¿Alguien te ha dicho algo?

—Mi madre, me refiero a Marge, le contó a mi hermano Stevie cómo había sido todo y él me lo contó a mí. Que mi verdadera madre me odiaba y que no quería cuidarme. —Michael empezó a sollozar—. Eso duele, doctor Heinlein, duele saber que no eres bueno…

Heinlein sacudió la cabeza tristemente.

—¿Y te creíste lo que tu hermano Stevie te contó? —preguntó, con una voz tan dulce que era casi un susurro—. ¿Nunca te has planteado la posibilidad de que te estuviera mintiendo para hacerte daño?

Mike se lo pensó un momento.

—Sí, claro que sí. Puede que hasta supiera que estaba mintiendo. Puede que sepa que todo es más complicado. Pero la cuestión es que no puedo dejar de odiarme. Mi madre me abandonó y nunca intentó encontrarme. Si *ella* no me quería, significa que nadie puede hacerlo y, desde luego, yo tampoco puedo quererme a mí mismo.

—Pero, Mike —dijo Heinlein—, ¿nunca has pensado que tal vez tu madre te dejó con las monjas porque era solo una niña y no te podía proporcionar los cuidados que necesitabas aunque te amara tanto como cualquier madre ama a su hijo?

Mike frunció el ceño y se quedó pensando unos instantes.

—Si yo tuviera un hijo —concluyó, eligiendo las palabras con gran meticulosidad—, lo amaría más que a nada en el mundo. Aunque no tuviera dinero, ni casa, ni ropa, nada se interpondría entre nosotros. Mamá, Marge, me dijo una vez que haría cualquier cosa por verme feliz. Así que no puedo creer que mi verdadera madre hubiera renunciado a mí para siempre sin pensárselo dos veces solo porque fuera demasiado joven o demasiado pobre para educarme bien. Debería haber sabido que sería igualmente feliz sin nada, siempre y cuando la tuviera a *ella*.

Era una cálida tarde perfecta de principios de primavera y Doc estaba sentado enfrente de Gus Heinlein en una cafetería que había cerca de la consulta de Heinlein, doblando la esquina.

—Bueno, Gus —dijo Doc, yendo directo al grano—, ya sé todo ese rollo de la confidencialidad entre médico y paciente. Yo mismo soy médico, por el amor de Dios, pero estamos hablando de mi hijo y de lo que se le pasa por la cabeza, así que necesito saber qué es, porque está afectando a todos los que vivimos bajo su mismo techo.

Gus asintió.

—Claro. Lo entiendo, Doc. Pero he de decir que, sea lo que sea lo que esperas oír, no son buenas noticias. Tal vez no te des cuenta de que, aunque solo el dos o tres por ciento de la población es huérfana, los huérfanos constituyen el treinta o cuarenta por ciento de los internos de los centros residenciales de tratamiento, de los centros de detención juvenil y de las escuelas especiales.

Doc gruñó y le dio un sorbo al café con la sensación, no por primera vez, de que aquellos niños de Marge daban más problemas de lo que valían.

—Y también presentan un elevado índice de delincuencia, de promiscuidad sexual y de abuso de alcohol. Aunque no estoy diciendo que tu chico vaya a entrar en ninguna de esas categorías —continuó Heinlein—, debes saber cómo son las cosas. Esas personas tienen tendencia a las adicciones. Siempre están intentando compensar algo que les falta o algo que creen que han hecho mal.

Gus hizo una pausa y mordisqueó una galleta, mientras analizaba la reacción de Doc.

—Mike es un chico listo —dijo Doc al cabo de un rato—. Saca muy buenas notas y piensa mucho, tal vez demasiado. Lo raro es que, cuando los trajimos, fue la niña la que más problemas nos causó. Mike era tranquilo, hacía lo que le decían y nunca tenía pataletas. Hace poco que se ha vuelto un idiota chiflado, siempre discutiendo, peleando y pegando a la gente…

—Típico —respondió Heinlein—. Un huérfano siempre busca aceptación, pero espera rechazo. Es como si creyeran que nunca los querrán y que nunca podrán encajar. Su madre biológica los ha rechazado, así que creen que tienen algo malo y esperan que los demás los rechacen también. Por ejemplo, está el huérfano que se pasa la vida siendo agradecido y dócil con la esperanza de que sus nuevos padres no lo echen. Luego está el otro tipo, el que está siempre causando problemas, como si dijera: «Como sé que me vais a rechazar, que os den, ¡yo os rechazaré antes a vosotros!». Ese comportamiento se llama «puesta a prueba» y puede llegar a ser bastante extremo. Desde mi punto de vista, tu chico tiene un poco de cada. Y, siento decirlo, pero ese tipo de personas suelen acabar jodidas: tienen problemas con la confianza y con la intimidad, con el sexo y con las relaciones. La mitad del tiempo se preocupan por amoldarse y vivir una vida convencional, sin culpabilidades, y la otra mitad se entregan a extravagantes impulsos y a adicciones, y corren riesgos que acaban por matarlos.

Doc suspiró dentro de la taza.

—Sí, ya, creo que he leído algo parecido a eso. ¿Y qué se puede hacer?

—No mucho, me temo —musitó Heinlein—. Todo se remite a nuestras primeras experiencias y a la manera en que perfilan el resto de nuestras vidas. ¿Sabías que los bebés son capaces de identificar la cara de su madre minutos después de nacer? Cuarenta semanas en el útero implican un vínculo realmente fuerte, así que ser abandonado es terrible. Aunque te hubieran entregado a tus hijos al minuto de haber nacido, estos seguirían recordándolo a cierto nivel, y seguiría siendo devastador para ellos.

Doc se puso a rumiar aquello.

—En realidad, es algo peor que eso, Gus. Estuvieron con sus madres durante tres años enteros —admitió finalmente—. Y, cuando se los llevaron, fue en contra de la voluntad de estas —susurró—. Eso nunca se lo hemos contado.

Gus se quedó pasmado por la indiferencia que mostraba su compañero hacia sus hijos y, haciendo un esfuerzo sobrehumano para mantener su imparcialidad profesional, se obligó a asentir compasivamente.

En la siguiente sesión de terapia, el doctor Heinlein intentó por todos los medios no parecer culpable. Le tenía cariño a Mike y se sentía mal por haber hablado con Doc a sus espaldas. Quería compensar al chico con una sesión de verdadero descubrimiento, de limpieza, así que empezó con una pregunta realmente dura.

—¿Dirías, Mike, que te resulta imposible dejar que la gente se acerque a ti?

Mike se quedó momentáneamente desconcertado.

—Caray, doctor Heinlein. Yo también me alegro de verlo —bromeó. Pero Heinlein estaba muy serio.

—Muchos huérfanos tienen esa sensación, Michael, y ya me has contado que tu relación con la señorita Inhelder era muy difícil.

Mike se revolvió para ponerse cómodo.

—Ojalá nunca hubiera entrado en ese espectáculo —dijo—. Ojalá nunca me hubiera acercado a ella. —Mike hizo una pausa—. Ni al tío Loras.

Heinlein levantó la vista.

—¿Lamentas haber tenido esa relación tan estrecha con tu tío?

—Cada vez que me acerco a alguien, desaparece.

Heinlein apuntó una nota en el cuaderno.

—La muerte es algo natural, Mike. Algo terrible y trágico, pero natural. Todos la tememos y todos la experimentamos. Está bien llorar, pero culparte no te llevará a ningún lado.

Heinlein decidió que necesitaba aligerar el ánimo: no pretendía que el tema de la muerte surgiera tan pronto en su relación.

—De todos modos, estoy seguro de que en realidad no te arrepientes de haber participado en el espectáculo. ¡Si me dijiste que había sido uno de los mejores momentos de tu vida!

Mike se encogió ligeramente de hombros.

—Sí. Lo fue.

—¿Y por qué crees que lo disfrutaste tanto, Mike?

Mike se quedó pensando unos instantes.

—Fue… una sensación increíble, estar allí arriba, en el escenario, con todo el mundo mirándome…, queriéndome. —Michael se ruborizó, consciente de que aquello sonaba arrogante—. Y… me encantaba disfrazarme. Me encantaba hacer de

Patrick. Me parecía… tan fácil estar sobre el escenario, decir el texto que me había aprendido, hacer los movimientos que había ensayado… Saber adónde me dirigía y cómo acabarían las cosas.

—Te encantaba la ficción, ¿no? ¿Te gustaba la máscara? Convertirte en otra persona, dejar que todo el mundo te mirara sin *mostrarte* de verdad.

Mike miró bruscamente al doctor. Así era exactamente cómo se había sentido.

—Entonces te gusta disfrazar partes de ti mismo —se aventuró Heinlein— detrás de la actuación, detrás del trabajo de voluntariado, detrás del conformismo y la obediencia… ¿Porque te da miedo dejar que la gente vea y pueda llegar a juzgar a tu verdadero yo?

—Es difícil relajarse cuando te preocupan esas cosas —admitió Mike.

—Pero ¿por qué intentas esconderte, Mike?

Se produjo una larga pausa antes de que Mike respondiera, con un hilo de voz.

—No lo sé.

—¿Qué pasaría si dejaras de fingir y permitieras que el mundo viera tu verdadero yo? A mí me parece que les parecería realmente maravilloso.

Mike miró al doctor Heinlein con los ojos brillantes.

—De eso nada. Créame, doctor Heinlein, de eso nada. Yo… no soy como los demás. Soy diferente, una especie de ser deforme.

—Ligeramente sin formar tal vez, pero no deforme, Mike. Si me hablaras de la parte más íntima de tu ser, de la parte que más temes que cualquier otra persona vea, te garantizo que no sería nada que no hubiera oído antes. ¿Qué es lo que más te avergüenza, Mike? Nada de lo que puedas decir me repugnará ni me sorprenderá. Aquí estás libre de juicio.

Mike empezó a llorar. Deseaba con todas sus fuerzas contarle la verdad al doctor Heinlein y, antes de que se diera cuenta, le estaba detallando todo sobre Marius Inhelder, ni más ni menos: lo guapo que le había parecido aquella noche en el coche mientras conducía hacia Mr. Henry, cuánto se parecía a Charlotte, pero con mucha más fuerza… Respirando entrecortadamente y con dificultad, le describió la atracción, la complicidad que había sentido al ver reír y charlar a Marius con sus amigos, la forma en que le brillaba el cuello bajo la luz de la luna mientras los llevaba de vuelta a casa, las ganas que tenía de extender la mano y tocarlo.

—Me sentí como si me pasara algo raro…, como si no fuera normal —explicó Mike, mirando desesperado al doctor en busca de ayuda, de una explicación, de consuelo.

El doctor Heinlein se inclinó hacia delante en su silla con arrobada atención y, de pronto, miró el reloj.

—Se ha acabado el tiempo, Mike —dijo con suavidad—. Ha sido una sesión muy positiva y continuaremos donde lo hemos dejado la próxima semana.

Cuando Mike se marchó, el doctor Heinlein llamó a regañadientes a Doc Hess.

—Doc —dijo con determinación—, tengo que preguntarte una cosa. ¿Te has planteado alguna vez que tu hijo pueda ser, y te pido disculpas por la pregunta, homosexual?

Durante un breve instante, se hizo el silencio en la línea y luego Doc se echó a reír a carcajadas.

—¿Sabes qué te digo, Gus? Que te ahorres ese rollo de Freud. Puede que Mike sea muchas cosas, pero, si hay algo que obviamente no es, ¡es un puñetero maricón!

Poco después, Doc anunció que las sesiones de terapia con el doctor Heinlein se habían acabado.

DIECISÉIS

1969

Llegar a Washington D. C. ese verano fue como hacer un curso intensivo de política callejera. La promesa del presidente Nixon de reducir la implicación de Estados Unidos en Vietnam no se había puesto en práctica y la opinión pública estaba cambiando, mientras los soldados estadounidenses seguían volviendo a casa en bolsas para cadáveres. Cuando se bajó del autobús Greyhound, en la parte de atrás de Union Station, Mike se encontró con las calles que daban al Capitolio abarrotadas de gente con brazaletes negros que portaban pancartas antibelicistas. Los oyó entonar consignas del tipo «¡De eso ni hablar, no nos vamos a enrolar!» y «¡A la mierda el tío Sam, yo no pienso ir a Vietnam!». Había una atmósfera de solidaridad y determinación entre los manifestantes que lo atrajo; la mayoría eran jóvenes y estaban muy serios, enardecidos por un intenso sentimiento que a Mike le pareció estimulante. Se dejó arrastrar, mientras inhalaba la sensación de estar haciendo historia y el olor dulzón de la hierba. Sintió que se encontraba en medio de un importante acontecimiento: sus años en Rockford y las preocupaciones de su juventud le parecieron súbitamente triviales. Necesitaba estar *allí*, donde podía influir en temas de vital importancia, como la vergüenza de Vietnam y las injusticias de la pobreza y la discriminación.

Se quedó con los manifestantes una hora, pero llevaba la mochila a cuestas y empezaba a tener hambre. Mientras oscurecía, se puso a buscar Webster Hall, la residencia del Congreso donde se iba a alojar durante las cuatro semanas que pasaría en Washington. Tenía la dirección y sabía que quedaba cerca del edificio del Tribunal Supremo, pero el sistema de Washington de cuadrantes geográficos —noreste, noroeste, sureste y suroeste— lo confundieron y se encontró vagando por una serie de barrios al norte del Capitolio, donde las calles estaban flanqueadas por casas calcinadas y las tiendas estaban tapiadas con tablones llenos de advertencias antisaqueos. Los disturbios raciales posteriores a la muerte de Martin Luther King habían dejado una cicatriz imperecedera en el rostro de la capital de la nación, un recordatorio de las tensiones que fluían bajo la pudiente sociedad a la que Mike estaba acostumbrado, donde esas cosas, como mucho, salían en las noticias de la televisión.

Cuando llegó a Webster Hall, Mike estaba alterado y desorientado, pero extrañamente emocionado. Se hallaba en el corazón de la capital de la nación y allí era donde podía hacer que las cosas cambiaran para mejor.

El título oficial de Michael era el de asistente del senador. Le habían explicado, en términos generales, cuáles eran sus tareas: entregar documentos y correo dentro del complejo del Congreso, coger los mensajes del senador Dirksen, llamarlo cuando lo requirieran al teléfono y llevar papeles a su mesa del Senado. Estaba deseando conocer a Dirksen y contarle exactamente lo que pensaba sobre los asuntos clave a los que se enfrentaba la nación y sobre el lamentable historial del anciano respecto a ellos. Dirksen era conservador en lo fiscal, un proteccionista y uno de los principales halcones del Congreso en lo que a la guerra de Vietnam se refería; Mike pensaba decirle que estaba equivocado en todo.

Dirksen era un hombre corpulento de setenta y pico años con las manos grandes, el pelo blanco y papada, que parecía estar sumamente a gusto con la vida y muy cómodo en su papel. Era tranquilo y amable, y la bienvenida que le brindó a Mike parecía sincera.

—Vaya, vaya, un joven Hess —bramó, mientras atravesaba la habitación a grandes zancadas—. Ven a estrecharme la mano, jovencito. Eres más que bienvenido y no solo porque tu padre fuera quien me trató de la próstata en su día y tal vez, solo tal vez, salvara mi despreciable y vieja vida.

Dirksen vio la mirada de sorpresa en el rostro de Mike y sonrió.

—No me hagas caso, hijo. No soy más que un granjero de Illinois y digo lo primero que me viene a la cabeza. Dirksen, Hess… Todos somos alemanes, ¿no? En fin, ¿qué te parece este sitio?

Mike miró alrededor y se fijó en las alfombras de lana y en las paredes forradas de madera. Aquel lugar parecía pasado de moda, ensimismado, recelosamente protegido del mundo real.

—La verdad es que impresiona bastante, senador. Pero creo…

—Crees que todo esto está chapado a la antigua y que parece que no se usa, ¿no es así? Bueno, no puedo culparte. Crees que este sitio necesita un cambio radical, ¿eh?

Estaba claro que Mike no era el primer joven con ganas de cambiar el mundo con el que Everett Dirksen se cruzaba. El hombre hacía sus comentarios con divertida afabilidad y los reflejos heredados de Mike hicieron que le respondiera con otra sonrisa. No quería hacerlo, pero no sabía por qué no había podido evitarlo.

—Bueno, senador, yo no he dicho eso, pero…

—Pero no nos vendrían mal algunas ideas nuevas, ¿verdad? ¿En plan, «senador, congresista, por favor, aterrice… Los tiempos están cambiando»?

Lo dijo sin malicia y burlándose hasta tal punto de sí mismo que Mike no pudo evitar que aquel hombre le cayera bien.

—No, eso no era lo que iba a decir. Pero sí creo que el país necesita hacer algo en relación con la guerra y con cómo utilizar los recursos para ayudar a los pobres y a los desfavorecidos.

Dirksen se puso serio.

—Bien dicho, hijo —le espetó—. Tus opiniones son honestas y yo, personalmente, las comparto. Es triste que la política no siempre te permita hacer lo correcto; a veces no te queda más remedio que elegir la opción menos mala. Pero puedes estar seguro de algo: todo lo que hago, lo hago de corazón por los intereses de este gran país y sería un honor que me prestaras tu apoyo, como miembro de nuestras nuevas generaciones, en los esfuerzos que estamos haciendo para asegurar el futuro de la nación. ¿Qué dices, jovencito? Nos encantaría tenerte con nosotros.

Mike lo miró y se dio cuenta de que aquel era un discurso que había pronunciado mil veces. Ahora veía por qué le llamaban «el disco rayado». Sin embargo, había algo en el encanto y en la manera en que se lo había dedicado a él, a Michael Hess como individuo, a una persona a la que merecía la pena camelar, que le enganchó. A pesar de su férrea determinación, estrechó la mano que le ofrecía. El senador le estaba abriendo la puerta a un mundo que la gente respetaba, a un universo sólido, duradero y fiable. Mike quería desesperadamente pertenecer a él, y quería ser querido.

Dirksen le dedicó una sonrisa.

—Me alegro de tenerte a bordo, Michael Hess. Me alegro de contar contigo, hijo. Ahora tengo que ir a votar, pero tenemos un cóctel esta noche (muy informal y muy exclusivo), así que quiero que te asegures de ir a preguntarle a la señorita Gregson, que está en mi despacho, todos los detalles. Espero verte allí.

Cuando Dirksen se fue, Mike empezó a darle vueltas a la conversación. Aunque tenía la sensación de que lo había pescado un astuto embaucador, también le gustaba formar parte de su universo estable y reconfortante, lleno de reglas incuestionables según las cuales podías vivir tu vida y juzgar por ti mismo.

El mes en Washington pasó en un remolino de días de trabajo y noches de fiesta. Dirksen hacía trabajar duro a su personal, pero raras veces olvidaba hacer que se sintieran queridos y estimados. Y esa era la droga que mantenía a Mike enganchado, la recompensa que le hacía olvidar sus escrúpulos. El precio del sentimiento de pertenencia era mínimo: comprométete con el partido y el partido te proporcionará la aceptación que anhelas.

Cuando regresó a Rockford, no habló demasiado sobre las experiencias vividas y respondió someramente a las preguntas de Doc sobre el senador. Pero le contó a Mary que su estancia en Washington le había abierto los ojos a un mundo diferente y a una forma diferente de pensar en sí mismo. Tenía la sensación de que, por fin, estaba a punto de hacer algo que merecía la pena.

—Te sientes como si formaras parte de las nuevas generaciones —le dijo a su hermana la noche que volvió—. Es como si estuvieras llamando a la puerta del sistema y, sorprendentemente, te abrieran la puerta y te dejaran entrar.

—Vaya —exclamó Mary, sonriendo—. Eso suena genial, Mike. Aunque… me sorprende un poco todo ese rollo republicano. Creía que los odiabas. Siempre que Doc dice lo maravillosos que son los republicanos, pones caras raras.

Mike, un poco abochornado, se apresuró a responder.

—Bueno, sí, la clave es ser aceptado, Mary. Convertirse en miembro del club de los peces gordos. Luego ya veré qué hago.

Mary frunció el ceño.

—Si tú lo dices —respondió, no demasiado convencida.

El optimismo de Mike se vio empañado por dos acontecimientos que tuvieron lugar poco después.

A finales de agosto, James escribió para decir que celebrarían la boda en otoño. Cuando acabara el servicio militar, él y Shirley se instalarían en la ciudad de Iowa, donde tenía pensado retomar los estudios de Derecho y prepararse para ser fiscal. En la carta ponía la fecha y el lugar de la ceremonia y James decía que esperaba de todo corazón que Doc, Marge y el resto de la familia pudieran asistir. En un último intento de reconciliación con su padre, dijo que lo sentía si había ofendido a alguien y que nunca había sido su intención hacerlo, que siempre había intentado ser un buen hijo y que le entristecería que alguien lo viera de otro modo.

Durante el desayuno, el día que llegó la carta, Doc leyó las tres páginas manuscritas en silencio antes de anunciar que nadie iba a ir a ninguna boda. Destruyó la misiva de James y escribió una respuesta que no enseñó a Marge. Cuando esta le preguntó qué había escrito, le contestó que pasaría mucho tiempo antes de que volvieran a hablar con James. No confesó que estaba desheredando a su hijo, pero les dijo a sus hermanos que ya no podrían ponerse en contacto con él de ninguna manera. Mike no respondió nada, pero recordó la orden que su tío Loras le había dado en su lecho de muerte y decidió que seguiría los dictados de su conciencia antes que los de su padre.

Luego, en septiembre, apenas unas semanas después de regresar de las prácticas en Washington, Mike cogió el *Chicago Tribune* y leyó el artículo de la primera página: «Everett Dirksen, fallecido a los setenta y tres años. El senador Everett McKinley Dirksen ha sido ensalzado hoy como senador y como líder con un estilo único, que pasará a la historia. El Senado se ha reunido durante doce minutos y la sesión ha sido aplazada a modo de homenaje [...]. El presidente Nixon ha dicho de él que era un individualista de primera, y que nos pertenecía a todos porque siempre anteponía la Nación a sí mismo [...]».

Dirksen había fallecido en Washington D. C. tras una cirugía fallida por una rápida metástasis del cáncer de próstata que sufría y que se le había extendido a los pulmones.

DIECISIETE

1970

Mike se graduó en Boylan en junio de 1970 con las mejores notas de todos los estudiantes varones. Él y Joy Heskey, la mejor estudiante, fueron homenajeados en una ceremonia que celebró en el auditorio del instituto el obispo Art O'Neill, que había ocupado el puesto de Loras Lane tras la muerte de este. A Marge y a Doc les encantaron la pompa y el prestigio, los discursos y las felicitaciones. Estaban muy satisfechos con los resultados de Mike y así se lo hicieron saber. Sus notas le garantizaban la admisión en la universidad de Notre Dame, la preferida tanto por su parte como por la de Doc. Mike pensaba estudiar Teología —la herencia católica de Notre Dame y sus raíces irlandesas hacían que pareciera lo más lógico—, pero, después de su estancia en Washington y de la insistencia de Doc, al final había decidido cursar la licenciatura de Administración Pública.

Cuando volvieron a casa tras la ceremonia de graduación, se sentaron alrededor de la mesa y bebieron champán. Brindaron por Mike, y Doc dijo que esperaba que el año próximo tuvieran también algo que celebrar cuando Mary se graduara, pero esta hizo una mueca.

—No os hagáis ilusiones, chicos —dijo.

Para Marge, aquella celebración fue una especie de reivindicación. Mientras observaba a Mike y a Mary haciendo el tonto, turnándose para ponerse el birrete de Mike, recordó el día que habían llegado del aeropuerto. Parecía que había pasado tanto tiempo… Marge pensó que habían pasado épocas difíciles, muchas, pero que momentos como aquel hacían que hubieran valido la pena.

A eso de las once, Doc se levantó.

—Bueno, mañana por la mañana hay que trabajar —dijo. Normalmente, aquella era la señal para que todos se fueran a la cama. Pero cuando el resto subió al piso de arriba, Mike se quedó en la cocina y cogió una cerveza de la nevera. Los elogios recibidos en la graduación lo habían puesto tan eufórico que no podría dormir.

Un poco más tarde, cuando Marge bajó en bata a buscar agua, Mike la sorprendió con un largo y sentido abrazo.

—Te quiero, mamá —dijo, arrastrando un poco las palabras—. Quiero darte las gracias… por todo. Por todo lo que has hecho por Mary y por mí a lo largo de los años. Eres una madre maravillosa y tenemos suerte de tenerte.

Marge se emocionó.

—Oh, Mikey —sollozó—. Ya sabes cuánto os quiero. Hace muchos años necesitabais a alguien que os cuidara y nos alegramos de poder estar ahí para vosotros. Siempre has sido muy buen chico, desde el momento en que llegaste aquí, y has pagado con creces nuestro amor.

De repente, Mike se sintió completamente sobrio y la cogió de la mano.

—Mamá, hay algo que siempre he querido preguntarte.

—Claro, Mike —respondió Marge—. ¿De qué se trata?

El chico dudó unos instantes, dado que el tema no era fácil ni para él ni para Marge, y no quería herirla. Bajó la vista momentáneamente y luego la miró a los ojos.

—Es sobre Irlanda, mamá. Sobre cuando estaba en Irlanda, vaya. ¿Sabes lo que siempre nos has contado de que nos recogiste en el orfanato y que te quedaste conmigo porque era el mejor amigo de Mary y la cogía de la mano y todo eso? Pues me gustaría saber si tenías información sobre nosotros de *antes* de que todo eso pasara. Por ejemplo, ¿sabías de dónde veníamos o quiénes éramos?

Marge lo miró. Su hijo le había hecho preguntas parecidas en el pasado y sabía que las respuestas no le habían bastado. Empezó a repetir la historia de siempre, la leyenda familiar de *Cómo se adoptó a los niños*, pero Mike la interrumpió.

—La cuestión es, mamá…, y esto no tiene nada que ver contigo, porque has sido la mejor madre que podría tener jamás, y todo eso… Pero quiero saber quién era mi otra madre, la que me trajo al mundo y me entregó a las monjas.

—Bueno, no sé hasta qué punto puedo ayudarte con eso, Mikey —tartamudeó Marge, pero Mike insistió.

—Es que hay algo que siempre me ha intrigado: sé que ha pasado mucho tiempo y que puede que sean imaginaciones mías, pero a veces me da la sensación de que recuerdo a mi madre irlandesa, es como si estuviera ahí y pudiera ver su cara y oír su voz.

Marge sacudió la cabeza con dulzura.

—No, cielo. Lo siento, pero no creo que eso sea posible. Por lo que nosotros sabemos, tu madre te entregó a las monjas en cuanto naciste. Te dejó en el convento y siguió con su vida. No tenemos ni idea de quién era, de por qué renunció a ti, ni de adónde fue después. Pero estoy segura de que no estuvo contigo en el orfanato.

Mike suspiró y sus esperanzas se desvanecieron.

—Vale, mamá. Supongo que tienes razón. Solo son recuerdos confusos, todo está borroso y enmarañado.

Marge le apretó la mano. Lo sentía por su hijo, pero no iba a volver a Irlanda y seguramente lo mejor para él era olvidar el pasado y centrarse en el futuro.

—No pasa nada. Pero deja de atormentarte con esas cosas. Ahora eres Michael Hess, el típico joven estadounidense —dijo su madre, echándose a reír—. Y te está yendo realmente bien. Estamos orgullosos de ti, hijo.

Mike le dio un beso de buenas noches y se acabó la cerveza un poco desmoralizado, en la mesa de la cocina.

Mientras se metía en la cama, Marge le susurró a Doc que Michael le había preguntado por su madre irlandesa.

—¿Y qué le has dicho? —preguntó su marido, medio adormilado.

—Lo que habíamos acordado. Le conté lo que me pediste que le contara.

Doc gruñó.

—Es lo mejor, Marge. No tiene sentido contarles lo de sus madres, solo haría las cosas más difíciles para todos.

Cuando aceptaron formalmente a Mike en Notre Dame, Mary le dijo que lo echaría de menos: Jim, Tom y Stevie ya se habían ido de casa y, al parecer, Doc estaba hablando de venderla y retirarse a Florida. A Mike todo aquello le inquietaba. Él se iba a la universidad y el resto se esparcía por lugares distantes. Además, estaba preocupado por Marge, que últimamente parecía un poco frágil. Desde la muerte de Loras, que había sido un duro golpe para ella, no había parado de darle vueltas a la cabeza y había perdido peso. Además, a menudo parecía ansiosa e infeliz.

La incertidumbre del futuro reforzó la necesidad de Mike de tener certezas sobre el pasado. Ante la perspectiva de una inminente liberación de los lazos de su familia adoptiva, la misión de descubrir su verdadera identidad parecía más urgente que nunca, y encontró una manera de llevarla adelante.

El Departamento de Admisiones de Notre Dame había escrito pidiéndole a Mike el certificado de nacimiento, el número de la Seguridad Social y los papeles de nacionalización. Cuando Doc metió los papeles en un sobre para enviárselos a la universidad, Mike se ofreció a llevar la carta a la oficina de correos donde, mientras miraba a izquierda y derecha, la abrió con cuidado y apuntó los datos: «Anthony Lee, niño varón nacido el quinto día de julio de 1952 en la abadía de Sean Ross de Roscrea, Irlanda; y Philomena Lee, madre de dicho hijo, habiendo renunciado absolutamente para siempre…».

«Anthony Lee, hijo de Philomena Lee». Mike se quedó mirando el papel un buen rato. Aquella misma noche escribió una carta, el primer paso de un viaje que esperaba le llevara hasta su madre y hasta sí mismo. La destinataria era la madre superiora de la abadía de Sean Ross de Roscrea.

DIECIOCHO

1970

Mike le encantó Notre Dame desde el momento en que llegó. Era una mezcla tan embriagadora e insólita de olores y campanas, de catolicismo y esencia irlandesa de postín, que casi le hizo sospechar que aquel sitio formaba parte de una broma privada que le estaban gastando de forma deliberada. Los dos espíritus que presidían el campus eran la estatua dorada de la Santísima Virgen, que miraba hacia abajo desde la cúpula de la basílica del Sagrado Corazón, y el gigantesco Cristo con los brazos extendidos en un gesto de celebración al que los deportistas apodaban Jesús *Touchdown*. Las misas matinales estaban presididas por curas con nombres irlandeses, los Fighting Irish batallaban la mayoría de los fines de semana en un estadio donde 60.000 ruidosos espectadores, muchos de ellos con la cara pintada de verde, dirigidos por animadoras vestidas de duendes irlandeses, cantaban atronadoras interpretaciones de la *Marcha de la Victoria de Notre Dame* («Reuníos, hijos de Notre Dame, / cantad su gloria, proclamad su fama / [...] ra, ra, ra, por Notre Dame, / despertad los ecos con su nombre») y bandas de gaitas irlandesas marchaban a través de los frondosos jardines y los ondulados campos hasta los lagos gemelos de St. Mary y St. Joseph, donde largas hileras de cruces negras señalaban las tumbas de generaciones de hermanos profesores llamados a recibir la recompensa celestial.

A Mike le asignaron Fisher Hall, donde tenía un cuarto para él solo y compartía baño al final del pasillo con otra media docena de novatos. Cubrió las paredes de pósteres de Santana y Led Zeppelin y se dedicó a leer los textos sobre la Constitución de Estados Unidos en el tiempo que le quedaba libre entre sus tareas de asistente en la eucaristía para dar la Comunión en la basílica y los momentos en que hacía de pinchadiscos de la residencia en ruidosas fiestas que duraban hasta altas horas de la madrugada. Su amor por la música lo llevó a formar parte del coro de la iglesia, a tocar el piano en las fiestas hawaianas y a participar en *jam sessions* en el club nocturno del campus. Estaba empezando a adquirir los conocimientos enciclopédicos sobre música rock y pop que le acompañarían e irían aumentando a lo largo de toda su vida. Se corrió la voz por la universidad de su talento pinchando y cada vez eran más los que solicitaban sus servicios, pero él no perdía de vista la oración y la contemplación. Alternaba el tiempo que pasaba en la Gruta de Nuestra Señora de Lourdes con su trabajo de voluntariado en el hospital Riverside y de orientador en el Centro de Menores de South Bend.

En 1970, Notre Dame seguía siendo una institución exclusivamente masculina con una reputación cargada de testosterona alimentada por las proezas en el ámbito deportivo, y una imagen deliberadamente fomentada de agresiva masculinidad. Pero Mike no jugaba al fútbol americano y tampoco le entusiasmaban los logros de los deportistas. El grupito con el que se relacionaba era cerebral y sensible: sus amigos eran intelectuales y estetas interesados en la poesía y en las artes; mientras que los deportistas llevaban chándal y gorras de béisbol, ellos se vanagloriaban de sus pantalones de campana, sus camisas de flores y sus cabellos largos. Alto y delgado por naturaleza, Mike tenía una buena percha: atraía tanto a hordas de seguidoras de la vecina universidad de St. Mary como a ciertos chicos de Fisher Hall. Fue un período de exploración y autodescubrimiento; se sentía liberado después del encorsetamiento de la vida familiar y empezó a descubrir cosas nuevas sobre sí mismo y a reajustar sus perspectivas de futuro. Los estudios le iban bien, tenía buenas notas y se sentía más a gusto consigo mismo de lo que lo había estado en años.

Kurt Rockley, un estudiante de segundo año de Lengua y poeta en ciernes con un mechón de pelo rubio que le caía sobre la pálida frente, sentía un particular interés por Mike. Se pasaban horas sentados uno al lado del otro en la Biblioteca Memorial o en la sala común de Fisher Hall, hablando sobre poetas de la generación *beat,* Andy Warhol, Miles Davis y Stanley Kubrick. A Mike le deslumbraba la atención que le prestaba Kurt y su conversación le resultaba inspiradora. Se sentía relajado en su presencia, se entendían mutuamente y eran capaces de hablar de temas importantes. Cuando se pusieron a conversar sobre sus planes y ambiciones, sobre las esperanzas que tenían puestas en el futuro y sobre las cosas que lamentaban del pasado, Mike le confió lo de su familia adoptiva y sus raíces irlandesas. Le habló de la investigación en la que se había embarcado, de la búsqueda de la madre que lo había abandonado y con la que ahora intentaba ponerse en contacto. También le dijo que, hasta el momento, no había recibido respuesta alguna de la abadía de Sean Ross y que aquellas últimas semanas habían reavivado su ya de por sí febril sexto sentido.

—¡Qué romántico! —exclamó Kurt cuando Mike llegó al final de la historia—. *Die Frau Ohne Schatten* ha traído al mundo a un *Niño sin sombra*…

Mike esbozó una sonrisa impotente, pero Kurt era de California y estaba convencido de que todo problema debía tener una solución práctica.

—¡Escúchame! Si las monjas no te escriben, será mejor que cojas ese teléfono y las llames —dijo, como si todas las respuestas al misterio de la vida, del destino y de la identidad estuvieran simplemente a una llamada telefónica de distancia. Mike se echó a reír.

—¿Y cómo sugieres que consigamos el número de teléfono, Einstein? ¿Buscando en la guía de South Bend?

Pero Kurt estaba disfrutando del desafío de la búsqueda y de la perspectiva de intimidad con Michael que le proporcionaba. Dos días después, apareció en la puerta de Mike blandiendo una nota garabateada del padre Benjamin, de la secretaría de Notre Dame.

—¡Roscrea 220! —anunció triunfante, antes de entregarle el papel.

—¿Cómo demonios has conseguido eso? —le preguntó Mike, sonriendo. Pero Kurt sacudió la cabeza coquetamente.

—¿Qué? ¿A qué estás esperando? —le preguntó—. ¡Marca ahora mismo el número!

A la mañana siguiente, de pie en la cabina telefónica internacional de la oficina de correos de South Bend con el trozo de papel en la mano, Mike miraba fijamente el teléfono intentando convencerse para coger el auricular. Allí se quedó durante un cuarto de hora, notando el sudor que le invadía las palmas de las manos. Pero, cuando la secretaria fue a preguntarle si pretendía hacer una llamada, él negó con la cabeza y salió a la calle, donde el viento soplaba con fuerza.

DIECINUEVE

1971

Mike pasó el verano en Notre Dame trabajando como coordinador en el programa extensivo de verano de la universidad. El campus se llenó de adultos serios que asistían a cursos de Ciencias Biológicas, de Escritura de Guiones para Cine y Teatro y de Exégesis Bíblica. La mayoría de los estudiantes que se quedaban para prestar servicios de apoyo eran tipos como Mike: sin un hogar al que querer volver, o demasiado pobres para irse de vacaciones. Cuando Mike le preguntó a Kurt Rockley por qué se había quedado en lugar de coger un avión para volver a casa de sus padres en San Francisco, Kurt levantó una ceja.

—Me sorprende que necesites preguntármelo. Me he quedado para estar contigo, *claro* —dijo maliciosamente.

Doc había encontrado una casa en la playa de St. Petersburg, en la costa del golfo de Florida, y se habían mudado en cuanto Mary se había graduado en el instituto Boylan, en junio. En agosto, Mike llamó para decir que quería ir una semana para verlos y que, si les parecía bien, le gustaría llevarse a un amigo. Marge estaba encantada y le dijo que seguro que a Doc no le importaría, así que, ocho días después, los dos chicos bajaban las escaleras del 727 de Eastern Airlines en el recién inaugurado Aeropuerto Internacional de Tampa y saltaban a un autobús de Greyhound para llegar a la playa de St. Petersburg.

Mike estaba tumbado junto a la piscina, escuchando el hipnótico latido de su corazón y el chapoteo del agua. Pequeñas perlas de sudor le goteaban por los párpados cerrados. El universo se alejaba navegando en la liviana nada y una canción que había oído en algún sitio en el pasado se cernía sobre la periferia de su mente. No oyó a Kurt salir del agua ni deslizarse sobre el caliente sendero, no vio el rastro de húmedas manchas de Rorschach que dejaba a su paso, no notó nada hasta que los labios del chico estuvieron sobre los suyos y unas cálidas gotas cayeron del pelo de Kurt sobre sus mejillas y su pelo.

Aquella noche, en la cena, Doc le preguntó a Kurt cómo había conocido a Michael y Mike le respondió rápidamente que jugaban juntos al fútbol americano en el equipo de Fisher Hall.

Al final de la semana, la noche antes de que los chicos tuvieran que volar de regreso al norte, Mary le preguntó a Mike si podía hablar a solas con él. Se sentaron en la oscuridad al borde de la piscina y comentaron lo diferente que era aquello de las frías noches en que se sentaban en el porche de Maplewood Drive. Kurt estaba dentro, jugando a las cartas con Marge, mientras Doc veía la tele, y Mary posó la mano sobre el brazo de Mike.

—Tu amigo es muy simpático, Mikey. Y también muy mono.

—Sí —dijo Mike, dándole la razón—. Es un buen tío.

Hablaron de Marge y Mike le dijo que estaba preocupado por ella, por lo frágil e infeliz que parecía. Mary respondió que era difícil volver a empezar en un sitio nuevo y que había tensiones en la familia. Luego se hizo el silencio. Mike le preguntó si estaba bien.

Mary vaciló.

—Mikey, he estado viendo a un chico y... creo que estoy embarazada.

Mike no abrió la boca durante el vuelo a Chicago. Y tampoco durante el viaje de autobús en el Greyhound de Chicago a South Bend.

Al principio, Kurt respetó el evidente deseo de Mike de no hablar, pero finalmente su irritación pudo más que él.

—Eh —susurró, dándole un codazo a Mike—. ¿A qué viene ese numerito a lo Greta Garbo? ¿Por qué estás de morros? ¿He dicho algo? ¿He hecho alguna cosa?

Mike se disculpó y dijo que no se trataba de nada que Kurt hubiera hecho. Pero, ya de vuelta en Notre Dame, comentó que tal vez era mejor que no se vieran durante algún tiempo.

VEINTE

1971

El padre Adrian conocía a los estudiantes que se confesaban con regularidad. En teoría, el biombo y la tenue luz del confesionario garantizaban el anonimato, pero la realidad era que acababa reconociendo sus voces y, a menudo, sus pecados. Aquella noche, notó que Mike estaba nervioso y que no lograba encontrar las palabras correctas. El padre Adrian intentó guiarlo, pero la conversación era extraña, como si estuvieran evitando algo, y ambos abandonaron la cabina con la sensación de que no se habían dicho cosas que había que decir.

No le sorprendió encontrar a Mike esperando fuera de la basílica. Le preguntó si podía ayudarle.

—No lo sé —respondió Mike.

—Entonces déjame intentarlo —dijo Adrian, sonriendo.

Mientras tomaban un café en la residencia del sacerdote, charlaron sobre la vida académica, sobre libros, música y películas. Adrian no presionó a Mike para hablar de las cosas que tenía en mente, sino que fue él quien sacó el tema.

—Padre, me siento culpable...

El padre Adrian le pidió que fuera más específico.

—Por un lado, mi hermano James ha sido expulsado de la familia y no he hecho nada para intentar ponerme en contacto con él ni para decirle lo mal que me sentía por ello.

El cura asintió.

—Las disputas familiares siempre son tristes. Pero, por lo que me dices, no parece culpa tuya que hayan echado a tu hermano. Y, de todos modos, puedes poner remedio a tu pecado de omisión poniéndote en contacto con él y diciéndole que lo quieres, ¿no es así?

—Supongo que tiene razón, padre. Debería escribirles a él y a Shirley, sé que debería. Lo haré mañana mismo. —Mike hizo una pausa—. Pero no se trata solo de eso…

De repente, se encontró contándole al padre Adrian lo preocupado que estaba por Marge y lo culpable que se sentía por no cuidar de ella después de todo lo que había hecho por él. También le habló del embarazo de Mary y de cuánto deseaba estar allí para apoyarla como siempre había hecho.

El padre Adrian lo escuchó con una mirada compasiva.

—Bueno, está claro, Mike —dijo cuando Mike terminó—. Todos podríamos esforzarnos más en ayudar a los demás. Pero te estás martirizando demasiado. En serio. No puedes ir por la vida echándote la culpa de todo lo que le pasa a la gente que quieres, sintiéndote responsable de todo lo malo que pasa en el mundo. Sé que eres un buen hijo y un buen hermano, así que ¿por qué te sientes tan mal contigo mismo? ¿Qué te hace pensar que siempre tienes tú la culpa?

Mike cogió aire. No tenía pensado contarle nada más, pero el padre Adrian parecía un tipo tan comprensivo que cabía la posibilidad de que fuera capaz de entender aquello.

—Me siento mal conmigo mismo porque *soy* malo, padre. Todo aquel que se acerca a mí se da cuenta y sale corriendo. Y no los culpo. Al mirar en mi interior, veo cosas que me dan miedo.

El padre Adrian se inclinó hacia delante y puso una mano sobre la rodilla de Mike.

—Vamos, hijo mío. ¿Qué tipo de cosas pueden ser esas? Para la edad que tienes, eres un alma cándida. Confiesas tus pecados, pero en realidad tus pecados no son nada.

El sacerdote sonrió para animarlo, pero Mike estaba cada vez más nervioso y negó con la cabeza.

—Está equivocado, padre. No tengo nada de inocente... Mi pecado es que me gustan los hombres.

LONDRES

En la actualidad

Tengo una foto encima de la mesa, de un joven con una llamativa camisa de manga corta y gafas oscuras bajo el sol de Florida. Está sentado junto a una piscina y el océano brilla entre los árboles, a sus espaldas. Al lado de la foto hay un ejemplar un poco más antiguo del *Rockford Register*, del verano de 1970, donde se puede leer el siguiente titular: «La buena noticia del día: escolares que se convierten en héroes en una residencia de ancianos».

Puede que ir de compras con tu madre sea un rollo, pero ayudar a una anciana que ni siquiera es tu madre a ir al supermercado es tener madera de héroe. Eso es lo que los chicos del Key Club del instituto Boylan hacen todos los miércoles por la tarde con las señoras del hogar North Main Manor, 505 N Main St. «Como somos una organización de asistencia social», explica Michael Hess, presidente del club, «se nos ha ocurrido la idea de ayudar a esas mujeres». Dos o tres chicos acuden cada miércoles al hogar de ancianos y llevan a las mujeres «adonde quieran ir, aunque normalmente es al supermercado», explica Hess.

La fotografía que acompaña al artículo es la de un adolescente de perfil con cabello negro. El pelo le cae sobre el atractivo y pulcro rostro. Tiene aspecto serio, lleva camisa y corbata, y está ayudando a una mujer de aspecto frágil, que tiene un pañuelo en la cabeza, a sentarse en el asiento del copiloto de un coche estacionado.

Si retrocedo más, los pasos de la distante vida que he estado siguiendo resuenan vagamente en los cavernosos archivos de la Iglesia católica. En una fotografía del obispo Art O'Neill, se le ve entregando los premios de graduación del instituto Boylan de Rockford a una estudiante con túnica blanca y gorro, y a un joven sonriente que lleva puesta una toga violeta y negra mientras la borla del birrete le cae de manera informal sobre un lado de la cara. En una maravillosa instantánea del año 1965 de los anales del Vaticano, se ve al papa Pablo VI pavoneándose delante de la cámara en la Biblioteca Vaticana, escoltado por el radiante obispo Loras Lane, que había ido a Roma para las sesiones de clausura del Concilio Vaticano, y por una anciana vestida de negro como una viuda, con el pelo cuidadosamente rizado bajo una mantilla de encaje, un bolso negro y unos guantes blancos, que se mantiene en pie a duras penas sobre unos tobillos dolorosamente hinchados. Preocupada por la salud de su hijo, Josephine Lane, a sus ochenta y muchos años, al parecer decidió hacer un último viaje a través del Atlántico para acompañarlo y esa es su última fotografía. Mientras los dos hombres sonríen a la cámara, ella mira fijamente el horizonte.

Una serie de datos aislados y pistas diversas —artículos de prensa, fotografías, documentos estatales y eclesiásticos, y un característico avión de juguete— me habían llevado de Anthony Lee a Michael A. Hess, de Irlanda a Estados Unidos, pero el rastro se estaba difuminando. En Notre Dame, se negaron a responder a las preguntas que les hice sobre Michael. Lo único que hicieron fue confirmar las fechas y su expediente académico, amparándose en las leyes federales de protección de datos. El Senado de Estados Unidos tiene una lista de residentes y páginas de cada año desde la II Guerra Mundial, pero no dan más detalles que el nombre y la ciudad de origen. Sin embargo, tenía dos bobinas de películas caseras de Super-8 de la década de 1950 que habían llegado a mis manos de forma indirecta y un tanto misteriosa. Fueron esas viejas películas, junto con los recortes de periódico sobre un escándalo en Washington y una serie de acontecimientos fortuitos, lo que me pondría en contacto con las figuras clave de la vida adulta de Michael.

TERCERA PARTE

UNO

1971

Mike estaba angustiado por la confesión que le había hecho al padre Adrian. A veces lamentaba haber abierto su alma al análisis de otro ser humano, mientras que otras se sentía liberado por lo que había hecho. Al regresar a Notre Dame, se entregó a los estudios. Optó por asignaturas sobre la maquinaria política que requería el país. Le encantaba la complejidad del sistema electoral estadounidense y estaba fascinado por la jurisprudencia sobre la manipulación de distritos electorales, el arte de reescribir los límites electorales con fines partidistas que databa del siglo XVIII. Llenaba su vida social de frenética actividad y aceptaba compromisos para pinchar música, se presentaba voluntario por horas en tareas religiosas y trabajos sociales, actuaba y cantaba en producciones dramáticas universitarias y conciertos. Sabía —aunque no quería admitirlo— que estaba saturando su existencia de ruido y bullicio para apartar de la mente los inquietantes pensamientos que se esforzaba por olvidar.

Mike había tomado nota, al menos, de parte de los consejos del padre Adrian. Había escrito una carta conciliadora y compasiva a su hermano James para felicitarlo por su matrimonio y para decirle cuánto sentía su ruptura con la familia. Le dijo que le gustaría ayudarles si alguna vez él y Shirley querían intentar arreglar las cosas con Doc. A continuación, espoleado por el torrente de adrenalina de *haber hecho algo*, había llamado a Marge a St. Pete para pedirle perdón por no visitarla más a menudo y prometerle que haría mejor las cosas en el futuro. Esta le había respondido con un agradecimiento tan conmovedor que Mike le había prometido bajar a verlos ese mismo fin de semana, y el viernes por la mañana se saltó las clases y voló a casa.

El sábado por la tarde, Mike estaba sentado enfrente de su hermana, en uno de los reservados del Paradise Café, en la playa de St. Petersburg. Al lado de Mary se encontraba el futuro padre de su hijo, Craig. Mike lo observó por encima de su batido y le complació comprobar que tenía el pelo y la ropa limpios y que había una seriedad en su mirada que hablaba de responsabilidad y decencia. La propia Mary había experimentado un cambio sutil: la antigua arruga de «yo quiero» que tenía en el ceño, entre las cejas, se había suavizado y mostraba una sonrisa relajada y tranquila. Cuando hablaba con Craig, Mike veía las miradas íntimas y cómplices que había entre ellos: una cómoda familiaridad y un entendimiento que tan dolorosamente estaban ausentes de su vida. Un pinchazo de envidia inesperadamente amarga empañó la felicidad que sentía por la aparente buena suerte de su hermana.

Mientras Mary estaba en el baño, Craig se inclinó hacia delante y miró a Mike fijamente.

—Oye, Mike, voy a… Cuidaré bien de ella, ¿vale?

Mike estuvo a punto de echarse a reír por la franqueza de su mirada. De hecho, aquella era una forma de mirar que él mismo estaba acostumbrado a utilizar.

—Claro, hombre, ya lo sé. Venga, Craig, no tienes por qué…

—Pero quiero hacerlo —respondió el chico—. ¿Sabes? Habla de ti constantemente. Piensa un montón en ti y sé que te echa muchísimo de menos. Por eso es importante que te diga que voy a hacer las cosas como es debido. Ya he hablado de esto con tu padre —Mike frunció el ceño cuando nombró a Doc, pero no dijo nada— y estaba… Bueno, parece que ahora está más tranquilo. Sé que no entraba dentro de los planes pero, bueno, no sé. Es decir, la amo.

El chico se quedó callado, mirándose las manos. Mike estaba en el bote.

—Eso es genial, Craig. Oye, me alegro mucho por vosotros. Estoy seguro de que seréis unos padres maravillosos y de que no podría dejar a Mary en mejores manos. ¡No puedo creer que vaya a ser tío!

—¡Pues será mejor que te lo creas! —replicó Mary, riendo, mientras volvía a sentarse en el banco y le daba un codazo a Mike en las costillas.

—Bueno —dijo Craig, todavía ruborizado—. Debo irme. Tengo entrenamiento de fútbol en media hora y necesito coger las cosas.

Besó a Mary en los labios y asintió mirando a Mike, mientras sonreía un poco avergonzado. Cuando se fue, Mike se volvió hacia Mary.

—Es un buen tipo. Me gusta mucho.

Mary sonrió orgullosa, mientras veía a Craig ir hacia el coche a través de la ventana.

—Y a mí. ¡Y a mí!

—Oye, hermanita… —dijo Mike, mientras removía los posos del batido con la pajita.

—¿Hum?

—Quiero que sepas que… Bueno, siento haber sido tan mal hermano últimamente. Sé que debería haberte llamado más a menudo y haberte apoyado más. Debería…

—Eh —susurró Mary, mientras estrechaba las manos de Mike entre las suyas—. Por Dios, Mike, no te martirices. Sé lo ocupado que debes de estar...

—Eso no es excusa —insistió Mike—. Te prometí que siempre estaría a tu lado. *Quiero* estar a tu lado.

—Y lo estarás, lo sé —respondió Mary, apretándole la mano—. Eres mi hermano mayor, sé que siempre puedo contar contigo.

Mike fue a ver al padre Adrian. Lo había evitado desde la conversación que habían tenido en verano yendo a confesarse a otro sitio y manteniéndose alejado de su camino en el campus. Había estado postergando la continuación de su charla, pero aquel pensamiento lo atormentaba y el martes, al volver de Florida, llamó a la puerta del domicilio del cura.

El padre Adrian lo saludó con un «ah» decepcionado. Se sentaron el uno frente al otro, ambos esperando que el otro empezara. El ambiente de celda tenuemente iluminada, tan reconfortante y cómplice la última vez que Mike había estado allí, era ahora agresivo. Mike apenas era capaz de mirar al padre Adrian a los ojos.

—A ver —dijo finalmente el sacerdote—, ¿has tenido más deseos pecaminosos del tipo que me contaste la última vez que nos vimos?

Mike se quedó de piedra. ¿Aquel era el mismo confidente sereno que había conocido?

—Yo..., yo... —tartamudeó el chico, intentando expresar las complejidades del deseo humano con las torpes palabras que el idioma requería—. Yo... no...

—Puede que te resulte más fácil contestar a esto: ¿has actuado de acuerdo con tus deseos pecaminosos?

Ahora Mike podía responder con honestidad. Se encontró con la gélida mirada del cura.

—No, padre. Sabía que estaría mal.

El padre Adrian gruñó una aprobación reticente. Mike se lo tomó como la señal para hablar. Habló honradamente, vacilante, analizando a su consejero en busca de una reacción deliberadamente aplazada.

—Sé que soy objeto de... pensamientos lujuriosos... de naturaleza inmoral. Pero siempre me he resistido a ellos, salvo... Dio un respingo al recordar el beso robado de Kurt; su carácter pecaminoso se había apagado con el tiempo, pero ahora regresaba a él en toda su asquerosa depravación.

Mike se estremeció y el padre Adrian exclamó triunfante:

—¡Ajá! Conque sí. Háblame de ello. Cuéntame qué pasó.

—Fue un... momento de... Hubo un beso —reconoció Mike, en voz muy baja, rezando para no echarse a llorar—. Pero yo no lo elegí. Fue... Yo no incité a nada, fue totalmente inesperado.

Le dirigió al padre Adrian una mirada suplicante, intentando sofocar sus propias dudas sobre la sinceridad de la explicación.

—Hay que resistirse al pecado —anunció el cura—. La homosexualidad es un pecado, tome la forma que tome. Si sucumbiste a los deseos pecaminosos de otro, la maldad de ese pecado se transfiere a ti. La homosexualidad —dijo, escupiendo la palabra— es una *enfermedad*, un *trastorno*. Es antinatural y *demoníaca*. No hay lugar para la homosexualidad en la comunidad católica. Debes librarte de ella si deseas pertenecer a la comunidad y ser aceptado como parte de ella.

Mike recordó el inocente placer del beso robado de Kurt: la dulzura, la sensación de idoneidad, de que las cosas encajaban como nunca antes lo habían hecho. Analizó la escena en busca del demonio sobre el que hablaba el padre Adrian y no lo encontró.

—Pero, padre —protestó—, si Dios nos ha creado a todos... Si me ha creado a *mí*, ¿por qué me ha creado tal y como soy, si no lo aprueba, si es algo malo?

El padre Adrian suspiró.

—Él no te creó homosexual, Michael. En el orden de Dios, todas las criaturas son heterosexuales; la inclinación a la homosexualidad es un *trastorno objetivo*. Las leyes de la naturaleza, la Iglesia y los psicólogos coinciden en que Dios no crea trastornos, no crea enfermedades. Es producto del pecado original, de la caída del hombre.

Cruzó las manos sobre el regazo y sonrió con amarga satisfacción.

—Bueno…, pues entonces… ¿Por qué solo algunos hombres… son homosexuales y otros no? ¿Depende de su propia… pecaminosidad individual?

El padre Adrian lo sopesó.

—Sí —musitó—. En muchos casos esa es la razón objetiva. En otros casos puede ser más complejo.

Mike se inclinó hacia delante en la silla, con los ojos relucientes de sincera esperanza.

—Padre, ¿qué quiere Dios que hagamos? ¿Qué puedo hacer para…, para salvarme?

El padre Adrian ya tenía una respuesta.

—La gente que tiene ese… *trastorno* debe ser llamada a la castidad. Debe abstenerse de mantener relaciones sexuales por amor a Dios y por la paz de su propia conciencia. Y cuando digo «castidad» quiero decir que *nada de sexo*, ni pornografía, ni… onanismo, ni fantasías.

Mike se ruborizó. Era como si el padre Adrian estuviera leyéndole el pensamiento.

—Tal vez eso no os garantice la salvación —dijo el cura—, pero por la gracia de Dios podréis, tras un prolongado esfuerzo, experimentar una indiferencia hacia la homosexualidad como identidad interior y alcanzar la voluntad de vivir como la nueva creación que la Sangre de Cristo ha ganado para vosotros.

Miró con severidad al joven que tenía delante y su expresión se suavizó.

—Conozco a gente que ha hecho eso, Mike —dijo más amablemente—. Sé que se puede lograr por medio de la oración, de los sacramentos, de una vida de servicio y caridad, y obedeciendo las enseñanzas de la Iglesia católica. En todos los aspectos, la santidad es lo opuesto a la homosexualidad.

Aunque aquellas palabras pretendían ser reconfortantes, Mike dejó al padre Adrian agobiado por la visión de los largos y oscuros días de lucha y negación que se presentaban ante él.

Durante las siguientes semanas, buscó refugio en el ritual. Investigó sobre las indulgencias, esos ritos místicos que podían reducir el castigo de su pecado, y descubrió que cada práctica religiosa, desde rezar el rosario a las invocaciones pías (¡Santa María, ruega por nosotros!), reducía el tiempo de estancia en el purgatorio. Por ejemplo, una bendición con agua bendita implicaba cien días menos y una bendición sin ella, cincuenta. No podía esperar plena indulgencia, una completa remisión de sus pecados, porque sus pensamientos ofensivos seguían acompañándolo, pero hacía todo lo que podía para minimizar la pena que sufriría por ellos.

DOS

1972-1973

Era una época confusa y resultaba difícil tener certezas. Richard Nixon se había ido a China y había incrementado los bombardeos en Vietnam del Norte, George Wallace había sido asesinado a tiros en Maryland y la Iglesia rezaba por la derrota del comunismo, por la paz en el mundo y por la reconciliación en casa. Mike intentaba estar tranquilo, ignorando la tormenta que sentía en su interior.

En el verano de 1972, Mary se había casado con Craig y habían tenido el bebé, un niño de mejillas sonrosadas y ojos dulces que fue bautizado con el nombre de Nathan. Mike fue a Florida para la ceremonia y se quedó embelesado hasta tal punto que le dijo a su hermana que nunca había visto a un niño tan hermoso. Mary parecía más contenta que nunca y Mike envidiaba su consumación de la maternidad. A él le encantaban los niños y, en algún lugar, entre sus otros demonios, acechaba el atroz pensamiento de que se enfrentaba a un futuro sin ellos.

En Notre Dame, sus sesiones con el padre Adrian continuaban siendo tensas: reprimendas, promesas y enmarañadas explicaciones se sucedían en un lúgubre carrusel de recriminación y silencioso resentimiento. Era como si la conversación estuviera girando sin parar alrededor de los mismos temas, de los mismos puntos de fricción irresolubles, y no llegara a ninguna parte. Mike salía de las reuniones con la impresión de que el padre Adrian estaba mareando la perdiz, como si quisiera que Mike siguiera hablando para impedirle actuar.

Él, por su parte, se había mantenido fiel a su decisión de no ver a Kurt y había evitado las situaciones en las que podría sentirse tentado a sucumbir a sus deseos. Rechazaba cualquier insinuación casual que se cruzara en su camino, incluida la de un cura guapo pero furtivo que le había pedido, con expresión cómplice, que lo acompañara al concierto de Johnny Mathis en Chicago.

La determinación le duró seis meses. Luego, en la primavera de 1973, cogió el Greyhound a Chicago y se dirigió a la calle Rush.

Había estado allí de día —era donde oradores estrafalarios daban discursos a su antojo subidos sobre tarimas—, pero esa vez era de noche y el paisaje se había transformado. Las luces de neón refulgían, los escaparates eran chillones y la música que salía de los bares parecía hablarle directamente. Se mezcló con la multitud de hombres que había en las aceras alrededor de la plaza Bughouse. Como una novicia en una lúgubre catedral, recorrió el camino a través de la oscuridad de los jardines de la plaza, mirando hacia las sombrías capillas laterales bajo árboles en forma de arco, vislumbrando los misterios que contenían. Grupos de hombres recostados sobre los nudosos troncos lo miraban, le sonreían o le guiñaban un ojo. Pero él desviaba la mirada intrigado, excitado, tímido. No se engañaba a sí mismo en cuanto a las razones que lo habían llevado hasta allí. «Podría hacerlo», pensó con ansia. Anhelaba aquellos antebrazos musculados y aquellas manos fuertes, los hinchados pechos bajo las camisetas blancas, las caderas estrechas embutidas en estrechos tejanos. «Pero ¿y si alguien me reconoce? ¿Y si me encuentro con alguien?». Si sucumbía a sus deseos, no habría marcha atrás.

Metió las manos temblorosas en los bolsillos y salió al otro lado de la plaza. Las luces le aguijonearon los ojos. De nuevo en la calle Rush, intentó pasar desapercibido. Paseaba mirando los carteles de los escaparates. Vio una desgastada puerta abierta en la que ponía: «PELÍCULAS PARA HOMBRES». Hurgó en el bolsillo en busca de los tres dólares y se coló a través de la cortina, para entrar en un pequeño teatro.

En la pantalla, dos jóvenes abrazados se desabrochaban las cremalleras de los pantalones el uno al otro. Sintió una oleada de excitación seguida de un intenso arrebato de culpabilidad. Las escenas que había estado imaginando en sueños —y que tanto se había odiado por imaginar— se exponían allí, en un lugar público, y nadie parecía molesto. Aquella sensación era desconcertante, casi decepcionante, como si el placer fuera incompleto sin el habitual acompañamiento de culpa y odio hacia sí mismo. Observó cómo los personajes de la pantalla daban vida a las fantasías que él consideraba solo suyas. La calidez y la oscuridad del cine eran reconfortantes y estaba empezando a librarse de parte del terror desgarrador que le había hecho polvo el estómago con unos atenazadores nervios que lo retorcían. Pero, cuando notó la mano del tipo que tenía al lado sobre su rodilla, se levantó y salió corriendo a la calle. Era casi medianoche y se sentía dividido entre el arrepentimiento de haber ido allí y el miedo a irse sin haber completado la tarea que se había impuesto.

Al otro lado de la calle estaba el bar Normandy. Mike entró a tomar algo. La enorme sala con la larga barra le recordó al sitio al que Marius y Charlotte lo habían llevado, allá en Rockford. Lo invadió la nostalgia de los días en que su sexualidad no era más que un dolor sin identificar.

—Una cerveza, por favor —le susurró al camarero, mientras miraba al resto de tipos que estaban de pie en la barra. Se preguntaba cuáles de ellos serían chaperos, un término que había aprendido del grupito de Notre Dame que sabía de esas cosas.

Un hombre mayor, con el pelo grasiento y un fino bigote se presentó como Ruggiero.

—Encantado —dijo Mike con una sonrisa cautelosa—. Soy Dave.

—¿Eres estudiante, Dave? ¿De dónde eres?

—En realidad... soy vendedor —dijo Mike—. Soy de... Detroit.

—¡Qué bien! Entonces tendrás algo de dinero, ¿no? ¿Qué buscas esta noche?

Mike titubeó al darse cuenta de su error.

—Bueno... El negocio no va muy bien ahora mismo, no es que esté forrado, la verdad.

—Vale, vale —dijo Ruggiero, haciéndole callar—. ¿Cuánto tienes entonces, cincuenta, sesenta dólares? ¿Cuál es tu tipo?

Mike se sintió aliviado al saber que el hombre no era un chapero y, aunque sus formas le parecían sutilmente amenazadoras, le sorprendió la idea de que él pudiera tener un «tipo». ¿Que qué estaba buscando? ¿Qué tal alguien que lo adorara, que lo excitara, que lo llenara, que lo amara y que lo comprendiera durante el resto de su vida? «Aunque eso probablemente está un poco fuera de las posibilidades de Ruggiero», pensó Michael esbozando una sonrisa.

—¿Y bien? —le instó el tipo.

¿Cómo se llevaban a cabo las transacciones de aquel tipo? ¿Qué era lo correcto decir?

—Eh..., oye, solo tengo cuarenta dólares —se oyó decir Mike— y necesito algo para volver a casa en autobús. —Se dio cuenta de que estaba regateando.

Ruggiero atendía a sus palabras con la concentración de un hombre de negocios.

—Muy bien —dijo finalmente—. Podemos llegar a un acuerdo.

Cogió el dinero de Mike y lo llevó a la barra del fondo. Un tipo alto y rubio, de unos treinta años, estaba recostado al lado de la puerta con una camisa de flores. Mike vaciló. «Dios mío, ¿de verdad voy a hacer esto?».

—¿Qué pasa, forastero? —le dijo el de la camisa floreada a Ruggiero—. ¿Y quién es ese guapo pichoncito que me traes esta noche? —preguntó, mientras miraba a Mike de arriba abajo con la aceptación de un rapaz.

—¿Creemos que va a ser una niña muy muy mala?

Mike se quedó paralizado. Era tan diferente de lo que había imaginado, de la forma en que creía que iban a ser las cosas…

—Oye —dijo nervioso—, no estoy seguro de que esto…

—Chico, chico, tranquilo. Este tío sabe lo que hace, créeme —dijo Ruggiero, agarrando a Mike del brazo y conduciéndolo a través de otra puerta que había al lado de la barra pequeña y que daba a un sórdido pasillo.

«Esto no está bien», decía una voz en la cabeza de Mike. «Esto no es como debería ser».

Pero Ruggiero y el chapero ya lo estaban arrastrando y, de pronto, se encontró solo con el rubio en una habitación diminuta y mal iluminada con persianas hechas jirones y un viejo sofá manchado en una esquina. El rubio lo había agarrado con fuerza desde atrás y le estaba lamiendo el cuello. Entonces, de repente, pasaron al sofá, el rubio le metió la lengua en la boca y Mike sintió que sus inhibiciones, su culpabilidad y su vergüenza desaparecían entre las persianas hechas añicos y se perdían en la oscuridad del exterior.

Se perdió el seminario de estudios preparatorios de Derecho por culpa de un dolor de cabeza que no remitía. Había llegado de Chicago a altas horas de la madrugada y se había metido en la cama directamente, donde seguía tumbado, sin dormir, y atormentado por los recuerdos borrosos debido a la bebida.

La pose afeminada del chapero, la brusca socarronería con que lo había tratado durante la transacción, el ruin chulo y el sórdido escenario de su primer encuentro sexual lo habían dejado temblando de asco y repugnancia por sí mismo.

Se quedó tumbado en la oscuridad del cuarto con las persianas cerradas y la cabeza a punto de estallar. Pero, mientras sus agitadas emociones se calmaban, algo inesperado se apoderó de él, algo que al principio trataba de ignorar pero que le agobiaba: cuanto más pensaba en el encuentro del bar y cuanto más se mortificaba con la vergüenza y la humillación, más excitado se sentía.

Solo en la cama, dio rienda suelta a la excitación del contacto, del tacto del cuerpo de aquel hombre. Con cada recuerdo, sentía un placer creciente. Aquella experiencia nada tenía que ver con el amor hermoso y espiritual con que había soñado, pero lo atraía con una fuerza que le asustaba. Acababa de probar el encanto adictivo de la sensualidad casual e irresponsable.

TRES

1973

Mike sabía que debía confesarse con el padre Adrian, pero no lo hizo. En las siguientes semanas, regresó a la calle Rush tan a menudo como su tiempo y sus fondos se lo permitían. Llegó a conocer los bares más seguros y aprendió a evitar a los timadores y los tugurios de alterne. Al poco tiempo, fue capaz de distinguir entre los diferentes tipos de chaperos y de elegir a los que eran «su tipo», como les llamaba en broma. Evitaba a las *drags* y a las reinonas afeminadas que seseaban y hablaban de sí mismas en femenino, y buscaba a los tíos pijos y elegantes que podían confundirse con heterosexuales felizmente casados. Cuanto más experimentaba la euforia de las transacciones ilícitas, más las anhelaba y las necesitaba. Pensaba en ellas en clase, fantaseaba con ellas mientras escuchaba al párroco en la misa dominical y miraba las manecillas del reloj deseando que llegara el viaje nocturno a la ciudad. Tras años de abnegación, la excitación del sexo anónimo se apoderó con fuerza de él.

Durante el transcurso del semestre, se dio cuenta de que los límites de su comportamiento ya no tenían carácter ético, sino práctico. Poco a poco, fue dejando de martirizarse por lo que estaba haciendo y no volvió a confesarse, pero el viaje a Chicago era casi de dos horas y los costes de sus escapadas nocturnas estaban mermando su cuenta bancaria. Había bares gais más cerca de casa, en South Bend —uno en South Main y otro en Lincoln Way—, pero el temor a verse descubierto era considerable y Mike no tenía valor para frecuentarlos. Una o dos veces se había dejado caer por los baños de la estación de tren de la avenida Washington y se había ido con tipos duros que lo habían obligado a hacer cosas que no le habían gustado nada, pero que le daba miedo rechazar. Aquellas experiencias le habían parecido aterradoras a tiempo real y enormemente excitantes en retrospectiva.

El súbito derroche de sexualidad de Mike, que tanto tiempo había estado reprimida y que era ahora tan intensa, le proporcionó nuevos conocimientos no solo sobre sí mismo sino, cada vez más, sobre los demás. Ahora sabía interpretar las señales en otros hombres, las señales de otro tío gay que quería ser reconocido y los gestos de los que no. Estaba seguro, por ejemplo, de que el padre Adrian era gay y de que su ira moral enmascaraba sus propios deseos. Cuando sus caminos se cruzaban en el césped de Notre Dame, ambos miraban para otro lado.

Mike había llegado a una especie de concordato privado entre él y la Iglesia: había continuado yendo a misa y comulgando, pero le había dicho al monseñor que iba a dejar de ayudar en la eucaristía con la excusa de que se acercaban los exámenes finales y quería asegurarse de obtener las notas necesarias para la facultad de Derecho. También se había percatado, con cierta preocupación, de que bebía más a menudo y en mayores cantidades. Siempre le había gustado beber algo, pero algunas noches, cuando pinchaba discos en el campus o en el pueblo, se metía tantas botellas que casi no era capaz de volver a Fisher Hall. Era de constitución fuerte y raramente sufría a la mañana siguiente, pero la bebida se estaba convirtiendo en un hábito y sospechaba seriamente que estaba acabando con él. A finales del año académico, bebía cerveza y chupitos de whisky todas las noches y, cuando pinchaba discos o cuando se quedaba hasta tarde repasando para clase, se tomaba unas anfetaminas fáciles de conseguir que eran el accesorio esencial de muchos estudiantes.

El alcohol le daba valor y los estimulantes le daban energía. A finales de mayo, cuando había acabado ya el grueso de los exámenes, se emborrachó en un bar del centro y entabló conversación con un grupo de hombres que lo invitaron a tomar algo más en su casa. Una vez fuera del bar, lo golpearon, le robaron la cartera y el reloj y lo dejaron tirado en la acera con un dedo roto y sangrando por la nariz.

A pesar del desorden de su vida, las notas de Mike habían seguido siendo excepcionales, tan buenas que iba muy por delante de su curso y su supervisor recomendó que le permitieran graduarse antes de tiempo, en diciembre.

En las vacaciones del verano de 1973, Mike voló a Florida para quedarse con Doc y con Marge en la casa de St. Petersburg Beach. Estaban encantados con su éxito académico y las primeras semanas del verano fueron de las más felices que jamás habían pasado juntos. Marge parecía recuperada: había ganado algo de peso y el sol del sur le había levantado el ánimo. La casa en sí era maravillosa, estaba frente al mar y tenía una piscina con un trampolín en el jardín trasero. Doc y Marge tenían un par de schnauzers —unos buenos perros de caza alemanes, según Doc— y Mike pasaba los días llenos de sol paseándolos por la playa o nadando en la piscina.

Un día, mientras Doc y Marge estaban fuera, de visita (se pasaban largas tardes y noches jugando a la canasta con otros jubilados), Mike sacó una caja de películas familiares que llevaban guardadas desde Rockford y las cargó en el proyector Eumig de Super-8 que había encontrado en la estantería del garaje. En la oscura sala de estar, empezó a ver imágenes fantasmales de un joven Doc y de una elegante Marge corriendo por las paredes, con sus labios moviéndose en silencio, saludando a la cámara, cogiendo a los tres niños y haciéndoles saludar también a ellos. Una serie de carrozas del 4 de julio de algún lugar de Iowa dio paso a unas escenas vacacionales en México y Cuba, con banderas de Estados Unidos e incongruentes turistas estadounidenses en el centro de La Habana, y luego el recurrente metraje de la casa de campo de Minnesota, donde Doc y los chicos nadaban en el mismo lago y pescaban idénticos lucios desde el mismo embarcadero, un año mayores cada vez que una bobina reemplazaba a otra.

Mike estuvo viendo las imágenes durante una hora o más, mientras pensaba lo raro que era que los colores de hacía veinte años se hubieran conservado tan bien, tan nítidos y vivos. Ya estaba recogiendo para ir a pasear a los perros cuando se fijó en un par de rollos que estaban en el fondo de la caja. El sol todavía lucía alto allá fuera y los rollos estaban sin etiqueta y resultaban muy intrigantes, así que Mike puso uno en el proyector. El celuloide derretido por el calor dibujó burbujas por la pared hasta que se estabilizó en unas imágenes saltarinas en las que se veían campos ondulados y un carro tirado por un burro gris que serpenteaba por un polvoriento camino rural. Luego se vieron los restos de una vieja capilla de piedra, tres paredes en ruinas cubiertas de hiedra entre las que crecía un roble. El tío Loras entró en plano con la sotana y el sombrero blanco de panamá que hacía que pareciera Alec Guinness haciendo de vicario en *Ocho sentencias de muerte*. Caminaba a través de un pequeño cementerio en el que había un puñado de cruces pintadas de negro, luego pasó por delante de un edificio oscuro, hecho de cuadrados y rectángulos de sencillo cemento gris. Fuera donde fuera, parecía que era un día caluroso y Loras era la única figura que se movía en un paisaje desierto. Había un mayo blanco sobre una parcela de brillante hierba verde, delante de un ángel muy alto de alabastro, del que salían largas cintas blancas que esperaban a unos niños bailarines que habían desaparecido de la faz de la tierra.

Con la brusquedad propia de las películas antiguas, el fotograma dio un salto y apareció una niñita en la pared.

Tendría unos dos años y llevaba un abrigo de lana con una boina rosa y unos calcetinitos blancos dentro de unos zapatos rojos de charol. El fondo era oscuro —Mike apenas distinguía nada, salvo formas vagas y granuladas—, pero la niña estaba iluminada por la radiante luz del sol y su pelo cobrizo refulgía. Volvió la cabeza, pero una voz muda le dijo que mirara hacia la cámara y, mientras giraba hacia él, Mike se quedó sin aliento: mirándolo desde las alargadas sombras del pasado estaba la cara triste y perdida de la niña que ahora era su hermana, inmortalizada para siempre con los labios curvados hacia abajo en un alarmante puchero que hablaba de lágrimas inminentes.

«Roscrea», pensó Mike, mientras la emoción lo embargaba de repente. «El día que fueron a elegirnos».

La escena de la pared cambió para dar paso a un trozo de hierba moteada donde el sol de agosto de 1955 se filtraba sobre un claro rodeado de árboles, mientras unas figuras diminutas entraban lentamente en plano. Allí estaba de nuevo la pequeña Mary, esa vez sin el abrigo, con un vestido de algodón rosa y blanco, una boina de cuadros sobre el pelo y un esponjoso muñeco amarillo acurrucado contra su cara. Ahora iba agarrada de la mano de alguien y ambos avanzaban hacia la cámara. La niña se aferraba a la mano de un niñito que, aunque tenía el rostro oscurecido por la cinta de la cámara, que había caído sobre la lente, llevaba unos pantalones grises y un jersey azul de punto con tréboles blancos. El niño se llevó tímidamente la otra mano a la barbilla y, cuando lo que tapaba la lente desapareció, Mike se encontró cara a cara con el niño al que conocía y no conocía, en un lugar que conocía y no conocía, y que hacía *tanto tiempo* que tenía *tantas ganas* de redescubrir.

CUATRO

1973

Mike se quedó en Florida para su vigésimo primer cumpleaños y Doc y Marge invitaron a algunos vecinos a tomar algo alrededor de la piscina. Mientras el sol y el tequila iban relajando a los invitados y soltándoles la lengua, Mike jugaba con su sobrinito. Le estaba haciendo cosquillas y se reía mientras Nathan se retorcía y se desternillaba alegremente entre sus brazos. Se imaginaba el amor que un padre debía de sentir por su hijo.

Mientras se ponía el sol, Doc golpeó con un cuchillo el lateral de su copa y pidió silencio. Mike y Mary se miraron. Durante años, se habían mordido los labios cuando Doc insistía en amenizar las cenas con sus chistes: sus bromas eran racistas, misóginas y homófobas, pero así eran las cosas, y se limitaban a encogerse de hombros y dejarlo pasar.

—Atención todo el mundo —exclamó Doc, mientras golpeaba la copa un par de veces más—. Hoy estamos aquí por una razón y solo por una razón: para brindar por el éxito de mi cuarto hijo, Mike, nuestro único hijo importado.

El público se revolvía inquieto mientras Doc contaba la historia de los orígenes irlandeses de Mike, seguida de un chiste sobre la costumbre de beber de la gente de Irlanda y sobre papanatas que hablaban con fingido acento irlandés, antes de dirigirse inexorablemente hacia su repertorio de historias despectivas y condescendientes sobre negros.

Sentado en la esquina del jardín que rodeaba la piscina, Mike se sentía furioso y avergonzado. Si no hubiera sido su cumpleaños, habría sido diferente, pero le daba la sensación de que el discurso de Doc se reflejaba sobre él y podía ver por la expresión de otras personas que no era el único al que molestaban aquellos chistes.

—Oye, Doc —gritó, en el tono más educado que pudo—. Lo siento, pero... no creo que sea el momento adecuado para ese tipo de cosas.

Se hizo el silencio. Mary contuvo el aliento y Marge miró ansiosa a Doc. Pero Doc se limitó a sonreír un poco fríamente y levantó la copa.

—Bueno, como iba diciendo, estamos aquí para brindar por mi *hijo*, Mike. A tu salud, Mike.

Todo el mundo alzó las copas y Mike sonrió, pero, cuando la fiesta estaba llegando a su fin y la gente empezaba a despedirse, Doc se le acercó furtivamente y se inclinó hasta casi tocarle con los labios la oreja.

—Solo voy a decir esto una vez, así que escúchame bien: esta es mi casa y esas personas son mis invitados. Así que, cuando quiera dar un discurso, lo daré, y cuando quiera contar unos chistes, contaré unos malditos chistes.

Alertado por la dureza de la voz de Doc, Mike dio media vuelta y se fue. El corazón le martilleaba de rabia contenida.

Al día siguiente, se quedó en su habitación. Estaba poco sociable e irritable. Era como si se hubiera pasado la vida consintiendo a Doc, dejándole seguir adelante con sus ofensivos comentarios y sus puntos de vista autoritarios, y ahora se sintiera un cobarde por haberlo hecho.

Pero había algo más. Aquella era la primera vez que estaba con su familia desde que había sucumbido a las exigencias de su sexualidad y tenía la rara sensación de que estaba hecho de cristal. Las imágenes de los actos oscuros que había llevado a cabo y de los lúgubres lugares en los que había estado ardían de forma constante y gráfica en su mente, de forma tan gráfica que tenía la sensación de que los demás se lo notaban en la cara. En el formal marco doméstico de la casa de sus padres, los recuerdos de sus encuentros sexuales adquirían un tono de depravación que le inquietaba.

Mike estuvo taciturno durante la cena. Intentó ser amable y solícito con Marge, pero la discusión con Doc todavía se palpaba en el aire. Ambos tenían todavía cosas que decir; los dos sentían que el otro se había salido con la suya en algo. Doc estaba leyendo en voz alta el *Miami Herald* y no paraba de hablar del precio de la gasolina, de los «malditos árabes» y de que Nixon «debería darles una lección». A Mike siempre le habían molestado las opiniones republicanas de derechas de Doc y ahora se sentía vulnerable y agresivo, estaba convencido de que se refería a él constantemente y veía reproches ocultos en todo lo que decía. «Lo está haciendo aposta, me está provocando», pensaba Mike enfurecido, pero mantuvo la boca cerrada y siguió mirando su cena en silencio.

—Ah, Doc, quería preguntarte una cosa: ¿podrías llevarnos a Mary y a mí al pediatra mañana por la mañana? —preguntó Marge, mientras servía por segunda vez a su marido—. La voy a llamar después de cenar para quedar.

—Esa maldita niña y su bebé, siempre la estás mimando —gruñó Doc, que se sorprendió al ver a Mike levantarse de un salto y dar un puñetazo en la mesa.

—¡Tú eres el bebé, Doc! Por Dios, mírate. ¡Te miman más que a nadie y eres un adulto! ¡Así que no vuelvas a llamar a mi hermana «esa maldita niña» y *deja* de joder a mamá solo porque la quiere y quiere cuidarla! ¡Tienes que empezar a tratar a la gente con más respeto!

Doc estaba boquiabierto. No pretendía ofender a nadie, simplemente era su forma de hablar, pero él también tenía resquemores que quería poner sobre la mesa.

—La verdad es que no tengo muy claro que estés cualificado para darme lecciones, jovencito. No te veo ofrecerte como voluntario para ayudar a tu familia. De hecho, ahora no te vemos nunca. Simplemente vas a lo tuyo y piensas en ti mismo, y ahora que estás en la universidad crees que eres demasiado bueno para nosotros, ¿no?

—¡Ja! —replicó Mike—. ¡Eres tú el que nunca piensa en los demás! Estás tan inmerso en tu pequeño universo de problemas prostáticos, intolerancia y presidentes corruptos que nunca te paras a pensar cómo nos sentimos los demás. Tratas a mamá como a una esclava, le das órdenes a todo el mundo, te comportas como un dictador nazi y lo más triste es que has dejado clarísimo desde el principio que nunca nos has querido ni a Mary ni a mí.

Marge dejó escapar un sollozo y Mike se arrepintió inmediatamente de su arrebato. Incluso mientras estaba hablando, se daba cuenta de que estaba diciendo cosas que no podían dejar de ser dichas. Doc se puso a bramar algo sobre hijos ingratos y falta de respeto, pero Mike estaba en un estado de pánico mucho más profundo e intentaba frenéticamente evaluar el daño que había causado, espantosamente consciente de los retorcidos impulsos que lo habían empujado a ello. Marge se estaba sonando la nariz, le temblaba todo el cuerpo y Mike se odiaba por el lío que había organizado.

—Espera, Doc —dijo Mike, mientras le ponía una mano en el brazo—. Lo siento. Sé que estoy equivocado. Lo siento de veras. Es culpa mía.

Y, dicho eso, salió corriendo de la casa.

En el taxi, de camino a Don Cesar, reflexionó sobre los hechos que le habían llevado a aquella discusión. Creía que la pelea con Doc tenía algo que ver con el hecho de que el ataque era la mejor defensa. La sensación de que no tenía razón le había hecho saltar. Pero ¿hasta qué punto estaba equivocado?

Las casas de Gulf Boulevard pasaban como flechas. Las ventanas iluminadas y los acogedores cuartos de estar hablaban de familias felices, algo de lo que él, Michael Hess, estaría para siempre excluido. Iba a la deriva, luchando por encajar su nueva sexualidad en su viejo e inhibido mundo. Su vida secreta le daba desventaja, le hacía sentirse culpable, como al niño cuyo mayor miedo era decepcionar a sus padres. Se sentía culpable delante de Doc y se odiaba por ello.

El taxi llegó al Pink Palace y Mike se bajó, sin tener muy claro por qué había ido allí, además de porque era una vía de escape de las tensiones de la casa. El Don era el hotel más antiguo de St. Pete y de sus paredes de color rosa emanaban estabilidad y consuelo: justo lo que Mike ansiaba. Mientras pisaba los suelos de mármol de la recepción, pensó que pertenecer a algo era importante, a algo establecido y sólido. La sensación de exclusión que tenía como huérfano se veía duplicada por ser un hombre gay y Mike todavía estaba intentando asumirlo. Tal vez esa era la razón por la que le ofendían las opiniones republicanas de Doc, sus insignificantes certezas burguesas, su natural y ufana masculinidad. El pobre, intolerante e ignorante Doc representaba todo lo que Mike no era.

Aquel odio hacia sí mismo le resultaba demasiado familiar y, de pronto, le pareció trivial e irritante. Fue hasta el bar y pidió un whisky. La sala se veía prácticamente vacía, pero estaba abierta a la zona de la piscina, que se hallaba cercada y débilmente iluminada. Mike respiró hondo el aire de la noche. «Estoy bien», se dijo.

Había unos cuantos tipos merodeando por las tumbonas de alrededor de la piscina, vestidos con pantalones cortos y polos, y Mike, experto en leer las señales, le sonrió a uno de ellos y le preguntó si podía sentarse.

—Claro —respondió el hombre, sonriendo. Charlaron durante algunos minutos y Mike recorrió su cuerpo de arriba abajo. Estaba bronceado y un poco calvo, el pelo del pecho le asomaba por encima del cuello de la camisa, no tenía el torso musculoso, pero tampoco flácido, y sus manos parecían bien cuidadas.

—¿Tienes algún plan para esta noche? —preguntó Mike. El hombre ladeó la cabeza.

—Claro. Conozco un motelito sobre el puente de Gulfport. Si estás interesado…

Se sonrieron el uno al otro, firmando un acuerdo silencioso, y se levantaron al unísono. Mike le tendió la mano con una sonrisa abochornada.

—Soy Mike, por cierto —dijo. El hombre se rio.

—Y yo Paul. Encantado de conocerte.

Mike se fue mientras el tipo todavía dormía. Estaba aturdido y se tambaleaba —habían compartido una botella de Jack Daniel's— y, de pronto, se le ocurrió que debía llegar a casa antes de que sus padres se despertaran. Pero, cuando el taxi se detuvo delante a las seis menos cuarto, Doc ya estaba rondando por la terraza chupando un puro.

—¿Qué horas son estas, jovencito? —sermoneó su padre mientras Mike recorría a trompicones el camino de entrada—. ¿Dónde has estado hasta ahora?

Mike se obligó a mirar a los ojos a su padre y rezó para que el hedor del puro disimulara el olor a alcohol de su aliento.

—Había quedado con unos tipos para ver el partido. Ya sabes cómo son esas cosas.

Pero Doc no estaba nada convencido. Olía el whisky en el aliento de Mike y veía el rubor de sus mejillas. Preguntó con insistencia y reforzó las preguntas con una amenaza de castigo si su hijo no le contaba la verdad.

—Cuéntame, Mike, ¿a qué tipos conoces aquí? ¿Dónde has pasado la noche? ¿Qué has estado haciendo?

La instintiva sumisión de Mike y su miedo innato a ganarse la antipatía de la gente lo empujaban a ser amable aunque, si algo tenía claro, era que no iba a confesar la verdad.

—Oye, siento de verdad haber vuelto a casa tan tarde. Sabía que mamá y tú estaríais preocupados, por eso quería volver antes de que os despertarais, eso es todo. Lo siento. Lo único que quiero es darme una ducha y volver a la cama un par de horas, ¿vale?

Cerró las persianas del cuarto y se quedó tumbado en la oscuridad, atenazado por el temor inexorable de que Doc supiera exactamente dónde había estado y qué había estado haciendo.

Las cosas se calmaron hacia el final de las vacaciones. Marge hizo de mediadora, como siempre, y fue ella la que sacó el tema del futuro de Mike: si se iba a graduar antes de tiempo, tenía que decidir qué quería hacer a continuación. Mike dijo que quería estudiar Derecho —había estado haciendo cursos preparatorios en Notre Dame—, pero la cuestión de la universidad a la que iría todavía estaba por resolver. Doc fue categórico.

—Para estudiar Derecho, tienes que ir a la universidad de Iowa —declaró, como si estuviera anunciando una verdad universalmente conocida—. Muchos miembros célebres de la familia Hess han pasado por su facultad de Derecho y el apellido hará que seas bien recibido por la flor y nata de la universidad, lo cual es un factor muy importante para obtener el tipo de título que necesitarás en ese negocio.

Mike se enfureció. Doc siempre le estaba diciendo lo que tenía que hacer, intentando gobernarle la vida.

—No quiero volver al Medio Oeste —dijo en el tono más calmado que pudo—. Quiero ir a una de las grandes facultades del Este. Ya me he puesto en contacto con algunas de ellas.

—*¿Qué?* —bramó Doc.

Marge lo interrumpió con una sonrisa de súplica.

—Venga, chicos. Tiempo muerto, tiempo muerto. Voy a hacer un poco de café. Será mejor que nos calmemos y hablemos de esto como…

—¿Que ya te has puesto *en contacto* con ellos? ¿Sin decirnos nada? ¿Sin pedirnos permiso? —Doc se levantó y empezó a dar vueltas por la habitación—. ¡Sería una *locura* que te fueras hasta el Este, donde nadie te conoce y nadie se preocupa por ti! ¡Lo único que conseguirías sería acabar teniendo una educación peor que la que te habrían dado en Iowa!

Los dos hombres se miraron fijamente. A ambos les hervía la sangre de resentimiento por las anteriores escaramuzas, y la conversación, que en otro momento habría acabado con un sensato acuerdo, degeneró en una feroz discusión.

—Quiero ir al Este —repitió Mike y Doc se volvió loco.

—¡Maldito niño! —gritó, barriendo el cenicero de peltre de la mesa con un movimiento del brazo—. Escúchame bien. Si yo digo que irás a Iowa, irás a Iowa. ¡O vas adonde yo te diga o no irás a ninguna parte!

Mike se quedó estupefacto, pero el ímpetu de la pelea lo empujaba hacia delante y no fue capaz de echar el freno.

—¿Qué quieres decir, Doc? ¿Que no me pagarás los estudios a menos que vaya a tu preciosa Iowa? —Mike se levantó y frunció el ceño—. ¡Muy bien! ¡Si es así, que te jodan! ¡Lo haré yo solo!

CINCO

1973

Cuando volvió a Notre Dame para cursar el último semestre, Mike empezó a lamentar su bravuconería. Se había quedado de una pieza al ver lo que costaban los estudios en las facultades de Derecho de la costa Este y estaba empezando a perder la esperanza de poder matricularse en alguna de ellas sin el apoyo de su familia. Pero una parte de él se regodeaba en el desafío: si Doc creía que era tan inútil que nunca se podría pagar él mismo la facultad de Derecho, le demostraría que estaba equivocado y, pasara lo que pasara, entraría en una nueva era de independencia que lo liberaría de la vieja y debilitadora dependencia de la caridad de sus padres.

Durante los tres meses siguientes, Mike trabajó duro y fue brillante en los estudios. Ya no se atormentaba por las aventuras nocturnas en Chicago y South Bend, y raras veces pagaba ya por sexo. De hecho, en varias ocasiones incluso había aceptado dinero de hombres que se acercaban a él creyendo que era un chapero. La confianza que tenía en su poder de atracción había aumentado: se había percatado de que los hombres miraban con envidia su cuerpo, había empezado a cuidarse más el cabello y en su rostro, más delgado, su gran boca se curvaba con facilidad en una sonrisa deslumbrante.

Por descontado, no se planteaba «salir del armario»: estaban en 1973 y el ambiente reacio a los gais de Notre Dame hacía prácticamente imposible reconocerlo abiertamente; de todos modos, no quería que lo consideraran una reinona afeminada. Había abandonado los pantalones de campana y las flores de su primer año en la universidad y los había cambiado por una forma de vestir más conservadora. Ahora su aspecto era más pijo, tipo Brooks Brothers, con americanas informales, cuellos Oxford con botones, jerséis de punto con ochos, chinos y mocasines, y hablaba con una voz profunda y meliflua que lo definía como un chico serio y reflexivo. No era un atleta, pero tampoco abiertamente marica. «Puede que sea gay», se decía, «pero también soy muchas otras cosas».

El sexo ocasional lo excitaba, pero también tenía necesidades emocionales y, durante el transcurso de ese último invierno en South Bend, empezó a sentir cada vez con más intensidad la necesidad de cubrirlas. Cuando se preguntaba a sí mismo qué le faltaba, se daba cuenta de que, a pesar del gran número de hombres que habían pasado por su vida, estaba solo.

Kurt Rockley no pudo sorprenderse más cuando abrió la puerta y vio a Mike allí de pie con un ramo de flores. Parecía tan atónito que a Mike le dio un ataque de risa.

—Lo siento —dijo, tras recuperar el control de sí mismo—. No era así como pretendía empezar.

Kurt alzó una ceja y esbozó la sombra de una sonrisa.

—¿Y cómo *querías* empezar?

—Quería… disculparme por el modo en que te he tratado. No pretendía alejarte de mí. Me han pasado muchas cosas —dijo, dándose unos golpecitos en la frente y encogiéndose de hombros—. Supongo que he aceptado… quién soy.

Kurt se hizo a un lado.

—Será mejor que entres. ¿O te encuentras tan a gusto con quien eres que quieres hablar de ello aquí, en el pasillo?

Acompañados por una cafetera de café, se pusieron al día de lo que habían vivido cada uno de ellos desde el beso robado en Florida. Mike admitió las incontables horas que había pasado reproduciendo aquel momento mentalmente, la culpabilidad que el padre Adrian le había hecho sentir en relación con ello y sus incursiones en la calle Rush, algo mucho más reciente.

—¿*Tú?* —exclamó Kurt, y se echó a reír—. ¿*Tú* en la calle Rush?

Mike también se rio.

—Sí, lo sé. Pero me ha venido bien, de verdad. Ahora lo entiendo: sé que no soy el único hombre gay del mundo.

Kurt inclinó la cabeza hacia un lado.

—No eres el único hombre gay de la *habitación*, cielo.

Los dos se echaron a reír a carcajadas de nuevo.

—En serio, siento haber actuado así —dijo Mike, mientras posaba una mano vacilante sobre la rodilla de Kurt.

Kurt lo miró, esta vez muy serio.

—Mike, no puedo hacer esto si va a volver a pasar lo mismo. Sabes lo que siento por ti, pero… esos meses no fueron fáciles para mí.

—La cuestión es —dijo Mike, al cabo de un rato— que todavía no sé si *puedo* tener una relación. Y tú y yo… no podríamos ser nunca solo amantes.

Luego se quedó callado, consciente de que se había expresado fatal, y deseando poder aclararse él mismo. La idea de una relación lo asustaba. Se imaginó el compromiso, las exigencias, los lazos emocionales y la omnipresente amenaza del rechazo, y luego pensó en los chaperos y en los fulanos a los que estaba acostumbrado. «Tal vez te desprecien, pero no podrán herirte».

Estrechó la cara de Kurt entre sus manos y retiró el cabello rubio de aquellos ojos aniñados.

—Es muy difícil resistirse a ti —le dijo con dulzura—, pero será solo una vez, ¿vale? Cuando salgamos de esta habitación, nos olvidaremos *el uno del otro*...

Kurt sonrió con cierta tristeza y se encogió de hombros.

—Supongo que no tengo elección —respondió, y sus labios se unieron a los de Mike.

El tutor de cursos preparatorios de Derecho le dijo a Mike que la universidad George Washington era la mejor opción. Su facultad de Derecho no se encontraba entre las diez mejores, pero estaba bien considerada y las tasas de matrícula no eran demasiado altas. Su ubicación, a solo unas manzanas de la Casa Blanca y relativamente cerca del departamento de Estado, hacía que no se pudiera estar mucho más cerca del centro de poder y, para Mike, aquello era un poderoso incentivo.

En la entrevista, el lugar le había parecido bullicioso y atractivo, y la facultad, acogedora. La Uiversidad George Washington contaba con más de veinte solicitudes por plaza, pero les habían impresionado sus notas de Notre Dame —estaba a punto de graduarse *magna cum laude* seis meses antes de lo debido— y se sentían dispuestos a aceptarlo en el doctorado de Derecho que empezaba en septiembre de 1974. Cuando Mike les había dicho que pensaba pagarse los estudios él mismo, habían vacilado: las tasas ascendían a más de 4.000 dólares, a lo que había que añadir los gastos de manutención. Tendría que trabajar duro para financiarse. Mike ya había pensado en conseguir un trabajo entre enero y septiembre, y en la oficina de admisión le sugirieron que, una vez en la universidad, se hiciera supervisor residente en una de las residencias de estudiantes. Eso le proporcionaría alojamiento gratuito y le pagaría parte de la matrícula. Mike les dijo que la idea de cuidar a un par de cientos de estudiantes le aterrorizaba, pero que no estaba en posición de rechazarlo, así que firmó la solicitud para convertirse en supervisor residente junto con los papeles de matrícula.

En Navidad, Mike les dijo a Doc y a Marge que no lo verían en un tiempo. Había conseguido un trabajo de vendedor en Procter and Gamble en Atlanta y viajaría por los estados del sur vendiendo productos de limpieza a hoteles y restaurantes. A Marge pareció entristecerle que Mike fuera a estar sin verles tanto tiempo, pero Doc dio media vuelta y abandonó la habitación. Más tarde, intentó hablar con Mike de política, de la crisis petrolera y de béisbol, concretamente del bajón que estaban sufriendo los White Sox. Mike tenía la sensación de que se sentía mal por haberse negado a pagarle los estudios de Derecho, pero Doc no dijo nada que pudiera ser considerado una disculpa o un intento de acercamiento entre ellos y Mike no se sentía inclinado a dar el primer paso. Lamentaba que Marge tuviera que sufrir, pero a él no le parecía mal el rumbo que habían tomado las cosas: a partir de ese momento, no volvería a sentirse en deuda con su padre adoptivo y, si su relación era fría y distante, él no tenía intención alguna de calentarla. Los años habían acumulado una serie de sentimientos tan complejos entre él y Doc que era un alivio no tener que tratar más con él.

Mike pasó mucho tiempo con su hermana en Navidad. Observó cómo Nathan rompía con deleite el envoltorio de los regalos que le había hecho y felicitó a Mary por el hermoso hijo que tenía, mientras pensaba en su propia infancia.

—¿Sabes, Mary? He estado pensando —dijo mientras veían jugar a Nathan.

Mary se rio.

—¿Sí? Para variar.

Pero Mike estaba muy serio.

—He estado pensando en intentar volver a Irlanda en algún momento, para ver dónde nos criamos… ¿Tú piensas alguna vez en eso?

Mary lo miró con franqueza.

—La verdad es que no, Mike. Nathan ocupa todo mi tiempo. De todos modos, no podrías ir hasta después de la universidad, ¿cómo ibas a poder permitírtelo?

Mike frunció el ceño.

—Eso es cierto. Solo es que… Le he estado dando vueltas. Pero tienes razón, puedo esperar. Supongo que mi prioridad es superar los ochos meses que me quedan por delante vendiendo detergente.

—Sí, y ya sabes lo que dicen de los viajantes: ¡hay un montón de amas de casa aburridas! —dijo Mary con una sonrisa.

Ni Mike ni Mary eran conscientes de ello pero, al otro lado del Atlántico, el arzobispo John Charles McQuaid, el hombre cuyo empeño en controlar el destino de los huérfanos irlandeses había cambiado el curso de sus vidas, se hallaba en el lecho de muerte. Según los testigos, el prelado se había ido alterando a medida que el final se acercaba, diciendo que tenía miedo a morir y que temía el juicio que le aguardaba.

SEIS

1974-1975

Cuando Mike llegó a Washington D. C. en septiembre de 1974, lo hizo con dinero en la cuenta bancaria y energías renovadas. No había estado en la capital desde las prácticas con el senador Dirksen. Recordaba el lugar con muchísima emoción y tenía puestas en él nuevas expectativas. La licenciatura en Administración Pública le había enseñado a disfrutar de la política y cada vez estaba más convencido de que su futuro se encontraba en ese mundo. Sabía que la homofobia —especialmente por parte del Partido Republicano— le dificultaría las cosas, pero intentaba no pensar en ello. De momento, su objetivo era superar con éxito los estudios de Derecho, lo que le abriría las puertas de la clase política.

La primera impresión que tuvo de Thurston Hall no fue precisamente buena. El edifico de ladrillo rojo de la década de 1930, que estaba en la esquina de la 19 y la F, se erguía sobre la acera como una fortaleza. Había sido un bloque de apartamentos antes de que la universidad George Washington se lo quedara y sus nueve pisos alojaban a más de mil estudiantes. A Mike le habían asignado la asistencia interna del último piso y, mientras salía del ascensor, un ruido ensordecedor le dio la bienvenida. Los estudiantes vivían en habitaciones dobles situadas a los lados de un pasillo central, los radiocasetes emitían música rock a todo volumen y era como si todos estuvieran gritando a la vez. Mike tenía su propio apartamento con cocina y baño y arrastró las maletas por el pasillo hasta que lo encontró.

Una vez dentro, cerró la puerta con llave y se dejó caer en el maltrecho sofá, mientras se preguntaba cómo iba a sobrevivir a un año, o dos, o tres en aquel pandemonio. Sacó el contrato de supervisor residente y leyó su lista de deberes: «Proporcionar supervisión, modificación de conductas y orientación; asegurarse de que los estudiantes se levantan a tiempo para ir a clase; asegurarse de que los estudiantes visten de forma apropiada; supervisar las tareas rutinarias de higiene personal y de las habitaciones; proporcionar asesoramiento informal relacionado con la gestión del estrés y los problemas personales; servir de puente entre los estudiantes y el personal...». La lista seguía y seguía.

Mike decidió que necesitaba una cerveza. Sujetó la placa que le habían dado con su nombre a la solapa de la chaqueta y se aventuró a ir hacia el ascensor. Por el camino, lo abordó un grupo de novatos que querían saber por qué no funcionaba la nevera y cómo era posible que pagaran el alquiler para no tener los servicios adecuados, etcétera. Mike los miró, se lo pensó unos instantes y les dijo que lo escribieran todo por triplicado y se lo enviaran al decano.

Durante las siguientes semanas, escuchó innumerables historias de terror sobre Thurston: sobre las sentadas y los amoríos, las protestas y el vandalismo, las fiestas nocturnas y las vomitonas constantes en las escaleras, y sobre la reputación que tenía como residencia más sexualmente activa no solo de la universidad, sino de todo el país. En la práctica, la cosa no estaba tan mal. Mike se acostumbró al ruido y al caos y, al cabo de un par de meses, ya ni los notaba. Todos los estudiantes de los que él se hacía cargo eran novatos, tenían entre diecisiete y dieciocho años y la mayoría se portaban bien. Se dio cuenta de que no tenía que preocuparse de la mayoría de las tareas del contrato y llegó a un acuerdo con una docena de estudiantes que actuaban como sus ojos y sus oídos en el piso. Los pocos alborotadores con los que no podía, simplemente, seguían a lo suyo. Mike se imaginaba que no merecía la pena intentar ningún tipo de «modificación de comportamiento», así que los dejaba en paz.

Al mismo tiempo, estaba empezando a adaptarse a la facultad de Derecho. Después del relajado ambiente de Notre Dame, los estudiantes de la universidad George Washington le parecían resueltos y serios. Mike había aprendido las bases del sistema legal en los cursos preparatorios y quería licenciarse en Derecho Constitucional. Le fascinaba la forma en que los temas legales influían en la vida política del país y había decidido hacer la tesis sobre la reordenación y la manipulación de los distritos electorales. El tema estaba en boga desde que el censo de 1970 había hecho que variara el número de representantes que cada estado enviaba al Congreso. A los estados cuyas poblaciones habían crecido se les asignaban más escaños en Washington y a aquellos cuyo número de votantes había disminuido les adjudicaban menos. Había surgido la controversia sobre la forma en que algunos estados habían redibujado sus distritos electorales para que influyera en el número de escaños. En muchos casos, se había denunciado que el partido que controlaba la asamblea legislativa estatal había establecido los nuevos límites para agrupar a los votantes de manera que fuera más probable que eligieran a sus propios candidatos. Se habían creado algunos distritos con una forma ridícula y los casos más evidentes de manipulación de distritos electorales estaban siendo llevados ante los tribunales.

Aunque Mike admiraba al resto de alumnos de su clase, no estableció una relación de amistad con ellos. Quería tener una vida fuera de las aulas y su talento pinchando discos le abrió puertas. A mediados de su primer año en la universidad George Washington, consiguió un trabajo en la emisora de radio universitaria WRGW para sustituir a uno de los locutores habituales, que estaba enfermo. Pinchaba música variada, que incluía desde éxitos del momento como Bowie, Lou Reed y los Stones hasta clásicos de la Motown de los años sesenta, pasando por Bob Dylan y sus baladas sentimentales, Barbra Streisand y Dolly Parton. A la dirección le gustaban sus gustos eclécticos y su voz profunda y taciturna. Después del primer programa, obtuvo los suficientes comentarios positivos por parte de los oyentes como para que le ofrecieran más trabajo y, a finales de su primer año en la WRGW, prácticamente era considerado el pinchadiscos número uno de los programas nocturnos. En el segundo año, ya tenía su propio programa, *Mike por la noche*, que se emitía de diez a doce, la franja horaria más popular de la emisora.

Después se sumergía en los clubes gais y en los bares de ligoteo. Muchos estaban en las peores zonas de Washington, en las inconformistas calles del sureste de la ciudad, entre la calle South Capitol y la autopista, pero a Mike no le importaba. Le gustaba el hecho de poner cierta distancia entre su rutina diurna en la encorsetada prosperidad del acomodado noroeste y su otra vida nocturna. Se le daba bien compartimentar su mundo, y mantener los compartimentos bien alejados los unos de los otros era una especie de póliza de seguro.

La mayoría de las veces, prefería los bares discretos, donde la clientela ahogaba su identidad diurna bajo un uniforme que hacía que el presidente de una empresa fuera indistinguible de un chapero sin blanca, un pintor al óleo de un pintor de casas, o un autor de éxito de un basurero. Todos ellos abandonaban los trajes de Armani, los petos y los trajes de faena militares para ponerse el uniforme gay, compuesto por una camiseta ajustada y unos vaqueros. Todos olvidaban sus limitaciones gracias a una calidez y una solidaridad que daban pie a una notable sinceridad. Mike conoció a hombres que trabajaban para senadores y congresistas, para personajes públicos y grandes despachos de abogados, e incluso a un espía de la CIA que le había revelado su profesión a pesar del riesgo que ello conllevaba para su seguridad.

En el Lost & Found, en la calle L SE, Mike aprendió a bailar el *hustle* en una enorme pista de baile con espectáculos de luces y una cortina de lluvia, llegó a conocer al guapo pinchadiscos Jon Carter Davis y se rio de los excesos de los extravagantes travestis y *drag queens*. La banda Appaloosa tocaba en directo en discotecas y *soirées* y los embaucadores del Lost & Found, Roxanne y Rose, y Dixie y Mame, repartían premios al estilo (mejor *drag*, mayor parecido, más espectacular), a las actuaciones, al talento y a la personalidad. A Mike le hacía gracia la etiqueta que tenía el L&F de discoteca para yogurines: el bar atraía a grandes cantidades de hombres blancos afeminados a un barrio problemático y principalmente negro, y sembraba la discordia cuando intentaban prohibir la entrada a los afroamericanos. Pero el local siguió creciendo y abrió su propio teatro de cabaret, el Waay Off Broadway, donde Wayland Flowers y bandas gais masculinas alternaban con imitadoras y bailarines con abanicos.

Al final de su primer año en Washington, Mike ya se había recorrido el Plus One, el Bachelor's Mill, el Remington's, el Brass Rail y el original Mr Henry's, donde Roberta Flack representaba su «Ballad of the Sad Young Men». El mayor de los clubes y el favorito de Mike era el Pier Nine, donde las mesas estaban equipadas con teléfonos para llamar a otros clientes, como en el musical de *Cabaret*. Pocos los habían usado, pero tanto esa idea como el club propiamente dicho eran considerados el no va más.

Las advertencias sanitarias que había en las paredes y los trípticos parecían, al mirar atrás, encantadoramente ingenuos.

Tenían títulos como «Las ETS y tú», y decían: «¿Has oído el chiste de ese tío que contrae una ETS? Si la respuesta es no, es porque las ETS no son ninguna broma. El año pasado más de 13.000 hombres tuvieron que ser tratados por alguna ETS en Washington; muchísimos más no han sido tratados y siguen extendiéndolas. Hazle un favor a tu chico: ¡Hazte un análisis de sangre!».

La primera sauna gay del distrito abrió en la calle L NW, una zona que se convirtió en el hogar de librerías gais y centros sociales, en las manzanas aledañas a Dupont Circle. A Mike le intimidaba Regency Baths, con aquellos ladrillos de arquitectura industrial, como dictaba la moda, y los cubículos llenos de vapor que ofrecían privacidad para los breves e impersonales encuentros sexuales que los clientes habituales buscaban sin descanso una y otra vez. Le excitaba visitar la sauna, pero se decía que la policía iba al local a hacer redadas con frecuencia y eso lo ponía nervioso. Sobre todo sentía curiosidad por los tangas de cuero y los arneses, por las bridas y por la ropa fetichista de látex que vendían en Leather Rack, en la avenida Connecticut, y por las promesas sadomasoquistas que dichos complementos implicaban, pero no lograba reunir el valor suficiente para entrar y leía los anuncios por palabras del *Gay Blade* con secreto anhelo.

En sus momentos más temerarios, habitualmente después de haber bebido mucho y haber perdido el miedo a todo, cogía el Blue Line de Foggy Bottom al cementerio de Arlington y caminaba entre las sombras alrededor del Iwo Jima Memorial. Aquello satisfacía su sentido del riesgo, pero era un sitio solitario y peligroso: hacía poco, en el *Post*, habían acuñado el término *queer-bashing* para describir las actividades de bandas homófobas que deambulaban por los callejones cercanos al monumento para propinar palizas a los gais.

La parte de los deberes como supervisor residente que Mike se tomaba más en serio era la de aconsejar de manera informal a los estudiantes. Sorprendentemente, eran pocos los que iban a verlo y, los que lo hacían, solían estar preocupados por problemas académicos, enfrentamientos con algún profesor o por una novia que podía estar o no embarazada. Pero, al final del semestre de primavera, cuando toda la universidad George Washington estaba a punto de hacer las maletas para irse a casa a pasar el verano, un joven novato apareció en la puerta de Mike y le preguntó si podía hablar con él.

—Oye, siento molestarte —dijo, obviamente nervioso y sin saber muy bien cómo empezar—. Pero es que no tengo mucha gente con quien hablar…

El chico tenía las manos entrelazadas, se estaba retorciendo los dedos y recorría la habitación con la mirada, nervioso.

Mike posó un brazo reconfortante sobre el hombro del muchacho y lo guio hasta el sofá.

—Muy bien —dijo Michael, mientras le ofrecía la mano para que se la estrechara—. Por cierto, soy Mike.

El chico le dio la mano.

—David Carlin. Soy novato. Inglés y Teatro en verso.

—Encantado, David. ¿Un café?

David asintió y Mike fue a la cocina. Ya se había fijado antes en David, se lo había cruzado por el pasillo unas cuantas veces y le habían impresionado su melancólica belleza y sus estrechas caderas. Aquel tío era un tanto problemático y vehemente que lo hacía turbadoramente deseable.

Cuando Mike llegó con el café, David estaba abriendo un paquete de cigarrillos.

—¿Te importa? —preguntó el muchacho, mientras se llevaba uno a la boca.

—Adelante —respondió Mike. Observó cómo David frotaba la cerilla un par de veces y farfullaba al no lograr encenderla. Sintió ganas de extender la mano y sujetarle la suya, pero se contuvo—. ¿Quieres que…? —empezó a decir, justo cuando David lo consiguió finalmente. Se miraron y se rieron.

—¿De dónde eres? —le preguntó Michael. Estaba sentado en ángulo con el sofá y el chico se le mostraba en un elegante medio perfil.

—De Pensilvania —respondió David—. Mi padre tenía un importante negocio de coches que vendió hace un par de años, así que tenemos bastante pasta, supongo. Por Dios. No sé por qué te cuento eso.

Parecía incómodo y avergonzado.

—En fin, que mi padre quería que viniera a la George Washington y yo obedecí. A veces me arrepiento de ser tan complaciente. Tal vez debería haber hecho lo que yo quería, en vez de lo que me decía mi viejo.

—Tranquilo, David —dijo Mike—. No creas que eres el único que tiene problemas con sus padres, pasa desde los tiempos de Adán y Eva.

Era un chiste bastante malo, pero ambos se echaron a reír.

—La cuestión es —continuó David— que creo que puede que esté en la carrera equivocada, o hasta en la universidad equivocada.

Sin saber por qué, Mike se sintió decepcionado; aquella era una preocupación totalmente anodina. Se preguntó qué había sido lo que le había hecho esperar otra cosa. Estaba claro que aquel tío parecía alterado, pero era cierto que muchos chicos de dieciocho años eran así.

—Supongo que deberías hablar con tus tutores y ver si te puedes cambiar —le recomendó Mike. Y le sorprendió lo complacido que se sintió cuando el muchacho siguió pareciendo alterado. Era como si, en cierto modo, esperara que el chico tuviera un problema de verdad, un problema propiamente dicho, algo en lo que él pudiera ayudarle. Decidió sentarse en el sofá.

—¿Estás bien, David?

Vio que el chico negaba ligeramente con la cabeza y empezaba a sollozar.

—¿Sabes? Creo que no estoy nada bien, la verdad. Creo que estoy bastante jodido.

Mike se acercó a David y le cogió la mano.

—Tranquilo. Puedes contármelo. Para eso estoy aquí. Y, sea lo que sea, no saldrá de esta habitación.

Le sorprendió hasta qué punto sonaba aquello a cura. Tantos años de confesiones le habían contagiado la solemnidad y las fórmulas mágicas del ritual. Aunque ahora también sentía el lascivo interés del que sospechaba que los curas debían de disfrutar al sondear los secretos más íntimos del corazón de un pecador.

David levantó la vista y se sonó la nariz.

—Lo siento, tío —dijo con una escueta sonrisa—. ¿Alguna vez has ido a un loquero? Si has ido, ya sabes de qué va el rollo.

Mike recordó sus sesiones con el doctor Heinlein y dudó antes de negar con la cabeza.

—No, no he ido —dijo. Se le pasó por la cabeza que aquella negación tenía algo que ver con el poder y la autoprotección. Aquel chico estaba necesitado y era vulnerable y Mike lo encontraba extraña y deliciosamente atractivo—. Pero no te preocupes, hay muchas cosas que puedo entender...

David lo miró y aprovechó el momento. Las palabras le salieron a borbotones. Había sido su padre el que había insistido en que fuera al psiquiatra y a él no le había parecido mal. No le había importado, entendía lo que su viejo debía de estar pensando. Ese era el tipo de familia de la que procedía: no conocían nada diferente de aquello a lo que su pequeño mundo les tenía acostumbrados. Probablemente, su padre estaba haciendo lo que creía que era lo mejor.

—Pero… —David vaciló—. Pero ¿cómo pudo mandarme a esa maldita terapia? ¿Cómo pudo hacerle eso a su propio hijo? ¿Cómo es posible, tío?

Mike le apretó la mano y le pidió que fuera más despacio.

—Tranquilo, David. Dime qué es lo que hace que estés tan triste y lo solucionaremos. Hablaremos de ello y lo solucionaremos…

David recobró la compostura. Le habló de la terapia de aversión: cómo habían intentado curar sus pecaminosos deseos poniéndole electrodos en los genitales, dándole apomorfina para hacerle vomitar al ver fotos de hombres desnudos, cómo lo habían encerrado en una habitación sin ventanas en un pabellón psiquiátrico, cómo seguían y seguían…

—Fue horrible, tío. Y, mientras estaba allí, pensaba todo el rato en mi padre y en que había sido él el que me había hecho aquello. No sé cómo no enloquecí y cómo volví a aquella casa después de lo que me hicieron.

Mike rodeó con el brazo los hombros de David. Estaba hecho un lío. Por una parte, lo sentía por aquel chico, pero su pena se entremezclaba con los recuerdos de su propio padre, de cómo siempre había sospechado que Doc sabía lo de su sexualidad y de cuánto temía el castigo que podría imponerle. Se sentía atraído por David y la vulnerabilidad del chico aumentaba aquella atracción. La proximidad física y el ambiente similar al de un invernadero, lleno de sentimientos compartidos, estaban estimulando el cuerpo de Mike y llevándolo a una situación de deseo. Pero se contuvo. No sabía por qué. Empezó a pensar que la responsabilidad que conllevaba su puesto no estaba demasiado clara. Aprovecharse de un adolescente vulnerable no parecía nada malo. Muy al contrario, era natural y deseable. Y no era por faltar al respeto al dolor del chico, pero la sensación de que era mercancía dañada no hacía más que reforzar el deseo que despertaba. ¿Qué podía hacer?

Mike le dio un apretón en el hombro al muchacho y se levantó.

—Oye, David, esa es una historia bastante dura. Deja que prepare otro café y evaluamos la situación.

Pero David ya se había puesto de pie y parecía enfadado y confundido. Su voz irradiaba rabia.

—Oye, tío. Creía que lo entendías. Creía que habías dicho que lo íbamos a solucionar. ¿A qué viene esa frialdad, de repente?

—No estoy siendo frío —murmuró Mike—. Yo… Hay muchos… asuntos que tratar y no estoy seguro de que…

—Querías besarme, ¿no? ¿No es cierto? No lo niegues.

—Oye, vale ya —exclamó Mike, retrocediendo—. Vamos a…

—No, no, no pasa nada —insistió David, caminando hacia él—. ¿No lo ves? ¿Es que no es obvio? He venido porque te quiero. Te vi el primer día que llegué aquí y no he dejado de pensar en ti ni un minuto desde entonces. Te escucho en la WRGW todo el rato. Tengo tu voz siempre en la cabeza, te sigo por los pasillos, sueño contigo cuando estoy en la cama. Y no digas que tú no me quieres, Mike, porque sé que no es verdad. Lo noté cuando estábamos ahí sentados y lo estoy notando ahora mismo.

Mike lo observó, pensativo. «Este tío debe de estar loco», se repetía una y otra vez, intentando convencerse para salir corriendo. Pero no lograba enfriar el deseo físico ni la extraña atracción que sentía por aquel hombre enternecedor, atormentado y guapo. Después de una eternidad, se aclaró la garganta.

—Oye, David. La verdad es que no sé lo que siento. Se está haciendo tarde. Y mañana os vais de vacaciones. No quiero estropear las cosas entre nosotros, ¿vale? Así que vete a Pensilvania y cuídate. No te deprimas demasiado, piensa en cosas buenas y vuelve en septiembre. Entonces veremos si seguimos sintiendo lo mismo.

David lo había escuchado con tristeza en el rostro, pero la última frase de Mike pareció iluminarlo de esperanza.

—¿Ver si *seguimos* sintiendo lo mismo? Tío, eso es lo máximo… Si *seguimos* sintiendo lo mismo…

Antes de que Mike se diera cuenta de lo que estaba pasando, David le había dado un emocionado beso en los labios y estaba saliendo por la puerta gritando:

—¡Nos vemos el semestre que viene, entonces! ¡Y gracias por el café!

«Dios santo», pensó Mike mientras se sentaba, aturdido. «Es una montaña rusa emocional. ¿En qué diablos me he metido?».

SIETE

1975

Mike pasó el verano de 1975 frecuentando el Centro de Artes Escénicas Kennedy, en el centro de Washington D. C. Así es como lo contaba porque resultaba impresionante, pero luego se reía y añadía: «Sí, me paso por allí por la noche, por el recibidor del ala sur durante el intermedio. ¡Consigo que se forme una buena cola para comprar nubes, gominolas y barritas de caramelo!».

Desde su apertura en 1971, la concesión del puesto de caramelos del Centro Kennedy la llevaba un matrimonio mayor que reclutaba personal de refuerzo para las vacaciones en la vecina universidad, ofreciendo un modesto salario y el considerable atractivo de la entrada gratis a las actuaciones de la sala de conciertos y del teatro de la ópera. Cuando el verano llegó a su fin, Mike ya había visto a Pearl Bailey cantando en directo, a la Filarmónica de Berlín dirigida por Karajan, al ballet Bolshoi bailando *Espartaco*, varias representaciones de *La gata sobre el tejado de zinc* y la puesta en escena de *De ratones y hombres*, de Steinbeck.

Después estaba la oportunidad que le proporcionaba aquel trabajo de conocer a extraños interesantes. De hecho, intercambiaba significativas miradas por encima de las chocolatinas Hershey Bar y los Twizzlers con jóvenes de fuera de la ciudad que buscaban un poco de contacto y bienestar en una ciudad desconocida. Él se los llevaba a su cuarto de Thurston Hall y allí les ofrecía hospitalidad y tiernos cuidados, pero, entre las distracciones veraniegas, no dejaba de pensar en David Carlin. Se lo imaginaba de vuelta en su casa de Pensilvania, con la familia que parecía odiar la esencia más profunda de su identidad y que lo había torturado para cambiarla.

Cuando las clases se reanudaron en septiembre, la emoción que sentía por la perspectiva de ver a David le sorprendió. Vio que la dirección del chico para el nuevo curso escolar que constaba en el registro de la universidad era el 2025 de la calle 1 NW. Por la tarde se puso la chaqueta y caminó hacia el norte de Thurston por la 20 hasta llegar al triángulo de vegetación conocido como Monroe Park, donde los indigentes bebían whisky y se despatarraban sobre los bancos de madera gastados. Al otro lado de la calle, identificó el alto edificio de ladrillo y vio a un grupo de estudiantes con sus madres y sus padres descargando maletas y enormes radiocasetes de coches con matrícula de fuera de la ciudad. Se sentó en un banco y seguía allí cuando David salió del vestíbulo con un cigarrillo entre los dedos, exhalando humo por entre sus redondeados labios y observando cómo ascendía en la tarde iluminada de neón. Bajo el dosel verde del toldo, se recortaba aquella oscura figura con las cejas fruncidas y el aire preocupado que Mike encontraba tan fascinante. Llevaba una chaqueta de *tweed* y unos pantalones de pana marrones y caminaba demasiado erguido, o eso le pareció a Mike. Al resto del mundo le parecería la persona más heterosexual de la faz de la tierra, un soltero en edad de merecer con largos años de matrimonio por delante. En cuanto Mike le dio la vuelta a la imagen mentalmente, empezó a gustarle la idea. Si tenía un tipo de hombre, eran los tíos que vestían como él, con ropa sencilla, discreta, tal vez un poco pija, sin el exceso y el amaneramiento exagerado de los homosexuales declarados. Su fantasía, cuando iba de caza a los bares de intercambio de parejas, era pescar a un hombre casado heterosexual y abrirle los ojos al amor que secretamente deseaba pero que nunca conocería hasta toparse con Mike. Se estaba imaginando lánguidamente a David Carlin en su papel de ligue casado, cuando una chica alta y rubia, con largas piernas enfundadas en un par de medias y una minifalda salió corriendo del edificio y se lanzó al cuello de David para darle un largo abrazo, claramente de carácter amoroso. Para Mike, que todavía no había emergido de su mundo de fantasía, aquello encajaba perfectamente, de algún modo, en la excitante historia que se estaba montando en la cabeza. Pero entonces se dio cuenta de que lo de la chica no era ninguna fantasía y de que David le estaba devolviendo los besos. Por un instante se quedó mirando, sorprendido, y luego se levantó con rigidez del banco del parque y desapareció entre las sombras de la avenida Pensilvania.

Entre el turno de tarde de la WRGW estaba empezando a cundir el pánico. Eran más de las diez menos cuarto y faltaban menos de quince minutos para que *Mike por la noche* entrara en antena. El productor, Rick Moock, había probado a llamar a Thurston, pero el conserje le había dicho que no había visto a Mike Hess desde antes de la cena. Rick estaba discutiendo con el director del estudio si poner una cinta de un programa antiguo o meterse él en harina, cuando Mike entró en el cuarto de producción y tiró la chaqueta sobre la silla.

—Vale, tíos —dijo—. Sé que llego tarde, pero dejadme en paz. Dadme solamente los tres primeros temas y empezaré desde ahí, ¿de acuerdo? Pásame lo nuevo de Art Garfunkel, ¿quieres?

Pero Rick estaba enfadado con Mike y quería que lo supiera.

—De eso nada, Mike. Eso de llegar cuando el programa está casi en el aire y pensar que puedes apañártelas improvisando no es nada profesional. En tu ausencia, Paul y yo hemos decidido cuál será la lista de temas y vamos a abrir con Bowie, luego irán Janis Ian y Glen Campbell, es el número uno, por si no te has dado cuenta.

Mike estaba histérico y no quería discutir, pero, con la mente a mil por hora, ideó rápidamente un plan.

—Está bien, chicos. Lo siento, ¿vale? Pondremos a Bowie y a todo el resto, pero dejadme abrir con Garfunkel, ¿queréis? No es mucho pedir.

Rick miró el reloj y vio que no había tiempo para discutir. Le tendió el disco a Mike.

—Está bien, Mike. Tú ganas. Pero en cuanto acabe el programa, quiero una explicación.

Mike sonrió agradecido, cogió el disco y subió las escaleras para ir al estudio número cinco, donde la cabina lo esperaba y el programa de noticias de la NBC estaba a punto de concluir.

—Muy buenas noches, soy Mike, y esto es *Mike por la noche*.

Mientras el tocadiscos zumbaba y Art Garfunkel canturreaba su resucitada balada de amor, Rick Moock se preguntaba cómo era posible que Mike tuviera aquella habilidad para pasar del estrés de la vida real a convertirse en la calma personificada en las ondas.

—Y ese era Art Garfunkel, chicos y chicas —dijo, entonando con su profunda voz mientras finalizaba el tema—. «I Only Have Eyes for You». El número dieciocho de los cien mejores de *Billboard* que esta noche va dedicado a un chico muy especial con un mensaje de su antiguo supervisor residente…

Rick gesticuló a través del cristal del estudio y levantó las manos para preguntarle qué creía que estaba haciendo, pero Mike ya estaba leyendo la letra de la canción con tal intensidad y sentimiento que hasta los mayores estereotipos parecían vibrar repentinamente de significado.

—«Mi pasión debe de ser una especie de amor ciego»
—murmuró, en voz baja y grave.

Solo te veo a ti.
¿Han salido hoy las estrellas?
No sé si está nublado o hace sol,
porque solo tengo ojos para ti.
Estás aquí y yo también.
Tal vez pasen millones de personas.
Pero las pierdo a todas de vista
y solo tengo ojos para ti...

Después del programa, Mike no se quedó. Volvió corriendo a
su habitación de Thurston Hall y se tiró, exhausto, en el maltrecho sofá. Eran las dos de la mañana cuando miró los números
verdes fluorescentes de la alarma de la radio y se dio cuenta de
que el pájaro carpintero que le había estado incordiando en sueños era alguien llamando a la puerta. Cuando la abrió, todavía
medio dormido, vio a David y lo estrechó entre sus brazos.

Aquella primera noche fue lo más maravilloso que Mike
había vivido jamás. Los minutos frenéticos que dedicaban a hacer el amor, con una intensidad rítmica e hipnótica, se alternaban con la tranquilidad más profunda y perfecta, mientras permanecían tumbados en la estrecha cama al lado de la ventana,
observando embelesados y maravillados la noche de Washington. Antes del amanecer, Mike señaló las brillantes constelacio-
nes de exóticos nombres que el fallecido obispo le había descrito en su día y, por la mañana, fueron a comer arándanos al
quiosco de Port of Piraeus, en la 21 con la M, prácticamente en
silencio, o hablando de pronto los dos a la vez y riéndose de su
propia torpeza. Rellenaron las tazas de café varias veces hasta
que se produjo una señal tácita y se levantaron a la vez para
volver paseando del brazo hasta Thurston, a su nido de amor.

Pasó el día y llegó la noche; luego otro día y otra noche, y seguían aferrados el uno al otro. Pidieron comida del Kozy Korner que estaba cerca de Dupont y se aislaron del mundo. Las persianas estaban cerradas, el teléfono desconectado, vivían en un reino donde el tiempo y la vida permanecían en suspenso en honor de una fuerza mayor y más poderosa. David dijo que ya entendía cómo Kathleen Ferrier podía cantar aquella canción tan hermosa, en la que decía que estaba muerta para el desorden del mundo y que vivía únicamente en un maravilloso paraíso de belleza y amor. Mike asintió y tomó nota mentalmente de escuchar el disco de Kathleen Ferrier que tenían en los archivos de la WRGW.

Fueron las tareas de Mike como supervisor residente lo que los separó. Cuando el conserje llamó a la puerta para recordarle lo de la fiesta de bienvenida para los novatos, Mike se estremeció como si la plebe hubiera asaltado el templo.

David se echó a reír.

—Venga, cielo, no te preocupes. Tú tienes que cuidar a tus niñitos y a tus niñitas. Y yo tengo que ir a mi apartamento, no estaría de más que trabajara un poco, la verdad.

Parecía tan sereno que Mike no podía creer que fuera el mismo tío que hacía tres meses había irrumpido en su vida rezumando nerviosismo y agitación. Aunque, pensándolo bien, él mismo se sorprendía al sentirse tan en calma, mucho más en paz de lo que se había sentido en meses. Era como si él y David hubieran estado llenos de energía eléctrica peligrosa y chispeante y, al juntarse, esta se hubiera descargado y neutralizado.

OCHO

1976

Los últimos meses de 1975 y la primera mitad de 1976 fueron una época feliz para Mike. Le iba bien en los estudios de Derecho y se estaba forjando una reputación como experto en la insondable asignatura de Reordenación Política. Su carrera radiofónica estaba despegando —había despertado el interés de un par de emisoras de Washington y era posible que le ofrecieran un espacio como invitado en sus programas nocturnos— y pinchaba con regularidad en las fiestas de las residencias, en los guateques de la universidad y en celebraciones privadas en Maryland y Virginia. Por otra parte, cada vez encontraba más motivos para admirar a su nuevo amante: David era inteligente y culto, despierto y con habilidades artísticas, le gustaba todo tipo de música —no solo Mahler, que se había convertido en blanco de una broma privada entre ellos— y ayudaba a Mike con entusiasmo, haciéndole sugerencias para sus listas de reproducción. Los profesores de su clase de Inglés lo consideraban un escritor elegante y original, y solía escribir sobre teatro y cine regularmente en el *GW Hatchet*.

La relación con Mike parecía haber calmado los nervios de David y este permanecía estable e incluso tranquilo durante largos períodos de tiempo. Sin embargo, fumaba constantemente —Mike opinaba que demasiado— y recaía en su antigua depresión cada vez que alguna cosilla iba mal. Sabía que era absurdo permitir que sucesos insignificantes le afectaran —había leído el nuevo libro de Aaron Beck sobre una cosa llamada «terapia cognitiva»— y se reprendía a sí mismo con cáusticos arrebatos, cantando «*¡Catastrofizar! ¡Personalizar!*», al ritmo de «Jennifer Juniper», de Donovan.

Algo de lo que nunca hablaba, y sobre lo que Mike nunca le preguntaba, era de la mujer que había besado en la acera aquella noche de septiembre. Mike estaba ahora tan a menudo con él que suponía que ella había salido de su vida o, si no era así, que ocupaba un muy segundo lugar respecto a él. A veces, en momentos en los que se sentía especialmente cercano a David, Mike tenía la tentación de preguntarle por su *femme mystérieuse*, pero siempre se contenía. Era como si disfrutara de la idea de que su pareja tuviera una mujer en algún lugar. No había celos por parte de Mike y aquello hacía que sus relaciones sexuales fueran aún más picantes.

Dormían casi todos los días en Thurston Hall y comían fuera al menos una vez a la semana. Pero David no era demasiado sociable y, cuando Mike tenía compromisos nocturnos como pinchadiscos, él solía regresar a su apartamento de la calle 1. En el edificio había un buen número de estudiantes de la George Washington, la mayoría veteranos y personas que cursaban el segundo curso, como el propio David, y se hizo amigo de unos cuantos durante el año. Cuando le preguntaban por qué apenas pasaba por casa y dónde estaba todo el tiempo, él hacía un gesto con la mano y respondía con un vago: «Bah, aquí y allá. Ya sabes…».

David conoció a Mark O'Connor en el vestíbulo del edificio una noche en la que Mike estaba pinchando en una discoteca para una fiesta de vigésimo primer cumpleaños. Descubrieron que tenían la habitación en el mismo pasillo y David lo invitó a tomar un café.

Mark tenía dieciocho años, estudiaba Psicología, era de Boston y le gustaba hacer nuevos amigos. Le sorprendió la penumbra del cuarto de David, los libros que se alineaban a lo largo de las paredes y los periódicos académicos y las hojas de papel garabateado que cubrían la alfombra. En la mesa había ceniceros sin vaciar y el humo de horas de Marlboros fumados en cadena daban a la habitación una pátina rancia y brumosa que a Mark le pareció tremendamente sofisticada. Después de un minuto hablando de cosas sin importancia, le sorprendió que David le preguntara si era irlandés.

—¿Tan obvio es? —respondió Mark, riéndose.

Tenía ascendencia irlandesa, desde luego, era más rubio y más delgado que Mike, pero tenía un aspecto muy celta. Su padre había rastreado el origen de su familia y había llegado hasta el condado de Fermanagh en el siglo XIX, y Mark se sentía bastante cómodo con su herencia y con su lugar en el mundo.

—Es que hay un chico irlandés al que le tengo mucho cariño —dijo David—. No le hablo a mucha gente de él porque..., porque, bueno... —David pensó en las razones que lo llevaban a no hablarle de Mike a la gente—. Bueno, porque no. Pero os parecéis, ¿sabes?... —concluyó. Suponía que Mark era gay y le gustaba su aspecto sensible y amable, pero no quería avasallarlo—. En fin —continuó—. Puede que lo hayas visto. Es supervisor residente en Thurston, se llama Mike Hess.

Mark dijo que lo había visto, pero que no tenía ni idea de que fuera gay. David sonrió y encendió otro cigarrillo.

—¿Sabes qué? Me parece que no quiere ir publicándolo por ahí. Creo que podría estar pensando en meterse en política y ser gay no está muy bien visto en esos entornos.

Mark se preguntaba por qué le estaba contando todo aquello —probablemente, solo porque era irlandés—, aunque estaba empezando a sospechar que David estaba buscando algún tipo de reafirmación por su parte.

—Bueno, eso es verdad, desde luego —respondió Mark con una sonrisa—. Siempre me sorprende el cálculo de Kinsey, según el cual uno de cada diez somos gais. Y, sin embargo, el cien por cien de los tíos que nos gobiernan son machotes heterosexuales, sin una sola excepción. ¿Soy el único que cree que ahí pasa algo raro?

David se rio y le aseguró que le transmitiría el mensaje a Mike la próxima vez que lo viera. Mark le dio las gracias por el café y dijo que sería mejor que volviera al trabajo, pero mientras se iba señaló el montón de papeles que había por el suelo.

—Ten cuidado con esos cigarrillos, no vayas a incendiar el edificio, ¿vale?

David siguió en contacto con Mark O'Connor durante el resto del año académico y le habló muy abiertamente sobre su relación con Mike Hess. Le contó cuánto lo quería y hasta qué punto había llegado a depender de él en los meses que llevaban juntos. Mark, por su parte, había tenido unos cuantos escarceos sexuales, pero tenía dieciocho años y la idea de una relación real lo emocionaba sobremanera. Sabía que David, de vez en cuando, recibía la visita de una chica de pelo rubio, pero nunca habían sacado el tema en sus conversaciones. Últimamente, Mark tenía la sensación de que David se estaba cansando cada vez más de su relación con Mike: a veces volvía a casa nervioso, irritado y más triste de lo normal. Mark se preguntó si estaría a punto de derrumbarse.

A medida que se acercaba el final del semestre de primavera, Mike empezó a buscar un trabajo para las vacaciones de verano. Volver a la tienda de chucherías del Kennedy Center siempre era una opción, pero ya era casi un abogado cualificado y esperaba encontrar algo más adecuado y mejor pagado. Algunos de sus compañeros habían sido contratados por despachos de abogados durante el verano, pero parecía que los puestos que él había solicitado habían cubierto ya sus vacantes y estaba perdiendo un poco las esperanzas.

Hacia finales de marzo, él y David reservaron mesa en un nuevo restaurante de la calle M, en Georgetown. El Bistro Français estaba dirigido por un chef del sur de Francia y había obtenido buenas críticas tras su apertura: algunos de sus amigos habían comido allí y les habían dicho que los huevos Benedict eran soberbios.

Las flores de los cerezos pendían de los árboles mientras paseaban por la avenida Pennsylvania. Mike estaba irritable y preocupado por el verano. Veía que David estaba alegre y, de la insidiosa forma que solían ser esas cosas, sentía que el optimismo de su pareja agravaba su propia irritabilidad. David charlaba sobre música y sobre el tiempo, sobre poesía y sobre Shakespeare, sobre una representación de *Hamlet* que había visto en el teatro Ford's y sobre un artículo que estaba escribiendo que pretendía «convertir en una especie de tesis sobre la naturaleza del parricidio».

—Voy a titularlo *Hamlet y nosotros*. ¿Qué te parece? Explicará por qué Hamlet está tan atormentado, por qué cree que las cosas no encajan en su tiempo. Es porque ha nacido en la época equivocada en el lugar equivocado y naturalmente culpa a su padre y a su madre. El tema principal de Hamlet es que no ha encontrado su lugar en el mundo al que pertenece, así que el resto de lugares, incluido Elsinore, le parecen arbitrarios y carentes de sentido. No me extraña que diga que Dinamarca es una prisión.

Estaban en el puente sobre Parkway y Mike tenía la sensación de que David estaba en uno de sus momentos de sobreexcitación en los que la energía fluía sin límites a través de sus sinapsis y no podía dejar de soltar a borbotones todo lo que se le pasaba por la cabeza. Pero a aquellos momentos les seguían el bajón y la desesperación, y el corazón de Mike se hundió ante la expectativa de una próxima depresión. David se detenía en todas las tiendas de arte y antigüedades de la calle M, exclamando ante la belleza de los objetos que había en los escaparates y diciendo que deberían comprar esa figurita o aquel decantador. Estaban casi en el restaurante cuando Mike se dio cuenta de que le estaba haciendo una pregunta.

—Sabía que no estabas escuchando, Mike. Estaba diciendo que yo era Hamlet hasta que te encontré. ¡Pero ahora todo parece encajar, es como si hubiera un lugar en la tierra que el destino me tuviera reservado y por fin hubiera llegado a él! ¿Me entiendes? Es como si aquí fuera donde debería estar y el resto de los sitios fueran equivocados y aleatorios. No había ninguna razón para que estuviera allí… Pero ahora estoy en el lugar que la vida siempre me ha reservado.

Mike lo escuchó con retardada fascinación. El encomio de David era idéntico a la visión que hacía tanto tiempo que él mismo tenía de la aleatoriedad de la vida. Se preguntaba si le habría hablado de ello algún día de borrachera, o si lo habría comentado en sueños y David lo había absorbido de algún modo y se lo estaba regurgitando en una parodia grotesca. Pero David no bromeaba, era tan evidente que creía en lo que estaba diciendo que Mike empezó a reflexionar sobre ello. Estaba claro que se sentía muy unido a Mike y que Mike, a decir verdad, probablemente se había sentido mejor en los últimos seis meses con David que en toda su vida.

Mike guardó silencio durante la comida —David ya hablaba suficiente por los dos— y empezó a ser cada vez más consciente de que algo iba mal. Creía que, en realidad, debería estar de buen humor. David estaba bien, después de todo: su relación les había aportado estabilidad y una sensación de pertenencia, cuando antes se sentían atormentados y a la deriva. Pero un gusano algo más amargo hurgaba en los pensamientos de Mike y lo incomodaba cada vez más. Si bien el tiempo que había pasado con David le había proporcionado alegría, el gusano le decía que no merecía ser feliz, que no debería ser feliz y que no quería la felicidad que había encontrado.

Mike estaba acostumbrado a responder a la verborrea de David con una sonrisa tolerante, pero esa vez la sonrisa no le salió. Mientras volvían paseando juntos a Thurston, Mike hizo oídos sordos a la conversación de David. Lo único que podía oír era al gusano repitiendo una y otra vez: «No te lo mereces. No puedes ser feliz, porque no te lo mereces».

NUEVE

1976

En las semanas siguientes, Mike empezó a poner excusas para no ver a su pareja: le decía que se había enterado de que tenía que ir a un guateque, o que debía ir a visitar a un amigo y le dejaba claro a David que se iba a aburrir. Al principio, este se lo tomó bien —todavía estaba en la época buena y nada podía afectarle cuando se sentía así—, pero, cuanto más se le desinflaba el ánimo, más dolido y rechazado se sentía. A principios de mayo, en plenos exámenes finales, David le pidió que se sentaran a hablar. Mike veía que estaba descendiendo hacia lo más profundo de su estado maníaco y que se hundía sin remedio en los abismos de la depresión, y le daba miedo la fuerza de lo que veía que se estaba desencadenando. Sabía que debía consolarlo, pero algo se lo impedía. El hecho de que David se comportara de forma agresiva y recriminatoria hizo que le resultara más fácil permanecer frío y esquivo.

—¿Sabes cuál es tu problema? —le preguntó David, mientras cenaban—. Tu problema es que no sabes *cómo* amar a nadie. Sabes que si me amas seré feliz y tú serás feliz, pero no puedes soportarlo, ¿verdad? No eres capaz de dejarte llevar, de entregarte a alguien. —El muchacho se quedó mirando a Mike. Mike murmuró algunos comentarios apaciguadores, pero David no lo estaba escuchando—. Desde que nos conocemos, ha sido igual. Aquel primer día, hace tantos meses, me diste falsas esperanzas y luego te retractaste. Después pensé que ya habíamos solucionado las cosas, pero ahora veo que nunca vas a comprometerte. Venga, Mike. No estás siendo honesto conmigo, ¿verdad? ¿Has encontrado a otro? ¿Por eso no dejas de darme la espalda?

—No —replicó Mike, poniendo los ojos en blanco—. Solo necesito más espacio, eso es todo. No hay nadie más.

Pero a David se le había metido aquella idea en la cabeza y no iba a dejar las cosas así.

—Vale, pues demuéstramelo —le suplicó a Mike, mientras le agarraba la mano por encima de la mesa—. Llévame contigo esta noche. Y no digas que tienes que ir a un sitio al que yo no puedo ir.

—Claro —respondió Mike, encogiéndose de hombros—. De todos modos, ya sabes adónde voy: es el concurso de *drags* del Lost & Found y voy a pinchar, ¿no te acuerdas? —manifestó, desembarazándose de la mano de David—. No creo que sea lo tuyo, pero puedes venir si quieres.

Se despidieron con frialdad. Mike no podía llevar a David al L&F, porque tenía que ir con el camión que transportaba el equipo de sonido, pero David le dijo que iría solo hasta allí.

Cuando David llegó, alrededor de las nueve, el lugar estaba en pleno apogeo. Era un espacio cavernoso excavado en un antiguo almacén y decorado con espejos, luces negras y plantas artificiales. La barra estaba abarrotada, la mesa de billar siempre ocupada y la planta principal llena de mesas preparadas para la cena. Había un escenario iluminado cubierto de flores y una brillante pancarta plateada que decía: IV PREMIOS ANUALES UNIFICADOS DE LA ACADEMIA DE WASHINGTON. Una esbelta imitadora, que llevaba puesto un traje de fiesta con la espalda descubierta y una tiara, se dirigía al mar de mesas, la mayoría de ellas ocupadas por hombres vestidos de forma similar a la suya de diferentes edades y tamaños.

—Vamos, chicas, tranquilizaos. Sé que estáis emocionadas, pero quiero que sepáis que el jurado de esta noche estará compuesto por la fabulosa señorita Fanny Brice, la divina señorita Mae Bush, la *auténtica* señorita Liz Taylor y por su presidenta, ¡la inigualable señorita Mame Dennis!

Se oyeron unos aplausos discretos en la sala mientras una *drag queen* alta, con una peluca exagerada y un escotado vestido azul de lentejuelas, entró en el escenario tambaleándose sobre unos altísimos tacones. Mame Dennis, alias Carl Rizzie, se hizo con el micrófono y, satisfecha de que la oyeran, empezó a anunciar la plétora de premios que se entregarían a lo largo de la noche. Tenía una voz nasal y fingida y hacía girar una larga boquilla mientras hablaba. La mayoría de sus agudos y mordaces comentarios se topaban con los silbidos y los abucheos del público.

David hizo una mueca. Aquel sitio le parecía repugnante, pero, mientras Mike estuviera allí, estaba decidido a quedarse. Su novio se encontraba sentado delante de una mesa de sonido y luces, apretando botones y deslizando ajustes, y no hizo ningún esfuerzo por recibirlo.

—Estaré liado un par de horas —le dijo sin levantar la vista—. ¿Por qué no te pides una copa?

David se encogió de hombros y fue hacia la barra. Mike lo vio marcharse con el ceño fruncido.

Dos horas y seis whiskies después, David volvió y se encontró a Mike sentado en una banqueta rosa, charlando con la esbelta *drag queen* que llevaba puesto el vestido de noche y que se había presentado como Mame Dennis. Al ver que Mike no se levantaba, David notó que el alcohol avivaba su rabia y su resentimiento.

—¿Qué coño crees que haces? —farfulló, más alto de lo que pretendía.

Su malestar hizo que a la *drag queen* le diera un ataque de risa.

—¿Que qué coño cree que hace? Vaya, cielo, esa no es manera de hablarle a un caballero. ¡Está acompañando a una joven dama que demanda su más íntimo cariño y atención, y, si quieres mi opinión, *tú* harías bien en coger un taxi y volver al lugar del que has salido!

Mike bajó la vista hacia el suelo, sin decir nada.

—¿Por qué haces esto, Mike? —preguntó David, enfadado y humillado—. Sabes que no te va: tú odias a las *drags*. ¿Por qué le haces esto a la persona que de verdad te quiere?

La *drag queen* sofocó un grito haciéndose la indignada y meneó un dedo con severidad.

—Cielo, te lo advierto: ¡será mejor que te largues antes de que las pieles empiecen a volar y alguien te nomine para el premio de Hombre casado más aburrido! Este no es un sitio para incordiar y crear problemas, ¿te enteras?

David miró a Mike en busca de ayuda, pero este no respondió. David vaciló unos instantes. Luego se lo pensó mejor, dio media vuelta y salió a trompicones del club.

Mike volvió a Thurston a las dos y pico de la mañana y, tres horas después, lo despertó el teléfono. Una voz ronca y aterrorizada que se identificó como Mark O'Connor le preguntó si era Michael Hess.

—Tienes que venir rápido. David Carlin está en urgencias y no sé si va a sobrevivir.

La sala de urgencias del hospital George Washington estaba de bote en bote. Mike, todavía medio dormido, entró procedente de la penumbra de una desierta calle 23 en aquel vestíbulo excesivamente iluminado, como si estuviera en un sueño. Era el 4 de mayo y la radio de la mesa de las enfermeras retransmitía los últimos pronósticos de las primarias del Partido Demócrata de Washington. Al parecer, Jimmy Carter le estaba haciendo sombra a Morris Udall, según captó Mike de forma subliminal (él tenía una leve preferencia por Carter), al tiempo que una mano le daba unos golpecitos en el hombro.

—¿Mike Hess?

—El mismo. Pero no me gastes el nombre.

—Mark O'Connor —se presentó aquel hombre, temblando. Aunque Mike pensó que más bien parecía un niño—. Te he llamado yo.

—Sí. Sé quién eres. David me ha hablado de ti. ¿Qué ha pasado?

—No sé si… has entendido todo lo que te he dicho por teléfono. Ha habido un incendio.

—¿Y cómo…? —Mike se frotó los ojos y tosió ásperamente—. ¿Cómo está él?

—Dicen que tiene quemaduras casi en el ochenta por ciento del cuerpo. Lo había visto ayer y parecía tan…

De pronto, de forma inesperada, Mark empezó a emitir unos sollozos intensos y violentos.

—Es que… Es que… No creo que lo consiga. *Sé* que no lo va a conseguir. Quemaduras en el ochenta por ciento del cuerpo. En el ochenta por ciento…

El chico se desplomó en los brazos de Mike, jadeando en busca de aliento. Mike le echó un ojo y vio que estaba conmocionado. Él, sin embargo, no sentía apenas nada, o nada en absoluto, salvo una terrible calma. Todavía estaba asimilando la situación, aunque, al mismo tiempo, se sentía al margen de todo, en un mundo privado donde la pena no tenía cabida.

—Vamos, Mark, tranquilízate. Creo que necesitas sentarte y tomarte un café. Espera aquí, iré a buscarte uno.

Mike se alejó hacia la cabina de las enfermeras.

—¿David Carlin? —le preguntó a la enfermera de aspecto cansado—. Quemaduras. Ha entrado esta mañana. Soy de la familia.

Era una mujer negra de mediana edad que parecía haberlo visto todo, pero la mención del nombre de David hizo que se sobresaltara.

—Sí, señor. El señor Carlin está ahora mismo en quirófano. Estamos… Estamos haciendo lo que podemos por él. Tenemos a los mejores cirujanos del distrito…

Su voz se apagó y sus ojos cayeron sobre la mesa que tenía delante.

Mike asintió.

—Gracias. ¿Le importa que coja un poco de café de la cafetera que tienen ahí atrás? —preguntó, señalando la cafetera que estaba en el hornillo, detrás de ella. La enfermera se levantó para cogerlo.

Cuando Mike se sentó al lado de Mark, este ya se había recompuesto.

—Venga, Mark. Aquí tienes. Bébetelo. Y luego me cuentas lo que ha pasado, ¿vale? Despacito y con buena letra, empezando por el principio.

Mark bebió un sorbo de café.

—En realidad, no sé lo que pasó —dijo, con un hilillo de voz—. Yo estaba durmiendo y la alarma de incendios empezó a sonar. Todos pensamos que se trataba de un simulacro, como suele pasar, pero había humo… Yo vivo en el pasillo de David y vi que salía de su habitación. Pero él… La puerta se encontraba cerrada y la manilla estaba muy caliente, demasiado caliente para tocarla. —El chico se estremeció y se frotó los ojos—. Los bomberos llegaron en diez minutos y nos pidieron que esperáramos en la acera. Bajaron con una camilla. No le vi la cara, pero sabía que era David.

Mike y Mark seguían sentados en la sala de espera al amanecer. Las enfermeras se llevaban a los pacientes andando o en silla de ruedas a través de las puertas batientes a las habitaciones que había más allá, pero nadie les decía nada sobre David. Fueron a buscar magdalenas al McDonald's de la 19 con la M y volvieron a sentarse a esperar. Cuando preguntaron, les dijeron que el señor Carlin seguía en quirófano. Se sonrieron nerviosos el uno al otro, sin decir nada. Mark se encontraba fatal —no había dormido y el horror de lo que había pasado seguía torturándolo—, pero el tío que tenía al lado actuaba con tanta tranquilidad, con tanta confianza, con tanta entereza… Costaba creer que su pareja se encontrara entre la vida y la muerte. Mark no quería reconocerlo, pero se sentía un poco intimidado. Mike era cinco años mayor que él, estudiante de Derecho y supervisor residente. Además, resultaba realmente atractivo, con aquellos ojos oscuros y aquella densa cabellera negra.

Más avanzada la mañana, un médico les comunicó que David había salido del quirófano. Las cosas habían ido tan bien como era posible y lo iban a trasladar a cuidados intensivos. Mike le preguntó si estaba consciente y el médico le dijo que lo había estado, pero que ahora se encontraba fuertemente sedado. Mike le preguntó si iba a salir de aquella y el médico respondió que, si eran creyentes, sería mejor que rezaran.

Cuando salieron a Washington Circle, les sorprendió comprobar que la vida había continuado en su ausencia. El sol calentaba las aceras y los empleados de las oficinas pasaban con sándwiches y botellas de Coca-Cola. Los cerezos ya no estaban en flor, pero la hierba se veía sembrada de tulipanes y George Washington, sobre su caballo de bronce, ofrecía sombra a estudiantes en mangas de camisa que se sentaban y encendían cigarrillos.

Mark miró el reloj.

—Me he perdido la clase. Era sobre Jung y el significado de los sueños. —Mike murmuró algo inaudible—. No tengo adonde ir, nos han dicho que no podemos volver al edificio hasta que los bomberos lo revisen todo.

Mike asintió, como si se lo esperara.

—Entonces será mejor que vengas conmigo a casa —respondió, y caminaron en silencio por el patio de la universidad hasta Thurston.

—¿Tú fumas? —le preguntó Mark a Mike, una vez en el cuarto.

Mike le dijo que no. Ninguno de los dos fue a clase ese día. Por la tarde, volvieron al hospital y les dijeron que nadie podía ver a David. Había una pareja de adultos sentados en la sala de espera. Él era delgado y calvo, ella tenía el pelo gris y le temblaban las manos mientras intentaba abrir un paquete de Oreo.

Mike supo al instante que eran los padres de David.

Las galletas se esparcieron por el suelo y él se apresuró a recogerlas para dárselas. La mujer levantó la vista y lo miró, mientras le entregaba los pedazos rotos. En sus ojos había tal gratitud, que Mike hizo una mueca de dolor.

—¿Señora Carlin? ¿Señor Carlin? Soy Michael Hess. Era el supervisor residente de David y he venido a ver cómo se encuentra.

La mujer estrechó su mano entre las de ella y se la apretó con la desesperación del dolor de una madre.

El hombre que estaba con ella tosió.

—Encantado de conocerle, caballero. Nos han dicho que está durmiendo. Creo que podría ser una buena señal —dijo. Luego vaciló y se pasó el dorso de la mano por los ojos—. Lo queremos tanto… Tanto… —añadió en voz queda.

David vivió cinco días más.

Mark seguía en Thurston. Veía que para Mike la vida se había detenido, era como si estuviera conteniendo el aliento. Cuando la enfermera les dio la noticia de la muerte de David, al principio Mike pareció aliviado y luego se quedó callado. Por la noche, se levantó y se puso la chaqueta.

—Creo que necesito ir a dar un paseo —dijo, casi para sí mismo—. Solo.

Mark asintió y, sin pensarlo, le dio un abrazo.

Mike apareció cuarenta y ocho horas después, y Mark estaba casi histérico. Mike no tenía ni idea de dónde había estado y lo único que quería era dormir.

—Pero, Mike, ¿dónde estabas? Iba a llamar a la policía, aunque… No sabía si… He estado muy preocupado por ti, Mike.

Pero Mike tenía la mente en blanco y, antes de que Mark pudiera decir nada más, se desplomó en el suelo.

—Dios santo —murmuró Mark, al notar el olor a alcohol y a vómito en la ropa de Mike. Intentó subirlo a la cama, pero era un peso muerto. Lo desnudó y lo aseó lo mejor que pudo, y luego lo envolvió en una manta y lo cubrió con un edredón. Estuvo sentado a su lado durante el día y medio que pasó durmiendo y lo alimentó con leche hervida con trozos de pan de maíz cuando se despertó. Mike tenía la cara y el cuerpo pálidos, temblaba constantemente, tenía las extremidades agarrotadas y le daban espasmos en las piernas. Poco a poco, Mark lo cuidó hasta hacerlo volver a la vida. Le llevaba comida del supermercado de Georgetown, atendía las llamadas de la administración de la universidad, interceptaba a los estudiantes que iban a verlo para desearle unas buenas vacaciones… Pero Mike sufría pesadillas y dormía mal. Mark luchaba para animarlo.

—¿Qué diablos me pasa? —le preguntó Mike, al cabo de una semana—. Tú eres psicólogo, ¿me lo puedes decir? —Mark se echó a reír y le dijo que todavía estaba estudiando y que no se sentía cualificado para psicoanalizar a nadie. Pero Mike estaba muy serio—. Es culpa mía —dijo—. Lo sabes, ¿verdad? Lo hizo porque lo traté mal. Y lo peor es que sabía lo que hacía. Yo lo amaba, él era mi alegría, pero lo destruí. ¿Por qué hice una cosa así, Mark? ¿Por qué iba a hacer nadie una cosa así?

Mark se encogió de hombros y apartó la vista. David le había hablado de los impulsos autodestructivos de Mike, de su amor por el exceso, y había leído sobre el miedo al rechazo que tenían interiorizado los huérfanos y sobre la consiguiente dificultad en sus relaciones y la necesidad de provocar un rechazo que creían inevitable.

Mike se recostó y cerró los ojos. Mark casi podía sentir cómo se concentraba. Cuando empezó a hablar, le contó todo a Mark: las pérdidas que había sufrido en el pasado, de las que se culpaba a sí mismo; de Charlotte, de Loras y de la madre que lo había abandonado; de cómo se había pasado la vida rechazando y fallándole a la gente que quería y de la tremenda culpabilidad que sentía. También le dijo que creía que la única salida era volver adonde todo había empezado, encontrar a su madre biológica y entender qué había ocurrido tantos años atrás. Tal vez así podría detener aquel doloroso círculo.

—Hasta que no lo haga, tengo la sensación de que esto…, de que esta tragedia se repetirá una y otra vez.

Mark vaciló, estrechó a Mike entre sus brazos y lo acunó adelante y atrás como a un bebé.

DIEZ

1976

Bien entrado el mes de mayo, llegó una carta ofreciéndole a Mike un trabajo para las vacaciones. Era del Instituto Nacional de Asesores Legales Municipales (NIMLO), que estaba en la avenida Connecticut. Mike apenas recordaba haberles escrito y tenía una idea de lo más superficial de lo que hacían, pero Mark estaba entusiasmado: quería que Mike aceptara de inmediato, ya que temía que un verano sin nada que llenara su tiempo lo convirtiera en presa de pensamientos destructivos.

Antes de irse a Boston a pasar el verano con su familia, Mark le hizo prometer a Mike que, al menos, iría a ver a la gente del NIMLO. También le preguntó dónde iba a vivir el año próximo. Mike le dijo que aún no lo había pensado: solo podía ocupar el puesto de supervisor residente en Thurston durante dos años, así que tendría que encontrar otro sitio. Mark le comentó que tenía pensado irse a una casa de la calle E en el sureste de Washington, justo al lado del Capitolio, y que, si quería irse a vivir con él, era bienvenido.

—Claro, suena bien —respondió Mike. Mark se puso eufórico.

Cuando se quedó solo en Washington, Mike siguió el consejo de Mark. Aceptó el puesto en el NIMLO y empezó a trabajar a principios de junio. La sede de la organización estaba en un edificio alto y marrón de la década de 1960, en la esquina de Connecticut y la calle K, y Mike se presentó allí el primer día de trabajo sin tener todavía muy claro qué tendría que hacer. En una gran oficina diáfana, un montón de hombres en mangas de camisa trabajaban en mesas atestadas de archivos y libros de Derecho, escribían a máquina, revolvían montones de papeles y se comunicaban en voz baja. Era una escena propia de Dickens y a Mike se le cayó el alma a los pies. En cada extremo de la enorme oficina había unos cubículos idénticos de cristal con placas en las puertas. Uno de ellos se abrió finalmente para regurgitar a un abogado elegantemente vestido que se presentó como Bill y se disculpó por que el presidente no pudiera estar allí en persona.

Mike se rio.

—Bueno, supongo que en este momento Gerry Ford estará demasiado ocupado preparando las elecciones.

Pero el abogado no sonrió.

—Me refiero a *nuestro* presidente, señor Hess. Sin duda habrá oído hablar de Charles S. Crane…

Mike estaba a punto de decir que no, pero no tuvo oportunidad.

—El señor Crane ha sido presidente del NIMLO desde que fundó la organización hace cuarenta años. Presidió el Colegio de Abogados de Estados Unidos durante un buen número de años, fue embajador especial de ACNUR para Richard Nixon y representó a la Casa Blanca en los juicios por el caso Watergate. Nixon y él son amigos personales desde que estudiaron en la facultad de Derecho de Duke.

Mike adoptó una expresión que esperaba que sugiriera que se sentía impresionado, aunque en realidad estaba pensando que todo aquello sonaba a camarilla republicana aburrida. Le sorprendía que alguien siguiera pensando que era una buena idea presumir de tener contactos con el viejo y desacreditado Tricky Dicky*.

—Ya —se limitó a decir Mike—. ¿Y qué tipo de trabajo se hace en el NIMLO, exactamente?

El abogado abrió un archivo y le pasó un cuadernillo. Mike le echó un vistazo a una foto retocada con aerógrafo de un distinguido Charles Septimus Crane. El texto proclamaba que el NIMLO era «una organización profesional sin ánimo de lucro que lleva defendiendo y asesorando legalmente a los abogados del Gobierno desde 1935, proporcionando a sus miembros información sobre la gran cantidad de asuntos legales que los Gobiernos locales han de abordar en la actualidad y soluciones para los mismos».

Mike levantó la vista.

—Así que proporcionan asesoramiento en pleitos a la alcaldía y al Gobierno central. ¿Podría decirme por qué el señor Crane me ha elegido para trabajar aquí?

El abogado sonrió.

—Por varias razones, creo yo. Él también se graduó en la George Washington y, por supuesto, es admirador de la Iglesia católica. Consultó su expediente y le gustó lo que vio. Su especialización en Reordenación, por ejemplo. —Mike pensó que aquello parecía *Grandes esperanzas*, con el señor Crane en el papel de misterioso benefactor desaparecido hacía mucho tiempo, pero Bill siguió dando la tabarra—. Sin duda, sabrá que el señor Crane recurrió la jurisprudencia sentada por el caso de Baker contra Carr, que hizo que Tennessee redibujara los lindes electorales en 1962. Eso fue lo que hizo que el Tribunal Supremo resolviera que cada persona equivaldría a un voto, lo que ha dado pie a la actual recusación de la manipulación de distritos electorales de los distintos estados. —Mike respondió que, por supuesto, había oído hablar del caso de Baker contra Carr y que

---

* Sobrenombre peyorativo de Richard Nixon. *[N. de la T.]*

estaba deseando conocer al señor Crane—. Mientras tanto —continuó Bill—, le dejaré en manos de nuestra competente secretaria legal, la señorita Kavanagh. Si necesita algo, estaré en mi despacho. —Dicho lo cual, huyó de nuevo a su cubículo.

Susan Kavanagh le estrechó la mano a Mike con calidez.

—Veo que has conocido a Bill Crane. Bill es el hijo del jefe —dijo con una amplia sonrisa—. Yo que tú no me preocuparía por él: es papá quien corta el bacalao.

Mike trabajaba duro en el NIMLO y le pareció que el verano pasaba volando. Se dedicaba a los casos pequeños y menos importantes (pueblecitos del Medio Oeste que solicitaban asesoría legal para conflictos de planificación, o que querían saber si podían plantar un árbol en una plaza pública, o construir en el solar de un antiguo cementerio), pero le gustaba la sensación de estar haciendo por fin trabajo legal de verdad y le gustaba Susan Kavanagh.

Susan era de Nueva York, pertenecía a la cuarta generación de una familia católica de ascendencia irlandesa y solo tenía un par de años más que Mike, pero ya se había casado, estaba separada y tenía una hija pequeña a su cargo. Era inteligente, ingeniosa y muy divertida: justamente lo que al muchacho le hacía falta ese verano. Por mucho que sintiera pena de sí mismo, no podía evitar sonreír cuando ella estaba cerca. Cuando notaba que entraba en un estado de ánimo taciturno y sombrío, lo animaba con un chiste o con un comentario gracioso sobre alguno de sus compañeros de trabajo. Había estudiado Inglés en la universidad, pero se recicló como asistente de un abogado cuando su marido la dejó, y veía el mundo legal desde fuera, desde un punto de vista sardónico.

Bill Crane era el objetivo de muchas de las bromas que compartían. Engreído y egocéntrico, Bill era de constitución fuerte y caminaba como un jugador de fútbol americano. En la oficina se rumoreaba que no tenía amigos. Susan había copiado una lista escrita en papel que él había tirado al suelo con una serie de palabras que, evidentemente, él había estado intentando memorizar, como «catalizador», «simbiosis», «lascivo» y «taimado». Bill tenía veintitantos años y se había graduado en la facultad de Derecho de George Washington hacía solo tres.

—Ándate con ojo —le advirtió Susan a Mike, con una sonrisa—. Tú también eres un abogado de la George Washington, eres más joven que él, más brillante y *mucho más guapo*. Creo que te tiene un poco de pelusa.

Mike se echó a reír e hizo una reverencia exagerada.

—Entonces tendré que retarlo a un duelo —replicó, mientras blandía un florete imaginario en el aire en el preciso instante en que Bill salía del cubículo de cristal para preguntar qué sucedía.

Esa tarde, mientras se tomaban unas copas en el Old Ebbitt Grill, Susan y Mike se rieron a carcajadas de la mirada de incomprensión que había puesto Bill cuando Mike le había dicho que estaba practicando para su clase de esgrima.

—En serio, Susan, ese tío hace que me sienta como un colegial travieso. No sé cómo puedes mantener la cordura en ese lugar. Ni de broma trabajaría a jornada completa para un puñado de vejestorios anticuados como el NIMLO, ¡me volverían loco!

Ese verano, fue testigo de la culminación de una temporada inusitadamente reñida de las elecciones primarias presidenciales. El titular del cargo de presidente, Gerald Ford, se hizo con la nominación republicana después de una larga batalla con el conservador Ronald Reagan, pero la carrera demócrata estaba abierta de par en par. Jimmy Carter iba en cabeza de carrera, seguido de cerca por el gobernador Jerry Brown de California, el inconformista ligado a una silla de ruedas George Wallace y el liberal Morris Udall de Arizona. Como únicos demócratas declarados en la oficina del NIMLO, Mike y Susan habían estado siguiendo la competición con gran emoción y se habían convertido en el blanco de las mofas de sus compañeros de trabajo, que se reían de su inocencia y los tachaban de rojos peligrosos.

Cuando el período de estancia de Mike en el NIMLO estaba llegando a su fin, uno de los principales integrantes del equipo de la campaña de Morris Udall fue asesinado en Washington. Ron Pettine era un católico practicante de treinta años, sin ningún tipo de contacto con ambientes delictivos. Los primeros informes apuntaban a un motivo político —desde el Watergate, los estadounidenses tendían a creer que la política estaba plagada de crímenes y conspiraciones—, pero resultó que Pettine había sido encontrado desnudo y apaleado hasta la muerte al lado del Iwo Jima Memorial, a la entrada del cementerio nacional de Arlington. Tenía la cara irreconocible y solo habían podido identificarlo por el anillo. Poco después, tres jóvenes fueron arrestados y confesaron que «habían ido a buscar a un maricón» para darle una paliza y que se habían topado con Pettine, que buscaba sexo gay. Horrorizado, Mike recordó todas las veces que él mismo había recorrido los solitarios caminos que rodeaban el monumento. Cuando leyó los relatos de la prensa sobre el asesinato, se sintió preocupado y deprimido, y empezó a replantearse cada vez más sus propios planes de hacer carrera en la política.

El día que dejó el NIMLO para volver a su vida de estudiante, Mike le compró unas flores a la florista de Foggy Bottom y se las regaló a Susan Kavanagh, junto con una nota redactada con dulzura en la que le agradecía que lo hubiera ayudado en aquel difícil momento de su vida. Ella no tenía muy claro que aquel fuera el único significado de aquellas flores, pero había algo insondable en Mike Hess y no quería arriesgarse a ofenderlo siendo demasiado directa acerca de lo que sentía por él.

—Prométeme que seguiremos en contacto, ¿vale? —dijo Susan—. No deberías cerrarte ninguna puerta: en ocho meses obtendrás el título y nunca se sabe cuándo puedes necesitar un trabajo —se apresuró a añadir.

ONCE

1976

En cuanto Mark O'Connor volvió de pasar el verano en Boston, Mike se fue a vivir con él. Mark había encontrado un piso grande en un barrio que el agente inmobiliario había descrito como «de transición». Así de esperanzador. Se encontraba entre el Capitolio y el cuartel de la Infantería de Marina, y lo que hacía que un par de estudiantes como ellos se pudieran permitir tanto espacio como disponían era la reputación de la zona de poco menos que salubre. El amplio apartamento ocupaba todo el piso situado encima de una tienda. Tenía los techos altos, muy pocos muebles y era perfecto para dar fiestas.

Tras su dramática relación con David Carlin, Mike daba gracias por empezar a vivir una nueva vida con Mark. No es que Mark fuera aburrido —algo que, desde luego, no era—, pero irradiaba una firme sensación de serenidad. Era inteligente y se encontraba bien consigo mismo: para él ser gay no era una fuente de tormento, sino una fuente de alegría. Y era muy muy guapo.

Cuando Jimmy Carter fue elegido líder de los demócratas, Mike se alegró. Admiraba a Carter y le dijo a Mark que ya era hora de largar a los republicanos y borrar los últimos restos de la corrupción de Nixon. Además, tenía la esperanza de que, con un demócrata en la Casa Blanca, se pudiera templar la homofobia innata de Washington. Aun así, él siguió tratando su sexualidad si no como algo secreto, al menos como algo que no iba pregonando fuera de su círculo más cercano.

En la Navidad de 1976, Mike y Mark dieron una fiesta espectacular en su piso. No era exclusivamente gay, también habían invitado a amigos heterosexuales, a chicos y chicas, a estudiantes de la facultad de Derecho y de la clase de Mark. Todos ellos acudieron en tropel. Algunos conocían a Mike y a Mark, mientras que otros daban por hecho que eran solo un par de amigos que compartían piso. Al principio de la noche, brindaron por la elección de Jimmy Carter como presidente el mes anterior y porque 1977 —el bicentenario de Estados Unidos— fuera un año mejor.

Susan Kavanagh acudió con su amiga Karen, una explosiva morena que trabajaba de asistente jurídica para un despacho de abogados de Washington. Cuando Karen vio a Mike, agarró a Susan del brazo.

—¿Ese es Mike? ¡Por el amor de Dios, debería salir en las películas! ¿Cómo no me habías contado lo bueno que estaba? No estás bien de la cabeza, Susan Kavanagh: estoy *realmente* preocupada por ti.

A Mike aquello le hizo gracia y se sintió halagado por el interés de Karen hacia él. La chica se pasó la noche corriendo de aquí para allá entre la cabina de pinchadiscos improvisada y la barra, para vergüenza de Susan, mientras Mark observaba desde una esquina con una sonrisa irónica. A eso de la medianoche, Mike apagó el tocadiscos, cargó un cartucho de ocho pistas y se unió a la fiesta. Karen, que había estado disfrutando del champán, se abalanzó sobre él y lo arrastró a la pista de baile.

—¡Tu amiga está loca! —le susurró a Susan al oído—. Pero me gusta su estilo.

Llegaron las tres de la mañana. Los últimos invitados se marchaban en un goteo constante y Susan estaba ayudando a

Mike a recoger algunos de los vasos que estaban esparcidos por la sala.

—Me va a costar un poco hacer que Karen se vaya —le advirtió, mientras señalaba a su amiga, que estaba seductoramente tumbada en el sofá—. Cree que esta va a ser su noche de suerte.

Mike sonrió, preguntándose si Susan habría adivinado la verdad sobre él. Había estado esperando el momento apropiado para sacar el tema, pero ella se le adelantó.

—¿Sabes, cielo? —le dijo su amiga, acariciándole el pelo—. Tienes carteles de Broadway por todas partes y el piso está decorado con un buen gusto *sospechoso*. No quiero sacar conclusiones precipitadas, pero... —Susan se volvió para mirar a Mark, que estaba charlando con un grupo de gente al lado de la puerta—. De verdad, creo que hacéis muy buena pareja.

Mike la miró, sintiéndose feliz y triste al mismo tiempo.

—Gracias —respondió en voz queda.

Una hora después, Karen se había quedado grogui en el sofá y Susan se tomó un café con Mike y Mark, que estaban sentados sobre unos cojines, rodeándose mutuamente con los brazos.

—Está soñando contigo, Mike... —dijo Susan, señalando el tranquilo rostro de Karen—. ¡Creo que está enamorada!

—¿Sabes qué? Suele provocar ese efecto sobre las mujeres —dijo Mark, echándose a reír—. ¡No sé si estar celoso o sentirme halagado!

Susan suspiró con aire teatral.

—De hecho, Karen no es la única. Cuando lo conocí, a mí también me endulzaba los sueños. Eres un hombre afortunado, Mark O'Connor.

La de la Navidad de 1976 fue la primera de muchas reuniones en el piso del Capitolio. A Mike le encantaba recibir gente

y organizaban muchas cenas y fiestas a las que acudían interminables hileras de personas que llegaban por la noche y, a menudo, se quedaban varios días. Él era buen cocinero y ambos se
habían ganado la reputación de chefs consumados cuyas cenas
no había que perderse. Estaban pasando por un momento feliz de su relación: no solo eran amantes, sino también amigos.
Mark le presentó a su hermana Ellen, que se había casado hacía poco y vivía en Washington, y ella y Mike se hicieron muy
amigos. Iban juntos al zoo de Woodley Park, de compras a
Woodies y a Lord & Taylor, en Chevy Chase, y quedaban
para comer en restaurantes de Bethesda. Cuando el matrimonio de Ellen se rompió, fue en Mike en quien buscó apoyo
y comprensión.

Pero Mark se daba cuenta de que Mike tenía problemas
con su propia familia. Hablaba a menudo y con veneración de
su hermana Mary y de su encantador bebé, de vez en cuando hablaba con cariño de Marge, pero apenas comentaba nada
de su padre adoptivo y de los años que había pasado intentando
estar a la altura de sus expectativas. Estaba ofendido por la negativa de Doc a ayudarle con los estudios de Derecho y resentido por la homofobia que su padre apenas intentaba disfrazar.
Por las llamadas telefónicas de Mike a su casa, Mark había deducido que era una relación difícil: no discutían ni se gritaban
por teléfono, pero la conversación era tensa y agresiva. Como
para compensarlo, Mike hablaba mucho de sus orígenes irlandeses y de su madre biológica, a la que estaba decidido a encontrar. Le gustaba que la gente supiera que era adoptado. En parte,
sospechaba Mark, para poner distancia entre él y Doc.

Los abuelos de Mark habían venido de Irlanda a trabajar
como sirvientes en el lujoso barrio de Beacon Hill, en Boston,
pero Mark se consideraba estadounidense y no tenía demasiado
interés en conocer a sus antepasados. Para él, la obsesión de
Mike con Irlanda, su determinación por descubrir la historia

completa de sus raíces, resultaba fascinante y un tanto extraña. Pero sabía cuánto significaba para él y lo animaba.

—¿Y por qué no vuelves allí? —le preguntaba—. ¿Qué te lo impide?

—Bueno, muchas cosas —respondía Mike—. Sería muy caro, en primer lugar, y no quiero arriesgarme a incomodar a Marge.

Mark frunció el ceño.

—Entonces, ¿vas a vivir toda la vida lamentándote constantemente porque no puedes ir a Irlanda y porque eso te rompe el corazón? No dejas de decir que volver allí respondería a tus preguntas sobre ti mismo, así que ¿por qué no ibas a ir? Marge lo entenderá, parece una mujer comprensiva.

La noche siguiente, Mike volvió de su programa de la WRGW blandiendo un disco que le habían enviado para poner en la radio.

—¡Mark, Mark! —gritó—. Esto es rarísimo. Y justo después de la conversación que hemos tenido… ¡Es increíble! —exclamó, y puso el disco en el equipo de música—. Escucha esto: es una banda irlandesa. Una banda *irlandesa*.

Mark escuchó mientras una evocadora voz femenina entonaba una pegadiza melodía.

¿Te gustan las manzanas? ¿Te gustan las peras?
¿Te gustan las chicas con el pelo rizado y castaño?
De pie en una esquina, con un cigarrillo en la boca
y las manos en los bolsillos, me susurró.
Trabaja en el muelle por nueve chelines a la semana
y cuando llega el sábado por la noche vuelve borracho a casa.
Pero, aun así, yo lo quiero, no puedo negarlo.
Iré a donde él vaya.

—¿Qué? —exclamó Mike—. ¿Qué te parece?

—Es precioso —dijo Mark—, pero todavía no lo pillo. ¿Cuál es esa coincidencia tan asombrosa?

Mike se sentó a su lado, ruborizado de emoción.

—A ver, hemos estado hablando de lo de volver a Roscrea, ¿no? De que eso, ¿cómo has dicho?… De que eso «me haría sentir completo». Y llevo todo el día intentando recordar cosas de aquel lugar, del lugar donde me crie. Entonces, llego a la WRGW y tengo encima de la mesa este disco de un grupo llamado Bothy Band, del que nunca había oído hablar. Y, en cuanto lo pongo, tengo la sensación de haber oído esa canción antes. Pero creo que es una locura, porque el disco acaba de salir. Así que le pregunto a Rick Moock y me dice que es una antigua canción irlandesa que han rescatado de algún sitio.

—Mike hizo una pausa—. ¿Sabes qué, Mark? Creo que la debí de oír allí, cuando era un bebé. Creo que debían de cantármela y se me quedó grabada en la cabeza. Y ahora es como…, como un mensaje que me llega de ese otro mundo del que procedo —anunció, sonriendo y con los ojos brillantes—. ¿Y sabes qué es lo más raro de todo? Que hay momentos en los que casi puedo ver a la mujer que me la cantaba… Casi puedo ver su cara.

Mark lo cogió de la mano. Mike tenía los ojos llenos de lágrimas y, de repente, parecía inseguro, como si quisiera decirle algo pero tuviera miedo de que se riera de él.

—Venga, Mike —susurró Mark—. ¿Qué pasa?

—A lo mejor te parece una tontería, pero es como si mi madre estuviera… enviándome un mensaje, como si estuviera intentando ponerse en contacto conmigo, como si ella supiera lo que pienso constantemente aquí y yo supiera lo que ella piensa, aunque nos separan tantos años y tantos kilómetros.

—Mike vaciló un instante, antes de proseguir—. Lo que creo es que mi madre me está buscando, Mark. Creo que me está buscando en este momento. Y creo que me está enviando un mensaje para que yo haga lo mismo. ¿Te parece una locura? ¿Crees que ese tipo de cosas pueden suceder?

Mark sonrió, pero no era una sonrisa de burla.

—Claro que sí, Mike. Creo que, si amas a alguien el tiempo suficiente con la intensidad suficiente, puedes llegar a comunicarte mentalmente con esa persona. Y no hay nada más fuerte que el amor de una madre. Se oyen muchas historias de madres e hijos que se comunican, de madres que pueden oír llorar a sus hijos aunque estén a kilómetros de distancia. Yo creo que tienes que ir allí y descubrir si te está buscando. Piensa en lo desesperada que debe de estar.

Mike exhaló un suspiro de alivio y alegría.

—¿Qué más se puede decir? ¡Irlanda, allá voy! —El muchacho se enjugó las lágrimas y abrazó a Mark—. Gracias, cielo. Eres tan bueno conmigo…

DOCE

1977

Además de dedicarse a las gestiones legales, Mike continuaba haciendo turnos en el Kennedy Center y Mark consiguió también un empleo allí, en el guardarropa, por las noches. Entre los dos llegaron a ver todas las producciones teatrales nuevas, incluido el gran acontecimiento de la temporada 1976-1977, el musical *Annie*. La primera vez que lo vieron les gustó tanto que repitieron, y Mike acabó viéndolo seis veces. Mark sospechaba que aquella historia era algo a lo que Mike nunca se podría resistir: Annie, una niña pelirroja de once años que se había criado en un orfanato donde la amedrentaban y la amenazaban pero que nunca abandona su sueño de encontrar a sus padres y finalmente descubre la felicidad mediante la intervención del presidente y de la señora Roosevelt. Mike compró el cartel publicitario del espectáculo a tamaño real y lo colgó en la cocina del piso.

Gracias a los dos trabajos, Mike había reunido ahorros suficientes para el viaje de verano a Irlanda y Mark lo veía emocionado y ansioso. A finales del curso escolar, Mike anunció que le habían ofrecido un puesto de jornada completa en el Instituto Nacional de Asesores Legales Municipales a partir de septiembre y que se estaba planteando aceptar.

A Mark le sorprendió.

—Creía que odiabas ese sitio, Mike. Siempre estás diciendo lo aburrido y sórdido que es.

Mike se enfadó.

—La cuestión es que han venido a buscarme. Me quieren a mí y eso me parece importante, aunque a ti te dé igual.

Mark se replegó ante la vehemencia de la voz de Mike y tomó nota mentalmente de no subestimar su necesidad de ratificación externa. Durante los siguientes días, Mike estuvo apagado y callado. El viernes por la tarde, metió algunas cosas en una bolsa para pasar la noche y le dejó una nota a Mark diciéndole que se iba el fin de semana, pero no le dijo a dónde.

Al finalizar el curso, Mike recogió el título de doctor en Jurisprudencia. Esa vez no hubo *magna cum laude*: sabía que no se había entregado en cuerpo y alma al trabajo, y daba gracias por haber conseguido el mínimo para graduarse. Doc y Marge volaron a Florida para asistir a su graduación a finales de mayo y unirse a la multitud de padres sonrientes que se resguardaban a la sombra de los plátanos en el patio de la universidad. Era un día caluroso. Mike llevaba puesta la pesada toga académica y todos tenían hambre, así que hicieron la obligatoria sesión de fotos lo más rápidamente posible. Mike levantó el título ante la cámara y sonrió mientras Mark lo retrataba con sus padres. En las fotos se veía que Mike había ganado bastante peso, pero Doc estaba mayor, más delgado y un poco encorvado, cuando normalmente caminaba más tieso que una vara. Marge tenía una sonrisa perpetua en la cara, estrechaba con fuerza el brazo de Mike y se escondía un poco detrás de él mientras hacían las fotos. Casi en el último momento, Doc se ofreció a hacerle una foto a Michael Jr. con su «colega y compañero de piso», que se mantuvo a una distancia respetable de su amante mientras sonreía tímidamente.

Por la noche, fueron a cenar al Bistro Français de George-town para celebrarlo. Doc y Mike pagaron a medias la cuenta.

Mary no había podido ir a Washington para la graduación y Mike la echaba de menos. Al día siguiente, en cuanto Doc y Marge se hubieron ido, cogió el teléfono y la llamó a Florida. Ella pensó que parecía emocionado y pronto descubrió por qué.

—¿Eres tú, hermanita? —le gritó su hermano por el teléfono—. Soy yo. Escucha. He tenido una idea increíble. Voy a ir a Irlanda en agosto y me encantaría que me acompañaras. No tendrías que preocuparte por pagar los billetes de avión ni nada, porque los compraría yo, y de todos modos tengo que alquilar un coche y pagar una habitación de hotel, así que sería lo mismo, estuvieras o no. Dime que vendrás, hermanita, ¿a que sí? Será tan maravilloso volver, ¿no crees?

Mary le dijo que tenía que pensárselo. Tendría que solucionar algunas cosas relacionadas con el pequeño Nathan, que ya iba a cumplir cinco años, y necesitaría pedir permiso en el trabajo, pero Mike siguió insistiendo y Mary no resultó difícil de convencer. Lo llamó al día siguiente en estado de pánico para decirle que no tenía pasaporte, pero Mike la tranquilizó diciéndole que las solicitudes se procesaban en ocho semanas y que lo conseguiría con tiempo de sobra.

A principios de agosto, se encontraron en el aeropuerto Kennedy de Nueva York. A bordo del Pan Am 747, Mike le preguntó a su hermana si recordaba algo de la última vez que habían atravesado volando el Atlántico y ella se encogió de hombros.

—Nada de nada. ¿Es muy raro?

—No tanto, supongo, si no lo has intentado —respondió Mike—. Yo he estado pensando mucho en ello, últimamente. Creo que había un hombre muy amable que nos cuidó durante parte del viaje. Recuerdo que yo me moría de miedo al despegar y al aterrizar, y que tenía ganas de echar los hígados todo el rato.

—Qué bien —dijo Mary, riéndose—. Ahora me siento mucho mejor volando. ¿Sabes qué? Hay una cosa que sí recuerdo, aunque puede que sea solo de ver las fotos: tú tenías un avión de juguete que llevaste todo el camino desde Irlanda hasta Chicago. ¿Te acuerdas?

—Sí, claro —dijo Mike—. Creo que Stevie lo tiró a la basura en uno de sus ataques de amor fraternal. —Mary se rio, pero Mike parecía pensativo—. Siempre me he preguntado de dónde había salido aquel avión, me refiero a quién me lo compró. ¿Crees que pudo ser mi madre cuando se enteró de que nos iban a llevar en avión a Estados Unidos?

—Ni idea, Mikey —respondió Mary, vacilante—. ¿Cómo te lo iba a comprar ella, si renunció a ti al nacer?

—Ya. Supongo que tienes razón —replicó Mike—. Pero había pensado que tal vez había preguntado por mí y se había enterado de que me iba a Estados Unidos...

Su voz se fue apagando y se quedaron un rato en silencio, allí sentados.

—¿Alguna vez te preguntas qué habríamos sido si nos hubiéramos quedado en Irlanda en vez de irnos a Estados Unidos? —inquirió finalmente Mike. Mary asintió.

—Sí, claro. Yo habría acabado mendigando por las calles de Dublín, supongo, y tú seguramente estarías en el IRA.

Los dos se echaron a reír.

—Sin embargo, es verdad, ¿no, hermanita? —insistió Mike—. Tienes que admitir que Irlanda es nuestro hogar. De ahí es de donde venimos y, aunque somos ciudadanos de Estados Unidos y todo eso, el sitio donde has nacido es tu verdadero hogar.

Mary le dijo que ella sentía lo mismo.

—Si eres adoptado y sabes que eres de un sitio en concreto y que, probablemente, hay otras personas que tienen que ver contigo, en cierto modo quieres decir: «Bien, en primer lugar soy de ese sitio y es allí a donde pertenezco». Pero ¿sabes qué más me pregunto, Mikey? Para empezar, ¿cómo es que a Marge y a Doc se les ocurrió ir a Irlanda a adoptar?

Mike se encogió de hombros.

—Supongo que en Estados Unidos no podrían hacerlo. Tenían tres hijos sanos, así que serían los últimos de la fila de adopción en Estados Unidos.

—¿Y qué es lo que esperamos encontrar ahora, Mikey? No vamos a tropezarnos con nuestras madres un día por la calle, así como así. Y no parece que las monjas vayan a querer ayudarnos. No han respondido a tus cartas, ¿no?

—Bueno, como dice el refrán: el que no arriesga, no gana. ¿Y si nuestras madres también nos están buscando? Eso haría que fuera más fácil encontrarlas, ¿no?

—Pero, Mikey, aunque fuera así, no tengo muy claro que llegaran a encontrarnos… Ahora nos apellidamos Hess y tú ni siquiera conservas el nombre.

Mike frunció el ceño.

—Supongo que la única manera sería si las monjas tuvieran un archivo de a quién enviaron a qué sitio y que supieran si a alguien le habían puesto un nombre nuevo. Y luego las monjas tendrían que darles la información a nuestras madres. O puede que nos la den a *nosotros* para que podamos encontrarlas.

Habían decidido pasar un par de días en Dublín antes de dirigirse a Roscrea. Pasearon por la ciudad, bebieron pintas de Guinness en bares tranquilos y hablaron con los parroquianos, que eran amables y sentían curiosidad por su herencia irlandesa. Pero estaban impacientes por llegar a la abadía de Sean Ross. En su tercera mañana en Irlanda, cogieron el coche de alquiler, se perdieron en el tráfico de Dublín y tardaron casi tres horas en hacer un viaje de ciento doce kilómetros. Cuando llegaron a Roscrea y aparcaron delante del hotel Grans, en la calle Castle, era la hora de la comida. Se trataba de una pensión económica del siglo XVIII y la puerta de la calle daba directamente a una habitación sombría, de techo bajo, con sofás de piel gastada, una chimenea abierta y un largo mostrador de madera sin ningún empleado detrás. Se oía el estruendo de un televisor en el que estaban retransmitiendo algún tipo de evento deportivo procedente de la habitación de al lado, así que Mike dejó a Mary con las maletas y fue a investigar. En la cafetería había un trío de hombres de mediana edad mirando atentamente una televisión en blanco y negro en la que se veía a unos tipos corpulentos corriendo arriba y abajo con unos largos palos y lanzando de vez en cuando una especie de disco, aparentemente hacia sitios al azar. Mike tosió y uno de los hombres se levantó de mala gana para presentarse como el dueño.

—Supongo que querrán algo de comer —murmuró mientras les mostraba una pequeña habitación con camas individuales.

Mientras comían un almuerzo compuesto por carne de ternera y patatas cocidas, Mike le preguntó al hombre dónde quedaba la abadía de Sean Ross.

—Ah, la abadía —gruñó—. Está solo a unos tres kilómetros de aquí. Tienen que seguir la carretera, dejar atrás la gasolinera y, después de la rotonda, verán un cartel en un poste. Pero no merece la pena que vayan hoy. Es un día de fiesta importante y las monjas estarán ocupadas con los rezos y los espásticos.

—¿Con los espásticos? —preguntó Mike.

—Con su pandilla de discapacitados —dijo el hombre, mientras se rascaba la barbilla sin afeitar—. La gente a la que cuidan las monjas.

—Así que es un hogar para gente discapacitada, ¿no? —preguntó Mike—. ¿Ya no tienen niños?

—Desde 1970 —dijo el hombre—. Desde entonces solo hay tipos en sillas de ruedas con tembleque por la parálisis cerebral. Pero las monjas se los guardan para ellas solas. Nunca vienen al pueblo y hacen que les envíen todas las provisiones. Uno no se enteraría de que están ahí si no supiera que están.

TRECE

1977

No les costó mucho encontrar el sitio. Una señal escrita con letras vagamente celtas confirmó que aquella era, efectivamente, la abadía de Sean Ross. En los terrenos que se encontraban alrededor de la portería, habían construido nuevas zonas de internamiento con letreros que señalaban hacia la Casa Marian, la Casa Lourdes, la Casa Dara y la Casa Edel. Ochocientos metros más arriba por el serpenteante paseo, pudieron ver el convento en lo alto de la colina. Las ruinas del antiguo monasterio se elevaban sobre el horizonte, las ventanas de la mansión georgiana brillaban bajo el sol de agosto y, a la derecha, se veía una hilera de grises edificaciones cuadradas de cemento con pequeñas ventanas en lo alto de las paredes, cerradas por el lado que daba al jardín delantero.

Mike miró a Mary.

—¿Qué te parece? ¿Llamamos?

Mary negó con la cabeza.

—No, Mikey, ya has oído lo que ha dicho el hombre: no creo que debamos molestarlas cuando están ocupadas. Volveremos mañana.

Mike no discutió. Al igual que a su hermana, le daba aprensión pensar en volver a visitar aquel lugar. Dio la vuelta con el coche y condujo de regreso a Roscrea, donde pasaron la tarde visitando los restos del castillo del pueblo y la noche bebiendo Guinness en el bar del hotel Grants.

A la mañana siguiente, se levantaron temprano. Cuando llegaron a la abadía, la niebla todavía flotaba sobre los campos y el lugar parecía desierto. No vieron a nadie en el camino que iba desde la puerta de entrada hasta el convento y, cuando llamaron al timbre y golpearon la puerta de la vieja casa, no pasó absolutamente nada. Las ventanas que se encontraban a ambos lados tenían unas cortinas muy gruesas y eran demasiado altas como para poder mirar al interior. Mary le tiró de la manga a Mike.

—Vamos, Mikey —le susurró—. Vamos, ¿vale? No me gusta este lugar. ¿Podemos volver al hotel?

Mike también estaba nervioso, pero había llegado hasta allí y estaba decidido a seguir adelante. Tenía preguntas importantes que hacer y aquel era el único lugar donde podrían obtener respuesta.

—Venga, vamos por la parte de atrás.

Sus pasos retumbaban sobre los adoquines del patio, resonaban contra las paredes y hacían que Mary buscara nerviosa señales de vida. Como intrusos en un jardín prohibido, caminaron a lo largo del edificio y encontraron un camino que iba a la parte de atrás.

—¿De verdad crees que deberíamos hacerlo, Mikey? —preguntó Mary, sin aliento—. ¿No crees que alguien podría vernos?

Mike le apretó el brazo con más fuerza.

—¿Y qué van a hacer? ¿Dispararnos, o algo así?

Llegaron a la parte trasera del edificio y se encontraron en lo que en su día había sido un campo, aunque ahora estaba demasiado crecido y lleno de malas hierbas enmarañadas. Delante de ellos había una estructura de un solo piso cuyas puertas acristaladas se abrían sobre las losas de cemento de lo que a Mike le pareció una terraza que le resultaba vagamente familiar. Mary retrocedió, pero Mike la cogió de la mano, la llevó hasta las puertas y miró hacia dentro. La guardería, larga y estrecha, estaba abandonada —había un par de cunas rotas al lado de una de las puertas y las ventanas todavía conservaban las tiras de cinta adhesiva que las habían sellado durante el invierno—, pero, en la memoria de Mike, el lugar cobró vida con fuerza: con un súbito brote de emoción, volvió a sentir el sol que había iluminado sus primeros días sobre la tierra, volvió a ver los altísimos techos y los suelos pulidos de madera que habían sido los límites de su universo infantil, vio las dos hileras de cunas —unas altas y estrechas, y otras anchas y bajas— y a las monjas con hábitos blancos que caminaban entre ellas, rozando el borde de su cuna con un suave frufrú de tela. Recordó el olor a lilas de la cera de pulir el suelo, el de las verduras demasiado hervidas y el persistente perfume del incienso. En su cabeza, aquel sitio bullía de gente, como si los cientos de bebés que ahora estaban desperdigados por el mundo hubieran sido atraídos de nuevo al lugar donde todo había empezado, como si los cientos de madres que habían sufrido y penado allí, los cientos de monjas que habían rezado y muerto y estaban enterradas en el cementerio, como si todas las sombras del pasado hubieran regresado de sus vidas errantes y hubieran vuelto a reunirse en las dependencias que, en su día, habían habitado. Los vio mirando por las ventanas, bebiendo la luz del sol, un centenar de caras pálidas en las ventanas, perplejas, perdidas, mirándolo fijamente, buscando respuestas. Y, al fondo, en la zona oscura de la guardería, detrás del tropel de gente que se arremolinaba en la ventana, una joven con el pelo negro azabache y los ojos azules, baja y delgada, poco más que una niña, se alejaba lentamente hasta perderse de vista.

—¿Puedo preguntar qué están buscando?

Una voz femenina y demasiado aguda para la tranquilidad del jardín los sobresaltó. Una monja vestida con un hábito negro y una toca a la antigua usanza los observaba con las manos delante, entrelazadas. Mary se estremeció y Mike se sobresaltó.

—Buenas tardes, hermana. Hemos llamado a la puerta, pero no ha contestado nadie. Espero que no la hayamos molestado.

La monja sonrió con frialdad. Era joven, pero tenía una expresión dura en la cara.

—No. ¿Tienen algo que hacer en la abadía?

Mike vaciló.

—Sí. Bueno, sí. Queríamos preguntarle algo…

La hermana esbozó una opaca sonrisa.

—Entonces será mejor que me sigan.

Volvieron a la casa grande y subieron los escalones de la puerta principal para entrar en el vestíbulo donde, en la pared de la gran escalera, pendían imágenes pasadas de moda de la Virgen exponiendo su corazón sangrante por el dolor de perder a su hijo. Dos monjas ancianas charlaban en una esquina.

La monja joven las echó.

—¡Hermana Bridget, hermana Rosamond, váyanse de aquí ahora mismo! —exclamó. Luego condujo a Mike y a Mary a la sala georgiana de altos techos, hizo una ligera inclinación y les pidió que se sentaran—. Creo que no nos hemos presentado. Soy la hermana Catherine. ¿Y ustedes son…?

—Me llamo Michael Hess y esta es mi hermana, Mary. Nacimos aquí, bueno, al menos yo nací aquí; Mary nació en Dublín, pero su madre se vino aquí con ella cuando era pequeña y entonces…

Mike se dio cuenta de que estaba hablando demasiado rápido y de que tenía que ir más despacio. Respiró un par de veces.

—La finalidad de nuestra visita, en realidad, es preguntarle si podría ayudarnos en una cosa: si nos ayudaría a encontrar a nuestras madres. ¿Sería posible? ¿Podría ayudarnos de alguna manera? ¿Darnos alguna información?

Para desconcierto de ambos, la monja permaneció allí sentada, en silencio, sin darles respuesta alguna, mientras Mike tartamudeaba. Cuando este se quedó callado, la mujer se puso de pie.

—Tengo que ir a buscar a la madre Barbara. ¿Serían tan amables de esperar aquí un momento?

Cuando se quedaron solos, Mike cogió a su hermana de la mano.

—Yo ya he estado en esta sala, Mary. Lo sé. Estuve aquí con dos hombres y una mujer, y la mujer no era ninguna monja. Yo era muy pequeño, pero estoy seguro… ¡Estoy seguro de que la mujer era mi madre!

Mary frunció el ceño.

—No me gusta este lugar, Mike. Y no me gusta esa hermana, me pone los pelos de punta. ¿Has visto la forma en que les ordenó a aquellas dos monjas ancianas que se largaran? Creo que quería mantenerlas alejadas de nosotros.

—Sí, yo también lo he pensado —susurró Mike—. Me pregunto por qué no quieren que las monjas mayores nos hablen. Puede que recuerden cosas de nosotros…

La hermana Catherine volvió a entrar, acompañada de otra monja que se presentó como la madre superiora.

—Bienvenidos a la abadía de Sean Ross —dijo la madre Barbara en un tono que sugería que le habían hecho abandonar algún asunto más importante—. Entiendo que han nacido aquí y que, por supuesto, es natural que quieran ver el lugar. Son bienvenidos si desean echar un vistazo a los terrenos, pero debo pedirles que no alteren la tranquilidad de nuestras hermanas haciéndoles preguntas. Yo estoy a su servicio para cualquier información que requieran.

Mike le dio las gracias.

—Es muy amable, pero la verdad es que... queremos algo más que ver el lugar, reverenda madre. Nos gustaría que nos ayudara, si es posible, a descubrir algo sobre nuestras madres. De hecho, nos gustaría saber qué ha sido de ellas y dónde están en la actualidad.

La madre Barbara inclinó ligeramente la cabeza y lo miró por el rabillo del ojo.

—Bueno... Me temo que eso es en lo único en que no puedo ayudarles —dijo categóricamente—. No tenemos la libertad de divulgar información sobre nuestras chicas: simplemente, no sería justo vulnerar su privacidad. Las reglas son especialmente estrictas.

Mike no sabía qué era lo que esperaba, pero el tono autoritario del desplante de la hermana Barbara lo dejó de una pieza. Se oyó a sí mismo tartamudeando una patética protesta.

—Pero... Pero... Reverenda madre, usted es nuestra única esperanza. Nunca encontraremos a nuestras madres si usted no nos ayuda.

Una mirada de desagrado tiñó el rostro de la madre Barbara.

—No quiero ser insensible, pero ¿no es cierto que les *encontramos* madres y padres hace muchos años? Por su acento, supongo que fueron adoptados en Estados Unidos, y supongo que allí tendrán unos padres, ¿no es así? ¿No resulta injusto para con ellos venir aquí a buscar a alguien que los abandonó hace tantos años y a quien no han vuelto a ver desde entonces?

Mike y Mary se miraron. Habían hablado largo y tendido sobre sus padres adoptivos y, de hecho, les preocupaba que buscar a sus madres biológicas pudiera resultar doloroso para Marge.

Mike notó que Mary estaba a punto de darse por vencida e impidió rápidamente que hablara.

—Sí, reverenda madre. Ustedes nos buscaron, en efecto, unos nuevos padres y les estamos agradecidos. Pero me cuesta creer que nos impidan encontrar a nuestras madres biológicas. Supongo que en el convento guardan un archivo con todos los niños que han pasado por aquí y que en él se incluirán los nombres que nos pusieron al nacer y los nuevos nombres que nos dieron nuestros padres adoptivos. Así que ¿por qué iba a negarse, al menos, a hacer llegar una carta de un hijo a su madre? Así, su identidad seguiría estando protegida y no se vulneraría su privacidad.

Mike estaba empezando a hablar como un abogado y lamentó ligeramente el tono que había adoptado. A la madre Barbara no le gustaba que la sermonearan.

—Me temo que, definitivamente, eso es algo que no podemos hacer. Imagine el sufrimiento que dicha carta causaría, por no mencionar la posibilidad de que se confundieran las identidades o incluso de que pudieran ser ustedes unos impostores. Sin ánimo de ofender, ¿cómo puedo estar segura siquiera de que es usted quien dice ser? Creo que dijo que su nombre era Michael Hess, pero no recuerdo a ningún bebé con ese nombre.

Mike tenía la sensación de que aquello se le estaba yendo de las manos. Decidió probar con otra estrategia.

—Siempre nos han dicho que nuestras madres nos abandonaron al nacer, pero yo tengo claros recuerdos de que mi madre estuvo aquí conmigo en algún momento. ¿Puede que haya sido ese el caso, reverenda madre? ¿Estuvo aquí cuidando de mí?

A la madre Barbara se le estaba agotando la paciencia.

—Es posible que alguna de ellas se quedara aquí un tiempo —dijo con frialdad—. No esperará que recuerde todos y cada uno de los casos que llegaron hasta nosotras. Tuvimos cientos de madres y bebés.

Mike notó que la monja estaban a punto de dar por cerrado el pleito. Tendría que darse prisa si quería endosarle las preguntas que le quedaban por hacer.

—Desde luego, reverenda madre, lo entiendo. Pero estoy seguro de que usted tuvo mucho que ver en nuestros procesos de adopción. Creo haber visto su firma en algunos de los documentos. El nombre de mi hermana al nacer era Mary McDonald y el mío era Anthony Lee. Mi madre se llamaba Philomena Lee.

La madre Barbara pareció sobresaltarse al oír mencionar el nombre de Philomena. Mike se dio cuenta de ello y tuvo la certeza de que le había hecho recordar algo, así que su respuesta le sorprendió aún más.

—No, señor Hess, siento decepcionarlo, pero ese nombre no me dice nada. No recuerdo haber estado involucrada en su caso, ni en el de su hermana.

Pero Mike desconfiaba y su intuición le decía que debía insistir.

—Lo cierto, reverenda madre, es que tengo razones para creer que mi madre biológica me ha estado buscando y que podría haber entrado en contacto con usted, o incluso haber venido a visitarla como parte de su búsqueda.

Era un farol de abogado y no funcionó. La madre Barbara había recuperado la compostura y se limitó a levantarse para dar a entender que la entrevista había terminado.

Mientras daban media vuelta y se alejaban de la casa, Mike señaló en silencio un mayo blanco que se erguía sobre una parcela de hierba verde brillante, delante de una elevada estatua de alabastro de un ángel.

CATORCE

1977

Mike regresó de Irlanda preocupado y poco comunicativo. Cuando Mark le preguntó qué había descubierto, él se limitó a murmurar «no mucho» y volvió a quedarse en silencio. Al cabo de una semana, se disculpó por su malhumor.

—Es que ha sido tan decepcionante… Estaba seguro de que íbamos a llegar a algún sitio, pero fue como toparse con un muro de piedra. Estoy seguro de que ocultan algo. Pero lo peor es que he estado investigando sobre el tema legal y, según las leyes irlandesas, las monjas tienen razón: ni los niños adoptados ni sus madres biológicas tienen derecho legalmente a obtener información que pudiera facilitarles ponerse en contacto. Es realmente injusto y no encuentro ninguna solución.

Durante los días siguientes, Mark vio cómo el abatimiento de Mike acababa transformándose, como siempre, en desesperanza y odio hacia sí mismo. Ahora todos los contratiempos y los desplantes le parecían el resultado de su propia ineptitud: la inseguridad de ser un huérfano sin raíces y su sensación de no pertenencia hacían que se sintiera a la deriva, arrastrado sin remedio por las tempestades de la vida. Aquellos eran los momentos en que su deseo de pertenecer a algo tocaba techo, cuando cualquier oportunidad de formar parte del orden del sistema era considerado un refugio en plena tormenta. Y, como el NIMLO formaba parte del sistema y le ofrecía una promesa de aceptación y seguridad, Mike firmó el contrato.

Susan Kavanagh estaba encantada. Ahora que Mike era un abogado cualificado y ejercía como letrado a jornada completa para la empresa, tenía que seleccionar a un asistente para trabajar con él. Obviamente, eligió a Susan y retomaron su antigua colaboración. El legendario Charles Crane, el viejo abogado de rancio abolengo de Washington que había fundado el NIMLO hacía cuarenta años, finalmente había reaparecido. Pero, ahora que estaba de vuelta, al parecer pensaba que su puesto de presidente le daba derecho a retener a los asistentes jurídicos para llevar a cabo sus propias investigaciones. Mike se plantó y se negó a que Susan tuviera que dejar de lado su verdadero trabajo. Susan se lo agradeció, pero Mike se dio cuenta de que había entrado a formar parte de la lista negra del jefe.

Si bien Charles Crane estaba enfadado con Mike, aquello no era nada comparado con la forma en que trataba a su propio hijo, Bill. Desde sus cubículos de cristal, situados en extremos opuestos de la oficina del NIMLO, ambos parecían enzarzados en una continua guerra de desgaste. Susan le contó a Mike que Bill Crane era adoptado y que Charles siempre lo había tratado fatal. Por su parte, Bill intentaba sin descanso cumplir las irreales expectativas de su padre.

—El problema de Bill Crane —dijo Susan— es que es un hombre de talento limitado que nunca será lo suficientemente bueno para su padre. Charles era uno de los principales peces gordos de la abogacía en Washington y, obviamente, esperaba que Bill fuera igual que él. El pobre me da pena, pero la oficina no es el marco adecuado para un conflicto familiar.

Mike invitó a Susan a tomar algo después del trabajo. Sentados ante la barra del Four Seasons de Georgetown, le contó la historia de su adopción y le habló de sus problemas con su padre adoptivo.

—¿Sabes? Si hubiera sabido que Bill era adoptado, habría entendido su comportamiento mucho mejor —le aseguró, antes de darle un trago a la copa—. Sé perfectamente cómo se siente uno al saber que nunca será lo suficientemente bueno. Es una sensación enfermiza, una sensación terrible.

Acompañados por varios cócteles, hablaron de sus raíces comunes y de su herencia católica irlandesa en una conversación que, aunque había empezado siendo íntima y profunda, finalizó muy alegremente. Cuando se levantaron para irse a casa estaban muy animados, pero en el guardarropa Susan se puso seria.

—Escúchame, Mike. Sé que nos reímos de él, pero creo que tienes que cubrirte las espaldas con Bill Crane. No es mal tío y hace lo que puede para lidiar con el trabajo y con su padre, pero siente celos de los otros abogados. Lo he visto ponerse como un loco con tipos a los que considera muy brillantes o que están impresionando demasiado al viejo Charles. No digo que te vaya a pasar a ti, pero tienes que saber que Bill puede ser bastante despiadado con la gente.

Mike sonrió.

—¿Sabes qué? Si me despidiera, probablemente me haría un favor. Sé de buena tinta que podría ganar muchísimo más trabajando para un despacho privado.

Susan lo miró con una exagerada mueca de cordero degollado.

—Pero nunca se te ocurriría abandonar el barco y dejarme aquí, ¿verdad, Mikey?

Mike le rodeó los hombros con el brazo, mientras salían a la acera de la calle M.

—¿Sabes, Susan? A veces pienso que eres lo único que hace que me quede en este sitio. Si miro hacia atrás, me doy cuenta de que la única razón por la que acepté el trabajo fue que estaba tan deprimido que habría aceptado cualquier cosa que me ofrecieran. ¡Es increíble cómo soy capaz de renunciar a mis principios por los halagos de alguien que dice que me quiere!

Susan se rio, aunque tenía la sensación de que no lo decía del todo en broma.

Al cabo de una semana, Charles Crane llamó al señor Hess a su despacho. Mike esperaba una reprimenda, pero la bienvenida del anciano fue de lo más efusiva.

—Señor Hess. Encantado de verlo. Coja un puro. —Mike sonrió y negó con la cabeza, intentando reprimir un escalofrío al recordar el hábito de Doc.

—¿No? ¿Le importa que yo lo haga? Siéntese y le contaré lo que tengo en mente.

Crane tenía el aire relajado de alguien de dentro, de un hombre cuya vida había discurrido en los acogedores pasillos de la empresa. Con los pies sobre la mesa, el acre olor del puro, el elegante traje con el chaleco desabrochado y la pulsera de oro del reloj, rezumaba fuerza y confianza.

—En primer lugar, quiero que sepa que lo tengo fichado, que lo he traído a esta empresa con una finalidad. La vida política de este país ha llegado a un punto de inflexión, señor Hess. No me refiero a Carter o a Ford, sino a los principios sobre los que se asienta *todo* poder. Nuestro futuro no depende de los individuos, sino de cómo funciona nuestro sistema electoral. O de cómo podríamos hacer que funcionara. Y el hombre que sepa manejar los hilos puede llegar a ser realmente poderoso.

El presidente se recostó en la silla, como si hubiera dicho algo importante. Mike se preguntaba si se suponía que debía intervenir, pero Crane solo estaba haciendo una pausa para darle emoción al asunto.

—Lo que quiero que haga es que analice la decisión de Iowa y que piense en cómo podemos utilizarla. Lo que ha sucedido allí abre la puerta a todo tipo de litigios y necesitamos estar en la cima para mantenernos en cabeza en este juego.

Mike había leído algo sobre el caso de Iowa pero, desde que había dejado la facultad de Derecho, no había seguido las cuestiones relacionadas con la manipulación de los distritos electorales con la atención que, tal vez, habrían requerido.

—Por supuesto que lo haré, Charles —replicó el muchacho, con la vaga esperanza de que hubieran llegado al punto de tratarse por el nombre de pila—. Leeré los periódicos y escribiré un informe para usted.

Crane asintió.

—Quiero que entienda la importancia de este trabajo. La demarcación de los lindes electorales se convertirá en un tema candente de la política de este país. Si el partido que está en el poder puede obligar a irse a los congresistas de la oposición recortando sus distritos para ampliar los de los escaños que no pueden ganar, el rostro de la democracia estadounidense cambiará para siempre.

Mike recordó el idealismo con que había condenado lo perverso de la manipulación de los distritos electorales en la facultad de Derecho y decidió aventurarse a dar una opinión.

—Desde luego, Charles. Es un escándalo que un partido que está en el Gobierno pueda volver a trazar nuevos y absurdos límites para encajar a sus propios candidatos. Los abogados debemos oponernos a dichos abusos.

Charles Crane soltó una carcajada.

—¡Señor Hess, no lo entiende! ¡Nosotros no somos los guardabosques de esta selva! El papel del NIMLO es decirles a nuestros clientes cómo *explotar* las reglas. Desde luego, ayudamos tanto a los republicanos como a los demócratas, pero ellos lo cogen y hacen lo que tienen que hacer, incluida la manipulación de distritos electorales. Aunque eso ofenda a su conciencia —añadió con un guiño cómplice y burlón al mismo tiempo.

Mike se dispuso a hacer una objeción, pero Crane sacudió una mano.

—Conviértase en un experto en legislación sobre la reordenación de los distritos y podrá transformarse en un hombre poderoso. Los políticos vendrán corriendo a solicitar su ayuda. ¡La manipulación de los distritos electorales es el futuro, señor Hess!

Mientras abandonaba el cubículo del jefe, Mike se sintió animado y confuso, contento por haber sido elegido para una importante tarea, pero preocupado por la perspectiva de trabajar en un campo que consideraba moralmente sospechoso. En el otro extremo de la oficina, vio a Bill Crane observándolo. Tal vez se estuviera imaginando cosas debido a la charla que había tenido con Susan, pero tenía la clara sensación de que Bill lo miraba con celos y de forma un poco amenazadora.

En los meses siguientes, Mike se mantuvo alejado del camino de Bill y solo veía a Charles Crane muy de vez en cuando. Se tragó sus escrúpulos y se lanzó a investigar. Destapó jurisprudencia de toda la nación, incluidos ejemplos de estados republicanos que demarcaban los términos electorales con el fin de evitar que los votantes negros eligieran a congresistas demócratas. Vio distritos con una forma tan extraña —alargados y serpenteantes, desparramados y dentados— que estaba claro que quebrantaban el espíritu de la ley y también vio legislaturas demócratas en las que estos dividían los distritos para ampliar al máximo su número de candidatos, mientras les dejaban a los votantes de la oposición el menor número de distritos posible.

Mike le dijo a Susan que no se sentía cómodo con la manera en que el proceso electoral estaba siendo subvertido. Según él, la balanza del poder en la Cámara de Representantes dependía ahora de los resultados de los distritos que habían sido manipulados y el partido mejor equipado para aprovecharse de las fisuras fiscales pronto sería capaz de hacerse con el control del

Congreso. Ambos partidos se habían percatado de la crucial importancia de la asesoría legal y, en un momento en que las decisiones claves dependían del futuro de la reordenación de los distritos electorales, las altas esferas políticas del país pronto podrían ponerse en manos de abogados jóvenes e inteligentes como Michael Hess. Susan escuchó las preocupaciones de Mike e intentó tranquilizarlo.

—Eres demasiado bueno para este negocio, Mike. En serio. Preocuparse por lo que está bien o lo que está mal no es el trabajo de un abogado. Su trabajo es ayudar a sus clientes a sacar el mayor provecho posible de lo que la legislación permite.

—Supongo —replicó Mike—. Me encanta el Derecho Constitucional y me encanta debatir sobre todos esos esquemas de manipulación de distritos electorales. Es todo un reto, te sientes orgulloso al construir un caso que se defenderá ante un tribunal y te invade un subidón de adrenalina cuando ganas en nombre de tu cliente. Pero el problema es que el juego te atrapa hasta tal punto que te olvidas de que tiene consecuencias reales: hay gente que pierde el derecho al voto y los partidos pueden ganar poder por medio de un litigio, en lugar de por sus políticas. A largo plazo, los abogados podríamos tener una influencia decisiva a la hora de determinar que un republicano o un demócrata ocupe la Casa Blanca, y eso no puede ser nada bueno.

QUINCE

1977-1979

En los tres años que estuvo en el NIMLO, Michael Hess se forjó una reputación como uno de los principales expertos de Washington en cuestiones de reordenación de distritos electorales. Las llamadas de los funcionarios del Estado y de los abogados de los partidos empezaron gota a gota y fueron aumentando hasta convertirse en un torrente. Muy pronto, la mayoría de las consultas que llegaban a la centralita empezaban con la frase: «¿Puedo hablar con el abogado Hess?». Bill Crane no decía nada, pero su comportamiento dejaba claro que estaba celoso. Alguien había logrado cumplir las expectativas del viejo Crane, mientras que él, su hijo, había fracasado en el intento. Susan le advertía a Mike que se anduviera con ojo, pero Mike se reía.

—¿Qué me van a hacer? Estarían perdidos sin todo lo que tengo almacenado aquí —replicaba, dándose unos golpecitos en la frente—. La reordenación de distritos electorales es la gallina de los huevos de oro: los políticos están fascinados con ella y los abogados se pondrán las botas. Durante los próximos años, se llevarán tantos casos a los juzgados que necesitarán a todos los letrados que tengan una mínima idea sobre el tema. —Mike hizo una pausa antes de exponer su argumento definitivo—. Y la clave es que aquello en lo que estoy trabajando ahora podría valer un potosí, Susan. Estoy a punto de crear una defensa sobre la Decimocuarta Enmienda que podría hacer que un buen puñado de manipuladores de distritos electorales acabaran en los tribunales. Habría que ver quién ganaría, desde luego, pero podría cambiar el panorama político.

Susan suspiró. Mike era un buen abogado, pero se había creado enemigos y tenía que estar en guardia.

Aprovechando su buena estrella, Mike había conseguido un trabajo de media jornada para Mark en la biblioteca del despacho de abogados con el que el NIMLO compartía instalaciones. Mark cursaba el último año de carrera en la George Washington y estaba a punto de inscribirse en la facultad de Derecho, así que trabajar por las tardes y los fines de semana en Williams and Connolly era perfecto para él.

Ambos seguían viviendo en el piso al sureste de Washington, pero las cosas entre ellos estaban tensas en los últimos meses y Mike sabía que era principalmente culpa suya. Se comportaba de forma impredecible y caprichosa, y era seco y brusco sin razón alguna. Estaba preocupado por el trabajo en el NIMLO y siempre tenía presente en el subconsciente su fallida expedición a Irlanda, pero era consciente de que aquello no era excusa. Mark sabía cómo evitar avivar su rabia pero, al cabo del tiempo, hasta su propia sensatez le resultaba molesta. Mike se veía a sí mismo desde arriba, observando cómo destruía poco a poco la relación que tanto significaba para él, como había hecho con David Carlin. Cada vez más y más a menudo, se encontraba haciendo una bolsa de fin de semana mientras Mark no se hallaba en casa y escabulléndose hasta la estación de tren mirando hacia atrás de vez en cuando, avergonzado, para no regresar hasta el domingo por la tarde, evitando mirar a Mark a los ojos y odiándolo por no preguntarle dónde había estado.

Un lunes de finales de octubre, Mike y Mark estaban en casa cenando cuando tres coches de bomberos pasaron a toda velocidad por el cruce de la esquina de la calle E.

—Vaya. Normalmente los que tienen prisa en este barrio son los policías —bromeó Mike, pero Mark estaba muy serio.

—Van hacia la calle 7, Mike. Es donde está el Lost & Found. Espero que no haya pasado nada, después de todas esas ridículas amenazas.

Últimamente, habían aparecido unas cuantas cartas extrañas en la prensa local amenazando con lanzar una bomba incendiaria en un local gay de Washington. Nadie les había dado demasiado crédito, pero Mike dijo que llamaría al L&F para asegurarse. Tardaron un rato en contestar, pero se quedaron aliviados cuando el camarero respondió y dijo que todo iba bien.

Un par de horas después, sonó el timbre y un John Clarkson claramente alterado subió las escaleras.

—Gracias a Dios que estáis aquí —dijo, resollando—. No se me ocurría ningún otro sitio adonde ir.

John era un amigo suyo, un texano genial que había llegado a Washington hacía una década para estudiar en la facultad de Derecho de la George Washington y se había quedado a trabajar para un senador demócrata en el Capitolio. Era un habitual del Lost & Found.

—¿Estás bien? —le preguntó Mark—. Tienes un aspecto horrible.

John era un hombre elegante y solía ir perfectamente arreglado, pero estaba sudando, tenía el pelo revuelto y la cara y las manos manchadas de hollín.

—¿Me dais un vaso de agua? —jadeó—. ¡Es terrible, realmente terrible!

Mike fue corriendo a coger un vaso, mientras John se hundía en el sofá agarrándose la cabeza.

—Es el cine Follies —dijo—. Lo han quemado. Ha desaparecido, tíos. Iba al L&F, pero ya no llegué. Estaba en la calle L y vi el humo. Me dije: «Dios mío, ¿dónde es eso?». Y, cuando me acerqué más, vi el Follies ardiendo.

John hizo una pausa para beberse el agua de un trago.

—Había un montón de cuerpos. Los bomberos los iban sacando, pero estaban muertos, estoy seguro. En el edificio no había ventanas. Nadie logró escapar. Debieron de morir asfixiados.

Mike se volvió hacia Mark; tenía la cara blanca.

—Ve a buscar un poco de brandy, Mark. Y tres vasos.

Mark asintió y fue rápidamente al mueble bar. Los tres bebieron en silencio. El cine Follies era un popular club gay en el que ponían cine X para hombres veinticuatro horas al día. Estaban estrenando una nueva película de moteros titulada *Harley's Angels* y el auditorio del segundo piso estaba abarrotado de tíos de la cultura del cuero. Como las salas laterales adyacentes al teatro principal estaban reservadas para los encuentros sexuales privados, la gerencia había tapiado todas las ventanas del edificio, lo que lo había convertido en una trampa mortal en caso de incendio.

Mike, Mark y John, que habían estado en el cine Follies en alguna ocasión, se quedaron allí sentados imaginándose el humo, los gritos y el pánico en la oscura sala llena de gente. Mark rompió el silencio y se volvió hacia Mike con una mirada acusadora.

—*Tú* querías ir a ver esa película —murmuró—. *Dijiste* que querías ir a verla. ¡Estuviste dándome la lata para que fuéramos! ¿No te das cuenta de que podíamos haber estado allí? ¡Podríamos estar muertos! ¿Por qué demonios querías ir a ver una peli de la cultura del cuero, Mike? ¿Por qué? —gritó Mark. John Clarkson estaba boquiabierto por aquel súbito enfado, pero Mike sabía que aquel arrebato tenía su origen en meses de sospechas y resentimiento—. ¿Qué pasa contigo? —berreó Mark—. ¿De dónde viene esa fascinación tuya por los moteros, el fetichismo y la violencia? ¿Qué tiene de fascinante atar de pies y manos a la gente, azotarla y violarla? Es realmente *asqueroso*, Mike. No encaja en absoluto con nosotros y con nuestra relación, pero de repente a ti te fascina todo eso. ¡Por Dios! ¡Espero que solo te haya dado por hablar de ello, no por *hacerlo!*

Parecía que Mike iba a decir algo, pero luego cambió de opinión, se levantó y caminó hacia la puerta.

El Departamento de Bomberos de Washington D. C. determinó que el incendio del cine Follies había sido causado por la chispa de una máquina defectuosa de lavar alfombras que había prendido fuego al líquido inflamable que utilizaba para limpiar. Este, a su vez, se había derramado sobre una alfombra y había prendido fuego a las cortinas y a las escaleras de madera. El humo del incendio se había colado por el estrecho hueco de la escalera hasta el cine, lo que había hecho que los clientes corrieran hacia una salida de emergencia que estaba cerrada desde el exterior. Nueve personas habían muerto por inhalación de humo y habían encontrado sus cuerpos apiñados alrededor de la puerta cerrada con candado. Identificar a las víctimas había sido difícil, porque los hombres que visitaban establecimientos homosexuales no solían llevar documento de identidad, pero las autoridades de Washington finalmente habían revelado que muchos de los muertos y heridos estaban casados, tenían hijos y se dedicaban a diferentes profesiones. Uno de los que había escapado con heridas leves había sido Jon Hinson, un asesor de alto rango de un congresista republicano que estaba haciendo campaña para conseguir un escaño en el Congreso.

Debido a su trabajo en la biblioteca de Derecho, Mark empezó a ver a Susan Kavanagh con frecuencia. Le caía bien y sabía que era la confidente de Mike. La llamó una tarde que Mike estaba en una conferencia y le preguntó si podían quedar al salir del trabajo para tomar algo.

Aunque estaban a principios de invierno, las temperaturas continuaban siendo elevadas, así que se sentaron en una de las mesas de la acera del Rumors, en la calle M. Hablaron del desplome de la presidencia de Jimmy Carter y del preocupante ascenso de Ronald Reagan y la derecha conservadora, de la certeza de que volvería a presentarse a las próximas presidenciales; luego, sin previo aviso, Mark apoyó la cabeza en las manos y se echó a llorar. Le dijo a Susan que estaba muy preocupado por Mike y por sus misteriosas ausencias, que estaban arruinando su relación. Mike había empezado a convertir en un hábito los viajes de fin de semana, sobre los que no daba ningún tipo de explicación, y a Mark le parecía humillante el secretismo con que los rodeaba. Cuando Mike regresaba, parecía tan diferente que le daba miedo.

—¿Tú sabes adónde va, Susan? No va contigo a ningún sitio, ¿verdad? Dios, ojalá *estuviera* yendo contigo a algún sitio. No tengo ni idea de en qué se está metiendo. Siempre nos lo contábamos todo, prometimos no tener secretos y no engañarnos nunca, pero esto ha roto la confianza entre nosotros.

Susan dijo que le gustaría ayudarle, pero que Mike no le había contado nada. Mark posó su mano sobre la de Susan y le dijo que agradecía poder contar con ella para hablar.

—Es que él y yo ya no nos hablamos. Y yo necesito desahogarme con alguien, así que al final acabas cargando tú con todo. Lo siento mucho. —Mark esbozó una triste sonrisa—. Pero hay algo más. Ya sabes que Mike siempre ha sido muy pijo a la hora de vestirse y comportarse: como un verdadero chico universitario de facultad de Derecho, con toda esa ropa buena, tan sencilla y moderna. Así es como lo he conocido siempre y así es como lo quiero. Pero, Susan, creo que Mike tiene otra cara. Ha empezado a hablar de cuero y sadomasoquismo y esas cosas... Y he encontrado en su armario una cazadora de motero. Ese no es Mike. O no es quien yo creía que era.

A Susan le caía muy bien Mark. No quería verlo sufrir y tampoco quería ver sufrir a Mike. Durante las siguientes semanas, buscó una ocasión apropiada para hablar con él, pero en la oficina había mucho trabajo y no encontró la oportunidad adecuada.

A mediados de diciembre de 1979, los abogados de Washington se reunieron para la fiesta de Navidad del Colegio de Abogados en el hotel Hay Adams, y Mike y Susan asistieron como pareja. Mike mantenía en secreto su inclinación sexual en su vida profesional ya que, aunque los prejuicios y la homofobia eran menos patentes durante el gobierno de Carter, todavía había muy pocos hombres que se declaraban abiertamente gais en el mundo del derecho o la política. Mike había adquirido el hábito de llevar a Susan a los actos sociales donde podía ser reconocido y él hacía de acompañante en las ceremonias a las que la invitaban a ella. Disfrutaba de la sensación de ser normal cuando estaba con ella, de no tener que mirar hacia atrás cada vez que la cogía de la mano; le gustaba bailar con ella y a ella le gustaba estar con él. De hecho, la veía ruborizarse de placer cuando alguna otra mujer la miraba con envidia. A los dos les encantaba el Hay Adams: tenía mucha clase y el encanto del viejo mundo, con aquellos paneles de madera de estilo Tudor, los techos isabelinos y la Casa Blanca justo al otro lado de la calle. Mientras entraban en el vestíbulo, vieron a Charles Crane con su inconfundible aura de propietario, como correspondía a los peces gordos de la sociedad de Washington.

—Bienvenidos —exclamó este, como si el Hay fuera su propia casa—. Bienvenidos, queridos míos. Los dos estáis cautivadores.

Luego vio a John Dean, el antiguo consejero de Richard Nixon, y, dejándolos por él, fue corriendo a estrecharle la mano con entusiasmo.

Cuando nadie podía oírlos, Mike se inclinó hacia Susan con una sonrisa contenida.

—Vaya, qué victoriano —susurró—. ¿Ese era el señor Hay o el señor Adams? ¿Tú qué crees?

Susan se echó a reír.

—Lo que me gustaría saber es dónde está el noble vástago.

Mike fingió echar un vistazo alrededor en busca de Bill Crane y se encogió exageradamente de hombros.

—Ni idea. Escondiéndose detrás de alguna columna, supongo.

La noche pasó en una ostentosa sucesión de champán añejo y música suave. Después de la cena, Mike dejó a Susan sentada con una copa y se dirigió al baño de caballeros. La noche iba de maravilla, lo que le apetecía ahora era bailar. Cuando se dirigía de nuevo adonde estaba Susan, vio que había una mujer pelirroja con un vestido verde sentada a su lado charlando animadamente, haciendo gestos y riendo de una manera que sugería que había bebido demasiado. Cuando se acercó y la pudo ver mejor, le susurró algo con aire apremiante a Susan, antes de escabullirse en dirección contraria.

—Muy bien —exclamó Mike—. ¿De qué iba todo eso?

Susan parecía incómoda.

—Era solo una buscona cotilla. Me preguntó si eras gay. —A Mike le cambió la cara—. Ha dicho que las chicas de la oficina han estado comentándolo y que ella ha hecho una apuesta. Quería que yo se lo confirmara.

Los ojos de Susan estaban nublados de rabia y Mike notó que las palmas de las manos se le llenaban de sudor.

A eso de las diez, el maestro de ceremonias dio unos golpecitos en la copa y pidió silencio. Los discursos combinaron la habitual mezcla de pomposidad y chistes malos, y Mike vio que algunas personas miraban el reloj mucho antes de que le pasaran el micrófono al senador Hepton para que hiciera los comentarios finales. Hepton era un republicano de algún lugar del Medio Oeste y uno de los conservadores de derechas que estaban en dique seco desde que los demócratas habían subido al poder. Sin embargo, se estaba animando bastante ahora que Carter se deslizaba hacia mínimos de récord en las encuestas. Hepton hizo algunos chistes sobre la crisis de los rehenes en Irán que había sufrido el presidente hacía más de un mes, proclamó las proezas de la revolución que Margaret Thatcher estaba llevando a cabo en Inglaterra y prometió el mismo conservadurismo reconstituyente en Estados Unidos si el país tenía el buen juicio de elegir a Ronald Reagan al año siguiente.

—Y les contaré un par de cosas sobre Ron —dijo—. No permitirá que Estados Unidos sea avasallado por mulás y fanáticos, solucionará lo de esta economía que se derrumba cada vez más y se librará de los degenerados y pervertidos que atenazan con sus tentáculos los órganos vitales de nuestra nación. Pueden tener por seguro que Ronald Reagan en la Casa Blanca tomará nota de las advertencias de cristianos como el reverendo Falwell, que advierte de que los homosexuales se están popularizando en este país. Tenemos que recordar que los homosexuales no se reproducen, ¡reclutan! Y muchos de ellos van detrás de mis hijos y de los suyos…

Mike notó que se mareaba. Estaba apretando las manos con tanta fuerza que las uñas se le clavaban en las palmas. Sintió que Susan lo agarraba del brazo y, al mismo tiempo, se dio cuenta de que alguien lo estaba mirando. Al girar la cabeza hacia la izquierda vio a Bill Crane, sonriéndole con suficiencia.

Al final de la velada, Mike llevó a Susan a casa en coche. Se detuvo delante de su apartamento y estaba a punto de saltar del asiento para abrirle la puerta cuando ella se lo impidió.

—Mike, ¿puedes esperar un momento? Tengo que comentarte un par de cosas.

El hombre asintió y apagó el motor.

—Bueno, en primer lugar, quiero decirte que lo que ese tipo ha dicho esta noche me ha parecido terrible. Ha sido estúpido, insultante y equivocado. Pero estoy preocupada, Mike. Creo que esa gente (Jerry Falwell, Pat Robertson, Anita Bryant y toda la derecha religiosa) van a tener mucho más poder si Reagan es elegido. Creo que todo el ambiente podría cambiar. Se han sentido desairados durante años, hasta los dejaron al margen cuando lo de Ford, y creo que quieren vengarse. He oído a algunos tipos de la oficina hablando junto al dispensador de agua, diciendo que van a votar a Reagan porque… machacará a los maricones y al resto de paletos de mierda. Sé que son unos charlatanes y que puede que ni siquiera lo digan en serio, pero creo que se acerca un momento en el que mucha gente va a tener que agachar las orejas.

Mike asintió. De repente se sintió viejo y muy cansado.

—¿Crees… que alguien de la oficina sabe lo mío?

—No, yo diría que la mayoría solo creen que eres un tipo soltero y guapo —opinó Susan. Luego vaciló—. Pero hay mucha homofobia por ahí y no me gusta ese rollo de Reagan y Falwell. Si la gente de arriba del todo empieza a usar ese tipo de lenguaje disparatado, ¿cuánto tardará fulano de tal en pensar que está bien ir a propinar palizas a los gais del parque? Solo digo que tienes que ser discreto, Mike. Ya estás en algunas listas negras de la oficina y usarán todo lo que puedan en contra de ti.

Mike se quedó allí sentado un momento, mirando a través del parabrisas la calle que se extendía ante él, imaginándose de repente en el Iwo Jima Memorial a altas horas de la madrugada, rodeado de un grupo de hombres con bates de béisbol.

—Gracias por preocuparte por mí, Susan. Tienes razón en lo de la discreción y todo eso... —respondió Mike. Quería quitarle hierro al asunto: de camino a la fiesta, iban muy contentos en el coche—. Por supuesto, para ti implicará muchos más compromisos sociales conmigo —añadió, riendo—. Y para Mark muchas más noches solo en casa cuidando al gato.

—Sí —dijo Susan, sin sonreír—. De hecho, esa es la otra cosa sobre la que te quería preguntar. ¿Qué tal os va?

Por el tono vacilante, Mike tuvo la sensación de que sabía algo. Reflexionó unos instantes y decidió que se alegraba de contárselo, que se alegraba de que le diera la oportunidad de hablar.

—¿Sabes, Susie? Adoro a Mark, pero creo que debo de tener algún problema, porque parece que estoy haciendo todo lo que puedo para destruirnos.

Susan le dijo lo que Mark le había contado sobre los fines de semana que desaparecía y las fantasías sadomasoquistas, y Mike arqueó las cejas.

—Bueno, parece que ya lo sabéis todo, entonces —dijo, mientras sus mejillas se ruborizaban ligeramente—. Y yo manteniéndolo en secreto, porque no quería hacerle daño.

—¿Manteniendo en secreto *qué*, Mike? —preguntó Susan, de modo suplicante—. Es el secretismo lo que está causando estragos.

Mike extendió la mano hacia el salpicadero y encendió la calefacción. Era una noche fría y las ventanas se estaban empañando por culpa de la condensación.

—Mantener en secreto a Harry —confesó el joven, torpemente, sin mirarla a la cara—. Mantener lo del sexo en secreto. Mantener todo en secreto.

Susan lo cogió de la mano. Había entrado en un territorio en el que realmente no tenía derecho a aventurarse, pero Mike quería contárselo. Le habló de Harry Chapman, el tío al que había conocido en la facultad de Derecho de la George Washington, que lo había llamado cuando se había mudado a Nueva York y lo había invitado a ir a visitarlo. Harry lo había llevado al tipo de clubes que Mike siempre había querido explorar, pero donde nunca había tenido el valor de entrar, y lo había iniciado en los exóticos placeres del *bondage* y del sexo sado, que tanto lo excitaban. Cuando acabó de contarle a Susan todos los detalles, la miró con cara de desconcierto y vergüenza.

—Pero el disparate es que, incluso mientras estoy haciendo todas esas cosas, incluso cuando estoy con Harry en esos sitios e incluso cuando es todo tan intenso y estimulante… Incluso entonces, sé que *allí no es donde quiero estar.* —Mike hizo una pausa y se corrigió—. Es decir, *es* lo que quiero y *no* es lo que quiero. Lo hago, pero no sé qué es lo que *hace* que lo haga.

Susan frunció el ceño, intentando por todos los medios entenderlo.

—Supongo que… tal vez… es algo muy diferente de… de tu otra vida…

—Es porque me resulta adictivo, Susan. Eso es lo que pasa. Es porque no puedo evitarlo.

—Entonces, ¿ya no quieres a Mark? ¿Es eso lo que…?

—No, no. Claro que lo quiero. Lo amo.

—¿Y por qué estás tan empeñado en arruinar vuestra felicidad? ¿No ves que Mark te tiene en un pedestal? Y siempre habéis parecido tan enamorados, como si estuvierais hechos el uno para el otro, y aun así vas y lo tiras todo por la borda.

—Lo sé, lo sé. No tiene sentido. Hay una parte de mí… —Mike se quedó pensando unos instantes—. Hay una parte de mí que no puedo controlar. Es mala, perversa y autodestructiva. Sé que echará a perder toda mi vida, todo el amor y la felicidad, pero siempre ha estado ahí y siempre me está haciendo señales, siempre me está susurrando: «No te mereces esa felicidad, así que debes destruirla».

DIECISÉIS

1980

Mike y Mark pasaron la Navidad y el Fin de Año tranquilos y juntos. Mike no mencionó la conversación con Susan, pero parecía escarmentado. Cuando Mark le preguntaba si estaba bien, Mike sonreía y lo besaba en la mejilla. El día de Navidad hablaron de los años que llevaban juntos, de la tragedia que los había unido, de los períodos de felicidad doméstica y de las expectativas que tenían para el futuro. Pero ninguno de ellos sacó el tema que había sembrado la discordia. De hecho, ni siquiera sabían si lo estaban ocultando o pasándolo por alto.

El mes de enero de 1980 empezó con su relación en el limbo y con todo Estados Unidos conteniendo la respiración: la economía estaba herida, la tasa de desempleo era elevada y se estaban quedando sin reservas de gasolina. Era el tercer mes de la crisis de los rehenes en Irán y las colas para abastecerse de combustible, que no se veían desde la guerra árabe-israelí de 1973, habían regresado y Jimmy Carter estaba encajando el golpe. En cuanto a los republicanos, Ronald Reagan estaba movilizando a la derecha y su único rival, el antiguo director de la CIA, George Bush, era tan blando e inefectivo que la candidatura parecía estar cantada.

Mike se presentó voluntario para trabajar para los demócratas y para Jimmy Carter haciendo encuestas y ayudando a registrar a los votantes. A finales de febrero, después de las primarias de Iowa y New Hampshire, hizo que se alzaran varias cejas en la oficina del NIMLO al aparecer con una chapa en la solapa en la que ponía: «Carter presidente». A alguien le pareció mal y le comunicaron que Charles Crane deseaba verlo. Esa vez no hubo puros ni amabilidad paternalista.

—No le ocultaré —comenzó Crane— que se ha producido cierto descontento, señor Hess. Las chapas partidistas no tienen cabida en una organización independiente como la nuestra. Pero dicho error de juicio por su parte no es la única razón por la que quiero hablar con usted. —Crane hizo una pausa, mientras se preparaba para decir algo que, obviamente, consideraba de suma importancia—. Aquí nadie tiene nada que objetar en relación con sus capacidades; de hecho, podemos ver que tiene un conocimiento extraordinario sobre Derecho Constitucional. Pero hay quien insinúa… ¿Cómo lo diría yo? Que se está creando su propia lista de contactos en el mundo de la política y que ha estado utilizando el nombre del NIMLO para conseguirlo. —Mike estaba sorprendido y se dispuso a interrumpirlo, pero Crane todavía no había acabado—. Algunos de nuestros abogados tienen la sensación de que se está forjando una reputación demasiado independiente con nuestros clientes, de que dichos clientes ahora lo llaman a usted directamente en busca de asesoramiento en lugar de utilizar los canales propios del NIMLO y de que usted podría tener motivos ocultos para fomentar que eso suceda.

Mike se rio.

—¡Un momento! ¿Me está usted acusando de ser demasiado solícito con nuestros clientes? Esto es una locura, Charles. Acuden a mí porque les proporciono el asesoramiento que necesitan. Como la defensa sobre la Decimocuarta Enmienda en la que estoy trabajando para los casos de reordenación: le he hablado de ello, ¿no es así? Eso ayudará a mejorar el nombre del NIMLO, nos hará indispensables para ambos partidos políticos. —Charles Crane gruñó y levantó la mano para hacer que se callara, pero Mike estaba enfadado—. ¿Quién es el que ha estado malmetiendo en mi contra? ¿Quién insinúa que no estoy jugando en equipo? ¿Quién dice que soy un listo? Bill, ¿verdad? Ha venido corriendo a hablar con papá, ¿no?

A Mike le pareció que Charles parecía un poco avergonzado, casi hasta arrepentido, pero era un hombre acostumbrado a ganar las discusiones y no iba a perder aquella.

—Señor Hess, me gustaría que se tomara en serio lo que le he dicho hoy. De ahora en adelante, quiero que el NIMLO sea su prioridad número uno, su única prioridad, y que se olvide de alimentar sus propias ambiciones explotando el puesto que tiene aquí. Y una última cosa —añadió Crane, mirando con firmeza la mesa que tenía delante—. Quiero que le quede muy claro que en el NIMLO ni podemos tolerar ni toleraremos ningún tipo de… irregularidad en la *vida personal* de nuestros empleados. Confío en que entienda a lo que me refiero.

Aquella noche, Mike cenó en silencio. Le dijo a Mark que estaba cansado, pero Mark lo conocía lo suficientemente bien como para saber que algo pasaba. Justo antes de irse a la cama, Mike le dijo que había decidido no asistir al baile de disfraces al que habían sido invitados el fin de semana.

—¿Qué? —exclamó Mark—. ¿Por qué demonios no vas a ir? Llevamos semanas esperándolo. ¿Te ha sucedido algo en el trabajo? ¿Qué pasa?

Mike se mordió la lengua. Sabía que estaba mal, pero le cabreaba que Mark estuviera sorprendido, aun cuando tenía todo el derecho del mundo a estarlo. Le cabreaba que no lo entendiera por arte de magia, le cabreaba el mero hecho de que estuviera allí, pensó con tristeza.

—He cambiado de opinión, eso es todo —dijo, sin levantar la vista.

Mark tenía la sensación de que había algo más.

—Mike, si es para hacerme daño, por favor, déjalo. Me estoy cansando de no saber nunca en qué punto estamos, últimamente. De repente eres cariñoso y dulce y, al momento, eres tan frío como… —dijo Mark, señalando la nieve que se arremolinaba bajo la farola de la calle, al otro lado de la ventana—. Si te digo la verdad, estoy bastante harto de todo esto.

Mark lamentó haber dicho aquellas palabras en cuanto salieron de sus labios, porque se dio cuenta de inmediato de que le había dado a Mike el pretexto que necesitaba. Mike sintió una oleada de triunfante indignación: por si el hecho de negarse a ir a la fiesta no le había hecho el daño suficiente a Mark, tenía otra bala cargada en la recámara.

—Bueno, si te digo la verdad —replicó Mike con una sonrisa gélida en sus labios crueles—, la razón por la que no voy a ir a la fiesta es porque voy a estar fuera el fin de semana.

La primavera de 1980 llegó y las cosas empezaron a ir de mal en peor para Jimmy Carter. Primero rompió los lazos diplomáticos con Irán y el ayatolá se burló de él haciendo desfilar a los cautivos estadounidenses con los ojos vendados ante la prensa mundial, luego anunció el boicot a los Juegos Olímpicos de Moscú y salieron unas imágenes de él desmayándose mientras hacía *footing* en todos los boletines informativos, y, finalmente, envió helicópteros militares para rescatar a los rehenes y, como no podía ser de otra manera, estos se estrellaron en el desierto.

El estado emocional de Mike se desplomó como el presidente en las encuestas. Le dijo a Susan Kavanagh que todo le iba mal en la vida y que el mundo lo estaba asfixiando poco a poco. Seguía haciendo campaña para Carter, pero le había dicho a su compañero voluntario, John Clarkson, que aquello era una causa perdida. Sin embargo, a John su optimismo texano le impedía tirar la toalla y hacía todo lo posible por animar a Mike.

—Si no hacemos campaña a favor de Carter —le decía—, vendrá Reagan y la derecha cristiana. ¿Has oído lo que Jerry Falwell ha estado diciendo de nosotros? Le ha dicho a la gente en un mitin que los gais les matarían con solo mirarlos. ¿Qué te parece, eh? —inquirió, echándose a reír—. ¿Tengo pinta de asesino?

Lo único que no disminuía al ritmo del decaído estado de ánimo de Mike era su fascinación por el Derecho. Por muy mal que le fuera la vida, sus triquiñuelas seguían fascinándole. Había llegado a un punto en el que sabía muchísimo sobre reordenación y, como si de un gran maestro del ajedrez se tratara, estaba construyendo una línea de ataque que proporcionaría una potente munición a los políticos de ambos partidos para desafiar la manipulación de los distritos electorales de sus oponentes. Los viejos argumentos de discriminación racial habían pasado por los tribunales sin demasiado éxito, pero Mike había analizado la Ley de Derecho al Voto de 1965 y había llegado a la conclusión de que el defecto inapelable en la práctica de la manipulación partidista de los distritos electorales era su conflicto inherente con las cláusulas de la Decimocuarta Enmienda. Si la Constitución garantizaba que ningún estado debería crear ni hacer cumplir ninguna ley que redujera los privilegios o las inmunidades de los ciudadanos de Estados Unidos, alegaba, entonces el hecho de reordenar con el fin de crear una desventaja para los votantes de la oposición seguramente se consideraría un recorte de sus derechos. Si un plan de reordenación interfiriese en la capacidad del partido de la oposición para participar en el proceso electoral, seguramente se estaría infringiendo la Decimocuarta Enmienda. Y, dado que la finalidad de la manipulación de distritos electorales de forma partidista consistía en hacer exactamente eso, Mike había llegado a la conclusión de que dichas estrategias debían ser abolidas sin duda.

A simple vista, se trataba de una fórmula árida e impenetrable, pero había una serie de casos de reordenación en los tribunales y los abogados estaban preparados para recibir muchos más que seguramente saldrían de la nueva ronda de redistribución tras el censo de 1980. Si un partido lograba echar por tierra las maniobras de sus oponentes, se haría con una ventaja política considerable.

Susan Kavanagh soportaba el malhumor de Mike con elegancia. Se lo consentía, porque él había sido infinitamente amable con ella durante los tres años que llevaban trabajando juntos y había aportado mucha diversión a su vida. Así que, cuando este se enfadaba y le gritaba, ella ni le respondía ni se lo reprochaba e, indefectiblemente, al día siguiente él le regalaba flores, le pedía disculpas por su comportamiento y la invitaba a tomar algo después del trabajo para hacer las paces.

Susan no le preguntaba directamente por su relación con Mark, pero se hacía una idea de cómo iban las cosas. Estaba al tanto de la discusión por la fiesta de disfraces y sabía que había hecho que las cosas se pusieran tensas entre ellos, pero, a medida que la primavera iba replegándose ante el resplandeciente verano de Washington, notaba que Mike empezaba a salir del bosque. Estaba más animado, habían desaparecido las bolsas que tenía bajo los ojos y volvía a sonreír, como el Mike que ella conocía. Susan había hecho gran parte de la labor de investigación que Mike estaba usando para su informe sobre reordenación y compartía en parte la emoción que él sentía. Él todavía se quejaba amargamente sobre la chapuza y la mala suerte que hacía que fuera inevitable la derrota demócrata en noviembre, pero sus comentarios sobre Reagan y los nuevos conservadores eran agresivos, punzantes y beligerantes, cuando antes habían estado llenos de una ansiedad terrible y atormentada.

—¿Puedes creer a estos tíos? —le preguntó una mañana, mientras blandía un ejemplar del *Post*—. Ahora dicen que si salen elegidos derogarán cualquier tipo de legislación antidiscriminatoria que pueda ser utilizada para dar garantías a los gais, y que lucharán contra la abolición de las leyes antisodomitas de Washington. ¡Menudo puñado de cretinos antediluvianos! ¡Son como unos Rip Van Winkles puritanos que se despiertan después de trescientos años y creen que Estados Unidos sigue en el siglo XVII!

Cuando el teléfono sonó por la tarde, Susan cubrió el auricular y llamó a Mike.

—Un tal señor Van Winkle pregunta por ti. Comité Nacional Republicano en la línea tres. Nos dan la bienvenida al siglo XVII.

Mike cogió el teléfono y se lo encontró lleno de estruendosos diptongos nasales y consonantes elididas del sur de Boston.

—Ron Kaufman al habla, señor Hess. Tom Hofeller me ha dicho que podía llamarlo. Dice que tiene un plan excelente de reordenación que tengo que conocer. ¿Puede quedar para comer esta semana?

Cuando Mike colgó el teléfono, le dijo a Susan riendo que saldría a comer el jueves.

—Voy a comer con el diablo. ¡Será mejor que use una cuchara larga!

En junio de 1980, empezó la ola de calor más larga jamás registrada desde que había informes meteorológicos. La temperatura en Washington D. C. apenas bajaba de los treinta y dos grados centígrados, el asfalto del Beltway se derretía y más de mil personas murieron por golpes de calor. Una sequía a escala nacional causó unos daños estimados de más de veinte mil millones de dólares y, mientras Jimmy Carter asustaba a los votantes reintroduciendo el reclutamiento en respuesta a la invasión soviética de Afganistán, Ronald Reagan era triunfalmente consagrado candidato republicano y favorito para las elecciones presidenciales de noviembre.

Mike se había comportado en el almuerzo con los republicanos. Ron Kaufman era un tío muy listo y agudo de treinta y pico años que había sido un importante director de zona en la campaña de Bush, pero que se había cambiado disimuladamente al campo de Reagan después de que la candidatura recayera sobre él. Mike le había preguntado por la predisposición del partido a quedar bien con los fanáticos de la derecha religiosa, pero Kaufman se había limitado a sonreír y no había querido entrar al trapo. Luego habían hablado sobre las ideas de Mike para abordar las demandas por reordenación y Kaufman le había agradecido su consejo.

—Pero no vaya a ir a contárselo a los demócratas, ¿de acuerdo? —bromeó el republicano mientras salían del restaurante.

Mike no había sabido nada más de él y había dado por hecho que la conversación se quedaría ahí, pero, a finales de mes, Charles Crane volvió a reclamarlo.

—Señor Hess, iré directo al grano —dijo el presidente, antes de que Mike hubiera cruzado siquiera la puerta del despacho—. Hemos recibido una llamada del Comité Nacional Republicano. Están maravillados con usted y con su estrategia de la Decimocuarta Enmienda, que tienen pensado usar en algún que otro caso.

Mike escuchó las palabras de alabanza y se preguntó por qué no se alegraba por ellas. Había algo en el tono de voz de Crane que no encajaba con el contenido de lo que estaba diciendo.

—Bueno, muy bien. Es fantástico recibir la aprobación de los tipos que dirigen la plataforma política de uno de nuestros mejores partidos. Además, también será positivo para el NIMLO. Eso era algo que le preocupaba, ¿lo recuerda?

Charles Crane lo miró con ojos inexpresivos.

—Creo que su tono es inapropiado, señor Hess. Y no, no creo que esto ayude al NIMLO. Algunos de nuestros abogados me han dado a entender que su reunión con el Comité Nacional Republicano tenía como finalidad satisfacer sus propios intereses, no los nuestros.

Mike parpadeó por lo injusta que era aquella acusación y por la insinuación de que estaba intentando cortejar por alguna razón a los republicanos.

—No sé quién le ha contado todo eso, Charles —replicó Mike, cada vez más inquieto—, pero puedo asegurarle que he actuado única y exclusivamente en beneficio del NIMLO. No tenía ningún interés personal en hablar con Ron Kaufman.

Charles Crane, sin embargo, ya había marcado su línea de actuación y había decidido ceñirse a ella.

—Me temo que eso no es lo que ha llegado a mis oídos. Lo que ha llegado a mis oídos es que usted maquinó deliberadamente esa reunión para satisfacer sus propios intereses, para promocionar su propio futuro en el comité republicano.

Mike se echó a reír: aquella idea era tan disparatada que no lo pudo evitar.

—¡Pero si yo *odio* a esos putos republicanos! ¿Cómo iba a lamerles el culo a unos tíos a los que desprecio profundamente? ¡Esa idea es ridícula!

Al oír las palabras de Mike, una mirada de triunfo atravesó la cara de su interrogador, como si Charles Crane hubiera estado esperando desde el principio algo que diera legitimidad a lo que siempre había tenido pensado decir.

—Señor Hess, su tono es ofensivo y su conducta impropia. Me temo que no tengo más opción que informarle de que su contrato con el Instituto Nacional de Asesores Legales Municipales ha sido rescindido. Le agradecería que desalojara su mesa.

Mike entró a trompicones en la oficina principal, llamó a Susan y se desplomó en su silla.

—Susan —dijo—, me acaban de dar la carta de despido. ¡Me han echado!

DIECISIETE

1980

Mike estaba de un humor de perros y Mark no conseguía animarlo. Perder el empleo en plena crisis económica era un duro golpe, pero Mark tenía la sensación de que se trataba de algo más profundo. Era como si el contratiempo con el NIMLO hubiera activado algún tipo de engranaje dentro de él, como si Mike estuviera renunciando a la vida en su totalidad: se quedaba en la cama con las persianas cerradas cuando Mark se iba a clase y seguía allí cuando Mark volvía por la tarde, rechazaba invitaciones para salir y se negaba a coger el teléfono, incluso había dejado de responder a los mensajes de Susan.

Mark era atento con él. Lo consolaba y se preocupaba por Mike, aguantaba sus respuestas cortantes y displicentes y mantenía una sonrisa en la cara a pesar de la tristeza que este parecía estar resuelto a acarrear sobre ambos. Mark era joven y Mike era su primer amor. Su relación todavía le parecía algo especial, algo por lo que aún merecía la pena luchar. Lo tranquilizaba constantemente y lo animaba a no desesperar.

—No te preocupes, Mike. Lo principal es que nos queremos. Esa es la fuente de tu felicidad, de la tuya y de la mía. Puedes ser feliz si quieres, ya lo sabes. La tienes aquí, al alcance de la mano, no importa nada más.

Mike sabía que tenía razón: él quería la felicidad y el amor tanto como Mark. Pero cuanto más comprensivo y cariñoso era este, más aumentaba la rabia de Mike. No sabía por qué, pero le daba la impresión de que tenía algo que ver con los celos: estaba convencido de que nunca podría ser feliz y algo en su interior no quería que nadie más lo fuera. Si su propia felicidad dependía únicamente de que Mark fuera feliz, sacrificaría a ambos.

Mark volvió de clase y se encontró a Mike levantado y vestido.

—¡Mike! —exclamó—. Dios santo, me alegro de volver a verte de pie. ¿Cómo te encuentras? —El muchacho hizo ademán de abrazarlo, pero, cuando vio cómo lo miraba, retrocedió—. ¿Qué pasa, Mike?

—Estoy vestido porque me voy fuera el fin de semana.

Su voz era inexpresiva, pero sus palabras eran como balas.

Mark le rogó, le suplicó que se quedara, pero la decisión de Mike era inamovible. Mark vislumbró la crisis que se avecinaba e intentó advertírselo una vez más.

—Si te vas, echarás por tierra todo lo que hemos construido juntos. Creía que ya habíamos superado lo de las desapariciones de fin de semana, Mike. Por favor, no vuelvas a empezar, lo destruirás todo.

Mark contuvo el aliento, mientras esperaba una respuesta de su pareja. Entonces percibió la nota de placer y triunfo en la voz de Mike que revelaba que quería hacerle daño.

—Me voy, Mark. No puedes impedírmelo. Es lo que quiero hacer. Es donde quiero estar.

—Si te vas —replicó Mark—, no estaré aquí cuando vuelvas. Lo digo en serio.

Vio que Mike vacilaba unos instantes, captó el fugaz ceño fruncido que ensombreció su cara y luego observó cómo cogía la bolsa e iba hacia la puerta.

Mike se miró al espejo y se sorprendió al verse allí. El tren había alcanzado la velocidad máxima y botaba y se mecía sobre los raíles. Cansado y tambaleante por el insensato abandono del fin de semana, apenas se mantenía en pie, pero en cuanto vio su reflejo se detuvo un momento y se fijó en el espejo para mirarse más de cerca. Qué extraño era tener la necesidad de buscar garantías de su propia existencia. Vio los ojos, aquella nariz y aquella boca tan familiares y se dijo a sí mismo: «Mira, estás ahí, ahí estás».

El fin de semana en Manhattan —el fin de semana que acababa de pasar con Harry— había finalizado hacía un par de horas, pero ya le parecía un agujero negro. La bebida, las pastillas, el sexo… Aquellos recuerdos existían en algún lugar de su cerebro, pero quedaban ya muy lejos, velados por la bruma del olvido. Volvió a echar un vistazo al traqueteante espejo manchado de salpicaduras del baño, pero no logró hacer que se desvaneciera el terrible pensamiento de que Michael Hess no existía. Se rio. La gente te desprecia diciendo: «Es un don nadie», y, de pronto, se hace realidad.

Se quedó de pie, al lado de la puerta de la antesala que había al final del vagón, y apretó la cara contra la fría ventana. Fuera, las vías pasaban a toda velocidad en la oscuridad de la medianoche, traqueteando bajo él, iluminadas por rítmicas ráfagas de luz en un código Morse que no podía descifrar. Se fijó en la manilla de la puerta: era uno de esos viejos cierres manuales que podían abrirse sin demasiado esfuerzo. Posó la mano sobre él y empezó a levantarlo, empezó a imaginar el frío impacto del implacable acero. Entonces escuchó una voz que parecía resonar en su cabeza. Eran frases rápidas y pronunciadas a trompicones por una voz femenina: «No permita que lo pongan en la tierra… Allá abajo está oscuro… Allá abajo hace frío».

Mike agarró la mano que estaba en la manilla de la puerta. Era su propia mano, la mano de Mike Hess. Podía notar la piel caliente y llena de vida.

«No permita que lo entierren… Lo van a sepultar en la tierra…».

Dejó escapar un gemido breve y ahogado, y se hundió en el suelo.

Cuando Mike llegó al apartamento de la calle E, encontró una nota de Mark garabateada en una página arrancada de un cuaderno de hojas amarillas. «He hablado con el casero. Tienes que llevarte tus cosas antes del viernes. Déjale la llave a Spangler».

Cuando miró en el dormitorio, el lado del armario de Mike estaba vacío.

Mike llamó a Susan Kavanagh, que se acercó en coche. Le dijo que se había asustado al ver que no respondía a sus llamadas. Había hablado con Mark y se había enterado de que habían roto. Unos cuantos tíos del NIMLO habían estado intentando contactar con él para decirle cuánto sentían que se fuera. Susan lo miró y suspiró.

—Mike, tienes un aspecto horrible. Será mejor que te vengas a mi casa hasta que estés mejor. Mi hija estará en un campamento de verano un par de semanas más y después creo que puedo encontrarte algún sitio donde quedarte.

Susan lo cuidó y lo alimentó. Retiró el alcohol de la estantería de la cocina y se aseguró de que se quedara en casa por las noches. Mike parecía un poco avergonzado: aunque tenían la confianza suficiente entre ellos como para permitirse aceptar su amabilidad, también los separaba la suficiente distancia como para hacer que se comportara con cordialidad y agradecimiento y evitara hundirse en la depresión autocompasiva que había usado como arma contra Mark.

A principios de septiembre, unos días antes de que regresara su hija, Susan le dijo que había hablado con un amigo que estaba dispuesto a subarrendar la habitación libre que tenía en su piso. El tipo se llamaba Bob McMullen. Tenía la misma edad que Susan, un par de años más que Mike, y era gay. Susan lo invitó a cenar y le explicó que él y su pareja habían alquilado un piso enorme en el exclusivo edificio Wyoming de Columbia Road, en Adams Morgan, unas cuantas manzanas al norte de Dupont. Pero, como habían roto hacía poco, tenía una habitación libre que a Mike podía interesarle alquilar. Quedaron los tres al día siguiente con Bob en su casa.

El Wyoming había sido construido a principios del siglo xx, tenía los techos altos, mármol y apliques de latón, y la ubicación difícilmente podría ser mejor. Después de las inhóspitas calles del sureste de Washington, Adams Morgan le pareció a Mike muy pijo, con sus anchas avenidas bordeadas de árboles y sus restaurantes de moda. El piso propiamente dicho era amplio y cómodo. Bob tenía su propio cuarto con baño privado; Mike tendría lo mismo y compartirían una enorme sala de estar con comedor. A Mike no le caía muy bien Bob McMullen, pero el alquiler era razonable y Susan sabía que ni su amigo ni Mike tenían más opción. Tras haber firmado un documento escueto e informal que haría las veces de contrato de arrendamiento, bajaron los tres a tomar una cerveza a la vuelta de la esquina, en el bar Lemon Tree, para celebrarlo.

DIECIOCHO

1980-1981

La ola de calor veraniega había llegado a su fin a finales de septiembre y el otoño había entrado raudo y veloz, pisándole los talones. Ronald Reagan había nombrado a George Bush candidato a la vicepresidencia y el carro republicano rodaba hacia una inexorable victoria en noviembre. Mike apenas había conseguido estabilizarse y se pasaba el día buscando en las revistas jurídicas un trabajo, aunque no hacía ningún avance: parecía que todos los anuncios a los que respondía los habían puesto demasiado tarde. Estaba harto de oír voces al teléfono dándole empalagosas muestras de conmiseración: «Lo sentimos muchísimo, señor Hess, pero ese puesto ya ha sido cubierto...».

Con Bob McMullen le iba bien, sin más. Susan se dio cuenta de que no terminaban de encajar y le dijo a Mike que le preocupaba haber empujado a dos de sus amigos a una situación que no acababa de funcionar, pero Mike le dijo que no pasaba nada, que tenía problemas mucho peores de los que preocuparse.

El 4 de noviembre, Reagan ganó por goleada y condenó a Jimmy Carter a la peor derrota que un presidente en activo había sufrido jamás desde Herbert Hoover. Mike se encontró con John Clarkson y se fueron a ahogar las penas al Numbers Bar, al final de la avenida Connecticut. John era un demócrata comprometido: había trabajado para un senador demócrata y parecía tomarse la derrota como un desaire personal, así que Mike se empeñó en animarlo con un constante y copioso suministro de bebida. Cuando Susan llegó, le dijo a Mike que había estado llamándolo todo el día y que no le había contestado.

—Necesitaba hablar contigo urgentemente, Mike. Te ha llamado un par de veces Ron Kaufman, del Comité Nacional Republicano, y parecía algo importante. Dijo que le había hablado de ti a su jefe después de la reunión que habíais tenido. Que se acababan de enterar de que te habían echado del NIMLO y, bueno, tiene pinta de que quieren ofrecerte trabajo.

Mike no dijo nada, pero John se puso a farfullar con la boca llena de cerveza.

—¿Qué? ¿Mike trabajando para los republicanos? ¡No *puedes* decirlo en serio!

Mike acudió a la reunión presa de un pánico fruto de la indecisión. Quería un trabajo —necesitaba un trabajo—, pero John Clarkson tenía razón. Fue agonizando en el metro desde DuPont a Capitol South y cambió de opinión una docena de veces. Las escaleras mecánicas lo llevaron desde el metro hasta un sol invernal que titubeaba, vacilante, sobre el Capitolio. La hilera de edificios bajos de oficinas con las fachadas pintadas de blanco que había al otro lado de la calle refulgía bajo la luz matutina y el cuartel general del alto mando republicano se pavoneaba, reafirmando su estatus y su poder. En el vestíbulo principal del 310 de la calle First, Mike se encontró cara a cara con una imagen a tamaño real de Ronald y Nancy Reagan, saludando y sonriendo con el encanto hollywoodiense que había encandilado a toda una nación. Mike se estremeció y le pidió a la recepcionista que le hiciera saber al señor Kaufman que estaba allí.

Kaufman bajó en persona a recibirlo, charló con él en el ascensor como si fueran amigos de toda la vida y lo llevó por pasillos enmoquetados donde las secretarias levantaban la vista de los teclados para desearles buenos días con la mano y unas placas de latón con nombres grabados adornaban puertas de roble. Mike pensó en lo bien que estaría tener una placa de latón personalizada.

—Bienvenido al centro de mando —dijo Kaufman, riendo, mientras invitaba a Mike a entrar en una oficina más bien pequeña, equipada con muebles de aspecto caro. El hombre sirvió un par de cafés—. Supongo que ya sabrás lo que hacemos: labores de coordinación para el partido en todo el país, desarrollo y promoción de la plataforma política del partido, recaudación de fondos, estrategias electorales… Todo ello de alto nivel y con seriedad. Aunque también nos ocupamos de organizar la convención cada cuatro años y ahora, alabado sea Dios, nos toca la investidura del presidente: eso es lo más divertido y en lo que nos gustaría que vinieras a ayudarnos. ¿Qué te parece?

Mike parpadeó. Kaufman hablaba muy rápido y tenía la sensación de que se le había escapado algo.

—¿Puede repetírmelo? ¿Quiere que trabaje en la investidura? —Mike no tenía muy claro lo que esperaba, pero aquello sonaba a ponerles las etiquetas a los sobres de las invitaciones a la fiesta presidencial.

—Claro. El Comité de Investidura Presidencial se constituirá esta semana y estará en activo un par de meses: Reagan jurará el cargo el 20 de enero.

Kaufman le explicó que el comité necesitaba voluntarios para trabajar en la planificación y la dotación de personal, en la organización del transporte y en montar actos como el desfile y el baile, además de promocionar el libro conmemorativo y otros *souvenirs*.

Mike dejó escapar una risilla.

—Así que se trata, básicamente, de vender perritos calientes. ¿No es así?

Kaufman sonrió.

—Más o menos. Pero no olvides la regla de oro de la política: si quieres progresar, tienes que estar en el momento adecuado en el lugar adecuado.

Susan Kavanagh y John Clarkson se rieron con disimulo cuando Mike les contó para qué lo habían contratado, pero él hacía lo que le tocaba, ya fuera poner etiquetas a los sobres o reorganizar los periódicos. La tarea más ardua fue ayudar a redactar los contratos de arrendamiento de los ocho salones de baile de diferentes hoteles y centros de negocios de Washington donde cincuenta mil republicanos de las cuatro esquinas del país se reunirían para celebrar la toma de posesión de su hombre en la Casa Blanca. El 20 de enero, su recompensa fue un asiento en las gradas de los empleados en la fachada oeste del Capitolio. Allí estaba a las once y media de la mañana, cuando Reagan subía a hacer el juramento como cuadragésimo presidente de Estados Unidos. Y allí estaba a las once y treinta y cinco, en el preciso instante en que una noticia de última hora de United Press International (UPI) confirmaba que habían sacado a los rehenes de Teherán, tras cuatrocientos cuarenta y cuatro días de cautiverio. El triunfo de Reagan era la humillación de Carter, y Mike lamentaba ambas cosas. Su desazón por el advenimiento de la derecha republicana se vio atenuada por la euforia del acontecimiento y la sensación de que formaba parte de la maquinaria que lo había hecho posible.

Por la noche, se llevó a Susan al baile de investidura de los empleados en el Sheraton Washington. Flotaron entre valses y brincaron al ritmo de «Celebration», de Kool and the

Gang, que había llegado a número uno en las listas. «Esto es una fiesta, / un homenaje que durará todo el año», cantaban los jóvenes republicanos. «Esta noche lo pasaremos bien; / celebrémoslo, está bien...». Mike y Susan se empaparon del ambiente y del vino gratuito hasta que se les subió a la cabeza, hasta que sus pensamientos galoparon y sus sentimientos estallaron en mil direcciones diferentes. Mike se fumó un porro en el baño cuyo efecto aumentó considerablemente por el mero hecho de hacerlo en el corazón de la bestia republicana.

Justo a medianoche, un joven emocionado con acento de la Costa Oeste subió a un escenario y pidió silencio. Las luces del salón de baile se atenuaron y, de pronto, allí estaban: Nancy, esbelta y radiante con su traje de noche de diez mil dólares, y el embaucador en persona, inusitadamente alto y erguido con el pelo brillante peinado en un pulcro tupé y los dientes perfectos, con una sonrisa en su masculino rostro de actor. Susan se agarró al brazo de Mike y se unió al grito general de emoción, mientras Mike se estremecía por el cálido y cosquilleante placer de la anticipación nerviosa. Mientras Frank Sinatra cantaba, el presidente hizo el numerito de dárselas de modesto, dio las gracias a los empleados y besó a su mujer. A Mike le daba vueltas la cabeza. Los Reagan estaban ahora entre la multitud de la pista de baile, abriéndose camino aquí y allá acompañados por un radiante Ron Kaufman, que les susurraba los nombres de los empleados importantes a los que tenía que felicitar. La cabeza de Reagan sobresalía por encima del gentío y a Mike le pareció un vaquero guapo, un atleta musculoso abocado al fracaso, como su propio amante. Kaufman volvió a susurrarle algo y Reagan apareció de pronto a su lado, le estrechó la mano y reprodujo a la perfección lo que le habían sugerido que dijera.

—Vaya, el señor Michael Hess, supongo. He oído hablar mucho de usted y sería un placer para mí que me prestara su apoyo como miembro de nuestras nuevas generaciones, para respaldarnos en el esfuerzo que estamos haciendo para asegurar el futuro de este país. ¿Qué me dice, muchacho? Nosotros estaríamos encantados de tenerlo con nosotros.

LONDRES

En la actualidad

Construir el retrato de una persona ausente es un ejercicio de extrapolación y verificación. En todo trabajo detectivesco y de investigación hay un agujero negro en el centro, donde en su momento hubo un hombre que ya no está. Su perfil puede vislumbrarse: el testimonio de aquellos que lo conocían proyecta una serie de luces sobre las cuales su silueta emerge en la oscuridad, de forma efímera. Había cientos de personas que habían conocido a Michael Hess o a Anthony Lee y yo entrevisté a decenas de ellas. Pero cada haz de luz se centraba en un ángulo diferente —a veces, se diría que hasta en un hombre totalmente diferente— y cosas que algunos recordaban de una manera, otros las recordaban de otra. Ciertos informadores aparecen con su propio nombre en el texto de este libro, mientras que otros han pedido salir bajo un seudónimo o, simplemente, no aparecer. La mayoría han hablado con franqueza y buena voluntad, todos salvo los cargos públicos que tenían algo que ocultar.

Al final de la historia, contaré cómo entramos en contacto con las tres o cuatro personas que tuvieron un papel protagonista en los últimos años de la vida de Michael y cómo empezó a surgir el panorama de su existencia de las explicaciones que ellos daban. Ahora tengo nuevas fotografías y documentos sobre la mesa para guiarme en las etapas finales de la búsqueda: un grupo de jóvenes sonrientes en una casa de campo del oeste de Virginia, retratos oficiales de la Casa Blanca durante el apogeo republicano de la década de 1980; un hombre de cuarenta años charlando muy serio con una anciana y frágil monja a la puerta de un convento, en el campo; un hermano y una hermana, ya más crecidos, sentados en cuclillas en las escaleras de madera de un porche trasero en el campo, con la pena dibujada en sus rostros...

CUARTA PARTE

UNO

1981

Michael Hess firmó el contrato de trabajo con el Comité Nacional Republicano el 27 de marzo de 1981. Era viernes por la tarde y los chicos del comité le preguntaron si no le importaba dedicarles una hora, para ir a tomar algo y celebrarlo. A las seis y media de la tarde, Ron Kaufman y Tom Hofeller lo recogieron en la sala vacía con una sola ventana y las paredes con marcas de chinchetas que iba a ser su despacho, y los tres recorrieron andando las ocho manzanas que los separaban de la calle D. Al pasar por delante del Edificio Dirksen de Oficinas del Senado (rebautizado con el nombre del difunto senador en 1972), Mike señaló con un gesto de la cabeza la placa con el nombre y les habló a sus compañeros de la época en que había sido asistente de Dirksen. Todos se echaron a reír y Mike se alegró de haber reafirmado sus andrajosas credenciales republicanas. El Monocle estaba todavía bastante vacío cuando llegaron y Nick, el *maître* griego, recibió a Ron y a Tom llamándolos por su nombre.

—Nick, quiero presentarte a Michael Hess —dijo Ron—. Es nuestro nuevo empleado y es irlandés, así que supongo que lo verás mucho por aquí.

Todos sonrieron y Ron pidió una botella de champán. A Mike le caía bien: tenía una mente aguda y una lengua afilada y era, sin duda, uno de los próximos hombres de las filas republicanas. Era menos de diez años mayor que Mike. El mostacho castaño, los anteojos y las marcadas ondas de pelo oscuro hacían que pareciera un cruce entre Groucho Marx y Henry Kissinger, y su malhumorada seriedad impresionaba a los senadores más veteranos y hasta al propio presidente. Kaufman cogió a Mike del brazo y le enseñó las fotos en blanco y negro que había en las paredes de todos los presidentes republicanos y de la mayoría de los principales senadores del partido de los últimos treinta años, desde que el Monocle existía. Tom Hofeller se quedó en la mesa, echando un vistazo a documentos informativos y recortes de periódico. A Mike le costaba pillarle el punto. Parecía más joven que Kaufman, tenía una cara redonda y aniñada, y unos ojos caídos que parecían amables si estabas de su parte o crueles si eras un oponente. Era uno de esos asalariados comprometidos del partido que rehuían las conversaciones triviales y parecían invertir hasta el último aliento en discutir los asuntos del partido. Era Tom quien llevaba el tema de la reordenación de Indiana.

—Bien, escuchad, chicos. Mike necesita empezar con el pie derecho y el plato principal, ahora mismo, es Indiana. Mike, no espero que conozcas el caso, de hecho, tengo más claro que el agua que no será así, porque hemos intentado mantener el asunto en secreto, pero podría ser algo importante para nosotros. El problema es que aquellos de los nuestros que controlan la legislatura estatal se han pasado un poco de listos y parece que los han pillado con las manos en la masa.

Mike sonrió al imaginárselo literalmente.

—¿De qué va el caso?

—Bueno, yo sé tanto sobre reordenación como cualquier hijo de vecino, pero esto parece la caja de Pandora —dijo Tom—. Cuando vengas el lunes, tendrás que pillar por banda al consejero general, Roger Allan Moore: es el jefe de asuntos legales. Reagan lo tiene en gran estima y el vicepresidente lo considera el centro del universo. Roger te pondrá al día, pero tenemos que actuar con rapidez si queremos evitar que esto se nos vaya de las manos.

Mike pasó su primera jornada completa en el Comité Nacional Republicano haciéndose con las claves, los pases y las acreditaciones para el Senado y la Casa Blanca. El Servicio Secreto le tomó las huellas dactilares y le hicieron fotos una docena de veces. Le había dejado un mensaje a la secretaria de Roger Allan Moore para fijar una cita con él, pero todavía no había obtenido respuesta cuando se marchó a última hora de la tarde.

Al día siguiente, parecía que las cosas iban a seguir igual. Llevaba toda la mañana visitando a los líderes republicanos en el Senado y en la Casa Blanca cuando, de repente, se armó un revuelo en la oficina. En la CNN, el nuevo canal de televisión de servicios informativos, estaban hablando de unos disturbios que se habían producido delante del hotel Hilton, donde el presidente había estado dando un discurso para el Consejo de Constructores. A las dos y media sabían que la CNN estaba cubriendo el discurso del presidente y sus cámaras lo habían grabado al abandonar el edificio. En las imágenes se veía a Reagan sonriendo y saludando y, acto seguido, dando un traspiés mientras hacía una mueca antes de que los policías y los agentes del Servicio Secreto se abalanzaran sobre él, lo agarraran y lo metieran en la limusina. Cada vez que repetían las imágenes, la histeria de la oficina se calmaba momentáneamente, porque la gente se volvía para verlas, sacudiendo la cabeza y haciendo una mueca de dolor ante la caída de Reagan.

Se suspendieron todos los asuntos del resto de la tarde y Mike se sintió perdido. Los telegramas informativos decían que el presidente había sido herido de bala por un presunto asesino y que lo habían trasladado de inmediato al Hospital Universitario George Washington. Añadían que otras tres personas de su séquito estaban también heridas. Todos tenían en la cabeza Dallas y a JFK. Mike recordó de golpe los momentos que había pasado en la sala de urgencias del hospital George Washington y notó que se le encogía el estómago: la horrible y dilatada muerte de David Carlin y ahora el inminente peligro del presidente se fundieron en una única y repugnante pesadilla. A media tarde, Mike oyó que un policía y un agente de los Servicios Secretos habían resultado heridos y que el secretario de prensa de la Casa Blanca, James Brady, se debatía entre la vida y la muerte con una bala alojada en el cerebro. Washington estaba en un estado de febril incertidumbre.

Las cosas solo empezaron a calmarse cuando en los servicios informativos comunicaron que el presidente estaba consciente y, al parecer, de buen humor. La NBC dijo que las primeras palabras que le había dicho a la preocupada Nancy habían sido: «Cariño, olvidé esquivarla». Y que una enfermera del servicio de urgencias había comentado que, cuando le había preguntado si estaba bien, el presidente había susurrado: «La verdad es que preferiría estar en Filadelfia». Los chistes eran bastante malos, pero hicieron brotar lágrimas de alivio en los ojos de Mike. El joven estaba sentado en su despacho, observando por la ventana la cúpula del Capitolio, sumido en sus pensamientos y preguntándose cómo era posible que el destino de un hombre al que tanto había despreciado le pudiera afectar tanto, cuando la puerta se abrió y un tipo alto y elegante se coló dentro.

—Hum, hola —dijo el hombre. Tenía una voz aristocrática y refinada, propia de Nueva Inglaterra—. Roger Allan Moore. Siento mucho todo esto —añadió, señalando vagamente el aparato de televisión que estaba en la esquina—. Sospecho que no es la mejor manera de darle la bienvenida al comité republicano. —Moore había cogido a Mike por sorpresa. En medio del pánico reinante, aquel hombre rezumaba una ecuánime serenidad que resultaba casi sobrecogedora—. Lo primero es lo primero. He hablado con el cirujano y Ron está fuera de peligro. La bala lo alcanzó de rebote: impactó en la limusina y luego le dio bajo el brazo izquierdo. No explotó, gracias a Dios, pero le hizo un buen desaguisado en el pulmón izquierdo y se detuvo a menos de tres centímetros del corazón.

Mike escuchó con asombro lo que estaba oyendo. Moore paseaba sobre la moqueta su figura magra y esbelta de metro noventa y tres de altura. Tenía algunas arrugas en el rostro y unas prominentes orejas que asomaban bajo un cabello gris bien peinado. Aparentaba unos cincuenta y era la viva imagen de un caballero inglés con su traje de *tweed*, sus zapatos Oxford del número cuarenta y ocho, y sus calcetines de lana. Eso por no hablar de la pipa de rosal silvestre que, al parecer, siempre llevaba en la mano.

—Sí. Gracias a Dios —respondió Mike—. Gracias a Dios, el presidente está sano y salvo. Soy Michael Hess, por cierto.

Roger Allan Moore se detuvo y estrechó la mano que le ofrecía.

—Sí, desde luego que es usted. Bienvenido. Iba a venir antes, pero me he visto envuelto en la contienda constitucional. Estoy seguro de que *usted* sabe todo lo que hay que saber sobre el protocolo de sucesión presidencial; ojalá Al Haig lo supiera. He tenido que decirle que él *no* está al cargo a pesar de lo que ha estado contándoles a los medios de comunicación. El pequeño inconveniente es que no está muy claro quién lo está en realidad. —Moore se rio y miró hacia el cielo—. En fin, estará resuelto en una hora, aproximadamente, cuando Bush regrese de Andrews.

Para Mike, la repentina sensación de estar tan cerca del epicentro de los acontecimientos, dando forma al futuro de la nación, era estimulante. Seis meses antes era un abogado constitucionalista sin perspectivas de futuro especialmente prometedoras, y ahora hablaba sobre el destino de los presidentes con gente que tenía responsabilidad sobre la Constitución y el ejercicio del poder.

—Sé que debe de estar muy ocupado, Roger —dijo Mike con deferencia—. ¿Por qué no fijamos una fecha en la agenda para cuando todo esto se calme?

Pero Moore sacudió la mano.

—Mi querido compañero, no es necesario andarse con tanta ceremonia. Por favor, no dude en pasarse por mi despacho cuando así lo desee. Mark Braden y yo siempre nos tomamos un par de whiskies para hacer el día más llevadero, o al menos yo me los tomo y él se toma alguna otra cosa. Únase a nosotros mañana, ¿lo hará?

La sensación de ser aceptado en un mundo que no creía tener a su alcance invadió a Mike de una calidez gratificante.

Al día siguiente por la tarde se sentía absurdamente nervioso, mientras caminaba por el pasillo. Roger estaba acabando algún papeleo cuando él entró, pero le hizo señas a Mike para que se sirviera una copa. Minutos después, apareció Mark Braden. El vicedirector jurídico era más joven que Moore, vestía con elegancia, tenía un rostro sincero y amistoso, y una barba pulcramente recortada.

—Así que tú eres el tercer mosquetero, ¿no? —dijo el recién llegado—. Esperábamos tu llegada. El partido no para de perseguirnos para que abordemos el tema de la estrategia de reordenación: creen que podría ser decisiva en las próximas elecciones y necesitamos un par de manos más. La cosa se tranquilizará un poco durante un tiempo con todo el escándalo de lo del presidente, aunque parece que ya se está recuperando. Lo siento por Jim Brady, sin embargo. Dicen que tendrá daños cerebrales permanentes.

Moore había terminado con el montón de papeles y se unió a ellos con un vaso de whisky en una mano y una pipa encendida en la otra.

—Hum, así es, caballeros. No hay paz para los malvados, como solía decir mi madre. Ahora quiero poner a Michael al corriente de la debacle de Indiana y también explicarle la venganza que estamos tramando en relación con la reordenación de California.

Sentado en el confortable ambiente del despacho del director jurídico, mientras bebía un whisky de malta solo, Mike saboreó la sensación de haber llegado. Escuchó la conversación sobre Derecho Constitucional y manipulación de distritos electorales, sobre las confrontaciones políticas emergentes y el plan de batalla del Partido Republicano, y se dio cuenta de que anhelaba formar parte de todo aquello. Estaba siendo absorbido por la mentalidad de aquel lugar, al igual que un nuevo soldado de infantería ahogaba su identidad en las necesidades de su regimiento: tal vez no estuviera de acuerdo con los objetivos del ejército, pero se entregaba para alcanzarlos. Desde su primer día en el comité republicano, Mike se quedó fascinado con el desafío intelectual que suponía librar batallas electorales y tomó la decisión de hacer lo que pudiera para atrincherar a los republicanos en el poder.

Un par de complicaciones surgidas a raíz de una infección y un brote de fiebre impidieron que Ronald Reagan regresara al Despacho Oval hasta finales de abril de 1981. El personal de la Casa Blanca le dedicó una entusiasta ovación en pie y él envió un mensaje de agradecimiento a los miembros del partido por cómo se las habían arreglado durante su ausencia. En la reunión vespertina, Roger Allan Moore leyó la carta del presidente.

«Me enorgullece comprobar cómo habéis seguido adelante», decía. «No creo que esta ciudad haya visto jamás un equipo igual. Quiero agradeceros lo que habéis hecho y también vuestros buenos deseos. No tengo palabras para expresar lo orgulloso que estoy de todos vosotros».

Mike sintió un nudo en la garganta y un súbito afecto por los hombres que ahora eran sus compañeros de trabajo y sus futuros amigos en potencia.

El baile de primavera del comité republicano tuvo lugar un par de semanas después y el ambiente reinante era de celebración y alivio: la tragedia que había sido evitada por los pelos había dejado a los republicanos tocados, pero doblemente decididos a seguir adelante con los cambios políticos que habían prometido, además de con el nuevo conservadurismo en cuestiones sociales. Mike invitó a Susan a la fiesta y le presentó a sus compañeros. Mientras se deslizaban juntos por la pista de baile, ella examinaba su cara, preocupada.

—Todo esto es maravilloso, Mike, y tus compañeros parecen… buena gente. Pero me sigo sintiendo, ya sabes, un poco *intranquila* por el hecho de que trabajes aquí. ¿De verdad crees que este es tu sitio?

Mike se echó a reír y le estrechó la cintura.

—Entiendo lo que quieres decir. Aunque son unos tipos encantadores, son los pilares de una comunidad a la que nosotros no pertenecemos: la Ivy League, el matrimonio, los hijos, y la mayoría de ellos ha nacido para llevar una vida fácil. ¿Sabes? Roger tiene un piso en Washington, una granja en Charlestown y una casa en Beacon Hill ¡con doce chimeneas!

Susan frunció el ceño.

—Bueno, eso suena muy bien. Deja que sean ricos, peor para ellos. Pero ¿y lo de ser gay, Mike? Es imposible que puedas hablar abiertamente de ello.

Mike dio una pequeña sacudida con la muñeca exageradamente floja.

—Querida, no tengo ni *idea* de a qué te refieres.

Pero Susan estaba muy seria.

—Los medios de comunicación se cebarán contigo, Mike: «Funcionario de alto nivel gay en un partido homófobo». Sabes lo que harán con eso.

Mike la agarró con fuerza y ejecutó un pulcro giro.

—Bueno, para eso te tengo a ti, ¿no?

Susan se rio y cambió de tema.

—Hablemos de algo más agradable, o eso espero. ¿Qué tal la vida amorosa? —preguntó—. ¿Todavía sales con ese chico modelo, hombre afortunado? ¿O lo has abandonado, como a todos los demás?

—Bueno, ya sabes. Sigo *Buscando al Sr. Goodbar*, pero entretanto procuro divertirme un poco.

De pronto, a Mike no le apetecía hablar de su vida amorosa. Cuando la banda se puso a tocar un tango, se estiró todo lo que pudo y adoptó una pose teatral.

—*Madame* —murmuró—, ¿me concede el honor?

Dos semanas después del suspiro de alivio colectivo del comité republicano por el regreso del presidente, los Centros para el Control de Enfermedades de Estados Unidos emitieron un informe sobre cinco hombres gais de Los Ángeles que estaban sufriendo un extraño tipo de neumonía. La cepa parecía resistirse a los antibióticos y la enfermedad no respondía a ningún tratamiento. El 4 de junio, se incluyó un resumen sobre el informe en la sesión informativa diaria de la Casa Blanca, porque los Institutos Nacionales de Salud decían que la enfermedad era infecciosa y que no eran capaces de determinar cómo se contagiaba. El asunto estaba tan al final de la agenda presidencial que la reunión terminó antes de llegar a él.

DOS

1981

P ete Nilsson veía a aquel tío en el metro cuando iba a trabajar por las mañanas. Al cabo de unos días, había empezado a esperar en el andén, dejando pasar los trenes, hasta que aparecía aquel morenazo impresionante. Los habían presentado en una recepción en el Capitolio y estaba seguro de que entendía, pero se había negado a devolverle las miradas y Pete estaba empezando a perder la esperanza.

Pete tenía veintiocho años y era alto y rubio, debido a sus antepasados suecos. Había tenido una relación durante los últimos cinco años, pero esta se había roto hacía unos meses y echaba de menos la comodidad de una pareja estable. Le gustaba hacer nido por naturaleza y toda la libertad que le proporcionaba estar soltero, todas las oportunidades que tenía de obtener excitación pasajera y sexo casual no compensaban el hecho de llegar a una casa vacía por las noches. Había estado a punto de hablar con el hombre del tren unas cuantas veces. Una mañana, este había aparecido con un pegote de crema de afeitar debajo de la oreja y Pete había tenido que contenerse para no limpiársela con el dedo, pero su actitud distante y su aparente falta de interés lo habían desalentado.

Mientras Washington se achicharraba con los primeros calores del verano, Mike se entregaba a su trabajo y dejaba al margen su vida personal. Conocía a gente en fiestas, charlaba con ella, algunas veces intercambiaban los teléfonos, pero no hacía amigos propiamente dichos: puede que estuviera solo, pero no tenía tiempo para darse cuenta. En uno de los bares gais, un lunes por la noche después del trabajo, había entablado conversación con una pareja de la zona que lo había invitado a la fiesta de inauguración de su casa el fin de semana siguiente. Le habían dado a Mike la dirección y él la había guardado en el bolsillo.

Al domingo siguiente, estaba revolviendo en el armario cuando la nota garabateada se cayó de unos vaqueros. Era una dirección de Georgetown, un sitio con clase. «Qué demonios», pensó. Le llevó mucho tiempo elegir la ropa —estaba nervioso y emocionado por la fiesta y nada le parecía adecuado—, así que ya eran las doce y media de la noche cuando decidió el atuendo.

La pareja que daba la fiesta era amiga de toda la vida de Pete Nilsson y, mientras Mike tiraba camisas por la habitación, Pete envolvía un regalo que había comprado esa misma tarde para la inauguración de la casa. Una semana antes se había roto el tobillo en un partido de voleibol y cojeaba por culpa de la escayola que tenía en la pierna, pero había decidido ir de todos modos. Llegó a la una de la mañana y se encontró con la casa de bote en bote, llena de música y ruido.

Sus anfitriones empezaron a revolotear a su alrededor y lo instalaron con una copa en un sofá de la sala de estar. No pudo evitar preguntarse qué opinarían los vecinos de los recién llegados: hombres medio desnudos entraban y salían sin cesar de los dormitorios y había grupos de gente gritando y chillando en el jardín trasero. Pete estaba disfrutando de la fiesta y de la atención que recibía gracias a lo de la pierna, pero su humor cambió cuando localizó a su antiguo exnovio entre los integrantes de la fiesta.

Patrice era francés, un poco mayor que Pete, y se habían conocido en Aix-en-Provence, cuando este se había ido a estudiar allí, después de la universidad. Patrice pertenecía a una familia de la aristocracia francesa y tanto sus gestos como su forma de vestir eran claramente afeminados. Ahora que lo veía, a Pete le sorprendió haber querido en algún momento a un tío tan amanerado. Pero Patrice atravesó la sala hacia él, mientras lo saludaba alegremente con la mano.

—¡Peter! —gritó—. ¡Quiero que conozcas a mi *fiancée*!

Con una floritura, le presentó a una atractiva joven estadounidense. Pete apenas supo qué decir. Patrice la estaba besando y ella parecía feliz, pero Pete se había quedado de una pieza. Aquel tipo ya tenía tarjeta de residencia, así que no necesitaba casarse, y el mero hecho de imaginárselo en la cama con una mujer le daban ganas de estallar en carcajadas. Logró felicitarlos a los dos y estaba a punto de decir que tenía que irse, cuando el tío del tren entró por la puerta principal.

A la mañana siguiente, la Casa Blanca de Reagan tuvo la primera oportunidad de abordar un problema que estaba destinado a perseguirla. El informe de los Centros para el Control de Enfermedades que el presidente no había leído en el Despacho Oval había pasado a uno de sus asesores políticos. Gerry Hauer era un inteligente licenciado en Derecho de una zona conflictiva de Ohio. Había luchado mucho para llegar adonde estaba y deseaba con todas sus fuerzas causar buena impresión a la nueva administración, así que le echó un vistazo al documento que tenía delante para ver si merecía la pena remitírselo de nuevo al presidente. Puso cara de desaprobación cuando se dio cuenta de que la nueva enfermedad afectaba principalmente a los hombres gais —Hauer estaba a punto de ser nombrado director del Grupo de Trabajo Presidencial sobre la Familia, así que estaba a la busca y captura de material sobre degeneración y perversión—, pero al final decidió que no tenía importancia y dejó el informe en la bandeja de salida.

Mike se pasó la mañana en la oficina, extrañamente emociona-do. Había quedado con Pete Nilsson para cenar.

Mike había reconocido a Pete en cuanto había entrado en la fiesta: guapo, esbelto, musculado. «Es ese tío del tren que no para de mirarme». El tipo le había hecho señas. Mike había vis-to la escayola que tenía en el pie y el vaso vacío en la mano y había ido a buscar un par de copas para los dos. Luego le ha-bía ofrecido la mano para que se la estrechara pero, para sorpre-sa y diversión de Mike, Pete había levantado una ceja y había inclinado la cabeza hacia un lado con una media sonrisa, igno-rando el apretón de manos que le ofrecía.

—¿Sabes? Eres bastante maleducado. Nos presentaron en la recepción del Capitolio, pero desde entonces no has dejado de ignorarme.

Para su sorpresa, Mike se había ruborizado. Así que de *allí* era de donde conocía a aquel tío.

—Ah, eres el tío del tren —había respondido, sonriendo.

—¡El tío del tren! —había exclamado Pete, haciéndose el indignado—. ¿Eso es todo lo que soy para ti? El tío del tren...

El chico había sacudido la cabeza incrédulo, antes de dar-le otro trago a la copa. Mike había estudiado su perfil por un momento y luego había dicho algo que no distaba mucho de una disculpa.

—Creía que eras otra persona. Alguien que me había ro-bado un novio hacía tiempo. Pero —continuó, bajando la voz— ya veo que no eras tú. Ahora veo que eres muy diferente. Mu-cho, de hecho.

Mike llegó a La Colline, una guarida republicana de Capitol Hill, cinco minutos antes, pero Pete ya estaba sentado a la mesa, con la pierna lesionada extendida.

—Hola —dijo Mike, sonriendo. Pete levantó la vista hacia él y se echó a reír.

—¿Qué te parece tan gracioso? —preguntó Mike.

—Bueno, he decidido no ponerme mocasines porque me imaginaba que vendrías tan elegante que me avergonzaría de ellos… o de él.

Pete levantó el zapato negro de piel que llevaba en el pie que no tenía roto. Mike llevaba una camisa con botones en el cuello y unos mocasines que costaban una pasta, y se miró a sí mismo con una sonrisa de desdén.

—Bueno, entonces supongo que somos como *La dama y el vagabundo*.

Había tensión sexual entre ellos —ambos la sentían—, pero ninguno estaba seguro de lo que pretendía el otro. Durante gran parte de la comida, la conversación podía haber sido una charla de negocios entre dos buenos amigos. Mike habló de lo que hacía en el comité republicano y de los casos de reordenación que estaban intentando atar antes de las elecciones de mitad de mandato, y Pete habló de su trabajo en el Instituto de Marketing Alimentario. Le contó que le pagaban bien, pero que lo consideraba una parada temporal en medio de un viaje hacia cosas más importantes. Mike le habló un poco de su familia y de la hermana que tenía en Florida y Pete le relató su juventud ambulante, durante la cual había sido arrastrado por todo el mundo por un padre con una carrera militar de éxito que lo había llevado de Hawái a Japón, luego a Holanda y, finalmente, a California. La familia de su padre era sueca, su madre era francesa y él se había ido a Washington para cursar un máster en Relaciones Internacionales y Marketing en la universidad George Washington. Su hermana también vivía en el distrito y ambos eran buenos nadadores y montaban a caballo.

Mike y Pete descubrieron varios puntos en común: la estrecha relación que tenían con sus hermanas, el año en que habían coincidido parcialmente en la universidad George Washington y que solo se llevaban cuatro meses (Pete era el más joven). Cuando acabaron de comer ya se habían bebido un par de botellas de vino y sus inhibiciones se estaban evaporando.

—Bueno… Solo vivo a diez minutos andando de aquí —dijo Pete.

Mike señaló el pie roto.

—Puede que esté a diez minutos para mí, pero para ti estará a media hora, Patapalo.

Se echaron a reír. Mike paró un taxi e hicieron el camino cómodamente callados. Delante de una casita situada a diez manzanas del Capitolio, Pete le dijo:

—Tengo que contarte una cosa: comparto casa con un compañero. Es demócrata, secretario de prensa del senador Simon, en realidad, pero él también es gay y no tienes que preocuparte por nada. Es un buen tío.

Mike cogió a Pete de la mano y le ayudó a subir las escaleras, mientras pensaba en lo emocionado que parecía el chico y lo diferente que era todo aquello de los «aquí te pillo, aquí te mato» de pacotilla a los que estaba acostumbrado en las citas.

El compañero de piso habló con ellos un par de minutos antes de fingir que bostezaba, pedir disculpas e irse a la cama. Cuando los dejó solos, se abrazaron. Ambos eran amantes experimentados y sabían lo que querían el uno del otro.

Por la mañana, Pete tostó un par de gofres y bebieron café hasta que fue hora de irse al trabajo. Mike dijo que podía ir andando al comité republicano, que estaba solo a un par de manzanas, pero Pete tenía que coger el metro hasta la calle K, así que se separaron en la puerta. Mientras se iba, Mike se volvió para mirar atrás.

—Ven a mi casa el sábado por la noche y cocinaré para ti. Vivo en el Wyoming, en la avenida Columbia. ¿Lo encontrarás?

Mientras caminaba hacia el edificio del CNR, Mike se sentía como si brincara en el aire.

TRES

1981

Mike le había tomado cariño a Roger Allan Moore: aquel tipo era uno de los grandes personajes de la vida y aportaba un toque de elegancia intelectual y humor al trabajo. Su actitud profesional conciliaba un corazón cálido y una intensa cordura, y los empleados del comité republicano habían recopilado algunos de sus aforismos más jugosos en un panfleto que circulaba como *samizdat* entre los fieles republicanos. Por ejemplo: «El lema de los conservadores: "Quédate ahí parado: ¡No hagas nada!", "La gente realmente importante no lleva *walkie-talkies*" o "Prefiero a los sinvergüenzas que a los tontos: los sinvergüenzas a veces descansan"». Roger era encantador, pero nunca ponía las cartas sobre la mesa.

Mike estaba cabeceando sobre las notas informativas matutinas, reviviendo los placeres de la noche que había pasado con Pete, cuando la puerta se abrió y entró Roger.

—Hum, Michael —dijo—, puede que te lo hubiera dicho o puede que no, pero el presidente nos espera a las once y media para que le expliquemos nuestras propuestas sobre lo de la reordenación. Es importante que entienda la importancia que tiene para el partido y es importante que consigamos los fondos necesarios para hacerlo. ¿Puedes asegurarte de venir? El coche nos recogerá sobre las once.

El Despacho Oval estaba lleno de gente: varios empleados de la Casa Blanca pululaban alrededor de dos sofás de color beis que estaban sobre una enorme alfombra en el centro de la sala. Había una doncella de uniforme repartiendo té y café y un enjambre de funcionarios esperaban con papeles que el presidente tenía que firmar. El mismísimo Reagan estaba recostado en una silla de cuero oscuro de capitán detrás de la robusta mesa presidencial, un tanto demacrado pero sonriente, y bromeaba con el médico que intentaba tomarle la tensión arterial. Roger Allan Moore les hizo un gesto con la cabeza a Mike y a Mark Braden para que tomaran asiento y esperaron en silencio hasta que James Baker, el jefe de personal de la Casa Blanca, pidió orden en la sala.

—Señor presidente, el comité republicano está aquí al completo para verlo. A Roger ya lo conoce, desde luego, y ha traído con él al vicedirector jurídico, Mark Braden, y también a Michael Hess, que es nuestro abogado experto en reordenación. Roger, tienes la palabra. Tenemos un cuarto de hora, debemos ir a ver a los camioneros antes de comer.

Reagan hizo una mueca al oír lo de la reunión de los camioneros y asintió para que Roger comenzara.

—Señor presidente, hum... Iré directo al grano. El tema de la reordenación en Estados Unidos no solía tener gran importancia. Las circunscripciones electorales raramente cambiaban. Hasta que en 1965 tuvo lugar la revolución de «una persona, un voto» y, a finales de los años sesenta, todos los estados habían rediseñado sus distritos. Tristemente para nosotros, 1965 coincidió con el apogeo de los demócratas, así que fueron ellos los que trazaron las líneas para beneficiarse ampliamente de ello. Y esa fue en gran medida la razón por la que siguieron teniendo el poder político absoluto a finales de los años sesenta y los setenta. Lo que estamos intentando hacer es rectificar dicha injusticia utilizando el proceso legal para deshacer la manipulación de distritos electorales partidista de los demócratas.

Moore se detuvo para comprobar que el presidente lo seguía.

—Para ello, señor presidente, estamos creando un departamento de reordenación del cual Michael Hess, aquí presente, será asesor. Entiendo que los fondos están a punto de ser aceptados y nos sentimos agradecidos por ello. Pero ahora me gustaría informarle de que puede haber unas cuantas… sorpresas preparadas. Por ejemplo, nos disponemos a apoyar un caso judicial contra nuestra propia gente en Indiana. Hum, es probable que sepa que, durante un breve lapso de tiempo, empuñamos la balanza del poder en la legislatura estatal y algunos de nuestros chicos de allá arriba aprovecharon para hacer una pequeña manipulación de distritos electorales propia. Los demócratas montaron en cólera, por supuesto, e iniciaron acciones legales para conseguir anular nuestra manipulación de distritos. Ahora pensamos apoyar a los demócratas en eso y puede que le sorprenda que así sea. Pues bien, la razón es que la demanda —conocida como Davis contra Bandemer, por cierto— establecerá, si prospera, el principio de que las cortes tendrán derecho a anular las manipulaciones de los distritos electorales amparándose en la Enmienda de Protección de la Igualdad. Y, una vez establecido dicho principio, ¡sabremos que podremos usarlo contra todas las manipulaciones de los distritos de los demócratas en el resto de los estados de la Unión! En realidad nos han hecho un favor al llevar a nuestros chicos a los tribunales porque, si ambos partidos apoyan la acción, ¡es muy probable que las cortes lo admitan! —Moore levantó la vista con una sonrisa en la cara que implicaba que aquel era el quid de la cuestión—. Le cuento todo esto, señor presidente, porque sospecho que se alzarán algunas voces airadas en el partido cuando se enteren de que estamos apoyando a los demócratas y a la Asociación Nacional para el Progreso de la Gente de Color y, hum, podrían intentar que usted nos impidiera hacerlo. Solo quería que supiera que, si tenemos éxito, y el señor Hess es un experto de lo más competente en este campo, podríamos cambiar por completo la fisonomía de la política en este país. Podríamos acabar con la parcialidad electoral que ha favorecido a nuestros oponentes y que nos ha mantenido en el banquillo durante décadas. Hace tantos años que no tenemos el control del Congreso de Estados Unidos, del Senado y de la Casa Blanca que todo el mundo asume automáticamente que es un privilegio demócrata estar en el poder. ¡Pero si nos da el visto bueno, señor presidente, creo que podremos cambiar todo eso y empezar una revolución que no serán capaces de detener!

Moore se había encendido inusitadamente durante el discurso y, cuando acabó, le dio un ataque de tos que parecía incapaz de controlar.

El presidente se levantó de la silla para darle unas palmadas en la espalda a Roger y ofrecerle un vaso de agua.

—Bien hecho, Roger. Cualquier día serás mi 007 —bromeó Reagan—. ¡Y en cuanto a lo de los fondos, por cierto, son vuestros!

En el coche, mientras volvían de la Casa Blanca, Moore continuó tosiendo esporádicamente y hubo un momento en que a Mike le pareció ver salpicaduras de sangre en su pañuelo blanco de tela.

CUATRO

1981

Pete Nilsson se pasó cuarenta y ocho horas pensando qué hacer con la escayola que tenía en la pierna y, finalmente, decidió serrarla. Habría tenido que llevarla todavía durante dos semanas más, pero estaba impaciente por estar con Michael en igualdad de condiciones.

Mike estaba en la cocina cuando Pete llegó. Lo besó, le ofreció una copa y lo sentó al lado de Bob McMullen mientras acababa de cocinar el pez de San Pedro y las patatas asadas. Mike llevaba puestos unos vaqueros de color azul claro, muy ajustados, con los bajos remangados y una camisa de jugar a los bolos. Aquella combinación, pensó Pete, le daba cierto aspecto de James Dean de los años cincuenta que le parecía muy *sexy*. La comida era soberbia y Pete no escatimó en halagos. Bob se rio al ver que Mike se sonrojaba, complacido.

—*Te das cuenta* de que es lo *único* que sabe cocinar, ¿verdad? ¡No podemos elogiar demasiado a don Perfecto, o creerá que *todos* tenemos que rendirnos a sus pies!

Pete se echó a reír, pero estaba tan fascinado con Michael que todo lo que hacía le parecía simplemente perfecto. Mike miró a Pete, que estaba enfrente de él, y sonrió. «Podría ser este», pensó, de pronto. «Podría ser así de feliz todo el tiempo».

—Bueno —dijo Bob, mientras se levantaba de la silla—, estaba delicioso, Mike. Gracias. Oye, sabes que me quedaría para ayudarte a limpiar y todo eso… —Pero se fue dando un portazo.

Mike miró a Pete.

—Había hecho postre, pero…

—Puede esperar, ¿no? —susurró Pete—. ¿Por qué no me enseñas la habitación?

Se levantaron tarde el domingo por la mañana y Pete propuso quedar con sus amigos en Georgetown para almorzar. Cuando llegaron, ya había un montón de tíos y entraron entre un coro de silbidos de admiración. Pete estaba encantado de que su pareja fuera ya la comidilla del grupo.

Para Navidad y Fin de Año, alquilaron una casa de campo en las afueras de Shepherdstown, en Virginia Occidental, con nieve en el jardín y chimenea en el salón. Hicieron senderismo por las colinas bajo el cegador sol de invierno y patinaron sobre el río Potomac, que estaba helado. Por las noches, Mike preparaba vino caliente con especias y elegía la música de acuerdo con su estado de ánimo, luego apagaban el radiocasete y se quedaban el uno en los brazos del otro, bebiendo en silencio. En Nochebuena fueron a cantarles villancicos a los vecinos de la granja que había carretera arriba y los invitaron a entrar. A media noche dijeron que se tenían que ir, pero la invitación de volver al día siguiente para la cena de Navidad fue irresistible.

A la cena asistieron doce personas, entre ellos una pareja de ancianos a los que presentaron como el señor y la señora Shepherd. Henry Shepherd era un hombre de rostro rubicundo y carácter jovial. Su esposa era una belleza sureña que se había criado cultivando orquídeas en Charleston, y su hija, Sally, de treinta y pocos años, era preciosa.

Tras unas cuantas copas de vino, Mike se sentía alegre.

—Vaya coincidencia, ¿eh? Ustedes se apellidan Shepherd y viven en Shepherdstown. ¿Influyó eso en que se mudaran aquí?

Para su sorpresa, toda la mesa se echó a reír.

—Bueno, a decir verdad —dijo Sally, con una sonrisa tímida—, ya estábamos aquí antes de que Shepherdstown existiera. Somos la undécima generación de los Shepherd: fue mi tataratatarabuelo quien fundó este lugar.

—Sí, sí —bramó Henry Shepherd—. Thomas Shepherd llegó aquí en 1734. Construyó Bellevue, la casa en la que nuestra familia lleva dos siglos viviendo.

—Es una casa preciosa —dijo la señora Shepherd con dulzura, sonriendo a Mike y a Pete—. Deberían venir a verla algún día.

—Los Shepherd son el corazón y el alma de la sociedad de Shepherdstown —dijo otro vecino.

—Vamos, George, déjalo —dijo Sally, sonriendo.

—Es verdad, es verdad —comentó Henry—. Y, mientras el resto del mundo se empeña en destruirse, lo que tenemos en Shepherdstown es una verdadera comunidad. Somos buenos vecinos —aseguró, golpeando el mango del tenedor contra la mesa para enfatizar sus palabras—, leales y corteses.

Pete alzó la copa.

—¡Por Shepherdstown y su espíritu de comunidad! No puedo agradecerles lo suficiente que nos hayan invitado.

—Bueno, bueno —bramó Henry—. Es un placer tener a unos muchachos tan bien parecidos en el vecindario, ¿eh, Sally? —El hombre se volvió hacia su hija y le dio un codazo. Sally se ruborizó.

La señora Shepherd posó una mano sobre el brazo de su marido.

—Venga, Henry —murmuró con cariño.

Mike miró a los ojos a Sally y ambos se echaron a reír.

Gerry Hauer había pasado las vacaciones de Navidad con su familia, pero era de los que se llevaban el trabajo a casa. En cuanto regresó a la Casa Blanca, le preguntó a su secretaria qué había hecho con el informe de Los Ángeles que habían recibido hacía algún tiempo sobre el misterioso brote de neumonía, pero ella respondió que debían de haberlo archivado en algún sitio, porque no lo encontraba.

Hauer se encogió de hombros y fue hacia el teléfono para llamar a su jefe, William Bennett.

—Bill —le dijo—, ¿has visto el número de diciembre del *New England Journal of Medicine*? ¿No? Bueno, yo lo leí en Navidad. Viene un estudio de esa nueva enfermedad de los homosexuales de la que dieron parte en California y ahora también en Nueva York. Al parecer, han documentado cuarenta y un casos, y ocho de los afectados ya han fallecido. Veamos… —dijo, mientras pasaba las páginas—. Vale, aquí está: «Veintiséis de los casos presentaban sarcoma de Kaposi, un tumor maligno poco común en Estados Unidos […]. Diarrea persistente, lesiones cutáneas o de las mucosas, ronchas a menudo azul oscuro o violáceas y nódulos», perdona los detalles asquerosos, «toxoplasmosis necrotizante del sistema nervioso central, candidiasis, meningitis criptocócica…». Ah, sí, aquí está el párrafo: «La causa de la aparición de estas enfermedades poco comunes sigue siendo incierta. Es probable que los varones jóvenes homosexuales sexualmente activos sean reinfectados con frecuencia debido a la exposición al semen y a las heces de sus parejas sexuales. Dicha reinfección —antes de recobrarse de la disfunción inmune celular inducida por la infección previa— podría posiblemente llevar a la abrumadora inmunodeficiencia de la que estamos siendo testigos. Todos los pacientes que sobreviven siguen teniendo un grave síndrome debilitante…», bla, bla, bla. ¿Qué te parece, Bill? Es como si se estuvieran contagiando la peste los unos a los otros metiéndose las pollas por ya sabes dónde.

A finales de enero, Mike quedó para comer con Susan Kavanagh con un millón de historias sobre las dos semanas que había pasado viviendo con Pete en Navidad. Ella sonrió al percibir el entusiasmo en su voz.

—¡Michael Hess! Corrígeme si me equivoco, pero creo que podrías estar enamorado.

Mike la miró con cara de «¿Quién? ¿Yo?» y le enseñó una foto en la que salían los dos juntos.

—¿Qué te parece? Es mono, ¿verdad? Y bastante deportista: juega al voleibol, va a nadar, le encanta montar a caballo... ¡Tiene un cuerpo de escándalo!

Susan sonrió y movió las cejas.

—¡Es guapísimo, Mike! Pero hay algo más que atracción física, ¿verdad?

—¡Bueno, desde luego él está locamente enamorado! —exclamó Mike, y se rio de su propio engreimiento—. Y yo también tengo un buen presentimiento sobre esto. Vivir con él en Virginia Occidental me ha hecho pensar que tal vez podríamos estar juntos a largo plazo. De hecho... Estoy pensando sugerirle que nos vayamos a vivir juntos.

—Eso es genial, Mike. Me parece genial. Supongo que solo tienes que asegurarte de que eso no lo eche a perder todo, como sucedió con Mark. Todavía lo veo de vez en cuando, ¿sabes?

—Ah —se limitó a responder Mike—. ¿Y cómo está?

—A punto de graduarse en la facultad de Derecho. Le han ofrecido trabajo en Filadelfia —dijo Susan, jugueteando con la comida—. Creo que ya lo ha superado, Mike, pero en su momento estuvo hecho polvo. Hay un hombre nuevo en su vida: Ben Kronfeld. Trabaja para el Gobierno, es muy simpático. Pero lo que quería decir es que... ¿No sigues viendo a ese tío de Manhattan, verdad? ¿Al que causó todos los problemas?

—¿A Harry Chapman? Ya no quedo con él, no. Pero recibí una carta suya hace un par de semanas y... —Mike vaciló—. Creo que debería escribirle. Dice que está bastante enfermo, que tiene una cosa que se llama sarcoma de Kaposi.

CINCO

1982

Los fondos para el departamento de reordenación del Partido Republicano habían llegado y decidieron que Michael Hess se hiciera cargo de ellos. Solo llevaba trabajando para el comité republicano un año, pero había ascendido tan rápidamente que ya lo consideraban veterano. Tenía empleados más inexpertos a su cargo y la gente le preguntaba y tenía en cuenta su opinión sobre temas de Derecho Constitucional.

Mike, Roger Allan Moore y Mark Braden eran considerados los intrépidos mosqueteros republicanos, que se batían en nombre de los intereses del partido en los tribunales de todo el país e ideaban argumentos legales cada vez más ingeniosos para luchar por sus derechos electorales. Quedaban todas las tardes para tomar algo y rivalizaban como adolescentes competitivos, disfrutando del desafío intelectual de encontrar respuesta a lo que fuera que sus oponentes les lanzaran.

Mike seguía manteniendo su inclinación sexual en secreto. Roger y Mark eran hombres de familia, tenían fotos de sus hijos sobre la mesa, pero no le hacían preguntas comprometidas a Mike y no hacían referencia a su vida privada. Los compañeros más cercanos de Mike eran gente educada y civilizada que no simpatizaba personalmente con la paranoia homófoba que el partido estaba sembrando por todo el país. A aquellos niveles, en la directiva, se entendía que las campañas en contra del aborto y de la igualdad de los derechos para las mujeres y los homosexuales eran, simplemente, cosas útiles: mantenían a la derecha religiosa contenta y atraía a los paletos fanáticos.

Mike era consciente de aquella hipocresía y se autoconvencía de que la entendía. Los tipos que constituían la plataforma del partido tenían un único objetivo: hacer que votaran a los republicanos donde y cuando fuera posible y, si una política que trataba de forma injusta a las minorías les proporcionaba el voto de las mayorías, sería la que adoptarían. Aparte de una pequeña camarilla de verdaderos creyentes extremistas y fanáticos, la gran mayoría de los asalariados que gestionaban el Partido Republicano eran pragmáticos en lo que a la reelección se refería.

Una mañana de marzo, Roger Allan Moore llamó a la puerta de Mike y le dijo que tenía un mensaje de Gerry Hauer.

—Lo que quiere, al parecer, es, hum, una copia de la legislación antisodomita del distrito. Sé que estás ocupado con lo de Davis contra Bandemer, por supuesto, pero me preguntaba si no te importaría… —Mike levantó la vista hacia la alta figura que daba vueltas por su oficina y notó que lo invadía el afecto. Roger podía haber localizado la legislación por sí mismo, pero aquella era una forma discreta de alertar a Mike de que se había puesto en marcha algo de lo que debería estar al tanto—. Hum, sí —continuó Roger—. Al parecer la Casa Blanca ha estado hablando con el reverendo Falwell y con su, hum, gente de la Mayoría Moral sobre ello y, bueno, ya sabes…

—Sí, Roger. Gracias por ponerme al…

—Sí, sí —lo interrumpió Roger. Era obvio que había algo que quería verbalizar, pero le estaba resultando difícil expresarse—. Tiene que ver con la campaña de revocación, desde luego. La legislación es una herencia disparatada de los republicanos del siglo XVII. Ha sido una bendición para los chantajistas y para la policía que quería coaccionar a los gais durante demasiado tiempo. Los jefes también usaban los cargos por sodomía para despedir a la gente. Por mí, podían revocar esa mierda, pero no creo que vaya a ocurrir... —Mike levantó la vista para mirar a Roger e intentó leer lo que decían sus ojos—. No. Hum, será poco probable que la revoquen, porque el reverendo ha armado un escándalo en contra de ello y parece que la administración va a apoyarlo.

Mike asintió y, esa vez, Roger le dejó hablar.

—Gracias, Roger. Está bien saberlo. Buscaré la legislación y se la enviaré al señor Hauer.

Roger estaba a punto de irse cuando sufrió un repentino y violento ataque de tos. Mike se apresuró a ayudarlo y vio que tenía sangre en las comisuras de los labios.

—Dios mío, Roger, ¿estás bien? ¿Qué te pasa?

—No es nada. Nada de nada —le aseguró Roger, ahogando la tos—. Aunque me preguntaba, ya sabes, si no somos todos un poco culpables, tú y yo incluidos, de entregarnos ciegamente a mantener el partido en el poder sin pararnos a pensar *qué* es exactamente lo que estamos manteniendo en el poder. Recuérdame que te hable algún día de Chaim Rumkowski, ¿quieres?

Y, dicho eso, desapareció por la puerta.

En el verano de 1982, a Pete Nilsson le ofrecieron un trabajo en el departamento de marketing de la Asociación Nacional de Restaurantes. El contrato que tenía con su antigua empresa lo obligaba a tomarse dos meses libres antes de ocupar el nuevo puesto y decidió aprovecharlos para ir a visitar a su familia, a la Costa Oeste. Sería el período más largo que Pete y Mike pasarían separados en muchos meses y llegaba en un momento en el que los dos se estaban planteando muy seriamente su relación. Justo antes de que Pete se marchara, Mike le preguntó si le gustaría irse a vivir con él al piso del edificio Wyoming cuando volviera. Pete intentó contener la emoción.

—Es una posibilidad, Mike. Definitivamente, es una posibilidad. Aunque, la verdad, me daría un poco de pena dejar mi casa de Hill. ¿Sabes qué te digo? A los dos nos encantó Shepherdstown, ¿no? Si encuentras una casa de campo para nosotros en Virginia Occidental, ¿qué te parece si dejo mi casa de Washington y nos repartimos para pasar los días laborales en tu piso y los fines de semana en el campo? —propuso Pete, dejando de fingir indiferencia—. Sería genial, Mike. Podría conseguir algunos caballos y podríamos tener perros… Y piensa en todas las fiestas que daríamos allí. Seríamos terratenientes e invitaríamos a la gente a nuestra propiedad en el campo.

Pete se parecía tanto a un niñito emocionado, que Mike no pudo evitar echarse a reír. Decidió que encontraría la casa de campo más bonita de Virginia Occidental, con rosas alrededor de la puerta.

Mientras Pete estaba fuera, Mike viajó a Shepherdstown y quedó con Sally Shepherd. En la cafetería de la calle German, le explicó con cautela que él y Pete eran pareja.

Sally se rio.

—¿Crees que no lo sabía? No todos somos unos pueblerinos, por aquí. O, al menos, no tan inocentes como mi querido padre.

—Bueno, no es algo que queramos pregonar, la verdad. —Mike se quedó callado cuando la camarera apareció para llenarles de nuevo la taza de café—. Puede ser difícil, en el mundo en que trabajo. Pero, de todos modos, nos encantó el tiempo que pasamos aquí y estamos pensando en buscar una casita para comprarla. Supongo que tú no…

Sally ni le dejó acabar la frase.

—¡El sitio perfecto! ¡Conozco el sitio perfecto para vosotros! ¡Hay una casa de campo cerca de la finca que está libre y podéis comprarla por cuatro perras, o por dos! ¿Qué te parece?

—Me parece... *maravilloso*.

Bellevue, la gran casa donde Sally vivía con sus padres a un kilómetro y medio del pueblo, era una antigua mansión de estilo colonial situada en lo alto de una colina rodeada de árboles altos, con un bonito porche orientado hacia el sur y balcones de hierro fundido. Toda la propiedad estaba llena de árboles y se encontraba en un meandro del Potomac. La casa de campo era mucho más modesta, pero tenía cuatro habitaciones y unas vistas impresionantes del río. Estaba lo bastante alejada de Bellevue como para tener privacidad, pero lo bastante cerca como para no sentirse aislados.

A Mike le encantó desde el principio y abrazó a Sally, encantado.

—¡*Compórtese*, señor Hess! —dijo ella, riéndose, mientras le devolvía el abrazo—. O mi padre reservará la iglesia y el hotel para el convite nupcial antes de que puedas decir: «Sí, quiero».

Aquella noche cenaron con los padres de Sally, que estaban encantados con la idea de que los chicos se mudaran a la casa de campo.

—Déjamelo a mí —dijo Henry—, conozco a todo Shepherdstown. ¡Te conseguiré la mayor ganga que hayas visto en la vida!

Una semana más tarde, Mike voló a California para pasar una semana con Pete y su hermana Diane en la cabaña que tenía la familia Nilsson en las montañas, cerca del lago Tahoe. Llevó fotos de la casa de campo de Shepherdstown y los tres se pasaron la noche maravillados por la buena suerte que habían tenido al encontrar una vivienda tan preciosa para vivir y la vida tan increíble que tendrían Pete y Mike una vez se instalaran allí. La casa de campo incluía una serie de cobertizos —un granero, un silo y el espacio suficiente para los establos de los caballos— y estaba a quince minutos en tren desde Washington, a lo que había que sumar un cómodo viaje en coche de veinte kilómetros desde Harper's Ferry.

—... así que podemos dejar el viejo Fiat en la estación de tren de Harper's Ferry, irnos a la casa de campo todos los viernes al salir de trabajar y coger el primer tren de la mañana los lunes —anunció Mike.

Esa noche, charlaron durante horas.

—Muy bien, señor Michael Hess, háblenos de los antepasados irlandeses que ha mencionado —dijo Diane.

Mike se recostó en el sofá y puso las manos detrás de la cabeza. Pete sirvió whisky para los tres y Mike les contó la historia de Marge y Doc, de que querían una niña pequeña en los años cincuenta y de cómo Marge había ido a Irlanda a buscar a Mary.

—... pero cuando Marge fue a verla al orfanato, Mary solo hablaba con ese niñito llamado Anthony. Donde iba Mary, iba Anthony y, si Anthony no estaba, Mary se encerraba en sí misma. Así que Marge conoció también a Anthony, sin habérselo propuesto, en realidad. Entonces, la noche en que Marge se iba, fue a la guardería a despedirse de Mary. Ella estaba durmiendo, pero el pequeño Anthony estaba de pie junto a la cuna, así que se despidió de él, dio media vuelta y se alejó. Pero él no paraba de decirle: «Adiós, adiós, adiós». Entonces ella se volvió y vio cómo sacudía la mano desde la cuna y fue directamente al teléfono del convento y dijo: «Doc, ¿puedo llevarme dos?».

Pete miró a su hermana y vio que tenía lágrimas en los ojos.

—¿Recuerdas algo de aquel sitio? —le preguntó.

—Bueno, la verdad es que volví una vez y había lugares que recordaba con claridad. Recordaba la guardería, una sala, una escalera, pero de mi madre, nada, lo cual es bastante duro.

Al final de la noche, Pete le preguntó a su hermana qué le parecía Mike.

—Es encantador, Pete, me cae muy bien, pero qué historia tan triste la de Irlanda, ¿no? Es… Parece un tío bastante complicado.

Pete asintió.

—Sí, le afecta muchísimo no poder encontrar a su madre, así que creo que se imagina Irlanda como una especie de paraíso del que ha sido expulsado. Creo que eso le atormenta, pero que también le da seguridad. En realidad, nunca se ha sentido un Hess, así que Irlanda es esa cosa maravillosa e inalcanzable que está ahí fuera y en la que se puede envolver como si fuera una manta calentita.

Dos días más tarde, Mike y Pete decidieron comprar la casa de campo. Aquella fue la confirmación tácita de que, desde aquel momento, eran pareja y se comprometían a largo plazo. En el aeropuerto de San Francisco se abrazaron, se besaron y lloraron.

—Te quiero, Mike —susurró Pete—. Creo que nunca le había dicho esto a nadie.

—Yo también te quiero, Pete. Quiero estar contigo, vivir contigo y envejecer contigo.

En la terminal del aeropuerto, Mike compró un ejemplar del *Bay Area Reporter*, un periódico gay de San Francisco. Lo abrió en el avión, pero el hombre que iba sentado a su lado vestido de traje y que apestaba a puro no dejaba de mirar por encima de su hombro, así que lo guardó hasta que el tío se quedó dormido. En la primera página venía un artículo que Mike leyó de principio a fin, con creciente alarma.

Una enfermedad desconcertante y generalmente mortal se está cobrando cientos de vidas en la comunidad gay. Hombres gais jóvenes y sanos están muriendo de enfermedades que, normalmente, sus sistemas inmunitarios superarían. Pero hay algo que está permitiendo que esas infecciones inocuas puedan con ellos.

La nueva enfermedad es como una pesadilla —hace que las víctimas tengan hongos alrededor de las uñas y los rostros que en su día fueron hermosos enflaquecen y se cubren de heridas— y no tiene nombre. Los médicos de San Francisco firman los certificados de defunción con las siglas FOD (fiebre de origen desconocido), pero en otros sitios se habla de SKIO (sarcoma de Kaposi e infecciones oportunistas) o IDRG (inmunodeficiencia relacionada con los gais). En el último artículo de la *New York Magazine* lo llamaban la «peste gay».

Como dice Larry Kramer, los afectados no parecen haber hecho nada que muchos gais no hayan hecho en un momento u otro. Nos horroriza que les esté pasando eso y nos aterroriza que nos pueda pasar a nosotros.

Es fácil asustarse al saber que una sola cosa que hayamos hecho o tomado durante los últimos años podría ser suficiente para que un cáncer crezca en nuestro interior.

Pero esta es nuestra enfermedad y debemos cuidarnos a nosotros mismos y los unos a los otros.

Mike cogió el Washington Flyer desde el aeropuerto de Dulles hasta el centro de Washington y el metro hasta DuPont. Sobre la mesa de la sala de estar, Bob McMullen le había dejado a Mike el correo, en un ordenado montón. Dentro de un gran sobre con el logotipo de una firma de abogados de Nueva York, encontró otro sobre escrito con la letra inconfundible de Harry Chapman: «Para Michael Hess: enviar únicamente tras mi muerte».

SEIS

1982

La fiesta de inauguración que Mike y Pete dieron en la casa de campo causó revuelo en la comunidad gay de Washington. Estaba acabando el mes de agosto de 1982 y el tiempo era agradable: un golpe de buena suerte para los trescientos muchachos que llegaron a Shepherdstown en coche, autobús, bicicleta y taxi, ya que los hoteles de varios kilómetros a la redonda estaban llenos desde hacía semanas y la mayoría de ellos dormirían en tiendas de campaña. La fiesta empezó el viernes por la tarde y duró hasta el domingo. Contrataron a un pinchadiscos de Nueva York y levantaron dos paredes de altavoces en un prado, con balas de paja que enmarcaban una pista de baile improvisada que permaneció iluminada durante toda la noche. Mike y Pete acordaron invitar solo a sus amigos gais —la presencia de compañeros de trabajo o de amigos heterosexuales habría resultado inhibidora—, así que el ambiente era de relajada indulgencia sexual. Los que tenían habitación de hotel iban y venían con varias parejas diferentes y los que no, desaparecían en los bosques de los alrededores o en las tiendas que habían instalado en el campo contiguo.

Cualquiera que los viera habría pensado que una legión de jóvenes estadounidenses en la edad dorada de la juventud había levantado allí un campamento, a juzgar por los impresionantes chicos que se paseaban con exiguos pantalones cortos y trajes de baño Speedo entre el esparto para ir hasta el agua. El domingo solo quedaba una docena de ellos tumbados sobre las balas de paja, bajo el cálido aire del crepúsculo. Mientras se hacía de noche, Mike empezó a cantar «Danny Boy», primero en voz baja y luego dejando que su voz se elevara alta y clara en la oscuridad. Pete dijo que la noche le recordaba al sensual viajero de Baudelaire que se embarcaba en un viaje hacia el reino de la lujuria y el amor: «Qué dulce es vivir en la tierra del amor, amar hasta morir, donde el mundo se adormece en un cálido resplandor de luz y los barcos surcan los océanos para satisfacer tus más nimios deseos. *Là, tout n'est qu'ordre et beauté, / luxe, calme et volupté*».

Pete hablaba bien francés, pero otra voz se alzó entre las sombras, una voz a la vez familiar y desconocida.

—Baudelaire también escribió: «La isla de Venus no existe» —dijo aquella voz.

La dulce isla de secretos y flores que nos llenaba la mente de amor y languidez se había convertido en una roca estéril donde, posados sobre una horca de tres ramas, feroces pájaros picoteaban con saña el cuerpo ya maduro de un ahorcado al que los intestinos pesados caíanle sobre los muslos y, con sus afilados picos, lo castraban como si tuvieran cuchillas. Ridículo colgado, ¡tus dolores son los míos! Sentí, ante el aspecto de tus miembros flotantes, como una náusea, subir hasta mis dientes el caudal de hiel de mis dolores pasados. ¡Oh, Señor, concédeme el coraje de contemplar mi cuerpo lacerado y mi pobre alma infecta sin repugnancia!

Al cabo de una semana, la pesadilla fue bautizada: un boletín del Centro de Control de Enfermedades del mes de septiembre

de 1982 contenía la primera referencia al síndrome de inmunodeficiencia adquirida (sida) y, poco después, el *Wall Street Journal*
informaba de que había personas que no eran homosexuales
que también sufrían la enfermedad: «La nueva enfermedad de
los homosexuales, a menudo fatal, se manifiesta en mujeres
y varones heterosexuales».

La peste ya no se limitaba a una comunidad que el
mundo heterosexual pudiera aislar y condenar, y la sociedad
culpaba a los hombres gais de poner en riesgo a todos con
«su» enfermedad mortal. El estigma del sida abrió la caja de
Pandora: Patrick Buchanan, de la Mayoría Moral, afirmaba
que los homosexuales habían declarado la guerra a la naturaleza y que esta les estaba pagando con la misma moneda terrible, mientras que Jerry Falwell declaraba que el sida era el
castigo de Dios para una sociedad que no vivía según Sus
reglas.

En diciembre de 1982, el Centro de Control de Enfermedades informó de que tres heterosexuales hemofílicos habían
fallecido por causa de infecciones relacionadas con el sida.
Nunca habían tenido contactos homosexuales, pero todos habían recibido concentrados de Factor VIII, un producto para
transfusiones compuesto a base de juntar sangre de cientos de
donantes. Cuando se descubrió que el sida podía transmitirse a
través del intercambio de sangre contaminada, cundió el pánico.
Falwell aprovechó el miedo de la gente para hacer campaña a
favor de la Mayoría Moral, asegurando que «los hombres gais
se esfuerzan por donar sangre tres veces más que los hombres
normales porque saben que van a morir y quieren llevarse con
ellos al mayor número posible de personas».

La Casa Blanca seguía guardando silencio, un silencio que
los predicadores del odio consideraron como una luz verde. En
plena histeria antigay, la campaña para revocar las leyes anti-
sodomía en Washington fracasó a la primera de cambio y, en las

convenciones que el Partido Republicano celebró en varios estados, se rizó el rizo al abogar por que se les negaran a los homosexuales los derechos sociales, políticos y económicos que el resto de la población tenía garantizados.

SIETE

1983

Una tarde de sábado, en mayo de 1983, Mike y Pete estaban en Shepherdstown y Mary llamó por teléfono. Parecía preocupada. Marge había tenido problemas de espalda de forma intermitente desde que la habían operado por primera vez en 1966 y los médicos le habían recomendado pasar de nuevo por quirófano para extraerle algunos espolones óseos. Se trataba de un procedimiento rutinario y Doc había consultado a sus compañeros para ver qué hospital tenía la mejor reputación. Finalmente, se había decidido por la Clínica Mayo de Rochester (Minnesota), no muy lejos de la casa de vacaciones de los Hess.

Marge había ingresado el día de la madre, el 8 de mayo, pero Mary lo llamaba para darle una mala noticia: las pruebas rutinarias del preoperatorio habían revelado una mancha en el pulmón derecho que los médicos creían que podía ser cancerígena y habían decidido operarla de eso en lugar de quitarle los espolones óseos. Doc estaba solo en Minnesota y, dado que parecía que el tratamiento de Marge iba a ser más complicado e iba a durar más de lo esperado, había pedido que alguno de los chicos fuera hasta allí para ayudarle. Mary quería ir, pero no encontraba a nadie que cuidara de Nathan.

—No te preocupes —dijo Mike de inmediato—. Tú quédate ahí, cogeré el primer vuelo que pueda. ¿Sabes cuándo piensan operarla?

—Pues mañana —respondió Mary, con tristeza—. Y probablemente estará ingresada dos semanas, como mínimo.

Cuando llegó a la Clínica Mayo, Mike se encontró a Doc en la sala de espera, fumando un puro. Se quedó helado.

—¿Qué tal, papá?

Doc estrechó la mano de su hijo.

—Michael —gruñó.

—¿Cómo está? —preguntó Mike.

—Bueno… La operación ha ido bien, al parecer. Ahora está en cama, descansando. Tiene bastante buen aspecto, dentro de lo que cabe. Ya conoces a tu madre. Nunca se queja de nada.

La visitaron esa misma tarde y la encontraron de muy buen humor. Las enfermeras dijeron que era una paciente modélica, tranquila y centrada en recuperarse totalmente. Los rayos X mostraban que el tumor había sido extirpado mediante la cirugía, así que el objetivo de las siguientes semanas sería que se recuperara y que se sometiera a fisioterapia para mantenerse en forma y en movimiento.

Aliviado, Mike volvió esa misma tarde para sentarse al lado de Marge, mientras ella iba y venía del sueño inducido por los sedantes. Solo, al lado de la cama en la silenciosa penumbra, observó a la mujer que le había cambiado la vida y revivió los acontecimientos de la niñez que ella le había proporcionado. Sin ella, nunca habría conocido Estados Unidos, nunca habría alcanzado la posición que ocupaba en el corazón de la nación más poderosa del mundo y, sobre todo, nunca habría conocido al hombre que lo había hecho feliz y con el cual planeaba pasar el resto de sus días. Apretó la mano dormida de Marge.

—Gracias, mamá —susurró—. Gracias por todo.

Pete se alegró cuando Mike le dijo que Tom y Stevie Hess estaban en camino para tomar el relevo al lado de la cama de su madre. Mike le dijo que, si todo salía bien, volvería a casa en unos días.

—Lo principal es que parece que todo va a ir bien. Pero ¿sabes, Pete? Es increíble lo que te hace pensar esto. Cuando estoy sentado al lado de su cama, me acuerdo de todo. Ha sido una buena madre para mí y para Mary, pero... —añadió, vacilante— hay tantas cosas que necesito preguntarle... Solo por si le sucede algo.

Pasaron cuatro días y los médicos dijeron que Marge estaba haciendo grandes progresos. Las enfermeras estaban volviendo a ponerla de pie y la hacían andar poco a poco por la sala. Mike, Doc, Tom y Stevie se sintieron lo suficientemente confiados como para ir a comer fuera, pero, cuando volvieron, la cama de Marge estaba vacía y sin hacer. Cuando Doc preguntó en el cubículo de las enfermeras dónde estaba, nadie supo responderle.

Mike echó un vistazo alrededor y vio que la puerta del baño estaba cerrada. Llamó con suavidad.

—¿Mamá?

No hubo respuesta.

—¿Mamá?

La puerta estaba cerrada por dentro.

Mike corrió al mostrador y pidió la llave.

—Mamá, voy a entrar, ¿vale?

La puerta se abrió una rendija, pero había algo dentro que impedía el paso.

La puerta cedía un poco cuando la empujaba, pero no lo suficiente como para poder entrar.

—¿Mamá? —gritó de nuevo.

Su madre estaba apoyada contra la puerta, desplomada en el suelo.

Mike echó la puerta hacia delante y notó que algo se movía al otro lado.

—Mamá, ¿me oyes? ¿Mamá? ¿Marge? Voy a entrar a buscarte. No pasa nada, solo te has caído. Todo va a ir bien, mamá. ¿Vale, mamá?

Michael gimió al verla: estaba tirada en el suelo y un reguero de sangre corría por las baldosas. La levantó en brazos y le sorprendió lo poco que pesaba. Salió tambaleándose del baño a la sala y resbaló en el suelo pulido, pero consiguió mantener a Marge en el aire, en sus brazos, aun cuando cayó dolorosamente sobre las rodillas. Las enfermeras le cogieron a Marge, que estaba herida y apenas respiraba. Tenía un corte a un lado de la cabeza debido a la caída y la tumbaron en la cama.

Cuando el médico salió después de examinarla, estaba muy serio.

—Tengo malas noticias, me temo. El pulso es débil. A todos los efectos, está en coma. Tendremos que hacerle un escáner, pero me temo que puede haber daños cerebrales.

Doc se llevó las manos a la cara y se hundió en una silla.

—Marge, Marge, ¿dónde estás? —lloraba—. ¡No me dejes, Marge! —Mike dio media vuelta. Stevie intentó consolar a Doc, pero este se irguió de un salto, con rabia, para reprender al personal del hospital—. ¿Por el amor de Dios, en qué estaban pensando? —gritó—. ¿Cómo demonios dejan que una paciente que acaba de ser operada y se encuentra en estado delicado vaya sola al baño? Y, cuando entró, ¿por qué diablos no vino nadie a sacarla de ahí? Yo también soy médico, ¿saben? ¡Demandaré a esta maldita clínica y le sacaré hasta el último céntimo!

Tom y Stevie cogieron a su padre del brazo y se lo llevaron. Durante los dos días siguientes, Marge se debatió entre la vida y la muerte. Mary voló hasta allí de inmediato, pero Marge estaba en estado de coma y no respondía a las voces ni al tacto de las manos. Los resultados del escáner llegaron y el médico dijo que indicaban graves daños en el bulbo raquídeo. Se llevó a Doc y a los chicos a una sala de consulta y les explicó que estaban manteniendo viva a Marge con ventilación artificial.

—Me temo que el pronóstico no es bueno. Los daños que ha sufrido implican que las oportunidades que hay de que salga del coma son infinitesimales. Es poco probable que sobreviva sin la máquina a la que está conectada y, si continúa dependiendo de ella, seguramente permanecerá en un estado que denominamos permanente vegetativo, o EPV. —El médico hizo una pausa antes de volver a hablar en voz muy baja—. Siento tener que hacerles esta pregunta, pero tienen que decidir si quieren desconectar la máquina de ventilación artificial.

Doc se levantó, iracundo, pero los chicos lo tranquilizaron. Mike se volvió hacia el médico.

—Oiga, vamos a necesitar algo de tiempo para hablar de esto.

Al final, todos estuvieron de acuerdo en que sería cruel mantener a Marge viva de forma artificial, pero Doc fue inflexible en el hecho de que, si tenía que morir, antes debían llevarla «de vuelta a casa», a Florida. Cuando se lo explicaron al gerente del hospital, descubrieron que la clínica no firmaría los papeles para llevársela mientras estuviera conectada a la máquina. Doc estaba furioso.

—¿Para que no podamos demandarlos por alta negligente si fallece? —les espetó—. Pues bien, permítame decirle que ya tengo suficientes cosas que echarles en cara, de modo que los demandaremos de todos modos. ¡Su personal va a pagar por lo que ha sucedido y no habrá forma humana de que se salgan con la suya!

La situación se mantuvo en punto muerto durante tres días. Al cuarto, Doc alquiló un avión privado con una enfermera y un médico, para que estuviera en el aeropuerto municipal de Rochester a la mañana siguiente. Pero el gerente del hospital seguía negándose a firmar.

Al final, fue Mary quien lo solucionó.

—¿Sabe qué le digo? —le preguntó al gerente, con voz temblorosa—. Que mañana por la mañana va a haber un avión en el aeropuerto y que quiero que metan a mi madre en una ambulancia y que la lleven allí con mi padre para que puedan volar juntos mañana. ¿Tiene algo que objetar? Porque si lo tiene, yo también tengo algo que decirle.

Ante la indignación y el corazón roto de Mary, el gerente firmó el formulario de alta. Una semana más tarde, en Florida, la familia desconectó la máquina de ventilación artificial de Marge. Murió el 2 de junio.

Doc estaba enfadado y confuso: la repentina pérdida de la esposa de la que había dependido para todos los temas prácticos lo había dejado herido y solo en el mundo.

La muerte de Marge fue traumática para todos, pero la pena compartida hizo que Mike y Mary se juntaran de nuevo. Sentados en el porche, bajo el sol de Florida, esperando el día del funeral, charlaron sobre sus vidas.

—Nathan, bueno… Simplemente me ha cambiado la vida, Mikey. Sé que suena cursi, pero *vivo* por él. Sencillamente, lo es todo para mí. Y ahora que mamá se ha ido, soy incluso más consciente de ello.

—¿Sí? ¿Sigue yéndole bien en el colegio?

—Es el niño de once años más listo que he visto jamás. Al menos desde que tú tenías su edad —añadió Mary, sonriendo—. ¿Y tú? ¿Qué es lo que le da sentido a tu vida? Pareces diferente… Más ubicado… Más *tú*. No sé. Pareces feliz.

Mike miró el césped y sonrió, sin saber muy bien qué decir. Mary se movió un poco.

—¿Te… te importa si te hago una pregunta, Mikey?

—Adelante —respondió este.

—Es que desde que os comprasteis esa casa en Virginia Occidental, Doc no deja de preguntarme quién es exactamente ese tal Pete. No para de decir: «¿Pero quién es ese tipo con el que vive Mike?» y, la verdad, yo no sé qué responderle.

Mary deseó haberse expresado mejor, haber dicho aquello de manera que le hubiera hecho querer confiar en ella, pero Mike tomó la mano que le tendía de todos modos.

—Hace tiempo que quería decírtelo, Mary. Debería habértelo contado hace mucho tiempo. Pete y yo somos pareja.

Mary lo miró y se ruborizó.

—¿Te refieres a pareja sexual, Mikey? ¿Amantes?

—¡Eh, no lo digas así, hermanita! No es tan malo, ¿no? Me refiero a que nos amemos.

—Yo no digo que sea malo, Mikey —dijo Mary, rápidamente—. Yo soy feliz si tú eres feliz, ya lo sabes. Eres mi hermano y te quiero, pase lo que pase. Lo que pasa es que… Bueno, ya sabes, con todo eso que sale en los periódicos sobre el sida… Estoy preocupada por ti.

Mike asintió y se puso serio.

—Lo sé, Mary. Es algo terrible y nadie está haciendo nada, salvo gritar y maldecir a los gais y decir tonterías sobre la ira de Dios. La sociedad es bastante ridícula en lo que se refiere a ese tipo de cosas. La gente escucha al que más grita.

Mary le hizo la pregunta que Mike se llevaba haciendo meses.

—Pero, Mikey, ¿cómo es posible que el Gobierno no hable de ello? ¿Que no le diga a la gente lo que está causando la enfermedad, cómo evitarla y todo eso? ¿No hay nada que puedas hacer en tu trabajo para solucionarlo, Mike? Alguien tiene que hablar con sensatez, ¿no?

Mike se revolvió en su sitio y miró hacia el horizonte.

—Creo que el problema es que Reagan depende demasiado de la Mayoría Moral, o sea cual sea el ridículo nombre que se han puesto. No puede tentar a la suerte y tiene a un puñado de conservadores a su alrededor así que, aunque quisiera decir o hacer algo, se lo impedirían.

Pero Mary no iba a dejarlo estar.

—Claro, es decir, no me refiero a que vaya por ahí animando a la gente a que sea gay, ni nada de eso, pero al menos podría explicar cómo evitar el contagio. Eso serviría de ayuda para todos, ¿no crees? ¿No puedes hacer nada para conseguir que lo hagan?

Mike no dijo nada. Simplemente, aquella pregunta no tenía respuesta.

—Da igual, Mike —añadió Mary—. Quien me preocupa eres tú. No conoces a nadie que tenga sida, ¿verdad?

—No… No.

—Bueno, pues eso es lo principal. Supongo que no quieres que Doc se entere de todo esto, ¿no?

—¡Por Dios, no! —exclamó Mike—. Siempre creí que un día podría contárselo a Marge, creo que lo habría entendido, pero Doc es tan…, tan… En fin. Y lo más trágico es que ya es demasiado tarde para contárselo a Marge.

OCHO

1983-1984

Mike volvió a Washington todavía abatido y malhumorado. La muerte de su madre se le antojaba absurdamente fortuita en un mundo que avivaba los caprichos del azar. Culpaba al hospital y se culpaba a sí mismo. Cuando Pete intentó consolarlo, la tomó con él.

—¡No me digas que no es culpa mía! Es muy fácil decirlo, ¿no te jode? ¡Todos miran para otro lado y nadie se hace responsable de nada! —Mike se quedó callado al notar la hostilidad de su voz y se disculpó—. Lo siento, Pete, los que hablan son mis remordimientos. No por lo de Marge, aunque Dios sabe que ya es suficientemente malo. Es por todo lo que veo a mi alrededor cada día, en la Administración. Nunca hago nada en relación con nada y supongo que el resto también se limita a mirar para otro lado, sencillamente. Y no paro de repetirme que, si yo no me planto y actúo, ¿quién demonios lo va a hacer?

Pete estaba sorprendido.

—¿A qué te refieres, Mike?

—Me refiero a que, si sigo guardando silencio, fingiendo que soy heterosexual e ignorando lo que está pasando, seré responsable de lo que sucede. Leo todos los informes. Ahora mismo hay cuatro mil casos de sida y ya van más de mil muertos pero, cada vez que alguien sugiere invertir dinero en solucionar el tema, los fanáticos se interponen y lo impiden porque dicen que eso «recompensaría a la homosexualidad», o cualquier otra mierda por el estilo. Es como si esto fuera el principio de un holocausto y nadie quisiera tenderle la mano a nadie. Cuando el Ministerio de Sanidad propuso enviar directamente por correo panfletos informativos sobre cómo se transmite la enfermedad y cómo evitar contagiarse, Bill Bennett, del Ministerio de Educación, se opuso. Y un tal Gerry Hauer, de la Casa Blanca, escribió diciendo que no había necesidad, porque «no hay ni un solo estadounidense que no sepa ya que el sida se contagia por vía sexual. Y que, de todos modos, si hay alguno, probablemente no será de los que leen el correo». ¿Cómo se puede ser tan autocomplaciente?

—No es autocomplacencia, es locura. ¿Qué demonios cree Reagan que está haciendo?

—Ese hombre es un enigma, Pete. No sé si es que le dan miedo los nuevos cristianos, o si se cree que esto es como el sarampión y que acabará desapareciendo solo.

Entre semana, Mike y Pete vivían en el apartamento del edificio Wyoming y los viernes huían al campo. En Washington, Mike se veía obligado a vivir una doble mentira: ocultar su orientación sexual en su vida oficial y encubrir su trabajo en su vida social. Varios amigos gais que estaban al tanto de lo que hacía ya lo habían rechazado y no era capaz de mirar a la cara a la gente que conocía y que tenía sida. Mantener los dos mundos separados era como pelearse con dos cables eléctricos chispeantes que se sacudían de forma incontrolable entre sus manos, a sabiendas de que cualquier contacto entre ellos podía ser fatal.

Los fines de semana en Shepherdstown eran una vía de escape, un oasis en el que Mike y Pete podían relajarse y dis-

frutar de su relación. El hecho de conocer a Sally Shepherd
y a sus padres les abrió las puertas de la comunidad: los invitaban a cenas, a ferias y la gente los saludaba por la calle como
si fueran viejos amigos. Cuando hacía buen tiempo, también
pasaban allí algunas noches entre semana y cogían el primer
tren de cercanías a Washington por la mañana. A finales de 1983,
compraron dos perros para compartir con ellos la casa de
campo. Mike los bautizó con los nombres de Finn McCool,
por el legendario gigante irlandés, y Cashel, por el pueblo del
condado de Tipperary que estaba a cincuenta kilómetros de su
lugar de nacimiento. Mientras los paseaban por el centro de
Shepherdstown al día siguiente de comprarlos, le sorprendió
la cantidad de personas que sabían lo de los perros, e incluso
sus nombres. Cuando Mike les preguntaba cómo se habían
enterado, invariablemente la respuesta era: «Sabemos todo lo
que pasa aquí».

—¡Dios mío, en este lugar no hay secretos! Me pregunto
qué más saben de nosotros —exclamó Mike, mirando a Pete.

En la primavera de 1984, Pete compró un caballo, lo me-
tieron en un establo en la casa de campo y contrataron a un
granjero del lugar para que lo alimentara mientras estaban fuera. Mike usó la modesta herencia que Marge le había dejado para comprar una nueva Harley Davidson FXST Softail
con carenado y guardabarros de cromo personalizados. Se hizo con una cazadora de motero de cuero, pantalones y botas, aunque, desde que estaban juntos, Mike se había resistido a la tentación de los bares de ligoteo de la cultura del cuero. Por primera
vez, la vida con una pareja estable le resultaba suficientemente
satisfactoria. Se contentaban con la compañía el uno del otro en
el campo y casi siempre evitaban la vida nocturna de Washington.
En Shepherdstown cultivaban su propio jardín y Mike hacía conservas con la fruta que cultivaban en la finca, horneaba
pan y cocinaba mientras Pete salía a montar con Sally Shepherd.

Invitaban a los amigos a tomar el té e intercambiaban recetas con las señoras del lugar. Mike empezó a envasar lo que producía para participar en competiciones en la feria del condado y ganaba una escarapela tras otra. Imprimía sus propias etiquetas y denominaba a sus productos Casi Celestial porque, según él, eso era lo que había encontrado allí.

Aquellos que conocían a Mike creían que se encontraba en algo así como una cresta de plenitud. Este no le había contado a nadie lo de Harry Chapman, ni lo de la triste misiva final que le había enviado: «Querido Mike: Estoy escribiendo a todos mis amantes, porque me temo que tengo algo que contar...». Sin embargo, era algo que tenía siempre en mente. La imagen de Harry sentándose a escribir aquellas cartas mientras la muerte lo acechaba en su apartamento desangelado y vacío proyectaba una sombra sobre la felicidad de Mike y añadía una urgencia personal a los aguijonazos de su conciencia. La Administración para la que trabajaba se hacía la remolona en la batalla contra una enfermedad que estaba liquidando a miles de hombres jóvenes y que hacía que millones de ellos tuvieran la sensación de encontrarse bajo la sombra de la horca, y él no estaba haciendo nada al respecto.

Roger Allan Moore llevaba varias semanas sin ir a la oficina, porque se encontraba «un poco flojo». Su carga laboral había sido asumida por Mark Braden y por Mike, pero, sin Roger, aquel lugar parecía desolado. El caso de Davis contra Bandemer, la demanda decisiva sobre la manipulación de los distritos electorales, se estaba abriendo paso para llegar al Tribunal Supremo y Braden y Mike echaban de menos las reconfortantes copas de las tardes, donde solían poner a prueba las ideas que tenían unos y otros y los argumentos que pretendían utilizar en los tribunales.

Roger llamó desde su casa de campo a mediados de mayo para comprobar cómo les iba a «los chicos» sin él. Les dijo que se encontraba mejor y que esperaba volver pronto al trabajo. Y que, desde luego, iría a la ciudad para la recepción de la Casa Blanca a finales de mes.

—Hum, de hecho tengo dos invitaciones para la recepción (hay un concierto y una cena) y, dado que la señora Moore no puede asistir, me preguntaba si Michael podría ocupar su lugar. Hum, la razón por la que prefiero a Michael antes que a ti, Mark, es que Ron y Nancy van a recibir a una delegación irlandesa esa noche antes de irse a Irlanda a buscar (no os riais, por favor) las raíces irlandesas de Ron.

Mark y Mike sí se rieron. La habilidad de Reagan para granjearse el cariño de franjas importantes del electorado era legendaria y el viaje a Irlanda tenía el descarado propósito de asegurarse el voto de los de los tréboles.

—*Pos,* claro, no *mimporta* que me traten con condescendencia si eso significa conseguir una invitación *pal* baile, señor Moore —respondió Mike—. Lo acompañaré *encantao* de la vida. Me alegro de que te encuentres tan bien como para asistir, Roger. Me encantará volver a verte —añadió, ya más serio.

El día del baile de la Casa Blanca, Mary llamó para decirle que Doc no se encontraba muy bien. Hacía doce meses que Marge había fallecido y estaba bastante deprimido desde entonces. Además, parecía haber perdido gran parte de su antigua energía. Había contratado a unos abogados para denunciar a la Clínica Mayo y estos habían solicitado documentación al hospital pero, tras haber visto todas las pruebas, le habían advertido de que no había los fundamentos suficientes para interponer una demanda por negligencia. Doc se había tomado muy mal la noticia y estaba hecho polvo.

—¿Recuerdas que Marge siempre decía que Doc no podía hacer nada por sí mismo? —le preguntó Mary—. Pues tenía más razón que un santo. Llevo un año bajando a su casa todos los fines de semana en coche para hacerle la colada, cocinar y limpiar. Apenas es capaz de hacer café. Tengo la sensación de que no durará más de un par de años. Así que, bueno, me preguntaba si no podrías venir a visitarlo. Solo por si acaso, ya sabes.

—Oye, lo siento, hermanita —respondió Mike—, pero no pienso ir a verlo. Tal vez dentro de unos años, cuando todo forme parte del pasado, pero hoy por hoy no puedo dejar de pensar en todo lo que nos hizo de niños y en cómo trataba a todo el mundo, hasta a Marge y a James. Te enviaré algo de dinero para ayudarte a cuidarlo, pero, por favor, no me pidas que lo perdone. Lo siento.

NUEVE

1984

Tras la austeridad de los años de Carter, la Casa Blanca bajo el mandato de Reagan estaba renaciendo en todo su esplendor, como si de un salón de baile se tratara. Mientras que Carter había apagado los termostatos y bajado la potencia de las bombillas de todos los edificios federales, Reagan había traído de vuelta la ostentación. Mike había quedado con Roger Allan Moore antes de la hora y charlaban mientras hacían cola con el resto de invitados vestidos de esmoquin, esperando para pasar por la zona de seguridad.

—Es agradable estar de vuelta en la ciudad después de... estas incómodas semanas —manifestó Roger, mientras observaba el bullicio que lo rodeaba.

—¿Entonces ya estás bien? —inquirió Mike.

—Hum, sí. Bueno, en eso estoy de acuerdo con el viejo Marco Aurelio: «Busca consuelo viviendo cada acto en la vida como si fuera el último». ¡No pongas esa cara, mi querido compañero! Estoy contento de estar donde estoy. «Cuando sientas la tentación de amargarte, no digas: "qué desdicha", sino "poder sufrir con grandeza de ánimo es una dicha"». Resumiendo, Michael, que me estoy muriendo. Pero, por lo demás, estoy decidido a encontrar la alegría de vivir en mi interior. Lamento el mazazo.

Mike sintió el abrumador deseo de rodearlo con el brazo y estrecharlo contra él, pero algún escrúpulo, tal vez la proximidad de la Casa Blanca o de las cámaras de televisión, se lo impidió.

—Roger, es terrible. ¿Qué te pasa? ¿Qué han dicho los médicos?

—Bueno, el problema es el esófago y ya es demasiado tarde. Demasiado de esto —dijo, dándole unos golpecitos a la pipa encendida que tenía en la mano—. Demasiado, demasiado, demasiado.

Entraron en la Sala Este al ritmo de un arpa irlandesa que tocaba melodías tradicionales y buscaron las tarjetas de ubicación sobre las mesas de la cena. No estaban sentados juntos y Mike fantaseó con la idea de cambiar de sitio las tarjetas, pero Roger negó con la cabeza.

—Diviértete esta noche —le dijo en voz baja—. Yo también lo estaré haciendo. Y no te preocupes por nada. Te veo después.

El sitio de Mike estaba en una de las mesas más modestas, lejos del estrado y cerca de la puerta de servicio. Sentada a su derecha había una mujer muy mayor que dijo que representaba a las Sociedades Irlandesas de Estados Unidos, pero, como estaba sorda, era imposible mantener una conversación con ella. En el asiento de la izquierda había una tarjeta en la que ponía «Robert Hampdem» y permaneció vacío hasta aproximadamente una hora después de que la cena hubiera empezado. El arpista tocaba sin parar y Mike, irritado, notó que su humor pasaba de la emoción inicial a la tristeza. La gravedad de las noticias de Roger hizo que la velada le pareciera trivial y vacía.

Reagan estaba hablando, dando la bienvenida a los invitados irlandeses y anunciando que iba a viajar en breve a un pueblo llamado Ballyporeen, que, obviamente, había sido elegido al azar para convertirse en «el hogar de los ancestros de los Reagan».

—Presidente y señora Hillery, distinguidos invitados, y quiero añadir con el mayor de los placeres (lo intentaré): *a chairde Gaeil.* —Parte de la sala se echó a reír—. ¿Qué tal lo he hecho? —Aplauso—. Bienvenidos a la Casa Blanca. La semana que viene estaré pisando la antigua tierra de mis ancestros y quiero que sepan que, para este bisnieto de Irlanda, este es un momento de júbilo. —Más aplausos—. Dado que mucho de lo que Estados Unidos significa y representa para nosotros se lo debemos a Irlanda y a su espíritu indómito —Mike hizo una mueca. En otra época puede que hubiera disfrutado de aquel exacerbado patriotismo irlandés, pero ahora le parecía exasperante—, Estados Unidos siempre ha sido el paraíso de las oportunidades para aquellos que buscan una nueva vida —dijo Regan—, y la sangre irlandesa ha enriquecido Estados Unidos. Sus sonrisas, su alegría y sus cantos nos han alegrado el espíritu con risas y música. Y siempre nos han recordado con su fe que la sabiduría y la verdad, el amor y la belleza, la gracia y la gloria comienzan en Él: en nuestro Padre, en nuestro Creador, en nuestro amado Dios. —Mike sintió vergüenza ajena cuando Reagan se puso a cantar una tonada irlandesa—. *Irlanda, oh, Irlanda, / país de mi padre, / madre de mis ansias, / amor de mis anhelos, / hogar de mi corazón, / que Dios te bendiga.*

—Por Dios, ¿de dónde ha sacado eso? —exclamó Mike en voz alta, justo cuando el ocupante del asiento de su izquierda se sentaba, riendo.

—¡Vaya, vaya! Pues de mí. Para que lo sepas, era o eso o «Mother Macree». Robert Hampden, por cierto; encantadísimo de conocerte.

Mike observó a aquel joven delgado y guapo de veintitantos años, con el pelo elegantemente engominado y un esmoquin que rezumaba estilo. A pesar de su melancolía, Mike respondió a la sonrisa del extraño con otra y le estrechó la mano.

—Mike Hess, Comité Nacional Republicano. Encantado de conocerte. Supongo que trabajas en el gabinete de comunicación de la Casa Blanca.

—¡Por supuesto! Trabajo con Mike Deaver. Hacemos que el presidente salga guapo, que transmita el mensaje adecuado y que esté bien iluminado. ¡Es un trabajo de mucha responsabilidad!

Mike se volvió a reír. Aquel tipo tenía un delicado acento sureño y era innegablemente atractivo. Reagan empezó a hablar de cosas serias, haciendo campaña para las elecciones que se celebrarían al cabo de seis meses y en las que renovaría o interrumpiría su presidencia.

—Cuando los republicanos asumimos el cargo, decidimos empezar de nuevo y nuestro mensaje a medida que nos acercamos a las elecciones de este año es sencillo: los mejores días de nuestro país todavía están por venir. Y con fe, libertad y valentía, lo que Estados Unidos puede conseguir no tiene límites. Si hacemos todo lo que está en nuestra mano para trasladar ese mensaje a los votantes el 6 de noviembre, estos responderán haciendo que los republicanos continuemos ocupando el lugar en el que nos corresponde estar: en la brecha, en la Casa Blanca, en el Senado y en la Administración…

Mike le sonrió a Robert Hampden.

—¿Eso también lo has escrito tú?

Hampden negó con la cabeza.

—Eso es cosa de los peces gordos. Pero yo he elegido las flores. Son preciosas, ¿no crees?

Se quedaron en silencio al darse cuenta de que el presidente estaba terminando.

—Señoras y señores, los desafíos a los que nos enfrentamos para preservar la paz y la libertad en el mundo hoy en día no son fáciles. Pero debemos afrontarlos. La advertencia que nos hizo Edmund Burke hace casi dos siglos continúa vigente: «Lo único necesario para que el demonio triunfe es que la buena gente no haga nada». Gracias, y que tengan una velada maravillosa.

Cuando los aplausos invadieron la sala, Mike se dio cuenta de que Robert Hampden se había puesto de pie y se disponía a irse con el presidente. Entonces, lo agarró de la manga.

—¿Cómo puedo ponerme en contacto contigo? ¿Me das tu número?

Robert sacó una pluma Mont Blanc del bolsillo de la solapa de su chaqueta, se inclinó para garabatear un número de teléfono en la parte de atrás de la carta del menú y se alejó rápidamente.

El chófer de Roger Allan Moore los recogió en el Pórtico Norte. Eran casi las once y la velada había dejado a Mike preocupado. Roger, sin embargo, parecía muy contento y no paraba de hablar de la intervención del presidente.

—Dice que quiere obtener la mayoría en el Congreso, pero no la va a conseguir a menos que tú y Mark Braden logréis sobornar al Tribunal Supremo para que adelante lo de Bandemer seis meses. —Luego habló sobre los asistentes al acto—. Menuda panda de republicanos empalagosos, ¿verdad? Menos mal que estaban los irlandeses para animar la cosa.

Y siguió hablando sobre la comida, la música y una decena de cosas más. El coche ya se estaba acercando al cruce de Connecticut y Columbia cuando Mike cayó en la cuenta de que Roger había estado acaparando la conversación para evitar que él hablara de temas más serios. Al apearse frente al Wyoming, Mike abrió la boca para sacar el tema de la enfermedad de Roger, pero este levantó un dedo para hacerle callar.

—Buenas noches, Michael. El admirable Ronald no ha estado demasiado ciceroniano esta noche, creo yo, aunque puede que las últimas frases que ha dicho sobre Edmund Burke te den que pensar. Ya hablaremos del futuro y, hum, de otras cosas. Encantado de volver a verte, mi querido amigo.

Roger no volvió al trabajo. Su retirada a consecuencia de su mala salud dio lugar a una reestructuración de los puestos jurídicos más importantes. Así, Mark Braden pasó a ser el director jurídico y empezó una competición para sustituirlo como vicedirector jurídico. El Comité Nacional Republicano fingió entrevistar a los candidatos, pero Braden dejó claro que quería que Mike ocupara el puesto y así fue. A la edad de treinta y dos años, Michael Hess había pasado de nacer de forma ilegítima en un oscuro convento irlandés a, por medio de la lotería de la adopción, ocupar un puesto influyente en la nación más poderosa del mundo. A veces le invadía una sensación de vértigo. Su nombramiento debería haber satisfecho sus ansias de pertenecer a algo y de ser aceptado por el mundo, pero la sensación oculta de no merecerlo no lo abandonaba: «No merezco estar donde estoy, soy un impostor a la espera de que su secreto salga a la luz». Era un hombre gay en un partido homófobo, un huérfano sin raíces en un mundo de certezas arraigadas.

Cuando llamó a Mary para contarle lo del ascenso, su hermana gritó de alegría.

—¡Mikey, es increíble! Pensar que uno de nosotros… Bueno, siempre ibas a ser tú, claro. Piénsalo: ¡Vicedirector jurídico del Comité Nacional Republicano! ¡Caray!

—Bueno, sí. Supongo. Aunque es una pena que Marge no haya vivido para verlo: se habría sentido orgullosa. Además, siempre me pregunto qué le habría parecido todo esto a mi verdadera madre. Supongo que estará allá en Irlanda, viviendo en algún sitio, y que no tendrá ni idea de qué ha sido de mí. Me gustaría poder contárselo, Mary.

—Claro. Te entiendo, Mike. Hace que todo parezca un poco… incompleto, ¿verdad? Pensar que mi madre nunca sabrá qué ha sido de nosotros y cómo nos ha ido la vida… Pensar que nunca conocerá a su nieto…

—Sí. A menos que… —añadió Mike, vacilante—. A menos que vuelva a Irlanda y haga que esas monjas nos cuenten lo que saben. Es tan frustrante saber que tienen la información… No entiendo por qué no nos la quieren dar. O tal vez sí. Puede que crean que tienen algo que ocultar…

—Sí, yo también lo he pensado —reconoció Mary—. Pero no me importaría, ¿y a ti? No importa lo que descubramos, da igual cuál sea el secreto, lo único que queremos es encontrar a nuestras madres.

DIEZ

1984

Mike y Pete estaban invitados a una fiesta en una casa el fin de semana siguiente y los anfitriones decidieron que sería divertido convertirla en una celebración por el nuevo trabajo de Mike. Se trataba de una casa de madera que no quedaba lejos de Market Square, en Old Town Alexandria. Tenía una pequeña piscina en el jardín trasero y el clima de julio hizo que los invitados, alrededor de unos cuarenta, salieran a la terraza. En mitad de la noche, Mike vio entrar a Mark O'Connor. Era la primera vez que lo veía desde que habían roto y notó que la sangre le subía a las mejillas.

—Ah, hola, Mark —murmuró, avergonzado—. Te presento a Pete Nilsson. Llevamos juntos tres años. Y, Pete... Este es Mark, creo que ya te he hablado de él.

Los temores de Mike eran infundados: Mark no le guardaba rencor. Tenía una prometedora carrera como abogado y un nuevo novio al que amaba y en quien confiaba.

—Os presento a Ben Kronfeld. Ben trabaja para el Gobierno.

Kronfeld era un hombre de cabello oscuro, con bigote, y una mirada tranquila y seria.

—Hola, Michael. He oído hablar mucho de ti.

—Ya... ¿Para qué sector del Gobierno trabajas, Ben? —preguntó Mike.

—Para el Ministerio de Asuntos Exteriores, sobre todo en política laboral y estadística. Me gustaba hasta que llegó este Gabinete. Entonces nos pusieron a James Watt como ministro de Interior y todo se volvió un despropósito.

Mike notó el tono hostil en la voz de Ben y le entraron ganas de marcharse, pero Pete ya le estaba haciendo una pregunta.

—¿Cómo que un «despropósito»? ¿Qué hizo?

—No me hagas hablar —respondió Ben, con una mueca—. James Watt es el peor fanático del mundo. El primer día de trabajo, reunió al personal de política y nos preguntó si *todos* trabajábamos allí. En un par de semanas, empezó a entregar cartas de despido. Y no precisamente por reducir gastos, sino por una cuestión ideológica. A todo aquel que no encajaba, a todos los que identificaba con la era Carter, los despedía. Luego le dio por las minorías, de las que nosotros somos el número uno de la lista. Los gais fueron los primeros en irse, seguidos del resto. Menudo espectáculo que montó. E incluso se jactaba de lo que estaba haciendo. ¿Te acuerdas del discurso que hizo el año pasado en el que decía que tenía «a un negro, a una mujer, a dos judíos y a un lisiado» en plantilla? ¡Menudo hipócrita republicano!

Mike tiró del brazo de Pete.

—¿Por qué no vamos a buscar una copa?

—No, no, esto es interesante —replicó Pete, mientras se desembarazaba de él—. Y me gustaría conocer a Mark. ¿Podrías ir tú a por las bebidas, Mike?

Cuando Mike regresó, los vio a los tres enzarzados en una acalorada discusión.

—Para empezar, lo que no entiendo —decía Ben con una voz teñida de exasperación— es por qué accedió a trabajar para ellos. ¿Cómo se puede trabajar para un partido en el que hay gente como Pat Buchanan? ¿Cómo puedes tener una vida en la que eres liberal, demócrata y abiertamente gay, y luego tener otra vida secreta y oculta en la que tus compañeros de trabajo no saben que eres homosexual y en la que ayudas a la gente a hacer cosas que no benefician a la comunidad gay? No entiendo cómo puede vivir así.

Mike tosió y les tendió las bebidas.

—Oye, Ben, he oído lo que estabas diciendo y sé que parece algo malo, ¿vale? Pero no seas moralista, porque todos podríamos darnos aires de grandeza. Además, creo recordar que tú trabajas para el mismo Gobierno que yo y no te han despedido, ¿no?

Ben Kronfeld era un hombre razonable.

—De acuerdo, pero déjame decirte una cosa: sobrevivo en el trabajo porque soy discreto en relación con mi vida privada, pero ningún hombre adulto debería verse obligado a hacer eso. Es grotesco ver a hombres de cuarenta y cincuenta años esconderse, todavía. Sé que en mi cadena de mando en este momento hay, al menos, dos tíos gais, ambos han estado casados y tienen hijos, y sé que lo son porque se lo contaron a uno de mis amigos y ambos le pidieron que no se lo contara a su jefe porque no lo sabía. Por otra parte, yo trabajo para el Gobierno, no para los republicanos. No trabajo para la gente que está haciendo esas cosas...

Mientras Ben hablaba, se unió al grupo un hombre bajito y calvo con prognatismo y un llamativo sentido de la moda, que se presentó como Rudy.

—Está claro que no es un buen momento para ser gay en Estados Unidos —opinó con firmeza—. Pero es un suicidio esconderse y fingir que no existimos. A Reagan le importa un bledo que enfermemos y nos muramos. Os acordáis de Alvin Tranter, ¿no? Murió el mes pasado. En el certificado de defunción pusieron que era neumonía para no ofender a sus padres, pero era sida. Ocultarse no sirve de nada. Tenemos que empezar a hacernos visibles y lograr que las cosas...

Lo interrumpió el repiqueteo de una cuchara sobre una copa, seguido del anuncio de un brindis para felicitar a Michael Hess por su nuevo trabajo. Mike respondió con una breve expresión de gratitud, pero la discusión le había hecho sentir incómodo, como si de algún modo fuera responsable de que la gente enfermara y se muriera.

Después de medianoche, Mark consiguió pillarlo a solas.

—Eh, Mike, ¿me estás evitando? No voy a atacarte. Esperaba que pudiéramos tratarnos como adultos y ser amigos. Tú y Pete parecéis muy felices, y Ben y yo también lo somos.

—Claro, Mark. Nada de malos rollos. Pero es que parece que, últimamente, todo el mundo la toma conmigo. Es como si trabajar en el comité republicano me convirtiera en una especie de paria.

Mark se encogió de hombros.

—La verdad es que yo también te iba a preguntar por eso. Es una elección un tanto extraña, ¿no te parece?

—¡Oye, no empieces tú también! Estaba buscando trabajo. Necesitaba un trabajo, ¿vale? Sé que a mucha gente le jode, pero es lo que hay. Todos tenemos nuestros motivos en la vida y no siempre los entendemos. Y tu Ben me ha parecido un poco borde, la verdad.

—Ben es encantador, Mike. Le caes muy bien, pero creo que está preocupado por ti, y yo también. ¿Sabes Alvin Tranter, el que ha mencionado Rudy? Ben lo conocía y está hecho polvo desde que murió. Creo que, en cierto modo, le recuerdas a Alvin. Era muy guapo, extravertido y sexualmente activo. Lo conocimos en una fiesta hace un par de años, la sala de estar estaba cubierta de plástico y Alvin estaba haciendo de todo. Y cuando digo de todo, es de todo. Nos recriminó a Ben y a mí que fué-

ramos tan reservados. Recuerdo que dijo: «¿Por qué iba
a preocuparme enfermar? ¿Por qué no iba a divertirme todo lo
posible en la vida?». Y ahora está muerto. Es difícil entender esa
forma de pensar, Mike. Espero que hayas tomado precauciones.

A las dos de la mañana ya habían consumido un montón
de alcohol y había un grupito dentro de la casa viendo películas
porno en el vídeo. Algunos se estaban liando, pero el ambiente
era relajado y aletargado. Mark y Ben se habían ido, y Pete estaba
fuera, en la terraza, hablando tranquilamente con otros cuatro o
cinco chicos. Mike se sirvió un whisky y se sentó junto a la piscina. Y allí, en la oscuridad, se sintió realmente solo.

ONCE

1984

Mike le había dejado un par de mensajes a Robert Hampden, pero no había obtenido respuesta. Un martes de finales de julio, al volver de comer, se encontró una nota de su secretaria en la que le pedía que llamara «al señor Horden a la Casa Blanca». Mike no reconoció el nombre, pero comprobó el número y se dio cuenta de que se trataba de Robert.

—Torre de control, aquí Hampden.

Mike se rio.

—Aquí Michael Hess, Robert. ¿Ahí todo el mundo contesta así al teléfono, o solo tú?

—Solo yo, por supuesto. Me alegro de que me hayas llamado. Me han pedido que vaya a dar un paseo y me gustaría que me acompañaras. ¿Estás libre el viernes a la hora de comer, por casualidad? ¿Quedamos en el club de campo de Chevy Chase a las doce y media?

—Sí, claro. ¿A qué tipo de paseo te refieres?

—En realidad no hay que caminar —respondió Robert—. Tú ponte un traje elegante con un pañuelo de seda en el bolsillo de la solapa para estar bien guapo. ¿Podrás hacerlo?

Mike se rio.

—Lo intentaré.

Robert lo estaba esperando delante del desgarbado edificio del club, construido con muros de entramado de madera.

—Michael, me alegro mucho de verte. A ver, a Nancy la acompañará Jerry Zipkin, ¿lo conoces? Yo seré el escudero de Jennie Edelman y tú te harás cargo de la deliciosa Laura Thurgood. Las damas no llegarán hasta dentro de media hora, así que nos da tiempo a tomar algo, si quieres. Podemos ir directamente a la Sala Gable y pedir una copa.

Los dos hombres se sentaron en aquella sala ligeramente lúgubre, de techos altos, recubierta de paneles de madera y llena de mesas preparadas para el almuerzo, y bebieron un *prosecco*. Estaba claro que Robert, con su traje de espiguilla de botonadura cruzada y sus brillantes zapatos de cordones negros, era un cliente habitual. El personal que atendía lo saludó refiriéndose a él como «señor Hampden» y le preguntó qué tomarían las damas para almorzar.

—Algo ligero. La señora Edelman no come carne, como ya sabe, la primera dama tomará los dos platos de siempre y la señora Thurgood estará encantada de tomar lo mismo que la señora Reagan. —Robert se volvió hacia Mike y le guiñó un ojo—. Como habrás deducido, nuestra feliz tarea consiste en acompañar a las bellas esposas de los atareados hombres de negocios. Cuando tu marido está ajetreado en la Casa Blanca o en el Senado, el accesorio fundamental de cualquier mujer es un acompañante encantador que te entretenga y, por descontado, que sea tu pareja para jugar a las cartas y también tu confidente.

Una semana después del almuerzo en el Chevy Chase, Robert invitó a Mike a la Casa Blanca y se sentaron a tomar un café en el despacho del Ala Oeste del jefe de Robert, Mike Deaver, que estaba fuera de la ciudad.

—Tengo que darte la enhorabuena, Michael —dijo Robert con una sonrisa taimada—. Nancy me ha dicho que le pareciste un encanto y que, si no estuviera comprometida con el estupendo y maravilloso Jerry, le encantaría que fueras su acompañante en un futuro. ¿Qué te parece?

Mike se recostó en la silla y se echó a reír.

—¿Qué me parece? Me parece que la señora Reagan es muy amable y me cayó muy bien. Pero, a decir verdad, no me veo futuro como acompañante de las esposas de otros, por muy importantes que sean. La verdad es que no es mi estilo.

Robert puso carita de pena.

—Ya veo. Eres un tío serio sin tiempo para frivolidades, ¿no es así? Siempre trabajando como un esclavo sobre tus libros de Derecho y preocupándote por el futuro del partido, ¿no? Te interesa más la manipulación de distritos electorales que Jerry Zipkin, ¿verdad?

Robert dio una palmada sobre la mesa y se rio a carcajadas de lo malo que era su chiste. Mike puso los ojos en blanco.

—Sí, así es, me temo. Mucho trabajo y poca diversión.

A Mike le gustaba la energía de Robert, su ingenio y su entusiasmo por la vida. Le encantaba la manera en que convertía en broma las cosas más serias y lo encontraba muy atractivo físicamente.

—Pero, de todos modos, ¿qué le pasa a Jerry Zipkin? ¿De dónde demonios ha salido? ¿Y por qué Nancy lo aprecia tanto?

Robert miró a Mike como si fuera un caso perdido.

—¿Dónde has estado toda la vida, Michael? Jerry Zipkin es el acompañante por antonomasia y, probablemente, el tercer hombre más influyente de Washington. Eso contando a Nancy como hombre. Si te enfrentas a él, será por tu cuenta y riesgo. Tiene la lengua afilada como una cuchilla y una sola palabra suya puede arruinar carreras y reputaciones. Pero, si a Jerry le caes bien y lo tratas como es debido, puede ser el amigo más leal y útil que hayas tenido jamás.

—Por favor —dijo Mike, echándose a reír—. ¡Si es una reinona!

—Querido —respondió Robert—, desde luego que lo es. ¿Y qué hay de malo en ello, si se me permite preguntarlo? Puede que te hayas dado cuenta de que las tres carabinas que estábamos en el Club de Campo teníamos, al menos, una cosa en común, ¿no? Piénsalo y verás cómo tiene sentido: si el sultán deja a alguien a cargo de su harén, no querrá a nadie que se sienta tentado a meter la mano en el tarro de la miel, si me perdonas la metáfora asquerosamente ambigua. Antiguamente, preferían a los eunucos, pero hoy en día resultan un poco caros, así que somos la siguiente mejor opción. *Voilà!*

—¿Y haces mucho de acompañante? —preguntó Mike, fascinado por la idea de que existiera una red oculta de hombres gais que hicieran de carabina de los hombres ricos y poderosos en la alta sociedad de Washington.

—Ah, no, solo es una actividad complementaria, estoy demasiado ocupado con Ron. Y, de todos modos, las damas lo que realmente quieren es a alguien como Jerry: mucho mayor y más importante que nosotros, con pañuelos de seda roja que apesten a agua de colonia y un tupé perfecto en su vieja cabeza perfectamente calva, pero que puedan llevarlas a desfiles de moda y bailes de sociedad, además de aconsejarlas con el color del pelo, el maquillaje, los zapatos, los bolsos, la lencería y los pros y los contras de la terapia hormonal sustitutiva. Jerry es estridente y maleducado, una víbora y un esnob, es mordaz y quisquilloso, y todos lo adoran y lo temen. Es lo más cerca que podrán estar jamás de Oscar Wilde y los vuelve locos. ¿Lo pillas?

—Sí —respondió Mike—. Pero lo que no pillo es cómo tíos como ese pueden sobrevivir y prosperar en el entorno de los Reagan. Creía que este era el presidente que vituperaba la homosexualidad y enviaba a todos los gais al infierno.

—Ah, no, mi querido amigo; creo que debes de estar pensando en otro Ronald Reagan. A este Ronald le importa una mierda lo que la gente haga en la intimidad de sus dormitorios. Él y Nancy hicieron sus primeros pinitos en Hollywood, no lo olvides, y todos sus amigos actores son gais. ¿Por qué algunos de ellos vienen a la Casa Blanca y se alojan en ella? Es Jerry Zipkin quien aconseja sobre las listas de invitados, ¿sabes? Precisamente el año pasado, cuando remodelaron la casa, invitaron a pasar la noche allí al diseñador Ted Graber y a su amante, Archie Case. Una pareja encantadora. Ron no es un intolerante del mundo del armario, lo tolera sin problemas.

El tono de Robert era de broma, pero Mike no se rio.

—Vale, ¿entonces por qué cede ante los intolerantes? ¿Por qué deja que Falwell, Robertson y Buchanan hablen en nombre del partido?

—Oye, ya sé a qué te refieres. Pero es el viejo problema de la política y de los pactos faustianos que estos tíos tienen que hacer para ser elegidos. Desde luego, Ron tiene un discurso homófobo, pero créeme: no predica con el ejemplo.

Robert lo estaba invitando a dejar el tema, pero Mike no lo hizo.

—Muy bien, entonces dime una cosa: ¿cómo es posible que esta Administración gobierne en el momento de mayor amenaza para las vidas de los hombres gais que este país jamás haya conocido y no haya movido ni un dedo al respecto? ¿Cómo es posible que Reagan contrate a gente como Gerry Hauer y Bill Bennet, que bloquean los fondos de investigación y las campañas informativas? ¡Si eso no es predicar con el ejemplo, no sé lo que es! —Robert se puso serio—. Lo siento, Robert —dijo Mike—. Sé que no es culpa tuya, no te estoy gritando a ti. Solo que todo esto me tiene aterrorizado. Estoy muerto de miedo y no sé qué hacer.

—Tú y millones de personas como nosotros, Mike. Lo único que podemos hacer es no perder la calma y tomar precauciones.

Mike asintió.

—Otra cosa que tú y yo podemos hacer es permanecer en contacto y compartir las cosas de las que nos enteremos —dijo este, viendo la oportunidad de seguir en contacto con Robert—. Tú consigues información por tu parte y yo por la mía, así que ¿por qué no ponemos en común lo que sabemos?

—Me parece una gran idea —accedió Robert—, sobre todo si lo hacemos durante un buen almuerzo o una cena, ¿no te parece? ¿Vas a ir a Dallas, al congreso, el mes que viene?

—Claro. El comité se ocupa del espectáculo, así que allí estaré. Como el viejo y aburrido asesor del presidente, mientras tú y Mike Deaver os ocupáis de las cosas importantes, como conseguir las flores y empolvarle la nariz. Parece una combinación ganadora, ¿no crees?

Dallas era un lugar caluroso y pegajoso a finales de agosto, y los cientos de funcionarios que volaron allí para celebrar el nombramiento de Ronald Reagan corrían de los coches con aire acondicionado al auditorio con aire acondicionado y de allí a las habitaciones de hotel con aire acondicionado. Mike había ido unos días antes con una avanzadilla para supervisar los preparativos en el Reunion Arena, donde iba a tener lugar el congreso. Cuando Reagan llegó el día 22 por la mañana, los preparativos se habían puesto en marcha hacía dos días y Mike estaba rendido. Lo trasladaron hasta el centro de la ciudad con el resto de miembros del Comité Nacional Republicano, hasta el hotel Anatole de Loew, para dar la bienvenida al partido de la presidencia y se irritó un poco al ver a Robert entre Ron y Nancy, con su habitual aspecto inmaculado e imperturbable.

—Vaya, me alegro de ver que alguien ha tenido un día relajado —le susurró mientras Reagan rompía el hielo hablando con los miembros del equipo.

Robert sonrió con suficiencia.

—Champán y caviar durante todo el camino. Ron está en buena forma y me alegro muchísimo de que no haya tenido rival para el nombramiento y que sea el favorito para ser reelegido, ¿no te parece? Puede que incluso esté libre para la hora de la cena. Sospecho que el jefe estará echando una siesta y viendo los discursos por la tele.

Mike se rio con frialdad.

—Tendríamos que cenar muy tarde. Voy a estar en el Arena hasta que acabe el último discurso y pasen lista de los estados. Podría acabar a medianoche. ¿Por qué no quedamos para desayunar, mejor?

Pero, a la mañana siguiente, Robert estaba preocupado con los preparativos para el discurso del presidente y la cobertura mediática y no tenía mucho tiempo para charlar. Reagan se encontraba en buena forma por la noche y salió al escenario entre los aullidos del público y unos cánticos ensordecedores que repetían: «¡Cuatro años más!» y «¡Reagan, Reagan, Estados Unidos!».

En el discurso de agradecimiento arremetió contra los demócratas por los planes que tenían para la economía, la política exterior y los valores familiares.

—Para nosotros, las palabras como «fe» y «familia» no son consignas que hay que sacar del armario cada cuatro años —exclamó el presidente. La elección de aquellos términos hizo sonreír a Mike—. Son valores que hay que respetar y vivir día a día. Que Dios os bendiga y que continúe bendiciendo a nuestro amado país.

Ron y Nancy acudieron a la celebración posterior del personal y la fiesta duró hasta mucho después de que el presidente y la primera dama se fueran a la cama. Mike bebió tanto que, a altas horas de la madrugada, chocó contra una puerta de cristal y se quedó fuera de combate. Robert Hampden se lo encontró con la cara ensangrentada y lo llevó a urgencias. Tuvieron que darle siete puntos en la herida de la cabeza y voló de vuelta a Washington al día siguiente, sintiéndose débil e inquieto.

DOCE

1984-1985

Mike no disfrutó demasiado del triunfo aplastante de Reagan en noviembre, ni de los festejos de la toma de posesión en enero. Era como si el incidente de Dallas y la pérdida de sangre lo hubieran desconcertado y lo hubieran hecho agónicamente consciente de su propia vulnerabilidad. Peter percibía su melancolía, pero ignoraba la causa. Sus cautas preguntas se topaban con desaires. A Pete le daba la sensación de que Mike estaba asustado y creía que, en cierto modo, se sentía culpable. Unas veces miraba a Pete con expresión hostil y otras su mirada rebosaba preocupación y pena.

Aquella tristeza no se disipó hasta la primavera, un día en que Mike volvió una noche del trabajo con una botella de champán y un ramo de peonías de color rojo sangre. De pronto, inesperadamente, volvía a ser el mismo, estaba lleno de energía y entusiasmo, y hacía planes para el futuro como si se hubiera quitado un gran peso de encima.

—Escucha —le dijo—. Se me ha ocurrido *la mejor* idea del mundo. Creo que deberíamos hacer una fiesta de Pascua en la casa de Shepherdstown. ¿Sabes que siempre hablamos de las vigilias de Semana Santa de cuando éramos pequeños, de la iglesia, de las oraciones y de todas esas cosas serias? Pues creo que deberíamos hacer una vigilia de Pascua divertidísima. Podríamos invitar a todo el mundo el sábado por la noche y estar de fiesta hasta por la mañana. Luego podríamos ir todos a misa el domingo de Pascua y descansar el resto del fin de semana. ¿Qué te parece?

Asistieron todos sus viejos amigos: Mark O'Connor, Ben Kronfeld, John Clarkson, Susan Kavanagh… Robert Hampden se llevó a su novio, un hombre rico y mayor que él, que era uno de los principales constructores de la capital; Sally Shepherd acudió junto con sus otros amigos de Shepherdstown e incluso invitaron a algunos de los diamantes en bruto, el nombre que le daban al grupillo gay de la zona porque, si los pulías, podían incluso llegar a ser monos.

La cena empezó a las once de la noche y se extendió hasta las dos de la mañana. Luego enrollaron las alfombras, pusieron la música a tope y empezó el baile. De madrugada, la mitad de los invitados estaban dormidos en los sofás y el resto jugaban al billar en la mesa que había en la sala de atrás. A las nueve de la mañana, Mike anunció que era hora de ir a la misa de Pascua. Los judíos y los baptistas pusieron objeciones, al igual que un inusitado grupo de autoproclamados ateos, pero Mike insistió y todo el cortejo salió en tropel hacia la iglesia. Después, él y Pete asistieron a la comida de Pascua en casa de los padres de Sally y volvieron a media tarde para unirse a los invitados que quedaban, antes de que volvieran a Washington.

Por la noche, los dos se quedaron solos, allí sentados, entre el caos de la casa devastada.

—Has estado genial, Mike —susurró Pete—. Has cocinado y has pinchado, como en los viejos tiempos. ¿Sabes? Últimamente has estado tan triste que creía que nunca volvería a verte feliz.

Mike le apretó el brazo.

—Sé que no he sido… la persona más fácil con la que convivir estos últimos meses. Lo siento muchísimo. Hay algo que debería haberte contado…, pero puede que estuviera demasiado asustado como para hacerlo. ¿Te acuerdas de Harry Chapman, el tío de Nueva York? Pues murió.

Mike respiró hondo.

—Justo antes de irse, me escribió para decirme que tenía sida… y que era posible que yo también lo tuviera.

Pete no dijo nada.

—Lo sé, lo sé. Pero déjame acabar. No podía sacármelo de la cabeza. Me lo tragué todo porque temía perderte y perder la felicidad que habíamos encontrado juntos. Me asustaba perderlo todo. Pero el mes pasado empezaron a hacer esas pruebas de suero que te dicen si das positivo o negativo, así que fui a hacerme una… ¡y salió todo bien!

Pete sofocó un grito y los ojos de Mike se llenaron de lágrimas.

—Es increíble lo diferente que parece todo de repente, Pete. Es como si hubiera esquivado la bala y tuviera toda una nueva vida por delante. Pero la preocupación y el estrés fueron horribles… No quiero volver a pasar por eso jamás. Siento lo que te he hecho vivir.

Pete sacudió la cabeza. Mike se había guardado un secreto que podría haber tenido consecuencias directas también para él, pero se obligó a no profundizar en el tema. El futuro era lo que importaba.

—Me alegro de que me lo hayas contado, Mike. Me preguntaba qué te pasaba, pero ahora lo entiendo. Gracias a Dios, estás bien —respondió Pete, mientras se levantaba para secarse los ojos—. Me alegro mucho de habernos quitado eso de en medio —gritó desde el baño, mientras se echaba agua fría en la cara—. Es como tener la oportunidad de volver a empezar de nuevo: borrón y cuenta nueva —añadió, al regresar al sofá—. Porque lo prometes, ¿no? Lo del semental vestido de cuero, el chico del *bondage* y el sexo irresponsable… Todo forma parte del pasado, ¿verdad? El equipo de motero es solo cuestión de imagen. No habrá más fines de semana perdidos ni más sexo con extraños.

Mike lo miró a los ojos y asintió.

—Te lo prometo, Pete. Ahora tú eres todo lo que necesito.

TRECE

1985-1986

En 1985, Michael Hess ya era toda una institución en el Partido Republicano. La demanda por manipulación de distritos electorales conocida como Davis contra Bandemer estaba a punto de ser presentada en el Tribunal Supremo y el comité republicano confiaba en la estrategia de Mike para ganar el caso. Pete seguía trabajando en la Asociación Nacional de Restaurantes, aunque estaba creando, sin prisa pero sin pausa, su propia empresa de marketing. Estuvieron buscando algún sitio para comprar en Washington y encontraron el lugar perfecto.

El Edificio Metodista de Capitol Hill era una gran mole de estilo renacentista de la década de 1930, de piedra caliza blanca, que hacía tiempo que servía de cuartel general de la Iglesia en la capital del país. Era el único de los edificios del Hill que tenía un ala residencial con cincuenta y cinco apartamentos privados, muchos de ellos ocupados por senadores, congresistas y jueces del Tribunal Supremo. Al Gore padre era el personaje ilustre más añejo del edificio y aquel lugar era el paradigma del Washington de la clase dirigente. Cuando uno de los pisos salió al mercado, Mike y Pete lo compraron y se mudaron de inmediato. El apartamento no era grande, pero lo decoraron con estilo, con las paredes en color beis y moqueta gris oscuro. Llenaron las habitaciones con muebles antiguos de cerezo y sillones de cuero, añadieron un baúl chino y varias esculturas de madera africanas. Colocaron mesitas auxiliares para exponer pequeñas baratijas, como varios huevos de alabastro en un cesto de mimbre, una piña dorada, una mano de metal esculpida, antiguas piezas de marfil y un hueso de ballena. En una esquina de la sala principal había un bonito biombo dorado desgastado y en la otra unas lanzas africanas. En las paredes había colgadas litografías de Picasso y Matisse, y fotografías de Robert Mapplethorpe de desnudos masculinos. Desde la ventana veían el Capitolio y el Tribunal Supremo.

Como muchos de sus amigos, Mike era un gran fan de Doris Day. Le encantaban sus musicales y las comedias románticas que había hecho con Rock Hudson. Su favorita era *Confidencias de medianoche*, sobre todo la escena en la que el varonil Hudson fingía ser gay para hacer que la hermosa pero tímida Day cayera en sus brazos.

«¿Sabes?», le decía a la muchacha, «hay hombres que tienen una relación muy estrecha con sus madres, me refiero a que les gusta coleccionar recetas de cocina o cotillear…». Era una frase que a Mike le hacía partirse de risa y se entusiasmó cuando pusieron la película en la tele como preliminar de la nueva serie de televisión de Day, en la que estaba previsto que Hudson apareciera como primer invitado.

Cuando *Doris Day's Best Friends* empezó a emitirse el 15 de julio, Mike y el resto de la audiencia que lo estaban viendo se quedaron de una pieza. Hudson ya no era un tiarrón elegante y musculado: tenía el rostro demacrado y ceniciento, arrastraba las palabras al hablar y parecía dolorosamente delgado y frágil. Tenía cincuenta y nueve años, pero aparentaba setenta. Mike y Pete vieron los informativos durante los días posteriores y se sorprendieron ante las especulaciones que se hacían, como que sufría cáncer de hígado o una gripe muy grave, hasta que el portavoz de Hudson puso fin a las especulaciones al reconocer que Rock era gay, que padecía sida y que lo sabía desde hacía más de un año.

Muchos estadounidenses se quedaron horrorizados por el hecho de que el hombre al que admiraban por su masculinidad fuera un farsante. Ronald Reagan, que había sido uno de los compañeros más cercanos de Hudson, lo llamó para expresarle sus condolencias a título personal, pero aun así no dijo ni hizo nada al respecto de la epidemia que estaba asolando el país que él gobernaba.

Semanas antes de morir, Hudson, junto con varios cientos de hombres estadounidenses, voló a París para ser tratado con el medicamento experimental antirretroviral HPA-23. Los estadounidenses se iban a París, porque en su propio país no había ningún programa similar antisida ni se había expedido la licencia necesaria para que la medicina francesa se usara en Estados Unidos. En 1985, había más de 20.000 ciudadanos estadounidenses diagnosticados de sida y, para casi todos, el diagnóstico implicaba una sentencia de muerte. Rock Hudson incluyó en su testamento un legado de un cuarto de millón de dólares para crear la Fundación Estadounidense de Investigación del Sida, que sería presidida por su vieja amiga Elizabeth Taylor. El mensaje tácito era que, si el Gobierno no lo hacía, los gais tendrían que hacerlo por sí mismos.

Ronald Reagan estaba en el hospital la noche en que estrenaron el programa de Doris Day, recibiendo tratamiento para unos pólipos intestinales. Durante diez días gobernó el país desde la cama, mientras que su recientemente nombrado jefe de personal, Don Regan, hacía de enlace entre él y el vicepresidente Bush.

El presidente había vuelto a la Casa Blanca hacía poco más de un mes y todavía estaba pálido y ojeroso cuando llamaron a Mark Braden y a Mike al Despacho Oval. Estaba claro que Don Regan lo había preparado bien, porque Reagan le había echado un vistazo a una nota informativa y se había puesto a dar un discurso apasionado y aparentemente improvisado al estilo de Enrique V en Azincourt.

—Hace treinta años que los republicanos no controlan la Cámara de Representantes —dijo, mirando casi de forma acusatoria a sus invitados del comité republicano— y eso es demasiado tiempo, chicos. Hace que la vida de un presidente republicano sea un sufrimiento y obstaculiza nuestras mejores leyes. Es más, simplemente no es justo. Los demócratas tienen el control absoluto porque las normas electorales los benefician. Ahora sé que el caso de Bandemer no solucionará las cosas de la noche a la mañana, aunque tengo claro que por algo se empieza. Así que tenemos que ganarlo para que nos proporcione el precedente que necesitamos para solucionar las injusticias en otros estados. Como podéis ver, ahora mismo no soy más que un vejestorio inútil, así que cuento con vosotros para ir al Tribunal Supremo y ganar esto por mí. ¿Lo haréis, chicos? ¿Os apuntaréis un tanto para The Gipper*?

Reagan sonrió sin un ápice de timidez por su actuación. Mike había estado pensando que podría aprovechar su audiencia con el jefe para sacar a colación el escándalo de la inactividad de la Administración en relación con el sida, pero sus buenas intenciones se desvanecieron mientras estrechaba la mano de aquel hombre.

—Lo haremos lo mejor que podamos, señor presidente, puede contar con ello.

---

* Ronald Reagan interpretó a George The Gipper en la película *Knute Rockne, All American*.

Rock Hudson falleció el 2 de octubre de 1985. Cinco días después, Mike compareció ante el Tribunal Supremo de Estados Unidos para litigar a favor del Partido Republicano en el litigio sobre la manipulación de distritos electorales de Davis contra Bandemer. En el bolsillo llevaba un mensaje de buena suerte de la Casa Blanca.

Tras escuchar los argumentos de los abogados de ambas partes del litigio, el juez Burger, presidente del Tribunal Supremo, anunció que él y sus colegas jueces considerarían todo lo que aquello implicaba y harían público su fallo a finales del año judicial, probablemente en junio.

A mediados de junio de 1986, la Estatua de la Libertad, en la bahía de Nueva York, se reabrió después de dos años de exhaustiva renovación. El monumento fue reinaugurado en una ceremonia televisada a la que asistieron dignatarios de Estados Unidos y del extranjero. En los informativos se veía a los Reagan entre el público, sentados al lado del presidente François Mitterrand de Francia y de su esposa, Danielle. Sobre el escenario, Bob Hope entretenía a los distinguidos invitados y contaba chistes sobre Francia, Estados Unidos y la estatua que compartían.

—Me acabo de enterar de que la Estatua de la Libertad tiene sida —dijo Hope con una sonrisa de suficiencia—, pero no sabe si se lo ha contagiado la boca del Hudson o el Hada[*] de Staten Island.

Cuando la cámara enfocó la reacción del público, los Mitterrand parecían horrorizados. Los Reagan se estaban riendo.

---

[*] Juego de palabras en inglés en el que se sustituye el vocablo *ferry* por su homófono *fairy* (hada, en inglés). *[N. de la T.]*

Una semana después, el Tribunal Supremo se pronunció sobre el caso de Davis contra Bandemer y le dio al Partido Republicano la pauta que buscaba, que los casos de manipulación partidista de distritos electorales se pudieran impugnar en los tribunales. Mike, Mark Braden y su equipo celebraron la decisión con champán en las oficinas del comité republicano y Braden dio un discurso de felicitación.

—Esta noche —dijo—, hemos ganado un caso que tiene el potencial de alterar el paisaje político de nuestro país. No era una pelea fácil y a muchos individuos de la familia republicana no les gustaban nuestras tácticas. Pero nos hemos mantenido firmes como un grupo de hermanos que luchan por una causa en la que creen. Hemos ganado una batalla, pero no hemos ganado la guerra. Ahora tenemos que aprovechar esta victoria para acabar con cualquier tipo de manipulación de distritos electorales de los demócratas, sea donde sea. El proceso judicial implica que el impacto de nuestro trabajo no se percibirá hasta dentro de media docena de años, pero, si tenemos éxito, de verdad creo que podemos plantearnos como objetivo las elecciones generales de 1994. Así que propongo un brindis: ¡por el control republicano de la Cámara en 1994 y porque dure muchos años!

Mike alzó la copa. La vida le sonreía. La sensación de haber sido aceptado en la institución más importante de Estados Unidos, en el partido que gobernaba el país, era uno de sus anhelos. Era el paliativo que podía aliviar su dolor y silenciar las dudas que acompañaban su existencia, las voces insidiosas que susurraban al oído del gay huérfano: «No eres bueno». Y ahora que había logrado llegar al corazón del sistema, defendería su posición.

CATORCE

1986-1989

Hacía tiempo que Mike no veía a John Clarkson, su amigo texano de la época con Mark O'Connor. John trabajaba para el sindicato en casos de libertades civiles, pero se había mudado a California y hacía un año que no iba a Washington. A Mike le caía bien y se alegró cuando lo llamó a finales de octubre para decirle que estaría unos días en la ciudad y que tendría tiempo para quedar para tomar algo.

Se sentaron en una mesa del bar del Hyatt Regency, en la avenida New Jersey, y pidieron una jarra de cerveza. John no había cambiado mucho: tenía un poco más gruesa la cintura, pero seguía siendo igual de directo y abierto.

—En la Costa Oeste son muchísimo más respetuosos que aquí —comentó—. Me refiero a más respetuosos con los gais. Pero, madre mía, ¡menuda epidemia! No sé si es peor que aquí, o si es que la gente de Washington simplemente no *habla* del sida, pero allá en San Francisco, tío, nunca he visto nada igual.

—Dímelo a mí —replicó Mike—. Estamos viviendo unos días aciagos.

John clavó un dedo sobre un ejemplar del *Washington Post* que estaba en la mesa cuando llegaron.

—Sin embargo, ¿has visto esto? —preguntó, señalando un titular de la sección de noticias—. A la Administración de Reagan le ha llevado cinco años publicar el primer informe sobre la epidemia de sida y ahora pretenden dar marcha atrás. Pone que el informe general de los médicos que proponen la educación como medio para prevenir el sida y que se generalice el uso del preservativo está siendo bloqueado por los conservadores. Tu amigo Gerry Hauer dice, literalmente: «No veo por qué un estudiante de primaria tiene que saber nada de preservativos y no pienso dar luz verde al colegio del barrio para que le hablen a mi hija de sodomía». ¿En qué planeta viven estos tíos, Mike? ¿No se dan cuenta de que se está produciendo un holocausto?

Mike se revolvió en el asiento.

—Sí, es una situación difícil, John —murmuró—. Son políticos, ¿sabes?, y deben tener en cuenta muchas cosas...

En parte, John había sacado el tema para poner a prueba a Mike, y este estaba suspendiendo.

—Oye, no estarás defendiendo a esos fanáticos, ¿no? ¿Y adónde nos va a llevar eso? ¿A una cuarentena forzosa? ¿A una leprosería? William F. Buckley dice que quiere que todos los hombres con sida lo lleven obligatoriamente marcado en las nalgas, ¡como si fuera un tatuaje de Auschwitz! Y es uno de los mejores amigos de Reagan. ¿Y qué hace tu presidente, además de quedarse sentado con las persianas cerradas y con la esperanza de que todo pase?

Mike no estaba en absoluto dispuesto a recular.

—Te equivocas al echarle la culpa a Reagan —dijo—. Él y Nancy son muy tolerantes con los gais: su decorador de interiores y su pareja hasta se quedan a dormir en la Casa...

—¿Ah, sí? ¡No me digas! —exclamó John, mientras se reía con desdén—. Así que tienen amigos gais. Y aun así dejan que los homosexuales mueran mientras su partido bloquea los fondos para la investigación del sida. ¿Sabes qué? Que creo que eso lo empeora aún más. Eso los hace peores que los paletos necios que creen que los gais tienen cuernos y rabo, porque nunca han conocido a ninguno y es lo que les dice el predicador.

Mike iba a protestar, pero John había metido la primera.

—¿Y qué me dices de los republicanos que apoyan la resolución de Georgia sobre la sodomía? Bowers contra Hardwick, ¿no? ¡Solo son dos gais que quieren tener relaciones sexuales en la privacidad de su propio dormitorio! ¡Son mayores de edad, como tú y como yo, y, aun así, tu partido, *tu partido*, quiere convertirlo en un acto delictivo!

—Sí, ya, aterriza, John —replicó Mike, a sabiendas de que estaba en terreno pantanoso. Pero decidió poner en práctica sus tretas de abogado—. Sabes que esos estatutos llevan en los libros siglos y que raras veces se aplican. Así que ¿qué más da si un estado del sur quiere tener contentos a los amantes de la Biblia con un arranque de puritanismo? Eso no hace daño a nadie, ¿no? Además, no creo que muchos gais se estén haciendo ningún favor, especialmente en el oeste, en tu rincón del mundo, con todas esas manifestaciones y multitudes enrabietadas. ¿No crees que eso, más que nada, hace que se ganen la antipatía de los políticos y de la sociedad? Todo ese rollo de sacar a la luz la orientación sexual de otras personas y avergonzarlas delante de sus amigos, de sus familias y de sus compañeros de trabajo...

—¡Por Dios, Mike! Espero que no te creas todas esas cosas —dijo John—. Espero que lo digas solamente, porque eres republicano y no te queda más remedio que decirlas, porque simplemente estás obedeciendo órdenes.

A principios de marzo de 1987, Robert Hampden llamó a Mike y le pidió que se reuniera con él en el bar Irish Times de Capitol Hill. Robert seguía siendo la misma mosca cojonera que se burlaba de su trabajo con irónica indiferencia mientras no dudaba en hacerlo, pero él sí había notado una transformación en Mike: el joven funcionario inseguro y humilde que había conocido en la Casa Blanca se había convertido en un republicano ferviente y comprometido. Era como si las victorias que Mike había ganado para el partido lo hubieran llevado a eso, como si ahora compartiera la responsabilidad de hacer del partido lo que era y se sintiera presionado para justificarlo y defenderlo porque era demasiado tarde para dar marcha atrás. Robert se burlaba del celo proselitista de Mike y lo llamaba «soldado», porque era leal e inquebrantable. Ese día, sin embargo, era Robert quien estaba serio.

—Eh, me alegro de verte, Mike. No sé si te has enterado, pero parece que Deaver ha caído.

Mike negó con la cabeza. Sabía que lo estaban investigando, pero nadie había hablado de cárcel.

—Sí, y podría ser grave. Al parecer, podría llevarse por delante a otras cinco o diez personas por perjurio y corrupción.

Mike Deaver había dejado de ser el vicedirector de personal hacía un año para crear su propio grupo de presión, pero no era ningún secreto que seguía manteniendo una estrecha relación con el presidente. Y ahora lo acusaban de aprovecharse de ello para ganar dinero. El Congreso, controlado por los demócratas, había puesto en marcha una investigación y había descubierto que Deaver había ganado concursos para sus clientes con el fin de construir el nuevo bombardero estadounidense B-I, y que este había mentido presuntamente cuando testificaba ante el jurado de la acusación federal.

—Te aseguro que a las altas esferas les ha entrado pánico —dijo Robert—. Si Deaver va a la cárcel y el desagradable asunto del Irangate se nos va de las manos, a Ron lo meterán en el mismo saco que a Nixon. Lo irónico es que el tío que se pasó años protegiendo la imagen de Reagan es ahora la mayor esperanza de los demócratas para mancillarla.

—Santo cielo, Robert, es terrible —dijo Mike—. ¿Deaver tiene defensa? Y Bush, ¿está involucrado? Sería un desastre para el partido que no pudiera presentarse el año que viene.

Robert sonrió al notar la preocupación de Mike.

—Bueno, me complace ver ese pragmatismo en ti, Mike. Nada de preocuparse por la moral, por la ética, ni por nada de nada: eres un perfecto republicano. De hecho, la defensa de Deaver (que, por cierto, es bastante endeble) es que era víctima del alcoholismo y que eso fue lo que le hizo cometer perjurio. Bastante descarado, pero podría funcionar. Y te alegrará saber que Bush está a salvo. Seguro que ya está planeando su campaña para la presidencia.

El último encuentro de Mike con Roger Allan Moore tuvo lugar en otoño de 1988, mientras Estados Unidos se preparaba para la primera ronda de los debates de la campaña entre George Bush y Michael Dukakis. Roger lo había llamado hacía un par de semanas y le había preguntado si podía ir a verlo a su casa de Boston. No le dijo por qué, pero Mike notó la urgencia de su voz.

Fue triste. En la enorme y vieja casa de Beacon Hill, famosa por su historia y sus doce chimeneas, Roger estaba sentado, frágil y pálido, en la sala de estar. Estaba envuelto en una manta de cuadros escoceses y, a pesar de que era un cálido día de finales de septiembre, el fuego ardía en el hogar.

—Mi querido amigo, estoy…, hum…, conmovido porque hayas venido a verme —dijo Roger, que había perdido su resonante voz de barítono y hablaba ahora con un doloroso tono ronco. El hombre luchó por coger aliento—. Prometí mantenerme en contacto contigo para hablar del futuro, Michael, y para mí el futuro es ahora. No volverás a verme. No, el futuro del que quiero hablar es el tuyo. He seguido tu carrera desde que me fui y me alegro del éxito que has conseguido. De hecho, creo que tu estrella puede estar a punto de brillar aún con más fuerza —dijo Roger, consiguiendo esbozar una fugaz sonrisa—. He hablado con Mark Braden y entiendo que no seguirá en el comité republicano después de estas elecciones, así que el puesto de director jurídico… Pero no adelantemos acontecimientos. Lo que quería decirte es que el mundo del poder es muy atractivo, es fácil enamorarse de él, y puede ofrecer cierta sensación de invencibilidad… ¿Entiendes lo que quiero decir?

Mike asintió, pero Roger parecía dudar.

—Creo que te he hablado de Chaim Rumkowski…

Roger parpadeó y cerró los ojos un instante, pero hizo un esfuerzo para permanecer despierto.

—Es la morfina, lo siento. Me la administran con una jeringuilla hipodérmica y me nubla la mente. Pero, hum, el poder, Michael, es un amante caprichoso y la defensa del abogado cuando alega servir ciegamente a la ley es muy endeble. Si perdemos de vista nuestras acciones y el significado que tienen en sí mismas, si solo pensamos en ganar, en lugar de en la finalidad de lo que estamos haciendo, podemos fácilmente perdernos por el camino…

Mike estaba empezando a tener la sensación de que Roger lo estaba acusando de algo.

—Pero tú siempre has hecho todo lo que has podido para ganar, ¿no, Roger? Me refiero como abogado.

Roger se ajustó un poco más la manta alrededor de los hombros.

—Deja que te hable de una película, Mike. Dudo que la hayas visto o que llegues a verla, es más del estilo de mi generación. Se llama *El puente sobre el río Kwai*. Alec Guinness es un coronel británico al que han capturado los japoneses durante la guerra. Los *japos* quieren que sus prisioneros construyan un puente para ellos y Guinness es el capataz. Su conciencia le dice que no debe ayudar a los japoneses, pero está tan inmerso en la construcción, en la satisfacción de solucionar los problemas a los que se enfrenta y en la *belleza* de lo que está creando que pierde de vista la función para la que está destinado y las consecuencias que tendrá.

El discurso le había supuesto a Roger un esfuerzo que lo dejó exhausto. Agitó la mano y se volvió a hundir en el sillón, donde sus párpados cedieron al sueño. Mike se quedó sentado a su lado durante media hora para ver si se despertaba pero, al ver que no lo hacía, se escabulló silenciosamente de la casa para volver a Washington.

Roger tenía razón. Mark Braden dimitió del Comité Nacional Republicano tras la victoria electoral de George Bush en noviembre de 1988 para crear su propio despacho de abogados, y el puesto de director jurídico quedó vacante. El nuevo presidente conocía al cuerpo jurídico del partido de la época en que había sido vicepresidente e hizo saber que quería que Michael Hess ocupara el puesto. Mike heredó el gran despacho esquinera con ventanas en dos paredes y una placa de latón en la sólida puerta de roble. Ahora era él quien dirigiría las delegaciones que informarían en el Despacho Oval, sería él quien controlaría la estrategia del partido para acabar con el dominio electoral de los demócratas, sería él quien representaría a los republicanos en el Tribunal Supremo y en los comités del Congreso y sería su nombre el que aparecería en los registros de las batallas judiciales del partido por todo el país.

Para Mike, George Bush era un aristócrata de la Ivy League de Nueva Inglaterra que se comportaba de manera reservada y acartonada. Era muy distinto del brillante actor que había ocupado el puesto antes que él y resultaba obvio que carecía de la calidez con que Reagan trataba los asuntos con el personal y los funcionarios del partido. Bush escuchaba los informes sobre la campaña de reordenación del comité republicano, pero les ofrecía pocas sugerencias o estímulos.

—Ese tío es frío como un témpano —le confesó Mike a Pete—. Con Reagan tenías la sensación de que le interesaba lo que hacías, aunque no siempre entendiera lo que era. Pero con Bush tienes la sensación de que lo entiende todo, pero que no quiere que sepas lo que está pensando. Es inquietante y no me gusta nada.

La vigilia de Pascua de 1989 en Shepherdstown fue la que tuvo mejor acogida en los cinco años que llevaban celebrándolas. El nuevo puesto de Mike le había proporcionado un estatus en la alta sociedad de Washington que hacía que la gente quisiera conocerlo. El tiempo a finales de marzo era cálido y la música se esparció por el jardín durante casi toda la noche. Después de la misa del domingo de Pascua, los invitados que seguían en la brecha jugaron al billar o se tumbaron fuera, en la hierba. Ben Kronfeld, que había roto con Mark O'Connor y había ido solo, extendió una manta sobre la cubierta de cemento del viejo pozo que había detrás de la casa. Estuvo dormitando tranquilamente durante una hora, más o menos, y luego se levantó y se estiró. Mientras rodaba medio adormilado sobre el estómago, se quedó horrorizado al encontrarse cara a cara con una serpiente negra, de nueve o diez centímetros de diámetro, y de aproximadamente metro y medio de largo. Corrió al interior para contárselo a Mike, que hizo una mueca de desagrado. Le dijo que las serpientes venían con la casa, que se trataba de una presencia escurridiza y perturbadora que había en el sótano y que, más de una vez, se había encontrado una enroscada en la cama al meterse dentro, esperándolo entre las sábanas.

QUINCE

1989-1991

Los cuatro años de presidencia de Bush fueron más austeros que los de la era Reagan: había menos movimiento de estrellas de Hollywood en la Casa Blanca y los bailes y las fiestas eran menos extravagantes. Pero, como director jurídico que era, a Mike lo invitaban a recepciones y cenas, y disfrutaba de la sensación de estar allí por méritos propios, de que su admisión en el círculo más íntimo se debiera a sus propias cualidades y a su propio esfuerzo.

Lamentaba no poder llevar a Pete a actos sociales relacionados con su trabajo —le molestaba que Pete no pudiera ver de primera mano el éxito que estaba teniendo en la vida—, pero lo aceptaba y Pete también. Ya llevaban juntos ocho años y se habían prometido no tener secretos.

A grandes rasgos, a Mike le iba bien en el trabajo. El veredicto Bandemer le había dado la munición que el comité republicano necesitaba para interponer demandas en varios estados del país y tenía la sensación de que sus esfuerzos estaban haciendo que el mapa electoral se inclinara hacia los republicanos. Pero la clave —donde más se jugaban— era California y, a medida que pasaban los meses y el comité republicano perdía en el tribunal del distrito, las señales se fueron haciendo cada vez más descorazonadoras. Mike y su equipo estaban convencidos de que la manipulación de distritos electorales de los demócratas era tan escandalosa y tan claramente contraria a la Constitución que el Tribunal Supremo seguramente la derogaría. Celebraron el éxito al lograr que se abriera el caso, pero se quedaron de una pieza cuando el Tribunal lo desestimó sin dar explicaciones.

La noche en que anunciaron la decisión, Mike llegó a casa muy nervioso.

—Por Dios, no puedo creerlo —dijo, en cuanto cruzó la puerta—. Hoy la justicia no se ha lucido, precisamente.

Estaba enfadado y muy alterado, y Pete reconoció las señales que lo indicaban.

—¿Es por lo de California, Mike? He oído en la radio que lo han desestimado. Parece un poco injusto que…

—¿Injusto? ¡Es un puñetero escándalo! ¡Los demócratas ampliaron su mayoría de uno a once escaños redibujando los límites de esos distritos electorales y el Tribunal ha hecho la vista gorda! Pero lo que *de verdad* me cabrea es que los chicos de Bush no abrieron la boca mientras ganábamos casos para ellos y que ahora, para uno que perdemos, voy y recibo un mensaje irritante que dice: «¿Cómo es que hemos perdido?». Como si insinuaran que lo habíamos hecho aposta, o algo así.

Mike no paraba de pasear arriba y abajo y parecía dispuesto a golpear a cualquiera o a cualquier cosa que se interpusiera en su camino. Pete ya lo había visto así antes. Sabía que aquello presagiaba negatividad e ira, pero intentó evitarlo.

—Oye, Mike, ¿y si hacemos un descanso? No vamos a solucionar nada esta noche y si nos sentamos a darle vueltas parecerá peor de lo que es. Podemos coger un taxi para ir a Glen Echo, o a algún sitio al lado del río. Podríamos cenar en el Old Angler's y compartir una botella de tinto.

Mike rechazó el plan.

—No puedo relajarme, Pete. Esto me ha puesto demasiado tenso y, de todos modos, tengo que...

Mike frunció el ceño fugazmente, antes de que en su cara revoloteara una mirada entre maliciosa y culpable.

—Vamos al Eagle —dijo—. Me pondré el equipo de motero. No tenemos por qué hacer nada, ¿de acuerdo? Puedes sentarte allí conmigo y podemos emborracharnos... O puedo emborracharme. Es lo que necesito ahora mismo.

Mike estaba justificando la idea ante Pete y tal vez ante sí mismo. La idea de ir a aquel bar oscuro y mugriento lleno de tensión sexual y la perspectiva de una dulce culpabilidad hizo que se exaltara.

Pete odiaba los bares de la cultura del cuero y no soportaba pensar en lo que sucedía en las habitaciones del piso de arriba y en las cabinas privadas, pero veía que Mike estaba estresado y nervioso, y supuso que, si no aceptaba, Mike se iría solo.

—Está bien, Mike. Venga. Pero vamos y venimos, ¿vale? Los dos tenemos que trabajar por la mañana.

Mike asintió y se fue a la habitación. Tenían un armario para cada uno y Mike sacó del fondo del suyo una enorme maleta negra, cerrada con hebillas. La levantó y la puso sobre la cama.

Cuando volvió, llevaba puestos unos ajustados pantalones de cuero negro y un chaleco de cuero con tachuelas y cadenas, sobre el torso desnudo.

El Eagle Bar, en la avenida New York, cerca de la plaza Mount Vernon, no estaba muy concurrido. En la enorme sala del piso de abajo había una docena de clientes, la mayoría vestidos como Mike, con latas de cerveza en la mano y escuchando música *country* a todo volumen en el equipo de sonido. Aquellos tipos miraron con el ceño fruncido a los recién llegados, con teatral hostilidad. Pete, con su elegante chaqueta y sus pantalones chinos, se sentía fuera de lugar. Mike lo sentó en una mesa de un rincón y pidió unos nachos y unas porciones de pizza. Al cabo de una hora y unas cuantas copas, la temible erupción de ansiedad nerviosa de Mike se había transformado en emoción y verborrea. Golpeaba con rapidez el suelo con uno de los pies y tamborileaba con los dedos sobre la mesa.

—Venga, vamos arriba —murmuró, con los ojos fijos en el mantel—. Vamos, ¿vale?

Pete se le quedó mirando.

—Creía que solo veníamos a tomar algo, Mike. Creía que habíamos dicho que no íbamos a hacer nada.

—Bueno, puede que *tú* lo dijeras —susurró Mike—. ¿Qué sentido tiene venir aquí si no vamos arriba?

Pete suspiró y se levantó.

La sala de arriba era mucho más pequeña, hacía más calor, estaba menos iluminada y el aire apestaba a testosterona. Los hombres que se apiñaban en ella eran amantes del cuero y la perversión. Muchos de ellos eran peludos y tenían tatuajes, llevaban Levi's y cazadoras de motero con tachuelas metálicas y pañuelos de colores. En una esquina, un grupo de cuatro o cinco tíos con exigimos suspensorios de cuero y gorras de cuero de estilo militar se estaban enrollando, toqueteándose los unos a los otros. El ambiente era hostil. Pete empezó a decir que se sentía incómodo, que quería irse, pero Mike le hizo un gesto para que se callara.

En una pequeña tarima elevada, un hombre pálido y delgado, con un tanga fluorescente, estaba atado a una pared mientras dos tíos corpulentos con máscaras negras de verdugo vertían cera de una vela derretida sobre su cuerpo desnudo. Entretanto, otro lo azotaba con un látigo de nueve colas. Estaba lleno de gente, oscuro y hacía mucho calor.

Pete empezaba a marearse. Cogió a Mike del brazo.

—Tengo que salir de aquí, Mike. ¿Puedes venir ahora mismo, por favor?

Pero Mike lo apartó a un lado.

—Vete tú si quieres. Yo me quedo.

—Pero volverás pronto a casa, Mike, ¿verdad? Recuerda lo que hemos dicho.

Mike gruñó pero no se volvió para mirar cómo Pete se escabullía por las escaleras. De hecho, ni siquiera se dio cuenta.

Pete estaba tumbado en la cama del elegante apartamento, todavía despierto. Alrededor de las seis oyó entrar a Mike, que fue directo al baño. Se puso la bata y fue hasta allí. Cuando Mike salió, estaba vestido para ir a trabajar y llevaba puestas unas gafas de sol.

—Gracias a Dios que has vuelto, Mike. Estaba muy preocupado.

Pete iba a darle un abrazo, pero Mike hizo un gesto de dolor y lo apartó. Mientras se iba, Mike se subió el cuello de la camisa, pero Pete alcanzó a ver los cardenales que tenía en el cuello.

DIECISÉIS

1991-1992

Durante los meses siguientes, Mike parecía desatado. Se iba a casa después del trabajo, fingía que todo era normal durante una hora y luego se escabullía durante el resto de la noche mientras Pete estaba en la ducha, después de dejar una nota evasiva pegada en la nevera. Era el mismo comportamiento esquivo y furtivo que había destruido su relación con Mark, pero, simplemente, no era capaz de parar. Era como preguntarle a un alcohólico por qué no podía dejar de beber. Mike era adicto al secretismo y a la urgencia de hacer lo incorrecto, a demostrar que era el ser imperfecto que siempre había sabido que era. Bebía mucho y ya lo habían detenido dos veces por conducir borracho. Despertaba del sopor etílico asqueado consigo mismo, reconfortado no por un pensamiento de redención y recuperación, sino por la promesa de la próxima noche de clandestinidad y culpabilidad.

Pete le suplicaba que cambiara y Mike le prometía que así sería, pero todo seguía igual. Un día, su pareja abrió el baúl que tenía en el armario y se lo encontró lleno de pornografía sadomasoquista, revistas de *bondage* y fotos de tíos practicando sexo vestidos de cuero y látex. Aquel no era el porno gay habitual, sino historias de torturas y crueldad, de hombres atados con cuerdas o colgados de eslingas que luego sufrían abusos y violaciones. Pete estaba desconcertado y, finalmente, decidió llamar a Susan Kavanagh para preguntarle si podía quedar con él.

—Susan, Mike está fatal y no es algo de lo que me resulte fácil hablar —le dijo a su amiga, mientras echaba un vistazo alrededor del bar—. Tiene que ver con su comportamiento...

Susan asintió.

—No te preocupes, Pete. No es la primera vez.

—Ya lo sé. Le ha vuelto a dar por desaparecer, como cuando rompió con Mark O'Connor, pero creo que esta vez es incluso peor. Pasa mucho tiempo en bares de la cultura del cuero y nunca sé dónde está ni con quién. No sabes qué tipo de cosas puede llegar a hacer, Susan... Está en un nivel totalmente diferente y no pienso aceptarlo. Una cosa es ser gay y otra es ser un *depravado*.

—¿Y él qué dice cuando le preguntas? —inquirió Susan.

—Ese es el problema: que no dice nada. Descubro las cosas por casualidad, como por el dinero que falta de la cuenta bancaria o por las cosas que deja por ahí tiradas. He encontrado otra citación por conducir borracho sobre la que no me había dicho nada y, al parecer, esta vez ha estado en la cárcel, a juzgar por el formulario que le dieron al salir. He visto que la firma era de Bobby Burchfield, Susan, el abogado personal de George Bush, el tío que lleva la campaña de reelección de Bush. ¡La Casa Blanca envió a Bobby Burchfield para sacar de la cárcel a Mike!

—Así que los peces gordos lo saben —musitó Susan—. ¿No le parece eso suficiente como para preocuparse y hacer algo al respecto?

Pete negó con la cabeza.

—Se ha comprado un libro sobre el alcoholismo y cómo enfrentarse a él, pero no ha llegado a abrirlo. Y, cuando reaparece después de un fin de semana fuera, encuentro drogas en sus bolsillos. Ya apenas reconozco al tío del que me enamoré: es como si quisiera hundirse en la mierda... porque se *odia* con todas sus fuerzas.

—¿Sabes? A mí también se me ha pasado eso por la cabeza —reconoció Susan—. Sé que depende demasiado de la opinión que la gente tiene de él. Cuando lo despidieron del NIMLO, estaba tan hecho polvo que fue como si el mundo entero se le viniera abajo. No lo parece, pero yo creo que es una persona frágil, Pete. Solo necesita un pequeño empujón, o algún revés amoroso, para derrumbarse.

Pete frunció el ceño.

—Ha sucedido todo tan rápidamente. Es como si se hubiera pasado todos estos años modelando y representando una identidad y, de repente, no pudiera seguir haciéndolo y explotara. Como si estuviera soltando todo de una vez. —Pete se quedó pensando un momento y retomó la idea que Susan había dejado caer—. Es como si siempre hubiera vivido una vida compartimentada en la que ha tenido que renegar de su sexualidad en el trabajo y luego justificar su trabajo ante sus amigos. Y fue capaz de soportarlo mientras las cosas iban bien, cuando todo eran ascensos y elogios, pero en cuanto algo falló, cuando consideró que en la Casa Blanca ya no lo querían lo suficiente, todo se vino abajo.

Susan tomó a Pete de la mano.

—Sé que es duro para ti, Pete. Sé que lo amas... y que él también te quiere, estoy segura de ello. Yo creo que lo único que puedes hacer es seguir estando a su lado. Si sigues amándolo, si puedes ser la constante en su vida cuando el resto del mundo le da la espalda, estoy segura de que todo cambiará.

Pete continuó siendo la constante. Durante todas las noches perdidas y los fines de semana en que Mike desaparecía, se negó a responder al exceso con la rabia. Continuó siendo amable y solícito cuando su pareja era arisca y displicente, y, finalmente, su devoción obró el milagro. En la primavera de 1992, Mike salió de la oscuridad para volver a la luz del amor que siempre había estado ahí para él. La vigilia de Pascua en Shepherdstown de ese año fue algo especial.

—Esta es mi fiesta de bienvenida a casa —anunció Mike a los invitados. Era medianoche y el joven se había puesto en pie, copa en mano.

—Esta es la celebración de la Pascua, de la amistad y del amor —dijo, y una ovación se alzó alrededor de la mesa—, y para mí es, además, una celebración personal. Una celebración del hombre que... —continuó, mientras se le hacía un nudo en la garganta al posar la mirada sobre Pete—. Me gustaría proponer un brindis por Pete Nilsson, el hombre al que amo. El hombre que me ha salvado de mí mismo. Gracias —le susurró al oído a Peter. Y, acto seguido, se volvió hacia los invitados—. Este es un poema que significaba mucho para mí cuando era niño y que ahora, como adulto, quiero dedicar al hombre que lo es todo para mí.

> El vino entra por la boca
> y el amor entra por los ojos;
> eso es todo lo que en verdad sabemos
> antes de envejecer y morir.
> Me llevo la copa a la boca,
> te miro y suspiro.

En la iglesia, al día siguiente, Mike tomó a Pete de la mano cuando el párroco repartió la paz del Señor y no lo soltó hasta que acabó la misa. Cuando los invitados se fueron el domingo por la noche, se metió en la cama con su amante y le susurró al oído.

—Te quiero muchísimo, Pete. He sido egoísta y desagradable, pero tú no me has abandonado, aun cuando intentaba hacerte daño. Ahora sé que quiero estar contigo para siempre. Quiero hacerme viejo contigo y, si tú estás a mi lado, ya no volveré a tener miedo de la soledad. Cuando llegue la vejez, la recibiremos juntos. Me has rescatado y ahora podremos vivir eternamente.

A principios de verano, Mike enfermó de neumonía. Los médicos dijeron que era una época del año extraña para cogerla, pero que simplemente podía haber un virus por ahí y que Mike había tenido mala suerte.

DIECISIETE

1992-1993

E l destino tiene una forma curiosa de entrecruzar —o casi entrecruzar— los caminos de aquellas personas cuyas vidas, algún día, acabarán ligadas. Recuerdo la convención republicana de 1992 con bastante claridad. Al llegar a Houston el 16 de agosto, tenía el claro presentimiento de que George Bush y su partido estaban en apuros. Venía de Nueva York, de la convención de los demócratas, donde Bill Clinton había sido aclamado entre una erupción de música rock y vagas alusiones al Camelot de JFK, y entré en un Astrodome de Houston atestado de hombres de labios apretados y caras avinagradas, vestidos con trajes baratos, y pertrechados con *walkie-talkies* e insignias que proclamaban las bondades de DIOS, de la FAMILIA y de ESTADOS UNIDOS. Bush había estado en la cresta de la ola —la Unión Soviética se había desmoronado y el ejército de Estados Unidos habían liberado Kuwait—, pero ahora el país estaba sumido en una recesión y Clinton no dejaba de decir: «Es la economía, estúpido».

Michael Hess había llegado una semana antes a Houston. Aquella era su tercera convención como representante del comité republicano y, a aquellas alturas, ya se conocía la mayoría de los escollos y casi todas las formas de divertirse. Pete también había tenido que bajar un par de días por un viaje de negocios y habían pasado la tarde previa a la convención en un restaurante con otros gais que trabajaban para el partido, hablando de la sombría perspectiva política y de cómo el poderoso grupo de presión conservador había obligado a Bush a girar bruscamente a la derecha.

—Y adivinad a quién han propuesto para dar el discurso de apertura —dijo Mike—. A nuestro amigo, Patrick J. Buchanan. ¡Será un buen momento para que os escapéis de la sala y vayáis a buscar algún sitio para emborracharos!

—¿Y tú, Mike? —preguntó Pete—. ¿Tienes que estar arriba, en el estrado, mientras habla?

—Baaah —respondió Mike, sonriendo—. En cuanto empiece, saldré pitando. Volveré cuando haya acabado, por si el presidente me necesita. Luego llegará el momento de darle a la cerveza y ahogar las penas.

Pat Buchanan no defraudó. Su discurso fue un ataque intimidatorio y demagógico contra los liberales, los radicales y los aniquiladores de los valores familiares estadounidenses, y el tema de fondo era que la homosexualidad estaba poniendo en jaque al país.

—Por lo tanto, nos oponemos a la idea amoral de que las parejas de gais y lesbianas deberían tener el mismo estatus legal que los hombres y mujeres casados. Defendemos el derecho de las comunidades a controlar la morralla pura y dura de la pornografía, que contamina nuestra cultura popular. Defendemos el derecho a la vida y a la oración voluntaria en las escuelas públicas. Amigos míos, estas elecciones van mucho más allá de lo que consigue cada uno. Trata sobre lo que somos, sobre qué creemos y sobre qué defendemos como estadounidenses. En nuestro país se está librando una guerra. Una guerra cultural. ¡Una lucha por el alma de Estados Unidos!

La ovación del público hizo vibrar el Astrodome, pero el partido estaba dividido. Mary Fisher, hija adoptiva de un pudiente recaudador de fondos republicano, subió al estrado la penúltima noche para anunciar que era seropositiva y llevar a cabo un vehemente alegato en nombre de todas las víctimas del sida.

—¡Insto al Partido Republicano a que retire el velo de silencio con el que ha cubierto el tema del VIH y el sida! ¡Traigo un mensaje provocador y quiero vuestra atención, no vuestro aplauso! La realidad del sida es descarnadamente clara. Doscientos mil estadounidenses han fallecido o están a punto de hacerlo y hay más de un millón de infectados. Yo soy la representante de una comunidad de enfermos de sida cuyos miembros han sido reclutados a la fuerza en todos los segmentos de la sociedad estadounidense. Aunque soy blanca y madre y contraje la enfermedad en mi matrimonio y disfruto del apoyo y el cariño de mi familia, me solidarizo con el gay solitario que se ve obligado a proteger una llama titilante del frío aire del rechazo de su familia.

En la sala se escucharon unos cuantos aplausos, aunque el efecto de las palabras de Mary Fisher pusieron de manifiesto el fracaso republicano a la hora de actuar en relación con el sida y la arraigada homofobia del partido. En las elecciones de noviembre, George Bush fue derrotado por Bill Clinton y, el 20 de enero de 1993, el Partido Republicano abandonó la Casa Blanca por primera vez en doce años.

En primavera, la neumonía regresó. Esa vez, Mike reconoció los síntomas y acudió de inmediato al médico pero, tras dos semanas de antibióticos, seguía tosiendo y con cuarenta de fiebre. El fin de semana se fueron a Shepherdstown y Pete le hizo meterse en la cama y se sentó a su lado mientras los escalofríos se adueñaban de su cuerpo y el dolor le taladraba el pecho con cada respiración. El domingo por la mañana, al ver que Mike tenía la piel de un tono violáceo oscuro, Pete lo vistió y condujo los veinticinco kilómetros que los separaban del hospital Metropolitano de Martinsburg.

Los médicos que examinaron a Mike fueron diligentes: mandaron que le hicieran una radiografía de pecho y un análisis de sangre, y asintieron cuando llegaron los resultados.

—Bueno, señor Hess, se trata de un caso típico de neumonía lobular, como creía. Sus glóbulos blancos están por todas partes: tiene los neutrófilos altos y los linfocitos muy bajos, lo que significa que tiene un virus como una catedral.

Mike sonrió lánguidamente. Pete habló por él.

—Nunca en su vida había estado enfermo, doctor. Casi no ha tenido ni un resfriado. Esto es realmente sorprendente. ¿Tendrá que quedarse aquí mucho tiempo? Tiene un seguro del Programa Sanitario de Empleados Federales, porque trabaja para el Partido Republicano.

—Pues perfecto, entonces. Desde luego, haremos todo lo posible por un republicano —le aseguró el médico, con una sonrisa hermética.

Mike estuvo en el hospital de Martinsburg cinco días, y le suministraron suero mientras se recuperaba. Al tercer día, Pete sacó el tema que ambos tenían en mente.

—Mike, no digo esto para preocuparte y, probablemente, no sea nada. Pero ¿te has planteado que esto pueda estar relacionado... con el sida?

Mike no respondió de inmediato.

—No creo —replicó este finalmente, autoconvenciéndose—. La última vez que me hice la prueba dio negativo y ahora los médicos me han hecho otros análisis... Estoy segurísimo de que solo es una neumonía.

Pete no insistió más en el tema. Esa noche, en la soledad de la casa de Shepherdstown, se le ocurrió que era probable que tanto en Martinsburg como en toda Virginia Occidental tuvieran poca experiencia con el sida y que tal vez los médicos no hicieran pruebas sistemáticas para detectarlo, pero se quitó aquel pensamiento de la cabeza rápidamente.

Susan Kavanagh fue a visitarlo. Se inclinó y besó la mejilla sin afeitar de Mike. Tenía los labios suaves y fríos, «como un cubito de hielo», pensó, y la piel febril.

—¿Sabes, Mike? —dijo Susan—, nos tienes a todos un poco preocupados. Pete dice que estás mejorando, pero he de decirte que todavía no tienes muy buen aspecto.

—Sí, lo sé —respondió Michael, haciendo un esfuerzo—. Yo tampoco me encuentro demasiado bien. Pero me han prometido que me volveré a poner de pie y que saldré de aquí. Además, tengo que volver al trabajo. Estoy un poco preocupado por lo que estarán pensando…

Susan adivinó, por el tono de voz, lo que le preocupaba.

—¿A qué te refieres, Mike? ¿Qué van a pensar?

—Te lo plantearé de otra forma: si trabajaras donde yo trabajo y alguien enfermara de neumonía hace un año y ahora volviera a tener neumonía y estuviera ingresado en el hospital, ¿tú qué creerías?

Mike la observó. Su amiga estaba sopesando algo, mientras lo miraba fijamente.

—Pensaría que tiene sida —respondió esta, finalmente.

Mike estaba buscando la gota que colmaba el vaso.

—Vale, pero eres de Nueva York, ¿verdad? Y allí habéis visto tantos casos de sida que puede que estés sacando conclusiones precipitadas.

Antes de que pudiera responder, Mike le había dado la espalda para arreglar las flores que ella le había dejado al lado de la cama.

A Mike le dieron el alta del hospital y volvió a su trabajo en el comité republicano. Con los republicanos fuera de la Casa Blanca, el ánimo era menos eufórico, pero todavía había mucho trabajo por hacer en lo que se refería a los litigios por reordenación de todo el país. La derrota en California había sido un revés, pero otras demandas en otros estados iban llegando a los tribunales y el partido estaba ganando las suficientes como para mantener vivo el objetivo de lograr que la Cámara fuera republicana en 1994.

Las derrotas de Bush y Quayle habían hecho que se tambaleara el liderazgo y el Comité Nacional Republicano hizo un llamamiento para replantearse por completo las bases del partido. Se había producido una especie de reacción negativa en contra de los conservadores que habían secuestrado la convención de Houston, cuya intolerancia recalcitrante se consideraba la causa de que los votantes republicanos moderados hubieran huido despavoridos hacia las filas demócratas. Pat Buchanan, Jerry Falwell y Pat Robertson cayeron temporalmente en desgracia, y Gerry Hauer y Bill Bennet perdieron gran parte de su influencia. Como director jurídico, Mike tenía voz y voto en los debates políticos del comité republicano y abogaba por una mayor flexibilidad en temas sociales, aunque tenía la cabeza en otro sitio.

Todavía le quedaba una tos que lo martirizaba y no le daba tregua y, a finales de mayo, le pidió a Pete que lo acompañara a ver a un neumólogo. Mientras estaban en la sala de espera, se dieron la mano a escondidas.

Después de auscultarle el pecho a Mike y escuchar la descripción de los síntomas, el médico le dijo que le iban a hacer una radiografía del pulmón. Mientras rellenaba un formulario sobre la mesa y sin levantar la vista, le preguntó si le gustaría que le hicieran al mismo tiempo alguna otra prueba.

Mike tosió y se aclaró la garganta.

—Ah, sí. Supongo que podría hacerme también la prueba del sida… Si no le importa.

La tranquilidad de su voz le sorprendió incluso a sí mismo: acababa de solicitar un veredicto de vida o muerte como si tal cosa, como si estuviera pidiendo medio kilo de manzanas. Mientras el médico añadía otra línea al informe, Mike sintió que Pete le estrechaba la mano por debajo de la mesa y le devolvió el apretón con urgente gratitud.

El doctor dijo que tendrían los resultados a finales de semana. Los días se convirtieron en una sucesión de horas en las que parecía que no se podía pensar: empezaban a decir algo y se detenían a media frase, cualquier cosa que comentaban o decidían pronto podría verse alterada, reconsiderada y posiblemente revocada por las noticias que en breve recibirían.

El viernes por la mañana, se pusieron en marcha con una aparente y estudiada normalidad.

En el trabajo, Mike tenía que revisar tres casos para el informe de la Comisión Federal Electoral, pero no lograba concentrarse. A las once, hizo un amago de llamar a la clínica un par de veces, pero colgaba en cuanto el teléfono empezaba a sonar. A la tercera, la enfermera respondió. Cuando Mike le preguntó por los resultados, esta se quedó callada.

—Hola, señor Hess. Sí, tenemos sus resultados. ¿Podría pasarse por la clínica esta tarde? Hay un par de cosas que al doctor le gustaría comentarle —le dijo al cabo de unos instantes.

Durante una reunión que tenía por la tarde, a la que Pete estaba asistiendo pero que apenas lograba seguir, su secretaria le pasó una nota para decirle que tenía una llamada en espera.

—Malas noticias —le comunicó Mike desde el otro extremo de la línea, con voz inexpresiva—. ¿Puedes venir a buscarme? Estoy en el piso.

DIECIOCHO

1993

A Pete le llevó media hora escabullirse de la reunión. Condujo hasta el edificio de apartamentos, donde Mike lo esperaba en el vestíbulo con las maletas preparadas para el fin de semana.

No se abrazaron.

Pete volvió a deslizarse tras el volante y Mike saltó al asiento del copiloto.

La conmoción y la rabia, el miedo y el resentimiento, rivalizaban con el amor y la pena en el apretado espacio del coche.

Pete giró la llave.

—Mike...

—¿Sí, qué?

—Mike, ¿cómo has podido...?

—¿Cómo he podido *qué*? —le espetó Michael.

Pete extendió la mano para posarla sobre la rodilla de Mike, pero este la apartó.

Pisó el acelerador y se dirigió hacia la autopista GW.

—Cuéntame lo que ha dicho, Mike.

—¿A qué te refieres? Ha dicho que tengo sida, eso es lo que ha dicho.

Pete tocó el claxon y el tío de delante miró hacia atrás.

—¿Así? ¿Por teléfono?

—No, fui a verlo. Luego volví a la oficina. Pero no fui capaz de quedarme allí, así que volví a casa.

Por alguna razón, el orden de los hechos parecía súbitamente importante. Estaban evitando las cuestiones importantes, haciendo tiempo con los pequeños detalles.

—¿Y te han dicho… cómo es de grave?

Pete se percató de la futilidad de aquella pregunta. Mike levantó las manos de repente, furioso y muerto de miedo.

—¡No me jodas, Pete! Pues claro que es grave. Es el puto final, ¿vale? ¡El puto fin de todo!

Mike respiraba con pequeños sollozos que hacían que su cuerpo se contrajera. Pete sintió que los ojos se le llenaban de lágrimas por la rabia y por el mismo aterrado cóctel de emociones que se agitaba en su interior. Quería consolarlo, abofetearlo y besarlo.

—¿Y de dónde ha salido, Mike?

Aquella pregunta era fruto del miedo. Si Mike estaba infectado, *él* también debía de estarlo, pero Mike no parecía darse cuenta de ello. Su respuesta fue fruto del terror, del egocentrismo de aquel condenado hombre.

—¡Pues me lo habrás pegado tú, Pete!

Aquellas palabras eran injustas y sorprendentes, pero también reconocían que Pete formaba parte de aquel terrible acontecimiento.

El coche de delante frenó y Pete hizo chirriar los frenos y se detuvo a solo un par de centímetros de su parachoques.

—Por Dios, Mike, estás loco —dijo Pete—. Sabes perfectamente que yo no te he pegado nada… Pero, si tú lo tienes, entonces yo también, eso está claro.

—Ya —respondió Mike, medio susurrando—. Eso es lo que estaba pensando.

De pronto, las lágrimas rodaron por el rostro de Mike y Pete notó que también anegaban sus propios ojos. No podía enjugárselas porque tenía las manos en el volante y, como no podía enjugárselas, no veía bien para conducir.

—Bueno, al menos eso significa que no tendremos que envejecer —se oyó decir a sí mismo, entre lágrimas. Luego dejó escapar una risilla, como si aquello tuviera algo positivo, después de todo.

Pero la respuesta de Mike le rompió el corazón.

—Pero yo siempre he querido envejecer —gimió su pareja—. Quería envejecer *contigo*.

El fin de semana en la casa de Shepherdstown estuvo marcado por la pena y el agotamiento. Pete se temía que él también iba a tener que enfrentarse a la muerte, pero no le quedaba más remedio que esperar hasta el lunes para hacerse la prueba que confirmaría su destino. El domingo por la mañana, ya lo había asumido: iba a morir.

Mike ya era capaz de pensar con más serenidad y se disculpó por su comportamiento.

—Me volví loco —le dijo, mientras desayunaban en el porche trasero de la casa. Los caballos pastaban en el prado que descendía hasta el río—. Nunca debí decir esas cosas, nunca debí acusarte. No importa lo que sea verdad o mentira, estamos en esto juntos y lo último que necesitamos son resentimientos que nos separen.

Desde ese momento, hubo un antes y un después en sus vidas: el antes, donde la muerte era una figura retórica más allá del horizonte, y el después, donde la muerte era una realidad, una certeza que teñía la forma de pensar y de actuar.

—Ahora estoy tranquilo —murmuró Pete—. Tengo momentos en los que olvido lo que ha sucedido y es como si las cosas volvieran a ser normales.

—Sí —dijo Mike—. Como si la vida continuara tal y como era. Pero entonces... te das cuenta de la atroz y terrible realidad de que *no* seguirá adelante. De que nunca volverá a ser igual. Es como estar en el infierno.

Fueron a dar un paseo por el campo y llegaron hasta la orilla del Potomac. Pete se sentó en una roca, junto al agua, esperando que Mike se sentara a su lado, pero Mike siguió paseando por la orilla, alejándose, hasta que se volvió repentinamente hacia él.

—No sé cómo me he contagiado, Pete. Me has preguntado dónde lo había cogido, pero no lo sé, la verdad. —Mike había perdido la serenidad que había aflorado en el desayuno y volvía a sentirse atormentado y enfadado—. Eso es lo peor. No sé de dónde ha salido esto y no sé por qué me ha pasado a mí. ¡Es tan injusto, joder! No he hecho nada que otros millones de personas no hayan hecho. Entonces, ¿por qué yo? ¿Por qué lo tengo que coger yo y no ellos? —Pete no dijo nada. Mike intentó azuzarlo para que respondiera—. Estamos en los años noventa, coño, no en los ochenta, cuando todo el mundo se infectaba. ¡Es como si hubiéramos esquivado la bala en los malos tiempos y, de repente, nos salieran con estas!

Pete observó la angustia en el rostro de su pareja y notó que el resentimiento le ganaba terreno a la pena. ¿Mike no sabía dónde se había contagiado? Pues él lo tenía bastante claro. Estuvo a punto de responder: «¿Y qué me dices de todas esas noches que salías a ligar y yo nunca te preguntaba con quién ibas? ¿Qué me dices de los fines de semana en los que desaparecías y te emborrachabas, o te colocabas tanto que ni siquiera recordabas dónde habías estado?». Pero no dijo nada. A Mike lo estaba consumiendo la envidia colérica del condenado hacia aquellos que todavía tenían esperanza. A sus espaldas, la corriente del Potomac rugía en su eterna e inexorable carrera hacia el mar.

DIECINUEVE

1993

Pete abrió el sobre, le echó un vistazo a la hoja y volvió a meterla dentro inmediatamente. Le resultaba difícil definir qué sentía: alivio, sí, pero también culpabilidad, casi decepción, como si hubiera fracasado, suspendido un examen o abandonado una misión en la que, ahora, su pareja se embarcaría sin él.

Mike se quedó en silencio cuando Pete le dijo que la prueba había dado negativo.

Se tumbó en el sofá del apartamento y se quedó mirando al techo.

—Me alegro —susurró, finalmente—. Me alegro de que vayas a vivir. Me alegro de librarme de la sensación de culpabilidad por obligarte a compartir esto conmigo.

Fueron juntos a la Unidad de Enfermedades Infecciosas del hospital George Washington. Mike se registró en el servicio de apoyo a enfermos con sida. Recordó los días que había pasado esperando a que David Carlin muriera y pensó lo diferentes que eran las cosas cuando eras tú el que aguardaba a la muerte. El especialista tenía unos treinta y tantos años, llevaba gafas sin montura y parecía que guiñaba constantemente un ojo, debido a un tic.

—Bueno, señor Hess —dijo el médico con un guiño—, me temo que las cifras no son buenas. El resultado del recuento de CD4 ha dado doscientos, que es exactamente el umbral del estado más avanzado del sida. Claro que, por supuesto, eso es una mera instantánea de dónde se encuentra hoy por hoy, así que tendremos que hacerle hemogramas durante los próximos meses para ver si este disminuye a un ritmo normal, si disminuye rápidamente o si permanece estable. ¿Sabe desde cuándo puede ser seropositivo? Eso nos podría ayudar a determinar la agresividad con que se está comportando el virus. —Mike se encogió de hombros y dijo que, la verdad, no lo sabía—. No pasa nada —dijo el doctor, guiñando el ojo—. Le administraremos AZT lo más urgentemente posible. Es caro, pero veo que tiene un seguro FEHB, así que eso debería bastar. Ahora hablemos del estilo de vida. Es usted un hombre culto, así que supongo que no es necesario que insista en el tema, pero en su situación es una peligrosa fuente de contagio. No debe practicar sexo sin protección y debe tomar todas las precauciones posibles en lo que se refiere a los fluidos corporales. Por otra parte, su sistema inmunológico se encuentra gravemente debilitado y será propenso a infecciones que un hombre de su edad normalmente resistiría: sus brotes de neumonía han sido, casi con toda seguridad, solo las primeras.

En casi todos los ámbitos de su vida, Mike se relacionaba con la gente con seguridad, pero los médicos lo intimidaban. Pete ya se había dado cuenta de ello y sabía que había preguntas que Mike debía hacer.

—Yo tengo un par de preguntas, si no le importa —intervino Pete—. En primer lugar, ¿podría decirme hace cuánto tiempo que la infección está ahí? ¿Y cuál es el efecto que probablemente tenga el AZT en un caso como este?

El médico se llevó la mano a la cara, como si quisiera parar el tic que tenía en el ojo.

—No puedo responder a la primera pregunta con precisión. El virus podría llevar muchos meses en incubación, o incluso años, y no haberse manifestado hasta ahora. En cuanto al AZT, llevamos usándolo desde 1987 y no cabe duda de que ralentiza el avance del sida en pacientes que se encuentran en fases tempranas. Por desgracia, este año han hecho una investigación en Inglaterra y han llegado a la conclusión de que el medicamento no es eficaz a la hora de frenar el avance del sida en fases avanzadas. En lo que a ello respecta, señor Hess, el recuento de sus células T ya es muy bajo y no estoy seguro de que el AZT…

—En ese caso —dijo Pete, serenamente—, creo que debería decirnos cuáles son las perspectivas…

—Bueno, esa, desde luego, es una pregunta que le corresponde hacer al paciente. ¿Señor Hess?

El doctor miró a Mike, que asintió en silencio.

—Pues me temo que no tengo buenas noticias. Según mi experiencia, los pacientes con su nivel de células T han sobrevivido más o menos un año, aunque con el AZT podría llegar casi a dos.

En las semanas posteriores al diagnóstico, Mike apenas fue capaz de dormir. En los límites de la semiinconsciencia, sus pensamientos se precipitaban hacia calles estrechas y oscuras y lo llevaban a un callejón sin salida tras otro, mientras él no dejaba de buscar una que le condujera hacia la luz. Pero todo era oscuridad. Finalmente, soñó con sol y con hábitos blancos de monjas que lo rozaban suavemente al pasar. En su sueño había una puerta entornada, un rayo de luz en la oscuridad, y Mike posó la mano sobre la manilla de la puerta. Tuvo la sensación de que era uno de esos viejos cerrojos manuales que podían abrirse fácilmente. Con la mano encima, empezó a levantarlo y a imaginar la luz que había más allá.

En la oficina, enmascaraba los pensamientos que nunca lo abandonaban y se concentraba en el trabajo que le correspondía. Un día, mientras buscaba en la guía telefónica de Washington el número de un miembro de un grupo de presión político, esta se abrió por una página que contenía un listado de agencias de viaje internacionales.

Mike se planteó contarle a Mary que iba a ir a Irlanda, pero al final decidió no hacerlo. Muy poca gente sabía lo de su enfermedad —solo Pete, Susan y los médicos— y, si invitaba a Mary a ir con él, tendría que darle más explicaciones de las que quería en aquel momento. Pete le dijo que era una idea fantástica. Que le proporcionaría algo en lo que centrarse y que, al menos, podrían pasar dos semanas de vacaciones juntos en un lugar que los distraería de los problemas que tenían en casa. Durante las semanas previas a la partida, Pete se vio en la tesitura de tener que aplacar las entusiastas expectativas de Mike, que estaba casi seguro de que *esa vez* encontraría a su madre. Le preguntó cómo se sentiría si volvía a fracasar, pero Mike no lo estaba escuchando. Esa vez su búsqueda tenía un tinte de desesperación.

Para Mike, que se encontraba en el umbral de lo desconocido, la reunión con su madre era la clave que lo liberaría de la tristeza y de la pena, una última oportunidad para encontrar las respuestas al rompecabezas de su vida. «Porque si no la encuentro ahora», se decía a sí mismo, «nunca lo haré. Y tengo que descubrir quién soy, antes de dejar de serlo».

VEINTE

Agosto de 1993

Llegaron a Roscrea a principios de agosto y se alojaron en la vieja mansión que quedaba a un kilómetro y medio de la abadía de Sean Ross, al lado de la carretera. El lugar estaba regentado por dos hermanas de ochenta y tantos años cuya familia había vivido allí durante un siglo, pero que ya no tenían herederos. Grace Darcy era la mayor de ambas, se había quedado ciega y dependía de su hermana Ellen para orientarse, aunque tenía una extraña serenidad y una habilidad sobrenatural para interpretar las voces de las personas. La primera mañana, mientras desayunaban, las hermanas les preguntaron para qué habían ido a Irlanda. Mike les explicó la historia de su nacimiento y adopción, y Grace se puso muy seria.

—No es la primera vez que hospedamos a huérfanos —dijo—. Y hemos visto lo mal que lo pasan. A veces no es una buena idea buscar a una madre, a veces la cosa acaba mal.

Mike y Pete se miraron, y Mike sintió un escalofrío en la nuca.

—¿A qué… se refiere? —preguntó.

Grace sacudió la cabeza.

—A veces la cosa acaba mal.

Mike quería que Pete fuera con él a la abadía y Pete deseaba ver el lugar donde Mike había pasado los primeros años de su vida. Eran más de las once cuando aparcaron el coche de alquiler en el camino de acceso cubierto de grava, y el sol ya brillaba en lo alto del cielo. Mike llamó a la puerta de la vieja casa y una monja bastante joven, pecosa y de ojos verdes abrió de inmediato y los saludó con una sonrisa. Cuando Mike le dijo para qué estaba allí, se quedó perpleja.

—Hace veinte años o más que no hay huérfanos por aquí. No sé muy bien cómo puedo ayudarles. ¿Puede repetirme su nombre?

—Michael Hess, aunque mi nombre de nacimiento es Anthony Lee. Ese es el nombre que aparecería en sus archivos, mi verdadero nombre.

Mike sonrió para reconfortar a la chica.

—¿Podemos entrar, por favor?

Ella se apartó del umbral de la puerta para dejarles pasar.

—He hecho un largo camino desde Estados Unidos y no pienso irme de aquí sin encontrar a mi madre —anunció Michael con amabilidad, pero con convicción—. ¿Puedo hablar con la madre Barbara, por favor?

La joven monja lo miró con conmiseración.

—Lo siento —respondió—. La madre Barbara falleció hace tres años, en 1990. El 20 de julio, concretamente. Está enterrada en el cementerio de las monjas, por aquel sendero. Puede visitar su tumba al salir.

Mike no se lo esperaba. ¿Por qué no había pensado en aquello? Desde luego, era una anciana. ¿Por qué no lo había comprobado antes de recorrer todo aquel camino para una tarea que ahora parecía abocada al fracaso? Pero entonces surgió otro nombre, un nombre que había atisbado una sola vez, cuando había abierto a hurtadillas la carta de Doc para la oficina de admisiones de Notre Dame, hacía un cuarto de siglo.

—¡La hermana Hildegarde! —exclamó Michael—. La hermana Hildegarde es la mujer que gestionó mis papeles de adopción. *Ella* no ha muerto, ¿no? —preguntó acto seguido, con una mirada de aprensión.

La joven monja sonrió.

—Pues no. La hermana Hildegarde tiene ochenta y seis años, ni más ni menos, pero, gracias a Dios, sigue con nosotros. ¿Quiere que le pregunte si puede recibirlos?

A Mike le entraron ganas de abrazarla.

—Sí, hermana, vaya a preguntarle, si hace el favor. Le estaría muy agradecido.

Mike y Pete se sentaron en la salita y esperaron. Bebieron el té de las monjas, comieron las galletas de las monjas y el reloj de bronce dorado que estaba sobre la chimenea dejó pasar media hora, y luego otra media. Cuando, finalmente, sonaron unos pasos en el pasillo y la puerta chirrió al abrirse, entró una monja diminuta y frágil en zapatillas, arrastrando los pies. Aunque hubiera sido capaz de recordar la última vez que la había visto, hacía cuarenta años, Mike no la habría reconocido: la vigorosa déspota que había sembrado el miedo en los corazones de las mujeres caídas en desgracia se había convertido en una anciana etérea con el pelo blanco oculto bajo la toca de lino azul y una gruesa chaqueta de lana sobre el largo hábito, a pesar del calor que hacía aquel día de agosto. Los hombres se pusieron de pie, pero la hermana Hildegarde les hizo un gesto con la mano para que se sentaran.

—Aquí no es necesario nada de eso —declaró, con un hilillo de voz que a Mike le pareció rebosante de calidez y humanidad, y que le hizo sentirse atraído por ella.

—Hermana, muchísimas gracias por recibirnos. No sabe cuánto significa para mí.

—Entonces supongo que tú eres Anthony —replicó la hermana Hildegarde, mientras estrechaba la mano de Mike y se volvía para sonreírle a Pete—. Si no te importa, creo que Anthony y yo deberíamos hablar de esto a solas. Son momentos muy emotivos y debemos tener en cuenta los sentimientos de nuestros niños. Nuestros niños son la principal prioridad en todos nuestros actos.

Pete se levantó.

—Desde luego. Lo entiendo perfectamente. Creo que iré a echarles un vistazo a sus jardines, si no le importa.

Pete posó fugazmente la mano sobre el hombro de Mike, antes de abandonar la sala.

—Es tan reconfortante saber que usted estaba presente cuando nací —dijo Mike, mientras retiraba una silla para la hermana Hildegarde de la sencilla mesa de madera—. Estoy seguro de que debe de haber sido de gran ayuda para mi madre y para las otras chicas que acudían a ustedes.

La monja lo miró, como intentando captar un tono irónico en su voz.

—Bueno, la verdad es que las muchachas no se quedaban mucho tiempo con nosotras, pero hacíamos todo lo que podíamos por ellas.

Mike sintió un súbito arrebato de emoción. No iba a negarse a hablar con él, no se iba a repetir el estéril enfrentamiento que había tenido con la madre Barbara.

—¿Cuánto tiempo pasó mi madre aquí, hermana? —preguntó Mike—. Eso es algo que siempre me he preguntado, si yo le importaba o si simplemente me abandonó…

La hermana Hildegarde miró al hombre que estaba sentado a su lado, preguntándose si podría ubicarlo entre todos los niños con los que había tratado, y llegó a la conclusión de que sí, de que debía de ser el niño que había llevado a Shannon con la niñita que los padres adoptivos habían intentado devolver porque aseguraban que tenía una deficiencia. También recordaba a su madre, la hermosa jovencita del oeste de Newcastle que tenía una manchita en un ojo, que no dejaba de arrullar a su bebé y de revolotear alrededor de él y que se asustaba cuando se ponía enfermo.

—Pues debió de estar aquí muy poco tiempo —afirmó, finalmente—. Así eran las cosas entonces, aunque es imposible estar segura.

—Vaya. Es decir… Esperaba que… Pero, bueno, de todos modos lo que quería preguntarle es si guarda algún informe de mi madre, algo que me pueda ayudar.

La hermana Hildegarde le dedicó una mirada pesarosa.

—Desgraciadamente, Anthony, no me acuerdo de tu madre —dijo—. Pasaron muchas jóvenes por aquí en aquella época. Probablemente a tu madre nos la entregarían sus padres en las calles de Dublín, o en algún otro sitio.

El anonimato de ese «algún otro sitio» le sentó como un tiro a Mike. De repente, se sintió agotado y engañado. La hermana Hildegarde sacó un sobre del bolso.

—Aunque tengo una cosa que te puedes quedar.

Mike levantó la vista.

—Este es tu certificado de nacimiento. En él dice que naciste el 5 de julio de 1952 y que tu madre se llamaba Philomena Lee.

Mike cogió el pedazo de papel y le dio la vuelta en las manos. Vio que su nacimiento había sido registrado el 11 de julio por una tal Eileen Finnegan. Supuso que sería otra de las monjas, pero había una línea negra trazada entre los espacios de «nombre y dirección del padre» y «profesión del padre» y el formulario no contenía más información.

—Gracias, hermana. Es maravilloso tener esto, pero la verdad es que ya conocía el nombre de mi madre. ¿No tiene nada más que pueda ayudarme a encontrarla?

La hermana Hildegarde sonrió y negó con la cabeza.

—No, me temo que esto es todo.

La monja levantó la vista hacia un retrato de Cristo que había en la pared y, por primera vez, Mike tuvo la sensación de que era posible que la monja no dijera toda la verdad.

—Hermana —dijo lentamente—, me han diagnosticado… una enfermedad y me han dado solo dos años de vida. Espero que entienda esto: hay algo que deseo más que nada en el mundo, una cosa que *necesito* hacer antes de morir, y es encontrar a mi madre. Así que le pido por favor que atienda a la petición de un hombre moribundo, le ruego que se apiade de mi sufrimiento.

—Lo siento, Anthony. Me gustaría poder ayudarte, pero la verdad es que los archivos han desaparecido.

Mike percibió un atisbo de la misma intransigencia con la que se había topado cuando había ido a ver a la hermana Barbara —el modo en que la monja cerró los párpados; cómo su buena voluntad pareció esfumarse—, así que se apresuró a suavizarla.

—Hermana, por favor, créame. Solo me interesa el presente, dónde está mi madre ahora mismo. Creo que deberíamos olvidar el pasado y todo lo que ocurrió entonces. Todo eso ha acabado ya. Pero, por el amor de Dios, ¿no podría decirme adónde fue mi madre biológica cuando salió de aquí?

—Como ya he dicho —replicó la hermana Hildegarde, frunciendo el ceño—, lo he buscado en los archivos, por eso te he hecho esperar, y no he encontrado nada. Lo siento mucho.

—Pero, hermana, si sabemos que el nombre de mi madre es Philomena Lee, seguramente tendrá algún informe que diga adónde fue.

La hermana Hildegarde parecía impacientarse cada vez más.

—Muchos de los archivos se perdieron en un incendio. Tal vez puedas intentarlo en el Servicio Irlandés de Expedición de Pasaportes, pero yo no puedo ayudarte más.

—¿Y qué me dice del dinero? —inquirió Mike. Estaba desesperado y la desesperación llevaba a la rabia—. ¿Qué me dice del dinero que obtuvo de los estadounidenses que venían en busca de los bebés? ¿Y del dinero que le dieron mis padres? ¿No hay ningún archivo de todos los chanchullos y la corrupción que rodeaba todo ese asunto?

La hermana Hildegarde se levantó. Mike se levantó con ella apresuradamente, llevándose las manos a la cabeza.

—No, no se vaya, hermana. Lo siento. Es que… Es que estoy alterado por todo lo que me está sucediendo.

La monja vaciló y volvió a sentarse.

—Déjeme pedirle una cosa —dijo Mike en voz baja—. Un favor. Cuando muera, y voy a morir pronto, la mayor pena que me llevaré a la tumba es la de no haber conocido a la mujer que me trajo al mundo. Nunca he podido hablarle de la vida que he tenido ni preguntarle cuáles eran sus sentimientos hacia mí. Pero, si no puedo encontrarla en vida, tal vez pueda encontrarla tras la muerte. —Mike se quedó callado, mientras una lágrima le asomaba en un ojo y caía lentamente—. Hermana, lo que quiero pedirle es…, ¿permitiría que me enterraran en la abadía de Sean Ross? —preguntó Michael, sorbiéndose la nariz—. Porque siempre he tenido la sensación de que mi madre está tratando de encontrarme, así como yo intento encontrarla a ella. Y, si me está buscando, aquí es adonde acudirá. —Mike reflexionó un instante, intentando imaginarse el futuro, el momento en que ya sería demasiado tarde—. Y, si permite que me entierren aquí, encontrará mi tumba. Puede que eso la consuele y… ¿quién sabe? Tal vez un día pueda usar los datos de mi lápida para descubrir qué fue de mi vida. No me niegue ese favor, hermana. Se lo ruego.

La respuesta de la hermana Hildegarde, cuando por fin llegó, fue lenta y deliberada.

—Nuestro cementerio está lleno. Ya queda poco espacio para nadie más, aparte de para las hermanas, que tienen las parcelas reservadas. Pero veo que significa mucho para ti, Anthony, así que, si estás dispuesto a hacer una donación a la abadía, cuya cuantía tendremos que discutir, creo que podremos hacer algo...

Cuando Mike salió del convento, vio a Pete sentado al sol, al fondo del campo. Lo observó un instante, mientras pensaba en lo guapo y apuesto que era. Mike se acercó y, sin mediar palabra, se sentó a su lado, le rodeó la cintura con el brazo y apoyó la cabeza en su hombro.

Esa noche, durante la cena, las caseras les preguntaron cómo les había ido. Mike les contó que la hermana Hildegarde le había dicho que había intentado buscar los archivos, pero que habían desaparecido.

Grace dio un bufido.

—¡Los archivos no están porque ella los ha destruido! Los quemó todos en cuanto empezaron los escándalos, que Dios la perdone. Nunca olvidaré el olor de esa hoguera, era el olor de las almas de esos bebés elevándose hacia el cielo. Quemó sus informes y quemó sus esperanzas.

Su hermana Ellen asintió.

—Es verdad. Hace cuatro años, en 1989, la gente empezó a comentar que las monjas habían coaccionado a aquellas pobres muchachas para que entregaran a sus bebés, que obligaban a las madres a firmar terribles juramentos para impedirles ponerse en contacto con sus hijos o intentar descubrir qué había sido de ellos, que eran tan desvergonzadas que hasta habían falsificado algunas de las firmas y que obtenían grandes sumas de dinero de los estadounidenses que les compraban a los bebés. Puede que las llamaran donaciones, pero eran pagos en metálico: ¡por vender bebés que no eran suyos! Los que vivimos aquí siempre lo hemos sabido. Hildegarde McNulty quemó los informes, porque le daba miedo que la gente descubriera lo que habían hecho.

Mike y Pete regresaron al convento al día siguiente, pero les dijeron que la hermana Hildegarde estaba enferma, en la cama. Durante los dos días siguientes, recorrieron la zona en busca de guías telefónicas, visitando iglesias y cementerios. Peinaron cada hilera de tumbas buscando sepulturas familiares con el apellido de la familia Lee, pero el tío Jack de Mike, que lo había sostenido en las rodillas hacía cuarenta años y que había pasado el resto de su vida lamentando no haber huido con él, todavía vivía en la misma vivienda social de Connolly's Terrace.

El último día de su estancia, pasearon por los terrenos de la abadía de Sean Ross y se sentaron juntos en las ruinas del antiguo monasterio, al lado del viejo cementerio. El lugar estaba desierto, el mayo blanco ya no tenía lazos y el único sonido audible era el fortuito zumbido de las abejas bajo el sol veraniego y el vago susurro de las ramas del sicómoro mecidas por la brisa.

Durante una hora, permanecieron allí tumbados, en silencio. La tranquilidad del jardín parecía aplacar el espíritu de Mike y, cuando habló, parecía más contento de lo que lo había estado en muchas semanas.

—¿Pete? ¿No has notado nada en el aspecto de la gente?

Pete se incorporó.

—¿A qué te refieres?

—A que por la calle no dejo de ver a tíos que se parecen a mí. ¿No te has dado cuenta?

Pete se rio.

—¡Si todos los tíos que hay por la calle se parecieran a ti, estaría en el cielo! Pero sí, supongo que entiendo lo que quieres decir: cejas oscuras, pelo negro y esas cosas.

—Exacto. A veces miro a esa gente y es como si me mirara a mí mismo. Eso me consuela, es como si esas personas fueran mi familia y como si este hubiera sido siempre su hogar. Es el sitio al que pertenecen, y es como si yo también perteneciera a este lugar.

Pete sopesó las palabras de Mike.

—¿Por qué no hacemos las maletas y nos retiramos aquí? Podríamos comprar una granjita, olvidarnos de todo y ser nosotros mismos. ¿Qué te parece?

Mike sonrió.

—Me parece que eres un hombre maravilloso, Pete Nilsson. Muchas gracias por preocuparte por mí. Retirarme en Irlanda sería un sueño, pero ya no va a poder ser, ¿verdad?

Mike observó cómo las abejas volaban de flor en flor, acarreando polen en su ronda sin fin. El mundo seguiría girando. Las hojas caerían y nacerían otras nuevas. Se inclinó hacia Pete y lo cogió de la mano.

—Nunca vendremos a vivir aquí, ya es demasiado tarde para eso. Pero, cuando me muera, sí me gustaría regresar. Aquí es donde quiero que me entierren, justo aquí, en este cementerio al pie del viejo monasterio. ¿Te acordarás cuando llegue el momento? ¿Lo harás por mí?

VEINTIUNO

1993-1995

Cuando volvieron a Washington, Mike empezó a dormir mejor por las noches, las pesadillas se fueron haciendo cada vez menos frecuentes y, cuando las tenía, eran menos intensas. No le habló a Pete del acuerdo al que había llegado con la hermana Hildegarde, pero Pete vio su carta sobre la mesa de centro.

16 de agosto de 1993

Estimado Michael:

Te escribo esta breve nota para agradecerte tu muy generosa donación: cuando descubrí los cheques, ya te habías marchado.

Estoy encantada de que solicitaras reunirte conmigo. Siempre es agradable ver a los viejos amigos y <u>sabes que siempre serás bienvenido aquí</u>, en Sean Ross.

Que Dios te bendiga,
Hermana Hildegarde

Durante el siguiente año, Mike se entregó al trabajo. La práctica del Derecho se convirtió en su válvula de escape emocional:

sus certezas lo tranquilizaban y los éxitos le ayudaban a olvidar su calvario particular. La votación de mitad de legislatura de 1994 era el objetivo que el partido se había fijado para hacerse con la Cámara de Representantes, y Mike estaba decidido a verlo. Se decía a sí mismo que tal vez no dejaría un gran legado, pero había invertido tantos momentos de su vida en la causa republicana que hacerse con el Congreso dejaría algo tangible que le pudieran atribuir.

Durante doce meses, su salud permaneció estable. El médico del George Washington guiñaba el ojo cada vez que leía los resultados de los análisis de sangre y descubría que su nivel de células T se mantenía en torno a las doscientas. En otoño de 1994, le dio la enhorabuena.

—Señor Hess, se ha convertido en uno de mis pacientes con sida en estado avanzado que más ha sobrevivido sin sufrir ningún revés serio. Los análisis de sangre muestran que sus recuentos permanecen estables, lo que significa que el AZT está funcionando y que ha evitado todos los efectos secundarios nocivos que he visto en otros casos.

El 8 de noviembre de 1994, con un desplazamiento de cincuenta y cuatro escaños, los republicanos se hicieron con el control de la Cámara de Representantes por primera vez en cuarenta años. Muchos demócratas veteranos que anteriormente dependían de distritos que habían sido manipulados perdieron el puesto de la noche a la mañana y, sin embargo, ni un solo republicano perdió el escaño que ocupaba.

En el edificio del Comité Nacional Republicano de la calle First, a la sombra del Capitolio, los corchos de champán saltaban por los aires el día de las elecciones y las celebraciones continuaron al día siguiente. El discurso de Mike reflejaba una serena satisfacción.

—Por primera vez en la vida —le dijo a su equipo de abogados—, hemos creado un sistema electoral en el que el número de escaños obtenidos por cada partido refleja de forma fiel y justa su porcentaje de voto popular. Gracias a vuestros esfuerzos —continuó, mientras hacía un gesto con el brazo para abarcar toda la sala—, hemos acabado con gran parte de la manipulación que distorsionó las anteriores elecciones, remontándonos treinta o cuarenta años atrás. Esta noche nos ha traído no solo un cambio de manos en el control del Congreso, sino un cambio en la forma de hacer política en este país. Los medios de comunicación hablan de una revolución republicana —anunció Mike, lo que provocó una ovación—, pero lo que no dicen es que esa revolución ha sido posible gracias a los esfuerzos de personas entregadas como todos vosotros, como el difunto Roger Allan Moore y como Mark Braden, el hombre que ocupó este puesto antes que yo.

Se produjo un respetuoso aplauso y una voz se alzó desde el fondo de la sala.

—Pero ha sido *usted* quien lo ha hecho posible, jefe. ¡Usted es el hombre que lo ha logrado!

La euforia republicana duró hasta que el nuevo Congreso se reunió en enero. En Navidad y Fin de Año, Mike estuvo eufórico, ya que los líderes del partido no dejaban de felicitarlo y agasajarlo. El 4 de enero, el populista Newt Gingrich aceptó el puesto de portavoz del Congreso y comenzó de inmediato la guerra de guerrillas republicana contra el presidente Bill Clinton. El control republicano tanto del Senado como de la Cámara de Representantes le proporcionó al partido una libertad de actuación sin precedentes para sabotear algunas de las medidas liberales que Clinton había intentado introducir, incluida la asistencia sanitaria universal y un control más estricto de las armas, y dio lugar al resurgimiento de la derecha religiosa conservadora. De pronto, Falwell, Buchanan y Robertson habían vuelto y las campañas en contra del aborto, de los derechos de las mujeres y del matrimonio de personas del mismo sexo volvían a salir a la palestra.

En enero, Mike recibió varias cartas y correos electrónicos de amigos republicanos que le daban la enhorabuena por ayudar a urdir el resurgimiento del partido, y de amigos gais que le expresaban su horror por el papel que había tenido al ayudar a los conservadores a volver a hacerse con el poder. A finales de mes, llegó un día a casa del trabajo con aspecto atormentado y exhausto.

—¿Qué he hecho, Pete? —dijo—. He sido tan estúpido: entregar mi vida a ese maldito partido. No puedo explicarte lo despreciables que son. He mirado para otro lado durante demasiado tiempo. Debía de estar ciego… O cegado por la ostentación y el poder, porque nunca llegué a centrarme en lo que son realmente.

Pete se situó de pie a sus espaldas y le puso las manos sobre los hombros.

—¿Qué pasa, Mike? —le preguntó, masajeándole el cuello—. ¿Por qué estás tan tenso? ¿No podemos hacer nada para solucionarlo?

—Es por el proyecto de ley antigay que Jesse Helms está introduciendo en nombre del partido. Es tan radical que hasta los «Catetos Moralistas» tienen sus reservas. Permite que las agencias federales y los jefes discriminen a los gais: cualquier persona empleada por el Gobierno Federal puede ser despedida simplemente por ser gay.

Pete cogió la mano de Mike y la acarició con dulzura.

—Eso es terrible. Pero no es mucho peor que todo lo que llevan años haciendo, ¿no? Y a nosotros no nos va a afectar, así que ¿por qué te preocupa tanto?

Pero Mike estaba *muy* preocupado. Sacó del bolsillo un correo electrónico impreso con fecha de esa misma tarde. Pete lo leyó, cada vez más intranquilo.

Para Michael Hess.

Que sepas que, si el proyecto de ley Helms es aprobado por el Congreso, tú serás el primero en sufrir las consecuencias. Has ayudado y apoyado a ese partido de fanáticos, has permanecido al margen mientras dejaban morir a los gais de Estados Unidos y has invocado la ira de Dios para que esta cayera sobre ellos. Ahora te toca a ti experimentar su ira cuando los medios de comunicación descubran que el director jurídico de los republicanos es gay: ya veremos a quién despiden entonces.

Atentamente, un amigo.

A mediados de febrero, Mike comenzó a sentirse mal. Una tarde empezó a tener un poco de fiebre y, a la mañana siguiente, seguía sin encontrarse bien. Se miró en el espejo del baño y lo vio: se trataba de algo tan inofensivo que bien podía haberlo pasado por alto. Era una pálida roncha rojiza, situada centímetro y medio por debajo del pezón derecho. Cuando la tocó, le molestó un poco y notó que estaba ligeramente abultada, como un moretón. Se pasó los dedos por la barriga y por el cuello, se volvió para examinarse la espalda, levantó los brazos y vio que otras dos lesiones habían aparecido en la suave piel de las axilas.

Mike se duchó y se vistió lentamente. Cuando salió, le dijo a Pete que ya se encontraba mucho mejor.

—Volveré tarde a casa, pero no te preocupes, no pasa nada —le gritó mientras se marchaba.

Esa noche, cuando Mike llegó de trabajar, Pete lo recibió en la puerta y le dio un abrazo.

—¿Has ido a ver al doctor? —preguntó.

Mike había enterrado la cara en el hombro derecho de Pete y así continuaron, abrazados con fuerza y sin mirarse a los ojos. Así era más fácil para ambos, era más fácil decir las cosas importantes, difíciles y saturadas del espectro de la separación.

—Sí. Las cifras han descendido. Ahora tengo algunas lesiones. Probablemente sea Kaposi. Van a hacerme un escáner, pero creo que es el final de la partida.

La inexpresividad de la voz de Mike y la serena enumeración de aquellos síntomas fatales aportaron al momento una falsa calma. Pero luego empezaron a llorar, todavía entrelazados en el abrazo que les daba esperanza y fuerza. Sollozaban casi a su pesar. Llorar socavaba la vieja ficción de que nada había cambiado y de que la vida continuaría. Reconocía una pérdida que ya no podía seguir posponiéndose.

Su relación acusaba la presión. Ya no eran una pareja en igualdad de condiciones. Mike estaba resentido —el resentimiento del enfermo hacia el sano—, aunque lo disimulaba, y Pete estaba ansioso. Se demostraban afecto, se besaban y se abrazaban, pero el sexo estaba proscrito y su ausencia era un mal presagio. Sin embargo, seguían siendo fieles el uno al otro, y Pete, con la sensación de que las cosas estaban llegando a su fin, intentaba hacer lo que podía por Mike, mientras todavía había tiempo.

—¿Quieres volver otra vez a Irlanda?

Mike se lo pensó un instante y negó con la cabeza.

—No tiene sentido, Pete. Es demasiado tarde para perseguir sueños.

Todas las semanas había malas noticias. El recuento de células T de Mike descendía de forma alarmante, luego se recuperaba para volver a caer de nuevo más todavía. Tras doce meses con una salud extraordinaria, su estado se deterioraba rápidamente. Tosía y perdía peso, tenía el cuerpo lleno de zonas descoloridas donde las lesiones iban y venían, empezaba a tener las yemas de los dedos negras y su rostro había adquirido un aspecto demacrado y cetrino, el distintivo de la pertenencia a la hermandad del sida. Cuanto más se hundía, más alta era la montaña de medicamentos que ingería: en la primavera de 1995 tomaba ya tantas pastillas que necesitaba hacer una tabla para controlarlas.

Los médicos del hospital George Washington le ofrecieron psicoterapia, pero la rechazó.

—La psicoterapia es para fracasados. Si tengo que pasar por esto, lo haré a mi manera —le espetó a Pete cuando este intentó convencerlo.

No habían hablado de la muerte y Pete sospechaba que le estaba dando una pista.

—¿*Si* tienes que pasar por esto, Mike?

Pero Mike rectificó.

—Si, si, si…, todo son «sis». Ni siquiera tiene sentido hablar de ello. Seguiré tomando la medicación, así que no puede haber excusas, pero no creo que puedan hacer ya mucho más por mí.

Cuando Mike pensaba en cómo estaba reaccionando ante lo que le estaba sucediendo, creía que su resignación era un ejemplo de valentía, no de cobardía. O eso esperaba. Tenía la sensación de que Pete quería que siguiera intentándolo, que siguiera luchando, pero estaba muy cansado. La presencia de la muerte imponía una lógica serena y lúcida. Había intentado explicárselo a Pete, pero Pete solo quería que siguiera viviendo. A medida que las flores de los cerezos se desplegaban a lo largo del Mall y el Capitolio se teñía de rosa bajo el sol primaveral, parecía que solo les quedaba despedirse.

Pero entonces, la cruel esperanza regresó.

Desde comienzos de año, habían estado circulando en la prensa médica informes de una nueva generación de medicamentos. Todos los artículos que Mike leía hacían hincapié en que estaban solo en fase de desarrollo y en que pasarían meses, o incluso años, hasta que estuvieran disponibles, por lo que la carta que recibió a mediados de marzo le hizo sentir pánico.

Después de todo lo que había luchado para aceptar que iba a morir, le resultaba casi imposible hacerse a la idea de que ahora podría vivir.

Se trataba de un estudio aleatorio, doble ciego, controlado con placebo para mil doscientos pacientes con sida en estado avanzado —ni siquiera los médicos sabrían quién tomaba los nuevos antirretrovirales y quién tomaría las pastillas de azúcar— y la carta insistía en que todos aquellos que accedieran a participar en él tendrían que aceptar dichas condiciones. Mike leyó los términos de la propuesta, cuidadosamente elaborada en cautelosa jerga legal con cláusulas y subcláusulas pulcramente ordenadas, y la desterró a una esquina del escritorio. Durante la semana siguiente, estuvo inquieto, preocupado por el hecho de que le resultara más fácil enfrentarse a la certidumbre que a la esperanza.

El lunes siguiente tenía una cita en el hospital que duró todo el día. Cuando volvió, se abrió la camisa de un tirón.

—¡Tachán! —exclamó triunfante, mientras mostraba la vía que le habían puesto en el pecho, un fino catéter de plástico blanco que emergía de su pecho, sobre el pezón, con tres uniones transparentes acopladas. Al ver aquella cosa pegada al cuerpo de Mike, Pete se mareó, pero Mike estaba exultante—. ¡Me he apuntado, Pete! No te había dicho que iba a hacerlo. Me han pedido que pruebe ese nuevo tratamiento. ¡Puede que no te libres de mí tan pronto como creías!

Mike se puso a explicarle que los nuevos medicamentos le proporcionarían un cóctel de proteasa y de inhibidores de transcriptasa inversa conocida como Terapia Antirretroviral de Gran Actividad o TARGA que, al parecer, reduciría los virus en el cuerpo y ayudaría a normalizar el recuento de glóbulos rojos y blancos. Había pasado tanto tiempo investigando sobre los avances de los tratamientos del sida que casi sabía tanto como los médicos y parecía estar convencido de que aquellas nuevas medicinas eran una especie de salvavidas.

Pete escuchó las explicaciones, hizo algunas preguntas y le dijo que era una noticia maravillosa que lo hubieran seleccionado para los ensayos.

—Pero, Mike —le dijo—, solo funcionará si te administran los verdaderos medicamentos y no los placebos. ¿No crees que dejar todo en manos de la suerte es demasiado arriesgado cuando es una cuestión de vida o muerte?

Mike lo miró inexpresivamente.

—¿Qué otra alternativa tengo? He firmado el formulario para dar el consentimiento a las condiciones exigidas. Y, de todos modos, ni siquiera los médicos saben cuál es cuál.

VEINTIDÓS

1995

En marzo, Mike llamó a Mary para invitarla a la casa de Shepherdstown en Pascua. Llevaba un par de semanas con la nueva medicación y, aunque su estado físico no había mejorado, el mero hecho de pensar que se estaba haciendo algo le dio un empujón psicológico que, a su vez, le proporcionó fuerzas para hablar.

En cuanto Mary escuchó su voz, supo que algo iba mal. Mike parecía excitado y nervioso, no dejaba de repetir que *tenía* que ir a verlo e incluso empezó a hablarle de los detalles del viaje y a comentarle los horarios de los vuelos mientras insistía en que él le pagaría el billete de avión.

Mary también tenía algo que contarle: había roto recientemente con el padre de Nathan, pero había un hombre nuevo en su vida. Estaba muy enamorada de George y quería que este conociera a su hermano.

—Claro, deberías traértelo —la animó Mike—. Cuantos más, mejor. Me alegro mucho por ti.

La Semana Santa caía a mediados de abril. El jueves anterior, Mary y George volaron de Tampa al Washington National y Pete fue al aeropuerto a recogerlos. Mary esperaba que Mike también estuviera allí, pero su pareja le dijo que no había podido ir. En el viaje en coche a Virginia Occidental, Mary se sentó delante y empezó a hablar de la vida para intentar sonsacar a Pete, pero lo único que este le decía era que le preguntara a Mike.

Su hermano salió al porche delantero a recibirlos. Cuando Mary lo vio, se mordió el labio. Estaba flaco y encorvado, y su vieja chaqueta de jugar a los bolos colgaba floja sobre su estructura consumida. Le entraron ganas de llorar, pero recobró la compostura y le dio un abrazo.

—Me alegro de verte, hermanito. ¿Estás bien?

Mike hizo un esfuerzo para sonreír y Mary vio que tenía lágrimas en los ojos. Pero las contuvo y le tendió una mano a George.

—Entrad, chicos. Os vendrá bien un café y tengo una mermelada de frambuesa que quiero que probéis: con ella gané el primer premio en la feria de Shepherdstown. Aunque, claro, solo participábamos la señora Van Rooen y yo.

Mike empezó a revolotear alrededor de sus invitados, mientras escuchaba las historias de Mary sobre Nathan y sobre Doc, que tenía una nueva amiga con la que estaba pensando irse a vivir. Aun así, no dejaba de mirar a Mary sonriendo y, después de servirles las bebidas, se sentó a su lado y le acarició el pelo con los dedos.

—¿Sabes, hermanita? Cuando éramos niños no me imaginaba que, cuando fuera mayor, tendría una hermana con unos rizos rubios tan bonitos.

Mary se rio por primera vez desde que habían llegado.

—Son las maravillas del agua oxigenada, Mikey. Te quita las canas en un tris. Sin embargo, parece que tú sigues teniendo el cabello negro y bonito.

Mike se llevó la mano a la cabeza y se la pasó sobre el cuero cabelludo rapado como si temiera descubrir algo inesperado y terrible, antes de esbozar una radiante sonrisa.

—Escuchad, chicos —anunció—. Quiero decir una cosa. No me hagas caso, George, es que hace mucho tiempo que no la veo. Me gustaría que supieras lo encantado que estoy, lo feliz que me hace tenerte aquí —le aseguró Mike a su hermana. Tragó saliva—. He estado pensando mucho en nuestra infancia, en cómo crecimos juntos, y quiero que sepas lo felices que son para mí esos recuerdos. Es mucho lo que te debo por todos estos años y aprecio de verdad que estés aquí por mí. Pensarás que estoy siendo un poco cursi. Tal vez. Pero lo que quiero decir es que te quiero muchísimo, hermanita.

Mike miró hacia el techo. Mary sacó el pañuelo y salió corriendo al porche.

Un minuto más tarde, Mike fue a reunirse con ella.

—Eh, hermanita, no quería hacerte llorar…

Mary lo miró y esbozó una sonrisa entre el mar de lágrimas. Tras aquella máscara de enfermo, tras los ojos hundidos y las mejillas cetrinas, podía ver al Mike de hacía tanto tiempo, al niño cariñoso que había sido enterrado bajo la dura corteza de la vida. Era posible que la vida lo hubiera convertido en una persona hostil o incluso amargada pero, en el fondo, seguía siendo el niñito curioso de siempre.

—Mikey —dijo Mary, sorbiéndose las lágrimas—. Es tan bonito lo que has dicho… Me ha hecho tan feliz y… y tan desgraciada…

Mike la cogió del brazo y se apoyaron juntos en la barandilla del porche, mientras observaban los tranquilos prados verdes.

—¿Sabes? Las cosas no han sido fáciles —confesó Mike—. He estado un poco enfermo… En realidad muy enfermo, Mary. Tengo sida.

Mary empezó a sollozar.

—Mikey, lo sabía. *Sabía* que las cosas no iban bien. Lo supe de inmediato. Mikey, pobre, pobre Mikey…

Pero Mike la tomó del brazo y negó con la cabeza.

—No, espera, hermanita. Eso no es todo. Hay buenas noticias, por eso te he pedido que vinieras. Han encontrado unos nuevos medicamentos y me han elegido para probarlos, así que hay esperanza. Y tengo la sensación de que lo voy a conseguir, ¿sabes cuando tienes una corazonada de esas que no suelen fallar?

Mary le apretó la mano y se obligó a sonreír, pero no fue capaz de articular palabra.

Durante los días posteriores, la hermana de Mike pudo comprobar cuánto había cambiado este, hasta qué punto se había atrofiado. Se movía arrastrando los pies, cuando antes prácticamente brincaba, y tenía que sentarse a menudo a recobrar el aliento. Ya no se hacía cargo de la cocina con su antiguo celo dictatorial, Pete se encargaba ahora de preparar la comida, y pasaba mucho tiempo acurrucado en el sofá con sus perros, Cashel y Finn McCool.

Pero, a pesar de los dolores que sufría, Mike continuaba en la brecha: le enseñó a Mary la vía que llevaba pegada al pecho y le mostró todos los medicamentos que tomaba y que estaban guardados en un refrigerador médico en el vestíbulo. Se sentaron en el porche a hablar, como hacían en Rockford cuando eran niños. Se rieron de viejos recuerdos y se preguntaron qué pensarían sus compañeros de clase de Boylan si supieran que el pequeño Mikey Hess había ascendido hasta las altas esferas más poderosas e influyentes de la Casa Blanca. Mary le dijo lo orgullosa que estaba de él y, por un momento, la nube que se cernía sobre ellos pareció dispersarse, aunque no por mucho tiempo.

—Mikey —le preguntó Mary—, ¿le has contado a alguien, me refiero a Doc o a los chicos, que estás enfermo?

Mike negó con la cabeza.

—Entonces, supongo que no quieres que diga nada, ¿no? Y, Mikey, ¿le has dicho a alguno de ellos que eres gay?

Mike se encogió de hombros.

—La verdad es que creo que no tiene sentido. A ninguno le importaría un bledo. Ni eso, ni yo. Puede que llame a James y hable con él algún día: es el único que me escucharía.

La conversación volvía una y otra vez a Irlanda, y Mike le habló a Mary del último viaje que había hecho allí.

—Es lo que más lamentaré siempre, no haber encontrado a mi madre. Supongo que es posible que haya muerto o que se haya ido y haya rehecho su vida, pero algo me dice que no, algo me dice que está viva y que no se ha olvidado de mí. ¿Sabes, Mary? Deberías ir a buscar a tu madre mientras puedas: es lo único que te puede cambiar la vida.

Ya que estaban en Washington, Mary y George querían sacar el mayor partido al viaje, así que alquilaron un coche y se fueron a hacer turismo un par de semanas. Luego regresaron a Shepherdstown antes de bajar a Florida, y a Mary le pareció que Mike se encontraba peor.

Pete estaba de acuerdo con ella.

—No creo que los medicamentos estén funcionando. Creo que ha tenido mala suerte y que le están administrando el placebo en lugar de la verdadera medicina. Pero, cuando trato de convencerlo para que retome la verdadera medicación, dice que no quiere discutir con los médicos. Y lo más triste es que él cree que está mejorando.

En las semanas posteriores a la visita de Mary, a Mike lo visitaron también todas las plagas que había evitado con tanto éxito durante los primeros doce meses. Tenía constantes dolores de cabeza, mareos y náuseas. Las puntas de sus dedos estaban tan negras que parecía que llevaba laca de uñas. Los músculos de sus brazos y de sus piernas se habían consumido a la mínima expresión, tenía constantemente problemas de hígado y se le estaba empezando a caer el pelo. Pete tenía la sensación de que Mike se estaba consumiendo ante sus propios ojos y que, un día, simplemente se desvanecería en la nada.

Al principio, Mike se había esforzado en no perder ni un solo día de trabajo: la idea obsesiva de que el partido podía descubrir que tenía sida y que podría perder el trabajo nunca lo abandonaba y, a menudo, iba a la oficina cuando debería quedarse en casa, en la cama. A principios de verano, había dejado de fingir. Tenía que pasar cada vez más tiempo en el hospital —tres días por aquí, cuatro días por allá—, durante los cuales reunía las fuerzas suficientes como para que le dieran el alta, y luego empezaba nuevamente el lento declive que volvería a llevarlo ante las mismas puertas, a la misma sala y, a menudo, a la misma cama.

El miedo que tenía a lo que pensarían sus compañeros de sus ausencias, cada vez más habituales, resultó ser infundado. Lejos de despedirlo, el comité republicano le enviaba mensajes de apoyo y de ánimo. Había otros gais en el comité, como el director financiero, Jay Banning, y Mark Clacton, del equipo de reordenación, que estaban siendo especialmente solícitos a la hora de asumir la carga de trabajo de Mike, pero también sus compañeros heterosexuales, tanto hombres como mujeres, se apresuraron a enviarle sus condolencias. Era imposible que no supieran que tenía sida, pero nunca vacilaron a la hora de apoyarlo. Mientras permanecía postrado en el hospital George Washington con suero en los brazos y máquinas que monitorizaban sus órganos, Mike se maravillaba de la humanidad de los individuos que lideraban a los republicanos y de la falta de humanidad de las políticas que salían de ellos. Eran buena gente, aunque casi ninguno se posicionaba en contra de las políticas que deshonraban el nombre de su partido.

En julio, Mike pasó más tiempo fuera del trabajo que en la oficina. Tenía que asistir en Filadelfia a una reunión de planificación de la convención del año siguiente de tres días de duración, pero el día que debía emprender el viaje se sentía cansado y tenía náuseas. Pete le dijo que se quedara en casa, pero Mike insistió en ir. Puede que no viviera para participar en la convención, pero estaba decidido a contribuir a ella: sería como extender su propia vida.

Pero el cuerpo agotado de Mike no estaba por la labor. La primera mañana se desmayó en la sala de reuniones y lo llevaron en limusina al tren para que volviera a casa. Una vez en Washington, en Union Station, salió tambaleándose del vagón, con el cuerpo encorvado bajo el peso de la bolsa, y saludó con la mano a Pete. Al ver cómo la cara de este se descomponía, luchó para contener una lágrima. Mientras Pete lo llevaba en coche al hospital George Washington, tuvo la corazonada de que era la última vez que hacían aquel viaje. Pero cuando lo conectaron a los goteros pareció recobrarse y, al cabo de veinticuatro horas, ya era capaz de sentarse y de hablar con las enfermeras. A Mike, el tipo que estaba en la cama de al lado le resultaba familiar. Cuando cruzaron la mirada, captó un brillo en los ojos del otro hombre, como si él también lo hubiera reconocido.

—Hola —logró articular Mike—. Nos conocemos, ¿verdad? Michael Hess.

—¡Dios mío, Michael Hess! Nos conocimos en la fiesta de Old Town Alexandria. Soy yo, Rudy Kellerman. ¡No te habría reconocido ni en un millón de años, tienes un aspecto horrible!

A Mike le vino a la cabeza la imagen de aquel tipo bajito y rechoncho, con prognatismo, que lo había arengado sobre las políticas de la Administración en relación con el sida la noche en que lo habían nombrado director jurídico.

—La verdad es que tú tampoco tienes muy buen aspecto —replicó Mike—. Lo único positivo que puedo decirte es que has adelgazado bastante desde la última vez que te vi.

—Y que lo digas —dijo Rudy, pesaroso—. Es una dieta que se llama «adelgaza hasta la muerte», parece que ambos la estamos siguiendo.

Se hizo el silencio, mientras los dos hombres invocaban recuerdos de resentimiento mutuo que se negaban a borrar, incluso en la terrible situación que compartían.

—¿Quieres leer esta revista? —le preguntó Rudy, finalmente—. Trae un artículo bastante bueno sobre uno de los tuyos: Arthur Finkelstein. ¿Lo conoces? —Mike le dijo que por supuesto que lo conocía. Finkelstein era uno de los principales estrategas republicanos y trabajaba con senadores de la derecha conservadora como Jesse Helms y Don Nickles—. ¡Pues, al parecer, el tío es gay! —anunció Rudy—. Lleva veinte años viviendo con su pareja y con dos niños adoptados en una mansión de Massachusetts. ¡Y luego os pasáis el día echando pestes de los homosexuales, vapuleando a los gais! —Mike le echó un vistazo al ejemplar de la *Boston Magazine*. En el artículo, lo sacaban cruelmente del armario y hacían un listado de los votos registrados de los senadores a los que Finkelstein había asesorado: todos ellos se habían opuesto al proyecto de Ley de Antidiscriminación Gay de Clinton, todos habían votado en contra de la igualdad de derechos de los homosexuales para contraer matrimonio y todos habían apoyado la enmienda Helms en relación con los empleados federales—. Así que dime, Michael —continuó Rudy—, ¿cómo puede dormir por las noches un tío como Finkelstein? ¿Se odia tanto por ser gay que descarga la aversión a sí mismo sobre el resto de nosotros? ¿Se unió a los republicanos porque era la plataforma que necesitaba para flagelar al homosexual que lleva dentro y que tanto desprecia?

Mike se revolvió en la cama.

—Oye, yo no sé lo que piensa Finkelstein. Y no puedo hablar en nombre del partido.

—Pero puedes hablar en tu propio nombre, ¿no? —bufó Rudy—. ¿O es que solo cumplías órdenes, como los nazis de Núremberg? Es culpa *tuya* que estemos aquí muriéndonos, Michael. Eres tú quien nos ha condenado a muerte, a nosotros y a millones de personas más, porque *tu* partido consideraba que el sida era un castigo justo para los gais. ¿Cómo te sientes al saber que los medicamentos que podrían curarnos están ya ahí, que puede que lleguen en unos cuantos meses, pero que esos meses serán *demasiados* para nosotros, porque los malditos republicanos no empezaron a invertir dinero en encontrar una cura hasta que fue demasiado tarde?

La discusión siguió y siguió. A Mike, aquella conversación le parecía enervante y desagradable. Odiaba el tono intimidatorio de Rudy; no podía huir de sus acusaciones ni de su mirada. Cuando Pete llegó para llevárselo a casa, Mike suspiró aliviado. Se sentó mirando al frente mientras los alrededores de Washington se fundían con el exuberante verde de los bosques de la orilla opuesta del Potomac.

—¿Pete? Creo que deberíamos ir a ver a los abogados. ¿Podrías acompañarme?

VEINTITRÉS

1995

Hacía años que Doris White era la abogada de Mike y Pete. Le caían bien «los chicos», como ella los llamaba, y se quedó muda de asombro al ver el cambio que había experimentado Mike.

—¡Pero, bueno, Michael! —exclamó, apresurándose a acercarle una silla y observándolo horrorizada mientras él dejaba caer su cuerpo esquelético sobre ella—. ¿Estás bien, cielo? ¿Qué te traigo? ¿Un café? ¿Algo de comer? Desde luego, parece que no te vendría mal.

Mike sonrió.

—Gracias por tu amabilidad, pero no creo que el café pueda ayudarme. He venido a preguntarte si me ayudarías a redactar el testamento.

Doris fue a coger algunos archivos de un armario, regresó a la mesa y miró a Mike a los ojos.

—Pues claro que te ayudaré, Michael, no entraña ninguna dificultad —respondió, vacilante—. Pero antes quiero... Me gustaría que supieras que siento mucho... verte así. Yo siempre os he considerado... Bueno, os tengo cariño. Tú no..., no te mereces esto —dijo, y empezó a toser—. Vaya, lo siento mucho. Ahora cuéntame, ¿qué beneficiarios tienes en mente?

Mike repasó sus posesiones. La casa de Virginia Occidental con sus cuatro hectáreas de terreno, se la dejó íntegramente a «Peter J. Nilsson, amigo, soltero». También legó a Pete el dinero de la póliza de su seguro de vida, sus efectos personales, las joyas, la cubertería de plata, los muebles, los cuadros, los libros, las obras de arte, los coches y cualquier otro bien tangible personal. A «Mary Harris, hermana», le legó el noventa por ciento de la herencia restante y todos los bonos del tesoro de Estados Unidos. El otro diez por ciento iría a un lugar de Irlanda, del que deletreó el nombre y la dirección: «Abadía de Sean Ross de Roscrea, condado de Tipperary».

Cuando finalizó con todas las cuestiones legales, Mike estaba exhausto.

—Veo que no le has dejado nada a tu padre, el doctor Hess, ni a tus hermanos —observó Doris—. Eso es cosa tuya, por supuesto, pero tengo que comprobar que es realmente tu voluntad.

Mike estaba encorvado en la silla, pálido y frágil.

—Doris, esa es mi voluntad. Tal vez deberíamos añadir otra cláusula para evitar las dudas. ¿Puedes poner: «Ha sido de forma intencionada que no he dispuesto legado alguno para mi padre y hermanos, ni para ninguno de sus descendientes directos, en el presente testamento»? Eso dejará las cosas claras.

Doris le preguntó si tenía alguna otra pregunta antes de hacer que transcribieran los documentos a máquina.

—Solo una cosa —respondió Mike—. Me preocupa que Doc intente llevarme a Iowa para enterrarme en el panteón familiar de los Hess y eso es algo que no quiero que suceda. Pete sabe cuáles son mis deseos sobre el lugar donde quiero descansar eternamente, pero me preocupa que Doc alegue sus derechos de paternidad: lo intentará y lo impugnará. ¿Hay alguna forma legal de asegurarse de que hagan conmigo lo correcto, cuando me haya ido?

Las copias del original de la última voluntad y el testamento de Michael A. Hess llegaron por correo al cabo de una semana. La carta de Doris White que las acompañaba era un poco pesarosa.

> Hemos investigado la ley del distrito de Columbia en relación con el control de la disposición de los restos de las personas. Por desgracia, no existe ningún estatuto ni otra ley que proteja el derecho de alguien a determinar cómo desea que sean tratados sus restos. Tu padre, como heredero legítimo, tendrá, efectivamente, el poder de determinar qué hacer con tus restos. En la práctica, sin embargo, prepararlo todo con antelación, incluido el previo pago de los costes, suele ayudar a asegurar que se respete tu preferencia. Una vez que todo está arreglado y pagado previamente, los miembros de la familia suelen negarse a pagar los costes adicionales que implica el cambio de dichos arreglos. Por ello, te recomendamos que lo soluciones todo ahora y pagues por adelantado la totalidad de los gastos. Si no tienes ningún otro contacto, puedes probar con DeVol Funeral Home, en el 2222 de la avenida Wisconsin, N. W., Washington, D. C. También hacen gestiones en Virginia Occidental.
>
> Si podemos ayudarte en algo más, por favor, no dudes en llamarnos.
>
> Con cariño, atentamente,
>
> Doris White

Mike se quedó sentado, en silencio, después de leer la carta de Doris. Pete estaba en la mesa del desayuno fingiendo leer el *Post*, pero Mike sabía que estaba esperando a que dijera algo.

—Bueno, ya está, Pete. Este papel de aquí dice que te lego mis bienes materiales —anunció Mike. Luego suspiró y sonrió—. Y mi corazón dice que te lego mi amor eterno —añadió, mientras sentía que las lágrimas le anegaban los ojos y su garganta se tensaba—. Siento que no nos hayamos podido casar. ¡Menuda boda habríamos tenido! Podríamos haber invitado a todos al jardín de casa y así tendrías un aniversario que recordar y celebrar.

Pete fue a sentarse en el sofá. Mike apenas era capaz de levantar el brazo para cogerle la mano.

—La carta es por lo de los restos. Toma, léela. Pero ¿qué quedará de *mí*? ¿Tú qué crees? ¿De mi verdadero yo?

Pete le dio un beso en la mejilla.

—*Tú* nunca te irás, Mike. Te quedarás conmigo. Siempre te echaré de menos y siempre te querré.

—Gracias —respondió Mike, con voz temblorosa—. Te echaré de menos —añadió, y aquella extraña idea le hizo sonreír involuntariamente—, pero a mí no. Porque la verdad es que nunca he sabido *quién* soy. Esto me ha hecho pensar en el pasado —dijo, señalando el documento que tenía sobre las rodillas— y me da la sensación de que nunca he encontrado un sitio en el que encajara.

Pete iba a hacer una objeción, pero Mike negó con la cabeza.

—Siempre he sido huérfano. Nunca he tenido ningún lazo que me uniera a este mundo y, cuando traté de encontrar alguno, las monjas me dieron la espalda. Luego intenté forjarme una identidad, pero todo salió mal. El partido me proporcionó un lugar al que creía pertenecer, pero Rudy tiene razón: tuve que venderme para conseguirlo. Y lo que más quería en este mundo era el amor y el consuelo que me proporcionaban estar contigo, Pete. Pero lo arruiné todo al hacer… esto —manifestó, señalando débilmente su cuerpo exangüe—. Te quiero, Pete. Siempre te he querido, pero lo he echado a perder y la muerte pondrá punto final al amor.

La última semana que Mike pasó en la casa de Shepherdstown fue muy dura. Escuchaba música, empezaba a beber por las mañanas y pasaba las tardes llamando a los amigos. A menudo volvía a llamarlos al día siguiente para disculparse por la rabia, la desesperación o la autocompasión de la llamada del día anterior.

Por la tarde, cuando Pete regresaba a casa, se encontraba a Mike tumbado en el sofá. Le ofrecía la mano, y Mike a veces la cogía y otras no. Aunque parecía no tener mucho sentido preguntarle si estaba bien, Pete lo hacía de todos modos. Si Mike quería que lo consolara, sonreía y le preguntaba a Pete cómo le había ido el día. Pero la mayoría de las veces no estaba abierto a la compasión, ponía mala cara y se volvía hacia la pared. Peter sabía que no debía insistir en hablar y buscaba otros caminos —rodeos sutiles, cariñosas tretas— que le permitieran entrar en el mundo interior de Mike. A veces se limitaba a irse a la cocina y preparaba los ingredientes para hacer sus platos favoritos: una bullabesa o *carré* de ternera con jengibre y cebolletas. La intensidad de los aromas —el agudo y fuerte olor a mar del pescado en ebullición, la envolvente calidez de la carne asada a fuego lento— despertaba recuerdos en Mike que lo animaban. Se levantaba del sofá e iba arrastrando los pies hasta la cocina con las gruesas zapatillas de fieltro. Luego, en silencio, le ponía a Pete una mano sobre el hombro: la señal del armisticio, la señal de que deseaba el consuelo que antes había rechazado.

El lunes 7 de agosto, a media tarde, Mike se cayó y se quedó tendido e indefenso sobre el suelo de madera de la sala de estar durante más de una hora, hasta que fue capaz de arrastrarse hasta el teléfono. Pete cogió el coche y se dirigió de inmediato a casa para volver a hacer juntos aquel viaje ya tan familiar a Washington, pasando por Parkway, Key Bridge y la calle K, hasta la entrada de urgencias del hospital George Washington. El especialista que había estado tratando a Mike hizo una mueca al ver el estado en el que se encontraba. Lo llevaron a una sala privada de la unidad de monitorización, donde permaneció los seis días siguientes. El domingo 13 de agosto por la mañana, como su estado había mejorado un poco, lo pasaron a una habitación normal. El traslado le subió el ánimo y empezó a hablar con optimismo de unas vacaciones en Italia. Pete se fue a casa unas horas, pero por la tarde lo llamaron del hospital para comunicarle que Mike estaba muy grave y que volviera lo más rápidamente posible. Se encontró a Mike semiinconsciente y con soporte vital básico, en la unidad de cuidados intensivos. El médico le dijo que habían tenido que reanimarlo con oxígeno y que no estaban seguros del pronóstico. Cuando Pete le apretó la mano, Mike respondió. Podía asentir o negar con la cabeza, pero ya no era capaz de hablar.

Pete llamó a Mary a Florida y esta tomó el último vuelo del día a Washington. Le preguntó a Mike si quería que les contara a Doc y a los chicos lo que estaba pasando, pero él sacudió negativamente la cabeza, con los ojos brillantes de febril determinación. Volvió a preguntárselo y su respuesta fue claramente negativa.

Durante las veinticuatro horas siguientes, Mike estuvo flotando en un limbo de inconsciencia. Luego, bien entrada la noche del lunes, sonaron las alarmas del equipo de monitorización que tenía al lado de la cama y el equipo de reanimación de emergencia entró corriendo. Cuando el pánico hubo pasado, un médico les dijo a Pete y a Mary que había entrado en coma y les preguntó si querían plantearse desconectar el soporte vital. Durante el resto de la noche, lo hablaron al lado de su cama. Mike había hecho una declaración de voluntad en vida en la que pedía que no lo mantuvieran vivo, pero a Mary aquella situación le traía malos recuerdos, por la decisión que habían tomado con Marge. Pete accedió y dejaron que las máquinas siguieran chirriando y burbujeando.

El martes a primera hora, Pete comentó que Mike deseaba ser enterrado en la abadía de Sean Ross y Mary respondió que a ella le había dicho exactamente lo mismo.

—Oye —susurró Pete, frotándose la cara—, siento ser tan práctico en un momento tan emotivo, pero tenemos que hablar de los preparativos. Tengo un montón de cosas...

Pete le tendió a Mary un folleto que había cogido en la embajada de Irlanda y señaló la sección del traslado de restos humanos: «Una prueba documental de la causa de la muerte debe acompañar al ataúd [...] y, en caso de muerte por enfermedad infecciosa, el Ministerio de Sanidad tendrá prerrogativas especiales para deshacerse de los restos».

A primera hora de la mañana del martes 15 de agosto, tras treinta y seis horas a los pies de la cama de Mike, Mary y Pete fueron a la cafetería a tomar un café. Cuando volvieron, a las once y media, se encontraron la cama de Mike vacía y al médico haciendo unas anotaciones. Mike había sufrido una serie de paros cardíacos en cadena y había muerto a las once y diez de la mañana.

VEINTICUATRO

1956-1989
Jueves, 22 de noviembre de 1956

Las olas zarandeaban el barco con un rugido que parecía salido de las oscuras profundidades de las agitadas aguas.

La muchacha se ajustó el chubasquero alrededor del cuello y se agachó para refugiarse al calor del bar. El lugar la asustaba, con aquel olor a cerveza rancia y los hombres cantando y gritando toda la noche, pero había nueve horas de Liverpool a Dublín y tenía que cobijarse en algún sitio. El viento y la lluvia de la tormenta los habían sorprendido alrededor de la medianoche, mientras cruzaban el mar de Irlanda, y el SS Munster se balanceaba en medio del oleaje. La chica se sentía mareada y sola. Llevaba puesto un fino vestido de algodón bajo un chubasquero largo y transparente, con la capucha sobre el pelo negro azabache. En la mano sujetaba un bolso con el pasaporte, un billete y un puñado de fotografías. Cuando llegaron al puerto de Dublín, rezó un avemaría.

Los inspectores de aduanas tenían orden de interrogar a las chicas que viajaban solas con pasaporte irlandés y le arrebataron el suyo mientras los pasajeros desembarcaban.

—Te has ido *allí* para abortar, ¿eh? —le preguntó el jefe de los funcionarios—. ¿Has ido a matar a tu hijo?

Pero ella negó con la cabeza. El otro hombre de la aduana era joven y le gustaba flirtear.

—Entonces, ¿a qué has ido a Liverpool? ¿A pelar la pava?

La muchacha siguió sin soltar prenda.

—Vas a tener que contármelo, no soy adivino.

Ella le dirigió una mirada acusadora.

—He vuelto para *buscar* a mi bebé.

En la abadía de Sean Ross, la madre Barbara actuó con displicencia. Se acordaba perfectamente de la chica y siempre había sospechado que le daría problemas.

—No tengo ni idea de qué quieres de nosotras. Tú entregaste a tu hijo y la Iglesia le encontró un hogar. La Iglesia cumple con su deber de ser caritativa y las pecadoras como tú deberíais estar agradecidas.

—Sí, ya lo sé —respondió la chica. Tenía veintitrés años y llevaba fuera de Sean Ross diez meses, pero seguía sintiendo el mismo pánico y temor—. Y *estoy* agradecida, muy agradecida. Pero me preguntaba si me podrían decir adónde ha ido, para poder…

—Escúchame, niña —la interrumpió la madre Barbara—. Al parecer, has olvidado lo que prometiste. Firmaste un juramento ante los ojos de Dios mediante el que renunciabas a tu hijo. Prometiste que *nunca* intentarías volver a verlo o reclamarlo. ¿No te acuerdas? Porque tenemos todo por escrito en nuestros archivos.

—Pero, madre superiora —repuso Philomena—, he *intentado*… He intentado olvidarlo, pero no he podido. Dios sabe que pienso en él cada hora de cada día desde que se lo llevaron de aquí en la parte de atrás de ese coche y me mandaron a Inglaterra. Anoche, en el ferry, mientras la tormenta nos azotaba, veía su carita en las nubes cada vez que los relámpagos centelleaban y me estaba llamando, ¡en serio!

—No digas tonterías, niña —replicó la madre Barbara, perdiendo la paciencia—. Tu hijo se encuentra a miles de kilómetros de aquí; es más probable que hable contigo el hombrecillo de la luna que él.

—Pero lo ha hecho, reverenda madre. Me ha llamado y lo he oído. Me echa de menos y quiere que su mamá vuelva. Una madre sabe esas cosas… Y necesito saber que está bien, que está a salvo, esté donde esté, y que no está triste. No podré estar tranquila hasta que lo sepa.

Pero la madre Barbara no tenía tiempo para los sentimientos de los pecadores.

—No estás tranquila porque te pesa el pecado que cometiste. Tu pecado te acompañará siempre y debes subsanarlo. Reza a Dios para que Él te perdone, porque yo no puedo hacerlo.

Philomena inclinó la cabeza. Su pecado ya *estaba* con ella y le amargaba la vida. Por su culpa, sentía que su confianza se achicaba. Quería que la entrevista finalizara de una vez, antes de que la madre Barbara empeorara las cosas todavía más. Pero la monja no había terminado.

—Debes olvidarte de tu hijo, porque él es producto del pecado y, sobre todo, nunca debes hablarle de él a nadie. Los fuegos del infierno esperan a pecadoras como tú y, si vas por ahí hablando de tu bebé a otras personas, arderás en ellos eternamente. No le habrás contado a nadie lo de tu pecado, ¿verdad? ¿O lo que ha sido de tu hijo?

Philomena no había hablado con nadie.

Su alegría y su tristeza estaban enterradas muy en el fondo de su ser. Por su culpa, su existencia había cambiado para siempre, por su culpa cogería el barco nocturno de vuelta a Inglaterra, condenada a vivir en el extranjero.

Cuando Anthony abandonó Roscrea en diciembre de 1955, Philomena se pasó dos semanas llorando. Para quitársela de encima, las hermanas la habían metido en el ferry de Dublín y el 14 de enero de 1956 había empezado a trabajar en su escuela para chicos delincuentes de las afueras de Liverpool.

Las hermanas de los Sagrados Corazones de Jesús y María llevaban décadas gestionando el correccional Ormskirk. Generaciones de muchachas pecadoras irlandesas habían trabajado allí, cuidando a los chicos y pagando su deuda con Dios. Philomena lo odiaba. Le daban lástima los muchachos y se compadecía de su destino, pero, a la primera oportunidad que tuvo, se marchó.

En enero de 1958, echó la solicitud para formarse como enfermera y fue aceptada en un hospital psiquiátrico, en el pueblo de St. Albans, justo al norte de Londres. Trabajaba con pacientes trastornados en el hospital Hill End y allí se percató del terrible impacto mental que podía tener un trauma. Cuantas más cosas sabía de los hombres y mujeres que estaban a su cuidado, más entendía la crueldad mental a la que ella misma había sido sometida. Pensaba todos los días en su niño perdido y todas las noches lo veía en sueños. Durante una docena de años, primero en Liverpool y luego en St. Albans, convivió con el dolor y la pérdida. Tenía un cajón lleno de recuerdos: las pequeñas fotos en blanco y negro de la cámara Box Brownie de la hermana Annunciata, un primer par de zapatos infantiles, un pedazo de cuero negro con una hebillita cromada que se había caído de alguna prenda de ropa y un mechón de cabello negro azabache que atesoraba como una reliquia sagrada.

En la década de 1960, le preocupaba que Anthony pudiera estar en Vietnam, luchando por el país que se lo había arrebatado, y a lo largo de la crisis económica le agobiada que pudiera estar en la cárcel o viviendo en una chabola. Pero era el desconocimiento, la ausencia de certidumbre, lo que más la obsesionaba, ya que el hecho de que ella no supiera nada significaba que él podía ser cualquier cosa y estar en cualquier lugar, y el mero hecho de pensarlo le resultaba enormemente inquietante.

Philomena se casó con un joven enfermero llamado John Libberton y tuvo dos hijos, Kevin y Jane, pero nunca le contó su secreto a su familia: tenía todavía demasiado presentes las amenazas de la madre Barbara con el fuego del infierno. Sin embargo, no dejaba de pensar y de hacer planes y, en septiembre de 1977, regresó a Roscrea.

Philomena no sabía por qué había elegido precisamente ese mes —no tenía ni idea de que Anthony, el actual Michael, había estado allí solo tres semanas antes—, pero, cuando se sentó en la sala de las monjas con la madre Barbara, notó que algo raro sucedía por la manera en que la mujer le hablaba. No es que fuera más amable, ya que la madre superiora seguía negándose a hablar del destino del hijo de Philomena, pero estaba más callada, era menos categórica en sus opiniones y más vacilante a la hora de condenar los pecados que había denunciado tan ferozmente en el pasado. Se separaron con la sensación de que algo había cambiado entre ellas, de que había algo que las unía, que no era amistad ni comprensión, sino un interés mutuo y la necesidad compartida de obtener el perdón.

Philomena vio a la madre Barbara por última vez en 1989. Se había divorciado de John hacía cinco años y se había casado con Philip Gibson. Estaba a medio camino entre los cincuenta y los sesenta años, y ya no era la muchacha inocente que había sido acosada y coaccionada por las monjas. Por su parte, la madre Barbara era una anciana a la que le quedaba menos de un año de vida. La conversación fue tensa. A Philomena le habría gustado preguntarle: «Si mi hijo me estuviera buscando, me lo diría, ¿verdad?», pero no lo hizo y la monja no le contó nada por iniciativa propia. Tenía ochenta y pico años, estaba impedida por la artritis y sus ojos rebosaban de lágrimas acuosas. Tomaron té y hablaron del pasado. El fuego de la madre Barbara había desaparecido y estaba triste y resignada. Philomena se preguntó si lamentaba no haber tenido nunca hijos propios y aquella idea hizo que sintiera lástima por ella. Un par de veces, la hermana Barbara pareció estar a punto de disculparse por lo que había sucedido, pero había algo que se lo impedía. A posteriori, Philomena se enteró de que estaban empezando a surgir preguntas sobre el papel de la Iglesia en el comercio de bebés con Estados Unidos y pensó que tal vez por eso parecía tan insegura.

Philomena regresó a Inglaterra convencida de que aquella había sido su última visita a Roscrea.

Epílogo

Discurso de Pete Nilsson en el funeral de Michael Hess, iglesia parroquial de San Pedro, Washington D. C., 21 de agosto de 1995:

He pasado los últimos días intentando entender el falleci-miento de Michael. No estoy seguro de haber tenido éxito porque, en el fondo, sé que Michael no quería irse. Toda-vía tenía muchas cosas por hacer. ¿Cómo justificar la muer-te de alguien que siempre miró hacia delante y que logró tantas cosas en la vida? La respuesta es simple: no se pue-de. Michael nos dejó antes de tiempo y luchó a brazo par-tido hasta el final. Quería seguir viviendo hasta el último momento. El hecho de que se guardara la enfermedad para sí mismo era una forma de centrarse en la vida y no sucumbir a la muerte. Cuando finalmente nos dejó, lo hi-zo muy rápidamente. Uno de los grandes misterios de la muerte es adónde van tantos conocimientos y tanta inten-sidad cuando alguien cierra los ojos por última vez. Espe-ro que, en cierto modo, se haya repartido entre todos nosotros. Sé que soy una persona diferente porque, hace quince años, conocí a Michael. Una persona mejor. Con ese consuelo hoy le digo adiós, consciente de que él seguirá viviendo a través de nosotros. Muchos de vosotros habéis compartido alguna que otra copa con Michael y sabéis que le gustaba citar un brindis de Yeats. Me gustaría acabar brindando por él:

El vino entra por la boca
y el amor entra por los ojos;
eso es todo lo que en verdad sabemos
antes de envejecer y morir.
Me llevo la copa a la boca,
te miro y suspiro.

Cuando Jane Libberton fue a verme a la Biblioteca Británica aquel Año Nuevo de 2004, se llevó con ella las fotografías de Anthony que la caridad de la hermana Annunciata le había llevado a hacer tantos años atrás. Me contó todo lo que sabía por boca de su madre: el nombre de su hermano perdido, que este había nacido el 5 de julio de 1952, que se lo había llevado a Estados Unidos una desconocida y que tenía los ojos azules y el cabello negro.

Estábamos de acuerdo en que no teníamos mucho por donde tirar. El nombre de Anthony Lee no nos ayudaría —casi con certeza habría adoptado el apellido de su nueva familia— y la experiencia de Philomena a la hora de obtener información de las monjas de Sean Ross no auguraba nada bueno. Estaba a punto de concluir que todo aquello era una misión imposible, a punto de decirle a Jane que no me interesaba. Pero no lo hice.

La familia de Philomena había crecido con los años. Cada vez que un nieto o un bisnieto nacía —especialmente cuando Jane se quedó embarazada y se convirtió en madre soltera a los diecisiete años—, se moría de ganas de contarles a sus hijos que tenían un hermano en Estados Unidos. De hecho, el hermano de Philomena, Jack, les había confesado a sus hermanas Kaye y Mary lo del pequeño de la abadía de Sean Ross y todos le habían recomendado que se lo contara a su familia, pero la presión de la Iglesia era persistente y cruel, y Philomena había guardado el secreto durante cincuenta años.

Jane había notado en varias ocasiones que su madre se ponía sentimental justo antes de Navidad. Empezaba a hablar de su infancia y de los viejos malos tiempos con lágrimas en los ojos, y Jane nunca había entendido la razón. En 2003, lo descubrió. El 18 de diciembre, Philomena se tomó un par de copas de jerez y, animada por el alcohol y los sentimientos reprimidos durante tanto tiempo, les habló a sus hijos de su desgracia secreta. Les dijo que aquel era el aniversario del día en que le habían arrebatado al hermano que tenían, que ahora vivía en Estados Unidos y que tendría cincuenta y un años.

Mientras su madre hablaba, Jane había ido al cajón del aparador de esta y había cogido las fotografías en blanco y negro de aquel niñito que, según ella siempre les había dicho, era un primo lejano que vivía en algún pueblo de la Irlanda rural. «Es él», confesó Philomena.

Los tres viajamos a la abadía de Sean Ross en la primavera de 2004. Las monjas fueron encantadoras. Ninguna de ellas estaba allí en 1950: la hermana Barbara y la hermana Hildegarde habían fallecido —fotografiamos sus tumbas en el cementerio de las monjas, cuidado con esmero—, y en los archivos del convento ponía que la joven hermana Annunciata, Mary Kelly, de los Kelly de Limerick, no había vivido para ver su trigésimo cumpleaños, sino que había fallecido en Inglaterra poco después de que la trasladaran a Londres en 1955. La actual madre superiora era una mujer agradable y educada de las afueras de Liverpool que había entregado su vida al cuidado de personas desfavorecidas y discapacitadas y había convertido Sean Ross en un refugio para jóvenes con parálisis cerebral y otras enfermedades degenerativas. Era obvio que las monjas estaban acostumbradas a las preguntas de las antiguas internas de la institución para madres solteras: cuando les explicamos el propósito de nuestra visita, empezaron con una rutina bien ensayada que incluía té con pastas en la sala, la inspección de álbumes con antiguas fotografías y expresiones de compasión aparentemente auténticas por aquellos que habían sufrido.

—No podemos acabar con vuestro dolor —dijo la madre superiora—, pero podemos acompañaros en él.

Visitamos la capilla en cuyo coro habían cantado Philomena y Annunciata, y el pasillo donde la monja enfadada le había pegado a Philomena. Los dormitorios de las jóvenes y las guarderías seguían allí, pero las puertas acristaladas estaban rotas y las largas salas estaban vacías y abandonadas: los pájaros anidaban en las vigas y los suelos de parqué estaban llenos de pedazos de yeso. La lavandería donde Philomena había trabajado duro para lavar la mancha de sus pecados había sido demolida para construir el alojamiento de los discapacitados. Los restos del monasterio medieval todavía seguían en pie, tres paredes en ruinas cubiertas de hiedra con un roble en medio, pero la madre superiora nos dijo que el ayuntamiento les había advertido de que eran un peligro debido a su inestabilidad y que la orden tendría que reunir el dinero necesario para apuntalarlas, un dinero que las monjas no tenían. En un parche de hierba verde, al lado del viejo convento georgiano, un mayo blanco se erguía sin lazos delante de un alto ángel de alabastro.

Les dimos las gracias a las monjas por dejarnos ver el lugar y volvimos a sacar a colación el motivo que nos había llevado allí: ¿serían tan amables de enseñarnos los informes de la adopción de Anthony Lee? La madre superiora dijo que le encantaría ayudarnos, pero que todos los archivos que quedaban habían sido enviados a la oficina central que estaba en un convento en Cork, donde en la actualidad gestionaban los archivos de los antiguos orfanatos. Nos facilitó el nombre del lugar y de la monja que lo gestionaba, y nos fuimos. A la salida, hice fotografías del convento y de los tres diferentes tipos de tumbas: las de las monjas, las del campo recientemente arreglado donde las madres y los bebés eran enterrados, y las del antiguo cementerio que había al lado del monasterio en ruinas.

Cuando regresamos a Inglaterra, Philomena llamó al número que las monjas nos habían dado. Pertenecía a la Sociedad de Adopción del Sagrado Corazón del Convento de Bessboro, en Cork, y su llamada fue atendida por la directora de la agencia, la hermana Sarto Harney. La hermana Sarto le prometió que consultaría los archivos. Dos semanas después, llegó una carta suya que no contenía ningún tipo de información nueva.

Estimada Sra. Gibson:
Usted fue admitida en Roscrea el 6 de mayo de 1952 y se le dio el alta el 14 de enero de 1956. Anthony nació el 5 de julio de 1952 a las siete de la tarde, de nalgas, a su debido tiempo, y pesó 3,4 kilos. Anthony fue entregado en adopción en Estados Unidos el 18 de diciembre de 1955.

Las cartas enviadas al Consejo Irlandés de Adopción dieron resultados igualmente negativos —no tenían en los archivos a ningún Anthony Lee— y el Ministerio de Asuntos Exteriores envió una rápida pero irritante respuesta.

Estimada Sra. Gibson:

Puedo confirmarle que este ministerio está en posesión de papeles relacionados con la expedición de un pasaporte para Anthony Lee para que este pudiera viajar a Estados Unidos tras la adopción. El archivo número 345/96/755, de acceso restringido, junto con otros ficheros similares, se encuentra en la actualidad bajo la custodia del Archivo Nacional. Soy consciente de las restricciones en el acceso a cierta información fruto del derecho a la privacidad que otorga la Constitución y de los requerimientos de la Ley del Archivo Nacional de 1986.

Le adjunto una copia de la declaración jurada que hizo el 27 de junio de 1955, mediante la cual cedía a Anthony Lee a la superiora de la abadía de Sean Ross y la autorizaba a entregarlo en adopción.

Tal vez desee ponerse en contacto con la Sociedad de Adopción del Sagrado Corazón de Cork, donde se guardan actualmente los archivos de Sean Ross.

Nuestra búsqueda había fracasado. El acceso confidencial y restringido era habitual en los asuntos oficiales. El Ministerio de Asuntos Exteriores de Irlanda nos remitía a la Sociedad de Adopción del Sagrado Corazón y la Sociedad de Adopción del Sagrado Corazón nos remitía al Ministerio de Asuntos Exteriores.

Pero un descubrimiento inesperado nos dio nuevas esperanzas.

Poco después de las desalentadoras noticias del Ministerio de Asuntos Exteriores, las fotografías de la visita a la abadía de Sean Ross llegaron del laboratorio fotográfico. Jane y yo esparcimos las fotos del convento, de las guarderías abandonadas y de las tumbas que había en los terrenos del convento. Vimos las cruces que señalaban los túmulos de la madre Barbara y de la hermana Hildegarde en el cementerio de las monjas con las fechas de su fallecimiento pulcramente registradas, y vimos los tristes homenajes en recuerdo de los niños y las madres muertas, levantados tras el cierre del orfanato por padres y parientes. En una losa de piedra se leía: «Este jardín está dedicado a los bebés y a los niños que murieron en la abadía de Sean Ross y que están aquí enterrados. Que desde su lugar en el cielo recen por nosotros, que los amamos desde la tierra». En el camposanto no había tumbas delimitadas, pero en las lindes habían empezado a aparecer plaquitas en recuerdo de los niños fallecidos: «Martin: 29-10-1945 a 28-12-1945», «Hija, nuestros recuerdos de ti nunca envejecerán, están guardados bajo llave en nuestros corazones, grabados con letras de oro», y de las jóvenes madres que habían muerto al dar a luz: «Josephine Dillon, falleció a los veintiocho años. D. E. P.», «Mary J. Lawlor, falleció a los catorce años y medio. D. E. P.». De entre todas las placas, hubo una que le llamó la atención: «En memoria de Anthony: Si las lágrimas pudieran construir una escalera, / y los recuerdos un camino, / podríamos caminar hasta el cielo / y traerte de nuevo de vuelta». El nombre captó de inmediato su interés, pero aquel Anthony era un bebé que había muerto al nacer.

Jane cogió una foto para echarle un último vistazo. En ella salía una tumba nueva y bastante lustrosa que no estaba ni en el cementerio de las monjas ni en el camposanto de las madres y los bebés. Aquella se encontraba junto a las paredes en ruinas del antiguo monasterio, entre las viejas piedras llenas de maleza y cubiertas de musgo. El nombre de la inscripción no nos resultaba familiar, pero Jane se dio cuenta de una cosa: la fecha de nacimiento era la misma que la de Anthony, el hijo de Philomena, el 5 de julio de 1952. La foto estaba borrosa y necesitamos dos ampliaciones y una lupa para leer las letras grabadas en plata sobre el fondo de mármol negro.

Michael A. Hess
Un hombre con dos naciones y muchos talentos.
Nació el 5 de julio de 1952 en la abadía de Sean Ross de Roscrea.
Murió el 15 de agosto de 1995 en Washington D. C., Estados Unidos.

Era la única lápida de toda la abadía que no pertenecía a una monja, a una madre o a un niño que hubieran muerto allí. Aunque cabía la posibilidad de que existiera otro bebé que hubiera nacido el mismo día, de pronto podía darse la terrible eventualidad de que la búsqueda de Philomena acabara llevándola hasta Anthony, solo para descubrir que estaría para siempre fuera de su alcance.

Retomamos el contacto con los archivistas de la Iglesia. Remitimos una solicitud a la Sociedad de Adopción del Sagrado Corazón, que obtuvo como resultado una amable carta de la hermana Sarto, que, aunque no confirmaba que Anthony Lee y Michael Hess fueran la misma persona, se ofreció a mantener una conversación en privado con Philomena. Cuando el teléfono sonó una semana después, esta se reconcomía de incertidumbre.

Las primeras palabras de la hermana Sarto le dieron esperanzas.

—Señora Gibson, tengo noticias para usted sobre Anthony —declaró la monja—. ¿Hay alguien con usted? —le preguntó, acto seguido. Philomena le confirmó que no estaba sola y se sentó—. Señora Gibson —empezó a decir la hermana—, lo siento, pero su hijo no sigue vivo.

Philomena se echó a llorar. Estaba destrozada. Se culpaba a sí misma por no haber hablado antes de Anthony, mientras todavía podía haberlo encontrado. Era difícil saber qué decirle a una madre que había perdido a su hijo no una, sino dos veces.

—No debe culparse —le dije, no demasiado convencido—. No es culpa suya.

Pero claro que se culpaba.

—Qué más quisiera, Martin, qué más quisiera. Me maldigo cada vez que pienso en ello. Si al menos lo hubiera mencionado en algún momento durante todos estos años, tal vez él no… Pero tenía muy grabado en el fondo del corazón que no debía contárselo a nadie. Nos intimidaban, era un pecado imperdonable. Entonces creí que lo habíamos encontrado, pero ahora se ha ido para siempre. ¡Dios santo, cómo me duele el corazón! Todos estos años preocupándome por él, deseando hablar con él. Estoy segura de que hay muchas otras mujeres hoy en día que están como yo, que no han dicho nada. No dejaba de pensar: «Dios, ojalá supiera…». Era un secreto que guardé toda mi vida, pero nunca he dejado de rezar por él, de rezar por Anthony, y puede que ahora esté allá arriba, en el cielo.

Philomena pasó las semanas posteriores al descubrimiento de la muerte de su hijo planeando visitar su tumba. Lo hizo en el verano de 2004 y dio una misa por su cumpleaños. Donó dinero a las monjas para que pusieran flores al lado de la lápida y contrataran a un jardinero del lugar para plantar un árbol en su memoria. Eso la tranquilizó. Parecía más resignada ante la segunda pérdida de su hijo, aunque los remordimientos la consumieran. Hablamos de continuar con la búsqueda de Michael Hess, como ya sabíamos que se llamaba, y finalmente dijo que sí, que quería que siguiéramos buscando.

Conocíamos el nombre de Michael y su fecha de nacimiento. No sabíamos en qué lugar de Estados Unidos había vivido ni qué tipo de trabajo había tenido, pero, de pronto, recordé algo. Yo había sido corresponsal en Washington para la BBC entre 1991 y 1995, en la última época de la presidencia de George Bush padre, y recordaba haberme cruzado con un funcionario de la Casa Blanca llamado Michael Hess, aunque aquello había sido hacía más de una década y la mayoría de mis contactos republicanos ya no estaban allí o se habían retirado.

Mientras trabajaba en lo del contacto en la Casa Blanca, seguimos la última pista irlandesa, la lápida de mármol que había junto al monasterio en ruinas. Roscrea no es un pueblo grande y solo hay un marmolista. Llamamos para preguntarle si nos podía decir quién había llevado a Michael Hess al lugar de su nacimiento para ser enterrado allí.

Seguíamos esperando la respuesta cuando recibí noticias de Jill Holtzman Vogel desde Washington. Jill era una senadora estatal republicana recientemente elegida que había servido anteriormente como consejera novel de George Bush en el polémico recuento de Florida que dio un giro a las elecciones del año 2000. En un correo electrónico que me remitió en enero de 2005, confirmaba que Anthony Lee, el huerfanito irlandés, había crecido y se había convertido en Michael Hess, director jurídico del Comité Nacional Republicano.

> Yo no conocí personalmente a Michael, pero me uní a la Oficina de Asesoría del comité republicano en 1997 y el legado de Michael estaba todavía muy fresco. Hablaban de él constantemente. Era obvio que la gente de allí lo quería y lo respetaba, y que la gente de la oficina se acordaba mucho de él. Me conmueve profundamente que intentes ayudar a la madre de Michael. Te enviaré información de contacto de las personas que sé que tenían una estrecha relación con él y espero que puedan ayudarte. Jill.

Le reenvié el correo electrónico de Jill a Jane, que me respondió al instante.

> Querido Martin:
> Muchas gracias por pasarme el correo electrónico de Jill Holtzman Vogel. No tienes ni idea de lo que se ha alegrado mi

madre al oír cosas tan bonitas sobre Anthony. Aunque se le escaparon algunas lágrimas, creo que le hace sentirse un poco mejor saber que es obvio que la gente que lo conocía o que ha oído hablar de él lo quería tanto. Cualquier tipo de información, por mínima que sea, es valiosísima para ella y estaría bien que pudiéramos descubrir todavía más cosas. Los meses que han pasado desde que nos enteramos de su muerte han sido duros y creo que oír algo positivo sobre él la ayuda mucho. Jane.

Siguiendo la recomendación de Jill, volé a Washington y me puse en contacto con muchos de los compañeros de trabajo de Michael Hess en el Partido Republicano, entre ellos con los actuales líderes del Comité Nacional Republicano. Hablé con los secretarios del comité que habían trabajado con él y fueron muy efusivos.

—Era un hombre encantador, muy amable —declaró Nancy Hibbs, que había conocido a Michael a los veintitrés años, cuando era auxiliar administrativa—. Recuerdo que, cuando lo conocí, pensé que era uno de los hombres más atractivos que había visto jamás. Era un encanto. Yo era muy joven, pero él era un tío realmente agradable y todo un caballero. Aunque tenía un trabajo muy estresante, nunca se mostraba antipático con nadie. Era de los que les abrían la puerta a las mujeres, pedían las cosas por favor y daban siempre las gracias. Nunca daba órdenes a nadie. Solía traerles a las chicas rosas de su casa de campo. Trabajamos con mucha gente, sobre todo entonces, cuando era más joven, que era muy brusca con los jóvenes, pero él nunca lo fue.

Mark Braden, que había sido inicialmente el jefe de Michael en el comité republicano, me habló de la importancia de su trabajo de reordenación para el partido.

—Era un abogado brillante. Somos todos herederos de sus litigios, de nuestros litigios de principios y mediados de los años ochenta. La reordenación era algo de suma importancia. El ambiente político estaba muy caldeado por ese motivo, pero Michael era el que desarrollaba todas las teorías y argumentos. Sin él, los republicanos no habrían logrado la mayoría en 1994. No habrían conseguido la mayoría que consiguieron, así que su legado sigue vivo. Era uno de mis mejores amigos. Su muerte fue una tragedia.

Llevaba una semana en Washington y tenía la sensación de que entendía la faceta pública de Michael Hess, pero su lado privado continuaba evitándome. Su sexualidad continuaba siendo un misterio. Nancy Hibbs, del Comité Nacional Republicano, lo aclaró todo.

—Todos sabíamos que era gay. Pero nadie hablaba de ello porque, como podrás imaginar, el Partido Republicano… Entonces eran otros tiempos. Y era guapísimo, tenía un pelo negro precioso y una mirada penetrante. Por supuesto todas las chicas lamentaban que no estuviera a su alcance.

Finalmente, un contacto de Washington me dijo: «Tienes que hablar con Pete Nilsson», y esa misma noche, en el hotel Watergate, me encontré con un mensaje de mi mujer: el marmolista de Roscrea había dicho que el hombre que había encargado la lápida de la tumba de Michael se llamaba… Pete Nilsson. Encontré fácilmente el contacto de Pete, pero estaba fuera de la ciudad y no iba a volver antes de que yo regresara a Londres. Le dejé un mensaje y me llamó a Inglaterra: se había enterado de lo de la investigación y quería hablar conmigo.

Philomena, Jane y yo recibimos a Pete Nilsson en mi casa de Londres en abril de 2005.

La información que Pete nos proporcionó durante esa entrevista y durante las que la siguieron, junto con el hecho de que nos presentara a otras personas que habían formado parte de la vida de Michael, hicieron que fuera posible escribir este libro. Pero, sobre todo, le proporcionaron a Philomena el consuelo catártico de que sus acciones no habían menoscabado la vida de su hijo, de que él nunca había dejado de querer a su madre biológica y de que nunca había dejado de buscarla.

Pete había llevado fotografías y recuerdos de Michael, y Philomena y Jane se empaparon de cada imagen. Querían conocer todos los detalles que Pete pudiera proporcionarles, todos los éxitos que Michael había conseguido. Philomena estaba maravillada ante el nivel de vida del que él y Pete habían disfrutado.

—Tenía una buena vida, ¿verdad? Yo nunca podría haberle ofrecido eso, Peter.

A Philomena no le preocupaba que su hijo fuera gay. Acogió a Pete casi como a un hijo sustituto. Michael se parecía a *ella*, tenía *su* cabello negro y *su* talento musical. Instó a Pete a que le dijera que Doc y Marge habían sido unos buenos padres, le encantó escuchar que Michael y Mary se habían mantenido tan cerca el uno del otro y que se habían considerado hermanos de por vida: aquello la reconfortaba. Pero también se sintió conmocionada y enfadada cuando Pete dijo que Michael había vivido toda la vida con la incertidumbre de si lo había abandonado al nacer o si había estado con él en el convento.

La idea de que las madres entregaban a sus bebés justo después de nacer parecía deliberadamente fomentada por parte de las monjas, tal vez porque les daba vergüenza haber tenido a las chicas trabajando prácticamente como prisioneras durante tres años, como mínimo. La madre Barbara y la hermana Hildegarde habían engañado premeditadamente a Michael y a Mary cuando habían visitado el convento. Aquellas mentiras enfurecieron a Philomena.

—¿Cómo pudieron decirle que lo había abandonado? ¿Cómo fueron capaces de hacer eso? ¡Yo nunca quise entregarlo! ¡Nunca!

Pete habló de su visita a Roscrea con Mike en 1993, y Philomena se indignó al saber que las monjas no le habían dicho que su familia vivía casi al lado. Pero le consoló el hecho de que Michael nunca hubiera dejado de buscarla.

—De verdad, siempre tuve esa sensación. Tenía la sensación de que quería encontrarme, de que tenía que haber intentado encontrarme. Por eso me preguntaba tan a menudo si habría venido. De alguna manera, debía de haber algo, porque toda mi vida he tenido esa sensación y nunca jamás en la vida lo he olvidado. He rezado por él todos los días. Estaba segura de que un día lo encontraría.

Pete le habló del día que se sentaron entre las ruinas de la vieja abadía, cuando Michael le expresó su deseo de que lo llevaran de vuelta a Irlanda para enterrarlo allí. Lloró cuando Pete le habló de su muerte y del funeral que el Partido Republicano le organizó en el Capitolio. Pete tenía el programa de la misa y le enseñó los nombres de las celebridades republicanas que habían asistido. Le habló de la llamada que había recibido de Nancy Reagan en su nombre y en el del expresidente, y de los conmovedores panegíricos de Mark Braden y Robert Hampden. Pete enumeró a los portadores del féretro que habían sacado el cuerpo de Michael de la iglesia y le contó a Philomena que habían tocado «Danny Boy» mientras el ataúd, envuelto en la bandera que había ondeado sobre el Capitolio, avanzaba lentamente por el pasillo. Le habló del extravagante velatorio «irlandés» que le habían hecho a Mike y de las condolencias de los funcionarios republicanos que habían asistido a un acto abrumadoramente gay.

Pero también le contó a Philomena que Doc Hess y dos de sus hijos habían ido a Washington para asistir al funeral. Una vez allí, Doc había anunciado que tenía intención de hacerse con las propiedades de Michael, con el dinero del seguro, y con su parte del piso de la ciudad y de la casa de Virginia Occidental. Pete le había enseñado el testamento de Mike, en el que le legaba todo a él. También habían discutido por el lugar donde sería enterrado Mike. Doc había intentado llevarse el cuerpo a Iowa y Pete había tenido que llamar a su abogado para impedírselo. En medio de las negociaciones, Pete se había percatado de que Doc y sus hijos nunca habían sabido que Michael era gay y que acababan de descubrir que había muerto de sida. Las conversaciones fueron difíciles. Doc y sus hijos se mostraron fríos y despectivos con Pete. Se marcharon de Washington sin despedirse y nunca más volvieron a ponerse en contacto con él.

Philomena le preguntó a Pete cómo se las había arreglado para conseguir enterrar a Michael en Roscrea y Pete le contó toda la historia. El cuerpo de Mike había sido incinerado en el Crematorio Metropolitano de Alexandria (Virginia) y Pete le había escrito a la madre superiora de la abadía de Sean Ross para preguntarle si accedía a cumplir su última voluntad.

> Estimada hermana Christina:
>
> Es con gran pesar que escribo esta carta. Aunque Michael vivió una vida muy feliz y llena de éxito en Estados Unidos, su última voluntad era que sus cenizas regresaran a su lugar de nacimiento. La vinculación emocional de Michael con la abadía era muy intensa y tendría la sensación de estar traicionando sus deseos si lo enterrara en cualquier otro lugar. Michael pidió que se hiciera una donación a la abadía en su nombre.
>
> Durante toda su vida, llevó muy cerca del corazón sus raíces irlandesas. Sé que solo será capaz de descansar realmente en paz si regresa a la abadía.

Pete le explicó que un sacerdote irlandés, el padre Leonard, se había hecho cargo del asunto.

—Me habían presentado al padre Leonard cuando había estado en Estados Unidos. Era uno de esos párrocos irlandeses que constituían un pilar fundamental de la Iglesia de Irlanda. Le dije que deseaba enterrar a Michael en Roscrea, en sus terrenos, pero que no permitían los enterramientos. Le pedí que hiciera lo que pudiera y le dije que estaba dispuesto a donar una buena cantidad de dinero, que les dijera que enviaría un cheque y a ver si funcionaba. Me llamó al día siguiente.

El entierro tuvo lugar el 9 de mayo de 1996 y fue oficiado por el padre Leonard. Pete reprodujo la oración funeraria del párroco: «Nos disponemos a permitir el descanso de los restos mortales de Michael Hess […] .Michael abandonó este lugar en 1955. Tras una vida y una carrera profesional repletas de éxitos en Estados Unidos, ha regresado a la tierra de sus antepasados […]. Ahora está en paz».

Todos los caminos en la búsqueda del hijo perdido de Philomena llevaban a Roscrea y al convento donde había empezado la historia de este.

Después de hablar con Pete Nilsson, me entrevisté con el resto de las personas significativas en la vida de Michael, incluidos Robert Hampden, Susan Kavanagh, Ben Kronfeld, Mark Braden, John Clarkson y Mark O'Connor, que me envió un correo electrónico: «Martin, una última idea que me gustaría compartir es que, aunque entonces éramos jóvenes y frívolos y no teníamos relaciones demasiado serias, Michael fue mi primer amor, con toda la intensidad que ello implica. Lo echo mucho de menos».

Susan me contó que la muerte de Michael la había dejado desolada.

—Cuando pienso en Michael, intento no centrarme en la última época, que fue muy triste. Cuando pienso en él, recuerdo simplemente cuánto nos divertíamos. Siempre estábamos planeando hacer esto o aquello. Recuerdo que cada día era un acontecimiento, siempre hacía que las cosas fueran especiales. Y pienso: «Dios mío, la vida se ha vuelto tan aburrida sin él».

Pero lo más importante fue que Pete me puso en contacto con Mary, la hermana de Michael en la vida, si no de sangre. Vive en Florida cerca de sus nietos y mira hacia atrás, a la odisea con el niñito de Roscrea, consciente de que las cosas podían haber sido muy diferentes. Si Anthony Lee no le hubiera llegado al corazón a Marge Hess aquel día de agosto de 1955, Mary habría volado sola en el vuelo nocturno de Shannon a Estados Unidos; habría estado sola con su nueva familia esa Navidad en San Luis y se habría enfrentado al resto de su vida sin el apoyo de su mejor amigo. Ella había regresado por su cuenta a Roscrea, había llevado allí a su nuevo marido, y hablaba de seguir el ejemplo de Mike y buscar a su propia madre biológica. Vive con la certeza de que, un día, se reunirá con su hermano.

—Michael fue mi confidente y yo el suyo durante toda la vida. Lo he echado mucho de menos durante todos estos años, desde que se fue. Cuando estuve en Roscrea, hablé con la madre superiora. Le dije que cuando muriera me gustaría que me llevaran allí para enterrarme y le pregunté si habría algún problema para que lo hicieran al lado de mi hermano. Porque, cuando enterraron a Michael, hacía cien años que nadie cavaba una tumba allí, así que supongo que necesitarían un permiso especial para hacerlo. Pues bien, me dijo que, si quería ser enterrada en Roscrea, tendría que ser donde estaban las monjas, que podrían darme sepultura en aquel cementerio. Después de pensarlo un poco, me parece bien, aunque preferiría estar enterrada al lado de mi hermano.

Philomena visita Roscrea con regularidad y yo he estado junto a ella delante de la tumba de su hijo. Aunque han pasado más de cincuenta años desde la última vez que habló con él en vida, sigue haciéndolo en la actualidad.

—Gracias a Dios que estás de nuevo en casa, en Irlanda, hijo. Ahora aquí puedo visitarte. Pero, cuando viniste, nadie te dijo nada. Nadie te dijo que te estaba buscando y que te quería, hijo mío. Qué diferente podía haber sido todo...

La búsqueda de Anthony ha llegado a su fin, pero hay una última pista. En nombre de Philomena, he hablado con el archivista del Gobierno de Irlanda y con la oficina de correos de Limerick para intentar encontrar a un empleado público alto y moreno llamado John McInerney. Tenía veintipocos años cuando conoció a Philomena Lee en el carnaval de Limerick, en Ennis Road, en octubre de 1951. Han surgido algunas líneas de investigación que estamos siguiendo, pero esa, como se suele decir, ya es otra historia.

✳

MARTIN SIXSMITH nació en Cheshire
y estudió en Oxford, en Harvard y en
La Sorbona. Entre 1980 y 1997 trabajó
para la BBC como corresponsal de la
cadena en Moscú, Washington, Bruselas
y Varsovia. Desde 1997 hasta 2002 fue
director de comunicación para
el Gobierno británico. Actualmente
es escritor, presentador y periodista.
Ha publicado *The Litvinenko File, Moscow
Coup: The Death of the Soviet System*
y dos novelas: *Spin* y *I Heard Lenin Laugh.*

✳

Entrada al dormitorio para madres solteras, abadía de Sean Ross

Ruinas del monasterio medieval y el viejo cementerio

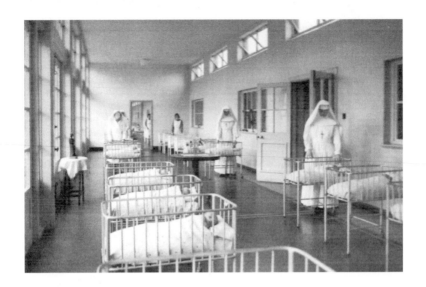

Arriba, la nueva enfermería de recién nacidos en 1950

A la derecha, los bebés en la terraza

Abajo, el comedor de los niños

Arriba, Philomena cuando
era joven

A la izquierda, Philomena
después de marcharse de
Roscrea

A la izquierda, la hermana
Annunciata en los terrenos
de la abadía

Abajo, la hermana
Annunciata con Anthony

A la derecha, Anthony en
el tobogán

Abajo, Anthony en la
recepción del convento

Arriba, Anthony y
Mary en el exterior de la
guardería infantil

Abajo, Anthony listo para
viajar a Norteamérica,
diciembre de 1955

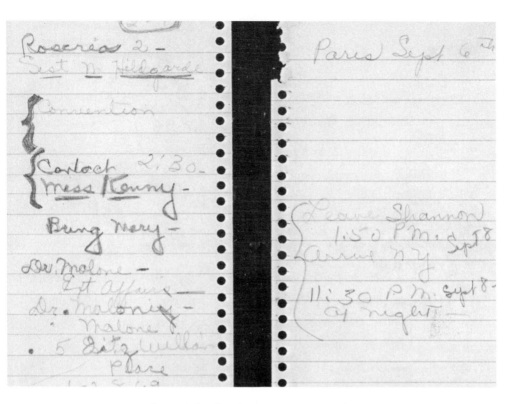

Cuaderno irlandés de Marge, verano de 1955

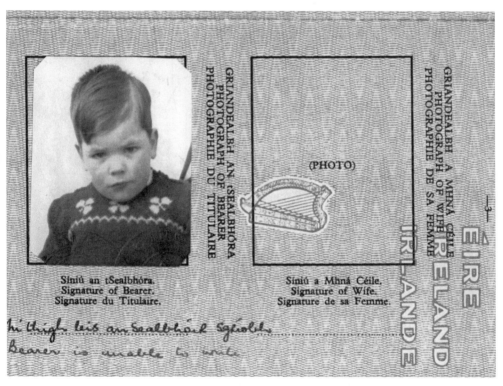

Pasaporte de Anthony

I, Philomena Lee of Limerick, Ireland, aged 22 years make oath and say:-

That I am the Mother of Anthony Lee who was born to me out of wedlock at Sean Ross Abbey, Roscrea, Co. Tipperary, Ireland, on 5th July 1952.

That I hereby relinquish full claim forever to my said child Anthony Lee and surrender the said child to Sister Barbara, Superioress of Sean Ross Abbey, Roscrea, Co. Tipperary, Ireland. The purpose of this relinquishment is to enable Sister Barbara to make my child available for adoption to any person she considers fit and proper, inside or outside the State.

That I further undertake never to attempt to see, interfere with or make any claim to the said child at any future time.

Philomena Lee

Subscribed and sworn to by the said Philomena Lee as her free act and deed this 27th day of June 1955.

Desmond A. Houlihan

Notary Public,
Birr,
Co.Offaly,
Ireland.

Notary Public during the pleasure of The Chief Justice for Ireland.

Carta de renuncia de Philomena a la custodia de su hijo

Arriba, llegando al
aeropuerto de Chicago,
diciembre de 1955

A la izquierda, primera
Navidad de Michael y
Mary en Norteamérica

Abajo, cuarto
cumpleaños de Michael,
julio de 1956

Don Hess, Michael, Stevie, Thomas, Mary y James. Septiembre de 1956

Mary y Michael (delante) en el jardín de St. Louis, con su hermano Stevie

Arriba, Michael con cinco años, de vacaciones en Minesota

A la derecha, Michael con siete años

Primera comunión de Mary

Arriba, la confirmación de Michael, julio de 1961

A la izquierda, Loras Lane, el papa Pablo VI y Josephine Lane en el Vaticano, octubre 1965

Abajo, Michael y Mary prestando el juramento de ciudadanos americanos, 3 de octubre de 1968

Arriba, Michael en Florida, agosto de 1971

A la derecha, con Mark (izquierda) en la graduación de Michael en la facultad de Derecho

Abajo, Michael con Susan Kavanagh, navidades de 1979

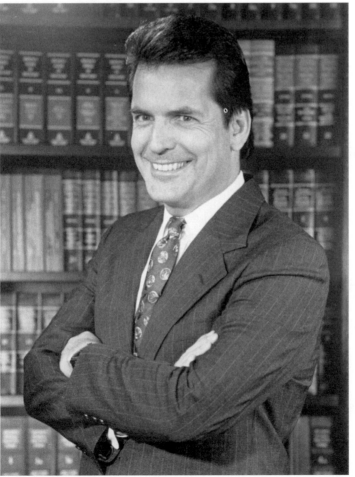

Arriba Pete Nilsson, Sally y Michael en la casa de campo en Shepherdstown, Virginia Occidental

A la izquierda, la fotografía oficial del nuevo director jurídico del Partido Republicano, 1988

A la derecha, Michael con
la hermana Hildegarde en la
abadía de Sean Ross, agosto
de 1993

Abajo, Mary y Michael,
enfermo de sida, en
Virginia Occidental, en la
Pascua de 1995

Arriba, Mary en la tumba
de Michael, 1998

Abajo, la primera visita
de Philomena después de
encontrar la tumba de su
hijo, 2004